페르세포네×하데스

2

파멸의 손길

A Touch of Ruin

페르세포네×하데스

2

파멸의 손길

A Touch of Ruin

스칼릿 세인트클레어 장편소설 | 최현지 옮김

해냄

『어둠의 손길』 독자분들께.

여러분의 열정과

페르세포네와 하데스를 향한 사랑에 감사드립니다.

◈ 차례 ◈

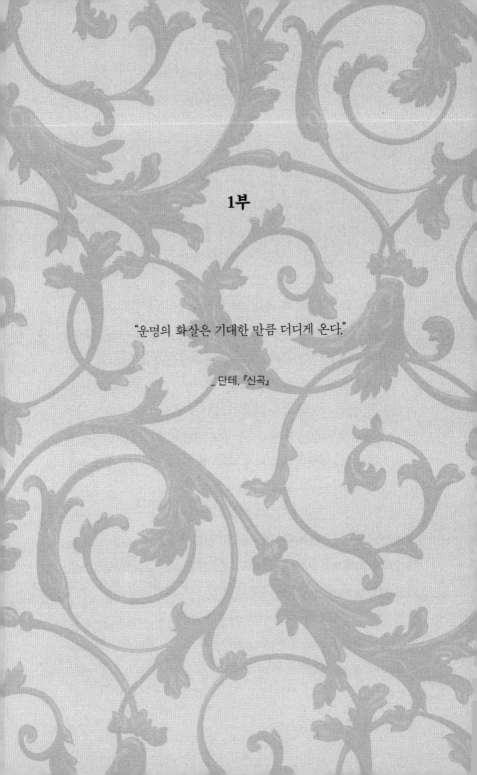

1부

"운명의 화살은 기대한 만큼 더디게 온다."

_ 단테, 『신곡』

1장
의심의 손길

　페르세포네는 스틱스 강둑을 따라 거닐고 있었다. 들쭉날쭉한 파도가 어두운 수평선을 갈랐다. 지하 세계에 처음 왔던 날을 떠올리자 살갗이 팽팽하게 당겨지는 것 같았다. 그날 저 드넓은 강을 헤엄쳐 건너려고 했었지. 깊은 강물 아래엔 죽은 자들이 떠돌고 있다는 사실을 꿈에도 모른 채. 죽은 자들이 그녀를 붙잡아 끌어내렸고, 뼈만 남은 손가락들이 피부를 파고들었다. 생명을 파괴하겠다는 욕망으로 가득 찬 공격이었다. 이렇게 빠져 죽겠구나, 그녀는 생각했다. 바로 그때 헤르메스가 나타나 구해주었다.

　하데스는 그 모든 일을 조금도 기뻐하지 않았지만, 그녀를 궁전으로 데려가 상처를 치료해주기는 했다. 스틱스 강물 속 죽은 자들은 카론에게 통행료로 지불할 동전을 챙겨오지 않은 고대의 시체들이라는 사실은 이후에야 알게 되었다. 그들은 영원히 강물 속에 내던져질 형을 선고받았고, 이는 지하 세계에 잠입하려는 산 자들과 지하 세계를 탈출하려는 죽은 자들로부터 왕국을 보호하려는 하데스의 무수한 조치 중 하나일 뿐이었다.

강가는 불편한 기억을 떠오르게 했지만 풍경은 몹시 아름다웠다. 흑담비색의 산들이 자아낸 그림자에 가려진 지평선 너머까지, 스틱스 강은 몇 킬로미터 이상 널리 뻗어 있었다. 강둑을 따라 흐드러지게 핀 하얀 수선화들은 온통 어두운 풍경 위로 타오르는 흰 불처럼 보였다. 건너편에는 하데스의 궁전이 자리했는데, 뾰족하게 솟은 흑요석 탑들이 위용을 자랑했다.

곱슬곱슬하며 풍성한 머리카락에 올리브색 피부를 지닌 젊은 영혼, 유리가 옆에서 걷고 있었다. 유리는 핑크색 로브와 가죽 샌들 차림이었는데, 그늘진 산과 검은 강물로 이뤄진 풍경 속에서 유독 도드라져 보였다. 유리와 페르세포네는 빠르게 친구가 되었고, 종종 아스포델 골짜기 근처를 함께 산책하곤 했다. 다만 오늘 페르세포네는 유리에게 새로운 길로 가보자고 설득한 터였다.

그녀는 팔짱을 낀 산책 동반자를 바라보며 물었다. "여기서 얼마나 오래 지냈어, 유리?"

유리가 입는 전통적인 페플로스를 보건대 지하 세계에 꽤나 오래 머물렀을 거라는 생각이 들었다. 유리의 섬세한 속눈썹이 회색 눈동자 위로 당겨지듯 올라갔다.

"모르겠어요. 오래됐어요."

"네가 왔을 때 지하 세계가 어땠는지 기억하고 있어?"

페르세포네는 고대의 지하 세계에 대해 궁금한 게 많았다. 여전히 하데스의 마음을 할퀴는 시절, 그를 수치스럽게 만들고 자신의 백성들에게 숭배와 상찬을 받을 자격이 없다고 느끼게 만드는 시절이었다.

"네, 아마 절대 못 잊을 것 같아요." 유리는 어색하게 웃으며 말했다. "그때는 지금 같지 않았어요."

"더 얘기해줘."

하데스와 지하 세계의 과거가 궁금한 것과는 별개로, 마음 한구석에선 진실을 파헤치는 게 두렵다는 생각을 부인할 수 없었다. 알게 된 사실이 마음에 들지 않으면 어쩌지?

"지하 세계는…… 음산했어요. 아무것도 없었죠. 우리는 전부 무채색이었고, 무척 붐볐고요. 낮도 밤도 없고, 그저 단조로운 회색뿐이었어요. 우린 그런 곳에 살았어요."

그럼, 정말로 그림자가 있었던 거구나. 죽은 영혼들의 그림자.

페르세포네가 처음 지하 세계에 왔을 때, 하데스는 정원으로 데려가주었다. 그녀는 그 일에 몹시도 화가 났다. 게임에서 졌다는 이유로 지하 세계에서 삶을 창조하라는 요구를 했던 그였으니까. 함께 게임을 하자고 초대한 결과가 무엇일지, 사실 그가 그녀를 계약으로 끌어들이려고 게임에 동참했다는 사실조차 전혀 알지 못했다. 그 결과로 수행해야 했던 도전 과제에 대해, 그 정원을 보고 나선 더욱 깊은 분노가 일었다. 그곳은 형형색색의 꽃과 생명력을 뿜내는 버드나무로 가득 찬 아름답고도 풍성한 오아시스였던 것이다. 그런데 그때, 그는 저 모든 것이 환상이라고 고백했다. 그가 마법의 힘으로 유지하는 화려함 밑에는 재와 불의 땅이 놓여 있었다.

목적 없이 존재하는 일은 끔찍하다고 생각하며 페르세포네가 말했다. "거의 형벌처럼 들리네."

유리는 옅은 미소를 지어 보이곤 어깨를 으쓱했다. "세속적인 삶을 살아온 데 대한 형벌이었던 셈이죠."

페르세포네는 인상을 찡그렸다. 고대 지하 세계에서 행복하게 머물 수 있는 건 대개 영웅들뿐이었다는 것을 그녀 역시 알고 있었다.

"달라진 게 뭐야?"

"정확히는 모르겠어요. 물론 소문들은 있었어요. 하데스 님이 사랑하셨던 인간이 죽어서 여기에 머물게 되었다는 말도 돌았죠."

페르세포네가 눈살을 찌푸렸다. 인간들과의 허무한 거래에 관해 그녀가 쓴 글을 본 이후 그의 태도 변화로 미루어보건대 그 소문도 어느 정도 진실일지 궁금해졌다. 그녀의 비판에 마음이 크게 움직였는지 그는 할시온 프로젝트를 착수하기까지 했다. 프로젝트의 핵심은 모든 유형의 중독으로 고통받는 인간들을 무료로 지원하는 최첨단 전문 재활 센터를 세우는 것이었다. 추악한 감정이 페르세포네의 척추를 타고 전염병처럼 몸 안 가득 퍼졌다. 어쩌면 자신이 하데스에게 영감을 준 유일한 연인이 아닐지도 몰랐다.

유리는 말을 이었다. "물론 저는 그분이 그저…… 변화를 결심하셨다고 생각했어요. 하데스 님은 세상을 지켜보고 계시거든요. 지상 세계가 덜 혼란스러워지면서 지하 세계도 비슷하게 바뀐 거지요."

그렇게 간단한 문제가 아니다. 지하 세계를 혁신할 수 있는 방법들에 관해 대화를 나눠보려 했지만 하데스는 그 주제를 피했다. 이제 와 생각해보니 그 침묵은 수치심 때문이 아니라 과거 연인들의 정체를 비밀로 하고 싶어서였는지도 모르겠군. 혼란스러운 생각이 머릿속에서 빠르게 소용돌이쳤다. 생각의 회오리바람이 불확실과 의심을 몰고 왔다. 하데스가 사랑한 여자는 몇이나 될까? 지금까지 감정이 남아 있는 이도 있을까? 그녀와 동침하는 바로 그 침대에 그들도 데려왔던 걸까?

속이 아려왔다. 강 근처 부둣가에 한 무리 영혼들이 서 있는 걸

본 이후에야 다행스럽게도 그 생각들을 떨쳐낼 수 있었다.

페르세포네는 걸음을 멈추고 군중을 향해 고갯짓을 해보였다. "저들은 누구야, 유리?"

"새로운 영혼들이에요."

"저들이 스틱스 강둑에 몸을 숙이고 있는 이유는 뭐야?"

그간 만났던 모든 영혼을 통틀어 저들이 가장 죽어 있는 것 같았다. 얼굴은 그늘졌으며 잿빛 피부는 온통 창백했다. 한데 모여 등을 굽히고 가슴 위로는 팔짱을 낀 채 오들오들 떨고 있었다.

"두렵기 때문이죠." 유리가 자연스러운 일이라는 듯이 말했다.

"무슨 말인지 모르겠어."

"대부분의 사람들은 지하 세계와 그 왕이 끔찍하다는 얘기를 듣기 때문에 죽을 때면 두려움에 떨어요."

페르세포네는 여러 가지 이유로 그 사실이 싫었다. 가장 큰 이유는 지하 세계가 두려움을 느낄 만한 곳이 아니기 때문이었는데, 한편으론 하데스에게 화가 나기도 했다. 자신이 다스리는 세계든 스스로를 향한 인식이든 바꾸기 위해 아무것도 하지 않으니까.

"성문에 이를 때까지 아무도 저들을 위로해주지 않는 거야?"

그러자 유리는 이해할 수 없다는 표정을 지었다. 이곳에 온 새로운 영혼들을 왜 누군가 달래거나 환대해주어야 하는지 모르겠다는 듯이.

"카론이 스틱스 강을 가로질러 그들을 데리러 갈 테고, 다음으론 심판의 벌판으로 걸어가야 해요. 그 후엔 안식처에 머물게 되거나 영원한 고문의 장소로 인도되지요. 이제껏 늘 그래왔어요."

페르세포네는 화가 나서 이를 악물었다. 지하 세계가 얼마나 바뀌었는지에 대해서 단숨에 여러 이야기를 나눌 수 있으면서도 동시에 여전히 해묵은 관습이 남아 있다는 사실이 놀라웠다. 저 영혼들을 환대하거나 위로하지 않은 채 떠나보낼 이유는 없지. 그녀는 유리와 낀 팔짱을 풀고, 기다리는 영혼들에게 걸어갔다. 그들이 계속해서 몸을 떨며 움츠리자 그녀도 잠시 멈칫했다.

영혼들의 불안을 덜어줄 수 있길 바라며 미소를 지었다. "처음 인사드립니다. 내 이름은 페르세포네예요."

영혼들은 계속 덜덜 떨었다. 자신의 이름을 듣는 게 그들에겐 아무런 위로가 되지 않는다는 것을 알았어야 했다. 의미 없는 짓이었다. 어머니인 수확의 여신, 데메테르가 항상 했던 일이었다. 두려움 때문에 페르세포네를 평생 유리 감옥에 가두어 숭배받지 못하게 했던 어머니. 세계와, 그리고 당연히 신적인 힘으로부터도 차단해버리기 위해서. 마음속에 여러 감정이 얽혀들었다. 저들을 도울 수 없다는 좌절감, 스스로가 나약하다는 슬픔, 그리고 운명을 거역하려 한 어머니를 향한 분노.

어느새 유리가 다가와 말했다. "여신이라는 걸 보여주셔야 해요."

"왜?"

"그 사실이 저들을 안심시켜줄 테니까요. 지금은 지하 세계에 있는 다른 영혼들과 다를 바 없이 보이시잖아요. 저들이 우러러보는 건 여신이라는 존재예요."

"말도 안 돼. 저들은 내 이름도 모르는데, 신적인 형상을 띤다고 해서 두려움이 덜어지겠어?"

"우리는 신들을 숭배해요. 당신의 존재가 저들에게 희망을 줄 거예요."

페르세포네는 신의 형상을 하고 싶지 않았다. 신적인 힘을 갖기 전까지는 스스로 여신이라고 느끼기도 어려웠고, 하데스의 숭배에 힘입어 자기 안의 마법이 화르르 되살아날 때까지도 그 점만큼은 변함없었다. 마법을 갖는 것과 그것을 적절하게 사용하는 일은 별개라는 사실을 빠르게 깨달았다. 그럼에도 저 새로운 영혼들이 지하세계에서 환대받는다고 느끼고, 하데스의 왕국을 또 다른 시작으로 여기게 되는 일은 중요했다. 무엇보다 저들의 왕이 자신에게 마음을 기울이고 있다는 사실을 확실히 알았으면 싶었다.

페르세포네는 인간의 글래머를 지탱하던 힘을 떨쳐냈다. 마법은 마치 피부에서 미끄러지는 비단결처럼 느껴졌고, 바로 다음 순간 그녀는 영혼들 앞에 천상의 빛을 뿜어내며 서 있었다. 새하얀 뿔의 무게는 본모습을 드러내자 어쩐지 더 무겁게 느껴졌다. 곱슬머리는 황동금색에서 옅은 노란색으로 밝아졌고, 눈동자는 기이한 진녹색으로 번득였다.

그녀는 다시금 영혼들을 향해 미소 지었다. "나는 봄의 여신, 페르세포네다. 너희가 여기에 와서 정말 기쁘구나."

광채에 대한 반응은 즉각적이었다. 영혼들은 덜덜 떨던 몸짓을 멈추고 그녀의 발 앞에 무릎을 꿇고 경배했다. 페르세포네는 온몸이 긴장으로 굳는 듯했고 심장 박동은 빨라졌다.

그녀는 쏜살같이 앞으로 나섰다. "아니, 이러지 말아요."

그녀는 한 영혼 앞에 무릎을 꿇었다. 짧은 흰머리에 종잇장처럼 얇은 피부를 지닌 노파였다. 그녀가 여자의 뺨을 매만지자, 연녹색 눈동자가 그녀를 마주 보았다.

여자를 일으켜 세우며 그녀가 말했다. "부디, 나와 함께 일어서주세요."

다른 영혼들은 땅에 엎드린 채 고개를 슬쩍 들었다. 여러 쌍의 눈동자가 얼어붙어 있었다.

"이름이 뭔가요?"

"엘레노어입니다." 여자가 쉰 목소리로 말했다.

"엘레노어." 페르세포네는 미소를 지으며 이름을 읊조렸다. "당신도 나처럼 지하 세계를 평화로운 곳으로 여기게 되길 바랍니다."

그녀의 말에 마치 허공에 실이 당겨진 듯 여자의 처진 어깨가 펴졌다. 모두와 몇 마디씩 나눌 때까지 페르세포네는 한 영혼에서 옆의 영혼으로 옮겨가며 말을 건넸고, 어느새 모두가 두 발 딛고 서있게 되었다.

"심판의 벌판까지 모두 함께 걸어가야 하지 않을까요?" 그녀가 제안했다.

"아, 안 그러셔도 됩니다." 유리가 끼어들었다. "타나토스!"

날개 달린 죽음의 신이 즉각 모습을 드러냈다. 창백한 피부에 피처럼 붉은 입술, 어깨까지 내려오는 백금발 머리까지, 어둠을 닮은 아름다운 형상이었다. 새파란 눈동자는 밤하늘에 번쩍이는 번갯불처럼 강렬했다. 그가 등장하자 페르세포네의 가슴 깊숙이 평온함이 밀려왔다. 홀홀 날아갈 것처럼 몸이 가벼워졌다.

"여신님." 그가 감미로운 중저음의 목소리로 인사하며 고개를 숙였다.

"타나토스." 페르세포네는 도리 없이 환하게 미소 지었다.

엘리시움을 둘러보는 동안, 죽은 자들의 신인 하데스의 알쏭달쏭한 역할에 대해 처음으로 새로운 시선을 갖게 해준 것이 바로 타나토스였다. 그의 관점을 통해 페르세포네는 지하 세계를 좀 더 잘 이해하게 되었고, 솔직하게는, 하데스에게 마음을 다하기 위해 무엇이 필요한지를 알게 되기도 했다.

그녀는 모여 있는 영혼들에게 손짓해 타나토스를 소개했다.

그는 옅은 웃음을 지었지만 진실한 어조로 말했다. "저희끼리는 이미 만난 바 있습니다."

"아." 그녀의 뺨이 붉어졌다. "미안해요. 깜빡했어요."

타나토스는 영혼을 거두는 신으로, 인간들이 스틱스 강가로 보내지기 전 마지막으로 보는 것이 바로 그의 얼굴이었다.

"새로 온 영혼들을 심판의 벌판으로 막 데려가려던 참이었어요."

페르세포네의 말에 타나토스의 눈이 휘둥그레졌다. 그가 유리 쪽으로 고개를 돌리자 그녀가 재빨리 입을 열었다.

"페르세포네 여신님께선 왕궁에서 볼일이 있습니다. 여신님을 위해 이들을 데려가주실 수 있나요, 타나토스?"

"물론입니다." 그가 손을 가슴에 가져다 대며 대답했다. "제 기쁨이죠."

타나토스가 군중을 향해 몸을 돌리고 날개를 활짝 편 뒤 영혼들과 함께 사라질 때까지 페르세포네는 손을 흔들어 작별 인사를 했다. 유리는 페르세포네에게 다시 팔짱을 낀 다음 스틱스 강가에서 멀어지게 당겼지만 여신은 꿈쩍도 하지 않았다.

"왜 그런 거야?" 그녀가 물었다.

"뭘요?"

"난 왕궁에서 할 일이 없어, 유리. 영혼들을 벌판으로 데려갈 수 있었다고."

"죄송해요, 페르세포네. 저들이 뭘 요구할까 봐 그랬어요."

"요구라니?" 그녀가 눈썹을 찡그렸다. "대체 뭘 요구한다는 거야?"

"호의를 베풀어달라고 청하는 거죠." 유리가 설명했다.

페르세포네는 그 말에 웃음이 터졌다. "난 호의를 베풀 위치가 아니야."

"저들은 그걸 몰라요." 유리가 말했다. "그저 하데스 신을 알현할 기회를 줄지도 모를, 혹은 다시 지상 세계로 돌려보내줄지도 모를 여신님으로 볼 뿐이라고요."

페르세포네는 인상을 찌푸렸다. "왜 그렇게 생각하는 건데?"

"저도 저들 중 한 명이었으니까요."

유리가 다시 팔을 잡아당겼고, 이번에 그녀는 그 움직임에 응했다. 팽팽한 침묵이 감돌았다. 페르세포네는 얼굴을 찌푸렸다.

"미안해, 유리. 가끔 내가 잊어버리는 게……."

"내가 죽었다는 사실 말이죠?"

그녀는 빙긋 웃었지만 페르세포네는 스스로가 초라하고 어리석게 느껴졌다.

"괜찮아요. 제가 여신님을 좋아하는 이유 중 하나가 바로 그거인 걸요." 유리는 잠시 말을 멈추더니 다시 입을 열었다. "하데스 님께서 배우자를 참 잘 택하셨지요."

"배우자라고?" 페르세포네가 눈썹을 치켜떴다.

"하데스 님께서 여신님과 결혼하시려 한다는 건 뻔하지 않아요?"

페르세포네는 웃음을 터뜨렸다. "너무 앞서 나가지 마, 유리."

하지만 하데스가 결혼 의사를 아주 명확하게 표현한 건 사실이었다. 당신은 나의 왕비이자, 여왕이 될 겁니다. 운명의 여신들이 말해주지 않아도 압니다. 가슴속이 조여들었고, 단어 하나하나가 속을 꼬아놓는 것 같았다. 그 말에 마음이 녹아내렸어야 하는데 그러지 않았다는 사실이 불편했다. 아마도 최근의 이별과 관련이 있을 것이다. 하데스가 둘의 미래를 그렇게 확신하는 것처럼 보였을 때 그녀는 왜 그토록 불안했을까?

페르세포네의 머릿속에서 격렬한 갈등이 벌어지고 있는 줄은 꿈에도 모른 채, 유리는 말을 이었다. "하데스 님께서 여신님을 왕비로 맞지 않으실 이유가 없죠. 미혼의 여신이시고 순결의 서약을 하신 것도 아니잖아요."

유리가 다 안다는 듯 눈길을 던지자 페르세포네는 얼굴을 붉혔다.

"내가 여신이라고 해서 지하 세계의 여왕이 될 자격이 저절로 주어지는 건 아니야."

"그래도 그게 시작이죠. 하데스 님께선 절대로 인간이나 님프를 왕비로 점찍지 않으시거든요. 제 말을 믿어보세요. 그분께는 기회가 무수히 많았다니까요."

등유가 가득한 웅덩이에 내던져진 성냥처럼, 페르세포네의 마음속에서 질투가 화르르 불타올라 등줄기를 타고 내려갔다. 마법이 불현듯 솟구쳤고, 분출할 곳이 간절해졌다. 그것은 일종의 방어기제였고, 그 힘을 억누르는 데에는 얼마간의 시간이 필요했다.

조심해, 통제해야 해. 그녀는 스스로에게 명령했다.

하데스가 평생 다른 연인들을 만나왔다는 사실을 모르는 건 아니었다. 그중 한 명은 붉은 머리 님프인 민테로, 페르세포네는 그녀를 민트로 만들어버렸다. 하지만 하데스의 관심이 부분적으로는 자신이 여신이라는 사실 때문일 수도 있다고는 한 번도 생각해본 적 없었다. 어두운 무언가가 마음을 휘감았다. 어떻게 하데스에 대해 이런 생각을 할 수 있지? 그는 그녀가 신성한 힘을 스스로 받아들이도록 격려해주었고, 자유와 힘을 뻗어낼 수 있도록 숭배했으며, 또 사랑한다고도 말했다. 페르세포네를 왕비로 삼고자 한다면 그건 그녀가 여신이라서가 아니라 사랑하기 때문일 것이다.

맞겠지?

유리와 함께 아스포델 골짜기로 돌아가면서 페르세포네는 이런저런 상념에 빠져들었다. 그러다 이내 놀아달라고 애원하는 아이들에게 둘러싸였다. 잠시 숨바꼭질을 함께한 뒤, 그녀는 다가올 하지 축제에 쓸 와인, 케이크, 꽃들에 대해 의견을 묻는 오필리아, 엘라라, 아나스타샤의 손에 끌려갔다.

하지는 새로운 시작을 알리는 날이자 범그리스 대회의 한 달 카운트다운을 시작하는 날을 의미했다. 범그리스 대회는 죽은 영혼들마저 설레며 기다리는 행사였다. 그토록 중요한 축하 행사를 목전에 둔 상황에서, 페르세포네는 파티를 궁전에서 열어도 되느냐고 물어보았고 하데스는 동의했다. 영혼들만큼이나 페르세포네 역시 그들이 궁전 내부 홀에 들어올 날을 고대하고 있었다.

궁전에 돌아갈 때까지도 불안감이 사라지지 않았다. 캄캄한 의심이 솟아나 머릿속을 짓눌렀고, 피부 밑에선 마법이 고동치면서 통증이 느껴졌으며 피로감이 들었다. 차를 가져다달라고 부탁한 뒤, 뭐라도 읽으면 유리와의 대화를 떨쳐낼 수 있을까 싶어 도서관으로 들어갔다.

벽난로 근처의 커다란 의자 중 하나에 몸을 둥글게 말고 앉은 채 페르세포네는 헤카테의 책 『마법과 대혼란』을 훑어보았다. 변덕스러운 힘을 제어하는 법을 알려주던 마법의 여신, 헤카테가 내준 과제 중 하나였다. 하지만 원하는 만큼 빨리 나아지고 있지 않았다.

페르세포네는 힘이 발현되기를 오래도록 기다려왔다. 마침내 그 순간이 왔을 때는 하데스와 격렬한 언쟁을 하던 중이었다. 그 순간 이후로는 꽃을 피워낼 수 있게 되긴 했지만 적절한 정도로 마법을 불러일으키는 데는 어려움이 따랐다. 또 순간 이동 능력에 작은 문제가 있다는 것을 깨달았는데, 그건 가고자 했던 목적지에 도착하지 못할 수도 있다는 뜻이었다. 헤카테는 연습하면 된다고 했지만 페르세포네는 스스로가 패배자 같았다. 이런 이유로 지상 세계에서는 마법을 쓰지 않기로 마음먹었다. 적어도 스스로 통제할 수 있게 되기 전까지는.

그래서 헤카테와의 첫 수업을 준비하면서 마법의 역사와 연금술, 다채롭고도 무시무시한 신들의 힘에 대해 공부하게 된 것이다. 언젠가 숨 쉬듯 수월하게 힘을 쓰게 될 날이 오길 고대하면서.

갑자기 피부에 온기가 퍼지며 뒷목과 팔의 털이 곤두섰다. 열기에도 몸이 떨렸고, 숨은 가빠졌다.

하데스가 가까이 있다. 몸이 알아챘다.

아랫배에서 뭉근한 통증이 느껴지자 신음이 흘러나올 것 같았다.

신들이여. 그녀의 욕망은 끝을 몰랐다.

"여기 있을 거라 생각했습니다." 하데스의 목소리가 위에서 들려왔다.

고개를 들어 바라보니 그가 등 뒤에 서 있었다. 짙은 눈동자가 자신을 마주 보았고, 곧이어 그가 몸을 굽혀 손으로 그녀의 턱을 감싸며 키스했다. 강렬히 사로잡는 손길이자 열정적인 키스였기에 그가 물러나자 입술이 다 얼얼했다.

"오늘 하루는 어땠습니까, 달링?"

페르세포네는 그의 다정함에 숨이 멎을 것 같았다. "좋았어요."

하데스의 입꼬리가 올라갔다. 말을 시작하면서 그의 눈길은 그녀의 입술로 향했다.

"내가 방해한 게 아니길 바랍니다. 책에 꽤 심취한 것 같던데."

"아니에요." 그녀는 재빨리 대답하고는 목을 가다듬었다. "그, 그러니까…… 헤카테가 내준 숙제거든요."

"봐도 되겠습니까?"

그가 그녀를 붙잡던 힘을 풀고 책으로 손을 뻗었다. 말없이 책을 건네준 뒤 그녀는 의자에 앉아 빙그르르 돌며 책을 훑어보는 죽은 자들의 신을 가만히 바라보았다. 머리부터 발끝까지 검정색 옷으로 휘감은 그의 외모에는 어딘가 몹시 악마 같은 구석이 있었다.

"헤카테와의 훈련은 언제 시작합니까?" 그가 물었다.

"이번 주요. 나한테 과제를 내줬거든요."

"흠." 그는 잠시 말을 멈추고 침묵하더니 책에 시선을 고정한 채 말을 이었다. "오늘 새로운 영혼들을 환대해주었다고 들었습니다."

페르세포네는 흠칫 놀라 자세를 고쳤다. 그가 짜증이 난 건지 아닌지 알 수 없었다.

"유리랑 이야기하다가 영혼들이 스틱스 강변에서 기다리고 있는 걸 봤거든요."

하데스가 불꽃같은 눈동자를 들어 그녀를 올려다봤다.

"아스포델 바깥으로 영혼을 데리고 나간 겁니까?" 그 목소리에는 경악이 담겨 있었다.

"다른 사람도 아니고 유리잖아요, 하데스. 안 그래도 당신이 영혼들을 고립시켜두는 이유를 모르겠어요."

"그래야 그들이 문제를 일으키지 않습니다."

페르세포네는 킥킥 웃음을 터뜨렸지만 하데스의 표정을 보곤 뚝 멈췄다. 그는 그녀와 벽난로 사이에 서 있었는데, 마치 불길 위의 천사 같았다. 높은 광대뼈에 근사하게 다듬은 수염, 도톰한 입술을 지닌 그는 정말이지 아름다웠다. 긴 검은 머리는 뒤통수에 둥글게 매듭지어 틀어 올린 상태였다. 그녀는 그게 마음에 들었는데, 매듭을 풀어 늘어뜨리는 것, 손가락으로 머리칼을 파고드는 것, 그가 그녀 안에 들어왔을 때 꽉 붙잡는 것이 좋았기 때문이다.

상상이 거기에 미치자 주변 공기가 후끈 달아올랐다. 그녀의 생각을 읽어내기라도 한 듯 하데스의 가슴이 가쁜 숨과 함께 오르내리는 게 보였다. 그녀는 입술을 핥고선 이 대화에 집중하자고 애써 마음먹었다.

"아스포델의 영혼들은 절대로 문제를 일으키지 않는다고요."

"내가 틀렸다고 생각합니까."

그건 질문이 아니라 진술이었고, 그는 전혀 놀란 것 같아 보이지 않았다. 애초에 둘의 관계는 그가 틀렸다고 여긴 페르세포네의 생각 때문에 시작되지 않았던가.

"당신이 그간의 변화에 대해 스스로 충분히 인정하고 있지 않고 따라서 영혼들에게도 그 변화를 알아챌 수 있는 충분한 권한을 주지 않는다고 생각해요."

신은 오랫동안 침묵했다. "왜 영혼들에게 인사를 한 겁니까?"

"그들이 두려워했으니까요. 저는 그게 싫었고요."

하데스의 입술이 움찔거렸다. "그들 중 일부는 두려워해야 마땅합니다, 페르세포네."

"두려워해야 할 이들은 제가 인사를 했든 말든 두려워할 거예요."

인간이 무엇 때문에 타르타로스에 영원히 갇히게 되는지 알고 있어.

"지하 세계는 아름다워요. 당신은 백성들의 안위에 마음을 쓰고요, 하데스. 이런 세계를 왜 좋은 사람들마저 두려워해야 하는 거예요? 왜 그들이 당신을 두려워해야 하는 거죠?"

"말하자면, 그들은 여전히 나를 두려워하는 게 사실입니다. 그들을 환영한 건 당신이었지요."

"나와 함께 환영하면 되잖아요." 그녀가 제안했다.

하데스의 비웃는 듯한 웃음기는 가시지 않았으나 표정은 조금 풀렸다. "여왕이라는 칭호를 불편해하면서도 발 빠르게 여왕처럼 행세했군요."

페르세포네는 잠시 얼어붙었다. 하데스가 화낼까 봐 두려웠고, 동시에 여왕이라고 불리는 것이 불안했다.

"그게…… 불쾌했어요?"

"어째서 불쾌하겠습니까?"

"난 여왕이 아니에요." 그녀는 자리에서 일어나 그에게 다가가 그의 손에서 책을 빼내며 말했다. "그리고 내 행동에 대해 당신이 어떻게 느끼는지도 모르겠네요."

"당신은 나의 왕비이자 명계의 여왕이 될 겁니다." 하데스는 단호하게 말했다. 마치 스스로도 그 사실을 확신하고 싶은 것처럼. "운명의 여신들이 그렇게 선포했습니다."

그 말에 페르세포네는 발끈했다. 좀 전에 했던 생각들이 다시금 머릿속에서 휘몰아쳤다. 그녀를 왕비로 맞고 싶은 이유를 하데스에게 대체 어떻게 물어봐야 할까? 게다가, 왜 그가 이 질문에 답해주길 원하는 걸까? 그녀는 혼란을 감추기 위해 서가 쪽으로 몸을 숨겼다.

"그 사실이 마음에 들지 않습니까?" 하데스가 단숨에 앞에 나타나 거대한 산처럼 길을 막으며 물었다.

페르세포네는 흠칫 놀랐지만 금세 정신을 차렸다. "아뇨."

그러고는 그를 지나쳐 갔고 하데스는 뒤를 바짝 따라왔다.

원위치에 책을 꽂으면서 그녀가 말했다. "물론, 당신이 나를 왕비로 맞이하고 싶은 이유가 운명이 정했기 때문이 아니라 당신이 나를 사랑해서였으면 좋겠지만요."

하데스는 그녀가 그를 향해 돌아설 때까지 잠자코 기다렸다. 그는 인상을 찌푸리고 있었다. "내 사랑을 의심하는 겁니까?"

"아뇨!" 그가 내린 결론에 그녀는 단호히 부정을 표했고, 그다음엔 어깨가 축 처졌다. "하지만, 우리 관계를 다른 이들이 어떻게 바라볼지는 불가피한 거라고 생각해요."

"다른 이들이 정확히 어떻게 바라본다는 겁니까?"

그가 너무도 가까이에 서 있어서 향신료와 연기, 겨울 공기의 내음이 훅 끼쳐왔다. 그의 마법이 머금은 향기였다.

그녀는 어깨를 으쓱하며 한숨을 내쉰 뒤 말했다. "우리가 함께하는 건 운명 때문이고, 당신이 나를 택한 건 내가 여신이기 때문일 뿐이라고요."

"그렇게 생각하게끔 내가 행동한 적이 있습니까?"

그녀는 그를 빤히 바라보았다. 답할 수가 없었다. 그 생각을 심어준 게 유리라고 말하고 싶지는 않았다. 이전에도 했던 생각이었다. 이미 과거에 그 생각의 씨앗이 심겼다. 유리는 그 씨앗에 물을 주었을 뿐이고 이제 그 생각은 점점 커져가고 있었다. 그녀의 마법으로부터 뻗어 나오는 검은 덩굴처럼.

하데스는 더 빠르게, 강한 어조로 말했다. "그런 의심을 대체 누가 심었습니까?"

"난 그저 이제 막 생각하기 시작했는데……."

"내 행동의 이유를 말입니까?"

"아뇨."

그는 눈을 가늘게 떴다. "그래 보이는데 말입니다."

페르세포네는 뒤로 한 걸음 물러났다. 책장이 등에 바짝 붙어왔다. "그런 말을 해서 미안해요."

"이미 돌이킬 수 없습니다."

페르세포네는 신을 노려보았다. "생각을 솔직하게 말했다고 날 벌할 건가요?"

"벌?" 하데스는 고개를 옆으로 기울이곤 가까이 다가왔다. 몸과 몸이 틈 없이 바짝 밀착했다. "당신을 어떻게 벌할 거라 여기는지 듣고 싶습니다만."

그 말이 그녀를 단단히 휘감았다. 둘 사이에 달아오르는 열기에도 그녀는 가까스로 그를 노려보았다.

"내가 듣고 싶은 건 내 질문에 대한 당신의 답이에요."

하데스가 어금니를 꽉 깨물었다. "당신 질문이 뭐였는지 다시 말해주십시오."

그녀는 눈을 깜박였다. 단지 여신이라서 선택한 거냐고 묻고 싶은 걸까? 날 사랑하는 게 맞는지 묻고 싶은 걸까?

그녀는 깊이 심호흡한 뒤 짙은 속눈썹 사이로 그를 올려다보았다. "운명의 여신들이 없었더라도, 그래도 나를 원할 건가요?"

하데스의 표정을 읽어낼 수 없었다. 그의 눈이 레이저처럼 그녀의 가슴을, 심장과 폐를 온통 녹이는 것 같았다. 숨조차 쉴 수 없었다. 하지만 그는 입을 떼지 않았다. 대신 한 손을 뻗어 그녀의 턱을 움켜쥐었다. 그의 몸이 떨리고 있었다. 그 밑에 자리한 맹렬함이 느껴졌다. 그 찰나의 순간, 그녀는 지하 세계의 왕이 어떤 고삐를 풀지 호기심이 일었다.

바로 그때, 그의 손에 힘이 풀렸다. 손가락이 그녀의 뺨을 부드럽게 쓸었고, 그의 눈은 그녀의 입술 위로 향했다.

"운명의 여신들이 당신과 나를 엮어준 이유를 내가 어떻게 알고 있는지 아십니까?" 그 목소리는 거친 속삭임에 가까웠다. 사랑을 나눈 뒤 어둠에 잠긴 방에서 냈던 목소리였다.

페르세포네는 눈길에 사로잡힌 채 천천히 고개를 저었다.

"당신 살갗에서 그것을 맛볼 수 있습니다. 내가 유일하게 후회하는 건 당신 없이 내가 그토록 오래 살아왔다는 사실입니다."

그의 입술이 그녀의 턱부터 뺨까지 훑어 올라왔다. 그녀는 숨을 참으며 그의 손길에 몸을 내맡긴 채 입술이 닿기를 기다렸지만, 그는 키스하는 대신 뒤로 물러났다. 갑자기 거리를 두는 모습에 그녀는 불안해졌고, 힘이 빠진 몸을 지탱하려 서가에 기대야 했다.

"방금 뭐한 거예요?" 그녀는 그를 노려보며 따졌다.

그는 입꼬리를 슬쩍 올리며 어둠처럼 웃었다. "전희."

그런 다음 그는 손을 앞으로 뻗어 그녀를 획 들어 올리곤 어깨에 들쳐 멨다. 페르세포네는 깜짝 놀라 소리를 질렀다.

"지금 뭐하는 거예요?"

"내가 당신을 원한다는 것을 증명하고 있습니다."

그는 성큼성큼 도서관을 나서서 복도를 걸어갔다.

"내려놔요, 하데스!"

"안 됩니다."

얼굴을 볼 순 없었지만 그가 함박웃음을 짓고 있다는 느낌이 들었다. 그의 손이 그녀의 허벅지 사이를 타고 올라와 깊숙한 안쪽을 벌리며 파고들었다. 그녀는 그의 어깨에서 떨어지지 않으려 그의 재킷을 움켜잡았다.

"하데스!" 그녀가 신음했다.

그는 나직하게 웃었고, 그녀는 그 웃음이 미웠다. 그녀는 그의 머리카락을 잡아당겨 고개를 젖히곤 입술을 찾아 헤맸다. 하데스는 순순히 응하며 가장 가까운 벽에 그녀를 닿게 한 다음 끌어안고 진하게 입을 맞추었다. 그다음 입술을 떼곤 귓가에 으르렁대듯 속삭였다.

"당신이 비명을 내뱉을 때까지 당신을 벌할 겁니다. 내 것을 몹시도 꽉 조일 때까지. 내 애정을 한 치도 의심하지 않게 될 때까지."

그 말에 숨이 멎을 것 같았다. 그녀 안에서 마법의 힘이 깨어나 온몸을 온기로 휘감았다.

"약속한 건 꼭 지키세요, 하데스." 입술이 닿을 듯 말 듯한 채로, 그녀가 말했다.

바로 그때 벽이 갑자기 사라졌다. 하데스가 앞으로 휘청거렸고 그녀는 비명을 내질렀다. 그가 붙들었기에 망정이지 둘은 바닥에 부딪힐 뻔했다. 둘 다 안전하다는 것을 확인한 뒤 그는 그녀를 일으켜 세웠다. 그녀를 붙든 손길을 느낄 수 있었다. 보호해주려는 듯 그녀 어깨 위에 팔을 단단히 두른 손. 주변을 둘러보니 식당에 들어섰다는 것을 알 수 있었다. 타나토스, 헤카테, 카론을 비롯한 하데스의 신하들이 연회 테이블 주변을 가득 메우고 있었다. 둘이 기댔던 벽은 식당 문이었던 것이다.

하데스는 헛기침을 했고, 페르세포네는 하데스의 가슴에 얼굴을 묻었다.

"좋은 저녁이군." 하데스가 말했다.

그 말을 그가 어찌나 침착하게 하던지, 그녀는 깜짝 놀랐다. 심장이 엄청나게 뛰고 있다는 걸 느낄 수 있었음에도 그는 전혀 숨이 가빠 보이지 않았다.

하데스가 양해를 구한 뒤 순간 이동할 거라고 생각했지만 그는 이렇게 말했다. "페르세포네 여신님과 나는 몹시 굶주려 있다. 단둘이 있고자 한다."

그녀는 깜짝 놀라 그의 옆구리를 쿡 찔렀다.

이 남자 뭐하는 거야?

사람들이 일사불란하게 움직여 자리를 뜨면서 접시들과 은식기류, 아직 손대지 않은 음식이 가득 담긴 그릇들을 치우기 시작했다.

"좋은 저녁 보내십시오, 여신님. 그리고 하데스 님."

다들 반짝이는 눈으로 흐뭇한 미소를 머금은 채 식당을 떠났다. 하데스의 궁전에 사는 이들이 다른 데서 식사하기 위해 복도로 줄지어 나서는 동안 페르세포네는 줄곧 시선을 내리깔고 있었고 뺨에는 내내 홍조를 띠고 있었다.

모두 자리를 뜨자 하데스는 바로 그녀에게 몸을 기울여왔다. 그녀의 다리가 테이블에 닿을 때까지 그는 손으로 등을 받쳐주었다.

"진심이에요?"

"죽은 자들만큼이나." 그가 답했다.

"여기…… 식당에서 하자고요?"

"난 꽤나 굶주렸는데, 당신은 안 그렇습니까?"

나도 그래요.

하지만 그렇게 답할 새도 없었다. 하데스가 그녀를 테이블 위로 들어 올린 다음 그녀의 다리 사이에, 마치 신하가 여왕에게 하듯 무릎을 꿇었기 때문이다. 그의 손이 그녀의 종아리 위로 올라오자 드레스가 위로 들렸다. 그는 입술로 허벅지 안쪽을 장난치듯 핥았고, 이윽고 그녀의 은밀한 곳을 찾아냈다.

페르세포네의 등이 휘면서 테이블 위 허공에 떴고, 하데스가 계속 탐하는 동안 그녀의 숨은 가빠졌다. 그의 혀가 무자비하게 그녀 안으로 들이닥쳤고, 짧게 깎은 수염은 그녀의 예민한 살갗 위에 짜릿한 마찰을 일으켰다. 그녀는 손을 뻗어 그의 머리카락을 손가락으로 헝클어뜨리며 그의 손길 아래 온몸을 배배 꼬며 버둥거렸다.

하데스는 손가락으로 그녀의 살갗을 강하게 움켜쥐곤 움직이지 않도록 더욱 꽉 붙들었다. 그의 입술이 그녀의 옴폭 들어간 부분을 감싸고, 곧이어 격렬한 혀가 움직이던 자리를 손가락이 쑥 밀고 들어오자 그녀는 탄식 같은 신음을 뱉어냈다. 손가락은 그녀의 안쪽을 가득 채우고 더욱 깊이 뻗쳐 들어왔다. 온몸이 쾌감으로 가득 차 결국 폭발했다.

스스로가 빛나고 있다고, 그녀는 확신했다.

황홀경, 희열, 무아지경이 바로 이런 거였다.

바로 그때 문을 두드리는 소리가 들려왔고 모든 것이 일순간 멈추었다. 페르세포네는 얼음장같이 굳었고 바로 몸을 일으키려 했지만 하데스는 그녀를 제자리에 붙들어둔 채 으르렁대며, 다리 사이에 무릎 꿇은 그 자세 그대로 그녀를 올려다보았다.

"무시하십시오." 그것은 명령처럼 들려왔고, 그 말을 뱉는 그의 눈동자는 불길같이 타오르고 있었다.

그는 무자비하게 계속해서 더욱 깊이, 더욱 세게, 더욱 빠르게 움직였다. 페르세포네는 테이블 위에서 굴러떨어질 것만 같았다. 마치 스틱스 강에서 간신히 빠져나오던 그때, 절박하게 산소를 원하던 그때처럼 숨을 거의 쉴 수 없었지만, 이렇게 죽는다 해도 행복하겠다는 사실에 은밀한 만족감이 차올랐다.

하지만 문 두드리는 소리는 계속됐다. 머뭇거리는 목소리가 외쳤다. "하, 하데스 님?"

문 뒤에 누가 있는 건지 알 수 없었지만, 목소리엔 긴장감이 가득했다. 그럴 법도 했다. 하데스의 얼굴은 누군가를 죽이기라도 할 것처럼 섬뜩했으니까. 타르타로스에 던져진 영혼들이 보게 되는 게 바로 저 얼굴이겠구나.

하데스는 무릎을 세우고 일어섰다. "물러가거라."

잠시 침묵이 흘렀지만, 다시 목소리가 들려왔다. "중요한 일입니다, 하데스 님."

목소리에 깃든 긴장감이 한층 높아졌음을 페르세포네조차 눈치챌 수 있었다. 하데스는 한숨을 쉬곤 몸을 일으켜 그녀의 얼굴을 두 손으로 감싸 쥐었다.

"잠시만, 달링."

"저 사람 다치게 하지 않을 거죠?"

"심하게는 하지 않겠습니다."

복도로 나설 때까지 그의 얼굴엔 웃음기라곤 찾아볼 수 없었다. 테이블 가장자리에 걸터앉아 있는 스스로가 우스꽝스럽게 느껴져서 바닥으로 내려와 치마 매무새를 정돈하고 호화로운 식당 안을 서성이기 시작했다. 이 방에 대한 첫인상은 좀 과하다는 거였다. 천장은 불필요한 크리스털 샹들리에 여러 개가 위용을 뽐냈고 벽들은 금으로 장식되어 있었으며 상석에 놓인 하데스의 의자는 왕좌처럼 보였다. 게다가 그는 종종 궁전 내 다른 곳에서 식사하는 것을 더 선호했으므로 이 방에선 거의 식사를 하지도 않았다. 바로 그 이유로 그녀는 하지 축제 기간 동안 이곳을 축제의 장으로 쓰겠다고 결심했다. 이 모든 아름다움이 쓸모를 찾을 수 있도록.

하데스가 돌아왔다. 불만스러워 보이는 얼굴이었다. 턱에는 힘이 잔뜩 들어가 있었고 눈동자는 평소와는 다른 강렬함을 띤 채 빛나고 있었다. 주머니에 손을 찔러 넣은 채, 그는 그녀 바로 앞에서 걸음을 멈췄다.

"괜찮아요?" 그녀가 물었다.

"네." 그가 말했다. "사실은 아닙니다. 일리아스가 문제를 최대한 빨리 해결하는 게 낫겠다고 하더군요."

뭔가 더 말을 이어주길 바라며 그를 빤히 바라보았지만 더는 설명이 없었다.

"그럼, 언제 돌아오는 거예요?"

"한 시간쯤 걸릴 겁니다. 혹은 두 시간."

그녀는 인상을 찌푸렸다. 하데스는 손으로 그녀의 턱을 들어 눈을 맞추었다. "믿어주십시오, 달링. 당신을 떠나는 일은 내가 매일같이 마주하는 가장 힘겨운 결단임을."

"그럼 떠나지 않으면 되잖아요." 그녀가 그의 허리에 손을 두르며 말했다. "나도 함께 갈게요."

"그건 현명한 생각이 아닙니다."

그의 목소리는 거칠었고, 페르세포네는 눈썹을 치켜떴다.

"왜 안 되는데요?"

"페르세포네……."

그녀가 말을 끊었다. "간단한 질문이잖아요."

"그렇지 않습니다." 그가 단호히 내뱉곤 한숨을 쉬며 느슨한 머리카락을 손가락으로 쓸어 넘겼다.

그녀는 그 모습을 빤히 바라보았다. 그가 이렇게까지 침착함을 잃는 걸 본 적이 없었다. 무엇 때문에 불안해하는 거냐고 물어볼까 싶었지만 소용없을 테니 받아들이기로 했다.

"알겠어요." 그녀는 한 발짝 물러나며 말했다. "돌아올 때까지 여기 있을게요."

하데스가 얼굴을 찌푸렸다. "반드시 빨리 돌아오겠습니다."

그녀는 눈썹을 치켜뜨곤 명령했다. "맹세하세요."

하데스의 눈동자가 크리스털 불빛 아래서 타오르듯 빛났다.

"오, 달링. 서약할 필요는 없습니다. 그 무엇도 내가 당신과 사랑을 나누는 걸 방해할 순 없을 테니."

2장
속임수의 손길

하데스가 점화한 불꽃 같은 손길로 인해 페르세포네의 몸은 떨렸고 한껏 달아올랐다. 지켜보는 눈동자도 없었으니 불꽃은 구석구석 퍼져나가며 온몸을 휘감았다. 주의를 딴 데로 돌리기 위해 그녀는 밖으로 나가 축축한 흙과 달큼한 꽃 냄새를 흠뻑 머금은 정원을 거닐기 시작했다. 꽃잎과 잎사귀를 쓰다듬으며 걷다 보니 어느새 산들바람이 속삭이듯 불고 황록색 풀들이 춤추는 벌판에 이르렀다.

페르세포네는 벌판을 가로질러 달리기 시작했다. 발밑에는 주황색 꽃들이 흐드러지게 피어 있었다. 마법을 쓰는 데 집중할 필요는 없었다. 이미 여과되지도 않고 통제되지도 않는 힘이 그녀 안에서 퍼져가고 있었다. 어디선가 나타난 하데스의 도베르만 개들이 함께 뛰고 있었다. 한참 서로를 뒤쫓듯 내달리다 보니 어느새 헤카테가 살고 있는 초원 가장자리에 이르렀다.

헤카테는 눈을 감은 채 오두막 앞에 다리를 꼬고 앉아 있었다. 명상을 하는 건지, 마법 주문을 걸고 있는 건지 알 수 없었다. 만약 추측이 맞는다면, 저 마법의 여신은 아마도 여성들에게 극악무도한 짓을 벌인 지상 세계의 어떤 인간에게 저주를 걸고 있을 것이다.

세 마리 개 케르베로스, 티폰, 그리고 오르트로스는 페르세포네가 여신에게 다가갈 동안 가만히 제자리에 있었다.

"넌더리가 나신 것 같네요?" 헤카테가 여전히 눈을 감은 채로 물었다.

신하들 앞에서 그런 짓을 벌인 하데스를 결코 용서하지 않을 것이다.

"그래 보여요?" 그녀가 투덜거렸다. 성적 욕구가 좌절되어 기분이 처지고 있었다.

헤카테는 한쪽 눈을 뜬 다음 이어서 다른 쪽 눈도 뜨며 말했다. "아아…… 대신 훈련을 하시겠다?"

"뭔가를 폭파시킬 수 있다면 하고 싶어요."

헤카테의 산딸기 같은 입술에 작은 미소가 걸렸다. "당신이야말로 명상을 하셔야겠네요."

"명상요?"

격렬히 소용돌이치는 생각들과 함께 홀로 남겨지는 일만은 피하고 싶었다. 헤카테는 바로 옆 바닥을 톡톡 두드렸고, 페르세포네는 한숨을 쉬곤 그 자리에 앉았다. 몸이 뻣뻣하게 굳는 것 같았고 손바닥은 뜨끈하고 축축했다.

"첫 번째 수업입니다, 여신님. 감정을 조절하세요."

"어떻게 그게 수업이 돼요?" 페르세포네가 물었다.

헤카테는 다 안다는 듯한 눈길을 건넸다. "아까 전의 순간에 대해 얘기하고 싶으신가요? 그 문이 사라진 건 바로 당신의 마법 때문이었어요. 안에 있던 누군가가 연 게 아니랍니다."

페르세포네는 입술을 깨물곤 고개를 돌렸다. 자신의 마법이 문을 사라지게 한 게 아니라 누군가 연 거라고 생각했는데, 아니라고 하니 어쩐지 창피하게 느껴졌다.

"부끄러워하지 말아요, 마법을 잘 쓸 줄 아는 이들한테도 일어날 수 있는 일이랍니다."

그 말에 페르세포네는 혹해서 물었다. "당신도 포함해서요?"

헤카테가 웃음을 터뜨렸다. "아뇨, 나는 타인들을 안 좋아해요."

페르세포네는 스스로의 감정이 마법의 힘과 연관되어 있다는 것을 알고 있었다. 그녀가 화를 내면 꽃들이 피어났고, 열정이 차오른 순간에는 경고도 없이 덩굴이 뻗어 나와 하데스를 휘감곤 했다. 물론 민테와의 일화도 있었다. 민테가 모욕적인 말을 뱉었을 때 페르세포네는 그녀를 민트로 만들어버렸다. 신들의 정원에서 위협하던 아도니스의 팔다리를 나뭇가지로 만들어버리기도 했다. 어머니의 온실을 파괴한 일은 두말할 것도 없다.

"나한테 문제가 있는 게 맞아요." 페르세포네는 인정했다. "그럼 어떻게 통제해야 하죠?"

"연습을 해야죠." 헤카테가 말했다. "명상을 많이 하셔야 하고요. 자주 할수록 당신에게, 그리고 마법에도 도움이 될 거예요."

페르세포네는 미간을 찡그렸다. "명상은 너무 싫은데요."

"시도해보시긴 했나요?"

"네. 엄청 지루했다고요. 고작…… 앉아 있기뿐이잖아요."

헤카테의 입꼬리가 올라갔다. "잘못 생각하고 계시네요. 명상의 핵심은 통제력을 얻는 데 있어요. 스스로를 통제하고 싶지 않나요, 페르세포네?"

헤카테의 목소리는 나직했고 그 안에는 유혹이 서려 있었다. 페르세포네는 저 여신이 제안하는 걸 얻고 싶다는 사실을 부정할 수 없었다. 모든 것을 통제하고 싶었다. 자신의 마법, 삶, 미래, 모든 것을.

"어디 한번 말씀해보세요." 페르세포네가 말했다.

헤카테는 짓궂은 미소를 띠고는 말을 이었다. "명상은 당신을 괴롭히는 것들, 당신을 나락으로 떨어뜨리는 것들, 마법이 뿜어져 나와 방어막을 만들게 하는 것들에 휩쓸리지 않고 순간순간 주의를 집중하는 것을 뜻합니다."

헤카테는 다양한 명상법을 일러주며 호흡에 집중할 수 있도록 인도했다. 생각이 계속 하데스를 향해 흘러가지만 않는다면 정말이지 평화로울 거라고 페르세포네는 생각했다. 명상 도중에 두 번이나 그가 뒤에 와 있음을 분명히 느꼈다. 목덜미에 닿는 숨결을 느낄 수 있었고, 뺨에는 그의 수염이 까칠하게 닿는 듯했다. 귓가에선 그의 속삭임이 닿을 듯 들려왔다.

온종일 당신만을 생각했습니다.

전율이 온몸을 훑고 지나갔다. 은밀한 곳이 단단히 조여들었다.

당신을 머금는 맛, 내 것이 당신 안으로 미끄러지듯 들어가는 느낌, 내가 들어갈 때 당신이 신음을 흘리는 방식까지도.

페르세포네는 입술을 깨물었다. 그러자 다리 사이로 열기가 훅 끼쳤다.

당신의 비명이 저 위쪽 살아 있는 이들의 세계까지 들릴 정도로 강하게 들어가고 싶어.

거친 숨을 몰아쉬며 눈을 떴다. 고개를 돌리자, 헤카테는 다 안다는 표정을 지어 보이곤 자리에서 일어섰다.

"다시 생각해보니, 뭘 좀 폭파시켜야 하긴 하겠네요."

✲

"늦었어!" 페르세포네는 이불을 박차고 침대에서 뛰쳐나갔다.

하데스가 시트 위로 그녀가 있던 자리를 향해 팔을 뻗으며 신음을 흘렸다.

"침대로 돌아오십시오." 그가 나른하게 말했다.

그녀는 그 말을 무시하고는 물건들을 찾으러 침실을 여기저기 뛰어다녔다. 의자 위에는 가방이, 침대 밑에는 신발이, 옷들은 침대 시트 사이에 싸여 있었다. 다 빼내자마자 하데스가 그녀의 손에서 옷들을 낚아챘다.

"하데스." 나무라듯 읊조리며 그녀는 그에게 달려들었다.

그러자 그의 손이 그녀의 허리를 움켜쥐었고, 단숨에 몸을 굴려 그녀를 밑에 눕혔다.

그녀는 몸을 움찔거리며 웃음을 터뜨렸다. "하데스, 그만해요! 늦겠어요. 당신 탓이라고요."

그는 약속을 순순히 지켰다. 새벽 3시경 지하 세계 궁전으로 돌아왔으니 말이다. 그녀를 따라 침대로 미끄러지듯 들어간 뒤 그는 잘 자라고 키스한 다음 쉴 새 없이 열정을 퍼부었다. 마침내 그녀는 깊은 잠에 빠져들었고, 휴대폰 알람 소리에 깨어나 '끄기' 버튼을 막 누른 참이었다.

"내가 데려다드리지요." 그가 그녀의 목에 키스하려 몸을 구부리며 말했다. "몇 초 만에 갈 수 있습니다."

"흐음." 그녀는 그의 가슴에 손을 얹으며 말했다. "고맙지만, 먼 길로 가는 편을 선호해서요."

그는 눈썹을 치켜뜨며 험악한 눈길로 쏘아보더니 몸을 돌렸다. 그녀는 시트 사이에 구겨져 있던 옷들을 들고 다시 일어섰다.

"내가 도와주겠습니다." 하데스가 말하곤 손가락을 한 번 튕기자 잘 재단된 검은색 드레스와 구두가 나타났다.

그녀는 아래에 놓인 은은하게 반짝이는 옷을 손으로 쓸어보았다. "검은색 옷을 자주 입지는 않는데." 그녀가 말했다.

하데스가 씩 웃었다. "내가 모르겠습니까."

그녀가 채비를 마치자 그는 자신의 운전수가 모는 차를 타고 가라고 고집을 부렸고, 그렇게 해서 하데스의 검은색 렉서스에 타게 되었다. 죽은 자들의 신을 모시는 신하이자 키클로페스인 안토니는 운전석에 앉아 아폴론의 「흰 까마귀」 앨범에 수록된 노래를 휘파람으로 불고 있었다. 음악을 관장하는 신의 팬은 아니었지만, 페르세포네는 지난 금요일 밤 절친한 친구 렉사 시더리스의 생일 축하 파티를 아폴론의 클럽에서 성대하게 벌였고, 거기선 그의 앨범이 전체 반복으로 끝없이 흘러나왔다. 이제 모든 곡을 속속들이 안다고 느껴질 지경이었고, 이전보다 더욱더 그 노래들이 싫어졌다.

아폴론 특유의 끊임없는 가성을 무시하기 위해 최선을 다하던 도중, 렉사에게서 문자 메시지가 연달아 도착하자 비로소 주의를 돌릴 수 있었다. 첫 메시지엔 이렇게 쓰여 있었다.

너 이제 공식적으로 유명해졌다!

가장 친한 친구가 뉴 그리스 전역의 언론사에서 낸 '속보' 링크를 여러 개 보내자 마음에 불안의 파도가 넘실거렸다. 전부 그녀와 하데스에 관한 내용이었다.

첫 번째 링크에 이어 다음, 그다음 링크를 연이어 클릭해보았다. 기사 대부분은 하데스와 그녀가 공개적으로 재회했다는 사실을 앵무새처럼 반복했고, 몇몇 기사엔 이를 입증하는 듯한 사진들도 포함돼 있었다. 그날의 기억이 떠오르자 얼굴이 붉어졌다. 지하 세계의 신이 지상 세계에 모습을 드러내리라곤 전혀 예상치 못했고, 막상 그와 마주치자 심장이 터질 것 같았다. 그에게로 달려가 품 안에 뛰어들고는 마치 그녀가 속한 곳은 바로 그라는 듯 팔을 휘감았다. 하데스의 손은 그녀의 엉덩이를 감싸 쥐었고, 둘의 입술은 열정적인 키스로 빠져들었다. 아직도 그 순간의 감각을 느낄 수 있을 것만 같았다.

언론에 파장을 일으킬 거라고 예상했어야 하지만, 렉사의 생일 파티 이후로는 주말 내내 지하 세계에 머물렀던 터였다. 하데스의 침실에서 고립된 채 그를 잔뜩 탐구하고, 장난을 치고, 복종하면서. 지상 세계에서 무슨 일이 벌어졌는지는 꿈에도 생각 못 했다. 이런 사진들이라면 둘의 관계에 대한 추측은 기정사실이 된 셈이었다.

맨 마지막 메시지에 쓰인 문구가 제일 공포스러웠다.

하데스의 연인에 대해 알아야 할 모든 것

최악의 악몽이었다.

기사를 훑어보았다. 그녀가 데메테르의 딸이라거나 여신이라는 사실을 밝힐 만한 정보는 없다는 데 안도했지만, 그래도 소름 끼치는 건 사실이었다. 그녀가 올림피아 출신이며 뉴아테네대학에 4년 전 입학했고 식물학 전공이었다가 신문방송학으로 전과했다는 내용이 쓰여 있었다. '그녀를 안다'고 주장하는 학생들의 말이 몇 개 인용되어 있었다. 진짜 똑똑하다는 건 다들 알걸요라든가 항상 엄청 조용했어요라든가 책을 되게 많이 읽었어요 같은 말들. 또 그 기사에 선 그녀의 삶을 시간 흐름에 따라 상세히 설명했다. 뉴 아테네 뉴스 에서의 인턴십, 하데스에 관한 기사들, 커피하우스 테라스에서의 극 적인 재회 장면까지 이어졌다.

목격자들은 하데스가 지상 세계에 모습을 드러낸 동기가 무 엇인지 몰랐다고 말하지만, 그는 페르세포네 로지 기자와 화해 하기 위해 온 것으로 보인다. 그럼 다음과 같은 질문이 남는다. 그들의 로맨스는 언제 시작된 것인가?

페르세포네는 자신이 처한 상황의 모순을 깨달았다. 다름 아닌 그녀가 탐사보도 기자라는 점이었다. 자료 조사를 하고, 문제의 본 질까지 파헤쳐 진실을 드러내는 일을, 그래서 신들과 반신들과 다른 인간들의 분노로부터 인간들을 구해내는 일을 그녀는 사랑했다.

하지만 이건 달랐다.

이건 그녀의 개인적인 삶이었다.

언론이 작동하는 방식에 관해서라면 이미 알고 있었다. 그녀는 이 제 풀려야 할 수수께끼였다. 신원을 캐려는 이들의 존재란, 지금껏 열심히 일궈온 모든 것에 대한 위협이었다.

자유에 대한 위협.

기절하기 직전인 거 알아. 렉사가 문자를 보냈다. 그래도 뒷목 잡지 말기.

42

말이 쉽지. 네 이름이 기사 헤드라인에 도배된다고 생각해봐.

렉사가 다시 답을 보냈다. 엄밀히 말하면 네 이름이 아니라 하데스의 이름이지.

페르세포네는 누군가의 소유물이 되는 건 싫었다. 스스로의 정체성을 지니고 싶었고, 노력에 대해 인정받고 싶었다. 하지만 신의 연애 상대가 되면서 다 빼앗기고 말았다.

불현듯 또 다른 생각이 떠올랐다. 편집장님은 뭐라고 할까?

디미트리 에이토스는 훌륭한 상사였다. 그는 진실의 힘을 믿었고, 결과의 파장을 두려워하지 않고 보도했다. 페르세포네의 기사를 훔치며 욕설까지 내뱉었던 아도니스를 해고하기도 했다. 하데스에 대해 글을 쓰면서 받는 그녀의 스트레스도 이해하고 있었고, 원치 않으면 계속 쓸 필요 없다고도 말해주었다……. 하지만 그건 그녀가 죽은 자들의 신과 연애한다는 사실을 알기 전의 일이었다.

나 잘리는 건가?

신들이여, 생각을 멈춰야 했다.

휴대폰에만 집중하기로 하며 렉사에게 다시 문자를 보냈다.

오늘자 최고의 뉴스는 따로 있잖아? 첫 출근 정말 축하해!

렉사는 하데스의 비영리 단체인 사이프러스 재단의 행사 기획자로 고용되었다. 그 소식은 할시온 프로젝트 발표 이후 며칠 지나지 않아 알게 되었다. 렉사는 자신의 생일에 합격 소식을 들었다.

"결국 렉사가 맡게 됐을 겁니다." 최종 결재를 한 거냐고 물었을 때 하데스는 이렇게 말했다. "그 일과 정말 잘 맞는 분입니다."

렉사가 문자를 보냈다. 고마워, 자기야! 완전 두근거려!

"다 왔습니다, 여신님."

안토니의 말에 고개를 들어보니 아크로폴리스 전경이 눈에 들어왔다. 차창 밖을 내다본 페르세포네의 눈이 휘둥그레졌고, 속은 울렁대기 시작했다.

101층이나 되는 건물 밖에 많은 사람이 모여 있었다. 보안팀이 군중을 제지하려 분리대를 세우고 있었고, 몇몇 직원은 혼란스러운 얼굴로 비명 지르는 무리를 뚫고 건물로 들어갔다. 페르세포네는 그들이 자신을 보러 온 것임을 알 수 있었다. 하데스의 차창이 거의 검은색이라 누구도 안쪽을 볼 수 없다는 사실이 그나마 다행이었다. 그럼에도 그녀는 좌석 깊숙이 미끄러지듯 파고들며 끙 소리를 냈다.

"안 돼."

안토니가 룸미러로 그녀를 바라보며 눈썹을 치켜떴다. "무슨 일 있으신가요, 여신님?"

그와 눈을 맞추었다. 황당한 질문이었다.

당연히 무슨 일이 있죠!

언론 기사들과 저 인간들이 그동안 열심히 쌓아온 모든 것을 무너뜨리려 하고 있지 않은가.

"저 모퉁이 돌아서 세워주실 수 있나요?" 페르세포네가 물었다.

안토니가 얼굴을 찡그렸다. "하데스 님께서 아크로폴리스 앞에 여신님을 내려주라고 하셨습니다."

"하데스 님은 여기 없고요, 보시다시피 저 한복판은 위험하잖아요." 그녀는 이를 악물고 말했다. 그런 다음 심호흡을 하며 스스로를 진정시켰다. "제발요."

키클로페스는 순순히 따랐다. 차가 모퉁이를 돌 때까지 페르세포네는 글래머 마법으로 선글라스를 만들어 쓰고 머리카락을 동그랗게 말아 올렸다. 충분한 변장은 아니지만 행인들 앞에 얼굴을 직접 비추는 것보다는 나을 것이다.

안토니는 그녀를 흘끗 바라보곤 말했다. "문 바로 앞까지 모셔다 드릴 수도 있습니다."

"아뇨. 괜찮아요, 안토니. 제안은 고마워요."

키클로페스는 불편한 기색을 드러내며 눈에 띄게 운전석에서 엉덩이를 들썩였다. "하데스 님께서 안 좋아하실 텐데요."

그녀는 룸미러로 안토니와 눈을 맞추었다. "말 안 하실 거죠?"

"말씀드리는 게 좋을 것 같습니다, 여신님. 하데스 님께선 회사까지 데려다드리고 마중도 나오는 운전수와 더불어 여신님을 경호할 아이기스(제우스가 아테네에게 준 방패로, 여기서는 경호원의 의미로 쓰였다-옮긴이)도 붙여주실 텐데요."

운전수도, 경호원도 필요 없었다.

"제발요." 그녀는 안토니에게 애원했다. "하데스에게 말하지 말아주세요."

그가 이해해주길 바랐다. 보호 조치가 늘어날수록 스스로가 죄수처럼 느껴질 것이다. 지난 18년 동안 탈출하기 위해 매일을 벼르던, 바로 그 상태가 될 것이다.

키클로페스는 꽤 오래 고민했지만 결국 고개를 끄덕였다. "원하신다면 그리 하겠습니다, 여신님. 하지만 뭔가 잘못되면 바로 하데스 님께 호출하겠습니다."

알았어요. 그건 처리할 수 있었다. 그녀는 안토니의 어깨를 톡톡 두드렸다. "고마워요, 안토니."

그녀는 안전한 차에서 내리자마자 고개를 푹 숙이곤 아크로폴리스를 향해 걸어가기 시작했다. 건물에 가까워질수록 군중의 아우성이 점점 커졌다. 그들이 시야에 들어오자 페르세포네는 놀라서 멈칫했다. 그새 사람이 더욱 많아진 것이다.

"신들이여." 그녀는 투덜거렸다.

"아주 피클 속에 빠졌군요?" 어깨 너머에서 웬 목소리가 들려왔다. 홱 고개를 돌리자 파란 눈의 잘생긴 신이 서 있었다.

헤르메스.

지난 몇 달 동안 헤르메스는 그녀가 가장 좋아하는 신 중 한 명이 되었다. 잘생기고 재미있는 데다 힘이 되어주기까지 하니까. 오늘 그는 인간처럼 차려입고 있었다. 음, 전부는 아니었다. 황금색 곱슬머리와 빛나는 구릿빛 피부는 여전히 비인간적으로 아름다워 보였다. 오늘의 옷차림으로 선택된 건 분홍색 폴로티, 그리고 짙은 색 청바지였다.

"피…… 피클?" 그녀가 혼란스러워하며 물었다.

"인간들이 쓰는 표현이에요. 곤경에 처했다는 의미로 쓰던데, 한 번도 못 들어봤어요?"

"네." 놀라울 것도 없었다. 유리 감옥에서 18년을 갇혀 있었으니 많은 것을 모르는 게 당연했다. "여기서 뭐하는 거예요?"

"뉴스 봤죠." 그가 활짝 웃으며 말했다. "당신과 당신의 키링남 관계가 공식적으로 알려졌던데."

페르세포네가 노려보았다.

"아니면 그냥 장난감인가?" 그가 놀렸다.

그녀는 계속 노려보았다.

"알았어요, 알았어. 키링신으로 합시다."

그녀는 포기하고 한숨을 내쉬며 두 손을 얼굴에 묻었다. "이제 아무 데도 못 가게 생겼어요."

"그건 아니죠." 헤르메스가 말했다. "군중들 없이 아무 데도 못 가는 것뿐이에요."

"아무 도움도 안 되는 거 알아요?"

"딱히 그렇진 않을 텐데. 내 말은, 나는 신들의 전달자란 말이죠."

"신들은 대체 왜 이메일로 소통을 안 하는 거예요?"

헤르메스가 입술을 비쭉 내밀었다. "쳇. 도움 안 되는 게 누군데."

페르세포네는 건물 모퉁이를 조심스레 둘러보았다. 머리 위에 헤르메스가 턱을 올려두고 있는 게 느껴졌다.

"그냥 순간 이동하면 안 돼요?" 그가 물었다.

"지금 난 인간의 외형을 유지하려고 애쓰고 있다고요. 지구상에선 마법 안 써요."

마법을 통제하기 위해 훈련하고 있다는 점은 굳이 설명하고 싶지 않았다.

"말도 안 돼. 온갖 유혹이 득시글거리는 런웨이 한가운데로 걸어 들어가고 싶다고요?"

"평범한 인간의 삶에 대해 아는 게 있긴 해요?"

"전혀."

물론 전혀 모를 것이다. 그녀와는 달리 헤르메스는 항상 올림포스 신으로 존재해왔으니까. 사실, 그는 처음부터 지금처럼 살아왔을 것이다. 지금처럼 짓궂게.

"잘 들어요, 날 도와주지 않을 거라면……."

"도와? 지금 도움을 청하는 건가요?"

"호의를 요청하는 게 아니고요." 페르세포네는 재빨리 말했다.

신들은 모든 걸 가지고 있었다. 부, 권력, 영생까지. 그들은 호의를 화폐로 삼았다. 호의란 본질적으로 미래에 구체적인 사항을 결정할 수 있는 거래로, 한 번 요청하면 돌이킬 수 없었다.

호의를 요청하느니 차라리 죽는 게 나았다.

"그럼 호의는 말고. 데이트."

그녀는 짜증 난다는 눈길을 쏘아붙였다. "하데스한테 호되게 당하고 싶군요?"

"내 친구랑 파티를 즐기고 싶을 뿐이죠." 헤르메스가 스스로 팔짱을 끼며 말했다. "그러니까 날 호되게 대해줘요."

그녀는 의심스럽다는 듯 그를 노려보곤 미소 지으며 말했다. "알았어요."

신은 눈부신 미소를 지어 보였다. "금요일 어때요?"

"저 건물에 들어갈 수 있게만 해주면 일정을 확인해보죠."

그가 씩 웃었다. "오케이, 세피."

헤르메스는 군중 한가운데로 순간 이동했다. 그러자 그의 팬들이 곧 죽기라도 할 것처럼 비명을 질러댔다. 헤르메스는 터질 듯한 관심을 순순히 받아주며 사인을 하고 포즈를 취해 사진을 찍었다. 그동안 페르세포네는 보도를 따라 살금살금 걸어 누구의 눈에도 띄지 않고 아크로폴리스 안으로 들어설 수 있었다. 죽을힘을 다해 뛰어갔고, 한 무리의 사람들과 엘리베이터를 기다리는 동안에는 시선을 내내 떨구고 있었다. 쳐다보는 눈초리가 느껴졌지만 상관없었다. 건물 안으로 들어섰고 군중을 피했으니 드디어 출근할 수 있다.

엘리베이터가 그녀의 층에 멈추자, 새로운 접수원 헬렌이 맞이했다. 몇 층 위에 자리한 제우스의 광고 회사 오크 앤 이글 크리에이티브로 이직한 밸러리의 자리를 대신한 참이었다. 헬렌은 밸러리보다 어렸고 아직 학생이었는데, 그래서인지 쾌활하고 또 사람들을 기쁘게 해주는 데에도 능했다. 또한 사파이어처럼 푸른 눈, 폭포처럼 풍성하게 쏟아지는 금발 머리, 완벽한 분홍빛 입술이 아름다운 여성이었다. 무엇보다 정말 친절해서 페르세포네는 그녀가 좋았다.

"좋은 아침이에요, 페르세포네!" 헬렌이 노래 부르는 듯한 목소리로 말했다. "오는 길에 너무 고생한 건 아니죠?"

"아, 전혀요." 그녀는 가까스로 목소리를 차분하게 유지했다. 최악에서 두 번째 정도 되는 거짓말을 한 셈이었다. 최악의 거짓말은 하데스와 거리를 두겠다고 어머니에게 약속한 때였다. "고마워요, 헬렌."

"아침에 전화가 몇 통 왔어요. 혹시나 구미가 당기실 만한 이야기는 음성사서함으로 전달했고, 인터뷰하고 싶다고 하는 이들의 용건은 메모만 해뒀어요." 그녀는 색색의 포스트잇이 터무니없이 많이 쌓인 뭉치를 들어 보였다. "메모들 좀 보실래요?"

페르세포네는 수북한 뭉치를 노려보았다. "아뇨, 됐어요. 헬렌, 정말 잘하셨어요."

그녀가 빙긋 웃었다.

페르세포네가 막 책상 쪽으로 걸음을 떼는 찰나, 헬렌이 외쳤다. "아 참, 자리로 가시기 전에, 편집장님이 보자고 하셨어요."

그 순간, 누군가 목구멍 안으로 돌덩이를 떨어뜨린 것처럼 속이 철렁 내려앉았다. 침을 꿀꺽 삼킨 다음, 헬렌을 향해 간신히 미소를 지어 보였다.

"고마워요, 헬렌."

페르세포네는 완벽하게 각을 맞춰 늘어선 책상들 옆에 놓인 복도를 가로질러 소지품들을 내려놓고 커피 한 잔을 내린 다음 디미트리의 집무실로 향했다. 부르셨느냐고 말할 준비가 아직 되어 있지 않았기에 문 앞에 서 있었다. 상사는 책상 앞에 앉아 태블릿을 들여다보고 있었다. 디미트리는 잘생긴 중년 남자로, 늘 희끗희끗한 머리칼에 거뭇한 수염을 유지했다. 알록달록한 옷과 무늬 있는 넥타이를 즐겨 했는데, 오늘은 밝은 빨강 셔츠에 흰색 물방울무늬가 그려진 나비넥타이 차림이었다.

책상 위에는 다음과 같은 헤드라인이 적힌 신문 더미가 놓여 있었다.

하데스 경은 인간과 연애 중인가?

죽은 자들의 신과 키스하는 기자, 포착되다!

지하 세계의 왕을 사랑의 힘으로 쓰러뜨린 인간이 있다?

그녀가 그 제목들을 노려보고 있다는 것을 디미트리도 알아챘을 것이다. 마침내 태블릿에서 고개를 들었으니까. 그가 읽고 있던 기사가 검은 안경테에 반사되어 보였다. 그것만 보고도 알 수 있었다. 그녀에 관한 또 다른 기사였다.

"아, 페르세포네. 들어오세요. 문은 닫으시고."

배 속에 던져진 돌이 갑자기 한층 더 무거워진 것 같았다. 디미트리의 집무실에 들어서서 문을 닫는 건 어머니의 온실에 제 발로 걸어 들어가는 것과 다름없게 느껴졌다. 불안이 스멀스멀 피어올랐고 벌을 받게 되리라는 두려움에 몸이 떨렸다. 피부가 뜨거워졌고, 혀는 두꺼워지면서 금방이라도 질식할 것 같았다.

그렇구나. 난 해고될 거야.

그런 생각이 들자 페르세포네는 좌절감이 들었다.

왜 들어오라는 거지? 통보가 아니라 대화처럼 보이게 하려고? 그녀는 깊이 심호흡을 한 다음 의자 끄트머리에 앉았다.

"설마……." 그녀가 신문 더미에 흘낏 눈길을 주며 물었다. "모퉁이 돌 때마다 한 부씩 가져오신 건가요?"

"어쩔 수 없었어요." 그가 히죽 웃으며 말했다. "이야기가 아주 매력적이던데요."

페르세포네는 빤히 노려보았다.

"뭐 필요하신 게 있나요?" 대화 주제를 어떻게든 바꿔보려는 희망으로 입을 열었다. 상사가 부른 이유가 오늘 아침의 헤드라인과는 무관하기를 바라면서.

"페르세포네." 디미트리의 목소리가 나긋하고 부드러워 몸이 움츠러들었다. 이제 들이닥칠 게 무엇이든 결코 좋을 리 없었다. "당신은 잠재력이 뛰어나고, 진실을 위해 싸울 의지가 있다는 것을 증명해 보이기도 했지요. 그에 대해 감사드립니다."

그가 잠시 말을 멈췄을 때, 그녀의 몸은 그가 내뱉을 타격 한 방을 준비하며 여전히 긴장한 채 굳어 있었다.

"그런데……." 그녀가 대화의 방향을 가늠하며 입을 열었다.

디미트리는 한층 더 안쓰러워하는 표정을 지었다. "불필요한 일에 대해선 내가 요청하지 않는다는 걸 아시지요?"

그녀는 미간을 찌푸리며 눈을 깜박였다. "뭐 때문에 보자고 하신 건데요?"

"독점 기사, 하데스와의 관계에 대한."

공포가 뱃속에서 스멀스멀 기어올라 몸 안으로 퍼져갔다. 가슴과 폐가 지글지글 끓는 듯했고 얼굴을 붉히던 열기는 확 사라졌다.

"지금 저와 하데스에 대한 기사를 쓰라는 건가요?" 그녀의 목소리는 단호한 어조를 띠었다. 침착함을 유지하려 했지만 이미 두 손은 덜덜 떨리며 커피 잔을 점점 세게 쥐었다.

"페르······."

"불필요한 일에 대해선 요청하지 않으신다면서요." 이름이 불리는 게 지긋지긋했다. 요점을 말하는 데 저렇게까지 오래 질질 끄는 것도. "그러니까 왜 그래야 하는 건데요?"

"상부의 지시예요." 그가 답했다. "우리 매체에 당신의 이야기를 쓰지 못하겠다면 더 이상 여기서 일할 수 없게 됐습니다."

"상부요?" 그녀가 되물었다. 그런 다음 이름을 떠올리느라 말을 잠시 멈췄다. "······칼 스타브로스?"

칼 스타브로스는 뉴 아테네 뉴스를 소유한 에픽 커뮤니케이션스의 CEO인 인간이었다. 타블로이드 신문을 몹시 아낀다는 점 말고는 그에 대해 아는 바가 별로 없었다. 참, 외모가 출중하기도 했다. 이름 그대로 가장 아름다운 왕관 같은 사람이었다.

"왜 독점 기사를 요구하는 거예요?"

"죽은 자들의 신과 연애하는 사람이 언론사에 근무하는 건 흔한 일이 아니니까요." 디미트리가 말했다. "당신이 쓰는 모든 건 아주 귀한 글이 될 겁니다."

"그럼 다른 걸 쓰도록 할게요. 머리기사 소재가 될 만한 것들이제 음성사서함과 메일에 잔뜩 들어 있으니까요."

그건 사실이었다. 하데스에 대한 기사를 처음 발행한 시점부터 메시지가 쏟아지기 시작했다. 천천히 그것들을 분류하고, 그들이 비판하는 신들을 폴더별로 정리해두었다. 그 어떤 올림포스 신에 대해서든 쓸 수 있었다. 심지어 어머니에 대해서도.

"다른 걸 쓸 수도 있겠죠. 하지만 어찌됐든 그 독점 기사는 필요해요."

"진심이에요?" 머릿속에 떠오른 말은 이게 유일했다. 하지만 디미트리의 표정을 보건대 진심이었다. "제 사생활이잖아요."

상사의 눈길이 책상 위에 수북이 쌓인 신문 뭉치로 향했다.

"하지만 이제는 공개됐죠."

"하데스에 대한 글을 그만 쓰고 싶다고 말씀드리면 이해해주실 거라 생각했어요."

그녀는 디미트리의 어깨가 축 처졌다는 것을 알아챘다. 그 역시도 이 일을 달가워하지 않는다는 게 느껴져 그나마 마음이 나아졌다.

"나도 어쩔 수 없네요, 페르세포네." 그가 말했다.

짧은 침묵이 흐른 후 그녀가 물었다. "그게 다예요? 이의를 제기하면 안 되는 건가요?"

"선택권은 있어요. 기사는 다음 주 금요일까지 부탁합니다."

그게 끝이었다. 이제 나가보라는 말이 뒤따랐다.

그녀는 자리로 돌아와 앉았다.

그 기사를 쓰거나 일을 관두는 것 외에 이 상황을 타개할 방법들을 떠올리느라 머리가 팽팽 돌았다. 대학교 1학년 때 전공을 신문방송학으로 바꾸기로 결심하면서부터 그녀의 오랜 꿈은 뉴 아테네 뉴스에서 일하는 것이었다. 진실을 밝히고 불의를 폭로한다는 그들의 사명을 철석같이 믿었다.

지금은 그 모든 게 무의미한 건지 묻고 싶었다.

에픽 커뮤니케이션스의 CEO가 둘의 이야기를 기사로 쓰라고 요구했다는 이야기를 전하면 하데스가 뭐라고 말할지 궁금했다. 하지만 동시에 하데스가 자신의 싸움을 대신 해주길 바라지도 않았다. 고대 올림포스 신이라는 지위가 있으니 하데스의 말이라면 그들은 껌뻑 죽을 테고 인간으로 여겨지는 그녀의 말은 듣지 않을 텐데, 그 사실이 경멸스러웠다.

아니다, 그녀는 스스로 이 문제를 해결할 것이다. 딱 하나는 확실했다. 칼은 이렇게 위협한 걸 후회하게 될 것이다.

페르세포네는 디미트리의 집무실을 빠져나온 뒤부터 컴퓨터에서 눈을 떼지 않았다. 집중하고 있는 것처럼 보였겠지만, 그럼에도 사무실 내의 호기심 어린 시선들이 자신에게 꽂히고 있다는 건 느낄 수 있었다. 피부 위를 기어 다니는 거미들 같은 시선. 그녀는 더욱 집중해 받은 편지함에 들어 있는 수백 개의 메일을 샅샅이 뒤져 들려줄 이야기가 있다는 사람들의 음성 메시지를 들었다. 대부분은 제우스와 포세이돈이 어떻게 그들의 어머니, 누이나 여동생, 이모와 고모를 모종의 사악한 이유로 늑대, 백조, 소로 만들어버렸는지에 대한 내용이었고, 페르세포네는 대체 하데스가 어떻게 그 둘과 형제라는 건지 의아해졌다.

점심시간에 렉사가 문자를 보내왔다.

괜찮아?

아니, 상황이 더 나빠졌어. 페르세포네가 답장을 보냈다.

????

나중에 얘기해줄게. 문자로 하기엔 너무 길어.

술 마실래? 렉사가 물었다.

그녀는 풉 웃었다. 내일도 출근해야 되잖아, 렉사.

좋은 친구 노릇 좀 하겠다는데 참나.

페르세포네는 미소 짓곤 인정했다. 그럼 조금만 마시자. 그래도 너의 사이프러스 재단 첫 출근은 축하해야지. 어때?

완전 좋아. 렉사가 답했다. 배울 게 많지만 진짜 재미있을 것 같아.

페르세포네는 하루 종일 디미트리를 피해 다녔다. 그녀에게 말을 걸어온 건 헬렌이 유일했는데, 우편물이 왔다고 일러주기 위해서였다. 분홍색 편지 봉투였다. 봉투를 뜯자 조잡하게 오린 종이 하트가 가득 차 있었다.

"누가 이걸 내 우편함에 넣었는지 봤어요?" 페르세포네는 헬렌에게 물었다.

반송 주소도, 우표도 없었다. 이걸 보낸 사람은 우편으로 부친 게 아니라는 뜻이다.

헬렌은 고개를 저었다. "오늘 아침에 오니까 이미 들어 있었어요."

이상하네. 그녀는 이렇게 생각하며 편지 봉투를 쓰레기통에 던져 버렸다.

퇴근 시간이 가까워올 무렵, 엘리베이터를 타고 1층으로 내려간 페르세포네는 여전히 사람들이 와글와글 모여 있는 것을 목격하고는 선택지를 떠올렸다. 이대로 정문으로 빠져나가면 폭도들을 자극할 수도 있다. 보안팀이 경호해주겠지만 안토니에게 데리러 와달라고 하지 않는 한 출입문까지만 보호받을 수 있을 것이다. 안토니라면 기꺼이 와주겠지만, 저 인간들이 그녀가 나타나기만을 노리고 있는 걸 보게 된다면 아무것도 말하지 않겠다는 그의 맹세는 약해질 테고 정말이지, 정말이지 아이기스의 호위는 받고 싶지 않았다.

도발을 느끼면 마법이 반응할 수도 있다는 약간의 가능성도 고려해야 했다. 본모습을 노출시키는 위험을 감수하고 싶지는 않았으므로 순간 이동 역시 선택지에서 지워야 했다. 그럼 남은 선택지는 하나뿐이다. 건물 밖으로 나가는 다른 출입구 찾기.

물론 출구는 여러 개였다. 문제는 광팬들이 스토킹하지 않을 만한 출구를 찾는 거였다. 강박적인 것처럼 굴고 있지만 그녀는 익히 들어 알고 있었다. 숭배자들은 신을 보고, 만지고, 냄새 맡는 찰나를 위해 무엇이든 할 사람들이었다. 유명한 인간들에 대해서도 마찬가지였다. 다른 출구를 찾기 위해 뒤돌아서 군중을 등지고 복도를 걸어가기 시작했다.

주차장으로 빠져나갈까 잠시 생각했지만, 어두운 데다 기름 냄새와 오줌 냄새가 뒤섞인 곳에서 낯선 이들 때문에 궁지에 몰릴 수도 있다는 게 싫었다.

비상구로 나가보자. 경보기가 울리더라도 어쩔 수 없었다. 문은 외부에선 열리지 않도록 되어 있었으므로 그 앞에서 기다릴 사람은 없을 것 같았다.

집에 돌아갈 수 있다는 사실, 잔뜩 스트레스 받은 하루 끝에 집에서 렉사와 함께 저녁 시간을 보낼 생각에 그녀는 들뜨기 시작했다. 걸음을 재촉하며 모퉁이를 도는 순간, 돌연 누군가와 정면으로 부딪쳤다.

그녀를 알아볼지도 모른다는 생각에 고개를 들지 않은 채 서둘러 출구를 향해 걸어가며 중얼거렸다. "죄송해요."

"내가 당신이라면 그 문밖으로 나가지 않을 겁니다."

금속 손잡이에 손이 닿자마자 들려온 목소리에 그녀는 우뚝 멈춰 섰다. 휙 돌아서자 한 쌍의 회색 눈동자와 마주쳤다. 헝클어진 머리칼, 뾰족한 광대뼈, 도톰한 입술을 지닌 한 남자의 가냘프고 잘생긴 얼굴이 눈에 들어왔다. 남자는 건물 관리인이 입는 회색 점프슈트 차림이었다. 이전엔 한 번도 본 적 없는 사람이었다.

"문에 경보기가 달려 있어서요?" 그녀가 물었다.

"아뇨, 제가 방금 그 문으로 들어왔는데 당신은 지난 3일간 뉴스에 오르내리는 분이잖아요. 저 밖에 서 있는 사람들이 당신을 보려고 기다리는 것 같더라고요."

좌절한 그녀는 한숨을 내쉰 뒤, 막막한 어조로 한마디 뱉었다. "경고해줘서 고맙습니다."

옆으로 난 복도를 걸어가던 그녀를 향해 남자가 외쳤다.

"도움이 필요하신 거라면, 여기서 나가게 도와드릴게요."

페르세포네는 미심쩍었다. "어떻게 도와준다는 거예요, 정확히?"

그의 입꼬리가 살짝 올라갔다. 어쩐지 웃는 법을 잊어버린 듯한 모습이었다. "이 방법을 좋아하시진 않을 겁니다."

3장
부당함의 손길

그의 말이 맞았다. 그 방법은 끔찍했다.

"저기엔 안 들어갈래요."

저기라 함은 쓰레기로 가득 찬 트럭이었다.

기름 냄새와 지린내가 싫다는 생각을 취소해버리고 싶었다. 썩은 쓰레기들 사이에 온몸을 담가야 한다면 차라리 기름과 오줌 쪽을 택할 것이다.

관리인이 지하로 데려가는 동안 왠지 불안했던 그녀는 집 열쇠를 꽉 쥐고 있었다. 이렇게 살해되는 걸 거야. 그러다가 문득, 실제 범죄 현장을 너무 많이 봤다는 사실을 스스로에게 상기시켰다.

지하에는 남는 가구들, 예술품, 세탁실, 산업시설용 주방, 그리고 지금 서 있는 곳, 남자의 말에 따르면 '도주 차량'이 있는 정비실까지 다양한 것들이 있었다.

남자는 이제 꽤나 들떠 보였다. "이렇게 나가거나, 아니면 출입구로 나가거나. 고르세요."

"당신이 나를 군중 속으로 밀어 넣을지 내가 어떻게 믿어요?"

"이봐요, 카트에 안 타고 싶으면 안 타도 돼요. 무사히 집에 가고 싶은 줄 알았죠. 노출될지도 모른다는 가능성에 대해서는 말이죠, 신이랑 얽힌 누군가가 다치는 꼴은 굳이 보고 싶지 않군요."

신들에게 당한 게 있나 생각하게 만드는 어조였지만 묻지는 않았다.

입술을 깨물며 잠시 그를 노려보다가 마침내 그녀는 웅얼거렸다. "알았어요."

남자는 그녀를 카트에 태워 미리 마련해둔 구석에 앉게 했다. 쓰레기봉투를 높이 쳐든 다음 그는 미심쩍은 얼굴로 그녀를 바라보았다.

"준비됐어요?"

"너무나도요." 페르세포네가 말했다.

그가 봉투들을 몸 위에 올려놓자 갑작스럽게 어둠이 들이닥쳤다. 카트가 움직이기 시작했다. 부스럭대는 비닐봉지 소리가 귓가에 울렸고, 썩은 내와 곰팡내를 맡지 않기 위해 숨을 참아야 했다. 봉투에 든 쓰레기가 등에 닿았고, 트럭 바퀴가 바닥의 울퉁불퉁한 지점을 지날 때마다 카트가 흔들리면서 비닐봉지들이 뱀의 피부처럼 슥슥 스쳤다. 토할 것 같았지만 간신히 참았다.

"여기 내리면 돼요." 숨겨주려 올려둔 봉투를 치우며 관리인이 말하는 소리가 들렸다.

탁 트인 신선한 공기가 페르세포네를 반겼다.

남자는 어색하게 그녀의 허리를 붙들고 일으켜 세워 트럭에서 내리도록 도와주었다. 그 접촉에 그녀는 반사적으로 몸을 움츠렸고, 휘청대며 물러섰다.

그가 데려온 곳은 페가수스 거리로 향하는 골목 끝이었다. 여기서부터는 집까지 20분 정도 걸어가면 될 것이다.

"고마워요……. 음, 이름이 뭐라고 했죠?"

"페이리토스." 그는 손을 내밀며 말했다.

그녀는 손을 맞잡아 악수를 했다. "나는 페르세포네예요…… 이미 알고 계시겠지만요."

그는 그 말을 무시하곤 이렇게만 말했다. "만나서 반가워요, 페르세포네."

"제가 빚을 졌네요. 도주 차량 덕분에."

"아닙니다." 그는 재빨리 말했다. "나는 신도 아닌데요 뭐. 호의에 대해 호의를 요구하는 그런 존재가 아닙니다."

신과 연루된 뭔가가 있었던 게 확실해. 그녀는 눈살을 찌푸리며 생각했다.

"그냥 쿠키라도 가져다드리려고 얘기한 거예요."

남자는 눈부신 미소를 지었다. 바로 그 순간, 그를 휘감은 짙은 피로와 슬픔 저변에 자리한 과거의 그를 바라볼 수 있을 것만 같다는 생각이 들었다.

"내일 볼까요?"

그는 묘한 표정을 지으며 슬쩍 웃더니 말했다. "네, 페르세포네. 내일 봐요."

✳

집에 도착했을 때 팝콘 냄새와 더불어, 렉사가 틀어둔 음악이 온 집 안에 울려 퍼지고 있었다. 박자에 맞춰 춤출 만한 음악은 아니었

다. 구름과 비와 어둠을 소환하려는 듯한 음악이었다. 음악이 뿜어
내는 마법의 힘으로 인해 칼 스타브로스를 향한 복수 같은 어두운
생각들이 피어올랐다.

렉사는 이미 파자마로 갈아입은 채 주방에서 기다리고 있었다.
옷 밖으로 몸에 새긴 문신이 드러나 있었는데, 오른 팔뚝에는 달의
위상 변화, 왼팔 아래쪽에는 독미나리에 휘감긴 열쇠, 오른 엉덩이
쪽에는 정교한 단검, 왼팔 위쪽엔 헤카테의 바퀴가 새겨져 있었다.
풍성한 검은 머리칼은 정수리 쪽으로 틀어 올린 채, 손에는 와인 한
병을 들고 있었다. 앞에는 빈 잔이 두 개 놓여 있었다.

"이제 오셨구먼." 렉사가 날카로운 파란 눈으로 페르세포네를 똑
바로 쳐다보며 말했다. 그러곤 와인 병을 손짓해 보였다. "네가 제일
좋아하는 걸로 사봤어."

페르세포네가 미소 지었다. "네가 최고야."

"실종 신고할 뻔했잖아."

"30분밖에 안 늦었는데."

"연락도 안 되고." 렉사가 지적했다.

페르세포네는 누구의 눈에도 띄지 않은 채 아크로폴리스를 빠져
나와야 한다는 생각에 가방에서 휴대폰을 꺼낼 생각조차 못 했다.
그제야 확인해보니 렉사에게서 온 부재중 전화와 문자 메시지들이
잔뜩 있었다. 첫 문자에는 오고 있느냐는 질문이, 그다음엔 괜찮으
냐는 질문과 함께 문자를 확인하라는 뜻으로 보낸 무작위 이모티콘
들이 이어졌다.

"정말 나한테 무슨 일이 생겼을 거라고 생각했다면 이모티콘을
수백 개 보내진 않았을걸."

렉사는 코르크 마개를 따면서 씩 웃었다. "납치범을 짜증 나게 하기 위한 고도의 전략일 수도 있지."

페르세포네는 맞은편 바 자리에 앉아 와인을 홀짝였다. 진하고 풍미가 좋은 카베르네였다. 마시자마자 날카롭게 곤두선 신경이 무뎌지는 게 느껴졌다.

"그래도 진지하게 말하는데, 최대한 조심하는 게 좋을 거야. 너 이제 유명하잖아."

"나 안 유명해, 렉사."

"음, 내가 보낸 뉴스 기사들 읽어본 거 맞지? 사람들 완전 난리 났다니까."

"하데스가 유명한 거겠지. 내가 아니라."

"너도 엮여 있잖아." 렉사가 주장했다. "넌 온종일 모두의 화젯거리였어. 네가 누군지, 어디 출신인지 어쩌고저쩌고."

페르세포네는 끙, 소리를 냈다. "나에 대해 뭐라도 말한 거 아니지? 아니라고 해줘."

렉사가 페르세포네의 가장 친한 친구라는 건 누구나 아는 사실이었다.

"네가 하데스랑 잔 지 6개월 정도 됐다는 거랑 네가 인간 행세를 하는 여신이라는 사실 같은 거 말이야?" 렉사의 어조는 가벼웠다.

"하데스랑 6개월 동안 잔 거 아니거든." 페르세포네는 왠지 모르게 방어적으로 굴었다.

이번엔 렉사가 눈을 가늘게 떴다. "알았어. 그럼 5개월."

페르세포네는 눈을 흘겼다.

"네 탓이 아냐. 하데스랑 뒹굴 기회를 마다할 여자가 대체 몇이나 되겠어?"

"알려줘서 고맙다." 페르세포네는 눈을 흘기며 쏘아붙였다.

"그렇다고 그가 응하는 게 아니라니까. 너희 관계가 이렇게 화제가 된 건 어쨌든 그의 몫이야. 기사들에 따르면 그가 최초로 진지하게 만나는 상대는 바로 너라고."

현실은 그와는 딴판이었다. 페르세포네는 하데스의 삶에 다른 여자들이 있었다는 걸 알고 있었지만 구체적인 건 몰랐으니까. 어쩌면 알고 싶지 않은 건지도. 민테를 떠올리자 몸서리가 쳐졌다.

페르세포네는 와인을 한 모금 마셨다. "네 얘기나 하자. 첫 출근 어땠어?"

"오, 페르세포네." 렉사가 속삭였다. "진짜 꿈같아. 할시온 프로젝트가 첫해에 5,000명을 치료할 계획이란 거 알고 있었어?"

몰랐지만, 정말이지 놀라운 일이었다.

"하데스가 안내도 해주고 모두에게 소개도 해줬어."

그 말에 기분이 이상해졌다. 좋지 않은 건 확실했다. 뭐랄까, 당황스러웠다. 렉사의 첫 출근 날 하데스가 올 거라는 사실을 자신도 알았어야 한다는 생각이 들었다. 하지만 죽은 자들의 신은 오늘 아침 출근 준비를 도와주면서도 일언반구 없었다.

"잘됐네." 그녀는 무신경하게 말했다.

"모든 신입사원에게 그렇게 해주는 게 분명해. 아니, 하데스가 다른 신들과 다르다는 건 나도 알고 있었지만, 이렇게 신입사원을 환대해준다니?" 렉사가 고개를 절레절레 저었다. "그건…… 그가 정말 널 사랑하는 게 분명하다는 뜻이야."

페르세포네가 고개를 들어 렉사를 보았다. "왜 그렇게 생각해?"

"모든 곳에 너의 흔적들이 있던데."

페르세포네는 미간을 찌푸렸다. "그게 무슨 뜻이야?"

렉사는 어깨를 으쓱했다. "약간…… 설명하기 힘든데. 사람들을 위하는 일에 대해 이야기할 때 네가 쓰던 표현을 쓰더라고. 희망과 용서와 두 번째 기회 같은 단어들 말이야."

렉사가 말을 하면 할수록 페르세포네의 마음은 점점 무거워졌다. 익숙한 질투의 감정이 폐를 잔뜩 조여왔다.

절친한 친구는 킥킥 웃었다. "그리고…… 물리적인 것들도 있지."

페르세포네는 눈썹을 치켜떴고, 렉사는 와르르 웃음을 터뜨렸다. "아니, 그거 말고! 사물들 말이야. 이미지 같은 거."

"이미지?"

이제는 렉사가 혼란스러워 보였다. "그래. 그의 집무실에 네 사진들이 있어. 몰랐어?"

몰랐다. 하데스가 사이프러스 재단에 집무실을 두고 있다는 것도 몰랐고, 그녀의 사진이 있다는 건 더더욱 몰랐다.

어디서 사진을 구한 거지? 그녀에겐 그의 사진이 없는데. 갑자기 이 대화를 더 이상 이어가기 싫어졌다.

"뭐 하나 물어봐도 돼?" 렉사가 말했다.

페르세포네는 잠자코 기다렸고, 이런 질문이 두려웠다.

"넌 항상 네 작업이 널리 알려지길 바라왔잖아. 이렇게 주목받는 게 뭐가 문제야?"

"나는 내 분야에서 존중을 받고 싶어." 페르세포네는 한숨을 쉬었다. "지금은 그냥 하데스의 소유물처럼 느껴져. 기사에선 죄다 하데스가 이랬다, 하데스가 저랬다 하잖아. 내 이름을 언급하는 경우는 거의 없다고. 그냥 인간이라고만 부르지."

"네가 여신이라는 사실을 알게 되면 네 이름을 쓸 거야." 렉사가 말했다.

"그럼 나는 내 글이 아니라 그냥 여신이라고 알려지겠지."

"그게 그렇게 잘못됐어? 처음엔 신적인 속성으로 유명해지겠지만 결국 네 글도 알려지게 될 수 있잖아."

페르세포네는 자신의 글로 알려지는 게 왜 중요한지 설명하기가 어려웠다. 그냥 어려웠다. 물론 그게 그녀 탓은 아니었지만 여신으로 태어났다는 한 가지 사실 자체에 평생 치를 떨어왔다. 대학에서 정말 열심히 공부했고, 그 노력을 누군가 알아주길 바랐다. 하데스에 대해 글을 썼다거나 그와 연애 중이라는 사실 때문에 알려지는 게 아니라.

"내가 만약 너라면 이런 삶은 진작 끝냈을 거야." 렉사가 말했다.

페르세포네는 놀라서 얼굴이 새하얗게 질렸다. "그렇게 단순한 문제가 아니야, 렉사."

"불멸과 부와 권력이 뭐가 그렇게 복잡한데?"

모든 게. 페르세포네는 이렇게 말하고 싶었지만 대신 다르게 물었다. "주제넘지 않게, 인간으로서 평범하게 살아가는 게 정말 그렇게 잘못된 거야?"

"아니지. 거기에 하데스와 연애까지 하고 싶다는 점을 추가해야지." 렉사가 지적했다.

"둘 다 할 수도 있는 거잖아." 그녀가 따졌다. 며칠 전까지만 해도 둘 다 누렸었는데.

"그건 하데스가 너만의 비밀이었을 때의 얘기지." 렉사가 말했다.

페르세포네와 하데스 모두 언론의 추측을 긍정하지도 부정하지도 않았지만, 일자리를 잃고 싶지 않다면 관계를 드러내야 할 판이었다. 페르세포네가 얼굴을 찌푸리자 렉사는 그녀의 잔에 와인을 더 따라주었다.

"너무 걱정하지 마. 조금만 지나면 곧 다른 신이든 인간이든 저들이 집착할 대상이 또 생길 거야. 어쩌면 시빌이 진짜로 아폴론을 사랑한다고 마음을 정할지도 모르고."

페르세포네는 그에 대해선 확신이 서지 않았다. 얼마 전 이야기를 나눴을 때 시빌은 음악의 신과 깊은 관계를 맺는 데 관심이 없다고 하지 않았던가.

"샤워 좀 하고 올게." 페르세포네가 말했다.

데일 듯 뜨거운 물을 맞고 서 있으면 그나마 나을 것 같았다. 오늘 하루가 피부에 들러붙어 있는 걸 더는 놔두고 싶지 않았다. 아직도 쓰레기 더미에 파묻힌 것처럼 느껴졌고, 콧등에 악취가 남아 있는 것 같은 느낌도 들었다.

"샤워 마치면 영화 보자." 렉사가 말했다.

페르세포네는 와인 잔을 가지고 침실로 들어가 침대 위에 가방을 올려둔 다음 욕실로 가서 샤워기를 틀었다. 물이 데워지는 동안 다시 침실로 돌아가 와인을 한 모금 마신 뒤 잔을 내려놓고 드레스 지퍼를 풀기 시작했다.

불현듯 하데스의 마법이 몸을 휘감자 그녀는 동작을 멈췄다. 겨울 공기의 내음이 감도는 독특한 감각이었다. 그녀는 눈을 감고 사라질 준비를 했다. 하데스가 예고도 없이 그녀를 지하 세계로 데려간 것은 한두 번이 아니었지만, 오늘은 순간 이동하는 대신 턱 아래에 손이 닿으며 곧 입술이 포개졌다. 마치 오늘 아침 사랑을 나눈 일이라곤 없었다는 듯한 키스에 페르세포네는 가쁜 숨을 몰아쉬었다. 이미 오늘의 스트레스는 물러간 지 오래였다.

하데스의 손바닥이 뺨에 따스하게 닿았다. 그는 짙은 색 눈동자로 지그시 바라보며 엄지손가락으로 그녀의 입술을 쓰다듬었다. "마음이 고단해 보입니다, 달링."

그녀는 의심을 담아 눈을 가늘게 떴다. "오늘 나 따라왔었죠?"

하데스는 눈도 끔뻑이지 않았다. "왜 그렇게 생각합니까?"

"오늘 아침 안토니더러 나를 데려다주라고 했잖아요. 아마 우리 소식이 뉴스에 떠들썩하게 보도될 거란 걸 당신은 이미 알고 있었을 테니까."

하데스는 어깨를 으쓱했다. "당신을 걱정시키고 싶지 않았습니다."

"그래서 내가 그 성난 군중 속으로 걸어 들어가게 만든 거예요?"

그는 다 안다는 듯 눈썹을 치켜떴다. "성난 군중 속으로 정말 걸어 들어갔습니까?"

"역시 거기 있었던 게 맞군요!" 그녀는 몰아붙였다. "약속했잖아요. 투명 마법 쓰지 않기로."

"안 썼습니다. 헤르메스가 썼지요."

젠장, 헤르메스.

군중들에 대해 말하지 말라는 약속을 받아내는 걸 깜빡했다. 헤르메스는 무슨 일이 벌어진 건지 알려주러 의기양양한 미소를 띠고 왈츠를 추면서 지하 세계로 갔을 것이다.

"당신은 언제든 순간 이동할 수 있습니다." 하데스가 제안했다. "아니면 내가 아이기스를……."

"난 아이기스를 원하지 않아요." 그녀는 말을 끊었다. "그리고 마법은 쓰고 싶지 않다고요. 적어도…… 지상 세계에서는."

"복수를 받아내는 상황이 아닌 한 말입니까?"

"그건 불공평해요. 내 마법이 점점 더 예측할 수 없게 되고 있다는 건 당신도 알잖아요. 또 나는 여신이라는 걸 들키고 싶지 않아요."

"여신이든 아니든 당신은 내 연인입니다."

그 말에 그녀는 자신도 모르게 몸이 굳었다. 그 단어가 맘에 들지 않았다. 하데스의 눈가가 가늘어지는 걸 보니 그녀의 생각을 알아챈 것 같았다.

그는 말을 이었다. "내게 앙심을 품은 누군가 당신을 해치려 하는 건 시간문제입니다. 나는 당신을 반드시 안전하게 지킬 겁니다."

페르세포네의 몸이 떨렸다. 생각지도 못한 지점이었다. "정말 누군가 나를 해칠 거라고 생각해요?"

"달링, 나는 수천 년 동안 인간 본성을 심판해왔습니다. 네, 그렇습니다."

"그럼 당신이, 뭐랄까, 사람들 기억을 지울 수 없어요? 이 모든 걸 다 잊어버리게 할 수는 없냐고요." 그녀는 둘 사이 허공에 손을 흔들어 보였다.

"그러기엔 너무 늦었습니다." 그는 잠시 말을 멈추었다가 물었다. "내 연인으로 알려지는 게 그렇게까지 끔찍한 일입니까?"

"그건 아니에요." 그녀는 재빨리 말했다. "그냥 그 단어가 걸려요."

"연인이라는 단어가 잘못됐습니까?"

"일시적인 것처럼 들리잖아요. 내가 당신의 성 노예에 지나지 않는 것 같다고요."

그러자 그의 입꼬리 한쪽이 올라갔다. "그럼 뭐라고 부르는 게 좋습니까? 나의 여왕님도, 나의 여신님도 마다했잖습니까."

"어떤 칭호든 나한테는 다 불편해요."

나의 여왕님이나 나의 여신님으로 부르지 말라는 이유를 달리 설명할 방법을 찾을 수 없었다. 하지만 이제 그 두 호칭에 그녀는 익숙해져야 했고, 그건 혹여라도 실망을 할지도 모를 순간에 대비해야 한다는 의미였다. 그 모든 생각에 죄책감이 들었지만, 그와 잠시 헤어져 있을 때 마음이 무너졌던 기억이 메아리치듯 돌아와 그녀를 조심스럽게 만들었다.

"당신의 연인으로 알려지는 것이 싫은 게 아니라…… 뭔가 더 나은 단어가 있을 거예요."

"여자친구?" 하데스가 제안했다.

그녀는 터져 나오는 웃음을 참을 수 없었다.

"여자친구가 이상합니까?" 얼굴이 발개진 그가 물었다.

"아니에요. 그냥 좀 가벼워 보여요."

단순히 그의 여자친구라고 하기에 그들의 관계는 너무도 강렬하고 너무도 열정적이며 너무도 오래전부터 운명 지어져 있었다.

하지만 어쩌면 스스로 그 정도로 느끼고 있는 건지도 몰랐다.

하데스의 얼굴에 긴장이 풀렸다. 그의 손가락이 그녀의 턱 밑으로 향했다. "당신에 대한 거라면 그 어떤 것도 가볍지 않습니다."

그들은 서로를 바라보았다. 그들을 감싼 공기가 농밀해졌다. 페르세포네는 그를 향해 손을 뻗고 싶어 몸이 근질거렸다. 그와 입술을 포개고, 그를 맛보고 싶었다. 둘 사이의 간격을 좁히기만 하면 된다. 그럼 화르르 불타오를 것이다. 열정 속으로 깊이 빠져들 것이고, 둘의 살결 너머엔 아무것도 존재하지 않을 것이다.

농밀한 상상은 문 두드리는 소리에 와장창 깨졌다.

"페르세포네, 피자 주문한다! 다른 거 뭐 더 필요해?" 렉사가 외쳤다.

그녀는 목을 가다듬고는 닫힌 문 너머로 답했다. "아, 아니. 뭐든 다 좋아."

"그럼 파인애플과 안초비 피자로 한다. 괜찮지?"

페르세포네의 심장은 여전히 쿵쾅거리고 있었다. 문 건너편에서 잠시 침묵이 흘렀고, 렉사가 떠났다고 생각한 순간 목소리가 다시 들려왔다.

"너 괜찮은 거야?"

하데스가 킬킬 웃으며 그녀의 살갗에 입술을 가져다 댔다. 페르세포네는 고개를 뒤로 젖히며 거친 숨을 들이쉬었다.

"응."

또다시 긴 침묵. "내가 뭐 주문하는지 들은 거 맞아?"

"그냥 치즈 피자 주문해, 렉사!"

"알았어, 알았어. 그걸로 할게." 그 목소리에는 웃음기가 서려 있었다.

페르세포네는 하데스의 가슴을 밀치며 눈을 맞췄다. "웃으면 안 되죠."

"왜 안 됩니까? 심장이 뛰는 소리를 다 들을 수 있는데. 남자친구와 함께 있는 걸 들킬까 봐 두렵습니까?"

"연인이라는 단어가 더 나았던 것 같아요."

그는 깊은 울림 같은 웃음을 나직하게 흘렸다. "만족시키기 참 어려운 분이군요."

이제는 그녀가 미소 지을 차례였다. "나를 만족시킬 기회는 드리 겠지만, 지금은 시간이 없네요."

하데스의 눈동자가 순식간에 짙어졌다. 그녀를 붙든 손에 힘이 들어갔다.

"긴 시간이 필요한 건 아닌데 말입니다." 그는 그녀의 옷을 찢어 벗기려는 듯 손으로 비틀어 쥐며 말했다. "몇 초 만에도 당신을 절 정에 이르게 할 수 있습니다. 심지어 옷을 벗기지 않고도."

그녀는 하마터면 미끼를 덥석 물고 그럼 증명해 보이라고 말할 뻔 했다. 하지만 바로 전날 그가 한껏 달아오른 자신을 두고 떠났다는 사실을 떠올렸고, 다시 돌아와서 만회해주긴 했지만 그래도 그를 벌하고 싶었다.

"몇 초로는 안 될걸요. 나에게 빚진 쾌감은 몇 시간어치예요."

"그렇다면 맛보기만 해드리겠습니다."

그는 그녀를 가까이 끌어당겼다. 그러자 발기한 성기가 그녀의 보 드라운 살갗에 닿았다. 하지만 그녀는 그의 단단한 가슴에 손바닥 을 댄 채 거리를 유지했다.

"지금 말고 다른 때요." 그녀가 제안했다.

그가 미소 지었다. "약속으로 받아들이겠습니다."

그 말과 함께 그는 사라졌다.

페르세포네는 샤워를 하고 옷을 갈아입었다. 침실에서 나오자 렉 사는 거실 소파에 웅크려 있었다. 페르세포네는 그 옆에 앉아 렉사 와 담요를 나눠 덮고 팝콘을 받아 들었다.

"무슨 영화 볼 거야?"

"〈피라모스와 티스베〉." 렉사가 답했다.

그 영화라면 둘이서 몇 번이고 돌려본 작품이었다. 지금까지도 전해지는 금지된 사랑에 관한 고대 이야기였다.

"〈해진 뒤의 타이탄족〉이 아니라니 다행이다."

"야! 나 그 프로그램 좋아하거든."

"그 쇼가 신들을 묘사한 방식은 매우 부정확하다고."

"우리야 알지." 렉사가 말했다. "하데스를 부당하게 묘사한 게 맞지만, 그가 불만이 있다면 그건 그가 자초한 거라고 말 좀 전해줘. 사진 찍히는 것도 거부하는데 뭘…… 음, 최근까지는 말이지."

영화가 시작됐다. 영토 전쟁에 직면한 두 집안의 불화에 대한 소개가 첫 장면이었다. 피라모스와 티스베는 젊었고 즐거움을 추구했다. 그들은 클럽에서 만나 강렬하고도 몽환적인 조명 아래 사랑에 빠졌으며, 이후에야 서로가 불구대천의 원수 집안 출신임을 알게 된다. 집안 간의 긴장감 넘치는 장면, 그러니까 티스베의 오빠가 피라모스가 쏜 총에 맞아 죽는 장면이 나오고 있을 때 초인종이 울렸다. 페르세포네와 렉사는 깜짝 놀라 서로 마주 보았다.

"피자가 온 것 같은데." 렉사가 말했다.

"내가 가져올게." 페르세포네는 이미 담요를 떨치고 있었다. "영화 멈춰놔!"

"이미 백번 봤잖아!"

"그래도 멈춰!" 그녀는 짓궂게 위협했다. "안 그러면 널 바질로 만들어버릴 테다."

렉사는 깔깔댔지만 영화를 멈췄다. "바질로 변하는 거 꽤 괜찮을 수도 있겠는데."

페르세포네는 문을 열었다.

"시빌!" 그녀는 환하게 웃으며 인사했지만 반가움은 빠르게 의심으로 돌변했다.

뭔가 잘못됐다.

잠옷에 사과머리 차림이어도 금발 머리는 눈이 부셨다. 시빌은 흐릿한 복도 조명 아래 지친 기색으로 서 있었다. 좀 전까지 울고 있었던 것처럼 마스카라가 뺨 위로 흘러내려 있었다.

"잠깐 들어가도 될까?" 목에 뭔가 걸린 듯한 목소리로 시빌이 말했다.

"그럼, 당연하지."

"피자 왔어?" 렉사가 뒤에서 걸어오며 물었다. "시빌!"

그 순간 시빌은 눈물을 터뜨렸다. 렉사와 페르세포네는 시선을 교환한 뒤, 우는 친구에게 팔을 둘렀다.

"다 괜찮아." 울음을 달래려 페르세포네가 속삭였다.

시빌의 괴로움과 혼란을 전부 느낄 수 있을 것 같았다. 전에 다른 사람에게선 느껴본 적 없는 감정이었다. 피부 위를 훑는 그림자, 슬픔의 날갯짓, 내리꽂히는 질투, 그리고 끝없는 추위와도 같은 감정들.

이상하네. 페르세포네는 그 감정을 잠시 억누르고 시빌에게 집중하기로 마음먹었다.

시빌이 진정될 때까지 셋은 그렇게 한참을 둘러서서 껴안고 있었다. 렉사가 먼저 팔을 풀며 와인을 한 잔 따라주었고, 페르세포네는 시빌을 거실로 데리고 가 티슈를 건네주었다.

"정말 미안해." 떨리는 손으로 잔을 받아들며 시빌이 마침내 간신히 말했다. "달리 갈 곳이 없었어."

"언제든 와도 돼." 페르세포네가 말했다.

"무슨 일이야?" 렉사가 물었다.

시빌의 입가가 실룩였다. 하지만 입을 떼기까지는 시간이 꽤 필요했다. "나…… 나는 더 이상 오라클이 아니야."

"뭐?" 렉사가 물었다. "어떻게 더 이상 오라클이 아닐 수가 있어?"

시빌은 점괘와 예언을 비롯한 예언적인 자질을 가지고 태어났다. 페르세포네 또한 시빌이 '빛깔'이라고 부르는 운명의 실을 볼 수 있다는 걸 알고 있었다. 하데스와 자신이 운명의 짝이라는 사실을 알려준 게 바로 시빌이었으니까.

시빌은 목을 가다듬은 다음 깊이 심호흡을 했다. 하지만 말을 하면서도 목이 메였다. "더 이상 울지 않겠다고 다짐했는데."

"시빌." 페르세포네는 그녀의 손을 잡았다.

"아폴론이 나를 해고하고 예언의 자질을 빼앗아갔어." 그녀가 뺨을 타고 주룩주룩 흐르는 눈물을 닦아내며 허탈하게 웃었다. "신의 요구를 거부하면 결과가 따른다는 걸 이렇게 알게 됐네."

페르세포네는 방금 들은 말을 믿을 수가 없었다. 아폴론과의 관계에 대해 시빌이 해줬던 말들을 떠올렸다. 모두가, 심지어는 친한 친구인 크세르크세스와 아로까지도 그들이 연인 사이일 거라 추측했지만 시빌은 음악의 신과 맺는 관계에는 관심이 없다고 했었다.

"그는 우정보다 더 많은 걸 원했고 나는 거부했어. 아폴론의 이전 관계들에 대해 들었는데, 전부 파국으로 끝났더라. 다프네, 카산드라, 히아킨토스……."

"내가 맞게 이해했는지 들어봐." 페르세포네가 말했다. "그놈이, 네가 만나주지 않아서 삐진 나머지 네 힘을 빼앗아갔다는 거야?"

"쉿!" 시빌이 주위를 둘러보았다. 아폴론이 언제든 나타나 공격할까 봐 두려운 게 분명했다. "그런 말은 하면 안 돼, 페르세포네!"

그녀는 어깨를 으쓱했다. "복수해볼 테면 하라고 해."

"네 곁엔 하데스가 있으니 두렵지 않겠지. 하지만 신들은 네가 가장 아끼는 이들을 벌하는 습관이 있다는 걸 기억해둬야 해."

시빌의 말에 그녀는 인상을 찡그렸다. 갑자기 자신감이 떨어지는 것 같았다.

"그럼 이제 직업을 잃은 거야?" 렉사가 물었다.

시빌은 그 재능으로 신학교에 들어갔다. 그곳에서 힘을 연마하는 법을 배웠고, 아폴론의 선택을 받아 홍보 매니저로 일하게 되었다. 재능이 사라졌으니 지난 4년간의 훈련은 무용지물이 되어버렸다. 힘을 되찾게 된다고 하더라도 불명예스러운 오라클, 특히나 아폴론이 해고한 오라클을 누가 채용하려고 할지 알 수 없었다. 아폴론은 황금의 신 아니던가. 그는 《델피 디바인》이 선정한 올해의 신에 7년 연속 꼽혔다. 제우스가 항의의 표시로 잡지사 건물에 번개를 내리쳤던 해에만 유일하게 선정이 안 됐을 뿐.

"그런 짓을 하다니 말도 안 돼!" 페르세포네는 폭발했다.

음악의 신이 얼마나 많은 사랑을 받는지 따위는 상관없었다. 만나길 원치 않는다는 이유로 사람들을 벌한다면 그런 존경을 받을 자격도 없었다.

"그는 무슨 짓이든 할 수 있어." 시빌이 말했다. "신이잖아."

"그건 옳지 않아." 그녀는 따졌다.

"옳고 그름, 공정함과 불공평함. 우린 그렇게 나뉘는 세계에 살고 있지 않아, 페르세포네. 신들은 정말로 벌을 내린다고."

그 말에 페르세포네는 전율했다. 더 최악은, 그 말이 맞는다는 걸 이미 알고 있다는 사실이었다. 신들은 인간을 장난감으로 삼았고, 화가 나거나 지루해지면 내쳐버렸다. 불멸을 가진 자들이었기에 삶 따윈 아무것도 아니었다.

"해고된 건 그렇다 쳐도, 앞으로 누가 날 써주겠어?" 시빌이 절망적인 목소리로 말했다. "뭘 어떻게 해야 할지 모르겠어. 집으로 갈 수도 없어. 신학교에 지원했을 때 이미 부모님이랑은 의절했으니까."

"나랑 일하면 돼." 렉사가 제안하며 페르세포네를 흘끗 바라보았다. 그렇겠지? 하는 표정으로.

"하데스에게 물어볼게." 페르세포네가 약속했다. "재단 측에선 일손이 더 필요할 거야."

"그리고 우리랑 같이 지내도 돼." 렉사가 덧붙였다. "다시 자립할 수 있을 때까지."

시빌은 회의적인 것 같아 보였다. "민폐 끼치긴 싫은데."

렉사가 코웃음 쳤다. "민폐라니, 페르세포네가 지하 세계에 가 있는 동안 내 말동무를 해줄 수 있잖아. 맞다, 페르세포네 방을 써도 되겠네. 얘는 어차피 여기 잘 없거든."

페르세포네는 장난스레 렉사를 슬쩍 밀었고, 그러자 시빌이 웃었다. "네 방은 안 쓸게."

"써도 돼. 렉사 말이 딱히 틀리지 않거든."

"물론 난 틀리지 않지. 만약 하데스와 잘 수 있다면 나라도 내 방에 절대 안 있을걸."

페르세포네는 베개를 집어 렉사를 공격했고, 렉사는 밴시(구슬픈 울음소리로 가족의 죽음을 예고하는 유령-옮긴이)처럼 비명을 지르며 쿠션으로 팔을 뻗더니 거친 스윙을 날렸다. 하지만 페르세포네가 휙 피하는 바람에 시빌이 맞았다.

"오, 신들이여. 시빌, 정말 미안해."

하지만 시빌 역시 베개를 집어든 참이었고 렉사의 옆얼굴을 향해 날렸다. 오래지 않아 셋은 서로 쫓고 쫓기며 거실을 뛰어다녔다. 한참 동안 베개 싸움을 하던 그들은 마침내 소파 위에 쓰러져 숨을 몰아쉬며 깔깔거렸다. 시빌조차 지난 몇 시간을 잠시 잊고 즐거워 보였다.

시빌은 한숨을 쉬더니 말했다. "매일매일 이렇게 행복하기만 했으면 좋겠다."

"그럴 거야." 렉사가 말했다. "이제 우리랑 같이 살잖아."

베개를 원위치로 돌려놓을 때쯤 피자가 도착했다. 배달원은 죄송하다고 연신 사과하며, 집회 때문에 교통체증이 심각했다고 털어놓았다.

"집회요?" 페르세포네가 물었다.

"불경한 자요. 다가올 범그리스 대회에 항의하는 거죠."

"아."

'불경한 자'는 신들을 거부하는 자들로, 신들을 향한 숭배와 희생 대신 공정성과 자유의지, 그리고 자유를 주창했다. 그들이 대회 거부 시위를 한다는 건 놀랍지 않았지만 예상치 못한 일이긴 했다. 지난 몇 년 동안 불경한 자는 수면 아래서 잠잠했으니까. 페르세포네는 그들이 부디 평화 시위를 고수하길, 비판의 수위가 높아지지 않기를 간절히 바랐다. 축제를 보기 위해 페르세포네와 렉사, 시빌을 비롯해 수많은 이들이 몰려들 텐데.

셋은 옹기종기 모여 앉아 영화를 보면서 피자를 먹었고, 그동안 아폴론에 관한 언급은 피했다. 페르세포네는 시빌을 도울 수 있는 방법을 계속해서 고민해보았다.

아폴론의 행동은 용납될 수 없었다. 독자들을 위해, 특히 신들에 관해서라면 불의를 폭로할 의무가 있었다. 그리고 어쩌면, 기사가 꽤 봐줄 만하다면 그놈의 독점 기사는 쓰지 않아도 될 것이다.

몇 시간이 흐른 뒤에도 페르세포네는 여전히 깨어 있었다. 시빌이 그녀의 무릎에 머리를 대고 누워 있었기에 움직일 수 없었고, 렉사는 맞은편 소파에서 쌔근쌔근 잠에 빠져 있었다.

잠시 후, 시빌이 뒤척이더니 졸린 목소리로 속삭이듯 말했다. "페르세포네, 아폴론에 대해선 쓰지 않겠다고 약속해줘."

페르세포네는 숨을 참으며 잠시 얼어붙었다. "……왜 안 돼?"

"아폴론은 하데스가 아니니까." 그녀가 답했다. "하데스는 다른 이들이 어떻게 생각하든 네 말에 귀를 기울이려고 했잖아. 아폴론은 명예를 유지하는 데 혈안이 되어 있어. 그에게 명성은 음악만큼이나 중요하거든."

"그럼 널 벌하지 말았어야지." 페르세포네가 말했다.

시빌의 손이 그들을 덮은 담요 안에서 꼼지락대는 게 느껴졌다. "내 이름을 걸고 싸우지 말아달라고 부탁하는 거야. 약속해."

페르세포네는 답하지 않았다. 문제는 시빌이 약속을 요청한다는 거였다. 신과 뭔가를 약속한다는 건, 구속력이 있다는 거였다. 깨질 수 없는 거였다.

페르세포네가 여신이라는 걸 시빌이 알든 모르든 중요하지 않았다. 어차피 약속할 수 없었다.

잠시 후, 시빌은 고개를 돌려 페르세포네를 올려다보았다. "페르세포네?"

"난 약속 못 해, 시빌."

시빌이 얼굴을 찡그렸다. "그럴 것 같았어."

4장
경고의 손길

페르세포네는 렉사의 얕은 코골이와 시빌의 쌕쌕거리는 숨소리를 들으며 누워 있었다. 새벽 3시였다. 네 시간 뒤면 일어나야 했지만 오늘 일어난 모든 일에 대해 생각을 멈출 도리가 없었다. 디미트리와 칼이 원하는 독점 기사를 쓰는 일의 장단점을 떠올려보았다. 그렇게 하면 스스로 공개한 정보를 통제할 수 있을 거라는 짐작이 들었지만, 사생활을 구체적으로 공개하라는 강요를 받고 있었다. 게다가 선택권도 빼앗겼다는 사실이 너무 싫었다.

하지만 꿈에 그리던 직장을 포기할 수 있을까? 뉴 아테네로 처음 왔을 때는 자유와 성공, 그리고 모험을 향한 꿈을 품었다. 자신을 가둬놓던 어머니로부터 사슬을 끊어내자마자 또 다른 구속에 속박된 것 같았다.

이 악순환이 끝나기나 할까?

게다가 시빌의 문제도 있었다.

페르세포네는 아폴론이 친구에게 한 짓을 가만히 두고 볼 수 없었다. 어째서 시빌이 음악의 신에 대해 쓰지 말라고 부탁한 건지 이해가 안 됐다. 그는 자신의 행동을 해명해야 한다.

그녀는 한숨을 내쉬었다. 생각으로 가득한 나머지 말들이 너무 높이 쌓여서 머리가 터질 것 같았다. 그녀는 조용히 일어나 지하 세계로 순간 이동해 하데스의 침실로 갔다. 터질 듯한 머릿속 긴장을 누그러뜨려줄 수 있는 건 죽은 자들의 신뿐이었다.

그가 잠들어 있을 줄은 몰랐다. 그녀가 곁에 있을 때를 제외하곤 그가 거의 잠을 안 자는 것 같다고 의심하기 시작하던 참이었다. 그의 몸은 실크 시트로 반쯤 덮여 있었고, 난롯불에 비친 근육질 가슴은 윤곽이 도드라졌다. 스트레칭을 하다 잠든 듯 두 팔은 머리 위로 올라가 있었다. 얼굴을 매만지려 가까이 다가간 그녀는 오히려 그의 손이 먼저 올라와 손목을 홱 붙잡자 화들짝 놀랐다.

그녀는 비명을 질렀다. 아픔보다 두려움이 더 컸다. 그 순간 하데스가 눈을 떴다.

"빌어먹을." 번개처럼 빠르게 몸을 일으킨 그는 손에 힘을 풀고 그녀를 가까이 끌어당겼다. "내가 당신을 다치게 했습니까?"

미처 답을 하기도 전에 그는 키스를 퍼붓기 시작했다. 살결에 닿을 때마다 온몸에 전율이 흘렀다.

"페르세포네?" 그가 그녀를 올려다보았다.

눈동자 속에 무수한 감정이 일렁였다. 실연을 당한 것처럼 보이기까지 했다. 그는 얕은 숨을 내쉬며 이맛살을 찌푸리고 있었다. 그녀는 미소를 지으며 그의 얼굴에서 머리카락을 쓸어 넘겼다.

"난 괜찮아요, 하데스. 잠깐 놀랐을 뿐이에요."

그는 그녀의 손바닥에 키스한 후 누운 채로 그녀를 꼭 끌어안았다.

"당신이 오늘 밤 내게 와줄 줄은 몰랐습니다."

그녀는 그의 가슴에 머리를 기댔다. 따뜻하고 단단하며 건장한 몸.

"당신 없이는 잠이 안 와요." 그녀가 고백했다. 스스로가 바보같이 느껴졌지만 그게 솔직한 마음이었다.

하데스는 등을 위아래로 천천히 쓸어주었다. 이따금 손길을 멈추고 엉덩이를 꽉 쥐기도 했다. 그녀는 몸을 움찔거렸고, 그의 성기는 점점 더 부풀며 단단해졌다.

"나랑 있으면 늦은 시간까지 잠을 못 이루니까."

그 말에 그녀는 자리에서 일어나 다리를 벌리고 그의 몸 위에 앉아 그와 깍지를 꼈다.

"섹스가 전부는 아니에요, 하데스."

"섹스를 얘기한 게 아닙니다, 페르세포네." 하데스가 지적했다.

그녀는 눈썹을 치켜뜨며 엉덩이를 문지르듯 흔들었다. "말 안 해도 당신이 섹스 생각하는 거 다 알아."

그는 나직하게 웃음을 터뜨린 다음 그녀의 가슴 위로 손을 뻗었다. 그러자 순간 숨이 막혔다. 얼른 손을 뻗어 그의 손목을 족쇄처럼 감쌌다.

"얘기 좀 하고 싶어요, 하데스."

"얘기하십시오." 그는 눈썹을 완벽한 아치 모양으로 치켜뜨며 말했다. "나는 멀티태스킹을 할 수 있으니까. 혹시…… 잊었습니까?"

그는 상체를 세워 앉더니 그녀의 젖꼭지 한쪽을 입에 물곤 셔츠 위로 애무하기 시작했다. 그 손길에 굴복하고 그가 한껏 탐험하도록 놔두고 싶었다. 그녀의 손, 배신해버린 손은 그의 목덜미로 향해 머리카락을 헝클어뜨렸다. 그에게선 훈훈한 향신료 냄새가 났다. 위스키 향이 나는 그의 혀를 이미 맛본 것처럼 느껴졌다.

"이번에는 멀티태스킹 못 할걸요. 나, 그 눈빛 알아요."

하데스는 천천히 뒤로 물러나더니 물었다. "어떤 눈빛 말입니까?"

그녀는 두 손으로 그의 얼굴을 붙잡았다. 입술을 뗐으니 이제 정신이 혼미해지지 않겠다고 생각했지만 그의 손은 이미 그녀의 셔츠 밑으로 향해 살갗 위를 훑고 있었다. 전율이 일었다.

"바로 이 눈빛." 그 한마디로 충분하다는 듯 그녀가 말했다. "지금 보이는 그 눈빛. 눈동자는 짙지만 뭔가…… 형형히 살아 있는 게 보이는 듯한 눈빛. 열정 같기도 하고, 맹렬함 같기도 하고. 가끔은 당신의 전 생애 같기도 해요."

그의 눈이 잠시 번뜩이더니 두 손을 그녀의 허벅지 위에 올렸다.

"하데스." 그녀는 날숨에 그 이름을 흘리듯 뱉었다.

그러자 그는 그녀의 입술 위에 자신의 입술을 포개고, 자세를 바꾸어 이제 그녀가 밑에 자리하도록 했다. 그의 혀가 그녀의 입 안으로 미끄러지듯 들어왔다. 예상했던 바로 그 향이 났다. 스모키하고 달큼한 향. 그녀는 더 많이 원했다. 그의 어깨 위로 두 팔을 두르고 다리는 그의 허리에 감았다. 이제 그의 혀는 입술을 떠나 굴곡진 목덜미와 가슴으로 향했다.

페르세포네는 그가 더 밑으로 내려가지 않도록 허리를 감은 두 다리에 힘을 더 실었다.

"하데스." 그녀가 숨을 몰아쉬었다. "얘기 좀 하자니까요."

"얘기하시지요." 그가 다시 말했다.

"아폴론에 대한 거예요." 그녀는 거친 숨 사이로 말했다.

하데스의 움직임이 뚝 멎으며 으르렁댔는데, 그 소리가 기이해서 등줄기에 소름이 돋았다. 그는 몸을 완전히 뗐고, 더는 그녀를 더듬지 않았다.

"내 조카의 이름이 왜 당신 입에서 나오는지 말해주겠습니까?"

"다음 기사로 그에 대해 쓸 거예요."

하데스의 눈 안에 맹렬함이 번득였다.

그녀는 재빨리 말을 이었다. "그가 시빌을 해고했어요, 하데스. 연인이 되길 거부했다는 이유로."

그는 빤히 바라볼 뿐이었다. 그가 자아내는 침묵에 분노가 서려 있었다. 입술은 단단히 닫혔고 이마의 정맥이 꿈틀댔다. 그는 완연한 알몸으로 침대에서 일어났다. 그녀는 걸어가는 그의 근육질 엉덩이와 뒷모습을 잠시 바라보았다.

"어디 가는 거예요?" 그녀가 외쳤다.

"당신이 아폴론에 대해 말하는 한 우리 침대에 더는 있을 수 없습니다."

그가 나의 침대라고 하지 않고 우리 침대라고 했다는 사실을 그녀는 놓치지 않았다. 그 표현에 마음이 뭉근하게 따뜻해졌다. 아폴론을 언급함으로써 그녀가 다 망쳐버렸다는 점만 빼면.

그녀는 엉거주춤 따라가며 말했다. "그에 대해 얘기하는 건 시빌을 돕기 위해서일 뿐이에요!"

하데스는 잔에 술을 따랐다.

"그의 행동은 잘못됐어요, 하데스. 자신을 거부한다고 해서 시빌을 벌할 순 없는 거라고요."

"당연히 그럴 수 있습니다." 하데스가 천천히 한 모금 마시며 말했다.

"생계를 앗아갔잖아요! 아폴론을 폭로하지 않는 한 그녀에겐 아무것도 없고 앞으로도 그럴 거라고요!"

하데스는 잔을 비우고 한 잔 더 따랐다. 날카로운 침묵이 길게 이어지더니, 그가 입을 뗐다. "아폴론에 대해선 쓰지 마십시오, 페르세포네."

"이미 말했지만, 나에게 무엇에 대해 쓰라 마라 할 순 없어요."

지하 세계의 신은 탁 소리가 나게 잔을 내려놓았다. "그럼 당신 계획을 나에게 말하지 말았어야 합니다."

그녀는 그의 다음 생각을 짐작해보았다. 내 침실에선 아폴론이라는 이름을 꺼내지도 말았어야지.

그 말에 분노가 불처럼 일었다. 혈관 밑에서 마법의 힘이 꿈틀대는 게 느껴졌다.

"그냥 이렇게 넘어갈 순 없어요, 하데스!"

그 기사를 꼭 써야 한다는 말을 덧붙이진 않았다. 그걸 쓰면 편집장이 진정 바라는 기사를 쓰지 않아도 될지 모른다는 말도. 하데스도 그녀 안의 마법이 움직이는 것을 느낀 게 틀림없었다. 다시 입을 뗐을 때의 어조는 조심스럽고 침착했으니까.

"당신 말에 동의하지 않는 게 아닙니다. 하지만 정의를 실현하는 건 당신이 아닐 겁니다, 페르세포네."

"내가 아니면 누가 하는데요? 아무도 그에게 도전하려 들지 않잖아요. 대중은 그를 경배해요."

사람들이 왜 아폴론을 사랑하고 하데스는 무서워하는 건지 이해할 수가 없었다.

"그렇기에 더욱 전략적으로 행동해야 합니다." 하데스가 설명했다. "정의를 구현하는 다른 방법도 있습니다."

하데스가 암시하는 일이 정말 좋은 건지 페르세포네는 확신이 서지 않았다.

그녀는 그를 노려보았다. "뭐가 그렇게 두려운데요? 당신에 대해 기사를 썼을 때는 좋은 결과가 따랐잖아요."

"나는 합리적인 신입니다. 그에 더해 당신에게 끌렸고. 아폴론이 당신에게 관심을 갖지 않았으면 합니다."

아폴론이 관심을 갖든 말든 페르세포네는 상관없었다. 음악의 신은 자신에게 어떤 짓도 할 수 없을 것이다.

"내가 조심하리라는 걸 당신도 알잖아요. 게다가 아폴론이 하데스의 연인을 정말 건드리겠어요?"

하데스의 입술이 가늘어졌다. 그는 벽난로 앞 의자에 앉으며 그녀를 향해 손을 내밀었다. "이리 오십시오."

그의 말에 이끌리는 자석처럼 가까이 다가갔다. 하데스는 그녀에게 손깍지를 끼며 끌어당겼고, 그녀의 무릎이 그의 허벅지에 닿았다. 그녀의 모든 곡선이 그의 단단한 몸 안으로 녹아드는 것 같았다. 그가 입을 뗄 때까지 그녀는 그의 짙은 눈빛을 마주했다.

"당신은 신들을 이해하지 못하고 있습니다. 나는 다른 신에게서 당신을 보호할 수 없습니다. 당신 힘으로 이겨내야 하는 싸움이 될 겁니다."

페르세포네의 자신감이 휘청거렸다. 신들이 합의한 규칙들, 약속과 거래와 호의들은 무수히 많았고, 그 모든 것에는 단 하나의 공통점이 있었다. 무슨 일이 있어도 깨뜨릴 수 없다는 것.

"그럼 나를 위해 싸우지 않겠다는 거예요?"

하데스는 한숨을 내쉰 다음 그녀의 뺨을 손가락으로 쓸었다.

"달링, 나는 당신을 위해서라면 온 세상을 다 불태울 수도 있습

86

니다."

그러곤 거칠게, 맹렬하게, 입술이 얼얼해질 때까지 키스했다. 그가 물러섰을 때 그녀는 숨을 몰아쉬고 있었고, 그의 손아귀에 너무도 강하게 붙잡힌 나머지 뼈까지 붙들린 것 같았다.

"당신에게 애원합니다. 음악의 신에 대해선 쓰지 마십시오."

페르세포네는 하데스의 검은 눈동자에 담긴 연약함에 사로잡힌 채 어느새 저절로 고개를 끄덕이고 있는 스스로를 발견했다. 그에 대해 기사를 쓸 때는 이렇게까지 절박하게 굴지 않았는데.

"그럼 시빌은 어떡해요? 그가 한 짓을 폭로하지 않는다면 누가 도 와줄 수 있겠어요?"

하데스의 눈빛이 한결 부드러워졌다. "당신은 누구도 구할 수 없 습니다, 나의 달링."

"난 모두를 구하려는 게 아니에요. 신들 때문에 부당한 일을 당한 사람들을 구하고 싶은 거라고요."

그는 그녀의 얼굴을 잠시 살펴보더니 얼굴을 가린 머리카락 몇 올을 뒤로 쓸어 넘겼다.

"이 세상은 당신을 품을 자격이 없군요."

"누구나 온정을 받을 권리가 있어요, 하데스. 심지어는 죽고 나서 도요."

"하지만 당신은 온정을 말하고 있는 게 아닙니다." 그가 엄지로 그 녀의 뺨을 쓸며 말했다. "당신은 신들의 처벌로부터 인간들을 구해 내길 바라고 있습니다. 그건 죽은 자를 다시 살려내겠다는 약속만 큼이나 헛된 일입니다."

"그건 당신이 그렇게 생각했기 때문이죠." 그녀가 따졌다.

하데스는 눈길을 피하며 이를 악물었다. 아픈 데를 찔린 게 분명했다. 죄책감에 속이 울렁거렸다. 자신이 불공평하게 굴었다는 걸 알고 있었다. 지하 세계에도 규칙이 있었고 그녀가 미처 다 이해하지 못한 힘의 균형이라는 게 존재할 텐데.

그를 화나게 할 마음은 없었지만 그녀는 정말로 변화를 바랐다. 그녀는 그에게 다가가 그의 얼굴을 바라보았다.

"아폴론에 대해 쓰지 않을게요." 그녀가 말했다.

그의 얼굴이 조금은 누그러졌지만 표정은 여전히 굳어 있었다.

"당신이 정의를 바란다는 건 잘 압니다. 하지만 이 문제에 대해선 날 믿으십시오, 페르세포네."

"당신을 믿어요."

그의 얼굴에는 표정이 없었고, 어쩐지 그녀를 믿지 못하는 것 같았다. 그 생각도 잠시, 그는 그녀를 번쩍 들쳐 안고는 눈을 맞추며 다시 침대 쪽으로 걸어갔다.

침대 가장자리에 그녀를 걸터앉게 한 뒤, 그는 그녀의 옷을 하나씩 벗기고 눕혔다. 그런 다음 그녀의 다리 사이에 무릎을 꿇고는 고개를 숙여 그녀의 허벅지 정중앙, 신경이 가장 예민한 곳으로 입술을 가져갔다. 페르세포네의 몸이 절로 휘어지며 고개가 확 젖혀졌다. 머리가 매트리스 깊숙이 파고드는 동시에 두 손은 바다처럼 펼쳐진 시트 위로 엉켜 있었다. 숨을 고르려 애를 써야 했다.

"하데스!"

그녀의 비명에도 아랑곳하지 않고 그는 나른한, 쾌감의 고문 같은 움직임을 멈추지 않았다. 이윽고 그의 손가락이 그녀의 달아오른 살갗을 벌리고 혀와 함께 쑥 들어왔다. 손길은 그녀의 호흡과 하나가 되어 쓰다듬다가 쭉 뻗치다를 반복했고, 마침내 그녀는 비명과 함께 절정에 다다랐다.

애무를 마친 뒤 그는 다시 무릎 꿇은 자세를 취한 뒤 손가락을 자신의 입술로 가져가 하나씩 빨았다.

"내가 제일 좋아하는 맛입니다. 당신 것을 종일 머금고 싶습니다."

하데스는 그녀의 엉덩이를 꽉 쥐고 가까이 끌어당겼다. 단 한 번의 매끄러운 움직임으로 그의 것이 그녀 안으로 밀고 들어왔다. 그녀의 피, 그녀의 뼈, 그녀의 영혼이 그를 하나하나 느꼈다.

민감한 안쪽에 마찰이 생기는 게 느껴졌다. 머지않아 그녀의 신음은 비명으로 바뀌었다.

"내 이름을 말해." 하데스가 으르렁거렸다.

페르세포네는 손끝에 닿는 실크를 움켜쥐었다. 시트가 그녀의 살갗, 땀으로 데워진 몸에 달라붙었다.

"말해!" 그가 명령했다.

"하데스." 그녀가 숨을 헐떡였다.

"다시."

"하데스!"

"애원해." 그가 명령했다. "끝까지 가게 해달라고 빌어."

"하데스." 그녀는 숨을 몰아쉬었다. 말을 하기가 힘들었다. "제발."

쿵, 그가 밀어붙였다.

"제발 뭐?"

쿵.

"가게 해줘."

쿵.

"제발!" 그녀가 비명을 질렀다.

둘은 동시에 절정에 다다랐다. 하데스는 그녀의 몸 위로 엎어져 격정적인 키스를 퍼부었다. 그의 입술엔 여전히 그녀의 애액 냄새가 배어 있었다. 잠시 후, 그는 그녀를 품에 안고 욕실로 순간 이동했고 그곳에서 둘은 샤워하며 또 한 번 사랑을 나누었다.

일어나야 할 시간이 한 시간도 남지 않았을 때에야 페르세포네는 누워서 쉴 수 있었다. 하데스가 팔을 뻗어 그녀를 꼭 끌어안았다.

"페르세포네?" 하데스가 턱수염으로 귓가를 간질이며 그녀의 이름을 불렀다.

"으음?" 잠이 쏟아져 눈이 감기기 직전이었고, 너무 피곤해서 말을 하기도 어려웠다.

"이 침대에서 다른 누군가의 이름을 말하기만 하면, 당신이 그들의 영혼을 타르타로스로 보내는 것임을 알아두십시오."

그녀는 눈을 떴다. 그를 바라보고 싶었다. 그의 눈길에 담긴 맹렬함을 꿰뚫어 보고 탐구하고 싶었다. 왜 이렇게까지 화를 내는 걸까? 혹시 이 지하 세계의 신, 부유한 자, 영혼을 수확하는 신은 아폴론이 두려운 걸까?

경고를 건넨 뒤 하데스의 손길은 느슨해졌고, 숨소리는 고르고 차분해졌다. 그 평화를 깨고 싶지 않아 그녀는 그를 꼭 껴안고 잠에 빠져들었다.

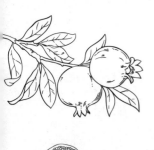

다음 날 점심, 페르세포네는 점심시간에 렉사를 만나 하데스와의 참담한 대화에 대해 이야기했다. 둘은 가장 좋아하는 카페인 '노란 수선화' 뒤쪽 부스 자리에 앉아 있었는데, 여기선 상대적으로 개인적인 이야기를 안심하고 나눌 수 있었다. 식당은 시끌벅적했지만 페르세포네는 공공장소에서 하데스에 대해 이야기하는 일을 강박적으로 조심하는 중이었다.

그녀는 테이블 너머 렉사를 향해 고개를 기울이며 속삭였다. "한번도 그가 그렇게……"

완강하게 고집부리는 것을 본 적이 없었다. 그는 언제나 그녀의 이야기를 끝까지 경청해왔는데, 아폴론의 이름을 꺼낸 순간 대화를 끝내버렸다.

"하데스도 일리가 있어." 렉사가 의자에 등을 기대고 다리를 꼬며 말했다.

페르세포네는 가장 친한 친구가 죽은 자들의 신 편을 든다는 사실에 경악했다.

"내 말은, 정말로 아폴론의 평판에 손댈 수 있을 것 같아? 그는 뉴 아테네의 총아라고."

"소위 사랑한다던 연인들을 어떻게 대해왔는지 보면 그런 영예는 받을 자격이 없지."

"하지만…… 사람들이 널 믿지 않으면 어떡해, 페르세포네?"

"그건 내가 걱정할 문제가 아니야, 렉사."

아폴론이 유명하다는 이유로 피해자들이 무시당한다는 생각이 들자 몹시 화가 났다. 하지만 더 화나는 사실은 렉사의 말이 옳다는 점이었다. 아무도 그녀의 말을 믿지 않을 가능성이 있었다.

"알아. 그냥 내 말은…… 네 생각대로 일이 흘러가지 않을지도 모른다는 거야."

페르세포네는 얼굴을 찡그렸다. 친구의 말이 혼란스러웠다. "내 생각대로라는 게 뭔데?"

렉사는 테이블 위에 놓인 손을 배배 꼬면서 어깨를 으쓱하더니 한참 후에야 고개를 들어 페르세포네와 눈을 마주했다. 오늘따라 더욱 눈동자가 선명해 보였는데, 스모키 화장 탓인 듯했다.

"모르겠어. 그러니까, 넌 거절을 도통 못 받아들이는 신에게 이성적인 대응을 바라고 있다는 거야. 몇 마디 말로 아폴론의 행동을 마법처럼 변화시킬 수 있을 거라고 믿고 있는 것 같다고."

페르세포네는 움찔하다, 문득 렉사의 시선이 자신의 어깨 너머를 향하고 있다는 것을 알아차렸다. 곁눈질로 보니 옆에 녹색의 무언가가 자리한 것 같았고, 눈길을 돌렸을 때는 그녀의 살갗 아래에서 덩굴이 뻗어 나온 게 보였다. 페르세포네는 재빨리 손으로 탁 쳤다. 마법은 늘 감정에 반응해왔지만 이렇게까지 발현된 적은 없었다. 찌르는 듯한 고통과 함께 덩굴을 뽑아내자 팔뚝 위로 피가 흘렀다.

"오, 신들이여!"

렉사가 허둥지둥 냅킨 한 뭉치를 쥐여주자, 페르세포네는 어깨 위에 지그시 눌렀다.

"너 괜찮아?"

"응."

"이런 일이 예전에도 있었어?"

"아니."

그녀는 냅킨을 뗀 다음 덩굴이 남긴 상처를 들여다보았다. 상처는 꽤 깊었지만 마치 가시에 긁힌 것처럼 자그마했고, 출혈도 적었다. 정말이지 헤카테의 수업을 계속 받아야 했다.

"그게 여신의 힘이야?" 렉사가 물었다.

"모르겠어."

어머니의 힘은 이런 식으로 발현되진 않았다. 하데스도 마찬가지였다. 어쩌면 이건 자신이 여신으로서 얼마나 형편없는지를 보여주는 또 하나의 예시인지도 모른다.

"하데스한테 말할 거야?"

페르세포네는 화들짝 놀라 렉사를 쳐다보았다. "내가 말할 이유가 뭐 있겠어?"

렉사는 이유를 나열하기 시작했다. "이런 일이 예전에 있었던 것도 아니고, 너 지금 무척 아파 보이는 데다가, 이런 게 봄의 여신으로 살아가는 거랑 뭔가 연관이 있을지도 모르니까."

"혹은 아무것도 아니거나." 페르세포네가 재빨리 덧붙였다. "걱정 마, 렉사."

쿵쿵 울리는 듯한 침묵이 그들 사이에 흘렀다. 불현듯 렉사가 테이블 위로 손을 뻗자 페르세포네의 눈길은 그리로 향했다.

"그냥 네가 걱정돼서 그러는 거야. 알지?"

봄의 여신은 한숨을 내쉬었다. "알아, 고마워."

더 긴 침묵이 흐른 후 렉사가 어깨를 으쓱하며 말했다. "이 모든 건 별로 중요한 게 아닌 것 같아. 아폴론에 대한 기사는 쓰지 않겠다고 이미 하데스랑 약속한 거…… 맞지?"

페르세포네는 렉사의 눈을 마주치지 못하고 되물었다. "시빌은 어떡하고? 괴로워하도록 그냥 내버려둘 수밖에 없는 거야?"

"아니, 우린 시빌의 친구가 되어주면 돼." 렉사가 말했다.

"그러니까 아폴론이 무슨 짓을 했는지 알릴 수 있는 한 알리는 게 맞는 거지."

"아니, 시빌이 우리에게 바라는 걸 해주는 게 맞아."

페르세포네는 얼굴을 찡그렸다. 시빌은 페르세포네에게 이 상황에서 싸우지 말아달라고 했다. 하지만 침묵 역시 문제였다. 아폴론에게 상처를 받았지만 목소리를 내지 못한 이들이 얼마나 많을까?

"정말 신들은 죄다 이렇게 복수에 굶주려 있는 거야?" 렉사는 별생각 없이, 마치 수사적인 질문인 것처럼 툭 물었다.

"그게 무슨 뜻이야?"

"모두가 벌을 내리길 바라잖아. 아폴론은 연인들을 벌주고 싶어 하고, 그래서 너는 그를 벌주고 싶어 하고, 그러니 그는 널 벌줄 테고. 미친 짓이야."

"난 그를 벌주고 싶은 게 아니야." 그녀는 방어적으로 말했다.

그러자 렉사가 눈썹을 치켜떴다.

"아니라니까! 난 그저 사람들이 그를 더 이상 믿어선 안 된다고 생각하길 바라는 거야."

"하데스를 믿어선 안 된다고 말하고 싶었던 것처럼?"

"그건 다르지."

하데스 관련 기획 기사를 시작할 때는 인간들과의 불공평한 거래들을 폭로하고 싶었던 게 사실이었다. 하지만 시간이 지나면서 그의 의도가 생각했던 것보다 훨씬 더 명예로운 것임을 깨닫게 되었다.

렉사는 한숨을 쉬었다. "그럴지도 모르지만, 하데스가 너에게 말한 게 그 부분 아니야? 아폴론은 더 생각할 것도 없이 즉각 벌을 내리고 싶어 할 거라고."

당황한 페르세포네는 시선을 피했다. 렉사가 손을 뻗어 그녀의 손을 감쌌다.

"그냥 네가 조심했으면 좋겠어서 그래. 하데스가 최선을 다해 널 보호해주겠지만, 너로서는 도움을 요청한다는 게 정말 어려운 일이잖아."

페르세포네는 옅은 미소를 띠었다. 렉사가 단지 걱정되어 하는 말이라는 걸 알았지만, 절친한 친구도 모르는 것들이 있었다. 아직도 상사의 최후통첩에 대해서는 말하지 않았다. 하데스와 다시 거래를 하는 것처럼 느껴졌다. 그녀에게 가장 소중한 두 가지 중 하나를 잃어야 하는 거라고 설명하면 렉사는 이해해주겠지만, 입을 떼자마자 낯선 누군가가 불쑥 둘 사이를 비집고 들어왔다.

"하데스의 여자친구 맞지?"

그 목소리에 둘 다 화들짝 놀랐다. 페르세포네는 그 질문에 몸을 움츠렸다. 웬 젊은 여자가 테이블 곁에 서 있었다. 긴 셔츠와 타이츠

차림에 부츠를 신고 있었다. 한 손에는 휴대폰을 든 채, 다른 한 손으로는 머리 고무줄을 당겨 빼고 있었다.

"사진 한 장만 찍어도 돼?" 여자애는 머리를 헝클어뜨린 다음 어깨 너머로 가지런히 넘기며 물었다.

"미안하지만 안 돼." 페르세포네가 말했다. "점심 먹는 중이라서."

"1초면 되는데."

여자애가 카메라를 켜고 셀카를 찍으려 몸을 기울여왔다. 페르세포네는 흠칫 놀라 손을 뻗으며 막아섰다.

"안 된다고 했잖아."

"하나만."

"안 된다는 말 못 알아듣니?"

여자애는 몸을 꼿꼿이 세운 다음 멀뚱멀뚱 눈을 깜박이다가 가늘게 뜨며 입을 열었다. "싸가지 없게 굴지 말래? 그냥 사진 한 장이잖아."

소녀는 곧바로 휴대폰을 치켜들더니 사진을 찍었다. 찰칵 소리에 이목이 쏠렸고, 여자애가 떠난 직후 몇몇 손님이 그녀를 향해 휴대폰을 드는 모습이 보였다. 그녀는 손으로 얼굴을 가렸다.

렉사가 테이블 위로 몸을 숙였다. "지금이야말로 네 힘을 불법적으로 써먹을 좋은 기회 같은데?"

"좀 전엔 마법의 힘으로 처벌하지 말라고 비판하지 않았어?"

"그랬지. 하지만…… 저 여자애는 그래도 싸. 재수 없잖아."

"이제 가야겠어." 페르세포네가 가방을 챙기며 말했다.

그들은 테이블 위에 지폐를 올려두고 자리에서 일어났다. 카페를 나서며 렉사는 페르세포네에게 팔짱을 꼈다. 회사로 돌아가는 직원들, 관광객들, 거리 행상인들로 거리는 북적였다. 후텁지근하지만 흐린 날이었고, 공기에는 밤 굽는 냄새, 담배와 커피 내음이 배어 있었다.

"우리 회사 들렀다 갈 시간 돼?" 렉사가 물었다. "사무실 구경도 시켜주고, 내가 참여하는 프로젝트에 대해서도 다 얘기해줄게!"

페르세포네는 시계를 확인했다. 아크로폴리스로 돌아가야 할 시간까지는 30분이 남아 있었다.

"괜찮을 것 같아."

렉사가 일하는 곳을 보고 싶기도 했지만, 솔직히 말하면 프로젝트에 대해 알고 싶었다. 할시온 프로젝트에 대해 렉사에게 이야기를 들을 때면 아는 게 하나도 없어서 부끄러웠던 터였다.

렉사는 알렉산드리아 타워라고 불리는 빌딩에서 일하고 있었다. 네버나이트 맞은편 건물로, 벽면 전체가 유리와 흰색 대리석으로 꾸며져 있었다. 렉사가 페르세포네를 위해 문을 열어주었다. 하데스가 소유한 다른 곳들처럼 내부는 고급스러웠다. 바닥은 돌결이 나 있는 대리석에, 안내 데스크는 흑요석 덩어리였고, 검은색 가구들은 황금으로 포인트를 주었다. 페르세포네는 집에 온 것처럼 마음이 편안해졌다.

안내 데스크 뒤에 앉아 있던 님프가 서둘러 일어섰다. 그녀의 종족들처럼 그녀 역시 아름다웠다. 날렵하고 각진 얼굴선에 커다란 눈까지. 아몬드색 머리칼에 이끼색 눈동자, 피부에 감도는 희미한 녹색 빛깔을 보건대 그녀는 분명히 숲의 님프, 드라이어드였다. 페르세포네가 온실에 갇혀 있던 시절, 가장 많은 시간을 함께 보낸 것도 바로 그들이었다. 이전까지는 한 번도 생각해본 적 없지만 그녀처럼 그들 역시 어머니의 포로들인지 이제는 궁금했다.

"페르세포네 님." 데스크의 여자가 고개를 숙였다. "존재만으로도 저희에게 영광을 주시는 분."

렉사가 킥킥 웃음을 터뜨렸고 페르세포네는 얼굴이 빨개졌다.

"구경시켜주려고 데려왔어요, 아이비."

드라이어드의 눈동자가 휘둥그레졌다. 그녀가 깜짝 소식을 좋아하지 않는다는 걸 단박에 알 수 있었다.

"아, 물론이죠, 페르세포네 님. 우선…… 뭐 좀 가져다드릴까요? 샴페인이나 와인 같은 거요."

"아니에요, 괜찮아요. 아이비. 회사로 다시 들어가야 해요."

"몇 군데 전화 좀 돌릴게요." 아이비가 말했다. "올라가서 둘러보시기 전에 모든 게 완벽히 준비되어 있으면 좋을 것 같아서요."

"괜찮아요, 아이비." 렉사가 장난스레 웃으며 말했다. "페르세포네는 신경 안 쓰니까요."

드라이어드의 낯빛이 창백해졌다. 불과 몇 달 전까지만 해도 페르세포네는 이런 행동이 불편했다. 지금도 여전히 불편하긴 했지만 이제는 있는 그대로 받아들일 수 있게 되었다. 그저 하데스의 신하로서, 기쁨을 주고픈 마음에서 나온 행동일 뿐이다. 그 행동을 막고 싶진 않아서 끼어들었다.

"시간은 충분해요, 아이비." 페르세포네가 말했다. "그동안 물 한 잔 마시면서 기다릴게요."

드라이어드가 빙긋 웃었다. "바로 가져다드릴게요."

페르세포네는 데스크에서 몇 발자국 물러나 방을 둘러보았다. 이 건물이 품고 있는 개성이 마음에 들었다. 네버나이트만큼 현대적이

진 않았지만, 유리로 된 문손잡이와 황금색 난방 장치, 라디에이터 같은 앤티크한 감성이 돋보였다. 거리가 내려다보이는 커다란 창 앞에는 격식을 차린 좌석 공간이 마련되어 있었다. 페르세포네는 그 앞에 멈춰 서서 맞은편에 보이는 분주한 도시 풍경을 바라보았다.

"목마른 줄 몰랐는데." 렉사가 나란히 다가서며 말했다.

페르세포네는 미소를 짓곤 말했다. "물은 많이 마실수록 좋잖아."

"아까는 왜 그런 거야? 우리 둘이서 둘러봤을 수도 있는데."

여신은 한숨을 쉬었다. "지하 세계에 머물면서 몇 가지 배운 게 있어, 렉사. 넌 내 제일 친한 친구니까 친구로서 즐거운 시간을 보내려고 날 여기 데려와준 거지만, 여기 있는 다른 이들은 나를 좀…… 다르게 대해."

"지하 세계의 여왕처럼 대한다는 거지?"

지하 세계 구성원들에 대한 이야기라면 그 말 그대로였다.

"그들은 하데스를 섬기니까, 아무리 손사래를 쳐도 나를 하데스의 동반자로 바라보는 것 같아."

아마도 그렇게 하라는 명령을 받았다고 보는 게 맞겠지만.

"그들은 봉사하며 기쁨을 느껴. 내가 마다할수록 더 상처를 받을 거야."

"흐음." 렉사의 얼굴엔 짓궂은 미소가 걸려 있었다.

"왜?" 페르세포네가 미심쩍은 듯 물었다.

"아무것도 아니에요, 페르세포네 여왕님."

페르세포네는 못 말린다는 눈초리를 했고 렉사는 웃음을 터뜨리며 창가에서 돌아섰다. 그 순간 아이비가 물 두 잔을 담은 은색 쟁반을 들고 들어왔다.

"오늘은 오이와 생강 맛이 나는 물을 준비했어요."

페르세포네는 잔과 냅킨을 받아들었다. 음료 맛이 괜찮은지 드라이어드가 몹시 궁금해서 바로 한 모금 마셨다.

"음, 정말 상큼한 맛이에요. 아이비, 고마워요."

님프는 환하게 웃고는 렉사에게도 잔을 건넸다. 그런 뒤 잠시 사라졌는데, 돌아왔을 때도 뭔가에 취한 듯 환하게 웃고 있었다.

"다들 준비되었다고 합니다, 페르세포네 님, 렉사."

페르세포네는 갑자기 속이 불편해졌다. 이번 한 번은 무난하게 넘겼지만 매번 이런 일이 일어날 때마다 어떻게 대하지?

"드디어!" 렉사가 전혀 반갑지 않은 어조로 말했다.

2층으로 향하는 계단을 오르며 페르세포네는 아이비에게 말했다. "고마워요, 아이비. 모든 게 감사했어요."

님프의 반응을 충분히 관찰하지 못한 채 그녀는 렉사를 따라 계단을 올라갔다.

2층에 막 올라왔을 때 눈앞에 펼쳐진 광경에 둘은 발걸음을 멈췄다. 페르세포네를 환영하기 위해 유리 사무실에서 우르르 나선 직원들로 복도 양쪽이 가득 차 있었다. 사진을 찍는 남자도 보였다.

"페르세포네 님, 영광입니다." 풍성한 검은색 곱슬머리를 뽐내는 인간 여자가 다가와 페르세포네의 손을 잡았다. "저는 사이프러스 재단 관리자, 카트리나입니다."

"만나서 반가워요." 페르세포네가 말했다.

"몇 가지 프로젝트를 보여드리고 싶습니다. 분명 기뻐하실 거예요."

페르세포네는 렉사와 눈빛을 교환했다. 렉사는 곤혹스럽다는 듯 입술을 앙다물고 있었다. 사무실을 구경시켜주겠다고 제안했을 때 렉사가 상상한 건 이런 광경이 아니었을 것이다. 페르세포네는 이 모든 만남으로 인해 밀려든 죄책감을 억누르려고 애썼다. 렉사는 그저 새로운 일터를 보여주고 싶었을 뿐인데. 몇 시간 뒤 다들 퇴근하고 나서 와보는 게 나았을 것이다.

카트리나는 함께 걸으며 여러 설명을 해주었는데, 렉사가 이미 말해준 것들도 더러 있었다. 어느 상황에서든 활용할 수 있는 짧은 브리핑을 준비해둔 게 분명했다.

"할시온 프로젝트가 발표됐을 때 굉장히 기뻤습니다." 카트리나가 말했다. "저희는 하데스 님과 자선단체인 이니셔티브를 여럿 운용해왔는데 그런 프로젝트는 최초였죠."

"다른 프로젝트들도 있어요?" 페르세포네의 눈이 휘둥그레졌다. 처음 듣는 얘기였다.

카트리나가 미소를 지었다. 페르세포네가 모르는 사실을 전하게 되어 진심으로 기뻐 보였다. "할시온 프로젝트는 사이프러스 재단의 수많은 이니셔티브 가운데 하나일 뿐입니다."

"더 이야기해주세요."

"네, 우선 동물을 위한 비영리단체인 케르베로스 하우스가 있어요. 뉴 그리스 전역에 동물을 안락사하지 않는 보호소를 14곳 설립했고, 반려동물 입양 비용을 지원하고 있기도 하죠. 아르고스에 15번째 보호소를 건립하게 되어 무척 기쁘답니다. 또 안전한 피난처 프로젝트도 있는데요. 여기선 유가족이 무사히 장례를 치를 수 있도록 장례 비용을 지원합니다. 지금까지 도움을 필요로 하는 300개 가정을 지원해왔답니다."

페르세포네는 말문이 막혔지만 여자는 말을 계속 이었다.

"하데스 경께서 가장 오래 운영해오고 계시는 자선단체는 채리어 트라는 곳인데요. 도움이 필요한 어린이들을 위한 치료견들을 양성 하는 곳이랍니다."

페르세포네는 침을 꿀꺽 삼켰다. "괴…… 굉장하네요."

마음이 몹시 산란해졌다. 하데스가 그토록 훌륭한 단체를 많이 꾸려왔다는 게 경이롭기도 했지만, 한편으로는 아는 게 아무것도 없다는 점이 화나고 부끄러웠다. 왜 하나도 말해주지 않은 거지? 죽 은 자들의 신에 대해 조사할 당시엔 왜 이런 사실을 하나도 발견하 지 못한 걸까?

신들이여, 완전히 바보가 된 기분이었다. 그를 그렇게나 비방하는 글을 썼다니. 어쩌면 이렇게 많은 이들이 그녀에게 무수한 업적을 알려주려는 것도 그런 이유일지 몰랐다. 그녀가 틀렸음을 누누이 말해주려고.

제기랄, 겸손한 신 같으니.

소개가 계속되면서 페르세포네는 하데스의 자선단체 이니셔티브 에서 일하는 이들과 인사를 나누었다.

끝으로 카트리나가 몸을 돌려 말했다. "다 둘러보셨다면 아래층 으로 안내하겠습니다."

하데스의 사무실은 어쩌고?

다행히 렉사가 끼어들었다. "여기서부턴 제가 안내할게요, 카트리 나. 페르세포네랑 얘기할 게 있어서요."

"아……."

"정말 고마워요, 카트리나." 그녀가 뭐라 말을 꺼내기 전에 페르세 포네가 선수를 쳤다. "당신이 얼마나 근사하게 소개해주었는지 하데스에게 잘 전할게요."

그 말은 마치 마법처럼 작용한 듯했다. 카트리나가 미소를 짓더니 허둥거리며 말했다. "어머, 정말 감사드려요, 페르세포네 님."

드디어 둘만 남게 되자 렉사가 몸을 기울여 귓속말을 해왔다. "하데스 사무실 가볼래?"

"역시 내 친구야."

둘은 여학생들처럼 킥킥거리며 또 다른 계단을 올랐다. 이 층은 전부 사무실 공간이었고, 페르세포네와 렉사는 칸막이 업무 공간 여럿을 지나 뒤쪽에 자리한 사무실 복도로 들어섰다.

"여기야!" 렉사가 안으로 들어서며 팔을 쭉 뻗어 가리켰다.

통유리 사무실이었다.

페르세포네는 문가에서 머뭇거렸다. 어머니의 집이 불현듯 떠올랐고, 잠시 동안 이 모든 게 정교하게 짜인 함정 같다는 이상한 느낌이 들었다. 하데스의 책상은 납으로 장식된 창문 앞에 놓여 있었는데, 마치 왕좌에 앉아 있는 것처럼 보이게끔 조성된 듯했다. 다소 위협적인 형상이었다. 네버나이트 집무실 것보다 이 책상을 더 쓰지 않을 거라는 데 돈이라도 걸 수 있을 것 같았다.

안으로 한 발짝 떼자마자 렉사의 휴대폰으로 전화가 걸려왔다.

"젠장." 그녀가 페르세포네를 돌아보았다. "금방 돌아올게."

페르세포네는 고개를 끄덕였고, 절친한 친구가 밖으로 사라지는 모습을 지켜보았다. 그런 다음 눈길은 하데스의 책상으로 향했다. 그 위에 놓여 있는 것은 흰 수선화 꽃병과 그녀의 사진뿐이었다. 지하 세계에서, 하데스가 만든 정원에서 찍힌 것이었다. 그녀는 사진을 집어 들고는 대체 언제 찍힌 건지 생각해보았다.

"궁금합니까?"

페르세포네는 화들짝 놀라며 액자를 떨어뜨렸다. 다행히도 미처 바닥에 닿기 전에 하데스가 붙잡아 원위치에 돌려놓았다. 그녀는 책상에 한 손을 올린 뒤 홱 몸을 돌려 그를 마주했다.

저 정도 덩치인데 어떻게 그리도 빠르게 움직인 거지?

그가 가까이 다가오자 향이 진하게 끼쳐왔고, 어젯밤을 떠올릴 수밖에 없었다. 그가 그녀를 침대로 데려가고, 요구하고, 살결 위에 표식을 남기고, 그녀를 가졌던 바로 그 시간을. 아폴론에 관한 간단한 대화로 그가 불쾌해할 거라곤 전혀 예상하지 못했는데 그 이후에는 상상도 할 수 없던 시간이 이어졌다.

"언제 온 거예요?" 그녀가 숨을 몰아쉬며 말했다.

하데스의 능력 중 하나는 투명해지는 마법이었다. 그가 지금껏 내내 사무실에 있었을 가능성도 있었다. 심지어는 아무도 모르게 그들을 따라다녔을지도 모른다.

"늘 참 의심이 많으십니다." 그가 말했다.

"하." 그녀는 경고하려고 입을 뗐다.

"오래 안 됐습니다. 아이비가 전화해서는 당신이 온다는 걸 왜 미리 말해주지 않았냐고 펄쩍 뛰며 나를 나무라더군요."

페르세포네의 첫 반응은 웃음을 터뜨리는 일이었다. 신하가 그를 나무랐다니! 하지만 곧 생각이 바뀌었다. 아이비가 하데스에게 전화를 걸었다고?

그녀가 눈썹을 치켜떴다. "휴대폰을 가지고 다니는 건가요?"

"업무상으로는, 그렇습니다."

"왜 나한테는 안 알려줬어요?"

그는 어깨를 으쓱하며 말했다. "언제든 원할 때 당신을 찾아낼 수 있으니까."

"그럼 내가 당신을 원할 때는요?"

"내 이름을 말하기만 하면 됩니다." 그가 말했다.

그가 휴대폰을 지녔다는 걸 몰랐다는 사실에 대한 충분한 이유가 되지 못한다는 생각이 들었다. 아니면…… 그저 연인에 대해 모르고 있는 수많은 사실 중 하나일 뿐인지도.

"마음이 안 좋아 보이는군요." 하데스가 말했다.

페르세포네는 고개를 들어 그와 다시 눈을 맞추었다. "당신, 나를 창피하게 만들었어요."

하데스는 얼굴을 찌푸렸지만 이내 인상을 풀었다. "말씀해보시지요."

"당신의 모든 자선 사업들을 다른 사람의 입으로 들었단 말이에요. 날 둘러싼 모든 이들이 나보다 더 당신에 대해 많이 알고 있는 것 같던데요."

"물은 적 없지 않습니까." 그가 말했다.

"묻지 않아도 먼저 얘기해줄 수 있잖아요, 하데스. 저녁 식사를 하면서라든지. 안녕, 자기야. 오늘 하루 어땠어? 난 괜찮았어. 내가 소유한 수십억 달러어치의 자선단체들이 아이들과 강아지들과 인류를 위해 일하고 있거든!"

하데스는 웃음을 흘리지 않으려고 애쓰고 있었다.

"웃지 마요." 그녀는 그의 입술에 손가락을 가져다 댔다. "진지하단 말이에요. 당신이 나를 연인 이상으로 여긴다면, 난 당신에 대해 더 많이 알아야 해요. 뭐랄까…… 당신 삶을 구성하는 역사, 그 무엇이라도."

하데스의 눈동자가 짙어졌다. 그는 페르세포네의 손목을 감싸 쥔 다음 손가락 위에 키스했다.

"미안합니다. 미처 말할 생각을 못 했습니다. 나는 너무도 오랫동안 혼자 지내왔고, 모든 결정을 혼자서 내려왔습니다. 무엇이든 누군가와 나누는 건 익숙하지 않습니다."

페르세포네는 한결 부드러워진 표정으로 그의 얼굴을 어루만졌다.

"하데스, 당신은 결코 혼자가 아니었고, 지금도 당연히 혼자가 아니에요." 그녀는 손을 뗐다. "자, 당신이 소유한 건 또 뭐가 있나요?"

"수많은 영안실." 그가 말했다.

페르세포네의 눈이 커졌다. "진짜요?"

"나는 죽은 자들의 신이지 않습니까." 그가 말했다.

어쩔 수 없이 웃음이 비져 나왔다.

잠시 눈을 맞춘 뒤, 하데스가 나직하고 관능적인 목소리로 말했다. "말해주십시오. 지금 내가 당신과 나눌 수 있는 또 다른 무언가가 있습니까?"

페르세포네는 책상 위에 놓인 사진을 흘끗 쳐다보았다. "어디서 난 거예요?"

그의 눈길이 사진을 향했다. 사진에 대해 잊고 있어서가 아님을 알고 있었다. 그는 답을 고르고 있다.

"내가 찍었습니다."

"언제요?"

"당신이 보고 있지 않았을 때였겠지요."

페르세포네는 그 유머가 어처구니없었다. "당신에겐 내 사진이 있는데 왜 나에겐 당신 사진이 없는 거죠?"

그의 눈동자가 반짝였다. "내 사진이 갖고 싶은지 몰랐습니다."

그녀는 코웃음 쳤다. "당연히 갖고 싶죠!"

"기꺼이 할 수 있을 것 같습니다. 어떤 사진이 갖고 싶습니까?"

그녀는 그의 어깨를 찰싹 때렸다. "당신은 도무지 만족을 몰라."

"그건 당신 탓입니다, 나의 여왕님." 그러고는 그녀의 목부터 어깨까지 입술로 훑어 내렸다. "당신이 여기 있어서 기쁩니다."

"난 모르겠어요." 그녀가 몸을 떨며 간신히 답했다.

"당신을 알게 된 뒤 이 방, 이 책상 위에서 당신을 기쁘게 해주고 싶었습니다. 그것이 이 방에서 일어날 가장 생산적인 일일 겁니다."

단어 하나하나가 불꽃처럼 안에서 타올랐다. 그녀는 침을 꿀꺽 삼켰다.

"여긴 통유리잖아요, 하데스."

"저를 막으려는 겁니까?"

그녀는 눈을 가늘게 뜨곤 놀렸다. "전시욕이 있으시다?"

"전혀 아닙니다." 그가 더욱 가까이 몸을 기울이자 입술에 와 닿는 숨결까지 느껴졌다.

"사람들이 당신을 보는 걸 내가 허락할 것 같습니까? 나는 몹시 이기적인 존재입니다. 이 벽은 교묘한 속임수입니다, 페르세포네."

그녀는 그의 열기에 몸을 내맡긴 후 속삭였다. "그럼 날 가져요."

하데스는 으르렁대더니 그녀의 허리에 팔을 둘렀다. 바로 그때, 누군가 헛기침하는 소리가 들렸다. 둘이 고개를 돌리자 렉사가 문가에 서 있었다.

"안녕하세요, 하데스." 그녀가 얼굴에 미소를 띠고 말했다. "제가 방해한 게 아니면 좋겠네요. 페르세포네에게 사무실을 구경시켜주고 있었거든요."

"안녕하십니까, 렉사." 그가 입꼬리를 올리며 말했다. "아뇨, 전혀 방해하지 않았습니다."

페르세포네는 낮게 웃으며 하데스의 뜨끈한 몸에서 떨어졌다.

"이제 일하러 가야겠어요." 렉사 쪽으로 걸어가며 그녀가 말했다.

문가에 다다른 그녀는 고개를 돌려 그를 바라보았다. 책상 뒤에 서 있는 그의 실루엣이 아름다운 유리에 비쳤다. 그는 힘, 권력 그 자체였다.

"이따 밤에 볼까요?"

그 말에 그가 고개를 끄덕였다.

1층으로 내려가면서 렉사가 말했다. "금요일부터 주말까지 지하 세계로 간다는 건 알고 있지만, 이번 주 금요일에는 시빌 이사하는 거 도와줘야 한다는 거 잊지 마."

"당연하지." 그녀가 말했다.

문 앞에서 두 사람은 꼭 끌어안았다.

"모든 것에 다 고마워, 렉사. 네가 안내하는 사무실을 보지 못하게 돼서 아쉽다."

"진짜, 네가 오자마자 온갖 사람들이 난리 치는 걸 보니까 기분 묘하더라."

그 말에 둘 다 빵 터졌다. 하지만 바로 다음 순간 렉사가 내뱉은 말 한마디에는 뼛속까지 차게 식는 것 같았다.

"네가 여신이라는 걸 그들이 알게 된다고 생각해봐."

페르세포네는 걸어서 아크로폴리스로 돌아갔다. 이번에는 안전을 위해 세워둔 가벽 너머로 소리 지르는 팬들에게 둘러싸인 채 마지못해 입구로 향했다.

"페르세포네다! 페르세포네, 여기 좀 봐줘요!"

"하데스랑 데이트한 지 얼마나 됐나요?"

"다른 신들에 대해서도 글을 쓸 겁니까?"

그녀는 고개를 푹 숙이고 어떤 질문에도 답하지 않은 채 가까스로 건물에 들어섰다. 그러자 군중들 한가운데에 놓였을 때 치솟았던 불안과 함께 깨어난 마법이 넘실거려 몸이 덜덜 떨렸다. 엘리베이터로 직행하면서 머릿속에는 알렉산드리아 타워에서 헤어지기 전 렉사의 마지막 말이 내내 둥둥 떠다녔다.

네가 여신이라는 걸 그들이 알게 된다고 생각해봐.

그 말의 진짜 의미를 알고 있었다.

네가 더 이상 이전처럼 살아갈 수 없게 된다고 생각해봐.

갑자기 엘리베이터가 너무 비좁게 느껴졌다. 더 이상 숨을 쉴 수 없다고 느낀 바로 그 순간, 문이 열렸다. 헬렌이 데스크 뒤에 있다가 환한 미소를 지으며 뛰쳐나왔다. 페르세포네의 격렬한 내적 갈등은 꿈에도 모른 채.

"돌아온 걸 환영해요, 페르세포네."

"고마워요, 헬렌." 그녀는 고개를 거의 돌리지도 않고 말했다.

짐을 정리하다가 노트북 위에 놓인 흰 장미를 발견한 페르세포네는 가시에 찔리지 않도록 조심스럽게 집어 들었다.

"이건 어디서 난 거예요?"

"모르겠어요." 헬렌이 얼굴을 찡그리며 말했다. "오늘 아침에는 배달 온 게 없었는데."

페르세포네는 미간을 찌푸렸다. 줄기에는 빨간 리본이 묶여 있었지만 함께 온 카드는 없었다. 어쩌면 하데스가 보낸 건지도 몰라. 그녀는 이렇게 짐작하며 옆으로 치워두었다.

"부재중 메시지 온 건 없어요?"

어쩌면 그것 때문에 헬렌이 자리까지 따라온 건지도 모르니까.

"아뇨." 헬렌이 말했다.

의외네. 페르세포네는 다음 말을 기다렸다.

"사람들도 기다려야죠." 헬렌이 말했다. "게다가 다른 기삿거리도 많이 있고, 그 독점 기사 쓰고 계신 것도 제가 아니까."

페르세포네의 눈이 번득였는지 헬렌이 말을 뚝 멈췄다.

"그걸 어떻게 알아요?" 페르세포네의 가슴이 철렁 내려앉았다.

"저……."

헬렌이 말을 더듬는 건 처음 보았다. 갑자기 말을 잇지 못하더니 이내 눈가가 그렁그렁해졌다.

"또 누가 아는 거죠?" 페르세포네가 물었다.

"아, 아무도 몰라요." 헬렌이 마침내 입을 열었다. "제가 엿들은 거예요. 정말 죄송해요. 뭔가 흥미진진한 대화 같아서……."

"정말 엿들었다면 전혀 흥미진진하지 않다는 걸 알았을 텐데요. 적어도 내 입장에선."

침묵이 흐르고, 페르세포네는 얼마간 헬렌을 바라보았다.

"죄송해요, 페르세포네."

그녀는 한숨을 푹 내쉬곤 의자에 앉으며 말했다. "괜찮아요, 헬렌. 그냥…… 아무한테도 이야기하지 말아요. 알겠죠? 그건…… 안 쓰게 될지도 모르니까요."

그게 그녀의 바람이었다.

헬렌은 충격받은 것 같았다. 사실은 더 많이 엿들은 게 분명했다.

"하지만…… 그럼 일자리를 잃게 되잖아요!" 그녀는 다급하게 속삭였다.

페르세포네는 한숨을 쉬었다. "헬렌, 나 이제 진짜 일 시작해야 해요. 당신도 마찬가지고요."

헬렌의 얼굴이 창백해졌다. "아, 그럼요. 정말 죄송……."

"사과 그만해요, 헬렌." 그러곤 최대한 부드럽게 덧붙였다. "잘못한 거 없어요."

금발 머리 여자가 미소 지었다. "다 잘 풀리길 바랄게요, 페르세포네. 정말 진심이에요."

헬렌이 자리로 돌아가자 페르세포네는 아폴론과 그의 숱한 연인들에 대해 뒤져보기 시작했다. 음악의 신에 관한 기사를 쓰지 않겠다고 하데스에게는 말해두었지만, 그에 관한 파일을 만들어두지도 않겠다고 말한 건 아니었으니까. 정보가 적은 것도 아니었다. 특히나 고대에는.

아폴론이 맺은 관계에 관한 거의 모든 이야기는 상대의 비극으로 끝났다. 모든 연인 중에서도 특히 다프네와 카산드라의 이야기에서 그의 극악무도한 면이 드러났다.

다프네는 님프였고, 평생 순결을 지킬 것을 맹세했다. 그럼에도 아폴론은 끊임없이 집적대면서, 그녀의 결심을 흔들 수 있다는 듯 사랑을 마구 고백했다. 선택의 여지가 사라지자 아폴론이 두려웠던 그녀는 아버지인 강물의 신 페네오스에게 가서 아폴론의 집착에서 벗어날 수 있게 해달라고 빌었다. 페네오스는 다프네의 소원대로 월계수 나무로 변신시켜주었다.

아폴론의 상징 중 하나가 월계수인 이유를 이제야 알게 되었다.

토 나오네.

트로이의 공주였던 카산드라는 아폴론으로부터 미래를 예견하는 능력을 부여받았다. 그 선물 덕분에 그녀가 그와 사랑에 빠지길 기대했지만, 카산드라는 꿈쩍도 하지 않았다. 머리끝까지 화가 난 아폴론은 저주를 내려, 미래를 내다보는 힘은 그대로이되 누구도 그녀의 말을 믿지 않도록 만들어버렸다. 이후 카산드라는 왕국의 패망을 예견하지만 아무도 그 말에 귀 기울이지 않게 된다.

고대 연인들은 더 있었다. 코로니스, 오키로에, 시노페, 암피사, 시빌레 등등. 좀 더 최근의 현대판 연인들도 있었다. 아카시아, 카라, 이오, 라미아, 테사, 그리고 지타. 자료 조사는 쉽지 않았다. 페르세포네가 이해한 바에 따르면 그 여성들 중 대다수는 소셜미디어나 블로그 등으로 아폴론에 대항해 목소리를 내려고 했다. 심지어는 기자들에게 사연을 전하는 데까지 나아간 이들도 있었다. 문제는, 누구도 듣지 않는다는 거였다.

자료 조사에 너무 심취한 나머지 인기척을 느끼지 못한 그녀는 책상 두드리는 소리에 펄쩍 뛰었다.

디미트리가 서 있었다. "기사 어떻게 돼가고 있나요?"

그녀는 그를 빤히 노려보곤 냉랭한 어조로 답했다. "쓰고 있어요."

상사는 인상을 찌푸리며 말했다. "당신도 알죠, 만약 기회만 있었다면 내가……."

"기회는 있었어요." 그녀가 말을 끊으며 말했다. "그냥 싫다고 하시면 되잖아요."

"당신 문제만 걸려 있는 게 아니에요."

"그럼 편집장님이 관두라는 신호인지도 모르겠네요."

디미트리는 고개를 절레절레 저었다. "아무렇지도 않게 뉴 아테네 뉴스 일을 그만둘 순 없어요, 페르세포네."

"이렇게까지 비겁한 분이신 줄은 몰랐네요."

"모두가 다 신의 보호를 받을 수 있는 건 아닙니다."

그 말에 페르세포네는 움찔했지만 곧바로 마음을 추슬렀다. 하데 스가 그녀를 대신해 싸워준다고 짐작하는 이들이 정말로 싫어지기 시작했다.

"난 내 싸움을 스스로 해요, 편집장님. 장담하건대 이번 일은 좋 게 끝나지 않을 거예요. 칼 같은 사람들에겐 꿍꿍이가 있어요. 난 그걸 끝까지 파헤칠 거예요."

디미트리의 눈가에 감탄의 빛이 일렁였지만, 바로 다음 순간 그가 뱉은 말은 그녀의 지반을 송두리째 위협하며 뒤흔들었다.

"당신의 결단력을 정말 높이 사지만, 저널리즘이 대항할 수 없는 힘이 존재하는 건 사실입니다. 그중 하나는 바로 돈이고요."

6장
사랑싸움

금요일, 페르세포네와 렉사는 뉴 아테네의 크리소스 지역에 있는 고급 펜트하우스 바깥에 서 있었다. 시빌이 졸업 직후부터 아폴론과 함께 살았던 곳. 그들은 커다란 트럭을 빌렸고 방금 렉사가 보도와 차도 사이에 비뚜름하게 주차를 마친 참이었다.

"내가 생각한 파티는 이런 게 아니었는데 말이죠, 페르세포네." 헤르메스가 둘 옆에서 투덜댔다.

그는 온통 금빛으로 반짝거리고 있었는데, 렉사와 페르세포네는 둘 다 요가팬츠에 트레이닝복 상의 차림이었기에 전혀 어울리지 않는 모습이었다. 그가 아크로폴리스로 들어갈 수 있게 도와준 뒤 페르세포네는 금요일에 만나자는 약속을 잡았지만, 그건 아폴론이 시빌의 힘을 앗아가기 전의 일이었다.

"꼭 와달라고 한 사람은 아무도 없는 거 알죠?" 페르세포네가 반박했다.

속임수의 신은 그들이 이삿짐 트럭을 찾으러 나서려는 순간 집 앞에 나타났다. 그는 약속, 아니 계약하지 않았느냐고 따지면서 취소

하면 안 된다고 투덜댔지만 페르세포네는 꿈쩍도 하지 않았다.

"내 제일 친한 친구 중 한 명이 폭력적인 일을 겪었어요. 그 관계에서 빠져나오려 하는 중이고, 난 그녀의 곁을 지킬 거예요. 그러니, 우리를 따라오든지 말든지 선택에 맡길게요."

헤르메스는 따라오겠다고 했다.

"당신의 형만 아니었으면 여기 올 일도 없었어요." 렉사가 말했다. "형을 탓하세요."

"아폴론이 내린 선택은 내 책임이 아닌걸." 헤르메스가 따졌다. "그리고 여기가 술자리보다 재미있는 척은 하지 말아줄래요?"

"맞는 말이에요." 그녀는 백팩에서 와인 한 병을 꺼냈다. "이걸 가져오길 잘했지."

"이리 줘요." 헤르메스가 잽싸게 병을 낚아챘다.

페르세포네의 눈이 휘둥그레졌다. "저기요, 오늘 운전 안 하실 거예요?"

"음, 당연히 하죠. 이사 마치고 마실 거랍니다."

하지만 헤르메스는 이미 병을 따려 하고 있었다.

"가방에 더 많은 게 있길 바라겠습니다." 신이 말했다. "왜냐하면 이건 바로 지금 마실 거니까."

렉사가 콧방귀를 뀌었다. 마침내 그들 앞에 놓인 문이 딸깍 소리를 내며 열렸다. 인터폰 너머로 시빌의 목소리가 들렸다.

"열렸어. 조심히 올라와."

헤르메스가 앞장서려 했지만 페르세포네는 손을 뻗어 그를 막았다. "짐수레나 가져와줘요."

"내가 왜 짐수레를 끌어야 하죠? 난 와인을 들고 갈래요."

페르세포네는 병을 낚아채며 말했다. "와인은 내가 들었죠? 짐수레요. 당장."

이삿짐 트럭을 향해 털레털레 걸어가는 헤르메스의 어깨가 축 처졌다. 그는 바퀴 달린 수레를 끌고 돌아왔다.

렉사가 킥킥댔다. "진짜 인간 같네요, 헤르메스."

신의 눈동자가 짙어졌다. "조심하시라, 인간이여. 단지 나의 즐거움을 위해 널 염소로 만들어버릴 수도 있으니까."

"당신의 즐거움?" 렉사가 낄낄거렸다. "그렇다면 내게 일어난 모든 일 중 최고의 일일 거예요."

셋은 엘리베이터를 타고 올라갔다. 문이 열리자 눈앞에 아폴론의 거실이 순식간에 펼쳐졌다.

졸업 직후부터 몇 달간 시빌이 누린 호화로운 생활의 현장을 마주하자 페르세포네는 어떻게 받아들여야 할지 알 수 없었다. 오라클로 취업한다는 건 연봉이 높은 일을 하게 된다는 걸 뜻했는데, 눈앞의 광경을 보자 시빌의 상황이 더욱 나쁘게 느껴졌다. 모든 게 실감이 나는 것 같았다. 천장부터 바닥까지 자리한 커다란 창문, 나무 바닥, 스테인리스 재질의 가전제품들, 지금껏 보아온 것 중 가장 고급스러운 커피 머신 등이 놓인 이 고층 펜트하우스에서 살다가 하루아침에 렉사의 비좁은 집으로 옮겨가 얹혀살게 되었다니.

일상의 극단적인 변화가 일어날 참이었지만 시빌은 상태가 좋아 보였다. 이 공간을 벗어나는 게 어깨의 짐을 덜어준다는 듯이. 그녀가 옆방에서 고개를 빼꼼 내밀었다. 풍성한 금발 곱슬머리가 어깨 아래로 흘러 내려와 있었고, 화장기 없는 어여쁜 얼굴은 환하게 빛났다.

"여기로 와, 친구들."

그들은 방으로 들어갔다. 집 안의 다른 곳보다는 더 개성이 있을 거라 예상했지만 짐작은 틀렸다. 시빌의 방 역시 무채색이었다.

"어째서 모든 게 다 회색인 거야?"

"음, 그러게. 아폴론은 다양한 색을 안 좋아해." 그녀가 말했다.

"색깔들을 안 좋아할 수도 있나?" 시빌의 침대 위에 털썩 주저앉으며 렉사가 물었다.

"아폴론은 확실히 그래요." 헤르메스가 렉사 옆에 쓰러지듯 앉으며 말했다. "우리가 완전 어질러놓고 가면 형은 진짜 화낼걸."

그러자 시빌의 눈이 커지고 얼굴은 창백해졌다.

페르세포네는 허리춤에 손을 얹었다. "방금 그 말은 당신한테나 재미있겠죠. 그의 분노에서 살아남을 존재도 당신뿐이고."

"세피도 마찬가지고요. 아폴론이 당신한테 털끝 하나라도 댄다면, 닿기도 전에 이미 하데스가 성기를 잘라버릴 텐데. 진짜 흥미진진한 광경이겠다."

"헤르메스." 페르세포네가 단호하게 말했다. "당신 진짜 도움이 안 되네요."

신은 혀를 찼다. "짐수레를 끌고 온 건 난데?"

"그럼 이제 그걸 좀 사용해보시죠. 일어나요! 이 상자들 내려놓고 오세요."

헤르메스는 꿍얼거리며 침대에서 굴러떨어지듯 일어섰고, 렉사도 뒤따랐다.

그들은 수레 위에 상자들을 쌓았다. 헤르메스가 트럭에 싣고 오는 동안 페르세포네와 렉사는 시빌을 도와 나머지 짐을 쌌다. 페르세포네는 그 일이 좋았다. 상자 하나하나가 도전 과제였고, 한 상자에 얼마나 많은 짐을 넣을 수 있는지 가늠해보는 일이 즐거웠다. 짐을 다 싼 다음에는 포장을 수월하게 풀 수 있도록 상자 옆면에 간단히 목록을 써두었다.

헤르메스가 그녀의 행동을 보더니 코웃음을 치며 고개를 절레절레 저었다.

"왜요?" 페르세포네가 따졌다.

"아폴론만큼이나 깐깐하시네."

페르세포네는 그 신과 비교되는 게 싫었다. "무슨 뜻이에요?"

"이 집 보면 모르겠어요?" 그가 주위를 둘러보았다. "이 집의 모든 물건들이 종류와 색깔별로 정리되어 있다는 걸."

"난 계획적인 거예요, 헤르메스. 강박적인 게 아니라고요."

"아폴론은 정말 절도가 있죠. 처음 알게 됐을 때부터 늘 그래왔으니까."

"그렇게 절제력이 좋다면 어째서 그렇게…… 감정적인 거죠?"

"자기 루틴에 자부심이 있어요. 본인이 만들고 실행할 수 있는 규칙들 말이죠. 그러니 통제력을 잃게 되면 엄청 발끈하는 거예요." 헤르메스는 시빌을 흘끗 쳐다보았다. "인간을 대할 때도 마찬가지고요."

작업이 모두 끝났을 때, 시빌은 아폴론의 최신식 주방에 놓인 광나는 화강암 조리대 위에 열쇠를 올려두었다. 네 명은 트럭에 구겨 타고 렉사의 집으로 출발했다.

"너 차선을 자꾸 넘어가는데." 페르세포네가 핸들을 붙잡으며 운전석에 앉은 렉사에게 말했다.

"잘 안 보여." 렉사가 투덜대며 자세를 더 꼿꼿이 세웠다.

"지금 운전하면 안 될 것 같군." 헤르메스가 한마디 했다.

"그럼 나 대신 운전할 사람 있니?" 그녀가 물었다.

하지만 아무도 답하지 않았다. 셋 모두 운전은 할 수 없었다.

"그럼 보행자들이라도 조심해봐." 페르세포네가 말했다.

"만약 누군가를 치면 내가 10점을 주죠." 헤르메스가 깝죽댔다.

"그 말에 내가 혹해야 하나요?" 렉사가 물었다.

"그럼요, 신이 내린 점수잖아요?"

"신이 내린 점수를 받으면 뭘 얻게 되는데요?" 정말 진지하게 고려하는 듯 렉사가 물었다.

"염소가 될 기회." 그가 답했다.

페르세포네는 시빌과 시선을 교환했다. "저 둘을 서로 소개해준 걸 후회하냐고 묻는다면 내 대답은 예스야."

짐을 내리는 데는 30분도 채 걸리지 않았다. 하지만 그 짐을 둘 곳을 찾는 건 다른 문제였다. 그들은 우선 복도에, 거실 한쪽에, 그리고 페르세포네의 방에 상자들을 몇 개씩 쌓아두었다. 어차피 페르세포네는 주로 지하 세계에서 시간을 보낼 테니 상관없었다.

옮기는 작업이 끝났을 때, 헤르메스는 샴페인 한 병을 따면서 빙긋 웃었다.

"이제 축하할 시간이다!"

"앗." 렉사가 트럭 열쇠를 낚아채듯 집어 들며 말했다. "파티 시작하기 전에 트럭 반납해야 해."

"내가 같이 갈게." 페르세포네가 말했다.

"네버나이트 앞에 내려주길 바라는 거지?"

그 말에 페르세포네의 볼이 발그레해졌다.

"떠나려는 거예요?" 헤르메스가 물었다. "자매님들 놔두고?"

페르세포네는 눈을 치떴다. "헤르메스, 모를까 봐 말해두는데, 당신은 자매가 아니에요."

"나도 자매할 수 있어요!" 그는 예상보다 더 격하게 우겼다. "만약 안 돌아올 거면 나 당신 침대에서 자도 돼요?"

시빌의 목소리가 곧장 따라붙었다. "안 돼! 내가 쓸 거예요!"

"나랑 같이 쓰자."

"미안, 헤르메스. 나랑 자고 싶어 하는 신들이 너무 많아서 안 되겠네요."

네버나이트로 향하는 렉사의 운전은 조금이나마 부드러워졌지만, 주차하던 도중 브레이크를 너무 세게 밟은 나머지 페르세포네의 몸이 앞으로 튕겨 나가려다 안전벨트에 짓눌렸다. 차창 밖으로 하데스가 네버나이트 경호원으로 고용한 오거인 메코넌이 한 여자와 실랑이를 벌이고 있는 모습이 눈에 들어왔다. 평소와 다를 바 없는 광경이었다. 클럽에 들어가고 싶은 사람들은 메코넌을 비롯한 경호원들과 싸우는 일이 흔했다.

"안 좋은 상황 같은데." 렉사가 둘을 고갯짓하며 말했다.

"아냐, 괜찮아."

여자는 손가락으로 오거의 가슴을 찌르고 있었다. 메코넌이 가장 싫어하는 종류의 행동이자, 클럽에 영원히 발도 못 붙이게 되는 데 효과적인 방법이었다.

페르세포네는 한숨을 내쉰 뒤 트럭 콘솔 너머로 몸을 뻗어 렉사를 껴안았다. "내일 봐. 태워다줘서 고마워."

그녀는 이삿짐 트럭에서 내렸다. 발이 땅에 닿자마자 사람들이 무리 지어 그녀의 이름을 외쳤고, 몇몇은 붉은 벨벳 로프 사이로 몸을 숙여 줄에서 빠져나와 그녀에게 다가왔다. 네버나이트의 어둑한 입구에서 두 마리 오거가 나타나 페르세포네 옆에 붙어 서며 보호막이 되어주었다.

그녀는 미소를 지었다. "안녕하세요, 아드리안, 에지오."

그녀를 내려다보는 두 생물의 표정은 진지했다. "좋은 저녁입니다, 여신님."

문득 더 신중하게 처신했어야 한다는 생각, 적어도 하데스의 직원들에게 미리 연락해서 곧 도착한다고 말해두었어야 했다는 생각이 들었다. 내일 신문 헤드라인이 눈에 선했다. 하데스의 연인, 트레이닝복 차림으로 이삿짐 트럭에서 내려 네버나이트에 도착!

클럽 입구 코앞에 이르렀을 때 어깨 너머로 어떤 여자의 목소리가 들려왔다. "당장 만나게 해달라고!"

처음 네버나이트에 왔던 날, 페르세포네 역시 다른 오거에게 그와 비슷한 말을 했던 게 기억났다. 결과는 좋지 않았다. 오거에게는 특히나. 오거가 페르세포네에게 손을 댔고, 하데스는 그 행동을 참지 않았으며, 이후로 그 오거를 다시는 볼 수 없었다.

"여신님." 메코넌이 삿대질하는 여자를 막아서며 페르세포네를 반겼다.

여자는 그를 밀치며 다가와 허리에 손을 얹고 따졌다. "여신님이라고?"

페르세포네는 여자가 님프임을 알아차렸다. 창백한 우윳빛 피부에 기다란 백발, 신비로운 분위기를 자아내는 하늘색 눈동자를 지닌 여자. 심지어 속눈썹조차 새하얬다.

나이아스구나. 나이아스는 물의 님프였다. 여자는 아름다웠지만 어딘가 냉혹한 구석이 있었고, 화나 보이면서도 지쳐 보였다.

"당신 누구야?" 님프가 따졌다.

페르세포네는 깜짝 놀랐다. 이제 그녀가 누군지 모르는 사람은 별로 없었으니까.

"페르세포네 여신님께 그 무슨 말버릇이냐?" 메코넌이 주먹을 꽉 쥐며 말했다.

"괜찮아요, 메코넌." 페르세포네는 한 손을 들어 금방이라도 여자의 뼈를 갈아버릴 듯한 오거를 진정시켰다.

"나는 페르세포네다. 하데스 님과 만나게 해달라고 요구한 게 맞느냐?"

"그렇다!"

페르세포네가 눈을 살짝 치켜떴다. "불만 사항이 무엇이냐?"

"내 불만 사항을 듣고 싶어? 어디서부터 시작할까? 먼저, 그가 나를 처넣은 집은 거지 소굴 그 자체야."

페르세포네는 혼란스러워지기 시작했다.

"두 번째로는, 그 빌어먹을 나이트클럽에선 단 1초도 더 일하지 않겠……."

페르세포네는 손을 들어 님프의 말을 막았다. "미안한데, 당신 누구라고?"

잘못된 대상을 향해 말하는 의기양양한 태도로 여자는 턱을 들어 올리고 가슴을 내밀었다. "나는 하데스의 애인, 레우케다."

페르세포네는 얼굴의 피가 싹 빠져나가는 것 같았다. 충격이 마음속 깊이 내려앉았다. "뭐, 뭐라고?"

님프는 그 말이 우습다는 듯 웃음을 터뜨렸다. 페르세포네는 주먹을 꽉 쥐었다.

"정정하지, 전 애인. 그게 그거지만."

"전…… 애인?" 그녀는 고개를 옆으로 기울인 채, 자신도 모르게 이를 악물고 말하고 있었다.

"걱정할 건 없어." 레우케가 말했다. "엄청 오래전이거든."

"오래전 일이라면서 지금 하데스의 애인이라고 스스로를 소개했잖아?" 페르세포네가 물었다. "그것참 정직한 실수네."

"정말 솔직했다는 걸 알면 날 이해하게 될걸."

페르세포네는 메코넌을 향해 휙 몸을 돌렸다. "여기 이 레우케를 하데스의 집무실로 데려가주세요. 그도 곧 여기 올 것 같으니까."

"알겠습니다, 여신님." 메코넌은 고개를 숙이곤 덧붙였다. "지금 라운지에 계십니다."

"알려줘서 고마워요." 그녀는 친절하게 답했다. 온몸이 얼음장처럼 차갑게 굳었음에도.

페르세포네는 네버나이트 안으로 들어섰다. 곧장 계단을 올라 삶에서 더 많은 것, 즉 사랑, 돈, 건강을 바라는 인간들과 하데스가 내기를 벌이는 라운지로 향했다. 바로 그 내기가 충격을 주기도, 호기심을 불러일으키기도 했었다. 죽은 자들의 신에 관한 기사를 쓰게 되고 결국 돌이킬 수 없는 거래를 하게 된 계기가 바로 저 거래였다.

라운지 입구를 지키는 고르곤, 에우리알레가 그녀를 기다리고 있었다. 그들의 첫 만남은 인상적이었는데, 고르곤은 냄새를 맡자마자 그녀가 여신인 줄 바로 알아봤기 때문이다.

"하데스 경이 곤경에 처하셨나요?" 에우리알레가 물었다. 흥미롭다는 투였는데, 가까이 다가가자 자못 신나 보이기까지 했다.

"당신 상상보다 훨씬 더 그럴걸요." 페르세포네가 답했다.

에우리알레가 검게 변한 이를 씩 드러내며 웃었다. 지체 없이 문을 열어준 뒤, 페르세포네를 향해 허리를 숙여 인사했다.

"그분은 사파이어 특별실에 계십니다, 여신님."

페르세포네는 사람들로 북적이는 카드 테이블 주변을 거닐었다.

머리 위에는 커다란 샹들리에, 벽을 따라서는 정교한 무늬의 양초 촛대들이 늘어서 있었지만 방은 어두컴컴했다. 이곳을 처음 방문했던 날 페르세포네의 운명은 완전히 바뀌었다. 그녀는 사람들과 게임에 매료되었다. 카드가 테이블을 가로질러 미끄러지는 모습, 남자들과 여자들이 나른하게 교류하며 서로 장난치는 모습을 지켜보다 마침내 한 포커 테이블 앞에 앉았고 그 자리에서 지하 세계의 왕을 처음 만나게 된 것이다.

그가 처음으로 그녀와 가까이서 눈을 맞추던 순간을 떠올리자 지금도 속이 꽉 조여드는 것 같았다. 그는 손에 만져질 듯한 그림자, 요새와도 같은 단단함을 지닌 존재였고 마치 자연의 강한 위력과도 같이 그녀의 삶에 다가와 정면으로 부딪쳤다. 그를 떨쳐낼 수 없었고, 솔직히 그러고 싶지도 않았다. 처음 눈이 마주친 순간부터 그는 그녀 안의 뭔가를 일깨워냈다. 불처럼 느껴졌지만 사실은 그녀를 부르는 그의 어둠이었다.

지금, 어둑한 방에 녹아드는 동안 바로 그 어둠이 혈관과 뼛속에 흐르는 게 생생히 느껴졌다. 걷다 보니 인간들이 하데스와 거래하기 위해 기다리는 특별실이 줄지어 늘어선 복도가 나왔다. 방은 귀한 보석의 이름을 따서 사파이어, 에메랄드, 다이아몬드 등으로 지어졌다. 각각은 보석에 걸맞은 색으로 꾸며져 있었고 방들도 아름다웠다. 장엄하면서도, 카드 게임에서 이기면 그들도 화려한 삶을 살 수 있다는 메시지를 전해주는 듯했다.

페르세포네가 사파이어 특별실을 찾아 안으로 들어섰을 때, 한 남자가 하데스의 맞은편에 앉아 있는 게 보였다. 기껏해야 20대 초반 같았다. 페르세포네는 그렇게나 젊은 사람이 어쩌다 죽은 자들의 신 앞까지 오게 되었을까 궁금했지만, 나쁜 일은 차별 없이 모두에게 찾아오는 법이다. 여기 온 이유가 무엇이든 간에 그는 방어적으로 보였다.

게임에 훼방을 놓는 게 누군지 보려고 고개를 돌린 그가 이렇게 말했으니 말이다. "이분을 만나고 싶으면 기다려요. 나도 약속 잡기까지 3년이나 걸렸다고."

하데스의 눈길이 그녀에게 녹아들었다. 우아한 외모에도 그는 맹수 같았다. 등을 곧게 펴고 앉은 그는 위스키 잔을 감싸듯 깍지를 끼고 있었다. 잘 모르는 사람이라면 편안해 보인다고 여겼겠지만, 페르세포네는 표정만 보고도 그의 심기가 불편하다는 걸 알아챘다. 아마 그녀 때문일 것이다. 자신이 화났음을 알리기 위해 그에게 뭔가 말을 할 필요도 없었다. 글래머가 스러지고 있었으니까. 서서히 녹아내리는 게 느껴졌고, 인간 같은 얼굴 곳곳에 구멍이 생기고 있었다.

"나가라, 인간이여." 그녀가 말했다.

남자는 명령에 충격받은 나머지 1초도 지체하지 않고 특별실을 뛰쳐나갔다. 페르세포네는 문을 쾅 닫았다.

"저 남자 기억을 지워야겠습니다. 눈이 아주 형형하군요." 그가 웃음을 흘렸다. "누가 당신을 화나게 했습니까?"

"보면 모르겠어요?" 그녀가 물었다.

하데스가 눈썹을 치켜떴다.

"방금 아주 반갑게도 당신 애인을 만나고 오는 길인데요."

하데스는 반응이 없었다. 그러자 화가 더 치솟았다. 글래머가 점점 더 많이 사라지는 게 느껴졌다. 스스로가 얼마나 우스운 꼴일지 상상했다. 까마득한 고대의 신 앞에 선 여신이면서 스스로의 마법 하나도 통제하지 못하다니.

"그렇습니까."

페르세포네는 떨리는 목소리로 입을 열었다. "내가 그 여자를 잡초로 만들어버리기 전에 당신한테 몇 초의 시간을 주겠어요."

그녀가 이렇게까지 심각해 보이지 않았다면 아마 그는 방금 말에 웃음을 터뜨렸을 것이다.

"그녀의 이름은 레우케입니다. 아주 오래전 내 애인이었습니다."

그의 입에서 다른 여자 이름이 나오지 않은 게 다행스러웠고, 그 안도감이 몹시 싫었다.

"아주 오래전이라는 게 어느 정도인가요?"

그는 잠시 그녀를 바라보았다. 눈동자 너머에 뭔가가 어른거렸다. 분노와 파멸과 투쟁으로 가득한, 생생하게 번득이는 무언가가.

"수천 년 전입니다, 페르세포네."

"그럼 어째서 그녀가 오늘 나한테 스스로를 당신 애인이라고 소개한 거죠?"

"그녀 입장에선 내가 지난 일요일까지 그녀의 애인이었습니다."

페르세포네가 주먹을 꽉 쥐었다. 그러자 갑자기 바닥에서 덩굴이 솟구쳐 오르더니 벽을 가득 뒤덮었다. 하지만 하데스는 꿈쩍도 하지 않았다.

"그건 또 왜 그런 거죠?"

"2,000년 넘게 포플러 나무였으니까."

페르세포네의 눈이 휘둥그레졌다. 예상하지 못한 말이었다. "왜 하필 포플러 나무죠?"

테이블 위에 놓인 그의 두 손은 다음 말과 함께 주먹을 쥐었다. "그녀는 나를 배신했습니다."

"그럼 당신이 그녀를 나무로 만들어버렸다는 거예요?" 페르세포네는 뜻밖의 폭로에 숨을 헐떡였다.

하데스의 힘이 어디까지 미칠 수 있는지를 종종 잊어버리곤 했는데, 그는 현존하는 가장 강력한 세 신 중 하나였다. 세 형제가 각자의 영역(제우스는 하늘, 포세이돈은 바다, 하데스는 죽은 자들)을 맡아 다스렸지만 지상 세계를 관장하는 힘은 서로 공유했다. 그렇기에 어쩌면 그녀의 힘은 하데스와 맞먹을 수 있을지도 몰랐다.

그중 하나는 명백하게도 사람을 식물로 만들어버리는 일이었다.

"왜요?"

"그녀가 다른 이와 잠자리를 갖는 광경을 목격했습니다. 화가 나서 눈에 뵈는 게 없었지요. 그래서 포플러 나무로 만들어버리고 말았습니다."

"여자는 그 사실을 기억 못 하는 게 분명해요. 기억했더라면 당신 애인이라고 말하진 않았을 거예요."

하데스는 앉은 자리에서 한 치도 움직이지 않은 채 잠시 그녀를 바라보았다.

"기억을 스스로 억눌렀을 가능성도 있습니다."

페르세포네는 자리를 서성이기 시작했다. "애인이 몇 명이나 있었어요?"

"페르세포네." 하데스의 목소리는 부드러웠지만 그 어조에는 이런 함의가 깃들어 있었다. 그 영역은 모르는 게 나을 텐데.

"다른 이들도 식물 상태에서 벗어나게 될지 모르니까 미리 마음의 준비 좀 해두려고요."

하데스는 말없이 응시하다가 잠시 후 입을 열었다. "당신이 존재하기 전에 내가 존재했다는 사실에 대해 사과하지는 않겠습니다."

"그에 대한 사과를 요구하는 게 아니에요. 당신이랑 놀아난 여자들을 언제 마주치게 될지 알고 싶은 것뿐이에요."

"당신이 레우케만큼은 결코 만나게 되지 않기를 바랐습니다. 그녀가 이렇게까지 오래 머물지 말았어야 하는데. 난 그녀에게 현대 세계에서 자립할 수 있게 도와주겠다고 약속했습니다. 평소라면 민테가 그 일을 맡았겠지만, 모종의 이유로 그럴 수 없게 되었으니." 그는 벽에 붙은 담쟁이덩굴을 흘끔 쳐다봤다. "멘토가 되어줄 사람을 찾는 데까지 시간이 좀 더 걸렸습니다."

페르세포네는 걸음을 멈추고 하데스를 마주 보았다. "그녀에 대해 말해줄 생각은 없었던 거예요?"

하데스는 어깨를 으쓱했다. "지금까지는 그럴 필요가 없다고 여겼습니다."

"그럴 필요?" 페르세포네가 되물었다.

그러자 벽을 뒤엎은 담쟁이덩굴이 더욱 두꺼워졌고, 꽃이 무더기로 피어났다. 방이 점점 비좁아지고 있었다.

"지낼 곳도 마련해주고, 일자리도 구해주고, 예전에는 놀아나기도 했었고."

"그 표현은 그만 쓰시지요." 하데스가 악문 이 사이로 말했다.

"난 그녀에 대해 알 자격이 있다고요, 하데스!"

"내 마음을 의심하는 겁니까?"

"당신은 미안하다고 말해야죠." 그녀가 쏘아붙였다.

"당신은 날 믿어야 합니다."

"그리고 당신은 나랑 소통해야 하고요."

바로 그것이 그가 그녀에게 부탁한 것 아니던가. 왜 스스로에겐 같은 기준을 적용하지 않는 거지?

침묵이 이어졌다. 페르세포네는 곧 꺼낼 질문에 스스로 마음의 준비를 하기 위해 숨을 크게 들이마셨다.

"그녀를 여전히 사랑하나요?"

"아닙니다. 페르세포네." 하데스는 질문이 끝나기도 전에 답했다.

하지만 그녀가 그 질문을 했다는 것 자체에 화가 난 듯했다. 그쯤 되니 뭘 더 어떻게 해야 할지 몰랐다. 그녀는 화가 났고, 왜 하데스가 전 애인을 비밀로 하려 했는지 이해할 수 없었다. 그가 그녀와의 관계에 충실하지 않은 건 아니었다. 다만 이번 일 역시 그의 면면에 대해 불시의 습격을 당한 듯 어안이 벙벙해지게 만든 이번 주의 작지 않은 사건이었다.

이제는 정말이지 그에 대해 아무것도 모른다는 생각이 들기 시작했다.

팽팽한 침묵이 다시금 흘렀고, 하데스는 한숨을 내쉬더니 갑자기 지쳐 보였다. 그는 테이블을 둘러 그녀를 향해 걸어왔다. 그의 손가락이 그녀의 뒷목덜미 쪽 머리칼을 파고들었다.

"이 모든 것으로부터 당신을 지켜주고 싶었습니다. 레우케를 보호하기 위해서가 아니라, 내 과거로부터 당신을 보호하기 위해서."

"난 당신에게 보호받고 싶지 않아요." 페르세포네는 속삭였다. 둘 사이를 둘러싼 공기가 방금 전과는 다른 긴장감으로 두터워지고 있었다. "난 당신을 알고 싶은 거예요. 당신의 모든 것을. 안팎으로, 완전히."

그는 옅은 미소를 지어 보이곤 두 손으로 그녀의 얼굴을 감쌌다. 엄지손가락이 그녀의 입술을 쓸었다.

"그럼 안쪽부터 시작하지요."

그가 말을 끝내자마자 둘의 입술이 포개졌고, 혀가 서로 얽혔다. 그에게선 연기와 얼음의 냄새가 났다. 그의 손이 그녀의 등허리 아래쪽으로, 엉덩이로 향했고 더욱 가까이 몸을 당기자 그녀의 몸은 테이블에 기댄 채 선 그의 다리 사이에 자리했다. 혀가 한 번 움직일 때마다 최면에 걸리는 듯했다. 단단히 발기한 성기가 배에 닿자 그녀는 욕망으로 어질어질했다. 그녀는 단단한 근육을 꽉 붙잡으며 더욱 그에게 깊숙이 안겼다. 이런 순간을 원하지 않는다고 말한다면 그건 거짓말일 것이다. 며칠 전 밤에 애타는 그녀를 두고 떠나버린 그였지만, 일에서 받는 스트레스에 그녀도 신경이 날카로워져 있었다. 분출이 필요했다. 하지만 동시에 하데스가 이해해주길 바랐다. 그래서 그녀는 그의 가슴에 손을 대고 물러섰다.

"하데스, 나 진지해요. 당신의 가장 큰 약점, 가장 깊은 두려움, 가장 귀중한 자산을 알고 싶어요."

그러자 그의 표정이 심각해졌다. 그녀를 바라보는 눈길이 너무도 강렬해 몸 안쪽까지 떨릴 지경이었다.

"당신." 그가 답하며 키스로 얼얼해진 그녀의 입술을 손가락으로 간질였다.

"나?" 순간 그녀는 혼란스러워졌고, 잠시 후 그 말의 의미를 깨달았다. "나는 그 모든 게 될 수 없는걸요."

"당신이 나의 약점입니다. 당신을 잃는 건 나의 가장 큰 두려움이고, 당신의 사랑은 나의 가장 귀한 자산입니다."

"하데스, 난 당신의 광활한 삶에서 단 몇 초에 해당하는 존재잖아요. 내가 어떻게 감히 그 모든 것이 될 수 있겠어요?"

"나를 의심하는 겁니까?"

그녀는 그의 뺨에 손바닥을 가져다 댔다. "아뇨. 단지 당신에겐 다른 약점도, 다른 두려움도, 다른 보물도 있다고 믿어요. 당신의 백성들도 그중 하나겠죠. 당신이 다스리는 왕국도 있고요."

"이미 날 알지 않습니까." 그가 아주 나직하게 말했다. "완전히."

그 대답에 그녀는 슬픈 감정이 들었다. 그게 사실이 아님을 알고 있었으니까.

난 당신을 전혀 모르는걸.

그가 다시 한번 키스하려 했지만 그녀가 막아섰다.

"하나만 더 물어볼게요. 일요일 밤에 날 떠났을 때, 어디 간 거였어요?"

"페르세포네."

그녀는 한 걸음 물러났다. 이미 알고 있었다. 답을 들을 필요도 없었다.

"그 여자가 돌아온 게 그때였죠. 그렇죠?"

분노가 다시금 활활 타오르기 시작했다. 온몸을 너무도 세게 휘감은 나머지 숨을 쉴 수조차 없었는데, 그는 한껏 흥분시켜놓고는 획 떠나버렸다. 전 애인을 도와주려고.

"당신은 나 대신 그녀를 선택한 거예요."

"그건 전혀 사실이 아닙니다, 페르세포네." 그는 그녀를 향해 손을 뻗었다.

"만지지 말아요!" 페르세포네는 손을 들어 올리며 물러섰다.

하데스의 턱이 단단히 조여졌지만 그는 더 이상 다가오지 않았다.

"당신에겐 기회가 있었어. 당신이 다 망쳐버린 거야."

레우케를 비밀로 한 이유는 지금으로선 중요하지 않았다. 있는 그대로의 사실은, 그가 자신에게 말하지 않았다는 점이다. 그녀에게 요청한 것, 소통과는 정반대의 행동을 했고, 그러므로 그녀가 바로 다음 순간 내뱉은 말은 더욱 적절하게 느껴졌다.

"말보다 중요한 건 행동이에요, 하데스." 그녀는 그 말이 끝나기가 무섭게 그 자리에서 사라졌다.

7장
휴전

하데스의 연인, 트레이닝복 차림으로 이삿짐 트럭에서 내려 네
버나이트에 도착하다

월요일, 페르세포네는 회사 책상 앞에 앉아 컴퓨터 화면에 떠 있
는 기사를 노려보고 있었다. 헤드라인을 예측하는 솜씨로만 보면
그녀 역시 오라클이 될 만했다. 하데스의 전 애인을 마주치는 일까
지 예측할 수 있었더라면.

주말 내내 기분은 그대로였다. 하데스에게서 아무런 소식이 없어
서 더욱 그랬다. 대화를 하고 싶은 건지는 확신이 서지 않았지만, 그
래도 그가 연락해올 거라고 생각했다. 오밤중 침실 한복판에 나타
나서 사과를 하거나, 평화 중재자인 헤카테를 보내거나.

몇 시간이 흐르고 며칠이 흘렀다. 페르세포네는 점점 더 하데스에
게 화가 났고, 그럴수록 아폴론에 대해 글을 씀으로써 그를 격분하
게 하고 싶었다.

오늘 뉴스에는 음악의 신이 곧 다가올 범그리스 대회의 총장으

로 선정됐다는 소식이 실렸다. 지난 10년간 매년 받아온 칭호였기에 놀라울 것도 없었다. 관련 오락 시설이며 유니폼, 새로운 경기장 건설에까지 그의 자금이 투입됐기에 아폴론이 돈을 내고 그 칭호를 샀다고 봐도 무방했다. 굉장한 스포츠를 선사하는 신이 사실은 폭력적인 놈이라는 사실을 누구도 믿고 싶지 않으리라.

페르세포네는 한숨을 쉬고 브라우저 창을 닫은 다음 빈 문서를 열었다. 디미트리와 칼이 시킨 독점 기사를 제출하는 날까지 이제 일주일 남았다. 지금은 그 기사 작성에 적절한 시간은 아닌 듯했다. 하데스를 묘사하는 단어라곤 죄다 분개한 어조를 띠었거나 불쾌한 것들뿐이었으니까.

답답하고 무신경한 자식.

잠시 후, 그녀는 다시 한숨을 쉰 후 머그잔을 들여다보았다. 이 기사를 쓰려면 커피가 더 필요하리라. 그녀가 휴게실에서 커피를 내리고 있는데 헬렌이 들어왔다.

"페르세포네…… 레우케라는 이름의 여자분이 오셨는데요."

페르세포네는 얼어붙은 채 헬렌을 바라보았다.

"지금 레우케라고 했나요?"

헬렌은 푸른 눈을 크게 뜬 채 고개를 끄덕였다.

분노가 활활 타올랐다. 꿈틀대는 마법을 억누르려 주먹을 꽉 쥐어야 했다. 그래도 된다면 직장 동료 앞에서 덩굴을 잔뜩 뿜어내고 싶었다. 하데스의 전 애인이 대체 여기 왜 온 거야?

"바쁘다고 전달할까요? 바쁘다고 전할게요." 헬렌이 발을 뗐다.

"아뇨." 페르세포네가 그녀를 멈춰 세웠다. "만나러 갈게요. 면접실로 안내해주세요."

헬렌은 고개를 끄덕인 다음 사라졌다가 금세 돌아왔다.

"들어갔어요."

"고마워요, 헬렌."

헬렌이 머뭇거리자 페르세포네는 심호흡을 했다.

"더 말할 게 있나요, 헬렌?"

"괜찮으신 거 맞아요?"

"네, 괜찮아요." 그녀는 답했다.

더 무슨 말을 할 수 있겠는가? 연애사에 대해 강제로 써야 하는 데다, 바로 그 연애사를 위협하는 여자가 직장에 찾아오는 마당인데. 상황이 복잡했다.

페르세포네는 레우케를 계속 기다리게 만들었다. 예고도 없이 나타난 건 그 여자의 잘못이었다. 마침내 면접실에 들어섰을 때 레우케는 창가에 서 있었고, 몸을 돌려 페르세포네를 마주한 그녀의 얼굴은 처음 만났던 날 밤보다 더욱 안 좋아 보였다.

그날은 지쳐 보였는데 오늘은 꾀죄죄했다. 생머리는 온통 헝클어져 있었고, 네버나이트 앞에서와 옷차림이 똑같았다. 페르세포네는 그녀의 뺨에 눈물 자국이 나 있는 것도 알아차렸는데, 얼굴 여기저기 흙이 묻어 더욱 잘 보였다.

"여기서 뭐하시는 거죠?" 페르세포네가 물었다.

"사과하러 왔어요." 그녀가 말했다.

페르세포네는 화들짝 놀랐다. 가장 예상치 못한 한마디가 튀어나온 터였다. "네?"

"그렇게 말하지 말았어야 했어요." 레우케의 입에서 말들이 빠르게 흘러나왔다. 마치 스스로를 질책하는 것처럼. "하데스에게 화가 났었거든요. 그러니까, 다 이해하시겠지만."

"레우케." 페르세포네가 말을 가로막았다. "당신이 얼마나 하데스를 잘 알고 있는지 나한테 상기시킬 필요는 없어요. 여기에는 왜 온 거예요?"

님프는 입술을 꽉 깨물었다. "하데스가 어젯밤 나를 해고하고 쫓아냈어요."

페르세포네는 멍하니 바라보았다.

"내가 당신의 친절을 받을 자격이 없다는 건 알지만, 제발요. 갈 데가 없어요."

페르세포네는 고개를 저었다. "나한테 정확히 뭘 바라는 거죠?"

"그…… 그에게…… 말을 좀 해주실 수 있을까요?" 그 말을 뱉는 게 힘겨워 보였다.

"왜 당신이 직접 이야기하지 않고요?"

"내가 시도하지 않았을 것 같아요? 그는 나가라고만 했어요. 당신을 잃지 않으려고 말이에요."

"그가 진심으로 그렇게 말했다면 사과해야겠죠." 그녀는 나직하게 중얼거렸다.

"저기, 이런 얘기 듣기 싫겠지만…… 하데스는 멍청해요. 당신이 혼자 생각할 시간을 필요로 한다고 여기고는, 그 시간을 많이 줄수록 나을 거라 생각할 거라고요."

"당신이 그렇게 말하는 건 일자리를 다시 달라고 내가 그에게 대신 말해주길 바라서잖아요."

"내 집도요." 그녀는 뻔뻔스럽게 말했다.

페르세포네가 눈썹을 치켜떴다. "거기 거지 소굴이라고 하지 않았던가요?"

"거지 소굴이긴 한데, 어디까지나 내 거지 소굴이었고 침대도 있었다고요. 당연히 어젯밤을 지새운 공원 벤치보다는 훨씬 낫고요."

소 잃고 외양간 고치고 있군.

둘은 서로를 말없이 한참 바라보았다.

이윽고 페르세포네가 물었다. "내가 왜 당신을 도와야 하죠? 하데스가 제공한 것들에 대해서도 감사해하지 않는데."

게다가 당신은 그를 속였잖아.

"왜냐하면 나도 멍청하니까요. 돌이켜보면 나는 더 많은…… 영향력을 스스로 갖고 있다고 생각했어요. 실상은 아무것도 없는데. 나는 이 세상도 이해가 안 돼요. 여기도 겨우 찾아왔다고요. 길 건너는 게 거의 불가능하다시피 해서." 그녀는 말을 잠시 멈추곤 시선을 딴 데로 돌렸고, 다시 입을 열었을 때는 목소리가 떨리고 있었다. "당신이 떠났던 세상과 전혀 다른 세계에서 깨어난다고 상상해봐요. 그건…… 무서운 일이에요. 정말…… 최악의 형벌 같다고요."

레우케의 어깨가 축 처졌다. 페르세포네는 갑자기 스스로 인정하는 것보다 깊이 그 심정을 이해할 수 있을 것 같았다. 그녀 역시 4년 전 비슷한 상황에 처해 있었던 것이다. 그녀는 한숨을 내쉬며 시계를 확인했다. 그다음 뱉게 될 말에 스스로도 깜짝 놀랐다.

"저기, 퇴근하려면 몇 시간 더 남았어요. 일 마칠 때까지 라운지에서 시간 보내고 있어요. 하데스와 오늘 당장 얘기를 나누겠다고 약속할 순 없지만, 조만간 얘기 꺼내볼게요. 그때까지는…… 나와 함께 지내도 돼요."

레우케의 눈이 커다래졌다. "저…… 정말로요?"

아니, 페르세포네는 생각했다. 하지만 렉사는 이번 주말을 제이슨의 집에서 보낼 테니까 시빌이 그 방을 쓰면 되고 레우케는 거실 소파에서 자면 될 것이다.

"고마워요. 고마워요, 페르세포네."

님프가 두 팔로 꼭 끌어안자 여신은 몸이 굳었다. 잠시 후 그녀가 물러났다.

"후회하지 않으실 거예요. 약속할게요."

정말이지 후회하고 싶지 않았다.

페르세포네는 자리로 돌아가 독점 기사 쓰는 일을 멈췄다.

대신 아폴론에 대해 계속 조사했다. 하루를 끝마칠 때쯤, 찾아낸 것들을 전부 워드 파일에 붙여 넣은 후 '내게 쓰기'로 이메일을 보내 두었다. 그런 다음 짐을 챙겨 레우케를 데리러 라운지로 갔다. 둘은 함께 기다리던 군중을 용감하게 헤치고 아크로폴리스 밖으로 나섰다. 코앞에 하데스의 검은색 렉서스, 그리고 차에 기대어 선 안토니가 보였다. 둘이 다가가자 그는 미소를 지으며 문을 열어주었다.

"여신님." 그의 눈길이 레우케에게 닿자 갑자기 위협적으로 변했다. "저 여자가 왜 여신님과 함께 있는 건가요?"

페르세포네가 눈썹을 치켜떴다. 키클로페스에게서 님프로 시선이 이동했다. "레우케를 알아요?"

"알고 말고요." 그가 씩씩대듯 말했다. "한번 배신자는 영원한 배신자입니다."

레우케가 눈을 치뜨며 말했다. "호들갑 떨지 말아요."

"괜찮아요, 안토니." 페르세포네가 끼어들었다. "내가 도와주고 있어요."

두 여자가 뒷좌석에 미끄러지듯 앉는 동안 키클로페스는 입술을 꽉 깨문 뒤 아무 말도 하지 않았다. 문이 닫히자 레우케는 페르세포네를 바라보았다.

"저들은 매일 당신을 기다리는 건가요?"

"네."

"다 하데스 때문에?"

"네."

님프는 차창 밖을 내다보았다. "미쳤네요."

"미쳤죠." 페르세포네가 동감했다. "너무 싫어요."

"내가 살아 있을 때…… 고대에 말이에요. 신들은 두려움의 대상이자 존경의 대상이었어요. 숭배자들은 진지하게 신을 기렸다고요. 지금의 저런, 가짜 집착이 아니라."

페르세포네는 인상을 찌푸렸다. "현대 세계에 온 걸 환영해요."

안토니는 페르세포네의 집 앞에 그들을 내려주었다. 떠나기 전, 키클로페스는 페르세포네를 옆으로 데리고 가서 말했다. "레우케가 여신님과 함께 있다는 사실을 알릴 의무가 저에겐 있습니다. 그분께선 알고 싶어 하실 거예요."

그녀는 어깨를 으쓱했다. "맘대로 하세요."

안토니는 얼굴을 찡그렸다. "조만간 말씀 나누실 거지요? 그렇지요, 여신님?"

페르세포네는 그 질문이 놀라웠다. 하데스와의 다툼에 대해 안토니가 얼마나 알고 있는지 궁금했다.

"모르겠어요." 그녀 역시 얼굴을 찡그렸다. "아마도요. 지금으로선 화가 나네요."

그는 고개를 끄덕였다. "내일 뵙겠습니다, 여신님."

그녀는 아무 말도 하지 않고 레우케를 앞장세워 집 안으로 들어섰다. 시빌은 주방 바에 앉아 있었는데, 그들이 들어설 때 막 눈가를 훔치고 있었다.

"시빌, 왜 그래?"

"아냐, 아무 일 없어. 다 괜찮아."

하지만 그 말이 거짓말이라는 건 너무도 명백했다. 목소리는 다 갈라졌고 눈가는 빨갰다. 페르세포네는 시빌의 어깨 너머로 일자리 거절 메일이 와 있는 걸 보았다.

"시빌." 페르세포네는 그녀의 팔에 손을 얹으며 부드럽게 말을 건넸다.

"쉽지 않을 거란 걸 알고 있었지만 이렇게까지 힘들 줄은 몰랐어. 신이 내다버린…… 노리개를 원하는 사람은 없어."

"넌 그런 사람 아냐, 시빌." 페르세포네는 재빨리 말했다.

"세상은 그렇게 보지 않아. 나의 가치는 날 향한 신의 욕망으로 점쳐져. 처음 능력이 발현된 날부터 쭉 그래왔어. 이제는 그조차도 없네."

시빌은 페르세포네의 가슴에 기대어 흐느꼈다. 여신은 그저 가만히 서서 친구를 다독였다.

"다 괜찮을 거야." 페르세포네가 말했다. "할 수 있는 모든 방법으로 널 도울게. 하데스랑 이야기도 해보려고 해. 사이프러스 재단에서 아마 인력을 필요로 할 거야."

레우케 때문에 너무 화가 난 나머지 재단 채용에 대해선 미처 물어보지 못했었다.

"너한테 그걸 부탁할 순 없어, 페르세포네." 시빌은 몸을 떼며 말했다.

"네가 부탁한 거 아냐." 위안이 되길 바라며 그녀는 미소를 지어 보였다.

페르세포네는 레우케를 시빌에게 소개해주고, 와인 세 잔을 따랐다. 자신의 집이 오갈 데 없는 여성들을 위한 피난처처럼 느껴지기 시작했다. 셋은 거실에 앉아 〈해진 뒤의 타이탄족〉을 함께 보면서 삶에 관한 대화를 나누었다. 어느 순간, 피할 수 없는 화두인 아폴론 이야기가 나왔고, 말하면 말할수록 다 함께 점점 더 화가 났다.

"내가 기억하는 것만큼이나 끔찍하네." 레우케가 한마디 했다.

"오, 넌 절대 모를걸." 시빌은 와인을 한 모금 마시며 말했다. "엄청나게 통제하려고 들어. 애인들이 독립적이라는 이유로 벌을 내린다고! 한심해 죽겠어!"

"하데스가 그에 대해 기사 쓰지 말라고 한 거 믿어져?" 페르세포네가 말했다.

"쓰고 싶으면 쓰는 거지!" 레우케가 말했다.

각자 네 잔씩 마시는 중이었다. 술기운이 올라왔지만 그럼에도 시빌이 반대할 거라 예상했다. 그런데 그녀는 이렇게 말했다.

"노트북 가져와, 세프!"

페르세포네는 활짝 웃고는 방으로 뛰어가서 노트북을 들고 왔다. 돌아와서는 소파에 다리를 꼬고 앉았다.

"이렇게 받아 써봐." 시빌이 지시했다. "매력과 미모로 유명한 아폴론, 그에겐 사실 비밀이 있다. 거절을 참지 못한다는 것."

"오, 좋은데!" 레우케가 독려했다.

"오, 오! 잠시만." 페르세포네는 빠르게 타이핑했다. 손가락이 움직이는 속도보다 단어들이 튀어나오는 속도가 더 빨랐다. 다 마치고 나서는 기사를 소리 내어 읽었다.

"증거는 압도적이다. 전 애인들이 내 말을 보증해주길 바랐지만, 그들은 그저 그의 교활한 집착으로부터 벗어나게 해달라고 애원하다 나무로 변해버렸거나, 그가 내린 벌로 끔찍한 죽음을 맞이했기에 그럴 수가 없었다."

"바로 그거야!" 레우케가 외쳤다.

페르세포네는 계속 썼다. 나무로 변한 님프인 다프네 이야기, 정확한 예언에도 묵살당한 카산드라 공주 이야기를 추가했다.

"카산드라는 그리스인들이 트로이 목마에 숨어 있다고 외쳤지만 무시당했다. 그렇다면 이런 질문이 가능하다. 애정을 거절당했다는 이유만으로 그 승리를 알면서도 타협한 아폴론은 트로이 편에 서서 싸웠다는 이유로 과연 명예롭다고 할 수 있는가?"

"신들이여, 정말 끔찍한 신이다." 시빌이 말했다. "내가 왜 이전까지는 몰랐을까 싶어."

"그가 폭력적인 거지." 페르세포네가 말했다. "널 탓하지 마."

"그것도 기사에 써!" 레우케가 말했다. "아폴론은 권력을 남용한다. 무조건 통제하고 우위에 서고 싶어 한다. 소통이나 경청은 없다. 그에겐 오로지 승리만이 중요할 뿐."

시빌과 레우케가 더 이상 감기는 눈꺼풀을 감당할 수 없을 때까지, 그렇게 몇 시간이 더 흘렀다. 둘은 소파에서 잠들었고, 페르세포네는 팔걸이에 기대 꼼짝 않고 있었다. 노트북 화면의 창백한 빛에 눈이 아팠지만 그들과 함께 쓴 내용을 계속해서 수정했다. 그 결과

음악의 신에 관한 신랄하고도 적대적인 비판 기사가 탄생했다. 그와의 개인적인 경험을 몇 줄 추가했음에도 그랬다. 아폴론이 시빌에게 복수하는 건 바라지 않았다.

페르세포네는 기사를 읽고 또 읽었다. 읽을수록 점점 더 화가 끓어올랐고, 자신도 모르게 디미트리에게 이메일로 기사를 송고하고 말았다. 딱 2초 동안 승리감에 젖었던 그녀는 소파에서 벌떡 일어나 화장실로 달려가 그대로 변기에 토했다.

진짜 큰일 났네. 화장실 벽에 축 처지듯 기대어 앉아 그녀는 생각했다. 너무 많이 마신 와인에 죄책감이 더해져 속이 부글부글 끓는 것 같았다.

아폴론이 자초한 일이야. 그녀는 기사를 송고한 이유를 떠올리며 생각했다. 그에겐 이래도 싸. 이게 정의를 세우는 일이야. 피해자들에게 목소리를 주는 일이고. 하데스는 어쩌지?

속이 뒤틀리는 것 같았다. 무릎을 일으켜 세운 순간 위액이 목구멍 가득 차올라 다시 토했다. 코와 목이 타오르는 듯했고 혀에 느껴지는 거라곤 오로지 와인의 쓴맛뿐이었다. 그녀는 잠시 무릎을 꿇고, 일어설 수 있을 만큼 몸이 안정될 때까지 입으로 숨을 쉬었다.

거울을 들여다보았을 때, 그녀는 자신의 얼굴을 알아보지 못했다. 지하 세계에 막 도착해서 벌벌 떠는 창백한 낯빛의 영혼 같았다.

"하데스는 비밀을 숨겼어." 그녀는 소리 내어 말했다. 마치 자신이 약속을 어긴 이유를 설명하려는 듯이.

너도 비밀을 숨겼어. 이를 닦고 입을 헹구면서 스스로 그 사실을 상기했다. 디미트리의 최후통첩에 대해 그에게 얘기하지 않았잖아.

"그건 다르지." 그녀는 거울 속 자신과 마주 보았다.

뭐가 다른데?

그 일은 그녀의 싸움이라는 점에서 달랐다. 그 싸움에 하데스의 도움은 필요하지 않았다.

"이 비밀이 그에게 상처를 주는 건 아니니까 달라." 그녀는 스스로에게 말했다.

하지만 그가 레우케에 대해 숨긴 비밀은 어떠했던가? 그건 상처였다.

뒤따른 생각들은 마음에 들지 않았다. 생각들이 뭉게뭉게 위협적인 구름처럼 커지더니 고통스러운 폭풍이 되어 마음속을 휘몰아쳤다. 이것 때문에 하데스는 상처받을 거야.

그녀는 불을 껐다.

8장

납치

다음 날, 페르세포네가 아크로폴리스 앞에 도착했을 때 군중은 더욱 불어나 있었다. 아폴론을 추종하는 광신도 무리, 숭배자들과 고집스러운 팬들까지 합세한 것이다. 머리에는 월계관을 쓰고 출전 물감 같은 금가루를 뿌린 모습이 영락없는 광팬들이었다. 하데스의 렉서스 안에서도 바깥의 성난 고함 소리가 다 들렸다.

"사기꾼!"

"아폴론 님께 사과해라!"

"그냥 질투 난 거잖아!"

"미친년!"

그녀의 기사가 발행된 게 분명했다.

안토니가 룸미러로 그녀를 바라보았다. "입구까지 모셔다드릴까요, 여신님?"

페르세포네는 창밖을 바라보았다. 보안팀이 그녀를 호위하기 위해 차로 다가오고 있었다.

신들이여. 내가 무슨 짓을 저지른 거지?

"아뇨, 안토니. 괜찮아요."

그는 고개를 한 번 끄덕였다. "오후에 뵙겠습니다."

차에서 내리자마자 그녀는 적대감의 소용돌이에 휩싸였다. 모든 게 너무도 시끄러웠고, 모두의 감정이 오롯이 느껴지는 듯했다. 분노와 증오, 불안, 두려움까지. 그 감정들에 짓눌려 질식할 것 같았다.

"오십시오, 여신님." 경비원 중 한 명이 말했다. 마치 그녀를 그러안을 듯 두 팔을 뻗었지만 건드리지는 않았다.

그녀는 눈을 깜박이며 그를 바라보았다. "지금 저를 '여신님'이라고 부르신 건가요?"

경비원이 얼굴을 붉혔다. "여긴 안전하지 않아요. 어서요!"

안전하지 않다는 건 이미 알고 있었다. 군중의 폭력성이 점점 심해지는 것을 느낄 수 있었고, 입구에 도착할 때쯤에는 몇 사람이 싸우기 시작했다. 안쪽으로 무사히 안내받은 뒤 그녀는 돌아서서 경비원들이 인파를 흩뜨리고 주의를 분산시키는 모습을 바라보았다.

이해가 안 돼. 내가 쓴 몇 마디 말 때문에 이런 짓까지 하다니.

하데스에 대해 썼을 때는 누구도 이렇게 화내지 않았다. 지하 세계의 신은 사랑받는 일과는 거리가 멀었고, 그저 호기심의 대상일 뿐이었으니까. 한편 아폴론은 말 그대로 빛의 신이었다. 음악의 신이자 시를 관장하는 신. 인간이 원하는 삶의 모든 것을 대변하는 존재가 바로 그였다.

그들로서는 결코 인정하고 싶지 않을 어둠조차 포함해서.

고개를 돌려 엘리베이터를 향했을 때, 1층의 모든 시선이 자신에게 쏠려 있다는 것이 느껴졌다. 안내 데스크 접수원, 경비원, 낯모를 직원들까지 모두가 그녀를 쳐다보고 있었다. 눈은 휘둥그레진 채, 거리를 두면서. 아폴론이 불현듯 나타나 그녀를 해할까 봐 두려움에 떨고 있는 것인지도 몰랐다. 이유가 어떠하든 엘리베이터를 혼자 탈 수 있어서 다행스러웠다. 하지만 그것도 잠시, 책상으로 향할 때까지 집요한 시선들이 내내 따라붙었다.

헬렌은 평소처럼 쾌활한 자아를 장착하곤 페르세포네에게 인사를 건네며 책상까지 따라왔다. 바깥에서의 백래시에 대해 헬렌이 암시한 거라곤, 페르세포네를 찾는 전화를 음성사서함으로 한 통도 연결하지 않았다는 언급뿐이었다.

"괜찮으시다면 메일 주소를 알려드리려고요. 오늘 하루만요."

"아뇨, 괜찮아요. 헬렌."

"필요한 거 있으세요? 커피? 아니면 간식?"

페르세포네는 잠시 고민하다가 답했다. "타이레놀요, 그리고 물도 조금 부탁해요."

"금방 올게요!"

잠시 후 헬렌이 돌아왔다. 페르세포네는 알약을 삼키곤 일에 집중하려 애썼다. 혐오 발언이 잔뜩 담긴 메일을 읽고, 독점 기사를 쓸 빈 문서를 멍하니 바라보는 것을 포함한 일 말이다.

정말 솔직하게 말하자면, 그녀는 신경이 잔뜩 곤두서 있었다. 하데스가 언제든 문을 홱 열고 들어와 자신을 들쳐 업고 지하 세계로 데려간 다음 배신의 대가를 혹독히 치르게 할 것만 같았다.

처음에는 죽은 자들의 신이 올지도 모른다는 생각에 불안했는데 시간이 흐르면서 그에게 점점 더 화가 났다.

그의 관심을 끌려면 뭐가 필요하지?

그녀는 자리에서 일어나 휴게실로 가서 커피를 내렸다. 기다리는

동안 창문 밖을 내다보니 군중은 여전히 아크로폴리스 앞에 우글
우글 모여 있었다.

"기사가 꽤 반향이 크네요."

어느새 디미트리가 옆에 서 있었다. 그가 구석에 놓인 TV를 켜자
뉴스가 나오고 있었다. 헤드라인에는 이렇게 쓰여 있었다.

하데스의 애인, 만인에게 사랑받는 신을 공격하다

그녀가 커피 잔을 너무 세게 그러쥐는 바람에 뚜껑이 떨어지면서
뜨거운 액체가 왈칵 쏟아져버렸다. 깜짝 놀란 디미트리가 얼른 잔
을 가져간 다음 냅킨을 몇 장 건넸다.

"저 뉴스들, 내 이름 정도는 써줄 수 있는 거 아니에요?"

"그게 더 안 좋을걸요. 당신이 누구의 것인지를 사람들이 기억하
는 게 그나마 제일 나을 겁니다."

페르세포네는 상사를 노려보았다. "나는 누구의 것도 아니에요."

"아, 잘못된 단어 선택이었어요. 내 말은…… 당신이 하데스와 함
께하는 사이라는 걸 사람들이 아는 게 더 나을 거라고요. 아폴론
을 비판했다는 걸 못 참는 이들이니까."

그건 확실했다. 또 그럴 만도 했다. 뉴스는 유난히 기사에 비판조
였다.

"아폴론 님이 폭력을 가했다는 여덟 명의 여성이 더 있다고 그녀
는 언급했지만, 대체 어디 있다는 걸까요?"

"하데스와 얽힌 사이니까 이러는 게 분명합니다. 그 어떤 인간도
감히 신에 대해 이런…… 쓰레기를 쓰지는 않을 겁니다."

"하데스와 잠자리를 갖는 것만으론 유명세가 만족스럽지 않았나 봅니다. 아폴론을 공격할 필요가 있었던 거지요. 페르세포네 로지 씨, 이것이 당신이 바라는 유명세입니까?"

역겨움이 일었고 화가 났으며 희망이 없다는 생각마저 들었다.

"이건 불공평해요. 팩트 체크조차 하려 들지 않잖아요."

그는 어깨를 으쓱했다. "아마도 지나치게 두려운 거겠죠."

"그렇다고 피해선 안 되는 거잖아요."

디미트리는 한숨을 내쉬었다. "물론 그렇죠. 하지만 우리 세상은 이렇게 돌아가요. 신들의 복수는 실재하고, 두려운 일이니까."

뉴스에선 아폴론에 대한 그녀의 비판 기사를 계속해서 맹비난했다. 그녀가 고대의 일화 두 개를 끌어와 아폴론의 경악스러운 행동을 서술했다는 점을 들어, 고대에는 모든 신이 지금과는 달랐다고 주장했다. 변화는 분명 있었으니 아폴론은 용서받아야 한다는 요지였다.

페르세포네는 디미트리에게서 리모컨을 빼앗아 TV를 껐다.

"하데스에 대해 썼을 때는 이렇게까지 변호하려 들지 않았잖아요." 그녀가 말했다.

"그건 하데스가 두려워해야 마땅한 존재이기 때문이었죠. 나쁜 신이어야 맞는 거예요. 하지만 아폴론은…… 음악의 신이잖아요. 빛의 신이기도 하고. 흥청대는 파티들과 미모 그 자체라고요. 개자식이어선 안 되는 거죠."

"하지만 개자식이 맞잖아요!"

"날 설득할 생각은 말아요, 페르세포네. 세상을 설득해야지."

그녀는 누구도 설득할 필요가 없었다. 하지만 세상은 사이코패스

신을 인지하는 대신, 사랑에 깊이 빠진 신을 보았을 뿐이다. 세상은 남자와 여자 모두를 향한 그의 끊임없는 집착을 낭만적이라고 치부했고, 그걸 거부하는 이들은 그에게 과분하다고 여겼다.

모든 게 잘못됐다.

"저기, 만약 내 조언이 필요하면."

"필요 없어요." 그녀가 단호하게 말했다.

"페르세포네." 디미트리는 절박해 보였다. "나도 알아요……. 이번 주에 우리 사이가 별로 유쾌하진 않았지만, 당신이 전국 방송에서 후려쳐지는 걸 보고 싶진 않아요."

"그럼 왜 기사를 발행하신 거예요?"

디미트리가 답이 없자, 그 이유를 알 것 같았다.

"돈 때문이죠? 그렇죠?"

사람들이 그녀의 글을 싫어하든 말든 상관없는 거였다. 신문을 사서 읽기만 한다면.

"돈 때문이 아닙니다." 디미트리가 노려보았다. "당신은 이 업계에서 존경받고 싶어 하지만 현실을 알려주자면, 당신은 존경은커녕 한참 나가 떨어져버렸어요. 저 사다리를 오르고 싶습니까? 할 수 있는 건 두 가지뿐이에요. 사과하거나……."

눈길로도 그를 녹여버릴 수 있을 것 같다고 여겨질 정도로 매섭게 노려보았다.

"아니면 아폴론에 대한 기사를 하나 더 쓰세요. 최근에 그가 상처 입힌 인물을 찾아내서 그들의 이야기를 쓰는 겁니다."

페르세포네는 울상이 되었다. "그건…… 안 돼요."

"그러면 할 수 없겠죠. 못 하겠다면, 뭘 해야 하는지는 스스로 알고 있겠죠."

"당신 조언은 정말 쓸데라고는 하나도 없네요."

상사는 그 대답에 진심으로 상처를 받은 것 같았다. 말을 듣자마자 몸을 움찔했으니 말이다. 하지만 신경 쓰지 않았다. 지지하고 변호해주는 척하다가 반대하고 낙담시키고 있다니.

여태껏 그를 투사라고 여겨왔건만, 실상 어려움이 닥치면 꼬리를 내리는 인간이었던 것이다.

친한 친구에게 상처를 입힌 아폴론에게 사과할 생각은 추호도 없었다. 그렇다고 시빌에게 인터뷰를 해달라고 요청할 수도 없는 노릇이었다. 그렇게 되면 시빌 역시 페르세포네가 지금 겪고 있는 신상 털이를 당하게 될 터였다. 친구인 오라클에게 그럴 수는 없었다. 이제 막 삶을 다시 꾸려 나가고 있는 그녀에게.

신들이여, 정말 엉망진창이네요.

점심시간이 되자 페르세포네는 스스로와의 규칙을 어기고 아크로폴리스의 옥상으로 순간 이동했다. 신선한 공기가 간절했다.

멍하니 옥상 지붕의 끄트머리로 걸어가던 그녀는 화들짝 놀라 뒤로 물러섰다. 심장이 쿵쾅댔다. 고층 빌딩에서 추락할 뻔한 순간을 간신히 모면한 뒤, 광대한 뉴 아테네 도시 풍경을 내려다보았다. 이렇게나 높은 곳에 있으니 도시가 아름답고도 무시무시하게 여겨졌다. 하데스가 세운 타워에 내려앉은 어둠, 도시를 반으로 가르는 그림자를 볼 수 있었다. 반짝이는 유리를 뽐내는 아프로디테의 라 로즈, 헤라의 수많은 호텔들, '올림피안'과 '페가수스'와 '에메랄드빛 공작새'가 자랑하는 아름답고도 개성적인 외관들. 다른 건축물도 있었다. 도시 전체에 놓인 대리석 신 조각상들, 언덕 꼭대기와 산비탈

절벽에 자리한 아름다운 사원들까지.

이곳에 처음 왔을 때 그녀는 도시에 한껏 매료되었다. 모든 것이 속삭이는 끝없는 가능성, 모험, 그리고 자유와 사랑에 빠졌다. 곤경에 처할 때마다, 혼란스럽거나 길을 잃은 것 같거나 환대받지 못한다고 느낄 때마다 다시 일어서게 해준 건 그것들이었다. 그러니까 지금과 같은 때.

아크로폴리스 너머, 저 아래서 성내고 있는 군중 너머로 보이는 광대한 풍경 속에서 그녀는 그 약속들을 찾아내려 애를 썼다.

"페르세포네?" 웬 목소리가 들려왔다.

확 고개를 돌리자, 쓰레기차에 그녀를 태워 밖으로 나가게 도와주었던 페이리토스가 서 있었다.

"여기 어떻게 올라왔어요?"

입을 열어 답하려 했지만 문득 저 옥상 문이 안에서 열리기는 하는지조차 모르고 있다는 것을 깨달았다.

"조심스럽게 올라왔죠. 여기는 어쩐 일이에요?"

희미한 미소를 지으며 간신히 말하자 페이리토스도 비슷한 미소를 지었다.

"가끔 여기 올라와서 점심 먹곤 하거든요."

그제야 그의 손에 들린 도시락이 보였다.

"같이 드실래요?" 그가 물었다.

그녀는 고개를 저었다. "별로 배가 안 고파서요. 하지만 같이 앉아 있어드릴게요."

그의 미소가 더욱 환해졌다. "좋네요. 이리 오세요. 바람 피해서 앉을 만한 좋은 곳을 알아요."

페이리토스는 옥상의 다른 쪽으로 그녀를 데려갔다. 칸막이로 막힌 공간에 의자 두 개가 놓여 있었다. 그 공간에서는 뉴 아테네의 해변이 훤히 내려다보였다. 물거품이 이는 가장 깊은 에메랄드색 바다와 마주한 순백의 백사장이었다.

숨이 멎을 듯한 광경이었다.

"여기 앉으세요." 그가 말했다.

페이리토스는 도시락을 열어 샌드위치 하나와 감자칩 한 봉지를 꺼냈다.

"아무것도 안 먹는 거 확실하죠?"

"네, 고마워요."

그는 샌드위치를 한 입 베어 물었다. 둘은 함께 도시를 내려다보았다. 잠시 침묵이 흐른 뒤 페이리토스가 불쑥 말을 꺼냈다.

"그럼, 당신은 여기서 뭐하는 거예요?"

그녀는 한숨을 푹 내쉰 뒤 그를 바라보지 않고 말했다. "뉴스 안 보셨나 봐요."

"봤다고 할 순 없네요." 그가 답했다.

그는 그녀가 아는 모든 인간 중 신들에게 강박적으로 집착하지 않는 것처럼 보이는 유일한 인간이었다.

"음, 실은 제가 좀 망했어요."

"그렇게까지 망치진 않았을 거예요."

그녀는 깊이 숨을 들이쉬었다. "제가…… 하데스에게 안 하겠다고 약속한 일을 해버렸거든요. 그에게 화가 났다는 이유로요. 그리고 이젠 돌이킬 수 없게 됐어요."

"아아." 페이리토스는 작게 웃었다. 샌드위치를 좀 더 베어 물고는 씹으면서 말했다. "그가 뭘 했는데요?"

"멍청한 짓요. 그가 한 짓에 아무 문제가 없다고 여기는 것 같더라고요."

페이리토스는 슬퍼 보이는 미소를 지었다. 그가 스스로 인지하는 것보다 깊이 그녀를 이해하고 있다는 느낌을 받았다.

"그들은 가끔 그래요." 그가 말했다.

"그게 무슨 뜻이에요?"

그가 어깨를 으쓱했다. "남자들은 생각이란 걸 안 하잖아요."

"그건 정말 끔찍한 변명인데요."

"변명이 아니라 그냥 그게 현실이에요. 원하는 것을 얻으려면 계속 싸우는 수밖에 없죠. 그가 당신을 원한다면 당신을 이해하기 위해 노력할 거예요."

그녀는 스스로가 우습게 느껴져서 입술을 꽉 깨물었다. 이제는 과민 반응이었다는 걸 알게 되었지만, 행동을 멈추지는 못했다. 레우케에 대해 알게 된 순간만큼 하데스 역시 배신감을 느끼길 바랐다. 연락이 없을 때마다 그녀가 맛보는 좌절감을 그 역시 느끼길 바랐다. 그의 말을 듣지 않은 건 그저 그의 반응을 이끌어내고 싶어서였다.

"내가 비합리적인 건가요?"

"어쩌면요. 하지만 감정은 감정이죠." 그는 어깨를 으쓱했다. "나도 그런 멍청한 소년이었던 때가 있었어요. 좀 더 노력했어야 하는데."

페르세포네는 이 남자에게 들러붙은 슬픔을 이해할 수 있을 것만 같았다. 하데스는 그의 영혼에서 무얼 보게 될까 궁금했다.

"어떤 멍청한 짓을 했는데요?"

그는 깊이 심호흡을 했다. "놀라실 거예요. 당신이 놓인 맥락상에선, 아마도요."

페르세포네는 눈썹을 찡그렸다. 하지만 그 말이 무슨 뜻인지 미처 묻기도 전에 페이리토스가 말을 이었다.

"나는 도박을 많이 했어요. 당신 남자친구가 하는 도박 같은 거말고요. 범그리스 대회에 돈을 걸곤 했는데 꽤 잘됐어요. 운이 좋았던 거겠죠. 그러다 망했어요. 내 여자를 위해 최선을 다하고 있다고 생각했고, 그걸 너무 확신한 나머지 무엇이 중요한지를 무시한 거예요. 그녀는 내가 도박을 그만하길 바랐거든요. 돈이나 지위에는 관심이 없었어요. 그녀는 그저 나를 원했던 건데." 그는 잠시 말을 멈추고 작게 웃었다. "신들이여, 이제는 날 원한다는 여자에게는 무엇이든 줄 거예요."

"그 여자분은 어떻게 됐어요?"

"다른 사람이랑 결혼해서 행복하게 살고 있어요. 곧 첫 아이가 태어나고요. 내가 사랑하는 사람이 나와 함께였을 수도 있는 삶을 살아나가는 모습을 보는 건 이상한 일이더군요."

페르세포네는 그런 일이 자신에겐 벌어지지 않기를 바랐다.

"마음이 아프네요." 그녀는 그의 손 위에 자신의 손을 포갰다.

"난 내가 그녀를 보호하고 있다고 생각했어요." 그가 어깨를 으쓱했다. "어쩌면 하데스도 당신에 대해 비슷하게 생각했을지 몰라요."

의심의 여지 없이 그 말대로였다.

"그가 그러지 않았으면 좋겠어요. 난 보호가 필요한 게 아니에요."

"모든 사람은 보호를 필요로 하죠. 인생은 힘들잖아요."

페르세포네는 얼굴을 찌푸렸다. 인간들을 용서하는 일이 왜 중요한지를 두고 언쟁을 벌였을 때 자신 역시 하데스에게 비슷한 말을 했었다. 그녀에게도 똑같은 관대함이 필요하다는 생각은 한 번도 해본 적이 없었다.

점심을 먹고 난 뒤 상황은 더욱 안 좋아졌다. 헬렌은 잔뜩 성난 이들의 전화가 쏟아져서 처리하느라 애를 먹었고, 페르세포네의 메일함은 증오 메일로 끝없이 가득 찼다. 판단은 문자 메시지에서조차 피할 수가 없었다.

네가 아폴론에 대해 쓰다니 믿기지가 않네! 렉사의 문자였다.

가장 친한 친구가 흥분을 표한 것인지, 아니면 화가 난 건지 알 수가 없었다.

시빌이랑은 얘기 나눠봤어? 페르세포네가 물었다.

아니, 지금 완전 몸 사리고 있을걸. 아직도 아폴론의 오라클이었다면 이 난장판을 처리하는 건 시빌 몫이었을 거야.

그녀가 여전히 아폴론의 오라클이라면 애초에 그는 이런 난장판을 만들지도 않았을 거야.

음, 친구야. 난 널 말한 거야. 네가 난장판이라고.

난 진실을 말했을 뿐이야. 배 째.

아폴론은 옛날 방식으로 대응할 것 같더라. 하데스한테는 연락 왔어?

아니.

사과도 없었고 훈계도 없었다. 감정이 널을 뛰었다. 이런 일은 한 번도 겪어본 적이 없었다. 분노, 그를 만나고 싶다는 간절한 바람, 그리고 그가 실망했을 거라는 데서 오는 두려움까지 죄다 뒤섞여 속을 어지럽혔다.

아크로폴리스를 나섰을 때, 문 앞에서 기다리던 안토니는 공격적인 인파 사이에서 그녀를 부축해주었다.

마침내 안전한 차에 타고 나서야 그가 물었다. "괜찮으십니까, 여신님?"

이유는 알 수 없었지만 그 질문을 듣자 눈시울이 뜨거워졌다. 하지만 이 일로 울지는 않을 것이다, 아직은.

그녀는 깊이 심호흡을 했다. "그가 화났나요?"

하데스의 이름을 말할 필요가 없다는 걸 알고 있었다. 안토니는 그녀가 얘기하는 게 누구인지 알고 있으리라.

"그분을 뵙진 못했습니다. 하지만 기뻐하시지 않을 거란 건 저도 알 것 같습니다."

그녀도 알고 있었다. 그랬기에 오늘 밤은 지하 세계에 갈 수 있을 리 없었다. 이 키클로페스가 아폴론 관련 글에 대해 캐묻지도, 질책하지도 않는 게 고마웠다. 차가 움직이는 동안 침묵이 이어졌다. 집에 가기 전 테이크아웃 전문점에 들러서 뭘 좀 사가겠다고 안토니에게 요청한 순간을 제외하고.

집에 도착했을 때, 그녀가 하고 싶은 거라곤 뜨거운 물에 목욕하고 잠에 드는 것뿐이었다. 그녀는 안토니에게 인사한 다음 건물 안으로 들어갔다. 제이슨과 밖에서 시간 보낼 거라는 렉사의 문자가 와 있었다. 시빌과 레우케는 주방 바 테이블에 앉아 이력서를 쓰고 있었다. 페르세포네가 문을 열고 들어서자마자 시빌이 달려와 꼭 끌어안았다.

페르세포네는 가방과 포장 음식을 바닥에 떨구곤 오라클을 마주 안았다. 레우케는 앉은 자리에서 몸을 돌려 동감의 미소를 보냈다.

"어젯밤에 우리 좀 취했던 것 같아." 레우케가 말했다.

페르세포네는 싸늘하게 웃었다. 술 마시면서 일하는 건 그만두어야 했다.

"미안해." 페르세포네가 말했다. "네 말에 귀 기울이지 않았어."

"괜찮아." 시빌이 말했다. "다른 피해자들의 이야기를 하고 싶어 하는 네 마음은 전혀 탓하지 않아. 누구도 네 말을 귀담아듣지 않는다는 게 화가 날 뿐이야."

"바로 그렇기 때문에 네가 쓰지 말라고 했다는 걸 알고 있어." 페르세포네는 옅은 미소를 지어 보인 뒤 몸을 떼고 시빌을 바라보았다. "아폴론이 네 능력을 앗아갔을지언정 네 직감은 정확했어."

그녀가 어깨를 으쓱했다. "역사 속 여성들이 어떻게 다뤄져왔는지 아니까."

시빌은 페르세포네의 가방과 음식을 집어 들어 테이블 위에 올려놓았다.

"무사카(채소와 고기를 볶아 화이트소스를 뿌려서 구운 그리스 전통 요리-옮긴이)야. 먹고 싶은 사람 먹어." 페르세포네가 봉지를 고갯짓하며 말했다. "바클라바(얇고 투명한 페스트리를 겹겹이 쌓아 만든 터키의 전통 파이-옮긴이)도 가져왔어. 왜냐하면…… 그러니까, 힘든 하루였거든."

시빌은 부드럽게 웃었다. "당연하지."

"난 씻고 올게."

페르세포네의 말에 시빌이 고개를 끄덕였다.

"얘기 나누고 싶으면 와. 우린 여기 있을게." 레우케가 말했다.

"고마워."

페르세포네는 어둠 속에서도 능숙하게 침대 옆 테이블의 전등을 켜고는 욕실로 향해 귀걸이와 팔찌를 풀어놓은 다음 목욕물을 틀었다. 물을 받는 동안에는 다시 방으로 돌아가 옷을 벗기 시작했는데, 시야 옆으로 무언가 움직이는 게 보였다. 홱 돌아선 그녀는 깜짝 놀랐다. 하데스가 서 있었기 때문이었다.

왜 그의 기운을 느끼지 못한 거지?

왜냐하면 네가 모르길 바랐을 테니까.

"계속하시지요." 그는 어둠에 반쯤 가려진 채 아무렇지도 않게 벽에 기대며 말했다.

그림자에서 태어난 듯 자연스러워 보였다. 손은 슬랙스 주머니에 넣은 자세였고 재킷은 벗은 채였다. 검은색 셔츠 소매는 걷어 올려 있었고 위쪽 단추 두 개는 풀어져 있었는데, 그로 인해 근육질 팔뚝과 가슴이 언뜻언뜻 드러나 보였다.

숨이 턱 막히는 것 같았다. 이렇게 볼 때마다 매번 그가 얼마나 아름다운지를 생각하게 될까?

타오르는 그의 눈빛이 그녀의 몸을 위에서 아래로 훑었다. 갑자기 그에게 얼마나 화가 나 있었는지 떠올랐다. 그녀가 드레스를 다시 올려 입자 하데스는 재미없다는 듯 웃음을 터뜨렸다.

"달링, 우리 이런 사이 아니잖습니까? 난 당신의 전부를 다 보았고, 당신 몸의 구석구석을 다 만졌습니다."

아무리 화가 많이 났더라도 그의 말에 마음이 요동치는 것을 막을 길이 없어 온몸이 떨렸다.

"그렇다고 해도 오늘 밤은 그럴 수 없을 거예요. 여기서 뭐하는 거예요?"

"당신은 나를 피하고 있습니다." 그가 도끼눈을 하며 말했다.

"내가 당신을 피한다고요?" 그녀는 코웃음을 쳤다. "피차 마찬가지예요, 하데스. 당신도 연락 한 번 없었잖아요."

"혼자만의 시공간을 드린 거지요. 아주 잘못된 판단이었지만."

"당신이 나한테 해줬어야 하는 게 뭔지 알아요? 바로 사과예요."

그녀는 욕실로 향했다. 하데스가 있든 말든 목욕할 것이다. 옷을 벗은 다음 욕조 안으로 들어갔다. 물이 너무 뜨거워서 몸이 조금씩 잠길 때마다 통증이 느껴질 지경이었다. 보통 때였다면 몸을 쭉 뻗었겠지만 지금은 왠지 묘한 느낌이 들어 무릎을 세워 앉았다.

하데스는 따라 들어와 세면대 위에 기대섰다. 팔짱을 낀 채 이를 악문 모습이었다.

"나는 당신을 사랑한다고 말했습니다."

"그건 사과가 아닌데요."

"내 말이 당신에게 아무 의미도 없다고 말하는 겁니까?"

그녀는 쏘아보았다. "행동이에요, 하데스. 나한테 레우케 얘기를 해줄 생각이 없었잖아요."

"우리가 지금 행동을 두고 대화하는 거라면, 당신 행동에 대해서도 이야기를 나눠봅시다."

물 온도가 뜨거운데도 갑자기 온몸이 서늘해졌다.

"아폴론에 관해 쓰지 않겠다고 약속하지 않았습니까?"

그녀의 행동에는 더 많은 맥락이 있었다. 시빌과 레우케도 있고, 와인 때문에 추동되기도 했고. 하지만 그렇게 말할 순 없었다. 어쨌든 결과는 같으니까. 그녀는 약속을 저버렸다.

"해야만 했던……."

"해야만 했습니까?" 하데스가 말을 끊었다. "최후통첩이라도 받은 겁니까?"

그래, 최후통첩 받았다, 이 개자식아!

그녀는 대답 대신 시선을 피하고 물을 노려보았다. 하데스와 눈을 너무 오래 맞췄다간 눈물이 쏟아질 것 같았다. 마음속에 너무 많은 감정이 켜켜이 쌓여 있었다.

"협박을 받았습니까?"

그녀는 다시 침묵했다.

"그 모든 행동이 당신과 하나라도 연관이 있습니까?"

귓가에 대고 문지르는 듯한 그의 목소리가 싫었다. 그녀가 욕조에서 휙 일어서자 사방으로 물이 튀겼다. 세면대에 걸쳐둔 수건을 낚아채듯 가져가 가슴을 가렸다.

"시빌은 내 친구고, 아폴론 때문에 삶이 망가졌어요. 그의 행동은 폭로되어야만 했다고요."

하데스는 눈을 번득이며 고개를 옆으로 기울였다. 팔짱을 푼 그는 그녀에게 한 발짝 다가섰다. 그가 몸을 기울여오자 심장이 마구 뛰었다.

"내 생각은 뭔지 압니까?" 그가 맹렬히 속삭였다.

물러서고 싶었다. 그녀가 한 행동의 결과를, 그에게 가한 보복을 직면하고 싶지 않았으니까.

"내 생각에 당신에겐 이 모든 게 게임입니다. 내가 당신을 화나게 했으니 당신은 나를 화나게 하고 싶었던 겁니다. 맞습니까? 일대일, 이제 동점이군요."

"모든 게 다 당신 때문은 아니에요, 하데스."

그의 손이 그녀의 허리를 감싸며 가까이 끌어당겼다. "아폴론에 관해 쓰지 않겠다고 당신은 나에게 약속했습니다."

페르세포네는 움찔했다.

"당신의 말이란 건 아무 가치도 없는 겁니까?"

그 문장이 가슴을 푹 찔렀다. 침을 힘겹게 꿀꺽 삼킨 뒤, 눈물이 차오른 눈으로 그를 노려보았다. "엿이나 먹어."

하데스는 미소를 머금었다. "그보다는 당신을 먹고 싶군요, 달링. 하지만 지금 그랬다간 일주일 동안 걷지 못할지도 모릅니다."

그가 손가락을 튕기자 주변이 휙휙 돌았다. 지하 세계로 순간 이동한 것이다. 그들은 승천 무도회를 준비하기 위해 사용하던 특별실에 도착했다. 하데스가 미래의 여왕을 위해 만들어둔 방이었다. 침실이 아니라 여기로 데려왔다는 사실이 많은 걸 말해주었다.

그녀는 그를 밀쳐냈다. 둘 사이에 놓인 건 수건 한 장뿐이었다.

"지금 날 납치한 거예요?"

"그렇습니다." 그는 어느새 등을 돌리며 답했다. "아폴론은 당신을 쫓아올 텐데, 그가 당신을 대면할 수 있는 건 내가 함께할 때뿐일 겁니다."

"내가 처리할 수 있어요, 하데스."

방법은 몰랐지만 어쨌든 할 것이다. 디미트리는 두 가지 선택지를 주었다. 사과하거나 아니면 최근의 피해자를 인터뷰하거나. 개떡 같은 선택지였지만, 어쩌면 나머지 일곱 명의 피해자들이 이야기를 해줄지도 모른다.

하데스가 막아섰다. "당신은 할 수 없고, 하지 않을 겁니다."

페르세포네는 턱을 꼿꼿이 쳐들고 죽은 자들의 왕을 노려보았다. 순간 이동하려 했지만 아무 일도 일어나지 않았다. 피부 밑에서 부글부글 분노가 치밀었다.

"날 여기 가둬둘 순 없어."

그녀의 발아래에서 덩굴이 카펫처럼 퍼지더니 하데스를 향해 뻗어나갔다. 그는 어둠을 닮은 웃음을 터뜨렸다. 입꼬리가 한쪽만 올라가는 오만한 비웃음이었다.

"달링, 당신은 내 영토에 있는 겁니다. 내가 달리 말하기 전까지 당신은 여기 있어야 합니다."

"나 일해야 해요, 하데스. 지상 세계에도 내 삶이 있다고요."

그는 아무 말도 하지 않고 걸음을 내디뎠다.

"하데스!"

그는 계속해서 걸어갔다. 어떻게든 그의 마음이 아프길 바랐다. 왜냐하면 그는 정말로 아무것도 느끼지 못하는 것 같았으니까. 화가 끓어올랐다. 혈관에 불이 난 듯 뜨겁더니 일순간 타일 바닥에서 검은 가시들이 솟구쳐 올라와 독사처럼 하데스를 향해 움직였다.

하지만 지하 세계의 신이 손가락을 한 번 휙 흔들자 가시들은 전부 재로 변해버렸다. 너무도 쉽게, 너무도 빠르게.

달리 말하면 이제껏 그녀가 그를 향해 마법을 썼을 때, 그는 그저…… 그렇게 하도록 내버려둔 거였다. 스스로의 나약함이 그의 무감한 얼굴과 더불어 그녀를 강타했다. 갑자기 현기증이 일었다.

등 뒤에서 그가 문을 닫기 직전, 그녀는 쩍쩍 갈라진 목소리로 외쳤다. "후회하게 될 거야!"

"이미 후회하고 있습니다." 그의 목소리에는 슬픔과도 같은 무언가가 배어 있었다.

9장
독약의 손길

페르세포네는 무릎을 두 팔로 끌어안은 채 침대에 앉아 있었다. 잠을 잘 수가 없었다. 해결해야 할 문제가 너무 많았는데 스스로 준비가 된 것 같지 않았다. 아니, 정말이지 뭘 해야 할지 몰랐다. 지상 세계는 그녀를 향해 분노를 내뿜었고 하데스는 상처를 받았다.

당신의 말이란 건 아무 가치도 없는 겁니까?

그 말을 뱉을 때 그가 화 나 있었다는 것을 이제야 깨달았다. 떠올릴 때마다 칼날이 계속해서 같은 부위에 꽂히듯 가슴이 아팠다.

정말 그렇게 생각하는 걸까? 그의 신뢰를 잃은 걸까?

몇 시인지 알 수 없었지만 창문 밖의 어둠은 끝도 없어 보였다. 페르세포네는 몸을 일으켜 가운을 걸쳐 입곤 정원으로 나갔다. 맨발에 닿는 돌길의 감촉은 시원했고, 발을 내디딜 때마다 꽃향기가 따라왔다. 이따금 그녀는 멈춰 서서 벨벳 장미와 등나무를 매만졌다.

누군가 바라보고 있다는 느낌을 받곤 퍼뜩 돌아섰을 때, 하데스가 방 바깥에 나와 있는 모습이 보였다. 그는 팔짱을 낀 채 발코니에 기대어 서 있었다. 꽤나 먼 거리였지만 그가 지금까지 그녀의 모든 움직임, 모든 숨결을 다 감지하고 있었다는 걸 알 수 있었다. 그녀는 그가 괴롭기를, 자신으로 인해 아파하기를 바랐다. 지하 세계에선 갈 수 있는 곳이 많지 않았고, 그 모든 장소는 하데스와의 추억으로 가득했다. 얼마 전만 해도 그는 이 정원에서 그녀와 술래잡기하듯 뛰어다녔고 그러다 이 벽에 그녀를 기대게 한 채 사랑을 나누지 않았던가.

그가 지금 그 생각을 하고 있길 바랐다. 무성한 털 사이로 그의 성기를 머금은 그녀의 입술이 얼마나 뜨거웠는지를. 달콤하다고 한껏 상찬하며 입술로 그녀의 민감한 곳을 애무하던 순간을. 혼자 쓸쓸히 차디찬 침대에 누워 잠들 때 그 모든 것을 떠올리길 바랐다.

마음 한구석에선 그가 당장 여기로 다가오기를, 어둠 속에서 불현듯 나타나 그녀를 집어삼켜주기를 바라고 있었다. 하지만 지금은 상황이 달랐다. 하데스는 화나 있었다. 분노는 처벌을 의미했고, 그것은 결국 쾌감에 가 닿았다.

한편 상처는 시간을 뜻했다. 그리고 거리감을.

그녀는 팔로 더욱 단단히 몸을 감싼 채 그에게서 돌아선 다음 길을 따라 정원 안쪽으로 더욱 깊숙이 들어갔다.

어느 순간, 그녀는 방으로 돌아와 있었다. 깜빡 잠이 들었던 건지 기억나지 않았지만, 문을 두드리는 소리에 화들짝 깨어났다. 헤카테가 바닥에 끌리는 진홍색 가운 차림으로 들어섰다.

"좋은 아침이에요!"

님프가 덮개를 씌운 쟁반을 들고 따라 들어왔다.

"아침 식사 가져왔어요."

페르세포네는 헤카테를 따라 발코니 쪽으로 갔다. 쟁반에는 다양한 과일들과 빵, 잼, 그리고 커피가 들어 있었다.

"더 필요한 게 있으신가요, 여신님?" 님프가 물었다.

"어, 아뇨."

그러자 님프는 허리를 굽혀 인사하곤 사라졌다.

"아주 신성한 아침이에요." 헤카테가 깊이 숨을 들이마시며 말했다. "오늘은 좀 일찍 연습을 시작해볼⋯⋯."

"레우케가 돌아온 거 아세요?"

"오, 이런. 하데스가 날 곤란하게 만들진 않겠죠. 그녀가 돌아왔다는 걸 알고 당신에게 말해주라고 조언해주었는데, 그가 그렇게 했든 안 했든 내 책임은 아니랍니다."

"그녀에 대해 이야기해주세요." 페르세포네가 말했다.

머그잔을 입술로 가져가려다 말고 헤카테가 멈칫했다. 이윽고 한 모금을 마시고는 입을 열었다. "뭘 알고 싶으신가요?"

"하데스가 그녀를 사랑했나요?"

"당신을 사랑하는 것처럼은 아니죠." 그녀는 망설임 없이 말했다.

"내 기분을 좋게 해주려고 하지 않아도 돼요, 헤카테."

"그런 거 아니에요. 아니, 적어도 나는 진실이 아닌 것을 말하진 않아요. 하데스가 그녀를 아끼긴 했죠. 그녀를 사랑한다고 스스로도 믿었던 것 같아요. 지금은 생각이 달라진 것 같지만요."

"전혀 몰랐어요."

"어머니도 당신이 그러길 바랐을 거라고 확신해요."

"우리 엄마요?" 온실을 파괴해버린 뒤로는 데메테르의 소식을 들은 적도, 대화를 해본 적도 없었다. 어머니가 전혀 그립지 않다는 사실을 스스로도 인정했다.

"네, 그 일엔 데메테르의 악취가 풍겨요." 헤카테가 코끝을 찡그리며 말했다. "나무를 다시 님프로 되돌려놓을 만한 힘을 가진 신이 또 누구겠어요?"

하데스. 그녀는 덧붙이려 했지만 레우케를 원래의 모습으로 돌려놓은 장본인이 그가 아니라는 건 알고 있었다.

"하데스의 애인에게 우리 엄마가 뭣 하러 호의를 베풀겠어요?"

헤카테가 웃음을 터뜨렸다. "마지막 말이 기억 안 나는군요? 데메테르는 하데스에게서 당신을 떼어놓기 위해 운명을 거역하려 들었던 거예요. 둘 사이를 멀어지게 하기 위해선 뭐든 할 존재잖아요. 당신도 알다시피."

페르세포네는 말을 잃었다. 어머니가 이 일에 연루돼 있으리라곤 꿈에도 생각하지 못했다. 헤카테가 말해준 지금, 그 생각을 미처 하지 못했다는 사실에 충격을 받았다.

잠시 후, 그녀는 두 손으로 머리를 감쌌다. "왜 하데스가 나한테 얘기해주지 않았는지 이해가 안 돼요."

"남자의 제1원칙이 뭐냐면요, 페르세포네, 죄다 멍청이들이라는 거예요."

그녀는 항의하려 했지만 헤카테가 아랑곳하지 않고 말을 이었다.

"그리고, 하데스가 고대부터 존재해왔고 다른 문제에 있어선 지혜롭다고 해서 멍청이가 아닌 건 아니랍니다. 그도 멍청해요. 날 믿어봐요. 곁에서 온갖 것을 보아왔으니까."

"그는 멍청이 맞아요. 하지만…… 나도 멍청해요."

헤카테의 눈빛이 부드러워졌다. "그러니까요."

둘은 함께 웃음을 터뜨렸다.

"나도 긴털족제비로 만들어버릴 거예요?" 페르세포네는 물었다. 농담으로 던진 말이었는데 어느새 눈가에 눈물이 가득 고였다.

마법의 여신은 미소 지었다. "아뇨, 이미 한 마리 있는걸요."

페르세포네는 황급히 눈가를 닦았다. "헤카테, 이제 어쩌죠? 내가 하데스에게 상처를 줬어요. 내가 그 생각을 못 해서…… 아니, 사실 생각이란 걸 전혀 못 했어요. 난 정말……."

"상처받았죠." 헤카테가 말했다. "하데스도 당신에게 상처를 줬어요. 서로에게 상처를 준 거죠. 답은 간단해요. 사과하면 돼요."

"그걸로는 충분하지 않은 것 같아요."

"충분해요. 서로를 사랑하기 때문에 충분한 거예요."

페르세포네는 숨을 들이켰다. 사과할 것이다.

"알겠어요." 그녀는 일어서며 말했다. "그는 어디 있나요?"

"조금만 더 기다리세요. 아폴론이 올 때까진 화나 있는 편이 나을 테니." 헤카테가 자리에서 일어나며 윙크했다. "자, 이제 이 고통을 훈련으로 전환해봅시다."

둘은 하데스의 수많은 과수원 중 한 곳으로 걸어갔다. 페르세포네는 여전히 지하 세계 곳곳을 알아가는 중이었는데, 그녀가 발견한 점 중 하나는 하데스가 다채로운 식물을 기른다는 점이었다. 포도, 올리브, 무화과, 대추, 석류 등등. 마법의 여신은 유난히 커다란 석류나무가 있는 공터를 훈련 장소로 택했다. 에메랄드빛 나뭇잎들이 가지에 주렁주렁 달린 진홍빛 열매들과 선명한 대조를 이루었다.

잠시 동안, 페르세포네는 공터에 매혹되었다. 벌떼를 목격하기 전까지.

"대체 이 벌들은 어디서 온 거예요?" 페르세포네는 얼굴로 붕붕

대며 날아드는 날개 달린 작은 악마들을 허둥지둥 피하며 물었다. 결코 호락호락한 벌들이 아니었다.

"내가 소환했죠." 헤카테가 쾌활하게 말했다.

"당신이, 뭐라고요?"

"압박감이 있는 상황에서 마법을 쓰는 건 귀한 능력이에요, 페르세포네."

"이미 내가 충분한 압박감을 받고 있다고 생각하지 않아요?"

"내면에서 말이에요. 훌륭한 마법사들은 물리적뿐만 아니라 정신적인 압박감 속에서도 마법을 사용하는 법을 배워야 한답니다."

오늘만은 제발, 그녀는 이렇게 말하고 싶었다.

"글쎄요, 저는 훌륭한 마법사가 아닌걸요."

"계속 그렇게 말씀하시면 그게 진실이 될 거예요."

"그게 진실이잖아요. 당신만 그걸 못 보고 있다고요. 심지어 하데스도 알아요. 내가 강력하다고 스스로 느끼게 해주려고 마법을 쓸 때 내버려뒀을 뿐이라고요."

헤카테의 미간이 좁아졌다. "그게 무슨 뜻이죠?"

그녀는 어젯밤에 있었던 일, 뻗어 나왔던 가시들이 어떻게 되었는지 설명했다.

"그에겐 식은 죽 먹기였어요."

"소중한 이여, 여기가 하데스의 영토임을 반드시 기억해야 해요. 여기에서라면 그는 전능하죠."

그 말은 도움이 안 됐다. 그에게 마법을 사용했던 순간은 전부 여기, 지하 세계에서였으니까. 그 점이 왜 이렇게 신경이 쓰이는지 모를 일이었다. 어쩌면 스스로 개선되고 있다는 신호로 받아들여왔기 때문인지도 모른다. 그녀가 발현시킨 마법을 잿더미로 만들어버리면서 그는 그녀의 얄은 자신감마저 앗아갔다.

헤카테는 한숨을 내쉬었다. "내가 너무 앞서갔나 봐요. 벌 소환은 미안해요."

헤카테가 벌들을 쫓아냈고, 그들은 연습에 몰두하기 시작했다.

"내가 말한 걸 꼭 기억해요." 석류나무 앞에 페르세포네를 세워두며 마법의 여신이 말했다. "마법에는 연성이 있어요."

페르세포네 역시 기억하고 있었다. 주변의 식물들, 꽃과 나무들에서 생명력을 느낄 수 있게 된 직후 헤카테가 했던 말이었으니까.

헤카테와 마법을 연습하는 건 혼자서 연습하는 것과는 차원이 달랐다. 그녀와 함께라면 기술에 전념할 수 있었고, 섬세한 지도도 받을 수 있었다. 페르세포네는 수풀 한가운데에 놓인 나무의 석류 열매들을 잘 익게 만들라는 과제를 받았다. 열매들은 가지에 무겁게 매달려 있었다. 표면은 녹황색이었고, 군데군데 진홍색으로 익은 부분이 있었다. 마법의 힘을 잘 그러모으고 통제할 수 있는지를 시험하는 과제인 셈이었다.

마법을 소환하면서 머릿속에는 헤카테의 말들이 둥둥 떠올랐다.

마법을 점토라고 상상해보세요. 원하는 대로 빚고, 그런 다음…… 생명을 불어넣는 거지요.

말이야 쉽지.

페르세포네는 혈관 속을 흐르는 마법의 열기를 느꼈다. 마치 태양빛에 데워진 물처럼 마법이 손바닥에 고이기 시작하자, 그녀는 눈을 감은 뒤 글래머를 활용해 잘 익은 석류를 빚어내는 스스로의 모습을 머릿속으로 상상했다.

"완벽해요." 격려하는 어조로 말하는 헤카테의 목소리가 들렸다.

페르세포네는 숨을 깊이 들이쉬며 눈을 떴다. 손에 그러쥔 마법은 보이지 않았지만 느낄 수는 있었다. 일종의 에너지처럼, 자신을 둘러싼 공기와 마법이 격돌하면서 팔뚝과 뒷덜미에 소름이 돋았다.

"이제 마법이 목표물을 향하게 해보세요."

페르세포네는 헤카테가 지시한 대로 했다. 손바닥에서 맥박처럼 뛰는 마법을 거머쥔 채 손을 쭉 뻗었다. 손바닥에는 식은땀이 솟았다. 마법이 나무에 가 닿자, 석류 열매들이 부풀어 오르고 짙은 색을 띠기 시작했다.

"야호!" 페르세포네는 성공의 기쁨에 젖어 펄쩍 뛰어올랐다.

그런데 열매들은 한없이 커졌다.

계속.

계속.

안 돼.

"숨어요!" 헤카테가 페르세포네의 손을 움켜쥐곤 가까이에 선 나무 뒤로 그녀를 끌고 갔다.

몇 초 후, 석류 몇 알이 터지면서 펑 소리가 났다. 페르세포네는 그쪽을 쳐다보고 싶지 않았지만 무심결에 나무 뒤에서 빼꼼 고개를 내밀어 보았다. 수풀 전체가 피바다가 된 것처럼 붉게 물들어 있었다. 패배감에 어깨가 축 처졌다.

"너무 많은 힘을 사용해서 그래요." 헤카테가 말했다.

"누가 봐도 그래 보여요, 헤카테." 페르세포네는 스스로에게 화가 나서 뾰족하게 응수했다.

마법의 여신은 페르세포네의 감정 분출에 당황한 기색 하나 없이 그저 미소를 지어 보였다. "이걸 실패로 보지 마세요. 실패를 통해서만 힘을 통제할 수 있고, 결국 당신이 얼마나 강한 존재인지를 배우게 되는 거랍니다."

하지만 페르세포네는 스스로가 강한 존재라고 전혀 느껴지지 않았다. "나는 기껏해야 식물을 기르고 죽일 수 있을 뿐이에요. 다른 신들에게는 그저 그런 하찮은 재주라고요."

"지금은 그렇죠." 헤카테가 동의했다. "하지만 그렇다고 해서 다른 힘이 나타나지 않는 건 아니에요."

페르세포네는 입술을 꾹 다물었다. 시빌과 함께 살게 된 이후로 얼마나 감정이 오락가락했는지 떠올렸다.

"소중한 이여, 당신 안에는 어둠이 있어요. 우린 그 표면만을 만져 보았을 뿐이랍니다."

그러자 등줄기에 소름이 끼쳤다. 그 말을 처음 들은 게 아니었으므로.

당신에게서 그 어둠을 어루만지게 해주십시오. 내가 그 모양을 빚도록 도울 테니.

그녀의 몸을 처음으로 속속들이 탐구하던 날, 하데스는 귓가에 대고 바로 이렇게 말했다. 당시에도, 지금도 그 말이 무슨 뜻인지 이해하지 못했지만 차마 그 의미를 묻고 싶지 않다고 결론 내렸다.

"저 난장판을 바로잡아줄 수 있나요?" 페르세포네는 헤카테에게 물었다. 걸쭉한 덩어리가 나뭇가지에서 뚝뚝 떨어져 꽃들에 스며들고 있었다. 전쟁터 같은 광경이었다.

"할 수 있죠." 헤카테가 말했다. "하지만 그렇게 되면 다음 훈련을 못 하게 되는걸요."

"제가 저걸 원상 복귀시켜야 한다고요?" 페르세포네는 그럴 필요까진 없다는 걸 알았지만 두 팔을 내저으며 눈앞에 놓인 참사를 모른 척했다. "내가 저렇게 만든 장본인인데 무슨 수로 고쳐놓을 수 있겠어요?"

"당신 스스로 해낼 수 있다고만 생각했다면 그건 훈련이 아니었겠죠." 여신이 답했다.

페르세포네는 씩씩거렸다. 미래의 언젠가, 내 마법을 억누르려 했던 엄마를 캐리언 플라워로 만들어버릴 거야.

"걱정 마세요, 소중한 이여. 스스로를 알아가면서 당신이 지닌 힘도 배워가게 될 거예요." 헤카테는 약속하듯 말했다.

둘은 왕궁으로 돌아갔다. 얼마간은 하데스와 아폴론에 관한 대화를 나누지 않을 수 있었는데, 그것은 헤카테가 독미나리 숲에서 일어난 좀 전의 일에 대해 교훈을 주었기 때문이다.

"언젠가 독극물 기술을 가르쳐줄게요. 여성이 지니면 좋을 기술이랍니다."

페르세포네는 의심스럽다는 듯 헤카테를 바라보았다.

"독살이 유용한 기술일 리는 없을 것 같은데요, 헤카테."

"조용히 죽여야 할 때 사용할 수 있죠."

"조용히 죽여야 할 때가 언제인데요?"

그녀는 어깨를 으쓱하며 말했다. "아주 많죠. 여성과 아동을 학대한 자들, 성매매자들, 강간범들…… 말하자면 끝도 없어요."

앗, 어쩌면 헤카테는 뭔가를 도모하고 있는지도 몰라.

그들은 잠시 침묵 속에 나란히 걸었다. 페르세포네의 머릿속은 특정한 신을 향한 독살이 유용할지에 대한 생각으로 가득했다.

"하데스가 아폴론을 싫어하는 이유가 뭐예요?" 물론 페르세포네 스스로는 그를 싫어하는 이유가 확실했지만 하데스의 분노는 그녀를 훨씬 능가하는 듯 보였다. "아, 그리고 제가 물어봤다고는 말하지 말아주세요."

"모든 신이 서로에게 가진 감정 아닐까 싶어요. 유구한 역사와 행위를 서로 알고 있으니." 헤카테는 희미한 미소를 지었다. 그러곤 걸음을 멈추고 페르세포네를 바라보았다. "하데스는 복잡하게 굴려는 게 아니에요. 그저 당신이 어려움에 처할까 봐 두려운 거죠. 아폴론…… 그의 복수는 잔혹하거든요."

"알아요."

"당신은 몰라요." 단호한 헤카테의 어조에 페르세포네는 살짝 놀랐다. "고대에 그와 그의 누이는 열네 명의 아이들을 살해했어요. 무고한 아이들이었는데. 아이들 엄마인 니오베가 남매의 어머니인 레토보다 자신이 우월하다면서 도발했거든요."

아이들 열네 명이라고? 어떻게 세상은 지금껏 그 두 신을 끔찍하게 여기지 않았던 거지?

"두말할 필요도 없이 아폴론은 예측 불가능한 존재예요. 그러니 하데스가 망설임 없이 당신을 지하 세계로, 자신의 영토로 곧바로 데려온 거지요. 이곳에선 아폴론이 어떤 짓을 하든 죽은 자들의 신에게 전쟁을 선포하는 행위로 간주될 테니까요. 아폴론은 성급하긴 해도 멍청하진 않아요. 하데스를 적으로 두고 싶지 않아 하죠."

새로운 종류의 공포감에 휩싸이긴 했지만 질문하길 잘했다는 생각이 들었다.

둘은 궁전에 도착한 뒤 저녁 식사를 함께하며 여름 하지 축제에 관한 몇몇 세부 사항들을 의논했다.

"새로운 왕관을 의뢰해두었어요."

페르세포네는 와인을 한 모금 머금자마자 헤카테의 말 때문에 도로 잔에 뱉어냈다.

"죄송해요. 뭐라고요?"

"이안은 몹시 들떠 있어요."

당연히 헤카테는 이안에게 그 일을 맡겼을 것이다. 최고의 대장장이 아니던가. 생전에 갑옷과 무기를 만들던 그는 아르테미스의 총애를 받았다. 하지만 그 호의가 그를 죽음에 이르게 만들었다. 이제 이안은 지하 세계에서 역량을 펼치며 가로등 기둥과 울타리, 때로는 왕관에 이르기까지 아름답고도 정교한 것들을 수없이 만들어냈다.

"다른 왕관은 필요 없어요, 헤카테. 이안이 내게 만들어준 왕관만 해도 몹시 아름다운걸요. 하지 축제에선 그걸 쓰면 돼요."

진짜 생각은 말하지 않았다. 왕관은 주제넘는 물건이었다. 하데스는 지금 그녀와 대화조차 하지 않고 있는데, 아직도 자신을 왕비로 맞이하고 싶을지 어떻게 확신할 수 있겠는가?

"그럴 수도 있죠. 하지만 새로운 왕관이 있다면 안 쓸 이유도 없잖아요?"

페르세포네는 한숨을 쉬었다. "한 번만 미리 물어봐주시지."

"안 그러는 게 나았을 거예요. 이번엔 드레스 말인데요. 검은색이 좋을 것 같다고 생각했는데……."

헤카테는 '페르세포네의 웅장한 앙상블'이라고 불리는 행사를 위한 계획을 계속해서 설명했다. 페르세포네는 듣는 둥 마는 둥 하면서 아폴론과 누이, 그리고 하데스에 대한 이야기를 떠올렸다. 음악의 신에 대해 조사하면서 연애 문제를 제외한 과거는 들춰보지 않았는데 정말이지 끝도 없이 폭력적인 짓들을 해왔구나 싶었다. 하물며 하데스조차 그의 보복을 막아낼 수 있을까 의문스러울 정도였다.

저녁 식사를 마친 뒤 페르세포네는 혼자 특별실로 돌아갔다. 그리고 이 방을 만든 하데스에게 저주를 퍼붓기 시작했다. 대체 누가 아내를 궁전의 저 반대편에 머물게 한단 말이야? 너무…… 구식이잖아!

넌 그의 아내가 아냐. 넌 그냥…… 여자친구일 뿐이지.

어쩌면.

그 무엇도 확신할 수 없었다. 어젯밤 발코니에서 그녀를 지켜보던 모습 이후로 하데스는 어디서도 보이지 않았다. 몇 시간 전에도 찾아 나섰지만 궁전 어디에도 그는 없었다. 높은 확률로 그는 지금 그녀를 피하고 있었다. 그녀는 질문하고 요구하고 싶었다. 직장은 어쩌고? 그녀가 지금 어디 있다고 디미트리에게도 언질해둔 걸까? 렉사와 시빌과 레우케는 어떡하지?

점점 더 마음이 울적해졌다. 어느 순간 그녀는 다시 바깥으로 나가 지하 세계의 희미해지는 빛 속을 거닐었다. 좌절감이 마법으로 표출되었는지 주변에서 꽃들이 피고 풀들이 더 쑥쑥 자랐다. 너무 싫었다. 그녀가 걸어간 행로가 대놓고 알려지는 셈 아닌가.

그녀는 계속해서 걸었다. 바위 언덕과 이끼 낀 골짜기를 넘어 어느새 잿빛 바다를 굽어보는 절벽 끝에 서 있었다. 바람이 머리칼을 휘저으며 달아오른 얼굴을 식혀주었다. 속은 여전히 부글부글 끓고 있었다. 너무나도 화가 났다. 아폴론에게, 그리고 무참하게 버려진 방에 그녀를 가두는 하데스에게. 이렇게 지하 세계에 덩그러니 남겨

두고는 어떻게든 피하는 건 무슨 형벌의 일종일까? 이 짓거리에 대해 그는 전혀 미안해 보이지도 않았다.

좀 진정하자고 스스로를 추스르려던 찰나 팔뚝에서 돋아난 장미가 눈에 들어왔다. 새싹이 자라나며 엄청난 통증이 일었고, 획 뽑아 버리자 화상을 입은 것처럼 아파서 비명을 질렀다. 상처에서 피가 뿜어져 나왔다.

이건 고문이야.

그녀는 가운의 귀퉁이를 찢어서 팔에 둘둘 감아 최대한 단단히 조인 다음 땅바닥에 철퍼덕 누웠다. 처음에는 저 아래서 포효하는 바다의 소리, 얼굴을 때리는 바람의 감촉, 공기 중에 떠도는 재와 소금의 냄새에 집중했다. 그런 뒤에는 눈을 감고 깊이 심호흡했다. 그 냄새로, 그 바람으로, 그 소리로 폐를 가득 채웠다. 그러다 문득, 정말로 바다에 들어가 있는 자신을 발견했다. 따뜻한 파도가 그녀를 감싸 안고 앞뒤로 부드럽게 흔들었다.

분노와 긴장과 고통이 일순간 흩어졌다.

오늘 처음으로 마음이 차분해졌고 침착해졌으며 머릿속이 맑아지는 것 같았다.

눈을 떴을 때, 주변은 온통 어두웠다. 누군가 걱정하기 전에 궁전으로 돌아가야 한다는 깨달음이 밀려들었다. 하지만 일어나서 발을 떼려 했을 때, 마법으로 만들어놓았던 길은 사라져 있었다.

그래도 혼자서 해낼 수 있을 거라는 생각이 들었다. 왔던 길이라 추정되는 방향으로 걸어가기 시작했다. 얼마나 걸었을까, 그녀는 길을 잃었다는 것을 깨달았다. 게다가 지칠 대로 지친 데다 순간 이동할 능력도 사용할 수 없었다. 때마침 나무 아래 쉼터를 하나 발견하고, 그 자리에 그대로 미끄러지듯 잠들었다.

잠을 깨운 것은 하데스의 온기였다. 그녀를 가슴 가까이 끌어안은 그의 향기가 콧속을 가득 채웠다. 순간 이동한 찰나를 어렴풋이 느꼈는데, 주변 공기가 달라져서였다. 몸을 가누지 못할 정도로 피곤하지만 않았더라면 눈을 뜨고 그의 표정을 바라보았을 것이다. 그녀를 들여다보는 그의 얼굴을 바라보고 싶다는 마음에 정말로 눈을 뜨고 싶었다. 하지만 너무나 피로해서 그럴 수 없었다.

왜 이렇게까지 지친 거지?

하데스는 그녀를 오랫동안 안고 있다가 수북이 쌓인 담요 아래 눕혔다. 그가 이마 위에 키스를 하자 살결에 온기가 가득 스며들었다. 기억나는 건 거기까지였다.

10장
음악의 신

눈을 떴을 때, 페르세포네의 눈에 들어온 것은 검은색 비단 시트였다. 그녀는 미간을 찡그린 채 시트를 어루만졌다. 어쩌다 하데스의 방에 들어오게 된 거지? 옆에 그가 있을지도 모른다는 생각에 몸을 돌려 보았지만 침대는 비어 있었다. 그때 유리잔이 쨍그랑 울리는 소리가 들렸고, 그녀는 하데스의 바 쪽으로 눈길을 돌렸다.

그 앞에 서 있는 건 헤르메스였다. 자신이 낸 소리에 스스로 놀라 얼어붙은 채, 혹여 그녀의 잠을 깨웠을까 봐 그도 그녀 쪽으로 고개를 돌렸다.

"헤르메스?" 그녀가 물었다.

속임수의 신은 호박색 액체가 담긴 디캔터와 유리잔을 손에 든 채 완전히 몸을 틀었다.

"미안, 세피. 술 좀 마시려고 했어요."

"여기서 뭐하는 거예요?" 그녀는 침대에서 일어나 앉으며 물었다.

"여기서 뭐하는 거냐고요? 당신이야말로 어젯밤에 뭐하고 있었던 거예요?"

페르세포네가 눈썹을 찡그렸다. "무슨 말이죠?"

헤르메스가 고개를 삐딱하게 기울였다. "진짜로 기억 안 나요?"

"산책했을 뿐인데." 그녀는 어깨를 으쓱해 보였다.

"아주 엄청난 산책이었던데." 헤르메스가 코웃음 쳤다. "하데스가 무진장 놀랐다고요. 당신을 찾을 수도, 느낄 수도 없다면서. 그런 모습은 또 처음 봤네. 뭐랄까……."

"화난?"

헤르메스는 미친 사람 보듯 바라보았다. "아니, 심란해서 제정신이 아니라고 해야 하나. 여긴 지하 세계잖아요. 그의 영토라고요. 뭔가 안 좋은 일이 일어났다고 생각했대요. 당장 지하 세계의 모든 신들, 그리고 나까지 소환해서 찾아달라고 부탁했죠."

"난 그냥…… 길을 잃었던 건데. 머리를 좀 비우고 싶었거든요. 헤카테가 말해준 대로 명상을 잠시 했는데, 마치고 보니 날이 어두워져 있었어요. 돌아갈 길을 모르겠더라고요. 걱정 끼치고 싶지는 않았는데, 그냥 혼자 있고 싶었을 뿐이에요."

"음, 그럼 그때 즐긴 걸로 만족하도록 해요. 앞으로 당분간은 하데스가 당신을 자신의 가시거리 밖에 절대 두지 않을 거거든요."

그녀가 눈썹을 치켜떴다. "그러니까 지금처럼 말이죠?"

"난 당신을 감시하는 중이에요." 그는 자랑스럽다는 듯 말했다.

"어째서 날 감시하고 있는 건데요?"

"아폴론이 여기 와 있습니다."

그 순간 자신의 실수를 깨달은 헤르메스가 순식간에 창백해졌다.

"뭐라고요?"

"아폴론이 여기 와 있다고 말했나요? 지금 오고 있다고 한 거였는데. 절대로 온 게 아니에요. 하데스는 절대로 당신 없이는 알현실에서 아폴론을 만나지 않을…… 에이씨."

페르세포네는 이미 침대에서 사라진 뒤였다.

"페르세포네!" 방을 나서는 그녀의 등 뒤로 헤르메스가 외쳤다. "세피! 돌아와요! 그 부스스한 머리론 누구도 진지하게 받아주지 않을 거란 말이에요!"

그녀는 그 말을 무시하곤 알현실로 곧장 걸어갔다. 대리석 바닥 위에 발이 자꾸만 미끄러졌다. 문을 벌컥 열고 들어섰을 때, 하데스와 아폴론은 서로 대치한 채 서 있었다. 꽤나 근사한 한 쌍이었다. 대리석으로 만들어진 전쟁터 위에서 만난 빛과 그림자처럼.

아폴론은 아름다운 인간의 형상을 하고 있었다. 하데스보다는 덩치가 작았지만 탄탄한 몸이었다. 어두운색의 풍성한 곱슬머리에 각진 턱, 보조개까지 더해져서 만약 몹시 화난 표정이 아니었다면 훨씬 더 소년 같은 매력을 뽐냈을 것이었다.

반면 하데스에게서는 날것의, 원시적인 남성성이 뿜어져 나왔다. 아폴론보다 훨씬 더 큰 덩치에, 머리카락은 어둠의 후광처럼 윤이 났다. 잘 손질된 수염이나 맞춤 양복과는 무관한, 성숙함의 아우라가 깃들어 있었다. 그의 눈, 한없이 깊은 검은색 눈이 그 이유였다. 수천 년의 분쟁을 보아온 눈.

그녀가 들어서자 두 신이 고개를 돌렸다.

"이게 누구야, 우리의 인간이 놀러 왔군." 아폴론이 말했다.

하데스는 페르세포네의 어깨 너머, 황급히 따라온 헤르메스를 노려보았다. 하데스의 분노를 모면하기 위해 그는 두 손을 휘저었다.

"아니야! 이 친구가 자기 멋대로 추측한 거라고!"

하데스가 아폴론을 향해 돌아섰다. "거래는 끝났다. 그녀에게 손대선 안 된다."

"무슨 거래죠?" 페르세포네가 따지며 물었다.

두 신은 다시 그녀를 바라보았다. 아폴론은 흥미롭다는 표정이었고 하데스는 화난 얼굴이었는데 그녀는 개의치 않았다. 아폴론으로부터 안전하게 지켜주려는 하데스의 마음은 이해했지만, 이 대화에서 자신을 제외할 순 없었다. 그녀가 자초한 일이고, 할 말도 있었다. 아폴론은 자신의 말을 들어야 할 것이다.

"네 연인이 거래를 제안했다." 아폴론이 말했다.

그가 발음한 '연인'이라는 단어가 피부에 닿자 불쾌감이 일었다. 더욱더 그 단어가 싫어졌는데, 어쩌면 거기에 달라붙은 무례함 때문인지도 몰랐다. 그녀가 덧없는, 일시적인 존재라는 듯한 태도. 그녀 없이 벌어진 이 자리에 대한 느낌도 마찬가지였다.

"난 너의 그…… 음해성 기사에 대해 널 벌하지 않기로 합의했고…… 대신 하데스는 미래에 거둘 호의를 내게 제안했다."

헤르메스가 휘파람을 불었다. "세상에나. 진짜 당신을 사랑하나 봐요, 세피."

모두가 헤르메스를 노려보았다.

하데스가 아폴론에게 호의를 요청하는 건 어마어마한 일이었다. 그는 말 그대로 무엇이든 요구할 수 있었고, 하데스는 그것을 들어줄 수밖에 없을 것이다. 배 속이 조여드는 것 같았다. 지금 느껴지는 건 죄책감이 아니었다. 두려움이었다. 하데스는 왜 자신과 먼저 대화를 나눠보지도 않고 그렇게나 막중한 제안을 한 걸까?

그로서는 그게 널 보호하는 유일한 방법이라고 생각했을 테니까, 그

182

리고 넌 분명 못하게 했을 테고.

"난 동의 못 해요." 페르세포네가 아폴론을 보면서 말했다.

"너에겐 선택권이 없다, 인간."

페르세포네의 눈가가 타오를 듯 뜨거워졌다. 하데스의 마법이 솟구쳐 그녀의 힘을 누르려는 게 느껴졌고 그게 고마웠다. 그녀가 여신이라는 사실을 아폴론도 알게 된다면 힘을 행사하려 할 텐데, 그의 과거를 돌이켜보면 당연한 일이었다.

"그 기사를 쓴 건 나예요. 당신이 거래해야 할 대상은 나라고요."

"페르세포네."

그녀의 이름이 하데스의 앙다문 입술 사이로 흘러나왔고, 아폴론은 고개를 홱 젖히며 웃음을 터뜨렸다.

"네가 나한테 제안할 수 있는 게 대체 무엇이냐?"

페르세포네가 주먹을 꽉 쥐자 손톱이 손바닥을 파고들었다. "당신은 내 친구를 다치게 했어요."

"네 친구라는 자가 무슨 짓을 했든 처벌받아야 마땅한 일이었다. 아니었다면 지금 같은 상황에 처하지도 않았겠지."

그가 누구를 다치게 했는지조차 모를 것 같다는 생각에 화가 치솟았다.

"당신 연인이 되길 거부하면 벌을 받아야 마땅하다고 말하는 건가요?"

여전히 표정은 무덤덤했지만 아폴론은 얼어붙었다.

페르세포네는 말을 이었다. "잠자리 상대가 되지 않겠다고 했다는 이유로 당신은 그녀의 일자리를 빼앗았어요. 그건 아주 한심하고 미친 짓이에요."

"페르세포네." 하데스가 경고했다.

"당신은 조용히 해!" 하데스의 입술에 그녀의 이름이 오르내리는 건 평생 지겹지 않겠다고 생각했지만 지금 이 순간만큼은 그가 닥쳤으면 싶었다. "나를 이 대화에 동참시키지 않은 건 당신이야. 난 내 생각을 말할 거예요."

신의 입술이 가늘어지며 눈은 번득였다. 하데스의 피부 밑에서 끓어오르는 분노를 느낄 수 있었다. 그 파동에 그녀의 피부마저 얼얼했다.

헤르메스는 깔깔 웃어젖히고 있었다. 그를 무시한 채, 그녀는 아폴론을 향해 돌아섰다.

"내 기사엔 당신의 과거 연인들에 대한 내용만 들어 있어요. 시빌에게 한 짓에 대해선 언급도 하지 않았다고요. 그녀에게 가한 처벌을 돌이키지 않으면 그 짓거리도 폭로할 거예요."

침묵이 흘렀다. 다음 순간, 아폴론이 눈을 가늘게 뜨고 킬킬댔다. "아주 맹렬한 인간이군. 너 같은 인간을 좀 써먹어야겠어."

"조카여, 한마디만 더 하면 그녀의 위협을 두려워할 수도 없게 될 것이다. 내가 너를 찢어발겨버릴 테니."

아폴론은 불쾌하다는 듯한 눈초리로 하데스를 쏘아본 뒤 자신을 자극한 페르세포네에게 빠르게 눈길을 돌렸다.

아폴론은 한참 동안 그녀를 바라보았고, 마침내 속을 뒤틀리게 만드는 미소를 띠더니 말했다. "좋다. 네 하찮은 친구의 능력을 되돌려주겠다. 하데스의 호의 역시 가져가겠으나 나에 대해선 더 이상 한 글자도 쓰지 말아야 한다. 무슨 일이 있어도. 알겠느냐?"

페르세포네는 턱을 쳐들었다. "말에는 힘이 있어요. 동의하기엔 당신의 말이 신뢰가 안 되는군요."

아폴론이 웃음을 터뜨렸다. "참 잘 가르쳤군, 하데스."

음악의 신이 감히 그녀를 향해 한 발짝 내디뎠다. 하데스와 헤르메스 모두 몸에 힘이 들어가는 걸 그녀는 감지했다. 긴장감이 몹시 팽팽해서 숨을 쉴 수 없을 지경이었다. 아폴론이 고개를 숙였다. 그의 얼굴이 가까이 다가왔고(눈동자는 그녀가 본 모든 것 중에서 가장 아름다운 푸른 광채를 뿜어내고 있었다), 그 얼굴 뒤에는 무언가 불길한 것이 있었다. 욕지기가 치미는 듯했다.

"이렇게 표현해보겠다. 나에 대해 한 글자라도 더 쓴다면 나는 네가 사랑하는 모든 것을 파괴하겠다. 네가 다른 신을 사랑한다는 사실를 고려하기 전에 내가 이미 하데스의 호의를 지녔단 걸 기억하라. 마음만 먹으면 나는 언제든 둘을 평생 갈라놓을 수 있으니까."

페르세포네의 등줄기에 식은땀이 흘렀다. 저 위협이 사실일까, 두려워하며 그녀는 하데스를 흘끗 바라보았다. 연인의 표정을 보건대 그건 사실이었다.

"알겠어요." 그녀는 앙다문 입 사이로 뇌까렸다.

"이제 너에게 경고하겠다, 아폴론." 하데스의 목소리에는 날카로운 분노가 서려 있었다. 페르세포네가 영혼 저 깊숙이 느꼈던 바로 그 맹렬함의 조짐이. "호의든 무엇이든 페르세포네가 조금이라도 다친다면 너와 네가 사랑하는 모든 것을 잿더미로 만들어 파묻어버릴 것이다."

아폴론은 냉혹한 미소를 지었다. "파묻을 건 나뿐일걸, 하데스. 내가 사랑한 것들은 더 이상 존재하지도 않으니."

그 말과 동시에 아폴론은 눈부신 빛줄기 속으로 사라졌다. 고요에 휩싸인 알현실에서, 페르세포네는 하데스를 마주 보기가 망설여졌다. 그의 계획을 망쳐놓고 다른 신 앞에서 고의적으로 그를 거역하기까지 했다니.

"음, 좀 더 좋게 끝났을 수도 있는데." 헤르메스가 분명 즐거워 보이는 톤으로 말했다.

페르세포네는 그 어조에 흠칫 놀랐다. 하데스가 전혀 좋아하지 않을 것임을 알았기에.

"왜 아직도 여기 있는 것이냐?" 하데스가 이를 악문 채 물었다.

"헤르메스는 날 감시하고 있었어요." 페르세포네가 하데스를 탓하듯 물었다. "혹시 잊은 거예요?"

모든 일의 경과에 대해선 그의 분노가 이해되었지만 바로 이 점에 있어선 그를 탓할 만했다. 아폴론과 대화를 통해 문제를 풀어가는 대신 며칠 내내 자신을 무시하지 않았던가. 게다가 대화를 나누어야 한다고 늘 주장해왔던 건 그였다. 할 수만 있다면 친구를 위해 싸울 거라는 사실을 왜 모르는 거지?

"당신과 대등한 존재로 대할 수 있는 순간을 완전히 망쳐버리는 주제에 어떻게 나를 여왕으로 맞이하고 싶다고 말할 수 있어요? 당신 말은 아무 의미가 없나요?"

그녀의 말에 놀란 하데스가 눈을 크게 떴다. 그에게 꼭 가하고 싶었던 한 방이었다. 그녀는 뒤돌아서 헤르메스에게 팔짱을 끼고 알현실을 성큼성큼 걸어 나갔다.

"방금 진짜 여장부였어요, 세피." 헤르메스가 말했다.

여신은 얼굴을 찌푸렸다. 용기를 내긴 했지만 마음은 하나도 나아지지 않았다.

"계속 이렇게 가다간 결코 화해할 수 없을 거예요." 그녀가 인상을 찌푸리며 말했다.

"음, 난 전혀 그렇게 생각 안 하는데." 헤르메스가 말했다. "당신과 그렇게까지 오래 못 자는 걸 하데스는 절대 견디지 못할 테니까요."

페르세포네는 그를 쏘아보았다. "모든 걸 다 섹스랑 연관 짓지 마세요, 헤르메스."

"사실이잖아요. 저속한 말을 하려고 한 건 아니고." 그는 잠시 말을 멈추더니 빙긋 웃었다. "그러니까, 어쨌든 내가 진짜 하려는 말은, 하데스는 당신을 사랑한다는 거예요. 어젯밤에 하데스를 못 봐서 그래요. 대화 없는 상태를 오래 견디지 못할 거라니까요. 당신을 잃을까 봐 얼마나 전전긍긍했는데."

헤르메스의 말이 맞기를 바랐다. 마지막 말을 쏘아붙이고 나서도 그의 곁을 떠나고 싶지 않았고, 떠나온 지금은 마음이 아렸다.

헤르메스는 오후 내내 궁전에 머물며, 그녀와 헤카테를 따라 아스포델로 소풍을 나섰다. 그들은 케르베로스, 티폰, 오르트로스와 함께 뛰어놀았고 영혼들과 이야기를 나누기도 했다. 나들이를 마친 뒤, 페르세포네는 하데스가 선물한 숲으로 가서 혼자 마음을 달랬다.

정말이지 경이로운 창조물이었다.

그녀만의 숲은 보라색과 흰색 꽃들로 가득 수놓여 있었다. 머리 위로는 은빛 나뭇잎들이 가득 우거져 있어 지하 세계의 기묘한 햇살이 한 줌도 스며들지 못했다.

아름답고도 영묘한 광경이었다. 그리고 모두 환상이었다.

하데스가 지하 세계의 모든 마법을 거둬들이는 모습을 본 적이 있었다. 그러자 황량한 불모의 땅이 드러났다. 그 광경은 충격적이었지만, 동시에 그의 능력에 경외심을 갖게 되기도 했다. 어떻게 재와 연기와 불의 마법을 실처럼 한데 엮어 달콤한 향기와 생생한 빛깔들, 그리고 근사한 풍경으로 만들어낼 수 있는 걸까?

페리윙클(아름다운 보라색 꽃을 피우는 덩굴성 식물-옮긴이)과 흰 패랭이꽃이 피어 있는 곳으로 걸어간 그녀는 마른 땅 언저리에 풀썩 주저앉았다. 깊이 심호흡을 한 뒤 눈을 감고 명상을 시작했다. 헤카테가 일러준 대로 숨결에 집중했고, 그다음엔 몸에 흐르는 피의 흐름에, 또 그다음에는 혈관을 타고 흐르는 마법의 힘과 피부에 닿는 생명력에 신경을 집중했다. 눈앞에 생명이 넘치는 널따란 벌판을 상상하려 애썼지만, 눈을 떴을 때는 아무것도 없었다. 어깨가 축 처졌고, 실패의 무게감이 등을 무겁게 짓눌렀다.

그때, 하데스의 향기가 공기를 휘저었다. 갑자기 그가 곁에 나타난 것이다. 그녀의 등 뒤에 가슴을 대고 두 팔로 그녀를 감싸며 다리는 밀착한 자세였다. 그의 온기는 마치 짙은 어둠, 달래고 어루만지는 어둠과도 같았다. 그 어둠에 한껏 삼켜지고 싶었다.

"마법을 연습하는 중입니까?" 그가 물었다.

"그보다는 실패하고 있는 중이에요." 그녀가 답했다.

그는 숨을 내쉬며 웃음을 터뜨렸다. "실패하고 있는 게 아닙니다. 당신에겐 엄청난 힘이 있습니다."

그의 목소리에 몸이 떨렸다. 그 말을 믿고 싶었다. 저토록 관능적인 목소리로 말하는 모든 것을 전부 믿고 싶었다.

"그럼 왜 사용할 수 없는 거예요?"

"사용하고 있는 겁니다." 그가 답했다.

"아니…… 올바르게요."

"올바르게 사용하는 마법이라는 게 있습니까?"

그 말엔 답할 수가 없었다. 그 방법을 몰라서가 아니라, 질문 자체에 심술이 났기 때문이다. 당연히 마법을 올바르게 사용하는 방법은 있지 않은가.

신은 너털웃음을 친 후 그녀의 손목을 가볍게 붙잡았다. "당신은 늘 마법을 사용하고 있습니다. 화가 났을 때도, 흥분했을 때도……."

하데스의 입술은 그녀의 살결에 닿을 만큼 가까웠다. 당장이라도 몸을 틀어 키스하고 싶었지만 애써 참았다.

"이건 마법이 아니에요."

"그럼 마법은 무엇입니까?"

"마법은……." 그녀는 떨리는 숨 사이로 단어를 골라 말했다. "통제예요."

하데스가 웃었다. "마법은 통제될 수 있는 것이 아닙니다. 열정으로 넘치고 표현이 풍부하지요. 마법은 훈련도에 상관없이 당신의 감정에 반응합니다."

그의 손이 자세를 바꾸어 그녀의 손을 감쌌다.

페르세포네는 침을 꿀꺽 삼켰다.

"눈을 감아보십시오." 그가 속삭였다. "무엇이 느껴집니까."

흥분요.

대신 그녀는 이렇게 말했다. "온기……가 느껴져요."

그녀의 목소리 톤을 하데스가 마음에 들어 하고 있다는 게 느껴졌다.

"거기에 집중하십시오. 온기는 어디서 시작됩니까?"

"아래쪽." 그녀는 대답하며, 달아오르는 열기에도 몸을 떨었다.

"배 속에서요."

"그걸 느껴보십시오." 그가 속삭였다.

그녀는 그의 말대로 했다. 꽃밭 한가운데에서 그를 한껏 맛보는 상상과 함께. 그는 처음엔 놀라겠지만 눈가는 금세 검은 연기의 그을음을 머금을 테고 그녀를 지배하고 싶어 할 것이다.

하지만 그녀는 그렇게 놔두지 않을 것이다. 그의 것을 입 안에 가득 넣고 거기서 흘러나오는 것을 핥을 것이며, 결국 그는 참을 수 없어 마구 날뛸 것이다. 그녀에게 키스하면 그는 자신의 것을 맛보게 될 것이다.

그런 상상에 온몸이 뜨겁게 달아올랐다.

하데스가 다시 물었다. "이제 어디가 뜨겁습니까?"

"온몸요." 그녀가 답했다.

"그 모든 온기가 당신 손아귀에 있다고 상상하십시오." 그는 더 빠르게 말했다. "너무도 밝게 빛나고 있어 바라보기도 어려울 정도라고."

그녀는 그가 말한 대로 했다. 몸속 열기가 오로지 손바닥 위로 향한다고 상상하며 열중했다. 하데스와 손을 포개고 있었기에 상상이 좀 더 수월했다. 그의 손이 단단한 지반처럼 붙잡아주었다.

"이제 모든 빛이 사그라진다고 상상해보십시오. 그림자 속에서 당신이 만들어낸 것을 보게 될 겁니다." 하데스의 입술이 그녀의 귓가에 스쳤다. 그가 속삭였다. "눈을 뜨십시오, 페르세포네."

눈을 떴을 때, 상상했던 대로 페리윙클과 흰 패랭이꽃이 손 사이에 나타나 있었다. 아름다웠다.

하데스는 그녀의 손을 메마른 땅 쪽으로 이끌었고, 마법이 닿자마자 땅에서 꽃들이 피어났다. 페르세포네는 진짜인지 확인하기 위해 부드러운 꽃잎 중 하나를 매만져보았다.

"마법은 균형입니다. 약간의 통제와 약간의 열정을 동반한 균형. 이는 세상의 방식이기도 합니다."

그녀는 그를 향해 고개를 돌렸지만 그를 온전히 볼 수는 없었다. 그의 수염이 뺨을 간질였다. 침묵이 흘렀다. 피부 구석구석 모든 부위가 훤히 드러난 신경망처럼 느껴졌다. 마침내 그녀는 몸을 홱 틀어 그의 앞에 무릎을 꿇었다. 맹렬한 눈동자, 숨을 몰아쉬는 모습이 눈에 들어왔다.

"당신을 사랑합니다. 여기 처음 데려왔을 때부터 그 이후로 매일 매일 이 말을 했어야 하는데." 하데스가 말했다. "부디 나를 용서해 주십시오."

뜨거운 눈물이 울컥 차올랐다. "당신을 용서해요. 나야말로 당신에게 용서를 구하고 싶어요. 레우케 일 때문에 화가 나긴 했지만, 그날 저녁 날 놔두고 그녀에게 가버린 것 때문에 더 화가 났었던 거예요." 말로 꺼내자 더욱 쓰라렸다. 말하면서도 눈물 때문에 숨이 차올랐다. "이제야 너무나도…… 멍청했구나 싶어요. 당신이 그렇게 한 이유도 알고, 그날 저녁 날 떠나고 싶지 않았다는 것도 아는데, 계속 마음이 안 좋은 건 어쩔 수가 없었어요. 생각날 때마다 내내…… 마음이 아팠어요."

그날, 식당에서 가득 쌓아두었던 감정들 때문인지도 몰랐다. 너무도…… 강렬했기에 그 여파로 더더욱 충족되지 못한 느낌, 방치되었다는 느낌을 받게 된 것인지도.

"당신에게 상처를 주었다는 사실이 너무나 아픕니다. 내가 어떻게 하면 좋겠습니까?"

그녀는 그 질문에 깜짝 놀랐다. "모…… 모르겠어요. 내가 벌인 짓으로 만회되었다고 생각해요. 아폴론에 대해 쓰지 않겠다고 당신에게 약속했는데, 그 약속을 깨버렸잖아요."

하데스는 고개를 저었다. "상처를 상처로 만회하는 건 우리답지 않습니다, 페르세포네. 신들이 게임을 벌일 때나 그렇게 하지요. 우리는 연인이지 않습니까."

"그럼 상처를 어떻게 만회해요?" 그녀가 물었다.

"시간으로. 우리가 서로에게 화난 상태를 잠시나마 편안히 여길 수 있다면."

페르세포네는 인상을 찌푸렸다. 다 말라버린 줄 알았던 눈가에 다시 눈물이 차올랐다. "나는 당신에게 화내고 싶지 않아요."

"나도 마찬가지입니다." 그는 손을 뻗어 눈물을 닦아주었다. "하지만 그렇다고 해서 감정이 변하는 건 아닙니다. 또 우리가 상처에서 회복하는 동안 서로를 염려하지 않는 것도 아니고요."

페르세포네는 하데스를 빤히 바라보며 고개를 저었다. "내가 운명의 짝이라는 게 당신에겐 어떻게 느껴져요?"

하데스가 미간을 찡그렸다. "이 얘기는 이미 나누지 않았습니까."

신경질적인 어조는 아니었지만 과거에 이 얘기가 나왔던 때에도 좋게 흘러가지 않았다는 것을 그녀 역시 알고 있었으므로 설명을 덧붙였다.

"내가 너무…… 경험이 부족한 것 같아서 그래요. 난 어리고 성급하잖아요. 어떻게 이런 나를 원할 수가 있어요?"

말하면서 목이 메여 그녀는 차오르는 감정을 감추려 손으로 입을 가렸다.

"페르세포네." 하데스가 그녀의 손 위에 자신의 손을 포개며 부드럽게 말했다. "우선, 나는 언제나 당신을 원할 겁니다. 언제까지나. 이 부분에 대해서도 나는 당신에게 실망을 안겼지요. 내가 화났다는 이유로 당신을 돌보기는 커녕 대화조차 하지 않았습니다. 당신의 결정에 대해 죄책감을 느낀다는 이유로 나를 더 우월한 존재로 만들지 마십시오. 그저…… 당신 스스로를 용서해야 나도 용서할 수 있습니다. 부탁입니다."

그녀는 깊이 숨을 내쉬곤 입술을 깨물었다. 하데스의 눈길이 입술 위로 향했다. 그러자 온몸이 갑자기 열기에 휩싸였다.

그의 말이 옳았다. 그는 그녀를 돌봐주지 않았다. 그녀가 가장 간절히 원한 것이 바로 그거였다. 서로에게 화가 났지만 그럼에도 그녀는 그를 원했다. 그의 열기, 그의 맹렬함, 그의 사랑을.

그녀는 가까이 다가가 은빛 나무 밑에 앉은 그의 위에 걸터앉았다. 하데스의 손이 그녀의 엉덩이 위로 옮겨갔다.

"미안해요." 그녀가 속삭였다. 두 쌍의 눈동자가 같은 높이에서 서로를 마주 보았다. 그의 짙은 눈동자는 아주 깊이까지 꿰뚫어 보는 듯했다. 그녀의 영혼을 바라보고 있음을 알 수 있었다. "당신을 사랑해요. 날 믿어도 좋아요. 내 말도요."

"엿, 나의 달링." 그가 말했다.

그의 입술은 그녀와 고작 몇 센티미터 떨어져 있었다. 그의 손이 천천히 허벅지 위를 타고 그녀의 드레스 안쪽으로 향하자 허벅지 안쪽이 기대감으로 조여졌다.

"난 화냈던 걸 평생 후회할 거예요. 당신의 사랑에, 당신의 믿음에, 당신의 말에 내가 어떻게 의문을 품을 수 있겠어요? 당신은 이미 내 마음을 다 가졌는데."

그녀는 그에게 키스했다. 그녀의 혀가 안쪽을 향하자 하데스가 입술을 열었다. 페르세포네의 손이 그의 머리칼을 헝클어뜨렸다. 손아귀에 힘을 주며, 그녀는 그의 몸 위로 올라타 더욱더 세게, 더욱더 깊이 키스했다. 멍이 들 때까지 그의 입술을 깨물고 혀를 빨았다.

"어디가 뜨겁습니까?" 그가 물었다.

"모든 곳." 그녀가 답했다.

그녀는 그의 재킷을 벗겼고 하데스는 순순히 옆쪽에 재킷을 밀쳐둔 뒤 셔츠 단추를 풀어 가슴을 드러냈다. 그녀는 잠시 몸을 떼고 그 모습을 감탄하며 바라보았다. 그가 손을 뻗었지만 그녀가 막았다.

"내가 당신에게 기쁨을 줄게요."

그는 아무 말도 하지 않았지만 눈동자는 타오르고 있었다. 그것만으로도 충분한 답이 되었다. 그녀는 그를 눕히곤 입술에 먼저 키스한 다음 근육질의 편평한 가슴, 배에 난 털을 따라 점점 더 아래로 내려갔고, 이내 슬랙스에 닿았다. 그 밑에선 그의 성기가 단단히 부풀어 천을 팽팽히 밀어내고 있었다. 그녀는 단추를 풀고 그의 따뜻하고 부드러운 곳을 손가락으로 움켜쥐었다. 그를 쓰다듬으며 그녀는 입술을 깨물었다. 그를 맛볼 준비가 되었다.

하데스가 으르렁댔다. "계속 그렇게 날 바라보십시오, 달링. 당신이 통제권을 쥔 시간이 그리 길지 않을 겁니다."

그녀는 어디 해볼 테면 해보라는 투로 눈을 치켜뜨고는 그의 것을 입에 머금었다. 혀로 원을 그리며 귀두를 맛보다 다시금 입속 깊숙이 넣자 하데스는 숨을 몰아쉬었다. 목구멍 끝에 성기가 닿자 그는 신음을 흘리며 손가락으로 강하게 그녀의 머리칼을 파고들었다. 안에 넣었다 뺐다 하는 동안 점점 더 크게 부풀어갔다.

"제기랄!"

하데스의 욕이 오히려 그녀를 자극했다. 점점 더 빠르게, 손과 혀를 모두 사용해 움직였다. 그는 포효와도 같은 비명을 지르며 그녀의 입속에 사정했다. 짜고도 단맛이 퍼졌다. 향신료와 염소수가 섞인 듯한 냄새가 코끝을 찔렀다. 시간을 들여 그를 음미하면서 모든 부분을 깨끗이 핥았다. 그러자 그는 몸을 틀어 그녀를 아래에 눕히곤 위에 올라타 입을 맞추었다.

"너무도 큰 선물을 받았습니다." 그가 입술을 바짝 대고 말했다. "어떻게 갚으면 좋겠습니까?"

"선물은 대가를 요구하지 않아요, 하데스."

"그럼 새로운 선물을 드리겠습니다."

나무 밑에서 그의 손길 아래 그녀는 알몸이 되었고, 그의 마법으로 밝게 빛나는 별들이 하늘에 총총 뜰 때까지 그는 그녀의 몸에 열렬한 사랑을 퍼부었다.

11장
문제 해결

페르세포네는 하데스에게 폭 안긴 채 가슴에 머리를 기댔다. 몸이 이렇게 닿아 있을 때 느껴지는 감촉이 좋았다. 혼자 보냈던 모든 밤을 지나 마침내 집으로 돌아온 것 같은 감각이었다. 숲에서 사랑을 나누고 돌아와 목욕을 마친 참이었다. 몸에는 훈훈한 온기가 돌았고 기분은 나른했으며 눈꺼풀은 무거웠다. 하데스가 풍기는 소금 냄새, 등에 원을 그리며 쓸어내리는 그의 손길에 안심하고 굴복했어야 했다.

하지만 그녀는 대신 이렇게 말했다. "내가 레우케를 돌볼게요."

침묵이 길어지자 그를 흘끔 바라보았다. 무슨 생각을 하는 걸까.

"내가 어떻게 느껴야 할지 모르겠습니다."

"나도 그래요." 그녀도 수긍했다. 하지만 그게 옳은 일 같았다. "그리고 그녀에게 머물 곳과 일자리를 다시 돌려주었으면 해요."

하데스는 계속해서 그녀의 등에 원을 그리고 있었다. "왜 돌봐주려고 하는 겁니까?"

페르세포네는 어깨를 으쓱했다. "그녀가 느끼는 걸 나도 알 것 같아서요."

하데스가 눈을 치켜떴다. "더 말씀해주십시오."

"수천 년 동안 나무로 지냈잖아요. 그러다 갑자기 원래 모습으로 돌아왔는데, 세상은 완전히 바뀌었으니, 얼마나 무섭겠어요……. 그게 어떤 느낌인지 나도 알아요."

하데스는 오랫동안 침묵을 지켰다. 그런 다음 재차 확인하려는 듯 입을 열었다. "정말 내 옛 연인을 돌봐주고 싶은 게 맞습니까?"

페르세포네는 크게 한숨을 쉬곤 말했다. "후회하게 만들지 말아요, 하데스."

"당신이 후회하지 않았으면 합니다. 하지만, 확실합니까?"

"마음이 좀 묘한 건 사실이에요. 하지만…… 그녀도 피해자예요. 내가 돕고 싶어요."

그녀가 포플러 나무로 변해야 했던 이유가 그에게 있다는 점을 고려하면 꺼내기 어려운 말이었다. 물론 레우케의 행동은 잘못되었지만, 그렇다고 해서 수천 년의 세월을 잃어야 하는 건 아니었다.

하데스가 그녀의 뺨을 어루만졌다. "당신은 경이롭습니다."

그녀는 피식 웃었다. "난 경이롭지 않아요. 처음에는 벌을 주고 싶었는걸요."

"하지만 그러지 않았습니다. 당신 같은 신은 또 없습니다."

"나는 당신들처럼 질릴 만큼 오래 살지 않았잖아요. 어쩌면 얼마 안 가서 다른 신들과 비슷해질지도 모르죠."

"혹은 나머지 우리를 변화시킬지도 모르지요."

둘은 몸을 꼭 붙인 채 서로를 바라보았다. 그러다 문득 페르세포네는 몸을 일으켜 하데스 위에 걸터앉았다. 밑에 누운 신은 한 손을 머리 뒤쪽에 받친 채였다. 그는 오만해 보였는데, 그럴 만한 이유가 있다는 생각이 들었다. 몇 번이고 그녀를 절정에 이르게 한 뒤에도 가차 없이 움직이던 그였으니까.

"더 원합니까, 나의 여신님?" 그녀 아래서 더욱더 단단해지고 굵어지는 와중에 그가 물었다.

그녀는 미소를 지었다. 그것 때문에 일어나 앉은 게 아니었다. 할 말이 있었고, 잊어버리기 전에 꼭 말하고 싶었다. 그런데 그 질문을 받자, 사실은 스스로도 더 원한다는 걸 깨달았다. 그의 몸을 장악하고 그를 도구로 삼고 싶었다.

"실은, 몇 가지 요구할 게 있어요."

그녀는 음경 위로 완전히 올라타며 밀착했다. 좀 전의 결합으로 여전히 얼얼했기에 숨을 크게 내쉬었다. 하데스의 손이 그녀의 허벅지로 옮겨가 꽉 쥐었다.

"무엇입니까?" 그가 이를 악문 채 말했다.

"저 궁전 반대편의 특별실에 있고 싶지 않아요. 앞으로 다시는." 그녀가 엉덩이를 앞뒤로 움직이며 말했다. 이제 그가 온몸으로 느껴졌다. "파티를 준비하기 위해서도 싫고, 당신이 내게 화났을 때도 싫어요. 절대로 다시는."

그녀는 말 한마디 한마디마다 강하게 발음하며 그에게 더욱 부딪히듯 밀착했다. 하데스의 손가락이 그녀의 피부를 파고들었다.

"혼자 있고 싶어 할 거라 생각했습니다." 그가 말했다.

그녀는 움직임을 멈추고 몸을 숙였다. 그의 눈이 타오를 듯 번득이며 그녀를 마주했다.

"혼자 있고 싶다니, 헛소리하지 말아요. 당신을 원했어요. 당신이 여전히 날 원한다는 걸 알고 싶었어요. 그 모든…… 일에도."

그는 그녀의 목 뒤로 팔을 뻗더니 끌어당겨 입을 맞추었다. 그녀는 다시 움직이기 시작했고, 어느 순간 하데스가 몸을 굴려 자세를 바꾸며 기선을 제압했다. 그런데 막상 그녀가 밑에 눕자 그는 꿈쩍도 하지 않았다. 그녀는 그를 노려보며 엉덩이를 들썩였지만 그는 여전히 가만히 있었다.

"나는 언제나 당신을 원할 겁니다. 어느 밤에든 내 침대에 온다면 환영했을 것이고요."

"몰랐어요." 그녀가 말했다.

그는 그녀의 부은 입술 위로 엄지를 댔다. "이제는 알겠지요."

그는 다시금 멍들 때까지 그녀의 입술을 훔쳤다. 둘은 다시 하나가 되었고, 분노에 가까운 맹렬한 움직임과 고통을 통과해 마침내 둘의 심장이 하나로 뛸 때까지 몸을 섞었다.

몇 시간 뒤, 페르세포네는 일어나서 헤카테를 찾아 나섰다. 마법의 여신은 자신의 오두막에서 약용식물인 세이지 단을 정리하고 있었다.

"얼굴이 좋아 보이네요."

"좋은 거 맞아요, 헤카테. 고마워요."

"호의를 구하러 오셨나요?"

페르세포네는 손가락을 배배 꼬았다. "어떻게 아셨어요?"

"하데스 곁을 떠나고 싶지 않았을 듯해서요. 여기에 온 건 이유가 있어서인데, 그렇다고 훈련을 하고 싶은 건 아닐 테고."

페르세포네는 소리 내어 웃은 다음 설명했다. "엄마랑 대화를 좀 해야 하는데, 약간…… 통제된 상황에서 하고 싶어서요."

"어머니를 소환하고 싶고, 또 원할 때 사라졌으면 싶은 거지요?"

페르세포네가 고개를 끄덕였다. "도와주실 수 있어요?"

헤카테는 마지막 세이지 단을 다 묶고 난 다음 몸을 돌려 페르세포네와 눈을 맞추었다. "소중한 이여, 어머니에 맞서는 걸 돕는 것보다 내가 더 하고 싶은 일은 없답니다."

페르세포네는 활짝 웃었다. 둘은 함께 지상 세계로 순간 이동해 그녀의 방에 도착했다. 헤카테는 페르세포네에게 소환 마법의 기술을 가르쳐주기 위해 작업을 시작했다.

"우선 여기를 좀 깨끗이 해야겠네요." 그러곤 세이지에 불을 붙여 연기가 퍼져 나가게 했다. 다 마치고 난 뒤 헤카테는 마법을 써서 방 바닥에 삼중의 원을 그렸다. "산 자를 소환하는 방법은 죽은 자를 소환하는 것과 다르지 않아요. 둘 다 영혼을 소환하는 일이니까요. 그러니 마법은 같습니다."

헤카테는 페르세포네에게 흑요석 한 조각과 석영 한 조각을 건네주었다.

"흑요석은 보호를 위한 겁니다. 석영은 힘을 위한 것이고요."

그런 다음 검은색 초를 하나 만들어내곤 삼중의 원 한가운데에 올렸다. 그녀는 그 주위를 맴돌며 페르세포네를 바라보았다.

"이 초에 불을 붙이면 마법은 완성됩니다. 어머니가 신호를 듣게 될 거예요."

"확실히 올까요?"

여신은 어깨를 으쓱했다. "안 오려고 버틸 수도 있겠지만, 당신을 볼 수 있는 기회를 마다하진 않을 거예요."

"마지막으로 만났을 때 엄마가 얼마나 살벌했는지 모르잖아요."

"그래도 당신은 여전히 딸이잖아요. 올 거예요."

헤카테가 몸을 굽혀 초 심지를 손으로 모아 쥐었다. 페르세포네는 여신의 입술이 움찔거리는 모습을 보았다. 이윽고 그녀가 물러나자 초에서 검은 불꽃이 확 일었다.

"이제 자리를 비켜드릴까요?"

페르세포네가 고개를 끄덕였다. "네. 고마워요, 헤카테."

헤카테가 미소 지었다. "그녀가 떠나길 바라는 순간이 오면 초를 불어 끄기만 하면 돼요."

페르세포네는 입술을 깨물었다. "엄마가 무사히 사라질 수 있을 거라고 확신하세요?"

날 다치게 하지 않을 거라고도?

"마법이 통하기만 하면, 물론이죠." 헤카테는 이 약속과 함께 사라졌다.

혼자 몇 분쯤 서 있었을까, 세이지와 밀랍이 타는 냄새에 일순간 야생화 향기가 섞여들었고 갑작스러운 한기가 공기 중을 감돌았다.

이상하네.

데메테르의 마법은 주로 창백한 봄 햇살처럼 온기를 뿜었는데.

몸을 홱 돌려보니 방 한구석 그림자 진 곳에 어머니가 서 있었다. 기억 속에서보다 훨씬 더 엄해 보이는 인상을 제외하곤 그대로였다. 푸른색 로브 차림이었고, 금발 머리는 가운데 가르마를 타고 생머리로 찰랑거렸으며 그로 인해 아름답고도 차가운 얼굴이 한층 돋보였다. 뿔은 우아하면서도 무시무시한 형상이었다. 커다란 뿔 때문에 방은 더욱 비좁아 보였다. 데메테르는 완벽 그 자체였다. 그 존재감으로 인해 페르세포네는 온몸에서 산소를 빼앗기는 것 같았다.

"딸아." 그녀가 냉랭하게 말했다.

"엄마." 페르세포네가 응했다.

수확의 여신은 딸을 꼼꼼히 뜯어보았다. 아무래도 외모를 조목조목 살펴보며 꼬투리를 잡으려는 듯했다. 페르세포네가 기회만 있으면 늘 글래머 마법으로 없곤 하는 곱슬머리와 주근깨를 데메테르는 몹시도 싫어했다. 외모의 어떤 구석 때문인지 몰라도 심각한 표정은 그대로였고, 잠시 후엔 눈길을 돌려 방을 휙 훑었다.

"내가 지나친 희망을 품었던 것 같구나. 나에게 용서를 구하려고 날 여기로 부른 것이냐?"

페르세포네는 실소를 터뜨릴 뻔했다. 용서를 구해야 하는 건 도리어 데메테르였다. 평생 딸을 죄수처럼 가둔 데다, 풀어주고 나서도 보이지 않는 끈에 묶어두었던 어머니.

"아뇨, 엄마를 소환한 건 내 삶에 그만 간섭하라는 말을 하기 위해서예요."

데메테르의 싸늘한 시선이 페르세포네에게 닿았다. 녹갈색 눈동자가 촛불을 받아 노랗게 빛났다.

"뭘 가지고 날 비난하겠다는 것이냐, 딸아?"

페르세포네는 약간 불편해졌다. 레우케를 포플러 나무에서 되돌려놓은 게 엄마의 소행일지도 모르는데, 어쩌면 하데스에게서 떼어놓으려고 더 많은 일을 꾸미고 있을지도 모른다.

"하데스의 옛 연인을 감옥에서 풀려나게 하셨잖아요."

"그런 하찮은 짓을 내가 뭣하러 하겠니?"

하지만 페르세포네는 물러서지 않았다. "좋은 질문이에요, 엄마."

데메테르는 딸에게서 몸을 돌려 방 안을 거닐기 시작했다. 감시와 판단의 눈초리로 침대 옆 협탁을 열고는 뚜껑이 달린 것을 하나씩 전부 열어 코를 킁킁대며 냄새를 맡았다.

"하데스의 냄새가 진동하는구나." 그러곤 몸을 일으켜 세워 페르세포네를 향해 눈을 가늘게 떴다. "너에게서 그의 냄새가 나."

페르세포네는 가슴 위로 팔짱을 끼곤 어머니를 노려보았다.

"보호막으로 써먹고 있을 테니까, 네가 원하는 건 그게 전부잖니. 네 남은 평생을 지하 세계의 신에게 찰싹 달라붙어 있는 것."

"그건 당연한 순리예요. 운명이 아니라고 여기는 건 엄마뿐이라고요."

"넌 하데스를 모른다. 이제야 겨우 너 자신을 알아가고 있으면서. 넌 그래서 괴로워하고 있지. 네가 모르는 걸 너는 두려워하고 있다."

그 말이 옳았기 때문에 어머니가 더욱 미워졌다.

"엄마에 대해서도 똑같이 말할 수 있어요. 내가 왜 엄마에 대해 모르는 거죠? 그토록 완벽한 외양 밑에 어떤 악의를 숨기고 있는 거예요?"

"네 문제를 내 일로 만들지 말거라. 그가 널 사랑한다고 하자마자 그의 품에 폭 안기지 않았니? 네 판단이 고작 그의 육체적 매력에 흐려졌다니 부끄럽구나. 난 널 그렇게 키우지 않았는데."

"날 아예 키우지 않으셨잖……."

"널 가둬두었지." 데메테르가 말을 끊었다. "신들이여, 했던 말을 계속 되풀이하게 만드는구나. 난 너에게 모든 걸 주었다. 집도, 친구들도, 사랑도 주었지. 그러고도 넌 만족하지 못했어."

"그건 **결코** 충분하지 않았어요. 절대로 충분하지 못했을 거라고요! 엄마는 정말 운명의 뜻을 거스를 수 있다고 생각했어요, 운명에 도전해서 이길 수 있다고? 다른 신들의 오만함은 그렇게 욕하면서, 정작 최악인 건 바로 엄마예요."

데메테르는 잔혹한 미소를 지었다. "운명의 여신들은 네가 원하는 걸 너에게 주었다. 자유의 맛, 금지된 사랑의 맛을 보게 해줬지. 하지만 운명의 제안을 친절로 오해하지 말거라. 운명은 벌을 내린다. 심지어 신들에게도."

"엄마에게 벌을 내렸죠. 내가 아니라."

데메테르는 엷은 웃음을 흘렸다. "그건 두고 볼 일이지, 나의 꽃. 운명의 여신들이 너에게 어떤 이름을 주었는지 아니? 페르세포네. 나의 소중한, 사랑스러운 꽃에게 그 따위 이름을 주다니. 파괴자라는 뜻의 이름을 말이다. 하지만 그게 너다. 꿈의 파괴자, 기쁨의 파괴자, 삶의 파괴자."

페르세포네의 눈가에 눈물이 차올랐다.

어머니는 말을 이었다. "오, 그래. 내 사랑하는 딸아, 그 운명이 너에게 건네준 것들을 알아서 즐겨보렴. 여신들은 이미 네 운명을 엮어두었으니까. 넌 망신 그 자체야."

페르세포네는 초를 홱 걷어찼다. 밀랍이 쏟아지고 불이 꺼졌다. 어머니의 형체는 사라졌지만 특유의 향은 남아 페르세포네의 목을 조여왔다. 무릎에 힘이 풀려 털썩 주저앉은 채 가쁜 숨을 몰아쉬었다. 그때, 문이 덜컥 열렸다. 렉사, 시빌, 레우케가 모여 서 있었다.

"페르세포네, 괜찮아?" 렉사가 곁으로 달려왔다.

시빌은 초를 집어 들고 어리둥절한 표정을 지었다. 무슨 일이 일어났는지 알고 있는 건 레우케가 유일했다.

"소환 마법?" 그녀가 물었다.

페르세포네는 눈물을 흘리며 레우케와 눈을 맞추곤 말했다. "얘기해줄게."

렉사가 일어서도록 부축해주었고, 시빌은 바닥에 엎질러진 밀랍을 치웠다. 정리가 끝난 다음 페르세포네는 방문을 닫았다. 레우케가 휘둥그레진 눈으로 침대 끄트머리에 걸터앉아 무릎 위에 올려둔 손을 배배 꼬았다. 아마도 여기서 쫓겨날 거라고 생각하는 듯했다.

"하데스에게 너의 집과 일자리를 돌려놓으라고 말해놨어."

레우케가 깜짝 놀라 숨을 들이마셨다. "고, 고마워. 페르세포네."

"또 네가 이 세계를 이해하는 법을 도와주겠다고도 얘기했어. 하나 더 알아둘 게 있는데, 우리 엄마는 데메테르야. 수확의 여신."

레우케의 눈이 그 크기에서 더 커질 거라곤 생각하지 못했다.

"너, 너 여신이야?"

페르세포네는 고개를 끄덕였다. "내 비밀을 반드시 지켜줘야 해, 레우케. 알겠어?"

"당연하지. 그런데…… 나한테 얘기해주는 이유가 뭐야?"

"나에게 솔직해주길 바라서야. 포플러 나무에서 널 풀어준 게 누구야?"

"맹세코 정말 몰라." 레우케의 창백한 눈썹은 미간으로 모여 있었고 그 밑으로는 어여쁜 담청색 눈동자가 자리했다. "깨어났을 때 혼자였던 것만 기억나."

레우케는 그 기억에 몸서리가 쳐진다는 듯 몸을 떨면서 손으로 팔뚝을 문질렀다. 페르세포네는 님프를 잠시 살펴보다 한숨을 내쉬었다.

"난 널 믿어." 그래도 데메테르가 전혀 책임이 없다고는 할 수 없었다. "그래도 엄마가 접근해오면 말해줄 수 있어?"

레우케는 고개를 끄덕인 다음 침을 꿀꺽 삼켰다. 입을 열었을 때 목소리는 덜덜 떨리고 있었다. "페르세포네…… 만약 그녀가 날 풀어준 거면 어떡해? 나를 응징하러 올까? 나를 다시 나무로 만들어버리면 어떡하지?"

그 생각은 해보지 못했다. 하지만 답은 즉시 튀어나왔다. "만약 그렇게 된다 하더라도 내가 널 찾을 거야."

"그녀라면 날 순식간에 잿더미로 만들어버릴 텐데." 레우케가 웃음기 없이 웃으며 말했다. "이상하네. 나무일 때에도 뭔가를 두려워할 수 있다는 게."

페르세포네는 인상을 찌푸렸다. 슬픈 건, 어머니라면 정말로 그 정도의 악의를 품을 수 있다는 사실이었다. 그녀는 님프의 팔 위에 손을 얹었다.

"널 지키기 위해 최선을 다할게, 레우케. 약속해."

님프는 미소 지으며 말했다. "넌 정말 다른 신들이랑 다르구나, 페르세포네."

✼

하데스가 무슨 마법을 썼는지 알 수 없었지만, 지상 세계로 돌아온 뒤 살펴보니 한시도 그곳을 떠난 적 없는 것처럼 모든 게 자연스러웠다. 친구들은 그녀가 어디에 갔다 왔는지 묻지 않았고, 회사에서도 부재중 전화가 한 통도 와 있지 않았으며, 아크로폴리스 바깥에는 그녀를 잠깐이라도 보기 위해, 혹은 아폴론 관련 기사에 항의하기 위해 여전히 군중이 와글와글 모여 있었다.

그들이 자리를 뜨지 않았다는 사실은 결코 유쾌하지 않았지만, 그 어느 때보다 마음의 준비를 한 상태였다. 지하 세계에서 아폴론을 대면했던 일 때문이었을지도 모르지만, 고개를 푹 숙인 채 건물로 들어서지 않고 정면으로 그들을 마주하겠다는 결심이 섰다. 심지어 몇몇 질문에는 답을 할 수 있겠다는 생각이 들었다. 그녀가 생각한 자유는 이런 게 아니었지만 상황에 대한 통제권을 쥐는 하나의 방법이었고, 갇혀 있다고 여기는 것보다는 마음이 나았다.

"고마워요, 안토니." 차 문을 열며 페르세포네가 말했다. "퇴근하고 봐요."

"네, 여신님."

그녀는 미소를 지어 보인 다음 보도를 따라 걷기 시작했다.

"좋은 아침이에요." 웅성대는 무리를 지나치며 그녀가 쾌활하게 말했다.

"페르세포네! 페르세포네! 사인해주세요."

그녀는 발걸음을 멈추곤 한 인간 남자와 눈을 맞추었다. 그가 내민 사인펜과 소책자를 받아들어 이름을 쓰자, 그의 눈은 기쁨으로 빛났다.

"가, 감사합니다." 그가 더듬거렸다.

"페르세포네, 하데스 님과 얼마나 오래 연애하신 건가요?" 다른 누군가가 물었다.

"그렇게 오래 안 됐어요." 그녀가 답했다.

"그분과 사랑에 빠진 이유는 뭐죠?" 누군가 외쳤다.

"글쎄요, 그는 매력이 있어요." 그녀는 작게 웃으며 말했다.

걸어가는 내내 그런 순간이 이어졌다. 질문에 답하고, 기사와 사진에 사인하고, 팬들과 사진을 찍으면서. 입구에 거의 다다랐을 때는 웅성거림이 다른 어조로 바뀌었다.

"아폴론에 대해선 왜 쓰신 겁니까?" 누군가 소리쳤다.

"태양의 신을 미워하는 건가요?" 다른 사람이 외쳤다.

"아폴론 혐오자! 불경한 자다!" 몇몇이 고함을 질렀다.

아폴론 관련 질문이 사람들을 자극한 것 같았고, 곧이어 뒤에서 무언가 떨어져 깨졌다. 돌아보니 발치에 산산조각 난 병이 떨어져 있었다. 보안팀이 군중 사이를 헤치며 황급히 달려왔고, 한 요원이 그녀의 팔을 잡고 안쪽으로 이끌었다.

"괜찮으십니까, 로지 씨?" 아주 짧게 깎은 머리칼과 콧수염을 지닌 나이 든 경찰관이 물었다.

페르세포네는 눈을 깜빡이며 그를 올려다보았다. 방금 무슨 일이 일어난 건지 감이 잡히지 않았지만 누군가 나를 해치려 했구나, 이내 깨달았다. 천천히 심호흡을 한 다음 고개를 끄덕였다. "네."

경찰관은 그 말을 믿을 수 없어 하는 눈치였다. 인상을 굳히며 그녀를 바라보았으니까. 눈길이 그의 금색 명찰에 닿았다.

그녀는 미소를 머금으며 말했다. "고맙습니다, 우즈 경찰관님."

경찰은 빙긋 웃으며 얼굴을 붉혔다. "이, 이건 아무것도 아니었는 걸요."

그녀는 멍하니 엘리베이터로 향했다. 하데스의 말이 계속 떠올랐다. 내게 앙심을 품은 누군가 당신을 해치려 하는 건 시간문제입니다. 이 일을 알게 되면 그는 어떻게 반응할까?

엘리베이터 문이 열리자 헬렌이 걱정스러운 표정으로 기다리고 있었다. "오, 세상에. 페르세포네! 괜찮아요? 방금 무슨 일이 있었는지 들었어요."

"어떻게요?" 페르세포네가 물었다. 문자 그대로 방금 전에 있었던 일인데.

"뉴스에 나왔어요. 도착하자마자 촬영을 시작한 팀이 있었나 봐요. 모든 게 다 카메라에 담겼어요."

그녀는 끙, 하고 신음 소리를 냈다. 결국 하데스도 알게 되겠군.

"카메라에 병을 던진 사람이 누군지도 찍혔어요?"

"네, 그 얼굴이 뉴스에 도배됐어요."

아, 안 돼.

페르세포네는 서둘러 자리로 갔다. 하데스가 일을 벌이기 전에 멈춰야 했다. 죽은 자들의 신이 그녀를 해하려 한 인간에게 보복할 것임을 알고 있었다. 그 인간의 경솔한 행동에 나름의 처벌이 필요하다고 그녀 역시 느끼긴 했지만 타르타로스에서의 고문은 너무 극단적이지 않은가.

생각해낼 수 있는 유일한 존재는 일리아스뿐이었다. 그 사티로스는 민테가…… 사라진 뒤부터 하데스의 일정을 관리하고 있었다.

신호음이 한 번 울리자마자 그가 받았다.

"일리아스, 하데스 어딨어요?"

"……기분이 안 좋으십니다, 여신님." 대답 전에 잠시 뜸을 들이더니 그가 답했다. "여신님은 괜찮으십니까?"

"난 괜찮아요, 일리아스. 하데스에게 그 인간을 해치지 말라고."

바로 그때 그녀의 휴대폰에 또 다른 전화가 걸려왔다. 액정 화면을 보니 발신자는 렉사였다. 아마 뉴스를 보곤 괜찮은지 물어보려고 연락했을 것이다.

그녀는 한숨을 내쉬었다. "일리아스, 제가 다시 전화 걸게요. 하데스에게 그 인간 해치지 말라고 해주세요!"

페르세포네는 사티로스와 전화를 끊고 렉사의 전화를 받았다.

"응, 렉사. 나 괜찮⋯⋯."

그런데 수화기 건너편에서 들려온 건 렉사의 목소리가 아니었다.

"페르세포네, 나 제이슨이야."

조급한 목소리에 심장이 마구 뛰었다. "제이슨, 무슨 일이야?"

"지금 당장 병원으로 와."

"알았어. 대체 무슨 일인데 그래?"

"렉사가, 깨어나지 못할지도 모른대."

가슴속에서 공기가 전부 빠져나간 것 같았다. 갑작스럽게 독이 퍼진 것처럼 심장이 불규칙하게, 병에 걸린 듯 더듬더듬 뛰었다. 아예 멎어버린 것 같기도 했다.

렉사가 병원에 있어. 다시는 깨어나지 못할지도 모른대.

문득, 그녀는 생각했다. 아폴론의 복수가 시작된 게 아닐까.

2부

"지옥으로 떨어지는 건 쉽다."

_ 베르길리우스, 『아이네이드』

12장
지옥으로 떨어지다

불안함으로 마음이 갉아먹히고 있었지만 페르세포네는 침착함을 유지했다. 제이슨의 목소리가 메아리처럼 머릿속에서 울려 퍼졌다. 그의 말 한마디 한마디가 아주 멀리서, 거짓말처럼 들리는 듯했다.

렉사가, 깨어나지 못할지도 모른대.

제이슨이 무슨 이야기를 하는 걸까? 우리의 렉사가, 그녀의 렉사가 생과 사의 경계에서 싸우고 있을 리 없었다.

"페르세포네." 제이슨의 목소리가 덜덜 떨렸다. 방금 한 말이 현실임을 단단히 확인시키듯이.

그녀는 고개를 젓고는 수화기에 대고 말했다. "그럴 리 없어. 오늘 아침에도 보고 나왔단 말이야."

제이슨의 목소리는 마치 누군가 목을 조르는 것처럼 갈라졌다.

"사고가 알렉산드리아 타워 코앞에서 일어났대. 렉사는 출근 중이었어. 횡단보도를 건너는데 어떤 차가 와서 쳤나 봐."

그녀는 비틀거렸다. 주체할 수 없이 몸이 떨렸다.

"최대한 빨리 갈게."

전화를 미처 끊기도 전에 이미 그녀는 자리를 떴고, 아크로폴리스를 질주하듯 뛰쳐나왔다.

아스클레피오스 지역병원은 반사 유리로 만들어진 현대적인 건물로, 청금색 하늘에 두터운 흰 구름과 잘 어우러졌다. 내부는 의료 시설보다는 호텔에 가까웠다. 밝고 깨끗하고 아름다운 곳이었지만 특유의 냄새를 지울 순 없었다. 페르세포네가 항상 질병의 냄새라고 생각했던 바로 그것이었다. 코를 찌르는 화학약품의 냄새, 오래된 물에서 나는 금속 냄새, 라텍스 소재의 쓰디쓴 악취까지, 모든 게 밀려 들어와 현기증이 났다.

제이슨은 2층 대기실에 있었다. 딱딱한 나무 의자에 앉아 몸을 앞으로 기울이고 두 손으로 머리를 감싸고 있었는데, 머리카락에 가려 표정은 보이지 않았다.

"제이슨." 그녀가 다가가며 이름을 불렀다.

그가 눈을 크게 뜨고 올려다보았다. 그 표정은 단숨에 이해할 수 있었다. 그녀 역시 꼭 같은 기분이었으니까. 충격받고, 무력하고, 혼란스러운.

"페르세포네."

제이슨이 일어나 두 팔로 그녀를 부둥켜안았다. 그녀 또한 최대한 꼭 끌어안았다. 그 역시도 사라질지 모른다고 생각하는 듯이.

"렉사는 좀 어때?" 좀 전에 들은 소식을 떠올리면 이상한 질문이었지만, 페르세포네는 렉사가 없는 세상을 상상하기도 싫었기 때문에 이렇게 물었다.

그는 침울한 얼굴로 대답했다. "수술실에 있어. 더 얘기해주진 않더라고. 렉사 부모님이 여기로 오고 계신대. 그분들 오시면 좀 더 알게 되겠지."

"무슨 일이 있었던 거야?"

"길을 건너다가 사고를 당했대. 운전수는 렉사를 못 봤다고 잡아
떼나 봐. 빌어먹을 빨간불도 못 봤나 보지. 분명히 휴대폰을 보고 있
었을 거야."

그는 그 말과 함께 의자에 털썩 주저앉았다. 렉사에게 일어난 일
의 무게를 더 이상 견딜 수 없다는 듯이. 페르세포네는 그 옆에 앉
았다. 차분하게 생각할 수 있는 상태가 아니라서 무슨 말을 해야 할
지 확신이 서지 않았다. 어떻게 이 상황을 소화해야 하는지 도무지
감이 잡히지 않았다. 마음 한구석에선 최악의 상황에 대비해야 한
다는 생각이 들었다.

렉사가 죽으면 그건 네 탓이야. 명백히 네가 이렇게 만든 거야. 그녀
는 스스로를 질책했다. 렉사는 죽어선 안 돼. 죽지 않을 거야. 너무 젊
잖아. 살날이 너무 많잖아.

하지만 페르세포네는 죽음을 잘 알았다. 죽음은 평등했기에 누구
든 희생자가 될 수 있었다. 모든 건 운명의 실에, 이따금은 도박 거
래에 달려 있었다.

"만약 우리…… 렉사를 잃게 되면 어떡하지? 대체 어떻게 해야 해?"

제이슨의 질문에 숨이 턱 막힌 페르세포네는 그를 향해 고개를
돌렸다. 의자 앞쪽으로 몸을 기울인 그는 마치 당장이라도 쓰러질
것처럼 보였다. 제이슨은 눈물을 애써 참으려고 하는지 손으로 얼
굴을 문질러댔다. 그의 눈가가 점점 붉어졌고, 얼굴은 분홍빛으로
얼룩덜룩했다.

그녀는 그에게 손을 뻗었다. 축축하고 차가운 그녀의 손은 덜덜

떨리고 있었다. "우린 렉사를 잃지 않을 거야."

그녀의 목소리는 단호했다. 그 말을 꺼내면서 인간들이 하데스에게 호소한 간절한 애원들이 이해가 되었다. 그녀 역시 지금 애원하고 있었으니까.

내게서 그녀를 데려가지 마세요. 모든 걸 다 드릴게요.

그녀는 휘몰아치는 생각 속에 눈을 감았고, 다시 입을 뗐다. 그 어느 때보다 불확실한 마음으로. "잃지 않을 거야. 그럴 순 없어."

고문에 가까운 시간이 똑딱거리며 하릴없이 지나갔다. 페르세포네는 잠시 밖으로 나가서 시빌에게 전화를 걸어 무슨 일이 일어났는지 전했다. 오라클은 30분 만에 병원에 왔고, 셋은 돌아가며 카페테리아를 왔다 갔다 하면서 커피와 물을 가져왔다. 지금 그들이 할수 있는 유일한 것이었다.

렉사의 부모님이 도착하자, 제이슨은 서둘러 밖으로 나가 두 분을 모시고 돌아왔다. 그가 자리를 비운 동안 페르세포네는 시빌에게 말을 건넸다.

"네 능력 다시 돌아왔어?" 그녀가 물었다.

"응." 오라클은 다 아는 듯한 얼굴로 속삭였다.

그때까지도 아폴론과의 합의에 대해선 얘기할 기회가 없었다.

페르세포네는 오라클에게 질문할 게 하나 있었다. "렉사가 살아날지 여부도 알아?"

"그건 몰라. 신들은 그 점에선 참 자비롭지. 내 친구의 운명을 알게 되는 부담을 짊어지진 않게 해주다니."

페르세포네는 인상을 찌푸렸다. "아폴론이 혹시 이 일과 무슨 관련이 있다는 생각이 들어?"

그녀는 주변을 둘러보았다. 시빌이 말한 게 이것이었나, 그녀와 가장 가까운 누군가를 해함으로써 벌을 내릴 거라는 것?

시빌은 고개를 저으며 말했다. "아냐, 페르세포네. 내 생각에 이번 일은…… 인간의 사고로 보여."

이유를 알 순 없었지만 그 말이 듣고 싶은 건 아니었다.

그때 시빌이 물었다. "어쩌면 네가 하데스에게 물어봐도 되지 않을까…… 렉사가 살아날 수 있을지."

여신은 침을 꿀꺽 삼켰다. 그럴 수도 있겠지만, '아니'라는 답을 듣게 되면 어쩌지? 매일 지하 세계에 갈 때마다 렉사가 유리와 팔짱을 끼고 아스포델의 거리를 걷는 모습을 보게 되는 상상을 해보았다. 왜 그 상상이 그토록 끔찍한지 설명할 수도 없었다. 그저…… 지하세계에 있는 거라면 죽은 몸이라는 뜻이었다. 지상 세계에는 더 이상 머물 수 없다는, 렉사가 존재하기를 멈추었다는 것을 뜻했다. 페르세포네는 그 상상을 받아들일 수 없었다.

렉사의 부모님인 엘리스카와 애덤이 도착했을 때, 그들 모두는 렉사의 상태에 대해 좀 더 알게 되었다. 흰색 가운을 걸친 의사는 말하는 내내 두 손을 주머니에 넣고 있었다. 나이 든 의사로, 처진 눈 위로 두꺼운 속눈썹이 자리했고 코는 넓적하며 입술은 얇았는데, 내내 눈살을 찌푸린 인상을 주었다. 목소리는 피곤해 보였는데 알고 보니 그저 낮은 바리톤의 쉿소리 나는 목소리일 뿐이었다.

"두 다리 모두, 그리고 팔꿈치까지 부러졌습니다. 신장은 열상을 입어 깊이 찢어졌고 폐는 타박상을 입었으며 뇌혈관에도 손상이 생겼습니다."

렉사가 겪은 외상을 듣던 페르세포네는 눈물이 터졌다.

의사는 이어서 계속 말했다. "위독한 상황으로, 혼수상태입니다. 인공호흡기를 달아드렸고요."

"위독한 상황이라는 게 어떤 거죠?" 제이슨이 물었다.

"장기가 불안정하며 비정상적인 상태라는 의미입니다." 의사가 답했다. "환자분의 회복에는 앞으로 24시간에서 48시간 사이가 매우 중요할 겁니다."

그 말에 페르세포네가 품었던 희망이 산산조각 났다.

부모님이 먼저 딸을 보러 들어가서, 페르세포네와 시빌, 제이슨은 밖에서 기다렸다.

"렉사는 싸워낼 거야. 다 이겨낼 거야." 제이슨은 모두를, 그리고 자기 자신을 설득하려는 것처럼 소리 내어 중얼거렸다.

엘리스카가 돌아와 그들을 데리고 렉사의 병실로 갔다. 따라가는 동안 페르세포네는 계속 그녀를 바라볼 수밖에 없었다. 렉사는 엄마를 꼭 닮았다. 두 사람 모두 굵고 검은 머리카락과 푸른색 눈동자를 지녔다. 가끔은 표정마저 똑같았다.

병실에 들어서자마자 시선은 곧바로 렉사에게 향했다. 저 모든 기구를 달고 있는 친구의 모습을 바라보는 심경은 말로 표현하기가 어려웠다. 유체 이탈 체험처럼 느껴지기도 했다. 렉사는 돌처럼 꿈쩍도 하지 않았고, 운명의 실처럼 겹겹이 교차하는 튜브와 코드들 너머로 얼굴이 잘 보이지도 않았다. 저것들이 지금 그녀를 여기에, 삶에 묶어두고 있다. 이마 위에는 두꺼운 흰색 천이 놓여 있었고, 목보호대는 턱을 받쳐주고 있었다. 인공호흡기는 규칙적으로 날숨을 쉬는 듯한 소리를 냈고, 심장 감시 장치에선 일정한 박동이 진동했다. 알록달록한 벽에 단조로운 바닥, 현대적인 감각으로 꾸며진 이

방에서조차 숨길 수 없는 사실이 바로 그거였다. 이곳은 병에 걸렸거나 다쳤거나 죽어가는 사람들이 오는 곳이다.

렉사의 손을 잡은 페르세포네는 너무 차가워서 흠칫 놀랐다. 가장 친한 친구가 지금은 전혀 예전의 모습으로 보이지 않는다는 걸 깨달았다. 부어오른 얼굴, 멍든 피부, 핏기 없는 입술.

렉사 주위에 둘러선 그들에게 한 간호사가 다가와 모니터와 튜브들을 확인하곤 컴퓨터에 정보를 입력했다.

"저분들이 해주실 수 있는 건 더 없나 봐." 렉사의 어머니가 말하는 소리가 들렸다. "이제 모든 건 렉사에게 달렸어."

페르세포네는 렉사의 손을 꽉 잡았지만, 렉사는 마주 잡아주지 않았다.

얼마나 오래 렉사를 바라보고 있었을까, 어느 시점이 되자 이제 그만 자리를 비켜줘야 한다는 것을 깨달았다. 병실은 너무 작았고 렉사의 부모님은 그들만의 시간이 필요할 터였다.

병실을 나섰을 때, 시빌이 페르세포네를 향해 고개를 돌렸다.

"하데스 만날 거야?"

그녀는 고개를 끄덕였다.

"렉사를 살려달라고 부탁할 거야?"

누군가 칼로 배를 찌른 다음 칼날을 비튼 것 같았다.

"할 수 있는 걸 해볼게." 그녀는 답했다.

누구도 보지 않는 시공을 틈타 순간 이동을 한 그녀는 네버나이트 옆 골목에 도착했다. 어둑하고 축축하고 고약한 냄새가 나는 곳이었다. 입구 쪽으로 달려가자 앞에서 메코넌이 지키고 서 있었다. 그녀를 보자마자 그는 비뚤어진 누런 이를 드러내며 활짝 미소를 지었는데, 이내 뭔가 잘못됐다는 걸 깨닫고 웃음기를 지웠다. 싸울 준비를 하려는 듯 어깨를 단단히 펴자 덩치가 더 커보였다.

"여신님, 괜찮으신 겁니까?" 그의 말투는 거칠었다. 꾹 눌러둔 괴물의 본성을 드러내는 말투.

"하데스." 그녀가 가쁜 숨을 몰아쉬며 말했다. "그가 필요해요. 빨리요!"

메코넌은 주춤거리며 문을 열었다. 그녀는 안으로 뛰어 들어갔고, 훅 끼쳐오는 열기와 시끄러운 음악에 숨이 콱 막혔다.

그녀는 클럽 입구에서 잠시 멈춰 섰다. 하데스가 어디 있는지 알 수 없었다. 라운지에서 인간들과 내기를 하고 있을 수도 있고, 깔끔한 책상이 놓인 사무실에 앉아 있을지도 모르며, 지하 세계에서 케르베로스와 캐치볼을 하며 놀고 있을 수도 있었다.

그녀는 서둘러 계단을 내려가 붐비는 사람들을 헤치고 플로어를 가로질렀다. 시간이 얼마 남지 않은 사람처럼 느껴졌는데, 바로 그게 문제였다. 시간이 얼마나 남았는지 알 수가 없었다. 그녀는 엄청나게 많은 음료가 놓인 쟁반을 든 웨이트리스와 부딪칠 뻔했다. 다른 날이었다면 사과했겠지만, 당장 해야 할 일이 있었다. 그저 계속해서 군중을 헤치고, 사람들을 밀치고, 어깨들과 부딪치며 나아갔다. 한 남자가 돌아보더니 도끼눈을 뜨고 그녀의 팔을 붙잡으며 홱 끌어당겼다.

"대체 무슨 짓이야." 그런데 얼굴을 마주하자마자 독이라도 들었다는 듯 황급히 그녀를 놓아주었다. "아, 이런!"

잠시 후, 오거 한 마리가 남자 바로 옆에 몸을 드러냈고, 남자는 앉아 있던 테이블에서 잡혀 나와 클럽의 어둑한 곳으로 질질 끌려갔다.

페르세포네는 한번에 두 계단씩 밟으며 우선 하데스의 집무실로 향했다. 문을 열어젖혔을 때, 하데스는 이미 방 안에 있었다. 그녀의 고통을 느끼고 미리 도착한 듯했다.

"페르세포네."

"하데스! 날 도와줘야 해요, 제발!"

그녀는 질식할 듯 흐느꼈다. 스스로 괜찮다고, 적어도 여기까지는 통과할 수 있을 거라고 생각했다. 가장 중요한 부분이 이것, 하데스에게 도움을 요청하는 일이었다. 하지만 괜찮지가 않았다. 입을 열자마자 억눌렀던 감정들, 길들여지지 않은 날것의 고통이 마치 댐이 무너지듯 와르르 쏟아졌다.

하데스는 그녀가 온몸을 떨며 우는 동안 두 팔로 꼭 껴안아주었다. 그의 손은 머리카락을 파고들어 뒤통수 아래에 꼭 맞게 닿았다. 그렇게 그대로 있고 싶었다. 그의 품 안에서 흐느끼면서. 그의 힘과 온기에 위안을 얻으면서. 그녀는 지칠 대로 지쳤다. 그런데 바로 그때, 방 안에 있는 건 그들만이 아니라는 걸 알게 되었다.

하데스의 집무실 한가운데에 웬 남자가 의자에 묶여 있었다. 입에 재갈이 물린 채 두 눈을 크게 뜬 그는 최대한 크게 소리를 지름으로써 주의를 끌려고 한다는 인상을 주었다.

"하데스."

"무시하십시오."

하데스가 손을 들어 올렸고, 페르세포네는 그가 저 인간을 사라지게 할 것임을 직감했다.

"혹시 저 사람, 오늘 나한테 병을 던진 인간이에요?"

하데스가 이를 악물었다.

"왜 타르타로스가 아니라 여기서 고문하는 거예요?"

그는 재갈 물린 입으로 더욱 크게 소리 질렀다.

"죽지 않았기 때문입니다." 하데스가 답한 다음 남자를 쏘아보았다. "아직은."

"하데스, 저 인간을 죽여선 안 돼요."

"내 손으로 죽이지는 않을 겁니다." 신은 약속했다. "하지만 차라리 죽는 게 낫다고 빌 정도로는 만들 겁니다."

"하데스, 그를 놓아줘요."

신의 어두운 눈동자가 뚫어져라 바라보았다. 눈 맞춤의 시간이 길어질수록 그가 더 침착해지고 있는 듯했다.

잠시 후, 그는 한숨을 내쉰 뒤 마지못해 말했다. "알겠습니다."

인간은 시야에서 사라졌다. 실제로 그를 어디로 보냈는지 나중에 확인이 필요할 것이다. 하데스가 그리 쉽게 포기할 거라고는 믿지 않으니까.

하데스는 의자에 앉아 그녀를 무릎 위에 앉히곤 손으로 등을 부드럽게 쓸어주었다. "무슨 일입니까?"

어조는 무겁지 않았지만 페르세포네는 그의 목소리에 두려움이 깃들어 있음을 알아차렸다. 그를 비난할 순 없었다. 예고도 없이 집무실에 들이닥친 건 자신이었고, 좀 전에는 대낮에 언론사 앞에서 공격받는 일까지 벌어지지 않았던가. 대답을 할 수 있게 되기까지는 꽤나 오랜 시간이 걸렸다. 그녀의 고개를 젖혀 눈을 찬찬히 들여다보는 하데스의 얼굴이 굳어졌다.

렉사에게 무슨 일이 일어난 건지, 혹시 이미 아는 걸까?

말을 하려 했지만 입술이 너무 심하게 떨려서 심호흡을 여러 차례 해야 했다. 그렇게 몇 분이 흐른 뒤, 하데스는 소환 마법으로 와인을 가져왔다. 그녀는 단숨에 물처럼 벌컥벌컥 들이켰다. 쓰디쓴 술맛이 혀끝에 잔뜩 감겼지만 마음을 진정시키는 데는 도움이 되었다.

"천천히 말해보십시오." 하데스가 말했다. "무슨 일입니까?"

이번에는 말이 더 수월하게 나왔다.

말을 하는 동안 그의 얼굴은 염려에서 무관심으로 서서히 옮아 갔다. 포커에서라면 전략적인 행위였을 것이다. 감정을 숨김으로써 상대방을 속이는 방법이니까. 하지만 이건 게임이 아니었다. 마음속 깊은 곳에선 페르세포네 역시 알고 있었다. 그 표정은 도와줄 수 없 다는 말을 하기 위해 준비하는 방식임을.

"더 이상 예전의 렉사 같지가 않아요, 하데스."

목구멍 저편에서부터 울컥, 흐느낌이 터져 나올 것 같아 황급히 입을 막았다. 그렇게라도 하면 감정들을 다 몸속에 가둬둘 수 있기 라도 한 것처럼.

"미안합니다, 나의 달링."

그녀는 플러시 천으로 된 고급 의자에서 몸을 틀어 그를 바라보 았다.

"하데스." 그 이름을 말하는 목소리가 덜덜 떨렸다. "제발."

그는 시선을 피했다. 좌절감을 가라앉히려 턱은 단단해졌다.

"페르세포네, 난 할 수 없습니다." 그의 어조는 더 단호해졌다.

거리가 필요해진 그녀는 자리에서 일어섰다. 신은 그대로 앉아 있 었다.

"난 렉사를 잃지 않을 거예요."

"잃지 않았습니다. 렉사는 여전히 살아 있습니다." 그녀는 따지고 싶었지만 하데스가 그렇게 두지 않았다. "그녀의 영혼이 결정할 시간을 주어야 합니다."

"결정? 그게 무슨 말이에요?"

하데스는 한숨을 내쉬곤, 다가올 대화가 끔찍하게 두렵다는 듯 코끝을 잠시 쥐었다 놓았다. "렉사는 지금 림보에 있습니다."

"그럼 다시 삶 쪽으로 데려올 수 있다는 거네요."

페르세포네는 이전에 림보에 대해 들은 적이 있었다. 슬픔에 잠긴 어느 인간 어머니를 위해 하데스가 영혼 하나를 거기서 빼준 적이 있었다. 가슴속에 희망이 피어났다. 하데스도 그걸 느낀 것 같았다. 단숨에 그 감정을 내동댕이쳐버렸으니까.

"나는 할 수 없다고 말했습니다."

"전에도 했잖아요. 영혼이 림보에 있으면 운명의 여신들과 거래를 통해 데려올 수 있다고 당신이 말했어요."

"또 다른 인간의 삶을 대가로 해서입니다." 하데스가 상기시켰다. "영혼은 또 다른 영혼으로 거래됩니다, 페르세포네."

"렉사를 살릴 수 없다고 말하지 말아요, 하데스."

"내가 그러기 싫다고 말하는 게 아니지 않습니까, 페르세포네. 나는 이 일에 개입해서는 안 됩니다. 날 믿으십시오. 정말 렉사를 걱정한다면, 나를 조금이라도 걱정한다면 그만하십시오."

"걱정을 하니까 지금 이러고 있는 거잖아요!" 그녀가 외쳤다.

"모든 인간이 그렇게 생각하지요. 하지만 당신이 정말로 구하고 싶은 건 누구입니까? 렉사입니까, 아니면 당신 자신입니까?"

"철학 수업 따윈 필요 없어요, 하데스." 그녀가 아득바득 이를 갈며 말했다.

"물론입니다. 하지만 현실 확인은 반드시 해드려야겠습니다."

그는 자리에서 일어나 재킷을 벗고 셔츠 단추를 풀기 시작했다.

페르세포네는 코웃음을 쳤다. "지금은 당신이랑 섹스 안 해."

하데스는 아랑곳하지 않고 단추를 풀었다. 그러자 피부 위를 수놓은 검은색 자국들이 보였다. 아주 가는 선들이었는데, 섬세한 가닥들로 새겨진 타투처럼 온몸을 감싸고 있었다.

"그게 다 뭐죠?" 그녀가 손을 뻗으려 했지만 하데스는 단호하게 저지하며 그녀의 손목을 움켜쥐었다. 눈과 눈이 마주쳤다.

"내가 운명의 여신들과 거래할 때마다 각각의 삶을 두고 치른 대가입니다. 나는 항상 이 표식들을 지니고 다닙니다. 그들의 명맥이 내 피부에 불로 새겨져 있는 겁니다. 페르세포네, 양심을 걸고 이게 정말 당신이 원하는 겁니까?"

그녀는 천천히 그의 손에서 손목을 빼내어 자신의 가슴 위에 얹었다. 눈으로는 구릿빛 피부에 아로새겨진 선들을 따라갔다. 둘이 서로 거래로 얽혔던 때, 그가 얼마나 많은 거래를 지나왔을지 궁금해했던 기억이 떠올랐다. 그 모든 게 피부에 새겨져 있을 줄은 꿈에도 몰랐다. 그럼에도 이 상황은 절망적이었다. 하데스는 이전에도 균형에 관해 이야기한 적이 있지만, 이건 그를 죄수처럼 묶어두는 사슬이 아닌가. 올림포스 신들 중에서 가장 강력한 신인데도 힘에 한계가 있다니.

"아무것도 할 수 없으면서 지하 세계의 신이 대체 무슨 소용이에요?" 자신도 모르게 그 말이 입에서 새어나왔다. 그녀는 깊이 숨을 들이마셨다. "미안해요. 진심이 아니었어요."

"진심인 거 압니다." 그는 씁쓸하게 웃고는 그녀의 두 뺨에 손을 얹어 마주 보도록 했다. 그의 눈동자를 들여다보자, 마음이 금방이라도 산산조각 나며 부서질 것만 같았다. 이 불멸의 존재가 대체 어떻게 그녀의 슬픔을 이해할 수 있을까? "내가 도울 수 없는 이유를 당신이 이해하고 싶어 하지 않을 거라고도 생각했습니다. 그래도 괜찮습니다."

"그냥…… 어떻게 해야 할지 모르겠어요." 그 말과 함께 어깨가 축 처졌다. 모든 게 실패한 느낌이었다.

"렉사는 아직 떠나지 않았습니다. 그런데도 당신은 이미 애도하고 있잖습니까. 회복할 수 있을지도 모르는데."

"확실해요? 회복할 수 있다는 거?"

"아뇨."

그의 눈은 뭔가를 찾는 듯했다. 그가 찾는 게 무엇인지 궁금했다. 페르세포네는 여기에 희망을 구하러, 무슨 일이 있어도 렉사가 괜찮을 거라는 사실로 위안을 얻으러 왔다. 하지만 하데스는 희망과 위안을 주지 않았다. 마음이 너덜너덜해진 그녀는 그의 가슴에 얼굴을 묻었다.

잠시 후, 하데스는 그녀를 품에 안고 지하 세계로 순간 이동했다.

"내일 벌어질 일을 지금 고민하지 마십시오." 그녀를 침대에 눕히며 그가 말했다.

그가 이마에 키스를 하자, 모든 것이 일순간 어두워졌다.

13장
공포의 손길

다음 날, 페르세포네는 끈적거리는 눈가와 지끈대는 두통을 느끼며 잠에서 깨어났다. 하루의 사건이 사그라지고 한데 섞여 흐르면서 마음을 내리쳤고, 발작적인 슬픔과 날것의 감정들이 휘몰아치다가 이후에는 의식을 혼몽하게 마비시키며 물러갔다.

몸을 일으키자마자 문 두드리는 소리가 들려왔고, 헤카테가 빼꼼 고개를 내밀었다.

"좋은 아침이에요. 아침 식사를 가져왔어요."

목구멍 안쪽에서부터 뭔가가 울컥 올라와 토할 것 같았다. 속이 이렇게 뒤틀려 있으니 지금으로선 아무것도 못 먹을 것이다.

"괜찮아요, 헤카테. 배고프지 않아요."

여신은 울상을 지었다. "그럼 나와 함께 잠깐 앉아 있어줘요. 마음이 바뀔지도 모르니."

"미안해요, 헤카테. 못하겠어요." 페르세포네는 이미 자리에서 일어났다. "병원에 가봐야 해요."

휴대폰을 들여다봤지만 렉사의 어머니나 제이슨에게서 온 문자는 없었다. 좋은 신호이길 바랐다. 그녀는 옆에 딸린 욕실로 가서 세수했다. 붉어진 피부에 찬물이 닿는 느낌이 좋았다.

"정말로 뭐라도 먹어야 해요. 하데스가 기뻐할 거예요."

하데스는 기뻐하겠지만, 먹으면 오히려 탈이 날 게 분명했다.

"하데스는 대체 어디 있는 거죠?" 욕실을 나서며 그녀가 물었다.

지난밤 내내 곁에 있던 그는 그녀가 코를 풀거나 눈물을 닦으려 몸을 일으킬 때마다 매번 함께 깼다.

여신은 어깨를 으쓱했다. "모르겠군요. 오늘 아침 일찍 나를 소환했더라고요. 당신을 방해하고 싶지 않다고 했어요."

이유는 알 수 없었지만 하데스가 지금 당장 어디 있는지 모른다는 게 불안했다. 마음이 자꾸만 딴 데로 향했다. 레우케와의 일을 정리하고 있는 걸까? 그녀가 머물 곳과 일자리를 돌려달라고 요청했지만, 그 이후로는 그녀를 보지 못했다. 이따가 만날 약속이 있었기에 오늘 물어봐야겠다고 다짐했다. 님프를 돌보는 일은 그 거래의 일부였다.

"렉사 일은 너무나 유감이에요, 페르세포네." 헤카테가 말했다.

그 말에 담긴 감정을 느끼고 페르세포네는 몸을 떨었다. 눈물이 다시 왈칵 차올랐다. "절대 그녀가 당해선 안 되는 일이었어요."

헤카테는 아무 말도 하지 않았고, 페르세포네는 목을 가다듬었다. 옷을 갖춰 입고 난 후에는 휴대폰과 가방을 챙겨 들었다.

"커피가 있으면 그것만 가져갈게요." 그녀가 나설 채비를 하며 헤카테에게 말했다.

"그걸로는 끼니가 안 되잖아요."

"돼요. 카페인이잖아요."

헤카테는 인상을 찡그렸지만 순순히 응했다. 허공에 커피 한 잔이 나타났다.

"고마워요, 헤카테. 하데스를 보게 되면 제가 아침 먹고 갔다고 해주세요."

"그건 거짓말일 텐데요." 그녀가 반박했다.

"거짓말 아니에요. 저에게 아침 식사가 뭔지 그도 알고 있거든요."

헤카테는 찡그린 얼굴로 고개를 저었지만 부정하진 않았다.

페르세포네는 네버나이트를 나왔다. 정오도 안 된 시각인데 이미 날은 더웠다. 한 걸음 내디딜 때마다 더위가 살갗을 휘감았다. 옷은 땀에 젖었고 목과 얼굴에는 머리카락이 들러붙었다. 버스를 타거나 헤카테에게 차를 태워달라고 했어야 하는 게 아닌가 싶었지만, 그것보다 절실하게 혼자 있고 싶었다.

"페르세포네!"

길 건너편에서 누군가 그녀의 이름을 외치고 있었다. 누가 부른 건지 알 수 없었지만 이제 그 사람은 길을 건너려고 도로를 살피고 있었다. 그녀는 발걸음을 재촉했다.

"페르세포네!" 뒤를 돌아보니 그는 이제 길을 건너서 그녀를 향해 뛰어오고 있었다. "페르세포네 로지, 멈춰봐!"

너무도 큰 소리로 이름을 불리자 그녀는 움찔했다. 호기심 어린 행인들이 그녀를 흘끔거리기 시작했다.

"페르세포네?" 또 다른 목소리가 끼어들었다. "세상에, 페르세포네 로지잖아! 하데스 애인!"

한 남자가 그녀 앞을 가로막더니 물었다. "사진 찍어도 돼요?"

그는 이미 휴대폰을 높이 쳐들고 있었다.

"죄송한데, 안 돼요. 지금 바빠서요." 페르세포네는 남자를 피해 계속 걸었다.

"하데스 어때요?" 누군가 외쳤다. "당신이 쓴 기사에 화를 내지는 않던가요?"

"어떻게 만나게 된 겁니까?"

아크로폴리스 앞에서처럼 사람들의 말소리가 그녀를 에워쌌다. 그들이 사진을 찍을 수 없도록 팔을 꽉 껴안고 고개를 푹 떨구었다. 이렇게 거리를 좁혀오면 뭐라도 얻을 수 있을 거라 생각한 걸까? 어쩌면 두려움을 느끼게 해서 답을 받아내려 한 건지도.

"그만 좀 따라와요!" 결국 그녀는 겁에 잔뜩 질려 소리를 질렀다.

주변을 에워싼 군중을 피해 페르세포네는 뛰기 시작했다. 사람들은 그녀의 이름을, 질문들을, 끔찍한 말들을 계속해서 외쳐댔다. 그녀는 서둘러 길을 건넌 다음 골목으로 접어들었다. 골목을 막 빠져나간 순간, 누군가 뒤에서 어깨를 붙잡아 당겼다. 그녀는 몸을 홱 틀어 상대의 얼굴에 주먹을 날렸다. 꽉 쥔 손가락 마디가 돌처럼 단단한 헤르메스의 얼굴을 쳤다.

"제기랄!" 그녀는 짜증을 내며 허공에 손을 털었다. "헤르메스!"

그가 이마 선까지 눈썹을 치켜떴다. "여성분들은 바로 그 단어가 입에서 나올 때 날 제일 좋게 봐주더라."

"그 여자 저리로 갔어!" 누군가 소리쳤다.

페르세포네는 헤르메스와 눈을 맞추곤 쏘아붙였다. "날 여기서 빼내줘요!"

그가 씩 웃었다. "분부대로 합지요, 비속어의 여신이여."

헤르메스는 순간 이동했다. 병원 옥상 정원에 무사히 도착하자마자 그녀는 분해서 소리를 질렀다.

"도대체가 아무 데도 갈 수가 없어! 어떻게 이러고 살죠?"

신은 어깨를 으쓱해 보이며 빙글빙글 웃었다. "썩 나쁘진 않아요. 우린 존경과 숭배를 받으니까."

"미움도 받고." 페르세포네가 덧붙였다.

"내 생각은 좀 다르지만 뭐." 헤르메스가 말했다.

페르세포네는 한숨을 내쉬며 머리카락을 쓸어 올렸다. 정말이지, 방금 전 길에서 있었던 일은 충격적이었다.

"세피, 이 말이 어떻게 들릴지 모르지만…… 언젠가는 말이죠, 자신의 삶이 바뀌었다는 걸 인정해야 할 거예요."

그녀는 혼란스러운 얼굴로 신을 바라보았다. "무슨 말이에요?"

"아마 원하는 대로 순탄한 길을 걷지 못하게 될 거라는 말이죠. 여신처럼 행동하기 시작해야 한다는 말이에요…… 적어도 신의 애인처럼은."

"나한테 이래라저래라 하지 마요, 헤르메스!" 그렇게까지 절망적인 어조로 들릴 줄은 몰랐지만, 지금은 이 얘기를 나눌 적절한 타이밍이 아니다.

"알았어요, 알았어." 그가 두 손을 들며 말했다. "그냥 좀 도와주려고 말해봤어요."

"전혀 도움이 안 됐어요."

무척이나 재수 없게 구는 그녀에게 전혀 타격을 입지 않았다는 듯 그는 무덤덤한 눈길을 보냈다. "꼭 그렇게 말해야겠어요?"

그녀는 한숨을 내쉬었다. "……미안해요, 헤르메스. 그냥 지금으로선 모든 게 정말이지…… 끔찍해서요."

"괜찮아요, 세피. 엘리베이터 필요하면 또 얘기해요."

그는 윙크한 다음 그녀를 옥상에 홀로 남겨두고 사라졌다. 병원으로 들어가기 전, 페르세포네는 회사에 전화를 걸었다. 신호 연결음이 울릴 때마다 불안감이 점점 더 차올랐다. 전에는 디미트리와 함께 있는 게 든든하고 즐거웠는데 이제는 눈에 보이기만 해도, 소리를 듣기만 해도 끔찍하게 싫었다.

"페르세포네." 디미트리가 받았다. "친구는 좀 어떤가요?"

"상태가…… 안 좋아요." 페르세포네가 말했다. "오늘은 복귀 못할 것 같습니다."

"그럼요, 천천히 해도 됩니다."

그의 말투에서 묻어나는 연민에 진저리가 났다. 그녀를 채찍질했던 남자 아니던가. 내킬 때만 사려 깊게 굴고 원할 때는 복수심을 내보이는 인간이었다.

"독점 기사 작성 기한을 늘려야 할 듯해요." 그녀가 말했다.

답이 들려올 때까지 숨을 죽였다.

마침내 그가 입을 열었다. "나도 할 수 있는 건 해보겠지만, 페르세포네…… 어떤 것도 장담은 못 해요."

그녀가 원하던 답이 아니었다. 속이 불편하게 뒤틀렸다.

"편집장님, 나를 계속 직원으로 쓰고 싶으면, 이번 일은 강요하지 마셔야 해요."

그는 한숨을 내쉬었고, 머리가 아프다는 듯 미간을 손가락으로 문지르는 모습이 그려졌다. 그런 모습을 이미 많이 보았다. 특히 컴퓨터 화면을 너무 오래 본 이후에 말이다.

"내가 처리해보지요. 우선, 친구 잘 돌봐주고…… 본인도 좀 챙기고요."

그녀는 감사하다는 말 없이 전화를 끊었다.

병원 2층에 도착했을 때 렉사의 어머니는 아침에 의사가 다녀갔다는 말을 전해주었다. 렉사의 상태가 호전되고 있다는 의사의 말에 가슴이 희망으로 부풀었다.

"좋은 소식이죠, 그렇죠?"

"긍정적이야. 의사들 말로는 뇌가 관건이라는구나."

렉사가 뇌에 좌상을 입었는데, 얼마나 크게 다쳤는지 알 수 없으며, 경미할 수도 있고 아주 심각할 수도 있다고 엘리스카는 설명했다.

페르세포네는 그 확률이 싫었다. 좀 전에 느낀 한 줄기 희망이 와장창 깨져버렸다.

병원에서는 할 일이 별로 없었기에 페르세포네는 창가에 앉아 노트북을 꺼냈다. 뉴스를 좀 볼까 싶었지만 헤르메스의 말이 귓가에 맴돌았다. 여신처럼 행동하기 시작해야 한다는 말이에요.

"그게 대체 무슨 뜻이야?" 그녀는 혼잣말을 중얼거렸다.

아프로디테나 헤라처럼 되어야 한다고 말하려는 거였을까? 페르세포네는 인간 세계에서의 많은 것을 포기하고 싶지 않았다. 바로이 세계가 뉴 아테네에 온 이후로 그녀의 정체성을 만들어주었는데, 이제는 모든 걸 빼앗길 위험에 처해 있었다.

모두가 자신에게 그녀 아닌 다른 누군가가 되길 원했다.

페르세포네는 아폴론에 관한 뉴스를 읽으며 정신을 딴 데로 돌려보려 했다. 이제는 페르세포네가 뉴 아테네 뉴스에 썼던 기사와 같은 이야기가 여기저기서 보였다. 아폴론이 자신을 떠난 연인들의 커리어를 망쳐놓겠다고 위협한 일들 말이다. 어쩌면 그래서 아직까지 아폴론한테서 소식이 없는 건지도 몰랐다.

'이러한 혐의들은 하데스의 연인인 페르세포네 로지가 냉혹한 비판 기사를 쓴 이후 등장했다.' 그럼에도 기사는 음악의 신을 탓하진 않았다. 그저 이렇게 썼을 따름이다. '위 혐의들은 아직 사실로 확인되지 않은 상황이다. 디바인 엔터테인먼트는 아폴론 측 관계자들에게 연락을 취했지만 현재로서는 공식 입장을 밝히지 않고 있다.'

아마 아폴론이 새로운 오라클을 고용해야 하기 때문이겠지.

페르세포네는 시야 가장자리에서 녹색의 무언가를 발견하곤 고개를 돌렸다. 창턱에서 솟아난 덩굴이 유리창을 따라 자라나고 있었다. 분노에 힘입어 줄기가 빠른 속도로 뻗어갔다. 손을 뻗어 벌레를 잡듯 세게 내리치자 덩굴은 허물어졌다.

신들이여, 나 정말 최악이네.

"괜찮아?"

그 소리에 페르세포네는 화들짝 놀라 몸을 홱 틀었다. 제이슨이 서 있었는데 상태가 몹시 안 좋아 보였다.

"잠 좀 잤어?" 그녀가 물었다.

그는 힘없이 미소를 지어 보였다. "여기저기서 조금씩."

"좀 쉬어야 해." 그녀가 다독였다. "우리 집에 가도 돼. 네 집보다 가깝잖아."

"아니야, 내가 없는 동안 무슨 일이 생기면 어떡해? 내가 잠든 동안에도? 내가 놓칠 수도 있……."

페르세포네는 그가 끝마치지 못한 말을 알고 있었다. 그는 마지막 인사를 놓칠 수도 있었다. 자신 역시 똑같은 생각이었기에 뭐라 답할 수 없었다.

"의사들 말로는 오늘 좀 더 상태가 좋은가 봐."

제이슨은 고개를 끄덕였다. 머릿속에 뭔가 다른 생각이 있는 듯했다. 그는 두 손을 주머니에 넣은 채 바닥으로 고개를 떨구더니 안 그래도 비좁은 창턱 위에 걸터앉았다. 페르세포네는 자리를 비켜주며 그를 유심히 바라보았다.

"하데스가 도와줄 수 있대?" 얼른 대화를 끝내려는 것처럼 그는 빠르게 말했다.

그 질문에 마음이 이렇게나 아플 거라곤 생각하지 못했는데, 막상 듣게 되자 숨이 턱 막혔다. 그녀는 입술을 꽉 깨물었고, 눈가에는 눈물이 차올랐다.

"그의 말로는…… 우리가 아직 렉사를 잃은 게 아니래."

제이슨이 고개를 끄덕였다. "잘 알겠어."

페르세포네가 눈썹을 찡그렸다. "그게 무슨 말이야?"

그는 어깨를 으쓱하며 시선을 피했다. "그는 산 자들의 신이 아니라 죽은 자들의 신이니까. 자기 세계에 백성이 한 명 더 느는 건데 뭣하러 목숨을 살려주겠어?"

"하데스는 그런 신 아니야. 네가 생각하는 것보다 더 많은 게 있어. 운명의 여신들이……."

"그건 그의 말이지." 제이슨이 말했다. "그런데…… 그게 진실인지 어떻게 알 수 있겠어?"

"제이슨." 그녀의 목소리가 떨렸다.

그의 피부에 새겨진 실들을 직접 보았기에 하데스의 말을 믿을 수 있었다. 거래한 모든 삶에 대해 하나씩 새겨진다는 실.

"넌 늘 그를 변호하지. 하지만 그게 뭘 말해주는데? 네가 제일 필요로 할 때 널 도와주지도 못한다는 거 아니야?"

아니, 지금 그를 제일 필요로 하는 건 내가 아니야. 렉사지.

"그렇게 말하지 마, 제이슨."

"네 말이 맞을지도 모르고." 인간이 답했다. "미안, 세프."

그녀는 괜찮다고 답하지 않았다. 괜찮지 않았으니까. 제이슨의 말은 무례했고, 가슴을 후벼 팠기 때문에 더 나빴다.

정말 하데스가 도와주지 않은 건 그녀의 생각만큼 그녀를 사랑하지 않아서일까?

말도 안 되는 소리야, 그녀는 스스로를 나무랐다.

하지만 그럼에도 이런 질문이 꼬리를 물었다. 어떻게 이렇게까지 고통스러워하는데 그냥 지켜볼 수가 있을까?

렉사의 상태에는 아무런 변화가 없었기에, 페르세포네는 레우케와 만나기로 한 약속을 지키기로 결심했다. 님프를 만나기로 한 장소는 뉴 아테네의 패션 거리에 위치한 아프로디테 소유의 부티크, 더 펄이었다.

일리아스의 도움으로 그녀와 님프가 그곳에서 프라이빗 쇼핑을 즐길 일정을 잡을 수 있었다. 또 그는 안토니에게 거기까지 태워달라고 부탁했는데, 오늘 아침 병원에 가던 길에 끔찍한 일이 벌어졌던 것을 떠올려보면 감사한 일이었다.

페르세포네는 도착하자마자 안으로 들어갔다. 부티크에는 장미향이 진동했고, 사랑의 여신에게 기대할 법한 모든 것이 있었다. 바닥에 깔린 카펫은 새하얀 모피 재질이었고, 의자들은 플러시 천과 보석으로 장식되어 있었으며, 구석구석이 반짝거렸다.

페르세포네는 가게 안을 돌아다니며 부드러운 천을 매만지고 고급 보석을 들여다보았다.

"렉사가 왔다면 정말 좋아했겠다." 페르세포네가 혼잣말을 했다.

"정말로 그랬겠죠." 웬 목소리가 들려왔다.

페르세포네가 고개를 돌리자 아프로디테가 기다란 의자에 편안한 자세로 앉아 있었다. 란제리를 연상시키는 분홍색 보디슈트에 속이 비치는 분홍색 로브 차림이었다. 옷차림 덕에 몸의 곡선이 두드러졌다. 밝은 금발 머리는 물결치듯 풍성하게 늘어져 있었다. 방금막 넘어지듯 앉은 것인지, 아니면 포즈를 취한 것인지 궁금한 자세였다. 사실 아프로디테는 포즈 빼면 시체였으니까.

"아프로디테, 여기 있을 줄은 몰랐어요." 놀란 페르세포네가 몸을획 돌렸다.

"아, 그냥 한번 보러 왔어요. 뉴스를 봤거든요."

"모두가 봤겠죠. 난 아주 괜찮아요, 보시다시피."

금발의 여신은 눈썹을 치켜뜨며 말했다. "성생활이 아주 원활해보이는군요."

페르세포네는 눈을 가늘게 뜨며 물었다. "그걸 어떻게 알죠?"

"냄새가 나요. 하데스 냄새가 당신을 가득 감싸고 있군요. 아주화끈한 밤을 보냈나 봐요. 화해의 섹스라도 했는지?"

"정말 무시무시한 힘이네요. 당신은요? 당신 성생활은 어때요?"

여신은 깜짝 놀란 듯했다. 마치 여태껏 그 질문은 아무도 안 했다는 듯이.

인상을 찌푸리자 여신의 어여쁜 밝은색 눈썹이 날카로운 눈동자위로 거리를 좁혔다. 페르세포네는 그녀의 표정 변화를 알아챘다. 왜 그 질문이 감정을 동요시킨 것인지 알 수 없어 스스로 혼란스러워 보였다.

마침내 여신은 답했다. "……모르겠네요."

지금까지 본 것 중 가장 솔직한 모습이었다. 페르세포네는 그 말에 담긴 고통을 더 알아내고 싶었지만 그 순간 입구의 벨이 울리면서 레우케가 들어섰다.

아프로디테는 목을 가다듬으며 미소를 머금은 채 페르세포네를 올려다보았다. "이제 나는 가봐야겠군요."

"잠깐 기다려요. 아프로디테. 미, 미안해요. 뭔가 얘기를 나누고 싶으면……."

"그럴 일 없어요." 여신은 재빨리 말하곤 한쪽 입꼬리만 올라간 미소를 지었다. "내 말은…… 고마워요, 페르세포네."

그 말과 동시에 그녀는 사라졌다.

"페르세포네?" 레우케가 그녀의 이름을 불렀다. 아프로디테가 만들어둔 반짝거리는 불빛 아래서 님프는 더욱 창백해 보였다. 옆방에 있는 페르세포네를 발견한 뒤에야 마음을 놓았다. "아, 다행이다. 여기 있었네."

"내가 안 왔을 줄 알았어?"

님프는 어색하게 어깨를 으쓱하더니 순순히 인정했다. "쇼핑 안 하고 싶다고 해도 탓하지 않을 생각이었어."

페르세포네의 눈빛이 살짝 굳었다. "난 약속은 지켜, 레우케."

"나도 알아. 그냥 좀…… 실망하는 데 익숙해져서 그래. 미안해."

페르세포네는 님프의 말에 마음이 아파 침울해졌다.

직원이 두 명 나타나 페르세포네와 레우케의 코트와 가방을 받아 든 다음 샴페인 한 잔씩을 가져다주었다.

"오늘 이 가게는 여러분의 것입니다." 한 직원이 말했다. "필요한 게 있으시면 바로 도와드리겠습니다."

둘은 쇼핑을 시작하기 전 잠시 휴식을 취했다. 하지만 어느새 레우케는 직원들에게 옷 한 무더기를 건네고 있었다.

"옷장을 아예 갈아치울 작정이야?" 페르세포네가 물었다.

"그건 아닌데…… 한 번쯤 죄다 입어보는 것쯤이야 뭐 어때? 이런 기회가 다시 오는 것도 아닐 텐데."

페르세포네는 엷은 미소를 지었다. 마치 렉사가 하는 말 같았다.

"아무것도 안 입어볼 거야?" 레우케가 물었다.

"응, 나는 딱히 필요한 게 없어서."

"필요가 중요한 게 아니야." 레우케가 말했다. "즐기는 거지."

"넌 많이 즐겨. 난 여기 앉아서 한잔하는 걸로 충분해."

레우케는 약간 시무룩해졌지만 곧 피팅룸으로 사라졌다.

정말이지 렉사가 여기 함께 있기를 바랐다. 물 만난 물고기 같았을 텐데. 대학에서 처음 만났을 때 렉사는 그녀를 바로 이 부티크에 데려왔었다. 둘은 함께 깔깔대고 드레스를 입어보고 포도맛 스파클링 음료수를 마셨다. 처음으로 그녀의 '퍼스널 컬러'가 붉은색, 금색, 초록색이라는 걸 알게 된 것도, 어머니 아닌 다른 누군가가 처음으로 아름답다고 말해준 것도, 그 말이 진심이라고 느꼈던 것도 바로 여기에서였다. 행복하기 그지없는 하루였다.

갑자기 울린 휴대폰 벨소리에 기억이 일순간 흩어졌다. 제이슨의 전화라는 걸 알고 가슴이 쿵쿵 뛰었다.

"괜찮아?" 그녀는 여보세요, 라고 말하지도 않았다.

"응, 렉사가 막 수술실에서 나왔다고 알려주려고 전화했어."

"뭐라고? 왜 진작 말 안 했어?"

"이제 다 괜찮으니까."

렉사가 수술을 했는데 어떻게 다 괜찮을 수가 있어? 하데스에게 도와달라고 설득하지 못했다는 이유로 제이슨이 일부러 그랬다는 생각을 떨칠 수 없었다.

"만약에 다 괜찮지 않았다면 어쩼을 건데?"

"이래서 내가 미리 말 안 한 거야." 그의 말투에 짜증이 역력했다. "맨날 호들갑 떨어서 상황을 더 악화시키니까."

아, 이건 상처다.

"내부 출혈이 있었어. 다행히 늦지 않게 발견했고. 이제 상태가 안정돼서 중환자실로 돌아왔어."

"내가 호들갑 떤다고? 제일 친한 친구를 걱정하는 마음을 드러내서 너무 미안하네, 제이슨."

"그래, 참고로 렉사는 내 여자친구야."

전화가 끊겼다. 휴대폰을 들여다보니 제이슨이 통화를 일방적으로 끊어버렸다.

대체 무슨 일이 일어나고 있는 거야?

갑자기 숨이 안 쉬어졌다. 심장이 머릿속에서 뛰고 있는 것처럼 느껴졌다. 불안정하고 빠르게. 그녀는 주위를 둘러보았다. 시야가 점점 흐려졌다. 오직 단 하나의 생각, 자신이 지금 죽어가고 있다는 생각만 들었다. 그녀는 가게에서 뛰쳐나갔다.

등 뒤로 자신을 부르는 목소리가 들려왔다. "페르세포네!"

길을 따라 계속 달려가던 그녀는 골목길에서 멈춰 섰다. 벽돌 벽에 몸을 기댄 다음 깊은숨을 몰아쉬었다.

"페르세포네? 괜찮아?"

레우케가 뒤따라 달려왔다. 여전히 숨이 가빠 가슴이 오르락내리락했다.

"혹시 쇼핑 그만해도 괜찮을까?"

레우케는 기묘하게도 순수한 인상을 주는 커다란 눈으로 고개를 끄덕였다. "물론이지. 하고 싶은 대로 해."

"커피 마시자." 페르세포네가 말했다.

"좋아."

둘은 커피하우스로 갔다. 여전히 성가신 인간들의 훼방에서 자유로울 수 있는 몇 안 되는 곳이었다. 그녀는 바닐라 라테 두 잔을 주문했다. 한 잔은 자신의 것, 다른 한 잔은 커피를 한 번도 마셔보지 않은 레우케를 위한 것이었다.

둘은 마주 보고 앉았다. 페르세포네는 잔을 손으로 감싼 채 라테 위 우유 거품이 녹아 사라지는 모습을 가만히 지켜보았다.

"이 그림은 어떻게 만드는 거야?" 레우케가 마치 희귀한 표본을 보는 양 거품을 가리키며 물었다.

"아주 조심스럽게." 페르세포네가 답했다.

님프는 신중하게 한 모금 마신 후 달가운 콧소리를 내더니 더 크게 꿀꺽 들이켰다. 페르세포네는 처음으로 커피를 마셨던 순간을 떠올렸다. 썩 맛있다고 느끼진 않았는데, 렉사는 블랙커피를 마셔서 그렇다고 주장했다.

렉사 말이 맞았다. 크림을 약간 추가하자 커피는 그녀가 가장 좋아하는 음료가 되었다.

"핫초코를 마셔봐야 돼. 그게 정말 맛있어." 페르세포네가 말했다.

레우케의 눈동자가 휘둥그레졌다.

둘 사이에 침묵이 흘렀다. 페르세포네는 계속해서 잔을 바라보았다. 레우케에게 뭐라고 말하면 좋을지 알 수 없었고, 아까 겪은 공황 증세로 인해 몸이 줄곧 불안정했다.

"좀 전의 일에 대해서 얘기해보고 싶어?" 레우케가 물었다.

페르세포네는 그녀와 눈을 맞춘 다음 고개를 설레설레 저었다. "아니, 그러고 싶지 않아."

님프가 고개를 끄덕였다. "친구가 아파서 유감이다."

"아픈 거 아니야." 의도한 건 아니었지만 말이 매섭게 튀어나왔다. 아까 있었던 일의 여파로 두려움이 일기도 했다. "다친 거야. 렉사는 다친 거라고."

"미안해." 레우케의 목소리는 거의 속삭임으로 바뀌어 있었다.

페르세포네가 어깨를 축 떨어뜨리며 말했다. "고마워. 그리고 미안해. 좀…… 힘드네."

"나도 그 마음 알아. 며칠 전에 눈을 떴는데 내가 알던 모든 게 다 바뀌어 있었잖아. 친구들도 거의 대부분 죽었고. ……처음에는 화가 났어. 실은 아직도 좀 화가 나 있는 것 같아."

페르세포네는 무슨 말을 해야 할지 몰랐지만 솔직하게 받아들였다. 이제는 거리를 두고 상황을 바라볼 수 있었고, 하데스를 향한 분노도 사그라졌기에 레우케의 입장에 서볼 수 있게 된 것이다.

"마음이 아프다, 레우케."

그녀는 어깨를 으쓱했다. "그래도 이젠 자유의 몸이긴 해."

생각보다 더욱 닮아 있는 여성과 마주 보고 앉아 있는 느낌이 묘했다.

"갇혀 있는 몸일 때…… 의식은 있었니?"

"아니." 님프가 답했다. "의식이 있었다면 더 나빴을걸. 자비를 베푼 건지도 모르지."

페르세포네는 입술을 깨물었다. 그들은 지금 하데스에 대해 에둘러서 이야기하고 있었다.

"그의 분노를…… 탓하지는 않아. 내가 반감을 산걸. 좋은 관계는 아니었어. 네가 맺고 있는 관계와는 달랐지."

"내가 맺은 관계가 어떤지 어떻게 알아?" 페르세포네가 물었다.

"지금 둘 사이엔 사랑이 있잖아. 그는 널 사랑해."

페르세포네는 눈을 돌렸다. 옛 연인이라는 존재와 하데스에 대해 이야기하고 싶지는 않았다. 레우케도 눈치를 챘는지 화제를 바꿨다.

"네 친구 말이야, 잘 회복하고 있대?"

페르세포네는 뭐라고 답해야 할지 몰랐다. 차도가 있다고 할 순 없었으니까.

그녀는 고개를 저었다. "내가 낫게 해줄 수만 있다면 좋겠어."

레우케는 잠시 침묵하더니 입을 열었다. "……내가 도울 수 있을 것 같아."

페르세포네가 눈을 맞추자, 님프는 몸을 기울여 속삭였다. "혹시 마기에 대해 들어본 적 있어?"

들어본 적은 있었다. 흑마법을 행하는 인간들을 일컫는 말이었다. 많이 아는 건 아니었지만, 헤카테가 종종 그들의 마법을 되돌리고 처리하러 다녀야 한다는 건 알고 있었다.

레우케가 엷은 미소를 지었다. "그럴 것 같았어. 뭘 들었니?"

"좋은 건 없어." 그녀가 답했다.

"그렇지 않아." 레우케가 말했다. "인식은 크게 변하지 않았지만, 능력이 좋은 몇몇은 꽤나 강력한 마법을 만들어낼 수 있어."

"어떤 거?"

"어떤 거든. 사랑 주문, 죽음 주문, 치유 주문도."

"다 불법이잖아."

불법인 이유는 신들을 거역하는 행위이기 때문이었다. 사랑 주문은 아프로디테, 죽음은 하데스, 치유는 아폴론의 영역이었다.

"불법 맞아. 하지만 많은 이들이 신보다는 인간에게 빚지는 걸 더 선호할걸. 마기와의 거래를 수락해야 한다는 건 아니지만…… 클럽에 입장하게 해줄 순 있어. 그들의 주의를 끌면 대면할 수 있게 돼."

"내가 대면을 원한다는 걸 그들이 어떻게 아는데?"

"누구도 원하는 것 없이 거기에 가지는 않으니까."

레우케가 주머니에서 명함을 하나 꺼내 건넸다. 검은색 종이 위에 단어 하나가 새겨져 있었다.

"죄악?"

"그 이름값을 하는 클럽이야. 부정과 죄악의 소굴이지. 너에게 걸맞은 곳은 아니야."

페르세포네는 웃음기 없이 웃었다. "그렇게 생각한다면 날 아직 잘 모르는 거네."

"그럴지도 모르지. 하지만 내가 너에게 이 얘길 했다는 사실만으로도 하데스는 나를 나무로 만들어버릴 거야. 그래도…… 아폴론과 거래하지 않는 한, 이게 네 친구를 살릴 수 있는 유일한 방법일지도 몰라."

아폴론과의 거래라면, 절대로 안 된다.

"언제 들여보내줄 수 있어?"

"내일. 원한다면."

페르세포네는 손바닥에 놓인 명함을 톡톡 두드렸다. "하데스가 알면 화낼 텐데."

레우케가 피식 웃었다. "그는 항상 알아내잖아."

"내가 널 지켜줄게." 그녀가 답했다.

"내가 걱정하는 건 내가 아냐. 넌 누가 보호해주겠어?"

"하데스에게서?"

그녀는 질문을 해놓고도 놀랐지만 답을 알고 있었다. 하데스에게서는 아무도 그녀를 보호해줄 수 없었다. 둘 사이에 묘한 기운이 감돌았다. 아무리 바란다고 해도 죽은 자들의 신에게 대항할 수는 없었다.

"하데스에게서 날 보호할 방법은 없어."

14장
죄악

페르세포네는 자정까지 죄악에 도착해야 했다. 하데스에게는 시 빌과 함께 집에 있을 거라고 미리 말해두었지만, 저녁나절 내내 그 녀는 죄악에 갈 준비를 했다.

드레스는 말할 것도 없이 노출이 많았는데, 하데스가 본다면 뭐 라고 할지 궁금했다. 높은 네크라인에 소매가 긴 망사 톱과 짧은 블 랙 스커트였다. 안에는 검은색 브라렛을 착용하고 스트랩 힐을 신 어 룩을 완성했다.

"정말 근사하다." 시빌이 말했다.

그녀는 파란색 반팔티에 회색 반바지, 그러니까 파자마 차림으로 방 문간에 서 있었다.

"고마워."

"외출하는데 별로 안 즐거워 보이네."

"즐거우려고 가는 게 아니니까."

시빌이 고개를 끄덕였다. "꼭 가야 해?"

"응." 페르세포네는 시빌과 눈을 마주했다. "내가 꼭 알아야 할 게 있을까?"

시빌의 능력이 어떻게 발현되는지 확실하게는 몰랐지만, 호랑이 굴 속으로 걸어 들어가는 건지 여부는 알고 싶었고, 시빌이 알려줄 수 있을 거라 생각했다.

하지만 오라클은 고개를 저었고, 문간에서 몸을 떼며 이렇게 말할 뿐이었다. "택시 불러줄게."

페르세포네는 거울을 바라봤는데, 거울 너머에서 눈을 마주한 이가 누군지 못 알아볼 뻔했다. 그녀는 분명 달라졌다, 변화했다.

어둠이야. 하지만 어둠을 이끌어낸 건 하데스가 아니었다. 렉사의 고통이 어둠의 고삐를 푼 것이었다.

시빌이 돌아왔다. "택시 왔대."

"고마워."

깊이 심호흡을 하면서도 충분히 깊은숨을 쉬지 못하고 있다는 느낌이 들었다. 클러치와 휴대폰을 챙긴 다음 막 집을 나서려 할 때, 여전히 문간에 서서 자신을 바라보고 있는 시빌이 문득 눈에 들어왔다.

"하데스는 네가 어디 가는 건지 모르지?"

페르세포네는 입을 열었다가 이내 닫았다. 답을 할 필요는 없었다. 시빌은 이미 알 테니까.

대신 이렇게 말했다. "필요하면 날 찾겠지. 못 찾는 것도 아니고."

오라클이 고개를 끄덕였다. "그냥…… 조심해, 페르세포네. 렉사를 구하고 싶은 마음은 알겠지만, 어떤 대가를 치러야 할 수도 있으니까."

페르세포네는 등골이 오싹해졌다. 그 말이 암시하는 게 뭔지는 몰라도 찜찜했다. 그녀가 원하는 건 그저 렉사의 사고 이전으로 모든 걸 되돌리는 것이었다.

"내가 알아야 할 건 없다고 말했던 것 같은데."

오라클은 쓴웃음을 지었다. "아무것도 장담할 순 없어. 그리고 오라클은 수수께끼로만 말하니까."

그건 공정하네.

페르세포네는 시빌을 통해 오라클에 대해 많은 걸 알게 되었다. 오라클은 예언을 들을 순 있을지 몰라도 해석은 그 예언을 받는 자의 몫이었다.

페르세포네는 좀 전의 말을 이렇게 해석하기로 다짐했다. 다른 방법은 없어.

그녀는 택시 기사에게 죄악으로 가달라고 말한 순간에 치솟은 불안을 애써 잠재웠다. 기사는 룸미러로 그녀를 흘끗 바라보았다. 이름 자체가 불편하게 들린 게 분명했지만 그는 아무 말 없이 그저 고개를 끄덕이곤 어둠을 향해 차를 몰았다.

페르세포네는 뒷좌석에 앉아 휴대폰을 확인했다.

늘 렉사와 문자를 주고받았기에 휴대폰을 보는 건 그녀의 습관이었다. 하지만 이제는 새로운 메시지가 없었다. 렉사에게서도, 제이슨이나 렉사의 어머니에게서도, 아무것도 오지 않았다.

택시에 타 있는 내내 렉사와의 이전 메시지들을 다시 읽었다. 목적지에 가까워질수록 눈시울이 젖었고 목구멍에도 뭔가가 울컥 차올랐다. 그 감정이 동력이 되어주었다. 죄책감을 삼킨 채 차창 밖을 내다보는 게 더 수월해졌다.

택시는 평범한 벽돌 건물 앞에 멈춰 섰다. 죄악이라는 간판은 어디에도 보이지 않았다. 내리는 게 망설여졌다.

"여기가…… 맞는 건가요?" 그녀가 물었다.

"죄악에 가신다면서요?" 택시 기사가 건물을 가리키며 물었다. "여깁니다."

택시에서 내린 그녀는 건물 바깥에 덩그러니 서 있었다. 사방이 지나치게 조용해서 초조해졌다. 레우케는 다른 곳들과 죄악은 다르다고 못을 박았지만, 그래도 네버나이트와 마찬가지로 빽빽하게 늘어선 대기자 줄이 있을 거라고 예상했다. 그런데 이곳은 초대받은 이들만 입장할 수 있는 곳, 그야말로 사회의 어두운 이면만을 머금은 곳이었다. 그녀는 몸을 떨며 골목길을 걷기 시작했다. 택시 기사는 건물 앞에서 내려주었지만, 레우케가 명확하게 일러주었다. 입구는 앞이 아니라 뒤에 있으며, 계단을 내려가서 한 번 노크하면 된다고.

어두컴컴한 골목길을 계속 걸어 내려가니 어느새 문이 나타났다. 레우케가 일러준 대로 하자 문의 구멍이 살짝 열렸다. 그녀는 화들짝 놀랐지만 구멍 안쪽에는 아무것도 보이지 않았다. 잠시 암호가 기억나지 않았다.

"파라바시스(유혹에 빠져 탈선을 하는 일탈 행위를 의미한다-옮긴이)." 그녀가 말했다.

그 단어를 입에 올리자 온몸이 덜덜 떨렸다. 그 의미가 자신을 뿌리부터 뒤흔드는 것 같았다.

의도적으로 선을 넘다.

지금 무슨 짓을 하는 건지 스스로 알고 있었지만, 그래도 시도해봐야 했다.

렉사가 그녀를 필요로 한다, 그녀가 렉사를 필요로 한다.

문 건너편에 누가 있는지는 몰라도 구멍이 닫히더니 문이 열렸다. 그녀는 주저하면서 클럽 안으로 들어섰다. 네버나이트에서처럼 완전한 어둠 속으로 발을 내딛게 되었다. 함께 있는 이들은 보이지 않았지만 오감으로 느껴졌다.

모두가 아무 말도 하지 않았다. 그저 그녀를 지나칠 뿐. 잠시 후, 앞쪽에서 웬 커튼이 열렸고 눈앞에 붉은색으로 칠해진 낯선 세계, 보석과 깃털이 가득하고 불빛이 타오르는 세계가 나타났다. 클럽 플로어는 사람들로 가득했다. 군중 너머에는 무대가 우뚝 솟아 있었는데, 진홍색 커튼과 눈부신 전구로 꾸며져 있었다. 그 위에선 반짝이는 브래지어와 망사 스타킹 차림에 거대한 머리 장식을 쓴 여자들이 춤을 추고 있었다. 관능적인 음악에 몸을 흔드는 그들은 화려했고, 똑같은 군무를 각 맞춰 추었으며 에로틱한 분위기를 풍겼다.

페르세포네는 얼어붙은 채 넋을 잃고 그들을 바라보았다.

공기는 뜨겁고 묵직했으며, 바닐라 향이 진동했다. 그 향을 들이마시자마자 마법처럼 혈관을 가득 채우는 듯했고, 온몸이 떨리면서 열이 오르는 게 느껴졌다. 그녀는 목과 어깨를 돌리며 긴장된 근육을 풀고 음악에 몸을 맡겼다. 잔뜩 날카로워진 신경을 이완시키라고 마음속에서 누군가 속삭이는 듯했다.

그때 손 하나가 다가와 그녀의 손을 슥 잡았다. 고개를 돌리자 레우케가 뒤에 서 있었다. 그녀는 아무 말 없이 페르세포네를 끌어당겨 뒷벽을 따라 늘어선 어둑한 복도로 데려갔다.

"여기……." 페르세포네가 숨을 몰아쉬며 말했다.

"함정에 빠뜨리려는 거야, 페르세포네." 레우케가 두 뺨을 손으로 감싸며 말했다. "정신 똑바로 차리고 목표에만 집중해야 해. 여기 공기엔 독성이 있어. 널 빨아들여 벗어나지 못하게 만들 거야."

"여기 오기 전에 들었더라면 정말 좋은 정보였겠네." 페르세포네는 약간 짜증을 담아 말했다.

님프가 미소를 지었다. "어떻게 해도 대비할 순 없었을 거야. 의지가 아주 강하거나 아니거나, 모 아니면 도지. 바로 그걸로 선택받는 거거든."

페르세포네는 님프를 뚫어져라 바라보았다. 얼음처럼 새하얀 눈동자가 강렬했다. 그제야 옷차림이 눈에 들어왔다. 흰 머리칼은 컬링을 넣어 스타일링한 상태였다. 입술에는 새빨간 립스틱을 발랐고, 밤하늘 별처럼 반짝이는 은색 술이 달린 짧은 드레스를 입고 있었다. 그 모습이 마치 무대 위 댄서들 중 한 명처럼 보였다.

"여기서 일하는 거야?"

또 한 번, 여기 오기 전에 알았더라면 좋았을 정보가 추가되었다. 하지만 레우케는 그게 중요하다는 생각을 못 하는 듯 보였다.

"네가 할 일에 집중해, 페르세포네. 이걸 원했잖아. 기억하지?"

위협처럼 들리는 말에 그녀는 눈을 번득이며 님프를 노려보았다. 자신이 누구인지 불현듯 상기시키고 싶었다.

"그럼 내가 뭘 하면 되는지 말해줘. 그들이 날 볼 수 있게 하려면 어떡해야 해?"

페르세포네는 어깨 너머, 수백 명의 사람들로 가득 찬 플로어를 흘끗 쳐다보았다.

"혹시 여기 있는 모두가 다 같은 걸 원하고 있다는 거니?"

"같은 건 아니지. 하지만 뭔가를 원하니까 여기 온 건 맞아."

"레우케, 대체 불법 마법을 제외하고 또 뭐가 있다는 거야?"

"그건 별로 알고 싶지 않을걸, 페르세포네. 날 믿어봐."

그런 뒤 그녀는 사라졌고, 페르세포네는 사람들 속에 떠밀리기 시작했다. 처음 몇 초 동안은 물살을 거스르듯 어색하게 몸을 움직이다가, 좀 전처럼 음악에 홀리듯 빠져들었다. 선율이 피부 위에서 춤을 추며 모공으로 스며드는 것 같았다. 잠시 후 그녀는 비트에 맞춰 엉덩이를 흔들면서 머리 위로 팔을 들어올렸다. 이마에 땀이 송골송골 맺히기 시작하자 하데스와 함께 보낸 관능적인 밤들의 기억이 머릿속을 빙글빙글 돌았다. 그녀에게 닿는 그의 부드러운 입술, 민감한 곳을 핥는 비단결 같은 혀, 반짝거리고 뜨거운 그의 몸, 안쪽을 꽉 채우곤 점점 뻗어가며 더 많은 것을 요구하는 성기까지. 숨이 가빠졌고, 입에선 신음이 새어 나왔다.

그녀는 과격했고, 굶주렸고, 절실했다.

점점 더.

휘몰아치는 기억에 갑자기 다른 얼굴이 끼어들었다. 하데스의 몸 아래 누운 건 그녀가 아니었다. 레우케였다. 등은 쾌감으로 휘어지고 고개는 뒤로 젖혀진 채, 레우케는 입술을 열어 애인의 이름을 절규하듯 외쳤다. 그 순간 음악이 불어넣은 마법이 와장창 깨지며, 지금 여기가 어딘지 깨달음이 찾아왔다. 낯선 이들의 몸이 그녀를 에워싸고, 땀에 흠뻑 젖은 살결이 그녀를 끝없이 스치고 있었다.

난데없이 웬 손이 그녀의 엉덩이를 움켜쥐었고, 등 뒤에서 누군가 움직였다. 뒤를 돌아보니 검은 옷을 입은 한 남자가 서 있었는데, 붉은 불빛 아래서 보니 눈동자도 검었다. 처음엔 소환하러 온 걸까 싶었지만 그의 손은 그녀의 엉덩이를 내내 꽉 쥐고 있었다. 몸을 떼려고 그를 뒤로 밀었지만 또 다른 손이 나타나 그녀의 어깨를 움켜잡

왔다.

페르세포네는 그 손길에 비틀거렸다. 심장이 쿵쾅거렸고, 혈관 속에서 마법의 불꽃이 꿈틀댔다. 하지만 손댄 놈들이 누군지 보려고 뒤를 돌았을 때, 두 남자는 이미 군중 속으로 사라진 이후였다.

불안해진 그녀는 사람들을 헤치며 걸어갔고, 어느덧 플로어의 가장자리에 이르렀다. 어둠이 필요했다. 잠시라도 그림자처럼 존재하고 싶었다. 마침내 복도 쪽으로 놓인 벽을 발견해 거기 기대어 잠시 숨을 골랐다.

플로어에서 벌어진 일로 인해 몸은 계속 떨리고 있었다. 흥분되기도 하고 짜증스럽기도 했다. 대체 어떤 끔찍한 마법이 그런 음란한 생각들을 불러일으킨 거지? 게다가 토 나오는 장면으로 바뀐 이유는 대체 뭐야? 레우케와 하데스가 함께 있는 모습 따위는 떠올리고 싶지도 않았다. 레우케와 그녀 둘 다 하데스의 몸을 속속들이 알고 있다는 사실에 연연하기도 싫었다.

그녀가 아는 하데스는 좀 다르다고 믿고 싶었다. 그가 그녀에게 오르가슴을 선사하는 방식은 다른 모두를 대해온 것과는 다르다고도.

이런 생각들이 머릿속을 굴러다니자 스스로가 우스꽝스럽게 느껴졌다. 어쩌면 그녀를 휘어잡았던 플로어에서의 음악이 여전히 몸에 들러붙어 있는 건지도 몰랐다.

어둠 속에 몸을 숨기고 있을 때, 그리고 앞에서는 사람들이 음악에 맞춰 몸을 흔들고 있을 때, 주먹 쥔 손안으로 갑자기 무언가가 느껴졌다. 기묘하고도 갑작스러운 감각이었다. 마법이구나. 손을 펼치자 종이 한 장이 놓여 있었다. 그 종이에는 잉크로 웬 숫자가 적혀 있었다. 777. 숫자 밑에는 화살표가 그려져 있었는데, 복도를 따라 걸어가라고 말하는 듯했다.

주변을 둘러보아도 아무것도 없었다. 하지만 이렇게 어둠 속에 숨어 있는데도 모두가 그녀를 지켜보고 있는 것 같았다. 그녀는 벽에서 슬쩍 몸을 떼고 화살표 방향으로 어두운 복도를 따라 걸어갔다. 그러자 갑자기 엘리베이터가 나타났다. 문과 숫자가 모두 빨간색이라 간신히 알아볼 수 있었다.

버튼을 누르자 엘리베이터는 소리 없이 움직였다.

올라가며 살펴보니 숫자는 8까지밖에 없었다. 종이 위에 쓰인 숫자는 방 번호이며, 7층으로 가야 할 거라는 직감이 들었다.

댄스 플로어의 웅웅대는 소리는 사라졌으나 이제는 엘리베이터의 고요가 귓가를 때렸다. 그 바람에 마음이 불안해졌고, 앞에 놓인 미지의 것에 신경을 집중하게 만들었다. 마기에 관해 레우케가 잘못 알고 있던 거면 어떡하지? 내줄 수 없는 뭔가를 그들이 요구하면 어쩌지? 그녀를 도와줄 수 없다면?

엘리베이터 문이 열렸고, 저 끝에 놓인 검은 문으로 바로 이어지는 복도가 나왔다. 마음속 죄책감과 두려움이 뒤얽혀 혼란스러운 채, 그녀는 머뭇거리며 다가갔다. 마침내 문을 두드렸다. 그러자 안쪽에서 들어오라는 목소리가 들려왔다.

손잡이는 차가웠고, 매만지자마자 피부에 오소소 소름이 돋았다. 검은 대리석 바닥에 검은색 벽으로 둘린 방은 어둑했는데, 빛이 밝혀진 유일한 곳은 방 한가운데였다. 높이 솟은 둥근 연단과 크고 푹신한 의자에 빛이 닿았고, 거기에는 낯익은 남자가 앉아 있었다.

칼 스타브로스.

타블로이드지에 실린 사진과 똑같은 외모였다. 완벽히 각진 얼굴에 검은색의 굵고 풍성한 머리카락, 그리고 푸른색 눈동자까지.

그 얼굴이 끔찍이도 싫었다.

페르세포네는 눈을 가늘게 뜨고 주먹을 꽉 쥐었다. 남자를 보자마자 분노가 폭발하듯 솟구쳤다. 그러자 몸속에서 마법이 들끓기 시작했다.

"페르세포네." 칼이 나긋하게 말했다.

저 입속에 손을 집어넣어 내 이름을 끄집어낼 순 없을까?

"알렉과 사이 때문에 겁먹진 않았길, 당신이 맞는다는 걸 확인해야 했을 뿐이니까."

댄스 플로어에서의 그 남자들은 이 인간의 수하였구나.

"하데스가 왜 당신한테 반했는지 잘 알겠군." 그러곤 그녀의 몸을 위아래로 훑어보았는데 뼛속까지 메스꺼워졌다. "아름다움과 선한 영혼, 말도 잘하고 자기 생각도 있고. 내가 좋아하는 자질들이지."

"토하게 만들지 마. 뭘 원하는지 말이나 해."

그는 클클 웃었다. 미모와는 상반되게도 그 웃음 속에는 악의가 담겨 있었다.

"물어봐주니 고맙군, 하지만 당신이 먼저야. 모든 죄의 온상인 이곳, 죄악에 발걸음을 한 이유가 뭐지?"

그녀는 멈칫했다. 이 방에서 지금껏 대체 뭘하고 있었던 걸까? 그녀는 즉각 뒤돌아서 나가려고 했지만 문이 있던 자리에는 거울 벽이 자리했다.

"어딜 가려고?"

그녀는 그를 향해 홱 돌아섰다. "지금 날 포로로 붙잡아두겠다는 거야?"

"죄악에는 규칙이 있어. 딜러의 방에 들어가면 거래가 성사되기 전까진 빠져나갈 수 없다고."

레우케가 해준 말과 달랐다.

"당신과 거래하기 싫다면?"

"내가 뭘 제시할 줄 알고."

"여기서 나갈 수 있는 방법 외엔 그 어떤 것도 바라지 않아."

"당신 친구를 살릴 수 있는 방법이어도?"

질문 이후 침묵이 흘렀다. 페르세포네는 침을 꿀꺽 삼켰다. "당신이 그 일에 대해 뭘 아는데?"

칼은 미소를 지었다. 그다음 그의 입에서 흘러나온 말은 미소와 대비되어 더욱 차가웠다. "당신이 치료해낼 방법을 못 찾으면 그녀가 죽을 거라는 사실을 알고 있지."

"죽어가고 있지 않아." 페르세포네는 이를 악문 채 말했다.

그건 사실이 아니었다. 사실이어선 안 되었다. 하데스와 시빌 모두 그렇게 말하지 않았던가…… 아닌가?

"내 생각은 좀 다른데."

페르세포네는 발의 무게중심을 살짝 옮겼다. 이 어둑한 방에 출구도 없이 이미 그녀와 거래를 시도했던 남자, 독점 기사를 쓰거나 아니면 일을 관두라는 흥정을 벌였던 저 남자와 단둘이 있는 게 몹시 불쾌했다.

"당신을 믿어야 하는 이유가 뭐야?"

"마음속 깊은 곳에선 당신도 내가 옳다는 걸 아니까. 렉사가 살아날 거라고 생각했다면, 그래도 여기 왔겠어?"

그가 끔찍하게 싫었다.

"뭘 원하지?"

그는 이를 드러내고 미소 지었다. "거래를 제시하지. 친구를 치료할 마법의 주문을 주겠어, 당신이 모든 걸 내놓는다면."

"모든 것?"

"하데스와의 관계에 대한 모든 것을 구체적으로 알고 싶어. 그와 어쩌다 만났는지도, 처음 키스했을 때도, 처음 잤을 때의 모든 가증스러운 디테일까지도."

"역겨워."

"난 사업가야, 페르세포네. 섹스는 잘 팔리지." 그는 의자 뒤로 기대어 앉았다. "신들과의 섹스는 더 잘 팔리고. 또 당신 같은 앙큼한 처녀는 말이야, 노다지 그 자체라고."

"하데스와 잔 건 나만이 아니야." 그 말을 뱉는 것만으로도 불쾌감을 느꼈지만 사실이긴 했다.

"하지만 그가 헌신하는 최초의 대상은 바로 당신이지. 섹스 파트너들의 말 따위보다 훨씬 더 가치 있다고. 그는 당신에게 투자한 셈이야. 당신과 당신 사생활의 모든 면면을 지키기 위해서라면 뭐든 할 거라는 거지."

페르세포네는 불현듯 뭔가를 깨달았다. "하데스를 협박하고 싶은 거야?"

"뭐, 그는 부유한 자니까."

"당신도 부자잖아." 페르세포네가 따졌다.

"하데스만큼은 아니지. 하지만 당신이 날 도와주면 가능해. 그 대가로 당신은 친구의 목숨을 살릴 수 있어."

그 말에 페르세포네는 온몸이 얼어붙었다. 여기 왔을 때까지만 하더라도 렉사를 되찾기 위해서라면 무엇이든 내주었을 텐데, 지금은 의문이 들었다. 절친한 친구의 목숨을 살리기 위해 하데스와의 관계를 구체적으로 공개할 수 있을까?

죄책감과 수치심에 얻어맞은 것 같았다. 이 방에 감도는 하데스 마법의 향만큼이나 강력하게. 바로 그때, 칼의 발치에 번쩍거리는 검은색 물체가 보였다. 뱀들이었다. 발을 타고 올라간 뱀들이 그의 팔목을 휘감았다. 뱀이 비늘을 번득이며 목을 휘감고 나서야 칼은 눈치를 챘다. 그는 깜짝 놀라 소리를 질렀지만, 뱀들이 귓가에 쉭쉭 소리를 내며 더욱 꽉 붙들었다.

어둠 속에서 하데스가 나타났다. 페르세포네는 깜짝 놀랐다. 그의 기운은 전혀 느끼지 못했던 터였다. 그의 목소리는 침착하고 차분했지만 그녀는 그 안에서 분노를 느꼈다.

"날 협박하는 건가, 칼?" 그가 물었다.

"아뇨, 절대로요!" 칼의 목소리 톤은 겁에 질려 한껏 높아져 있었다.

페르세포네는 하데스 쪽으로 고개를 돌렸다. 얼굴에 분노가 역력했다. 눈가에도, 몸을 기울여 키스하는 입술의 박력에도 분노가 느껴졌다. 그의 혀는 그녀의 것과 엉키며 안으로 점점 파고들었다. 한 손으로 그녀의 목과 턱을 감싸고, 다른 한 손으로는 그녀의 머리카락을 쥐고 틀어 단단히 붙잡았다. 그 힘에 그녀의 입은 더욱 크게 벌어졌고, 그의 혀는 목구멍 깊숙한 곳까지 닿았다. 입술을 떼면서 그는 그녀의 아랫입술을 물었다 놓았다.

"괜찮습니까?" 그의 목소리는 거칠었다.

그녀는 멍하니 고개를 끄덕였다.

하데스는 칼에게 시선을 돌리곤 성큼성큼 다가갔다. 창백한 불빛 아래 얼어붙은 채, 인간은 스스로를 방어하려 했다. 손은 의자 팔걸이를 꽉 붙들었고, 뱀들이 쉭쉭 소리를 내며 몸 위로 미끄러지는 동안 몸은 뻣뻣하게 굳었다.

"나, 나는 당신의 규칙을 따랐을 뿐입니다! 저 여자가 나를 소환한 거라고요!"

"내 규칙? 지금 내가 네놈과 내 연인 사이의 거래를 승인할 거라고 암시하는 건가?"

"그건 예외 사항이 되겠죠." 칼이 간신히 답했다. "여기 죄악에는 예외가 없으니."

"확실히 해두도록 하지." 말과 동시에 하데스의 손끝에서 검은색 가시들이 솟아났다. 그 손으로 칼의 얼굴을 움켜쥐자 가시가 피부 속을 파고들어 붉은 피가 방울져 솟구쳤고, 남자는 비명을 질렀다. "나에게 속한 존재는 모두 이 클럽 규칙의 예외에 해당한다."

하데스는 칼을 들어 올려 바닥에 내동댕이쳤다. 쿵 소리가 났고, 뱀들이 그를 향해 기어갔다. 그러고는 송곳니를 깊이 박아 넣으며 맹렬히 공격했다. 칼은 비명을 질렀고, 페르세포네는 그 광경을 꿈쩍도 하지 않고 지켜보았다. 그녀를 위협했던 남자가 이제는 그녀의 연인에게 고문을 당하고 있었다.

"빌어먹을!" 그가 태아처럼 웅크린 채 신음했다. 상처를 가리려 뻗는 손이 부들부들 떨렸다.

"조심해라, 인간." 하데스는 연기처럼 홀연히 움직여 칼 옆에 섰다.

"난 규칙을 따랐다고." 남자가 낑낑댔다. "바로 당신의 규칙을 따랐다고요."

페르세포네는 하데스를 바라보았다. 그의 얼굴은 광대뼈와 눈가,

이마를 제외하곤 그늘져 있었다.

"난 규칙을 잘 알고 있다, 인간이여. 나도, 내 연인도 네 놀잇감은 되지 않을 것이다. 알겠나?"

칼은 손바닥으로 바닥을 짚고 무릎을 세웠다. 간신히 고개를 든 그의 눈길이 향한 곳은 뜻밖에도 페르세포네 쪽이었다.

"도와주세요." 그가 외쳤다.

"내 연인에게 말 걸지 마라, 인간이여."

하데스는 남자의 옆얼굴에 부츠를 대더니 그를 다시 바닥으로 밀쳤다. 그 바람에 바닥에 있던 뱀 한 마리와 부딪쳤고, 뱀은 다시 송곳니를 콱 박아 넣었다. 칼은 비명을 질렀다.

페르세포네는 움찔도 하지 않았다.

이상하다. 평소라면 멈추라고 말했을 텐데, 마음 한구석에서는 칼이 당할 만했다고 여기고 있었다. 하데스는 페르세포네를 돌아보았다. 눈이 마주쳤고, 그의 표정에선 아무것도 읽히지 않았다.

"계속 벌하겠습니까?" 하데스가 물었다.

페르세포네는 하데스를 빤히 바라보았다. 그러다 칼에게 시선을 옮겼다. 그녀는 그에게 다가가 무릎을 꿇었다. 피로 범벅이 된 얼굴은 이제 눈물로 얼룩져 있었다.

"얼굴에 흉이 지려나요?" 그녀가 하데스에게 물었다.

"원한다면 그렇게 될 것입니다."

"원해요."

그녀의 말에 칼이 낑낑대며 몸부림쳤다.

"쉿." 페르세포네가 다독이듯 말했다. "더 나빴을 수도 있어. 마음 같아선 네놈을 타르타로스에 떨어뜨리고 싶거든."

그는 쥐 죽은 듯 조용해졌다.

페르세포네는 말을 이었다. "내일 디미트리에게 전화를 걸어 실수했다고 말해. 그따위 독점 기사는 원치 않고, 나에게 절대로, 결코 그걸 쓰게 할 일은 없을 거라고. 알겠지?"

그는 몸을 떨며 고개를 끄덕였다.

"좋아." 그녀는 몸을 일으켜 하데스를 돌아보았다. "이놈 살려둬도 되겠어요."

신은 한참 동안 그녀를 바라보더니 칼에게 고개를 돌렸다. "여길 떠라."

그 말과 거의 동시에 남자와 뱀들은 사라졌고, 페르세포네는 하데스와 단둘이 남겨졌다. 둘은 서로 멀지 않은 곳에 서 있었지만 그 사이에 단단한 돌벽처럼 분노가 층층이 쌓여갔다.

그가 무슨 말을 꺼내기도 전에 그녀가 먼저 입을 열었다. "당신이 다 망쳤어!"

그는 깜짝 놀란 듯했다. 재빨리 무덤덤한 얼굴로 방어벽을 세운 뒤, 그녀에게 걸어왔다.

"내가 다 망쳤다는 겁니까? 엄청난 실수를 할 뻔한 당신을 구해준 게 납니다. 무슨 생각으로 여기 온 겁니까?"

"내 친구를 구해주려고 한 거예요. 칼은 그 방법을 알려줄 수도 있었어요. 당신과는 다르게."

"우리의 사생활을, 당신에게 가장 소중한 무언가를 맞바꾸려 했던 겁니까? 그 거래로 당신 친구는 더 나쁜 상황에 놓일 텐데도?"

"더 나쁜 상황이라니, 목숨을 구해줄 거라고요! 이 개자식아, 나한테 희망을 가지라면서! 살아날 수 있다고 했잖아!"

둘은 이제 코가 닿을 만한 거리였다. "날 믿지 않는 겁니까?"

"그래요! 당신 안 믿어, 렉사 일에 관해서는. 그리고 여기는 대체 뭐예요, 하데스? 여기도 당신 클럽이죠!"

하데스가 손을 뻗어 그녀의 양어깨를 움켜쥐었다. 핏기를 다 앗아갈 것만 같았다.

"당신은 여기에 절대로 와선 안 됐습니다. 여긴 당신과 어울리는 곳이 아닙니다."

페르세포네는 움찔하며 따졌다. "레우케가 여기서 일하잖아요."

"레우케는 레우케니까." 마치 그 말이 모든 걸 설명한다는 듯 하데스가 말했다. "일자리를 되돌려달라는 당신 말에 그녀를 여기로 데려온 겁니다. 하지만…… 당신은…… 다릅니다."

그녀는 뒤로 물러섰다. "다르다고요?"

"이 이야기는 이미 나눈 것 같은데." 하데스가 이를 악문 채 말했다. "당신은 내게 그 누구보다, 그 무엇보다 의미 있는 존재입니다."

"그렇다고 내게서 여기를 숨겨야 할 이유가 돼요?"

하데스는 아무 말이 없었다.

"여기 있는 모든 건 다 불법이잖아요, 안 그래요? 여기 마기 말고 또 뭐가 있는 거예요?"

하데스는 다시 침묵했다.

"또 뭐가 있냐고요, 하데스?" 그녀가 재차 물었다.

"당신이 지금까지 두려워한 모든 것……."

페르세포네는 온몸에서 피가 빠져나가는 것 같았다.

"이유가 있나요?"

"내가 그들을 한눈에 볼 수 있는 세계를 만든 겁니다."

"그들이 뭘 하는 걸 보는데요? 법을 어기는 거? 사람들을 다치게 하는 거?"

"그렇습니다." 그가 거친 목소리로 말했다.

"그렇습니다? 그게 끝이에요? 할 말이 그게 다예요?"

"지금으로서는."

그의 목소리가 단호해졌고 가슴은 분노로 오르내리고 있었다. 그러나 그는 떠나는 대신 그녀에게 다가왔다. 그녀는 한 걸음도 물러서지 않고 맹렬히 턱을 들어 그를 쏘아보았다.

"누가 여기로 데려왔습니까?" 그가 물었다.

"택시요."

"내가 알아내지 못할 거라 생각합니까?"

"나에겐 자유의지가 있어요. 내가 여기 오겠다고 자발적으로 선택한 거예요."

"처벌받아야 할 선택이군요." 그러곤 그녀에게 손을 뻗었다.

본능적으로 페르세포네는 그 손을 밀쳐냈다.

그의 눈이 반짝거렸다. "싫다는 신호입니까?"

싫다고 말하면 멈추리라는 걸 알고 있었지만, 벌을 받고 싶다는 욕망이 내심 자리한다는 걸 부정할 수 없었다. 처벌은 곧 강렬한 쾌락일 테고, 거칠고 격하며 원초적인 감각일 것이다. 그녀에겐 분출이 필요했다.

고개를 한 번 흔들자, 하데스는 거울 벽 쪽으로 그녀를 돌려세운 다음 몸을 앞으로 구부리게 했다. 그녀는 벽을 지지대로 삼아 거울에 반사된 그의 모습을 바라보았다. 굶주린 눈길로 그녀의 다리를 벌린 다음 치마를 들어올리는 그를.

살결을 따라 쓰다듬던 그의 손이 불현듯 그녀의 엉덩이를 찰싹 때렸다. 아프다기보다는 놀라서 비명을 질렀고, 그러자 하데스가 고개를 들어 거울 속 그녀를 마주 보았다. 그런 다음 그녀의 속옷을 발목까지 끌어 내리곤 벗게 했다. 그가 속옷을 주머니에 쑤셔 넣는 동안 그녀의 안쪽은 팽팽한 기대감으로 더욱 조여들었다.

허벅지 사이로 손이 비집고 들어오자 그녀는 숨을 헐떡였다. 손가락의 애무를 받는 동안 등이 둥글게 구부러졌다. 그녀는 이미 흥건히 젖었다. 전희는 필요하지 않았다.

하데스는 숨을 몰아쉬었다. "너무 젖었는데, 얼마나 오랫동안 이렇게 있었던 겁니까?"

그녀는 목구멍 깊은 데서 신음을 흘리며 답했다. "여기 온 이후로 쭉. 댄스 플로어에서부터 당신을 원했어요. 어둠 속에서 당신이 나타나길 원했지만 당신은 거기 없었어."

"난 지금 여기 있습니다."

그는 몸을 굽혀 그녀의 어깨, 등, 그리고 엉덩이에 키스를 했다. 그러는 내내 한 손은 그녀의 안쪽으로 더욱 깊숙이 들이밀고, 다른 한 손은 클리토리스 위에 원을 그리며 부드럽게 움직였다. 숨을 쉬는 게 점점 더 어려워졌다. 그가 그녀 안에 들어와 있다는 감각에 집중하자 욕구 외에 다른 생각은 전부 흩어졌다.

"하데스." 그녀가 애원했다. "제발."

그가 손길을 거두자 페르세포네는 울분에 가까운 비명을 질렀다. 그를 향해 몸이 배배 꼬였다. 미칠 것 같았다. 이 욕망을 분출해야 했다. 그가 도와줄 수 없다면 혼자서라도 절정에 이를 것이다. 하지만 하데스의 손이 그녀의 엉덩이를 꽉 움켜쥐었다.

"가만히." 그의 명령에 그녀는 거울에 비친 그를 노려보았다. 그는 악마처럼 웃고 있었다. "요구하는 걸 주게 되면 그건 처벌이 아니지요."

그녀는 턱을 쭉 내밀고 말했다. "날 원하지 않는 척하지 말아요."

"아, 나는 척하지 않습니다."

그는 바지 지퍼를 풀고 성기를 꺼낸 후 뒤로 밀어 넣었다. 숨이 턱 막혔다. 평소보다 더 굵게 느껴지는 건 기분 탓일까? 한번에 쑥, 빠르게 밀어 넣은 이후로 쿵쿵 움직일 때마다 그녀의 목에서 요란한 비명이 새어나왔다.

처음에 하데스는 그녀의 가슴, 배, 그리고 엉덩이로 옮겨가며 곳곳을 어루만졌다. 그런 다음엔 붕대처럼 그녀의 기다란 머리카락 한 줌을 손에 둘러 쥐곤 고개를 젖히게 한 다음 입술에 키스했다. 머리카락을 놓아주었을 때는 밀어 넣는 힘이 느릿해졌고, 아랫배 깊숙한 곳에서 그의 것을 단단히 느낄 수 있었다.

"이 모든 건 우리만의 것입니다. 다른 누구와도 공유할 수 없어."

페르세포네가 감당할 수 있는 건 숨 가쁜 소리를 내는 것뿐이었다. 그녀 안에 깊숙이 들어찬 날것의 성기만큼이나 그 강렬한 한마디가 온전히 느껴지는 것 같았다. 그가 꼭 붙들며 그녀의 배 위로 팔을 둘렀고, 그녀의 손톱은 그의 살갗을 파고들었다.

"내가 신성하게 여기는 몇 가지가 있습니다." 숨소리가 점점 더 거칠어졌지만 하데스는 계속 말을 이었다. 그의 말소리와 페르세포네의 신음이 묘하게 얽혔다. "지금 이 행위는 내게 신성합니다. 또 당신은 내게 신성한 존재입니다. 알겠습니까?"

이마에 땀이 송골송골 맺힌 페르세포네는 고개를 끄덕였다. 눈썹이 팔자를 그리며 모여들었다. 정신이 너무도 혼미했다.

"말해." 그가 명령했다. "안다고 말하라고."

"알아." 그녀가 흐느꼈다. "안다고! 날 끝까지 가게 해줘, 하데스!"

신은 그녀를 홱 돌려 마주한 다음 키스를 퍼부으며 거울 쪽으로 밀착시켰다. 입술을 게걸스레 탐하는 한편 그녀의 몸을 획 들어올린 후 부풀어오른 성기를 다시 집어넣었다.

페르세포네는 신음을 뱉으며 그의 머리카락을 뜯을 듯이 꽉 붙들었다. 그가 몸을 잠시 떼었을 때 눈동자는 반짝거리고 있었다.

"여태껏 그 누구도 이렇게 사랑한 적은 없습니다." 그는 고백하듯 뇌까렸다. "말로 표현할 수 없다고, 내가 느끼는 걸 표현하기에 적절한 언어가 하나도 없습니다."

페르세포네는 그를 더욱 붙들며 입술 쪽으로 몸을 기울였다. "그럼 말로 하지 말아요."

두 입술이 세게 부딪쳤고, 둘은 바닥에 미끄러지듯 엎어졌다. 페르세포네가 무릎을 접어 하데스 위에 걸터앉는 자세였기에 단단한 대리석 바닥에 무릎이 쓸렸지만 안에서 차오르는 쾌감에 몰두하느라 아픈 줄도 몰랐다. 하데스와 손깍지를 끼곤 그의 두 팔을 머리 위로 들어 올린 채 앞뒤로 몸을 힘껏 흔들었다.

"빌어먹을."

하데스가 욕을 뇌까리며 맞잡은 손을 풀었다. 그녀의 엉덩이를 움켜쥐곤 빠르게, 더욱 세게 움직이도록 했다. 눈을 내내 맞추고 있었지만 쾌감이 너무도 극렬해진 순간이 왔다. 페르세포네는 고개를 홱 젖히며 절정에 이르렀고, 하데스도 곧이어 사정했다.

페르세포네는 숨을 몰아쉬며 그의 가슴에 털썩 기댔다. 쾌감이 퍼졌고, 하데스의 품 안에서 편안했다. 둘은 한참을 그렇게 아무 말

없이 누워 있었다. 조금씩 숨이 골라지고 심장이 평소처럼 뛰게 될 때까지.

침묵을 깬 것은 하데스였다. "나랑 결혼해주십시오."

페르세포네는 뒤로 물러나 상체를 일으켰다. 하데스의 것은 여전히 그녀 안에 단단히 들어 있었고, 그녀의 움직임에 그의 눈동자가 석탄처럼 빛났다.

"뭐라고요?"

잘못 들은 게 분명했다.

"결혼해주십시오, 페르세포네. 나의 왕비가 되어주십시오. 내 곁에 있겠다고 말해주십시오…… 영원히."

그는 진중했고, 그녀는…… 혼란스러웠다. 하데스를 향한 사랑 때문이 아니었다. 그 외의 수많은 다른 것들 때문이었다.

"하데스…… 난……." 뭐라고 말해야 할지 알 수 없었다. "방금 전까지 내게 화가 나 있었잖아요."

그는 어깨를 으쓱했다. "이제는 아니지요."

"그래서 나랑 결혼하고 싶다고요?"

"그렇습니다."

일어서자 두 다리가 후들거렸다. 하데스가 도와주려 손을 내밀었지만 그녀는 마다했다.

"당신과 결혼할 수 없어요." 그녀의 눈에 눈물이 가득 고였다. "나, 나는 당신을 잘 몰라요."

하데스가 눈썹을 찡그렸다. "당신은 나를 알고 있습니다."

"아뇨, 몰라요." 그녀는 주변을 손짓하며 단호히 말했다. "여기를 나한테 비밀로 했잖아요."

하데스는 턱을 괴고 눈을 가늘게 떴다. "페르세포네, 나는 영원을 살아왔습니다. 나에 관해 당신이 알게 될 것들은 앞으로도 무수히 많을 겁니다. 그리고 그중 일부는 좋아하지 못하리라는 것도 알아야 합니다."

"이건 그런 게 아니잖아요, 하데스. 이곳은 실재하는 공간이고, 지금도 존재하고 있다고요. 당신은 레우케에게 여기서 일하라고 시키기도 했죠. 레우케에 대해 알아야 했듯이 이곳에 대해서도 알 자격이 있어요, 나는!"

그는 아무 말도 하지 않았다.

"왜 나한테 얘기 안 한 거예요?"

"두려웠습니다."

그는 한마디 쏘아붙인 뒤 침묵했다. 분노가 담긴 말이었다. 그 말을 입 밖으로 뱉은 것 자체에 불쾌한 건지, 아니면 두려움을 느끼는 것 자체 때문에 자존심이 상한 건지 궁금해졌다.

"뭐가요?"

"당연히 당신의 도덕적 기준이." 그도 일어서서 몇 걸음 물러났다.

그 말이 불러일으킨 감정을 설명하긴 어려웠지만, 자신의 도덕적 기준이 그다지 높지 않다고 따지고 싶었다. 직접 민테를 민트로 만들어버리기도 했고, 하데스가 인간을 고문하는 모습을 보기도 하지 않았던가.

그는 한숨을 쉬었다. "내가 지은 죄들을 어떻게 당신에게 보여줘야 할지 고민할 시간을 갖고 싶었습니다. 죄의 원인을 해명하기 위해서. 그런데 이제 와 드는 생각은, 다들 나 대신 설명하고 보여주고 싶어 하더군요."

페르세포네는 눈을 깜박였다. 좀 전까지의 속상함이 눈 녹듯 사라졌다. 그 자리에 들어찬 감정은…… 슬픔이었다. 하데스가 그 점때문에 불안해할 거라곤 전혀 예상하지 못했다. 직접 그녀에게 말하고 싶은 것들도 다른 이들이 기회를 채가서 속상해한다는 것도. 레우케도 그걸 의도한 건지 알 수 없었다.

그녀는 표정을 부드럽게 풀고 그에게 한 발짝 다가섰다. "미안해요, 하데스."

그러자 그가 미간을 찌푸렸다. "무엇에 대해 사과하는 겁니까?"

"그러니까…… 모든 것에 대해서요. 여기 온 것도 그렇고…… 안 된다고 말한 것도 그렇고요."

"괜찮습니다. 지금으로선 무리한 요청이었다는 걸 압니다. 렉사 일에, 언론사 일도 무거웠을 테니. 오늘 밤 나 역시 당신에게 많은 걸 보여드리지 않았습니까. 여태껏 보지 못했던 나의 다른 면들 말입니다."

"당신…… 속상한 건 아니죠?"

하데스는 잠시 생각에 잠긴 후 입을 열었다. "청혼에 대한 걸 묻는 거라면, 물론입니다."

그녀의 어깨가 축 처졌다. "난 그냥…… 아직 준비가 안 됐어요."

"알고 있습니다."

그는 그녀의 이마에 키스를 해주었다. 입술이 살갗에 닿자마자 울음이 터지는 바람에 하데스가 눈물을 닦아주었다.

"말해보십시오."

"내가 다 망쳐버렸어요." 그녀는 그의 가슴에 얼굴을 묻었다.

"쉬잇." 그가 달랬다. "망친 건 아무것도 없습니다, 나의 달링. 당신 자신에게, 그리고 나에게 솔직했으니까. 내가 바라는 건 그게 전부입니다."

"내가 거절했는데도 어떻게 나와 결혼하고 싶을 수 있어요?"

"난 언제나 당신과 결혼하고 싶을 겁니다. 언제나 당신을 내 아내이자 여왕으로 원할 것이므로."

목소리에 확신이 담겨 있었기에 위안이 되었고, 그가 다시 묻는다면 그때는 준비되어 있길 마음속으로 바랐다.

"여길 좀 더 보여줄 수 있어요?" 얼굴을 문질러 눈물을 닦아내며 그녀가 물었다.

"죄악의 다른 곳들 말입니까?"

"네."

그는 끙 소리를 냈다. "내게 선택권이 있습니까?"

"언젠가 내가 여왕이 된다는 전제하에, 아뇨."

15장
비밀의 연쇄

알고 보니 죄악의 댄스 플로어에서 목격한 것보다 더한 것들이 있었다. 여기는 뉴 아테네의 범죄 조직들, 비밀 커뮤니티들, 갱들, 비전속 범죄자들이 드나드는 공간으로도 쓰였던 것이다. 그들의 은신처는 건물 지하에 있었는데, 고대에 사용되던 동전인 오볼을 사용해야만 열 수 있었다.

페르세포네는 하데스를 흘끗 쳐다보았다. "지하 세계에 들어서려면 돈을 지불해야 한다는 관념을 이렇게 바꾼 거군요."

그는 나직하게 웃었지만, 어둡고도 기나긴 복도를 지나 창밖의 희미한 빛으로만 밝혀진 넓은 방으로 들어설 때까지 그녀를 앞장세워 걷는 내내 아무 말도 하지 않았다. 가까이 다가서자 특별실 창문 아래로 캐주얼한 착석 공간이 내려다보였다. 바가 있었고, 몇몇 작은 테이블과 의자들이 놓여 있었다. 그 주위에 둘러앉은 사람들은 카드 게임을 하거나 수다를 떨며 술을 마시고 담배를 피웠다. 그들 곁에 놓인 크리스털 쟁반은 담뱃재로 가득했다.

페르세포네는 유리창에 손을 댄 후 물었다. "저들이 우릴 볼 수 있나요?"

"아니, 보지 못합니다." 하데스가 말했다.

"그럼 여기 위에서 저들을 염탐하는 거예요?"

지하 세계의 신은 뒤쪽, 어둑하게 그림자 진 곳에 서 있었다.

"염탐이라 부르고 싶다면 그래도 됩니다." 그가 말했다.

밑의 사람들을 유심히 살펴보던 그녀는 익숙한 얼굴을 발견했다.

"네펠리 렐라잖아." 페르세포네가 놀란 목소리로 말했다.

네펠리 렐라는 쾌락 지구, 그러니까 성매매업소로 가득한 동네의 마담이자 소유주로, 아름다운 외모를 지닌 중년 여성 인간이었다. 머리카락은 어두운색이었고, 옷에는 스팽글과 깃털이 달려 있었다. 검지와 중지 사이에는 궐련용 파이프가 끼워져 있었는데, 담배를 피우는 모습이 그토록 농염한 사람은 처음이었다.

네펠리는 성매매 종사자들의 권리를 옹호하고 그들이 더 안전한 환경에서 일할 수 있게 해달라는 요구와 더불어 그들에게 가해진 폭력에 더 막중한 처벌이 필요하다고 주장하며 종종 뉴스에 오르내리기도 했다.

"나에게 빚을 진 사람입니다." 그가 말했다.

"어떻게요?"

"첫 업소를 차릴 때 내게 돈을 빌렸습니다."

그 사실에 대해 어떻게 느껴야 할지 혼란스러웠다. "왜요?"

"사업 기회였습니다." 그가 사무적으로 말했다. "돈을 빌려준 대가로 나는 그 사업에 지분이 있고, 그로써 내가 종사자들의 안전을 보장하고 있습니다."

마지막 부분은 예상치 못했다. 하지만 페르세포네는 그다지 놀라지 않았다. 하데스는 여성을 보호하는 신이었다.

"저 밑에는 또 누가 있어요?" 그녀가 물었다.

지하 세계의 신이 곁에 다가온 게 느껴졌다. 그가 아래층 군중을 내려다보는 동안 그녀는 그의 얼굴을 살폈다. 그는 어둑한 가장자리의 작은 원탁에서 카드 게임을 하는 두 남자를 가리켰다.

"저쪽은 레오니다스 나소, 그리고 다미아노스 비탈리스입니다. 억만장자들이자 범죄 조직의 라이벌들이지요."

"나소?" 페르세포네가 물었다. "그러니까…… 나소 피자 체인점의 소유주를 말하는 거예요?"

"그렇습니다. 비탈리스 역시 레스토랑 소유주이지만, 실제로 둘은 낚시로 생계를 꾸립니다."

페르세포네는 비탈리스 피시 마켓에서도 저 이름을 보았던 걸 기억했다. 전국에서 가장 유서 깊고 탄탄한 생선 도매상으로 손꼽히는 곳이었다.

"서로 라이벌이라면 어째서 카드 게임을 함께하는 거예요?"

"여기는 중립지대입니다. 이 공간에선 타인에게 해를 가하는 것이 금지되어 있습니다."

"그 규칙의 예외 대상은 역시 당신이겠죠?" 그녀는 눈썹을 치켜뜨며 물었다. 그는 이미 칼을 고문한 바 있었다.

"나는 언제나 예외 대상입니다, 페르세포네."

"이 사람들은 뉴 아테네의 엘리트들이잖아요."

하데스는 고개를 한 번만 끄덕였다. "부자이자 권력층이지요. 그러나 저들이 부유하고 강력할 수 있는 건 내 덕분입니다."

페르세포네는 그 말을 받아들이는 데 시간이 걸렸다. 자신의 반응에 스스로 약간 불안해졌다. 이 모든 사실에 충격을 받아야 하는데, 오히려 호기심이 더 일었다.

하데스는 몇 명 더 알려주었다. 전문 도박꾼 알렉시스 니콜로, 미술품 위조범 헬레인 헬라스, 암살범 버락 페트라.

"암살범요? 사람을 죽이고 돈을 받는 걸 말하는 거예요?"

하데스는 그 질문에 답하지 않았다. 하지만 그녀는 몰아세우지 않았다. 답을 알고 있었으니까. 또 다른 한편으로는 확인해봤자 상황만 더 악화될 게 뻔했다.

그녀는 고개를 저었다. "이해가 안 돼요. 어떻게 내세에서 비참하게 존재하는 영혼들을 구하려 애쓰면서 동시에 저…… 범죄자들이 회동할 공간을 내주는 거예요?"

"저들 모두가 범죄자인 건 아닙니다. 내가 망상에 빠져 있는 것도 아니고요, 페르세포네. 나는 내가 모든 영혼을 구할 수 없다는 사실을 알고 있고, 적어도 여기 죄악에서는 사회의 어두운 부문에 종사하는 이들이 일련의 행동 강령을 따르도록 하고 있습니다."

"살인이 대체 행동 강령 중 어디에 포함된다는 거예요?"

"살인은 행동 강령의 일부가 아닙니다. 그 강령을 어기지 않는 한."

그녀는 몸을 돌려 하데스를 바라보았다. "우리가 늘 선할 순 없더라도, 악해야 한다면 목적이 있어야 해요."

그녀는 눈을 가늘게 떴다. 이 모든 것을 어떻게 받아들여야 할지 알 수 없었다. 하데스는 말 그대로 마피아 보스였던 것이다.

"당신이 이해해주리라는 기대는 하지 않습니다. 내가 하는 일에는 많은 이유가 있습니다. 죄악 역시 마찬가지입니다. 가장 위험한 남녀를 실로 묶어 한데 지니고 있으며, 내가 그 실을 딱 한 번만 잡아당기면 그들 모두를 몰락시킬 수 있습니다. 그들 모두 이 사실을 알고 있고, 따라서 그들 나름으로 나를 기쁘게 하기 위한 행위를 하는 겁니다."

몸이 떨렸다. 하데스가 단순히 마법에 대한 통제권을 지녔기 때문에 강력한 건 아니라는 사실이 묘했다. 그는 거래를 맺음으로써 강력한 거였고, 이 장면이 바로 그것을 증명해주었다.

"칼 스타브로스를 제외한 모두 말이죠?"

하데스는 어깨를 으쓱했다. "조만간 누군가 당신을 협박하려 들거라고 내가 일전에 말해주지 않았습니까."

"협박에 대해선 아무 말도 안 했다고요." 페르세포네가 받아쳤다. "칼이 당신에게 가진 불만은 대체 뭐예요?"

"없습니다. 그저 나를 통제하고 싶어 하는 것뿐, 모든 인간이 그러하듯."

어떤 방식으로든 하데스를 통제하려 든 인간이 그가 처음은 아닐 것이다. 네버나이트에 입장해 흥정하는 모두는 죽은 자들의 신에게 명령을 내리고 싶다는 마음을 품는 셈이니까.

잠시 침묵이 흐른 뒤 그가 물었다. "내가 두렵습니까?"

그녀는 놀랐다. 그 질문이 두려움에서 나왔다는 걸 알고 있었지만, 그럼에도 그를 바라보았을 때 그의 표정에선 어떤 생각도 읽히지 않았다.

"아뇨, 하지만 받아들이기 쉽지는 않네요."

그녀가 그와 결혼할 수 없는 명백한 이유 중 하나이기도 했다.

적어도 지금 당장은.

이 모든 걸 그녀가 전혀 모르고 있었는데도 어떻게 그는 감히 자신의 아내, 아니 왕비가 되어달라고 청할 생각을 한 거지? 그녀 역시도 이 세계를 함께 꾸려갈 당사자가 되는 게 아니던가?

머릿속에 침투한 알 수 없는 불안을 숨기려는 듯 헛기침을 하면서, 하데스는 시선을 피했다. "당신에게는 모든 걸 말해주겠습니다."

그건 의심할 여지가 없었다. 그녀가 그렇게 만들 테니까. 물어볼 게 너무나 많았다. 이 클럽에 드나드는 모든 사람을 속속들이 알고 싶었고, 그들이 어떤 사업체를 운영하는지도, 무엇보다 하데스가 얼마나 거대한 세계를 다스리고 있는 건지도 알고 싶었다.

마음 한구석에선 죄악의 실체를 알게 되었을 때 자신이 어떤 반응을 보일 것 같았느냐고 물어보고 싶었지만, 답은 분명했다. 그는 그녀가 떠나버릴 거라고 생각했을 것이다.

"오늘은 들을 만큼 들은 것 같아요. 집에 갈래요."

"안토니에게 데려다주라고 말하면 되겠습니까?"

그녀는 엷은 미소를 지었다. 그는 그녀가 자신의 집으로 돌아가려는 줄 알고 있었다.

"당신이 데려다줘도 되죠. 어쨌든 우리는 같은 곳으로 갈 테니까."

그의 입꼬리가 말려 올라갔다. 그녀의 허리에 팔을 두르고 가까이 끌어당긴 다음 지하 세계로 순간 이동했다.

페르세포네는 잠을 이룰 수 없었다.

하데스의 따스한 품에 안긴 채 가만히 누워 뒤척이며 고심했다. 죽은 자들의 신에 대해 알게 된 것들 때문이 아니라, 칼이 렉사를 두고 한 말 때문이었다.

렉사가 살아날 거라고 생각했다면, 그래도 여기 왔겠어?

물론 칼의 말이 맞았다. 죄악에 가서 렉사를 치료할 방책을 찾고 싶었음을 부정할 순 없었다. 그렇게 했던 이유는 가장 친한 친구가 다시는 깨어나지 못할 수도 있다는 두려움에서였다. 또, 깨어난다고 하더라도 예전과 같지 않을지 모른다는 두려움도.

그녀는 괴로움에 눈을 질끈 감고 하데스의 침대에서 일어났다.

밤하늘 달빛이 비쳐드는 궁전의 복도는 고요했다. 하데스는 태양의 광휘를 붙잡는 데는 실패했지만 달빛은 더없이 근사하게 만들어 두었다.

페르세포네는 식당을 가로질러 주방으로 들어갔다. 이곳에는 처음 와봤는데, 하데스는 늘 음식을 식당이든 도서관이든 집무실이든 침실이든, 어디론가 가져다달라고 했으니까.

불을 켜고 보니 현대적이고 깔끔한 주방이었다. 캐비닛은 흰색, 조리대는 검은색 대리석으로 만들어져 있었고 조리기구들은 스테인리스 재질이었다. 그녀는 차가운 바닥을 거닐며 찬장에서 팬과 믹싱 볼을 비롯한 도구들을 찾기 시작했다.

그건 쉬웠다. 가장 어려운 건 뭔가를 굽기 위한 재료를 찾는 일이었다. 뭐라도.

마침내 간단한 바닐라 케이크와 아이싱을 위한 재료를 찾아낼 수 있었다. 오븐의 작동법을 알아내는 데에만 몇 분이 걸렸다. 집에서 사용하던 오븐은 훨씬 더 낡은 것인 데다 버튼이 아닌 손잡이로 돌리는 방식이었던 것이다.

오븐이 예열되자, 그녀는 눈앞의 작업에만 집중하기 시작했다. 베이킹에는 마음을 안정시키는 구석이 있었다. 어쩌면 그녀가 그토록 베이킹을 사랑하는 이유는 연금술처럼 느껴져서인지도 몰랐다. 모든 재료를 완벽하게 측정하고, 감각을 사로잡는 무언가를 탄생시킬 수도 있으니까.

베이킹을 하면 번잡한 생각들을 떨칠 수 있었지만, 케이크를 오븐에 집어넣자마자 갑자기 공포감에 압도되어 숨이 턱 막혔다. 두려움을 떨쳐내기 위해 주방을 청소하기 시작했다. 하데스의 주방에는 식기세척기도 있었지만 모든 것을 손으로 문지르고, 닦고, 말리고, 다시 찬장 안에 돌려놓았다. 그런 다음엔 지문이 묻어 있을 스테인리스 도구들을 닦는 데 집중했다.

다 마칠 때쯤 되자, 오븐을 사용했던 흔적이라곤 케이크가 구워지는 냄새뿐이었다.

오븐 타이머에는 여전히 15분 남았다고 표시되어 있었다. 이 모든 괴로운 상념들과 더불어 15분이나 더 혼자 있어야 한다니.

조금이라도 주의가 산만해지길 바라며 음악을 틀었다. 어둡고 차가운 음색의 노래 몇 곡을 클릭해보았다. 그러자 렉사가 떠올랐다. 가사에 생각들이 다시 엉겨 붙었고, 떠올리고 싶지 않은 기억들이 자꾸 소환되었다. 더 많은 노래를 클릭할수록, 어떤 노래가 흘러나오든 모든 곡에서 렉사가 떠오를 거라는 생각에 점점 더 확신이 생겼다.

갑자기 피로감이 몰려와 음악을 꺼버렸다. 눈이 침침했고 팔다리는 무거웠다. 힘없이 바닥에 주저앉아 무릎을 세워 팔로 끌어안았다. 오븐의 빛이 그녀를 비추었다.

"잠이 오지 않습니까?"

하데스의 목소리에 화들짝 놀랐다. 고개를 돌리자 그가 맨 가슴 위에 두터운 팔로 팔짱을 낀 채 문간에 기대어 서 있었다. 허리에는 검은 천이 느슨하게 둘려 있었고, 머리카락은 검은 층을 이루며 얼굴 위로 쏟아져 있었다. 비몽사몽한 그는 지극히 아름다웠다.

"네, 내가 깨운 게 아니길요."

"당신은 날 깨우지 않았습니다. 날 깨운 건 당신의 부재였습니다."

"미안해요."

그는 엷은 미소를 지었다. "그러지 마십시오, 베이킹을 하러 온 거라면 더더욱."

그는 주방을 가로질러 다가왔다. 그대로 그녀를 일으켜 세워 케이크는 오븐에 그대로 놔둔 채 침대로 데려갈 거라는 생각이 잠시 들었지만, 대신 그는 옆 바닥에 나란히 앉았고 그녀는 내심 놀랐다.

"내가 당신을 다시 잠들게 해줄 수 있다는 건 알고 있겠지요."

이전에도 그랬던 적이 있어서 그녀도 알고 있었다.

"케이크가 아직 구워지고 있어요." 그녀는 속삭이듯 말했다.

조용히 있고 싶어서는 아니었다. 극도로 피로한 상태였기에 목소리가 더 크게 나오지 않았다.

"절대 케이크를 태우지 않겠습니다." 하데스가 답했다.

잠시 후 그는 몸을 움직였고, 페르세포네는 그의 가슴에 고개를 묻었다. 하데스의 살결은 따스했고, 향기는 공중을 감도는 바닐라 향처럼 매혹적이었다. 지금 벌어지는 모든 일을 끝까지 지켜보고 싶었지만 어느새 주방 바닥에서 그의 품에 안겨 잠이 들었다.

16장
한계점

다음 날 아침, 출근길에 페르세포네는 엘리스카에게 전화를 걸어 렉사의 상태를 물었다. 사실 렉사의 수술 이후 악의적인 말들을 뱉고 하데스에 대해 나쁘게 말한 제이슨을 줄곧 피하는 중이었다. 하데스가 도울 수 없다는 점을 받아들이는 것도 쉽지 않았는데, 제이슨이 둘의 사랑을 의심했을 때는 더욱 힘겨웠다.

렉사의 상태가 그대로라고 말하는 렉사 어머니의 목소리에는 지친 기색이 묻어났다. 이 모든 일이 죄다 악몽 같았다. 시간이 흐를수록 렉사 없이 살아가야 할지도 모른다는 생각이 굳어지는 것도 막을 수 없었다.

지난밤 이후, 그 생각은 점점 더 똬리를 틀었다.

"좋은 아침이에요, 페르세포네!" 그녀가 엘리베이터에서 내리자마자 헬렌이 말했다. 쾌활한 얼굴이 금세 굳어졌다. "괜찮아요?"

그녀의 질문에 페르세포네는 울컥 화가 치밀었다. "아뇨."

책상으로 향하는 동안 죄책감이 무겁게 내려앉아, 나중에 사과해야겠다고 마음먹었다. 지금은 스스로 진정해야 했다.

자리에 앉기가 무섭게 디미트리가 집무실에서 나왔다. "페르세포네, 잠깐 이야기 좀 할까요?"

그러자 화가 다시금 울컥 치솟았다. 예상치 못한 무분별할 정도의 분노였다. 아뇨, 라고 답했어야 했다. 좀 더 이것저것 정리해야 한다고. 하지만 어느새 상사를 따라 그의 집무실로 들어와 있었다.

"좋은 소식이 있어요." 디미트리가 책상 뒤에 앉으며 말했다.

페르세포네는 그가 꺼낼 말이 무엇인지 알고 있었다. 그래도 기다렸다. 평생 느껴온 것보다 더욱더 무심한 눈길로 그를 쏘아보면서. 그가 최후통첩을 날린 이후 처음으로, 그 일이 얼마나 큰 영향을 미쳤는지 스스로 깨닫게 되는 순간이었다.

"칼이 더는 독점 기사를 강요하지 않겠다고 했습니다."

그녀가 아무 반응이 없자, 디미트리는 인상을 찌푸렸다. "왜 그래요? 기뻐할 줄 알았는데."

"잘못 생각하셨어요. 피해는 이미 입었거든요."

"페르세포네. 이러지 마요."

상사가 이름을 말하는 투가 싫었다. 그녀가 불합리하게 굴고 있다는 듯한 어투였다.

"뭘 이러지 말라는 거예요? 당신 헛소리를 폭로하지 말라고요?"

"헛소리였다면 내가 어쩔 수 없이 최후통첩을 했을 때 일을 관뒀겠죠. 온 힘을 다해 이 일이 필요 없다는 척을 하고 있지만, 전혀 아니라는 걸 나는 압니다. 그것만이 당신과 하데스가 구별되는 유일한 지점이니까."

그녀는 움찔했다. 가슴이 쓰렸다.

디미트리는 좌절감을 감추지 않고 한숨을 푹 쉬었다.

"미안해요. 그 말은 해선 안 됐는데."

"왜 안 되죠?" 그녀는 씁쓸하게 웃었다. "그게 사실인데요."

"지금 사실이라고 해서 영원히 사실일 거라는 법은 없어요. 이 업계에서 이름을 떨칠 수 있는 사람이 있다면, 그건 당신이에요. 페르세포네."

"공치사한다고 달라지는 건 아무것도 없어요, 디미트리."

그는 웃음기 없이 웃었다. "어떻게라도 용서를 구할 순 없을까요?"

"용서는 할 수 있어요. 신뢰는, 못 하고요."

"그건 어쩔 수 없겠네요." 디미트리가 긴장한 채 맞잡은 두 손으로 눈을 내리깔았다. "선택의 여지가 없었다는 건 알겠죠."

"내게 선택권이 있었듯, 당신에게도 선택권이 있었어요."

그는 고개를 끄덕였지만, 눈길은 먼 곳을 향했다. 마치 오래전 있었던 어떤 일을 회상하듯이.

잠시 후 그는 입을 열었다. "칼은 결코 하데스만큼은 아니지만, 강력한 존재예요. 난……." 그는 말을 멈추고 목을 가다듬었다. "그에게 도움을 구했던 적이 있어요."

돌연한 깨달음이 묵직하게 가라앉았다. 칼이 마기라는 것을 디미트리 역시 알고 있었던 것이다.

"어떤……?"

"사랑의 주술."

페르세포네는 인상을 찌푸렸다. "이…… 이해가 안 돼요."

디미트리는 눈썹을 치켜올린 다음 페르세포네와 눈을 마주했다. "대학 시절, 루카라는 남자를 만났어요. 우린 가장 친한 친구 사이가 되었고, 나는 그를 너무나도 사랑했어요. 어느 날 밤, 그에게 내 마음을 고백하겠다고 결심했죠. 내 마음은 화답을 받지 못했지만…… 그가 없는 삶은 상상할 수 없었어요."

"그래서 사랑의 주술을 썼다는 거예요?"

디미트리가 그런 짓을 했다는 데 소름이 돋았다. 사랑의 주술은 심각한 산업이었다. 제작과 배포가 불법인 이유가 있었다. 개개인의 선택권을 앗아가니까.

"결코 자랑스러운 기억은 아니에요." 디미트리가 인정했다. "다시 그 순간으로 돌아간다고 하면 그를 보내줄 거예요."

"되돌려놓으세요." 페르세포네가 말했다.

디미트리의 눈이 휘둥그레졌다. 그녀가 그렇게 말하리라고 예상하지 못한 게 분명했다.

"되돌려놓으라고요?"

"아니면 당신이 한 짓을 그분께 말하던가요." 페르세포네가 재촉했다. "디미트리…… 당신은 잘못을 저질렀어요."

"그때의 일을 처리하라는 말이나 들으려고 이 얘기를 한 게 아니에요." 그가 점점 얼굴을 붉히며 말했다. "당신을 밀어붙일 수밖에 없었던 이유를 이해해달라는 마음에서 얘기한 거라고요."

"그건 알지만, 디미트리…… 당신이 정말 그를 사랑했다면……."

"그만." 디미트리는 깊이 심호흡을 했다. "이 대화는 여기서 끝내기로 합시다."

"디미트리."

"이 일에 관해 어디서든 일언반구라도 하면, 페르세포네, 당신은 해고입니다. 확실히 해두겠습니다."

페르세포네는 입술을 깨문 채 멍하니 서 있다가 한마디 내뱉었다. "당신은 아폴론보다 하등 나을 게 없네요."

디미트리는 소리 내어 웃었다. 웃음기라고는 찾아볼 수 없는 차가운 웃음이었다. "누군가 나를 신에 비유한 건 처음이군요."

"칭찬 아닙니다." 페르세포네가 말했다.

그 점을 짚을 필요도 없다는 걸 알고 있었다. 디미트리는 그 비유의 막중함을 이미 잘 알고 있었다. 아폴론과 디미트리는 자신들이 사랑했던 이들에 관해 본질적으로 같은 결정을 한 셈이었고, 상대들에게는 참혹한 결과가 따랐다.

그녀는 디미트리의 집무실을 나서자마자 짐을 챙겼다.

데스크를 지나 엘리베이터 쪽으로 걸어가는데 헬렌이 불러 세웠다. "앗…… 어, 페르세포네?"

그녀가 걸음을 멈추지 않자 헬렌이 옆으로 다가왔다.

"무슨 일이죠, 헬렌?"

"그게……."

"그만 좀 불러요."

헬렌의 입가가 가늘어지더니 머뭇거리며 말을 더듬었다. "어, 당신 앞으로 이런 게 와서요."

그녀는 흰색 봉투를 내밀었다.

"누가……?"

질문하려 했지만 헬렌은 이미 뒤돌아 데스크로 가버린 뒤였다.

페르세포네는 한숨을 내쉬었다. 자신을 피해버린 그녀를 비난할 순 없었다. 이제는 사과할 일이 두 개가 되고 말았다. 하지만 지금은 여기를 정말이지 뜨고 싶었기 때문에 나중에 사과해야 할 것이다.

그녀는 엘리베이터에 탄 후 봉투를 열었다. 안에는 손글씨로 쓴 편지가 들어 있었다.

친애하는 페르세포네

장미는 별로 안 좋아하시는 것 같더군요. 미래의 선물들은 마음에 들길.

당신의 숭배자

며칠 전 책상 위에 올라와 있던 장미에 처음으로 생각이 미쳤다. 장미는 아직도 거기 놓여 있었다. 렉사의 사고 이후로 잊히고 시든 채. 하데스가 준 거였으리라 추측했지만 그게 아니라는 걸 이제 깨달았다. 헬렌에게 발신자 없는 선물과 봉투를 받지 말라고 말해둬야겠다.

갑작스레 불안해진 페르세포네는 편지를 구겨 엘리베이터에서 내리자마자 쓰레기통에 던져버렸다. 그런 다음 택시를 불러 렉사의 병원으로 갔다.

그곳엔 결코 익숙해질 수 없을 것이다. 병원 가까이 다가가고 있다는 생각만으로도 불안해졌다. 2층에 도착해서 복도를 지나 렉사의 병실로 향할 때쯤에는 그 불안이 더욱 커졌다. 그녀는 갑작스레 걸음을 멈췄다. 엘리스카와 애덤이 의사와 이야기를 나누고 있었던 것이다.

"현시점에선 고려할 만한 사항입니다."

의사의 말에 렉사의 부모님은 혼미해 보였다.

페르세포네는 컴퓨터 스탠드 뒤로 몸을 숨기고 귀를 기울였다.

"호흡기를 떼고 나면 시간이 얼마나 남게 되는 건가요?" 애덤이 묻는 목소리가 들려왔다.

"전적으로 환자분께 달렸습니다. 몇 초 만에 떠나실 수도 있고, 며칠이 걸릴 수도 있죠."

페르세포네는 속이 메스꺼웠다.

"물론, 두 분의 결정에 달려 있습니다." 의사가 말했다. "생각하실 시간을 드리겠습니다. 궁금한 게 있으시면 언제든 말씀하시고요."

페르세포네는 복도를 내달려 화장실로 직행했다. 겨우 변기에 이르러 속을 게워내려 했지만, 아무것도 나오지 않았다. 마음을 가라앉히는 데는 생각보다 훨씬 오래 걸렸고, 이후에 렉사의 병실로 갔을 때는 엘리스카가 혼자 있었다.

페르세포네가 들어서자 그녀는 미소를 지었다. "어서 오렴, 페르세포네."

"안녕하세요, 제가 귀찮게 해드리는 게 아니어야 할 텐데요. 올 거라고 미리 말씀드릴 걸 그랬어요."

"괜찮단다, 얘야." 엘리스카가 기지개를 켰다. "여기 잠깐 있을 거면 산책 좀 다녀오마……."

페르세포네는 간신히 고개를 끄덕이곤 옅은 미소를 지어 보였다. 엘리스카가 떠나자, 렉사의 침대 위에 앉아 조심스럽게 그녀의 손을 잡았다. 링거 때문에 피부는 멍들어 있었고 몸속에 찔러 넣는 온갖 튜브들을 고정하는 테이프 때문에 군데군데 변색되어 있었다.

죄책감이 어깨를 무겁게 내리눌렀다. 렉사를 낫게 하기 위한 치료법을 찾는 노력은 실패하고 말았다. 숨을 불어넣는 호흡기로 간신히 연명 중이었으나 렉사의 부모님은 그걸 떼어버리고 싶어 했다.

페르세포네가 상상한 최악의 두려움이 현실이 되고 말았다.

렉사가 지하 세계로 들어서는 걸 바라보는 게 그렇게까지 끔찍할까?

분명 단순한 답을 요하는 질문이었지만, 사실은 문제가 더 복잡했다. 하데스의 제안에 이어, 자신을 괴롭히던 또 다른 생각도 수면 위로 올라왔다. 그녀와 하데스가 운명의 짝이 아니라면 어떡하지? 지하 세계와 영혼들을 가까이할 수 없게 된다면, 렉사와의 연결고리도 끊어지는 셈이었다.

그러다 문득, 설령 헤어진다 해도 죽은 자들의 신이라면 호의를 거둬가지 않을 거라는 걸 깨달았다. 잠시 헤어졌을 때도 지하 세계로 가서 영혼들을 만날 수 있었지만 그녀는 그러지 않았다. 그곳에 간다는 생각만으로도 너무나 괴로웠고 걱정이 차올랐으니까. 둘이 다시 헤어진다고 해도 아마 마찬가지일 것이다.

"네가 들을 수 있을지는 모르겠지만." 페르세포네가 입을 뗐다. "너에게 들려주고 싶은 이야기가 정말 많아."

렉사의 손을 잡은 채, 그간에 있었던 모든 일을 들려주기 시작했다. 칼의 최후통첩에 대해서도 이야기했다.

"그 일이 있자마자 너에게 얘기해줄 걸 그랬어." 그녀는 잠시 말을 멈추곤 작게 웃었다. "너라면 분명 당장 관두라고 했을 텐데. 나만의 언론사를 창립하던가 하라고 했겠지."

아폴론과 하데스 사이의 거래에 대해, 그리고 그녀 몰래 문제를 해결하려던 그의 계획을 그녀가 어떻게 물거품으로 만들었는지도 이야기했다. 죄악에 대해서도, 하데스에 관해 알게 된 모든 것에 대해서도 이야기했다. 말하다 보니 눈가에 눈물이 차올랐다.

"그러고 나서 나에게 결혼해달라고 했는데, 거절했어. 대체 무슨 생각이었느냐고 물어볼 네 모습이 벌써 눈에 훤해. 사실은 말이야,

나도 잘 모르겠어." 그녀는 말을 멈추고 고개를 저었다. "내가 아무리 그를 사랑해도, 지금 당장 그와 결혼할 수 없다는 건 알 것 같아."

하지만 답 대신 들려오는 건 렉사에게 끼워진 인공호흡기 소리뿐이었다. 지금처럼 철저히 혼자라고 느껴진 순간은 없었다.

"렉사." 페르세포네의 입술이 떨렸다. 커다란 눈물방울이 시야를 흐렸다. 가장 친한 친구의 손 위에 키스를 하며 그녀는 속삭였다. "난 네가 필요해."

바로 그때, 야생화 향과 쓴 감귤, 민트 향이 공기 중에 가득 퍼졌다. 페르세포네의 몸이 굳었다. 최대한 빠르게 정신을 가다듬었다.

"엄마." 직전까지 울고 있었다는 게 분명한 목소리로 단어를 뱉으며 그녀는 움찔했다. 돌아보지는 않았다. "여긴 왜 오신 거예요?"

"렉사에 대해 들었다." 데메테르가 말했다. "네가 괜찮은지 한번 보러 왔다."

그녀의 친구가 병원에 입원한 지 벌써 2주째였다. 정말로 걱정한 거라면 더 일찍 왔어야 했다.

"난 괜찮아요."

어머니가 더 가까이 다가오는 게 느껴졌다.

"하데스가 도와주지 않겠다던?"

다시금 페르세포네의 몸이 굳었다. 그 질문이 정말이지 싫었다. 하데스가 도와줄 거라고 여기는 이들이 너무나도 많아서였다. 그녀만은 그의 규칙에 예외가 될 수 있지 않을까 스스로 믿었기에, 그리고 그녀가 아니라고 답해야 하는 이유가 바로 그라는 사실이 싫었다.

"도울 수 없다고 했어요." 그녀가 읊조렸다.

렉사의 손을 놓은 다음 그녀는 어머니를 향해 돌아섰다. 수확의 여신은 인간의 형상을 하고 있었다. 노란색 맞춤 드레스 차림에, 금빛 머리카락은 끝이 살짝 말린 채 양 갈래로 팽팽히 땋여 있었다.

"여기 온 진짜 이유가 뭐예요?" 페르세포네가 물었다.

"내가 널 염려한다는 게 그렇게까지 믿기 어려운 일이니?"

"네."

"내가 세상에서 제일 걱정하는 건 너란다. 네가 아무리 인정하기 싫더라도."

페르세포네는 시선을 회피했다. "이 대화는 하지 말아요, 엄마. 난 내 선택을 한 거예요."

"네 제일 친한 친구를 죽게 내버려두는 신 곁에서 어떻게 살겠다는 거니?"

페르세포네는 움찔했다. 그의 피부에 나 있던 실금들, 또 그가 그 대가로 교환한 삶들이 떠올랐다. 어째서 렉사의 영혼을 다른 이의 것과 맞바꾸지 않는지 의문스럽다는 사실을 인정하지 않는다면 거짓말일 것이다.

갑자기 의심이 들었고, 페르세포네는 눈을 가늘게 떴다. "엄마가 이 일과 어떻게든 관련이 있다는 걸 내가 알게 되기라도 하면……."

"그럼 네가 뭘 어쩔 건데? 어디 한번 계속 말해보렴."

"엄마를 절대로 용서하지 않을 거예요."

데메테르는 차갑게 웃었다. "딸아, 그 위협이 실현되기라도 하면 내가 용서를 빌겠다."

페르세포네는 가슴을 찌르는 데메테르의 말을 애써 무시했다.

"난 렉사를 다치게 하지 않았어. 이 상황을 보건대 네가 오히려 고민해봐야지……. 봄의 딸인 네가 어떻게 진정으로 죽음의 신부가 될 수 있겠니? 네 친구를 죽게 만든 신 편에 설 수 있겠어?"

페르세포네도 그 사실 때문에 죄책감도 들었고 화도 났다.

그녀는 주먹을 꽉 쥐며 매섭게 말했다. "그만해요."

"네 분노는 내가 아니라 운명의 여신들을 향해야지. 네 친구를 앗아간 건 그들이잖니."

페르세포네는 비웃음을 터뜨렸다. "엄마가 그랬던 것처럼요? 엄마한테 결과는 어땠어요?"

데메테르는 눈을 가늘게 떴다. "그건 두고 봐야지."

페르세포네는 어머니에게서 시선을 거두고 렉사를 다시 바라보았다. 이런 모습의 친구를 바라보는 건 여태껏 겪은 모든 일 중에서 가장 힘겨웠고, 병원 문을 열 때마다 점점 더 힘들어지고 있었다.

"널 도울 수 있는 신이 하데스뿐인 건 아니란다. 아폴론은 치유의 신이잖니."

페르세포네의 몸이 순식간에 굳었다.

"물론 네가 쓴 그놈의 극악무도한 기사가 있으니 그의 도움을 받는 건 이미 글렀을지도 모르지만 말이다."

"그를 변호하려고 온 거라면 더 이상은 듣지 않겠어요. 아폴론은 내 친구를 비롯해 많은 이를 다치게 만들었다고요."

"어떤 신이 그렇게 결백할 거라고 생각하니?" 데메테르는 말을 멈추고 소리 내어 웃었다. 소름이 쫙 돋는 웃음소리였다. "딸아, 심지어는 너조차 우리의 부패를 벗어날 수 없다. 힘을 가지게 되면 따라오는 게 있으니."

"악한 존재가 되는 거요?"

"아니, 힘을 갖는다는 건 네가 하고 싶은 대로 할 수 있는 자유를 얻게 된다는 거다. 기회가 주어진다면 너 역시 운명의 여신들도 불사하고 친구를 구하지 않겠니?"

"그런 결정들엔 상응하는 결과가 따르는 법이에요."

"대체 언제부터? 네가 쓴 기사가 신들에게 어떤 영향을 끼쳤는지 말해보렴. 하데스에 대한 기사를 쓰고선 그와 연인이 되었고, 아폴론에 대한 기사를 썼는데도 그는 여전히 사랑받잖니." 그녀는 다시금 말을 멈추고 소리 내어 웃었다. "신들에게 결과가 따른다? 아니, 딸아. 그런 것 따위는 없어."

"엄마는 틀렸어요. 신들은 항상 호의를 요구해요, 호의는 결과를 뜻한다고요."

"너도 신이라서 참 다행이구나. 불에는 불로써 싸우거라, 페르세포네. 한낱 인간을 두고 그만 징징대고."

어머니는 어느새 사라졌지만, 그녀의 마법이 풍기는 향이 여전히 공기 중에 둥둥 떠다녀 역겨움을 느꼈다. 혹은, 아폴론에게 도움을 청하러 가야 할 수도 있겠다는 생각에 역겨워졌는지도.

그럴 순 없었다. 비판을 하고 증오를 표명했던 신에게 어떻게 도와달라고 요청할 수 있을까? 하데스와 시빌을 배신하는 게 될 텐데. 스스로를 배신하는 일이기도 했고.

엘리스카가 돌아왔을 때 페르세포네는 렉사의 이마에 키스를 한 뒤 떠날 채비를 했다. 렉사의 어머니에게 등을 돌린 순간, 그녀는 순간적으로 이렇게 내뱉었다.

"아직은 호흡기 떼지 말아주세요."

이미 붉어진 엘리스카의 눈가에 눈물이 차올랐다. 산책을 다녀온 다기보다는 혼자가 되어 울 시간이 필요했던 것이다.

"페르세포네." 엘리스카가 입술을 떨며 말했다. "우리는…… 우리 딸이 그만 괴로웠으면 좋겠어."

렉사는 지금 저기 있지도 않아요. 림보에 갇혀 있다고요.

"어려운 일이라는 걸 우리도 알아. 애덤과 나는 아직 결정을 내리진 않았지만, 결정하는 대로 너에게도 알려주마."

페르세포네는 멍한 상태로 중환자실을 떠났다. 렉사가 사고를 당한 그날과 비슷한 감정이었다. 혼자서 흐르지 않는 시간 속에 얼어붙은 채 유령이 되어 있는데 세상은 여느 때와 다름없이 돌아가는 듯했다. 허공에 둥둥 뜬 것 같은 기분으로 그녀는 엘리베이터로 갔다. 생각에 깊이 빠져 있던 나머지 타나토스가 대기실 벽에 기대어 서 있는 모습을 미처 보지 못하고 지나칠 뻔했다. 형광등 불빛 아래서 그의 금발 머리는 거의 투명하다시피 했고, 검은 날개는 살균 소독된 벽이나 딱딱한 의자들과는 전혀 어울리지 않았다.

페르세포네를 마주칠 거라고는 그 역시 예상치 못한 듯했다. 눈이 마주치자마자 아름다운 푸른색 눈동자가 놀라움으로 커졌으니까.

그녀는 쿵쾅대는 심장을 진정시키려 애썼다. 그가 병원에 온 데엔 여러 이유가 있을 거야. 중환자실에 누워 있는 게 렉사뿐인 것도 아니고. 그녀는 스스로를 다독였다. 다른 사람 때문에 온 걸 거야.

그녀는 그에게 다가가 간신히 웃어 보였다. "타나토스, 여기서 뭐 해요?"

"페르세포네 여신님." 그가 허리를 굽혀 인사했다. "저는…… 업무를 수행 중입니다."

페르세포네는 움찔하지 않으려 애썼다. 타나토스는 온몸으로 죽음의 신다운 용모를 뿜어냈지만, 어쩐지 지하 세계에서 대화하던 상황과 지금은 달랐다. 거기선 그의 존재 이유에 대해 그다지 깊이 생각하지 않았다. 하지만 여기, 지상에서는, 게다가 삶으로 끌어당겨져야 할 친구가 있는 한, 그의 목적은 너무나도 분명해 보였다. 그는 인간의 영혼과 육체 사이의 연결고리를 끊는 자였다. 가족들을 비탄에 빠뜨리는 자. 그는 그녀 역시 비참하게 만들 것이다.

"영혼을 거두러 왔다는 뜻이에요?"

"아직은 아닙니다. 여신님께선……."

반쯤 미소 짓는 그의 얼굴은 매혹적이었지만, 속을 게워내고 싶은 느낌이 다시 찾아들었다.

"피곤해 보인다고요?" 그녀가 질문을 매듭지었다. 어차피 오늘 처음 듣는 말도 아니었다.

"좋아 보이신다고 말하려 했습니다."

살결에 타나토스의 마법이 닿는 것이 느껴졌다. 차분하게 진정시키려는 마법. 보통 때였다면 배려해주는 것으로 여겼겠지만 오늘은 아니었다. 주의를 흩뜨리려는 것처럼 느껴졌다.

"당신 마법은 필요 없어요, 타나토스." 말이 거칠게 튀어나왔다.

그녀는 좌절했고, 두려웠고, 그의 존재감으로 인해 더욱더 불안해지고 있었다.

신의 낯빛은 이미 충분히 창백했지만 그나마 남아 있던 혈색도 싹 사라졌다. 그의 눈이 더 이상 반짝이지 않는다는 것을 깨닫기까진 몇 초가 걸렸다. 그는 상처를 받은 것이다.

그녀는 죄책감을 꾹 눌러두고 물었다. "여기에 정말로 뭘 하러 온 거예요, 타나토스?"

"말씀드렸듯이……."

"업무를 수행 중이죠. 누구를 데리러 온 건지 알고 싶은 거예요."

그 말을 꺼내는 목소리가 떨렸다.

신은 입술을 꾹 다물었다. 요구를 거절하겠다는 뜻이었다.

"……그건 말씀드릴 수 없습니다."

침묵이 흘렀다. 다음 순간 페르세포네는 타나토스가 거역할 수 없는 문장을 뱉었다. 하데스 또한 그렇게 말했던 적이 있었다.

"어서 말하라, 명령이다."

타나토스의 눈가가 반짝였다. 마치 이 모든 일이 육체적인 고통을 준다는 듯. 절박한 눈동자 위로 그의 눈썹이 모였다. 그녀의 이름을 속삭이듯 간신히 부르는 목소리는 쩍쩍 갈라졌다.

"페르세포네."

"그녀를 데려가도록 두진 않겠어."

"만약 다른 방법이 있다면……."

"당신이 여길 떠나는 것이 방법이에요." 그녀는 잠시 말을 멈췄다. "나가."

처음에는 다른 이들의 주의를 끌지 않으려고 조용히 말했지만 그가 꿈쩍도 않자 다시 한번, 단호하게 말했다. 단어 하나하나가 입술 밖으로 미끄러졌다.

"나가라고 했잖아!"

그녀가 세게 밀치자 그는 양손을 든 채 뒷걸음질 쳤다.

"여신님이 막으실 수 있는 일이 아닙니다. 제 업무는 운명의 여신들이 관할하십니다. 여신들이 그녀의 명줄을 자르면…… 저는 그저 영혼을 거둘 뿐입니다."

그 말은 너무도 끔찍했고, 바로 다음 순간 그녀는 스스로도 상상하지 못한 방식으로 행동했다.

"나가!" 그녀는 소리를 질렀다. "나가라고! 나가! 나가!"

타나토스는 자취를 감췄다. 페르세포네는 갑작스럽게 간호사들과 경비원들에게 둘러싸였다. 그들은 웅성대며 질문을 하고 뭔가를 지시했는데, 그들의 말이 머릿속에 소용돌이쳤다.

"저기요, 괜찮으십니까?"

"자리에 좀 앉으셔야 할 것 같아요."

"제가 물 좀 가져올게요."

머리 앞쪽에 통증이 느껴졌다. 한 간호사가 의자에 앉혀주려 했지만 그녀는 손을 뿌리쳤다.

"렉사를 보러 가야 해요."

하지만 중환자실 쪽으로 가려는 그녀를 경비원이 막아섰다.

"간호사분들 말씀을 들으시죠."

"하지만 내 친구가……."

"친구분 상태는 저희가 말씀드리겠습니다." 그가 말했다.

페르세포네는 맞서고 싶었다. 시간이 없다고. 타나토스가 렉사의 병실로 순간 이동해서 이미 그녀를 지하 세계로 데려갔으면 어떡하지? 페르세포네는 경비원들을 밀어내고 렉사의 병실을 향해 달려갔다. 그때 갑자기 안쪽에서 문이 열렸고, 그녀는 순식간에 자취를 감췄다.

예고 없이 다른 세계로 순간 이동하다 보니 진공 속에 있는 것처럼 느껴졌다. 갑자기 숨을 쉬기가 어려웠고, 몸에 수분이 빠져나가는 것 같았으며 귓가가 멍멍해지면서 아파왔다. 몇 초 동안 그 증상이 이어지더니 하데스 마법의 향이 훅 끼쳐왔다. 콧속에 성에가 낀 듯 따가왔다.

두 눈이 어둠에 익숙해지자, 페르세포네는 자신이 하데스의 알현실에 떨어졌다는 걸 깨달았다. 머리 위에 비스듬히 자리한 창문으로 들어오는 흐릿한 빛에도 이곳은 늘 어두웠다. 하데스는 왕좌에, 예술적이면서도 무시무시한 형상의 흑요석 조각 위에 앉아 있었다. 붉은빛에 비친 아름다운 얼굴 외에는 전혀 보이지 않았다.

하데스가 왜 그녀를 이곳으로 데려왔는지 알 것 같았다. 타나토스의 업무를 더는 방해하지 못하게 하려고, 렉사의 삶에 개입할 수 없는 이유를 다시금 훈계하려고. 하지만 듣고 싶지 않았다.

스스로 마법을 써서 순간 이동해보려 했지만 아무 소용이 없었다. 자신이 화난 상태에서 그녀가 지하 세계를 떠나지 못하게 하는 데 생각보다 훨씬 더 공을 들인 하데스였다.

그리고 그는 지금 화가 나 있다.

그의 분노가 오롯이 느껴졌다. 둘 사이에 그 감정이 비집고 들어왔고, 급기야 공기 중에 만져질 것만 같았다.

"당신 멋대로 지상 세계에서 나를 사라지게 할 순 없어요!" 그녀는 소리쳤다.

"복수의 여신들인 에리니에스가 아닌 내가 데려왔다는 걸 다행이라 여기십시오."

그의 목소리는 깊이 잠겨 있었고, 그녀는 더욱더 긴장했다. 그럼에도 저항하고 싶었다.

"날 돌려놔요, 하데스!"

"안 됩니다."

그러자 페르세포네의 어깨와 양 옆구리, 종아리에서 끔찍한 통증이 느껴지더니 피부에서 가시들이 돋아났다. 그녀는 저절로 하데스 앞에 무릎을 꿇게 되었다. 왕좌에서 몸을 일으킨 신은 붉은빛으로 전신이 타오를 듯 빛났다. 끔찍하고도 무시무시한 형상이었다. 그는 맹수와도 같은 우아한 태도로 그녀를 향해 천천히 다가왔다.

"멈춰!" 그가 한 발 한 발 다가오자 그녀가 명령했다. "더는 가까이 다가오지 마!"

자신의 상처가 얼마나 심각한지 그에게 보여주고 싶지 않았다.

하지만 하데스는 그녀의 말을 무시하고는 옆으로 다가와 무릎을 꿇고 앉았다. "페르세포네, 얼마나 오랫동안 이 정도의 마법이 현현했던 겁니까?"

페르세포네는 대답하는 대신 질문을 했다. "한 번이라도 좀 말을 들으면 안 돼요?"

그는 웃음기 없이 웃었다. "내가 당신에게 하고 싶은 말입니다."

그녀는 그 말을 못 들은 척, 상처의 통증을 느끼며 숨을 몰아쉬기만 했다. 마법이 이런 식으로 여러 번 발현되긴 했지만 이번이 가장 심했다. 하데스는 그녀의 어깨 위에, 옆구리에, 다음으론 종아리에 손을 대며 상처를 치유했다. 다 마친 뒤 몸을 일으켜 세운 그의 손에는 피가 흥건했다.

"이런 상태를 얼마나 오랫동안 숨긴 겁니까?"

"당신은 몰랐을지도 모르지만 난 정신이 없었어요. 나한테 뭘 원하는 거예요, 하데스?"

하데스의 눈동자가 번득였다. 그녀를 향한 염려의 눈빛이 돌연 분노로 바뀌었다.

"타나토스를 향한 당신의 행동은 악랄했습니다. 사과하십시오."

"내가 왜 그래야 하는데요?" 그녀가 쏘아붙였다. "렉사를 데려가려고 온 거였다고요! 심지어 나에게 그걸 숨기려고까지 했고!"

"그는 자신의 일을 하는 중이었을 뿐입니다, 페르세포네."

"내 친구를 죽이는 건 일이 아니야! 살인이라고!"

"살인이 아니라는 건 당신도 알잖아!" 그의 목소리가 거칠어졌다. "당신을 위해 그녀를 살아 있게 놔두는 건 친절이 아닙니다. 그녀는 고통 속에 있고, 그 시간을 늘리고 있는 건 다름 아닌 당신이란 말입니다."

그녀는 움찔했지만 곧 자세를 가다듬었다. "아냐, 당신이 늘리고 있는 거지. 내 친구를 치유해줄 수도 있는데 그러지 않겠다고 했잖아."

"운명의 여신들과 거래를 해서 그녀를 살리기라도 하라는 겁니까? 당신 양심에 금을 하나 긋고 또 다른 누군가의 죽음을 초래하라고? 당신이야말로 살인과는 어울리지 않잖습니까!"

그녀는 그의 뺨을 때렸다. 아니, 때리려고 했다. 하지만 하데스가 먼저 그녀의 손목을 붙잡고 끌어당겨 키스를 퍼부었다. 온몸에 힘이 빠져 그의 품에 안길 때까지, 결국 울음을 터뜨릴 때까지.

"난 누군가를 잃는 게 뭔지 몰라요, 하데스." 그녀는 그의 가슴에 안겨 흐느꼈다.

그는 두 손으로 그녀의 얼굴을 감싸며 눈물을 닦아주었다.

"압니다. 하지만 도망치는 건 도움이 안 됩니다, 페르세포네. 당신은 그저 피할 수 없는 일을 미루고 있을 뿐입니다."

"하데스, 제발요. 만약 그게 나였다면 어쩔 건데요?"

그가 너무 황급히 몸을 뗀 바람에 그녀는 휘청거렸다.

"그런 생각 따위는 하지 않겠습니다."

"날 위해서라면 현존하는 모든 신성한 법도를 다 어길 거라곤 말하지 않겠죠."

페르세포네는 하데스의 눈빛이 얼마나 깊은지 이전부터 알고 있었다. 수천, 수만 개의 삶을 되비추는 듯한 눈빛이었다. 하지만 지금 이 순간의 눈빛은 처음이었다. 눈 속에 적의가 번득였다. 그가 여태껏 행해온 모든 폭력을 하나하나 다 볼 수 있을 것만 같은 순간이었다. 그녀를 구하기 위해서라면 그는 그 어떤 것도 불사할 것이고, 그 생각에는 한 치의 의심도 없었다.

"오해는 마십시오, 여신님. 나는 온 세상을 불태워서라도 당신을 구할 겁니다. 그러나 이는 내가 기꺼이 짊어지고자 하는 짐입니다. 당신도 나와 같은 말을 할 수 있습니까?"

그녀의 질문에 하데스의 내면에서 변화가 일어난 게 분명했다. 모든 상처를 드러내 보일 것 같은 찰나가 지나갔고, 다시 무언가가 닫혔다. 다시금 그의 눈가는 흐릿해졌고, 표정은 덤덤해졌다.

"렉사에게 작별 인사할 시간을 하루만 더 주겠습니다. 내가 타협할 수 있는 유일한 점입니다. 내가 이를 허용했음에 감사히 여기십시오."

그 말과 함께 신은 사라졌다.

알현실에 혼자 남은 페르세포네는 앞으로 24시간 안에 렉사가 죽을 거라는 현실에 먹먹해졌어야 했다. 그러나 대신, 그녀는 묘한 결의를 느꼈다.

신들에게 결과가 따른다고? 아니, 그런 것 따위는 없어.

그녀는 몸을 일으켜 세워 집으로 순간 이동했다.

소파에 기대어 있던 시빌은 마법으로 인해 피멍이 든 채 피를 뚝

뚝 흘리고 있는 페르세포네가 나타나자 눈이 휘둥그레졌다.

오라클은 헐레벌떡 허리를 세워 앉았다. "페르세포네, 너⋯⋯."

"난 괜찮아. 그보다 네 도움이 필요해. 아폴론이 목요일 저녁마다 노는 곳이 어디랬지?"

17장
쾌락 지구

페르세포네는 쾌락 지구의 좁다란 자갈길을 따라 이리저리 걸었다. 백색 도료를 뿌린 가게들과 헤타이라, 포르나이, 캅수라 등의 이름을 가진 성매매 업소들을 지났다. 골목길에는 사람이 가득했다. 다들 정체를 숨기려 가면을 쓰고 있었기에 쾌락을 즐기러 왔음이 분명했다. 쾌락을 제공하러 온 사람들도 있었다. 레이스 옷차림의 여성들과 상반신을 드러낸 남성들이 바로 그들이었다. 그들은 군중 사이를 춤추듯 움직이며 깃털 목도리와 초콜릿으로 잠재 고객들을 희롱했다. 재스민과 바닐라 향 오일을 바른 피부가 반짝거렸다. 거리의 조명은 십자형으로 교차하며 동네 전체에 기묘한 붉은빛을 뿜어 댔다.

아폴론이 목요일 저녁마다 시간을 보내는 곳은 바로 여기였다.

"에로타스에 있을 거야." 시빌이 말했다. "그곳 3층의 특별실을 그가 소유하고 있거든."

봄의 여신은 손을 들어 시빌이 빌려준 가면을 확인했다. 언제라도 가면의 힘이 느슨해져 정체가 탄로 나게 될까 봐 강박이 생겼다. 무

300

겁고 단단한 검은색 가면이었다. 에로타스에 무사히 도착할 때까지만 쓰고 있으면 될 것이다. 안으로 들어선 뒤엔 모든 방문자에게 익명이 보장되었다.

선택의 여지가 있었다는 것을 알고 있었지만, 다른 선택은 하고 싶지 않았다. 어머니 말이 맞았다. 친구를 낫게 해달라고 아폴론에게 부탁하지 못할 이유가 뭐겠어? 그녀는 기꺼이 그 거래를 할 용의가 있었고, 그래서 지금 이렇게 에로타스 쪽으로 걷고 있는 것이다.

쾌락 지구의 가장자리에 놓인 거울 재질의 거대한 남근이 멀리서부터 눈에 띄었다. 에로타스는 가장 비싸고 고급스러운 업소였기에 바다가 가장 잘 보이는 곳에 서 있었다. 문이 보일 때까지 다가간 다음 코트와 마스크를 벗었다. 안에는 심플한 검은색 드레스를 입고 스트랩이 달린 검은색 힐을 신었다. 에로타스에서 일하는 여성들의 옷차림이었다. 운이 좋다면 페르세포네도 그들에게 섞여들어 아폴론을 수월하게 찾아낼 수 있을 것이다.

업소의 인테리어가 전통적이라 적잖이 놀랐다. 입구는 둥글었고 커다란 크리스털 샹들리에가 불을 밝히고 있었다. 붉은색 벽은 화려한 거울과 돌출 촛대로 장식되어 있었고, 대리석 바닥을 지나 2층으로 이어지는, 공주들이 거닐 법한 계단까지 향하는 내내 아무도 보이지 않았다.

꽤 쉬운데. 그리고 연철 난간에 손을 올리는 순간.

"어딜 가는 거지?"

화들짝 놀라 뒤를 돌아보자 진홍색 옷을 입은 나이 든 여자가 보였다. 아름답고 늘씬하며 흰 머리칼을 지닌 여자였다. 이 업소의 마담, 혹은 관리자일지도 모른다는 생각이 들었다.

"고객이 있어서요." 페르세포네가 말했다. "위층에서 기다리고 계세요."

"거짓말하는군."

여자의 말에 페르세포네의 얼굴이 창백해졌다.

"아직 아무도 위층에 올라가지 않았어. 이리 와!"

페르세포네는 머뭇거리다 계단을 내려왔다. 누구인지 알아보려는 듯, 여자는 다가오며 그녀를 샅샅이 뜯어보았다.

"이름이 뭐지?" 여자가 눈을 가늘게 뜬 채 물었다.

"코, 코라입니다." 페르세포네가 간신히 말했다.

"새로 왔군." 여자는 페르세포네의 얼굴을 손으로 매만졌다. 마치 얼굴에 결점이 있는지 검사하려는 듯이. "그래, 비싼 값을 받을 수 있겠어."

"비싼 값이라고요?" 페르세포네가 눈썹을 치켜떴다.

"이제 보니 그래서 자리를 뜨려고 했군. 경매가 두렵나?"

경매라고? 페르세포네는 고개를 끄덕였다.

"걱정 마, 아가씨. 이리 와."

마담은 페르세포네의 팔에 자신의 팔을 끼우곤 계단 아래 자리한 응접실로 안내했다.

안에는 모든 연령대와 다양한 덩치의 남녀가 검은 옷을 입고 서 있었다. 왜 하필 검은색일까 궁금해졌다. 다들 장례식에 와 있는 것 같았으니까.

마담과 페르세포네가 들어서자, 허리에 붉은 천을 두르고 붉은 가면을 쓴 남자가 은쟁반을 들고 다가왔다. 마담은 샴페인 한 잔을 집어 들더니 페르세포네에게 건넸다.

"마셔. 좀 안정될 거야."

샴페인은 달콤하고 상쾌한 맛이 났다.

"섞여봐, 대화도 좀 하고. 곧 입찰이 시작될 테니까."

마담은 자리를 떴고, 페르세포네가 혼자 남겨지자마자 검은색 곱슬머리에 속눈썹이 긴 여자가 다가왔다. 입술은 선홍색을 띠었고 피부는 매끄러운 갈색이었다.

"넌 처음 보는데." 그녀가 말했다. "난 이스메나라고 해."

"난 코라." 페르세포네가 말했다. "음…… 무슨 일이 벌어지고 있는 건지 얘기해줄 수 있니?"

이스메나는 농담을 들었다는 듯 나직하게 웃었다. "너 예뻐서 길 거리 캐스팅당한 거야?"

페르세포네의 눈이 휘둥그레졌다. "그런 일이 일어난단 말이야?"

"신경 쓰지 마. 이건 경매야. 너도 번호를 받으면 강당 같은 방으로 들어갈 텐데, 거기선 번호가 불릴 때까지 기다리면 돼. 그다음 엔 무대로 올라가게 되는데, 그냥…… 내려오라고 할 때까지 서 있으면 돼."

"그다음에는?"

"입찰자의 방으로 가게 되지."

페르세포네는 속이 뒤틀렸다.

"이 일은 어쩌다 하게 된 거야?" 이스메나가 물었다. "전혀 준비되어 있지 않은 것 같아 보여서."

페르세포네는 미소를 지어 보인 뒤 생각할 수 있는 유일한 이유를 댔다. "가끔은 선택지가 없을 때도 있는 거잖아. 넌 어때?"

여자가 어깨를 으쓱했다. "돈이 되니까. 또 꽤나 많은 남자들이 섹스를 하고 싶어 하는 것도 아니더라고. 그냥 대화를 나누고 싶어 할 때도 많아."

그건 괜찮네 싶었다. 페르세포네는 오직 그것을 위해 여기까지 온 거니까. 대화, 그리고 거래.

진홍색 옷을 입은 여자가 어느새 돌아와서 박수를 쳤다. 모두가 그녀를 돌아보았다.

"시간이 됐습니다, 신사 숙녀 여러분."

페르세포네는 이스메나의 뒤를 따라갔다. 모두 옆방으로 들어갔는데, 그곳에는 의자들이 줄지어 놓여 있었다. 들어가면서 각자 하나씩 번호를 부여받은 다음 자리에 앉았다. 마담은 여자와 남자를 한 명씩 차례로 불렀고, 어둠 속으로 하나둘 사라질 때마다 페르세포네의 심장은 쿵쿵 뛰었다. 이 업소에서 가장 높은 금액을 제시한 자에게 스스로를 경매 부치려고 했다는 걸 알게 되면 하데스가 뭐라고 할까. 이내 다른 생각이 끼어들었다. 만약 아폴론을 찾지 못하면 어떡하지?

그녀는 아주 긴 시간을 앉아 있었다. 방 안의 모두가 사라지고 혼자만 남을 때까지.

마담이 들어왔다. "네 차례야, 코라."

페르세포네는 여자를 따라 어둠 속으로 들어간 다음 원형 무대로 올라섰다. 밑에는 아무것도 보이지 않았지만, 어둑한 곳에 사람들이 모여 서 있다는 걸 알 수 있었다. 그들의 기척을 느낄 수 있었기 때문이었다. 그 순간, 온갖 감정이 와락 덮쳐왔다. 격렬한 외로움과 갈망 같은 것들. 그 저변에는 기묘한 즐거움이 자리했다. 그녀는 어둠을 응시하며 부드러운 미소를 살짝 지어 보였다.

"당신을 위해 왔어요, 아폴론."

그러자 마담이 번개처럼 빠르게 그림자 속에서 나타나 그녀의 손목을 낚아챘다.

"어찌 감히! 이 경매는 익명으로 진행된단 말이다."

인터폰 너머로 지직거리는 소리와 함께 목소리가 들려왔다.

"멍들게 하진 마라, 마담 셀레네. 안 그랬다간 하데스의 노여움을 사게 될 테니."

퍽이나 익명성을 지켜주네.

여자가 깜짝 놀라며 눈을 크게 뜨더니 그녀를 풀어주었다.

"당신 페르세포네야?"

아폴론의 목소리가 다시 지직거리는 소리와 더불어 인터폰 너머로 들려왔다. "내 특별실로 안내해주거라."

페르세포네는 기대에 찬 표정으로 마담을 돌아보았다. 마담은 잠시 미동도 하지 않았다. 마치 페르세포네가 죽은 자들 중 한 명이라도 되는 것처럼 쳐다보며 얼어붙은 듯 서 있었다.

잠시 후, 그녀는 목을 가다듬고 고개를 숙였다. "이쪽입니다."

마담은 페르세포네를 데리고 방을 나가서 거울이 붙은 엘리베이터로 안내했다. 문이 닫히자 마담 셀레네는 반사된 거울을 통해 페르세포네를 바라보았다.

"내 애들을 다루듯 대하게 놔둔 이유가 뭔가요?"

페르세포네는 어깨를 으쓱했다. "호기심이 일어서요. 걱정 마세요. 오늘 밤 여기 있는 모든 이가 비밀을 지켜준다면 하데스는 당신이 내게 손댔다는 걸 모를 테니까요. 아시겠죠?"

"그럼요."

마담 셀레네는 열쇠를 하나 꺼내 금속 구멍에 넣고는 3층 버튼을 눌렀다.

한동안 침묵에 잠겨 있던 마담이 조심스레 입을 열었다. "거래하러 오신 건가요?"

페르세포네의 심장이 다시 쿵쾅대기 시작했다. "내가 뭐 때문에 아폴론과 거래를 하겠어요?"

"절박해 보여서요."

페르세포네는 여자를 빤히 바라보았다.

"내가 매일같이 보는 게 절실한 얼굴들이에요. 해결책을 찾기 위해 온 거라면 장담컨대, 아폴론은 절대 아닙니다."

페르세포네는 이를 악물었다. "좀 전에 우리가 한 약속 기억하죠, 마담? 조용히 있는 게 신상에 좋을 거예요."

여자는 씩 웃었고, 페르세포네는 그 미소에서 사악함을 읽었다.

엘리베이터가 멈춰 섰다. 페르세포네는 근사한 가구가 갖춰진 호화스러운 거실로 들어섰다. 고급 천과 질감이 좋은 깔개, 훌륭한 예술품으로 가득한 공간이었다.

안쪽으로 들어서며 페르세포네의 신경은 점점 더 곤두섰다. 음악의 신이 겁주려고 불현듯 나타날지도 모른다는 생각이 들어서였다. 하지만 좌석 공간에서 몸을 틀자마자 옆방에 아폴론이 보였다. 그는 알몸으로 거대한 욕조 안에 나른하게 늘어져 있었다. 그녀를 보자마자 신은 몸을 쭉 뻗어 두 발을 욕조에 걸쳐두곤 욕조 가장자리에 팔을 둘렀다.

"아, 페르세포네여." 그가 말했다. "보기만 해도 들뜨는군."

"아폴론." 그녀도 그의 이름을 불렀다.

"이리 와, 합류하시지!"

"좀 전에 마담 셀레네에게도 경고를 했는데, 내게 손끝 하나라도 댔다간 하데스가 당신 성기를 잘라서 당신에게 먹일 테니까 입 함부로 놀리지 말라고."

아폴론은 페르세포네의 말에서 연상된 장면이 진심으로 즐겁다는 듯 씩 웃었다.

"지금 내게 해줘야 할 것들을 거부하는 거야? 어쨌든 난 당신을 샀고 비용도 지불했어."

"그럼 그 돈은 날린 셈이네." 그녀가 답했다.

아폴론은 웃음을 터뜨리며 흐릿한 보랏빛 눈을 가늘게 떴다.

그때 갑작스럽게 엘리베이터 문이 열리더니 세 명의 님프가 방으로 들어왔다. 셋 다 반짝거리는 슬립 차림이었다. 한 명은 대야를, 다른 한 명은 다양한 병이 담긴 쟁반을, 나머지 한 명은 수건 더미를 들고 있었다.

"오일은 물속에 넣어라. 빨리 좀 올 것이지." 아폴론이 날카롭게 쏘아붙였다.

대야를 든 님프는 신의 무례함에도 전혀 겁먹은 것 같지 않았다. 모든 동작이 조급한 기색 없이 정확했다. 쟁반을 내려놓은 다음 병을 골라 뚜껑을 가지고 오일의 양을 쟀다. 그 님프의 역할이 끝나자 다른 님프가 욕조 안에 장미 꽃잎을 흩뿌렸고, 마지막 님프는 수건을 말아서 그의 머리 밑에 두었다. 할 일을 끝마친 그들은 소리 없이 방을 떠났다.

"여기 오면 날 찾을 수 있다고 시빌이 말하던가?"

페르세포네는 그를 노려보았다. "역시, 이름을 기억하는군."

일전에 그는 시빌의 이름을 말하길 거부했었다.

"내 오라클, 내 모든 연인들, 내 모든 적의 이름은 전부 기억하지."

"그 모두가 다 똑같은 이들 아닌가?" 페르세포네가 도발했다.

신이 인상을 찌푸렸고, 점점 표정이 굳었다. "말은 좀 조심하지그래, 특히 여기에 도움을 청하러 왔다면 말이야."

"도움을 청하러 왔다는 걸 어떻게 알지?"

"내가 틀렸나?"

그녀의 침묵에 신은 웃음을 터뜨렸다.

"그럼 말해보아라, 페르세포네여. 네 연인이 주려 하지 않는 무언가를 내게서 구하러 왔는가?"

목숨.

그때, 페르세포네는 불현듯 온몸에 열이 솟구치는 것을 느꼈다. 스스로가 여기에 있다는 것이 싫었다. 고작 아폴론 따위에게 도움을 청하러 왔다는 것도 싫었다. 그녀가 원하는 걸 하데스가 주지 않는다는 사실을 저 신이 알고 있는 것도 싫었다.

"내 친구를 치유하려면 당신이 필요해." 페르세포네가 말했다.

그 말이 입속 가시처럼 느껴졌다. 그 말을 해선 안 된다는 걸 스스로 알고 있었다. 아폴론에게 운명의 여신들을 거역하라는 말도…… 하지만 이렇게 되고 말았다.

아폴론은 오랫동안 그녀를 빤히 바라보았다. 그러다 큰 소리로 웃어젖히기 시작했다. 페르세포네는 그 웃음소리가 경멸스러웠다. 호쾌함을 가장한 톤. 그런데 그녀를 다시 바라보는 신의 눈동자는 번득이고 있었다.

"내 명예를 훼손한 기자 따위를 내가 왜 도와줘야 하지?"

페르세포네의 손이 떨렸다. 그가 마법을 눈치채지 않도록 하기 위해 주먹을 꽉 쥐어야 했다. 잠시 침묵하던 그녀는 애써 입을 뗐다.

"왜냐하면, 난 거래를 하고자 하기 때문이다."

그 말은 아폴론의 관심을 끌었다. 그는 욕조에서 몸을 완전히 일으켰다. 완벽한 알몸이었다.

"감히 나랑 거래를 하고 싶다고?" 그가 물었다.

페르세포네는 고개를 돌리곤 침을 꿀꺽 삼켰다. 솔직히 말해 아폴론의 벗은 몸을 보는 건 뉴아테네대학 안에 있는 신들의 정원에서 조각상을 보는 것과 다를 바 없었지만 돌덩이가 아닌 실제 몸을 보는 건 또 다른 문제였다.

"그래, 아폴론. 그렇게 말했다."

물이 첨벙대는 소리가 들렸고, 고개를 돌리지 않고도 그가 욕조에서 빠져나왔다는 걸 알 수 있었다.

"이…… 친구라는 인간 말이야. 당신한테 아주 중요한가 보지."

"그녀가 내 전부야."

"그래 보이는군." 아폴론은 짓궂은 어조로 말했다. "하데스를 거역하고 나와 거래를 할 의향이 있다면 더더욱 말이지."

페르세포네가 아폴론을 쏘아보았다. 그는 몸을 조금이라도 가리려는 기색이 전혀 없었다.

"할 거야, 말 거야? 난 예의 바른 대화나 하려고 여기 온 게 아냐."

"이걸 예의 바르다고 부르나?" 신은 비웃었다.

페르세포네는 주먹을 더욱 꽉 쥐었고, 그러자 신이 눈을 가늘게 떴다. 글래머에 대한 통제력을 잃고 있다는 걸 그가 눈치챌지도 몰랐다.

"무릎 꿇고 애원해봐."

페르세포네는 역겨움을 느꼈다. "절대 안 해."

"그럼 도와주지 않겠다."

그가 등을 돌리려 하자 그녀가 외쳤다. "잠깐!"

아폴론은 우뚝 멈춰 서서 눈썹을 치켜뜨곤 기다렸다.

페르세포네는 무릎을 꿇고 바닥에 머리를 댔다. 그러는 내내 분노를 억누르려 애쓰면서 떨리는 목소리로 입을 열었다.

"제발."

"안 돼."

아폴론은 뒤돌아 걷기 시작했고, 바로 그때 바닥에서 덩굴이 솟아나 예고도 없이 그를 덮쳤다.

"이런, 이런, 이게 뭐야. 깜짝쇼의 연속이잖아." 신이 말했다.

"제발, 이라고 말했잖아." 목소리에 독이 뚝뚝 묻어났다. 그녀는 그를 고문할 테고, 그러면서 엄청난 희열을 느낄 것이다.

"여신이었군. 인간 행세하는 여신이라니!" 아폴론은 그녀의 간청은 무시한 채 신이 나서 눈을 번득였다. "아무도 모르지? 그렇지?"

꼭 그렇지만은 않았다. 하지만 그녀가 대답하기도 전에 아폴론을 움켜쥔 덩굴에서 가시가 돋아났다. 날카로운 가시들이 솟구치듯 얼굴과 성기 근처를 맴돌자 그는 입을 다물었다.

"우리는 대화 중이었던 것 같은데, 당신이 내 친구를 구해주는 일에 대해서."

아폴론은 그녀를 똑바로 바라보며 자신을 옭아맨 덩굴을 꺾으려 했다. 몇 번의 시도 끝에 그는 숨을 헐떡이며 포기했다. "대체 이게 뭐야?"

페르세포네는 눈을 깜박였다. 자신도 몰랐다. 하지만 아폴론이 자신의 마법을 막아내지 못했다는 사실에 내심 놀랐다. 그를 향한 분노와 증오가 너무도 강해서 마법 역시 강력해진 건지도 몰랐다.

그는 탐문하는 듯한 시선으로 마주 보았다. "조그만 생물이 아주 강력하군."

"난 생물이 아니야."

"당신은 내 저녁 시간의 즐거움을 빨아먹는 거머리인걸."

"이렇게까지 일을 키운 건 당신이야."

"당신 따위가 나를……." 그는 스스로를 내려다보다가 거대한 가시에 얼굴을 찔릴 뻔했다.

"이길 줄은?" 페르세포네가 말을 이었다.

"제지할 줄은." 다시금 그의 눈가에 특유의 장난기가 감돌았다. "이렇게 하면 하데스가 까무러치던가?"

"하데스에 대해 이야기하러 온 게 아니야."

"물론 그렇겠지. 그랬다면 꽤나 골치 아팠을 테니까. 여기 왔다는 걸 그는 모르겠지?"

"대체 왜 모두가 그걸 묻는 거야? 여기 오는 데 그의 허락 따위는 필요 없어."

아폴론의 입꼬리가 일그러졌다. "그럴 수도 있지만, 나에게 도움을 청하러 왔다는 걸 행여 그가 알게 되기라도 하면 꽤나 배신감을 느낄걸. 게다가 저번에 당신을 구해준답시고 호의를 먼저 제안하기까지 했는데."

페르세포네는 죄책감을 꿀꺽 삼켰다. "그건 하데스의 선택이었고 나 역시 나의 선택을 한 거야. 아폴론, 당신에게 거래를 제안한다. 내 친구를 낫게 해주면, 나는…… 나는……."

음, 사실 정확히 뭘 제안해야 할지 몰랐다.

"내가 원하는 건 무엇이든 해주기로."

그렇게 열린 제안을 하면서 몹시 즐거워 보이는 아폴론이 끔찍하게 싫었다.

"그건 안 돼." 페르세포네가 말했다. "하데스를 다치게 하는 건 그어떤 것도 하지 않을 거야."

"오, 하지만 이미 그러고 있는 걸, 조그만 여신님아. 좋아, 당신과 거래를 하겠어. 오직 내 재미를 위해서."

그녀는 기다렸다. 거래의 조건을 들어야 했다.

"코앞에 이렇게 가시가 있으니 생각이란 걸 못 하겠군."

그녀는 알아서 처리하라고 말하려다가 약간은 자비를 베풀어줘야겠다고 생각했다. 이 거래에 있어서만큼은 그의 편의를 봐주어야 했다. 그녀는 마법을 풀었고, 아폴론은 몸을 쭉 뻗었다. 여전히 알몸인 채로.

"옷을 입으면 어디 덧나는 건가?" 그녀가 물었다.

"그래, 내가 당신에게서 뭘 원할까?" 그는 질문을 곱씹으며 방의 구석으로 걸어가 꽃무늬 로브를 꺼냈다. 걸쳐 입는 동안 그는 등을 돌리고 있었다. 하지만 옷을 여밀 생각은 추호도 없었다. 로브는 펄럭거렸고, 알몸이 훤히 드러났다. "나랑 놀아줬으면 해."

"뭐라고?"

농담을 들은 건가 싶었지만 아폴론의 표정은 진지했다.

"당신은 내…… 친구가 되는 거야. 파티에 함께 참석하고, 행사에도 동행하고, 나의 펜트하우스에 오는 거지."

"당신과 놀아줬으면 한다고?" 뭔가 단단히 잘못되었다. "얼마나 오랫동안?"

"당신 친구 목숨 값이 얼마나 되는데?"

페르세포네는 그 질문에는 답하지 않을 것이다.

"서로가 죽도록 싫을 텐데?" 이 거래가 끝날 즈음이면 그를 지금보다 더욱 싫어하게 될 것이 분명했기 때문에.

아폴론은 어깨를 으쓱했다. "내가 얼마나 잘할 수 있는지 알면 놀랄걸."

그렇게까지 한 존재에 대고 눈을 자주 굴릴 수 있을 줄은 스스로도 알지 못했다.

"놀아주는 행위에 뭐가 포함되는 거지?" 그녀가 물었다.

"누가 가르쳤는지 아주 잘 배웠군." 그가 말했다.

"난 당신과 자지 않을 거야. 당신 때문에 주변 이들을 해치지도 않을 거고 대신 당신에게 마법을 쓰지 않겠다고 제안하지."

"또 다른 건?"

"당신의 치유 마법이 듣지 않으면 거래는 종료돼."

아폴론은 그 부분이 특히 웃기다는 듯 굴었다. "내 마법이 듣지 않는다고? 조그만 아가씨, 내가 얼마나 많은 치유자들의 아버지인지 알기나 해?"

"그 부분에 대해선 아무것도 알고 싶지 않아, 아폴론."

"그럼 요청 사항은 그게 전부인가?"

"6개월, 딱 6개월만 할 거야. 더는 안 해."

신은 그녀의 제안을 고심하느라 잠시 침묵했다. 마침내 그가 입을 열었다. "좋아."

"거래하는 거지?"

자신도 모르게 질문이 튀어나왔다. 거래 기간에 대해 그가 이토록 순순하게 응할 줄 예상치 못했다.

아폴론이 킬킬거렸다. "내가 돕는다는데 그렇게 못 믿겠어?"

"선한 마음으로 도와주는 게 아니잖아." 페르세포네가 반박했다. "기이한 방식으로 당신에게 이득이 되니까 돕는 거지."

아폴론이 얼굴을 확 찌푸렸다. "날 모욕하지 마라. 제안은 언제든 철회할 수 있으니까."

"안 돼!" 그녀는 재빨리 외쳤다. 얼굴이 뜨거워지는 것 같았다. 수치심이 아니라 분노 때문에. "미안해."

신은 그녀를 빤히 바라보았다. "진심으로 친구를 위하고 있군. 하지만 이걸 물어봐야겠어. 죽는다는 게 그렇게 나쁠 일이야? 당신은 하데스의 연인이잖아. 지하 세계에서 친구를 못 볼 것도 아니고."

페르세포네가 우물쭈물하자 아폴론은 웃음을 터뜨렸다.

"부유한 자와의 관계에도 확신이 없군."

"난 그저." 그녀는 아폴론이 한 말에 어떻게 답해야 할지 갈피를 잡지 못하고 말을 더듬었다. 어머니의 말이 떠올랐다. 이 상황을 보건대 네가 오히려 고민해봐야지……. 봄의 딸인 네가 어떻게 진정으로 죽음의 신부가 될 수 있겠니? 이 질문에는 답할 수 없었다. 그녀는 정말 하데스 곁에, 가장 아끼는 친구를 죽게 만든 신 곁에서 존재할 수 있을까? 참을 수 없는 고통을 느끼게 만든 세계를 과연 통치할 수 있을까? "나는 결코 그가 원하는 여신이 될 수 없어."

아폴론이 콧방귀를 뀌었다.

페르세포네는 그를 쏘아보았다. "왜지?"

신은 눈썹을 치켜떴다. "마치 그가 당신이 아닌 다른 뭔가를 원하기라도 한다는 것처럼 들리는군. 당신을 벌하러 지하 세계로 내려갔을 때 내가 본 건 그게 아니었는데 말이지."

그녀는 가슴 위로 팔짱을 꼈다. "당신이 그에 대해 뭘 알아?"

그러자 갑자기 그의 얼굴이 심각해졌고, 그녀는 그게 석연치 않았다. "당신은 감히 상상도 할 수 없을 정도로 많이 알지, 조그만 여신이여."

그 말이 이상하게도 솔직하게 들렸다. 더 많은 것을 묻고 싶었다. 지하 세계에서 그는 정확히 무엇을 봤다는 것일까. 하지만 궁금한 게 있다는 사실을 들키고 싶지 않았다.

"그냥…… 내 친구를 치유해줘, 아폴론."

"바라시는 대로, 여신님." 그는 손을 내밀었다. "어디로 가면 되나?"

"아스클레피오스 병원." 그녀가 말했다. "2층, 중환자실."

"아, 그래. 내 아들 이름을 딴 곳이지. 하데스가 그의 능력에 하도 불평을 해서 내 아버지가 그를 죽였다는 것도 알고 있나?"

"그의 능력?"

"내 아들은 죽은 자들을 살려낼 수 있었어. 그것 때문에 하데스가 내 아들을 타르타로스에 밀어 넣었을 것이라 장담하지."

아폴론이 그녀의 손을 잡자 그의 마법이 솟구쳐 오르며 나무와 유칼립투스 향이 진동했다. 둘은 순식간에 렉사의 어둑한 병실에 도착했다. 그녀의 부모님은 한구석에서 잠들어 있었다. 방에선 퀴퀴한 냄새가 났고, 공기는 끈적끈적하고 뜨거웠다. 아폴론을 흘끗 보았을 때, 그의 얼굴이 일그러지고 암울해 보여서 페르세포네는 흠칫 놀랐다.

"당신이 왜 그렇게 거래에 필사적이었는지 알겠군. 거의 떠난 상태야."

그 말은 페르세포네가 옳은 결정을 했다는 것처럼 들렸다. 아폴론은 그 생각을 읽기라도 한 듯 눈을 마주 보았다.

"이걸 원하는 게 확실해?"

"응." 그녀의 목소리는 어둠 속 속삭임처럼 들렸다. 바로 다음 순간, 음악의 신은 손에 활과 화살을 들고 있었다. 천상의 무기는 방의 그림자 속에서 희미하게 빛을 발했다. 꽃무늬 로브 차림의 신이 그처럼 장엄한 무기를 들고 있는 모습을 보게 되다니, 이상했다.

아폴론은 화살을 쏘았다. 활을 당겼다 소리 없이 놓는 움직임 때문에 팔뚝의 혈관이 울룩불룩해졌다. 화살은 렉사의 가슴 한가운데에 명중하자마자 반짝거리는 마법을 흩뿌리며 사라졌다.

침묵이 이어졌다. 그리고 아무 일도 일어나지 않았다.

"효과가 없잖아." 페르세포네가 공포에 사로잡힌 채 말했다.

"있을 것이다." 아폴론이 말했다. "내일이 되면 인공호흡기가 떼어질 테고, 그녀는 깨어나 혼자 힘으로 숨을 쉴 수 있게 될 거다. 산목숨, 숨 쉬는 기적이 될 거야. 당신이 바란 그대로지."

이유는 알 수 없지만 그 말은 그녀의 입속에 끔찍하게 비릿한 맛을 남겼다. 그녀는 송장 같은 렉사를 돌아보았다.

"연락하겠다. 당신의 임무는 곧 시작될 거야."

그런 다음 그는 사라졌다.

소란스러운 중환자실에 홀로 남겨진 채, 페르세포네는 생각했다. 내가 무슨 짓을 한 거지?

18장

에리니에스

두 시간 뒤, 페르세포네는 병원에 도착했다. 다른 곳에 있기엔 너무 불안했다. 아폴론의 치유 마법을 믿지 않은 건 아니지만, 뭔가 일이 크게 잘못될 것 같다는 예감을 지울 수 없었다. 손에 만져질 듯한 어둠이 등 뒤에 생겨나 점점 속도며 깊이며 무게를 더해가는 것 같았다.

인공호흡기를 떼어낼 때쯤 렉사는 충분히 회복될까? 하데스가 끼어들까? 그녀가 아폴론과 거래했다는 사실을 알게 되면 무슨 일이 벌어질까? 그녀의 결정이 배신으로 비치진 않을까?

죄책감에 구역질이 나고 머리가 어질어질했다. 시빌과 함께 엘리베이터에 탔을 때, 또 한 번 공황 발작이 올까 봐 두려웠다. 오라클에게도 그녀의 혼란이 느껴졌을지 궁금했다. 그녀 쪽으로 흘긋 눈길을 주었을 때는 특히.

대신 시빌은 이렇게 물었다. "그거 했어?"

페르세포네는 오라클 쪽을 바라보지 않은 채 하나씩 올라가는 빨간 숫자에 시선을 고정했다.

"응."

"그 대가로 뭘 교환했어?"

그녀는 최대한 오랫동안 거래 내용을 비밀로 남기고 싶었다. 자신의 선택에 친구는 어떻게 생각할지 알고 싶지 않았다.

"시간."

페르세포네는 아폴론의 관심 요구에 응했다는 게 무슨 의미인지 아직 잘 이해되지 않았지만, 이미 걱정은 뼛속까지 스며들고 있었다. 병원을 나선 지 몇 시간 후에야 그녀는 계약 조건을 돌이켜볼 수 있었다. 뭔가를 놓쳤다는 확신이 들었고, 아폴론이라면 그녀가 거절할 수 없는 부탁을 요구하는 일은 시간 문제였다.

렉사가 살아난다면, 그걸로 그만한 가치가 있어. 생각보다는 소망에 가깝더라도.

2층에 도착했을 때, 제이슨은 이미 와 있었다. 렉사의 사고 이후로 내내 앉아 있던 똑같은 나무 의자에 앉은 채 눈은 감고 있었다. 가까이 다가가자 그는 충격받은 듯한 표정으로 그들을 바라보았다.

"안녕." 페르세포네는 최대한 부드럽게 말을 꺼냈다. "좀 어때?"

제이슨은 어깨를 으쓱했다. 흰자위는 누렇고 안색은 창백했다.

"무슨 소식이라도 들으려면 얼마나 기다려야 하려나?" 시빌이 물었다.

"생명 유지 장치는 9시에 끊을 거래." 그의 목소리는 허망하게 들렸다.

페르세포네와 시빌은 시선을 교환했다. 제이슨은 앞으로 몸을 기울이더니 세차게 마른세수를 하고는 자리에서 일어났다.

"커피 좀 가져올게."

페르세포네는 사랑하는 이들을 되돌려달라고 하데스에게 애원하는 인간들이 뼈저리게 이해되었다. 죽음의 위협은 하나 이상의 목숨을 앗아갔다. 그 생각에 눈물이 고였다. 그렇게나 깊은 고통을 주는 세계를 그녀가 어떻게 다스릴 수 있을까? 산 자들이 괴로움을 겪게 만드는 세계를?

"제이슨은 모르고 있지?" 시빌이 물었다.

페르세포네는 고개를 끄덕였다. 그는 지금까지도 렉사를 잃게 될 거라 생각하고 있을 것이다.

"아무도 알 필요는 없어. 다들 기적이라 여기게 하자."

제이슨이 김이 모락모락 나는 커피 한 잔을 들고 돌아와서 둘의 옆자리에 앉았다. 그들은 말없이 있었고, 그녀로서는 다행이었다. 여러 생각이 뻗쳐서 도무지 하나에만 집중할 수가 없었다. 침묵이 길어질수록 불안도 커져갔다.

어느 순간, 렉사의 가족들이 도착하기 시작했다. 그들은 렉사가 옮겨진 더 큰 병실로 안내받았다. 렉사의 부모님이 가장 가까이 서 있었고, 그다음 제이슨, 이모와 이모부 몇 명, 그리고 고향 이오니아의 친구들 몇 명도 자리했다. 병실의 모두가 그녀에게 다가가 작별 인사를 전하며 손을 잡거나 얼굴에 키스를 건넸다.

차례가 되었을 때, 페르세포네는 렉사의 손을 꼭 감싼 뒤 차가운 얼굴에 키스했다.

"제발, 제발 깨어나." 그녀는 오직 아폴론의 마법을 향해 기도했고, 그 순간 정말 놀랍게도 렉사가 그녀의 손을 마주 잡았다. 페르세포네는 고개를 들고 제이슨과 눈을 맞췄지만, 표정을 보건대 무슨 일이 일어났는지 전혀 모르고 있는 게 틀림없었다.

"내 손을 잡았어." 고음의 목소리는 스스로에게도 낯설게 들렸지만 아드레날린이 몸 안에서 솟구치고 있었다.

"뭐라고?" 제이슨은 렉사를 내려다보며 그녀의 다른 손을 붙잡았다. "렉사, 렉사, 자기야. 내 말이 들리면 내 손을 잡아줘!"

그 이후론 엄청난 소란이 일었다. 렉사의 부모님을 제외한 모든 사람들이 병실 밖으로 안내되었고 의사들이 소환되어 몸 상태를 확인했다. 얼마나 지났을까, 렉사의 아버지가 대기실로 와서 렉사의 몸이 지난 열두 시간 동안 치유되어 스스로 생명을 유지할 수 있게 되었다고 말해주었다.

"기적이야." 그가 눈물 젖은 눈으로 말했다. "정말이지 기적."

페르세포네의 눈가에도 눈물이 차올랐다. 몸이 덜덜 떨렸다. 그녀의 희생은 값졌다. 렉사가 돌아왔다니!

"네가 해냈어."

시빌이 속삭였고, 둘은 서로 끌어안았다. 페르세포네는 제이슨이 그들과 멀찍이 떨어져 서 있음을 깨닫고 머뭇거리며 다가갔다.

"괜찮아?" 그녀가 물었다.

"응." 제이슨이 눈가를 훔치며 코를 풀었다. 잠시 후, 그는 그녀를 꼭 끌어안았다. 참았던 울음이 터져 끅끅대는 숨소리가 들렸다. "고마워, 페르세포네."

페르세포네가 한 일을 알게 된다면 그는 다른 반응을 보였겠지만, 그녀는 아무 말 없이 그를 더 꼭 끌어안기만 했다.

그들은 대기실에서 좀 더 기다리며 화기애애하게 대화를 나누었다. 두껍게 깔린 검은 구름 사이로 태양이 빛을 비추는 광경처럼, 모든 것이 약간 기묘하고도 희망적으로 느껴졌다. 어느 순간, 페르세포네는 이제 그만 떠나야겠다고 생각했다. 샤워를 해야 했고 몇 시간이라도 눈을 붙이고 싶었다. 제이슨과 시빌, 그리고 렉사의 가족들에게 인사를 한 뒤 그녀는 병원을 떠났다.

문을 나서기가 무섭게 목 뒤의 머리카락이 쭈뼛 일어서더니 끔찍한 쉿쉿 소리가 위에서 들려왔고, 고개를 들자 하늘에는 머리부터 발끝까지 검은 옷을 입고 가죽 재질의 날개를 넓게 펼친 세 여인이 둥둥 떠 있었다. 팔다리는 창백한 흰색이었고, 검은 뱀들이 그들의 몸을 친친 휘감고 있었다. 머리카락은 잉크만큼 짙은 검은색이었는데, 마치 물속에 떠 있는 듯 공중에 넓게 펼쳐져 있었다. 각각 검은색 칼날을 연상시키는 두껍고 뾰족한 왕관을 쓰고 있었다.

복수의 여신들, 에리니에스였다. 신성한 법규를 어기는 자에게만 나타나는 존재.

"데메테르의 딸, 페르세포네여."

그들은 동시에 말했고, 목소리는 마치 뱀의 쉭쉭거리는 소리처럼 머릿속에 울려 퍼졌다.

젠장.

"당신은 지하 세계의 신성한 법을 어긴 죄로 벌을 받아야 한다."

등줄기를 타고 오싹한 공포가 느껴졌다. 렉사를 돕겠다는 결정이 저 세 여신의 벌을 받을 만한 일이라고는 미처 생각하지 못했다.

갑자기, 뱀들이 그녀의 발 주위를 미끄러지듯 움직이며 휘감았다. 페르세포네는 펄쩍 뛰었다.

"안 돼! 젠장, 젠장, 젠장!"

똬리를 틀려는 뱀들에게서 벗어나려 뛰어보았지만 이미 그녀의 몸을 휘감은 뒤였다. 뱀들이 미끄러지듯 다리와 몸통, 어깨까지 감고 올랐다. 비늘은 미끌거리고 거칠었으며 밧줄처럼 단단히 옭아맸다. 희미한 속삭임이 귓가에 닿았다. 벌하라, 벌하라, 벌하라. 바로 다음 순간, 뱀 한 마리가 어깨에 독니를 박았다.

페르세포네는 비명을 질렀다. 날카로운 통증과 함께 독이 몸 안에서 타오르듯 퍼져나갔다. 불현듯 몸을 움직일 수 없었다. 비명은 목구멍에서 말라붙었고 다리는 얼어붙었다. 어떻게든 움직이려 했지만 오히려 넘어지면서 시멘트 바닥에 세게 몸을 찧고 말았다. 온몸이 갈기갈기 찢기는 것 같았고, 갑자기 사위가 캄캄해지더니 어디론가 추락하고 있었다.

정신을 차려보니 네버나이트 바닥 위였다.

그녀 옆으로 아폴론이 떨어지자 그녀는 깜짝 놀랐다. 신은 끙, 신음하며 등을 대고 돌아누웠다. 페르세포네는 팔다리를 다시 움직일 수 있게 되었고, 막 일어서려는 순간 마치 검은 구름처럼 위쪽에 서 있는 하데스의 모습이 보였다. 눈 속에는 날 선 분노가 담겨 있었는데, 그 눈빛만으로도 산 채로 생가죽이 벗겨지는 느낌이 들었다. 그와 마주 보고 서 있을 때 공포를 느꼈던 적은, 심지어 아폴론에 관한 기사를 썼을 때를 포함해 여태껏 단 한 번도 없었는데 지금은 달랐다. 지금 이 순간, 공포가 차갑고도 무겁게 자리하고 있었다.

하데스, 지하 세계의 왕. 심판자이자 처벌자인 하데스 앞에 선다는 게 이런 걸까?

"빌어먹을 에리니에스." 아폴론이 일어서서 몸을 털며 말했다.

페르세포네는 흘끗 그를 쳐다보았고 그때서야 그 역시 하데스를 발견했다.

"질서 집행 방식을 조금이라도 현대적으로 바꿔보는 건 어떤가,

하데스. 끔찍하게 창백한 세 여신에 뱀들까지 합세하느니 차라리 근육질 남자한테 끌려오는 편이 낫겠어."

"우리가 거래를 한 것으로 알고 있었는데, 아폴론." 하데스가 이를 악문 입술 사이로 말했다.

연인이 저토록 침착함을 유지하면서도 동시에 목소리에 고요한 분노를 담아낼 수 있다는 사실에 페르세포네는 내심 경탄했다. 공중을 휘감는 그의 분노는 그녀의 피부에도 닿아 소름이 오소소 돋았다.

"호의를 대가 삼아 내가 네 여신에게서 거리를 두겠다고 약속한 그 거래 말하는 건가?"

하데스는 아무 말도 하지 않았다. 아폴론이 거래를 알고 있었던 것이다.

"나는 그 거래에 몹시도 충실했어. 다만 네 조그만 연인이 에로타스에 친히 행차하시더니 내 도움을 요청하더군. 하나 추가하자면, 하필 내가 목욕 중일 때 말이야."

"그건 사실이 아니야." 페르세포네가 따지며 끼어들었다.

"화났을 때 아주 설득력이 있던걸?" 그는 그녀를 무시한 채 계속 말했다. "마법이 통하더군."

아폴론은 마지막 문장을 이야기할 필요가 없었다. 하데스 역시 그녀가 화났을 때 어떤지 알고 있었으니까. 통제력을 상실해버리는 모습 말이다.

"여신이었다니, 어쩐지 빨리도 낚아챘더군."

어째서 모두가 저 소리를 하는 거야?

"날카롭기 그지없는 가시들이 내 은밀한 부위를 찌를 태세여서

청을 들어줄 수밖에 없었어."

페르세포네는 토할 것 같았다. 하지만 하데스를 흘긋 바라보았을 때, 분노가 겹겹이 드리워 있음에도 그는 약간 자랑스러워 보였다.

"그래서 우린 계약을 맺었지. 자네가 거래라고 부르는 것 말이야."

그 순간, 하데스의 눈동자가 어두워졌다.

"그녀의 친구를 치유해달라고 청하더군. 그 대가로 그녀는 내게…… 교제를 제공하기로 했어."

"역겹게 말하지 마, 아폴론." 페르세포네가 쏘아붙였다.

"역겹다고?"

"당신 입에서 나오는 모든 말이 마치 성적인 함의를 담아 빈정대는 것처럼 들려."

"아닌데."

"맞아."

"그만!" 하데스의 목소리가 채찍질처럼 공기를 휘저었다.

그의 눈동자에는 불길이 일고 있었다. 아폴론을 향해 한 말이었지만 그의 시선은 그녀를 떠나지 않았고, 그 눈길에 온몸이 갈가리 찢겨 마침내 가장 밑바닥에 자리한 원시적인 두려움이 드러나버릴 것만 같았다.

"내 여신이 필요한 게 아니라면 그녀와 대화를 나누고자 한다. 단둘이."

"마음대로 하시지." 아폴론은 더 해명하지 않아도 되자 증발하듯 단숨에 사라졌다.

페르세포네는 가만히 서서 하데스를 바라보았다. 네버나이트 바닥 위의 침묵은 손에 만져질 듯했다. 어깨를 무겁게 짓누르고 귓가에 내려앉는 침묵이었다. 그의 목소리가 그 침묵을 찢고 울려 퍼지자 고요는 불타 사라졌고, 그 자리엔 고통이 남았다. 이미 마음이 산산이 부서지고 있는 것만 같았다.

"무슨 짓을 한 겁니까?"

"렉사를 구했어요."

"그게 당신 생각입니까?" 그는 식식대듯 말했다.

그가 쓰고 있던 덩굴줄기 모양 글래머가 연기처럼 사라지는 모습이 보였다. 그가 저렇게 마법의 통제력을 잃는 건 여태껏 한 번도 본 적이 없었다.

"렉사가 죽을 뻔해서⋯⋯."

"죽기를 선택하고 있었던 겁니다!"

하데스가 으르렁거리며 다가왔다. 그의 글래머는 이제 완전히 사라져 눈앞에는 인간의 형상이 찢긴 그가 서 있었다. 그의 존재감이 공간을 가득 채웠고, 열기에서 뻗친 불길이 걷잡을 수 없이 타올랐다. 그의 분노는 주변을 뒤덮었고 눈동자는 이글대고 있었다.

"그녀의 소망을 들어주긴커녕 당신은 오히려 그 노력에 끼어들었습니다. 고통이 두렵다는 이유만으로."

"난 고통이 두려워요. 그 이유만으로 모든 인간을 조롱하듯 나도 조롱할 셈이에요?"

"이 행위엔 비교할 대상이 없습니다. 적어도 인간들은 고통을 직면할 만큼은 용감합니다."

그녀는 움찔했다. 그러자 자신 안에서도 분노가 타오르기 시작했다. 피부를 뚫고 가시들이 돋아나자 타는 듯한 고통이 전신에 느껴졌다.

"페르세포네."

그가 손을 뻗었지만 그녀는 뒤로 물러났다. 그 행동이 스스로도 마음 아파 앙다문 입술 사이로 거친 숨을 들이마실 수밖에 없었다.

"당신도 염려했다면 거기 함께 있어줬어야지!"

"난 거기 있었어!"

"내 제일 친한 친구가 의식 없이 누워 있는 걸 지켜봐야 했을 때 당신은 단 한 번도 병원에 함께 가주지 않았어. 내가 친구의 손을 꼭 잡고 있는 동안 내 곁에 한 번도 있어주지 않았다고. 타나토스가 모습을 보일 거라는 얘기도 미리 해줄 수 있었는데 하지 않았고. 렉사가…… 죽기를 원하고 있다는 것도 알려줄 수 있었어. 하지만 당신은 아무것도 하지 않았어. 모든 걸 다 숨겼지, 빌어먹을 비밀이라도 되는 것처럼. 당신은 거기 없었어."

그녀가 에리니에스에게 끌려와 그의 발치에 내동댕이쳐진 이후 처음으로 그는 충격을 받은 듯했고, 어찌할 바를 모르는 것 같았다.

"내가 거기 있어주길 당신이 원하는 줄 몰랐습니다."

"왜 원하지 않겠어요?" 목소리에는 도리 없는 떨림이, 숨길 수 없는 슬픔이 담겨 있었다.

"나야말로 병원에서 가장 환영받지 못하는 존재 아닙니까, 페르세포네."

"그걸 변명이랍시고 하는 거예요?"

"그럼 당신 변명은 뭡니까? 내게 말도 안 해주고……."

"내 친구가 죽어가고 있을 때 나랑 함께 있어달라고 말까지 해줄 필요는 없다고요. 그런데 당신은 그렇게 하는 게 마치…… 숨쉬기처럼 자연스럽다는 듯 굴었잖아요."

"죽음은 지금껏 영원히 나의 존재였으니까." 그가 쏘아붙였다.

점점 더 분노가 증폭되고 있었다.

"그건 당신 문제고요. 너무 오랫동안 지하 세계의 신으로 군림해 왔으니 누군가를 영영 잃는 일이 어떤 건지 잊은 거예요. 대신에 당신 세계를 두려워하고 죽음을 두려워하고 또 사랑하는 누군가를 잃는 일을 두려워하는 인간들을 평가나 하는 데 모든 시간을 쓰고 있죠!"

말을 뱉고서도 스스로 조금 놀랐다. 사실, 이 순간이 오기 전까지는 자신이 이렇게까지 화난 줄 모르고 있었다.

"그럼 나에게 화가 난 거군. 그리고 또 한 번 더, 나에게 오는 대신 아폴론에게 청함으로써 나를 벌하려고 마음먹었고." 아폴론의 이름을 발음할 때 그의 목소리엔 증오가 역력했다.

"당신을 벌하려는 생각 따위 없었어요. 아폴론에게 간 이유는, 당신에겐 더 이상 도움을 기대할 수 없을 것 같아서였다고요."

하데스의 눈가가 가늘어졌다. "당신을 그에게서 보호하려 내가 취한 모든 조치에도……."

"난 당신에게 요청한 적 없어요." 그녀가 말을 끊었다.

"아니, 당신은 내 도움을 받고 싶어 한 적이 한 번도 없습니다. 특히나 당신이 듣고 싶어 하는 내용이 아닌 경우 더더욱."

그의 어조가 너무도 격렬해 그녀는 움찔했다.

"그건 공평하지 않아요."

"뭐가 아닙니까? 아이기스를 붙여주겠다고 했을 때도 경호는 필요 없다고 주장하고, 그러면서도 출근길마다 곤혹스러운 일을 겪지 않았습니까. 안토니가 모는 차에는 거의 타지도 않고, 그나마 요새

타는 이유도 그의 마음을 상하지 않게 하기 위해서고. 게다가 내가 렉사의 사고로 인해 다친 당신의 상처를 위로하려고 노력했을 때조차 그건 당신 입장에선 불충분했습니다."

"위로?" 그녀는 결국 폭발했다. "대체 어떤 위로를 해주려고 했는데요? 당신에게 렉사를 살려달라고 애원했을 때, 당신은 내가 슬퍼하도록 놔두겠다고 했죠. 내가 뭘 더 할 수 있었는데요? 막을 수 있다는 걸 알면서도 뒷짐 지고 그녀가 죽게 내버려두라고요?"

"바로 그겁니다." 하데스가 이를 악문 채 말했다. "정확히 그것이 당신이 했어야 하는 행동이었습니다. 당신은 결코 내 영토의 법 위에 있지 않습니다, 페르세포네!"

단연코 아니었다. 운명의 여신들이 그녀를 쫓아오지 않았던가.

"렉사의 죽음이 왜 그렇게까지 문제가 되는지 모르겠습니다. 당신은 지하 세계에 매일같이 오지 않습니까. 렉사를 다시 볼 수 있지 않습니까!"

"그건 다르니까요." 그녀가 쏘아붙였다.

"그게 무슨 뜻입니까?"

그녀는 가슴 위로 팔짱을 단단히 낀 채 그를 노려보았다. 어떻게 설명해야 할까? 렉사는 그녀가 최초로 사귄 친구, 가장 가까운 친구였고, 삶이 이제야 안정되어간다고 생각한 바로 그 순간, 하데스가 나타나 모든 것의 궤도를 다 틀어버렸다. 렉사는 그녀의 이전 삶을 지탱해주는 든든한 닻과도 같은 존재였는데, 이제 하데스는 그녀마저 데려가버리려 하지 않는가?

"만약 당신과 나 사이에 무슨 일이 생기면." 그녀는 여기서 잠시 말을 멈추었다. 뒷말을 꺼낼 수가 없었다. "……만약 운명의 여신들이 우리의 미래에 개입하면 어떡해요? 당신에게 깊이 빠져들었다가, 너무 지하 세계에 깊숙이 발붙이고 있다가 그 이후에 살아갈 방법을 모르고 싶지 않아요, 나는."

진짜 문제는 이거였다. 이 말을 하는 건 가슴 아팠다. 가장 큰 두려움을 인정하는 셈이었으므로.

하데스의 눈가가 가늘어졌다. "당신이 우리의 관계를 더 이상 지속하고 싶지 않다는 말로 들립니다."

그의 목소리는 몹시도 고독하게 들렸다. 가슴속을 후벼 파는 말이었다.

"그 말을 하려는 게 아니에요."

"그럼 무슨 말입니까?"

그녀는 어깨를 으쓱했다. 오늘 처음으로, 눈가에 눈물이 가득 고였다. "잘 모르겠어요. 그냥…… 내가 정말로 누구인지 스스로 알아가기 시작하자마자 당신이 나타나 모든 걸 망쳐놨어요. 내가 누구여야 하는지 이젠 정말 모르겠어요. 또 모르겠는 건……."

"당신이 뭘 원하는지겠지." 그가 말했다.

"그건 아니에요. 난 당신을 원해요. 난 당신을 사……."

"나를 사랑한다고 말하지 마십시오." 그가 다시 말을 끊었다. "지금은 그 말을…… 못 듣겠습니다."

그 이후 이어진 침묵에 더욱더 깊은 절망이 찾아왔다. 얼굴은 축축하게 젖었고, 그녀는 뺨을 문질러 눈물을 닦아냈다.

"당신이 나를 사랑하는 줄 알았어요." 그녀가 속삭였다.

"사실입니다." 그가 바닥을 응시하며 말했다. "하지만 내가 오해한 것 같기도 합니다."

"뭘 오해했다는 거예요?"

"운명을." 그는 쓸쓸하게 말했다. "당신을 너무도 오랫동안 기다려 왔습니다. 그랬던 나머지, 운명의 여신들이 행복한 결말로 엮어주는 인연은 거의 없다는 사실을 내가 무시한 겁니다."

"그 말, 진심 아니죠."

"진심입니다."

하데스는 다시 글래머를 불러낸 다음 넥타이를 똑바로 맸다. 눈 동자 속에는 감정이 없었다. 자신의 마음은 이렇게 모조리 파괴되 고 황폐해졌는데, 어째서 그는 저렇게 빠르게 회복할 수 있는 걸까? 바로 그때, 그는 마치 그녀의 마음에 구멍을 아직 내지 않았다는 듯 이별의 말을 던졌다. 얼음처럼 차갑고 결코 잊을 수 없는 말이었다.

"당신 행동이 렉사를 죽음보다 더한 운명에 처하게 만들었다는 걸 곧 알게 될 겁니다."

19장

봄의 여신

혼자가 된 페르세포네는 쓰러져 울음을 터뜨렸다. 바닥에 닿을 때 피부에서 솟아난 가시들이 몸을 건드렸고, 그녀는 고통에 겨워 울부짖었다.

"오, 소중한 이여."

등에 닿는 헤카테의 손길이 느껴졌다. 하지만 여신을 바라보지 못한 채 피가 흥건한 손으로 얼굴을 감싸고 흐느꼈다.

"내가 다 망쳤어요, 헤카테."

"쉿." 여신이 달래주었다. "자, 일어서보실까요."

헤카테는 몸에 솟아난 가시들에 닿지 않도록 유의하며 페르세포네를 일으켜 세운 다음 오두막으로 순간 이동했다. 페르세포네를 의자에 앉힌 뒤 피부를 찢고 나온 가시 위에 손을 대고 주술을 읊기 시작했다. 손바닥에서 온기가 뿜어져 나왔다. 뾰족한 가시들이 점점 작아져 이윽고 상처가 감쪽같이 사라졌다. 치료가 끝나자 헤카테는 피를 말끔히 닦아내곤 맞은편에 앉았다.

"무슨 일이에요?"

페르세포네는 다시 울음을 터뜨렸다. 죄책감과 괴로움이 마음속에서 싸우고 있었다. 그녀는 헤카테에게 모든 것을 다 이야기했다. 렉사의 생명 유지 장치를 떼어내자는 대화를 엿들었던 일, 어머니와의 만남, 쾌락 지구로 갔던 일 등등.

"렉사를 잃는다는 생각이 들어서…… 도무지 그럴 수밖에 없었어요." 그녀는 숨이 넘어갈 듯 흐느꼈다. 헤카테는 자신의 손을 페르세포네의 손 위에 올렸다. "엄마 때문에 더 일이 악화됐고요. 신들의 행동에는 결과가 따르지 않을지 몰라도 내게는 결과가 따랐어요."

"모든 일에는 언제나 결과가 따라요. 당신과 다른 신들의 차이점이 있다면 당신은 그들을 정말 염려하는 거죠."

페르세포네는 잠시 침묵한 뒤 하데스가 했던 말을 반복했다. "난 렉사를 죽음보다 더한 운명에 처하게 만들었어요. 그저 나랑 함께 있어주길 바랐던 것뿐인데."

"인간의 영토에 집착하는 이유가 뭔가요?"

페르세포네는 젖은 눈으로 헤카테를 바라보았다. "제가 속한 곳이니까요."

"그런가요? 그럼 지하 세계는요?"

페르세포네가 답이 없자, 헤카테는 고개를 저었다.

"소중한 이여, 당신은 당신이 아닌 누군가가 되려고 하고 있어요."

"그게 무슨 뜻이에요? 지금껏 내가 해온 모든 건 나 자신이 되려는 노력이었는데."

그리고 그건 그녀가 상상했던 것보다 더 힘들었다.

"정말 그런가요? 내 앞에 앉아 있는 당신은 내면과 외면이 다른 걸요."

"그럼 내면에는 뭐가 보이는데요?"

"봄의 여신." 그녀가 답했다. "그리고 미래의 지하 세계 여왕, 하데스의 아내."

그 문구들에 몸이 덜덜 떨렸다.

"당신에게 더는 도움이 되지 않는 삶을 스스로 놓지 못하고 있어요. 당신이 맺은 관계를 두고 당신을 벌하는 회사, 지하 세계에서도 꽃피울 수 있는 우정, 죄수로 살아야 한다고 가르쳐온 어머니까지."

페르세포네는 그 말에 머리털이 곤두섰다.

"스스로를 부정하고 있다는 사실이 아직도 믿기지 않는다면, 당신의 마법이 어떻게 현현하는지를 떠올려봐요. 스스로를 사랑하는 법을 배우지 못하면 당신의 힘이 당신을 산산조각 내고 말 거예요."

페르세포네가 미간을 찡그렸다. "무슨 말을 하는 거예요, 헤카테? 내가 지상 세계의 삶을 포기해야 한다는 거예요?"

"극단적으로 생각하는군요." 헤카테는 고개를 저었다. "여신 아니면 인간, 지하 세계 아니면 지상 세계. 둘 다 누리고 싶지 않아요, 페르세포네?"

"맞아요." 그녀가 좌절한 채 말했다. "당연히 다 누리고 싶죠. 하지만 모두가 그럴 수 없다는 말만 끊임없이 하잖아요!"

헤카테의 얼굴에 천천히 미소가 떠올랐다. "당신이 원하는 삶을 만들어가세요, 페르세포네. 다른 이들의 말은 듣지 말고요."

페르세포네는 눈을 깜박이며 헤카테의 말을 받아들였다.

당신이 원하는 삶을 만들어가세요.

여태까지 그녀는 어떤 삶을 원하는지 스스로 안다고 생각했지만, 하데스를 만난 뒤로 상황이 바뀌었다는 걸 이제는 깨달아가고 있었다. 스스로를 받아들이고 자신의 힘을 이해하기 위해 고군분투했음에도 그는 그녀의 내면에서 뭔가를 뒤바꿔놓았다. 그와 함께 있을 때는 새로운 욕망, 새로운 희망, 새로운 꿈들이 생겨났고 그것들을 얻기 위해선 이전의 많은 것을 버려야 했다.

그녀는 침을 꿀꺽 삼켰다. 눈가에 눈물이 차올랐다. "내가 다 망쳤어요, 헤카테."

"우린 늘 망치지요." 여신은 자리에서 일어서며 말을 이었다. "앞으로도 그럴 거고요. 이제 괴로움의 방향을 틀어, 얼마 전 숲에서 당신이 망쳐놓은 것들을 치우러 가봅시다. 연습이라고 생각하세요."

페르세포네는 순순히 따랐다. 이상하게 힘이 생기는 것 같았다.

둘은 헤카테의 오두막을 떠나 숲으로 향했다. 공터가 가까워지자 곧장 알 수 있었다. 당분과 부패의 냄새가 끔찍하게 섞인, 썩은 과일 냄새를 맡을 수 있었기 때문이다.

"목표는 죽은 과실 조각들을 그러모아 잘 익은 석류 열매를 만드는 거예요." 헤카테가 말했다.

"그걸 대체 어떻게 해요?"

"파괴할 때와 똑같은 방식이죠. 다만 힘을 통제하려고 해보세요."

할 수 있을지 확신이 서지 않았지만, 하데스와 함께 보낸 시간들, 그중에서도 그가 힘에 집중하는 법을 가르쳐주었던 순간들을 회상해보았다. 그 기억이 떠오르자 가슴이 상상할 수 없을 만큼 미어지게 아팠다.

마법은 균형입니다. 약간의 통제와 약간의 열정을 동반한 균형. 이는 세상의 방식이기도 합니다.

"온전한 석류를 상상해보세요. 먹음직스러운 진홍색의 열매를."

페르세포네가 목표에 집중하자 이윽고 헤카테의 목소리는 저만치 멀어졌다.

눈을 감아보십시오, 하데스의 속삭임이 문득 귓가에 들려왔다. 그 순간 숨이 멎는 듯했고 그 말에 순순히 따랐다. 그의 뺨이 그녀의 뺨을 스치는 감각까지도 느꼈다고 맹세할 수 있을 것 같았다.

그는 계속해서 속삭였다. 무엇이 느껴집니까.

온기, 그녀가 생각했다.

거기에 집중하십시오.

이전과 마찬가지로 마법은 배 아래쪽에서 시작되었다. 그 감각을 조용히 느끼며, 동시에 하데스가 떠올라 괴로웠다.

어디가 뜨겁습니까?

"온몸요." 그녀는 소리 내어 속삭였다. 그 모든 온기가 손바닥 안으로 모여든다고, 손안에 태양, 혹은 죽어가는 별이 들어 있는 것처럼 너무도 밝아 차마 눈으로 볼 수 없다고 상상했다.

눈을 뜨십시오, 페르세포네.

그의 숨결이 다시 뺨을 스치고 지나갔다.

눈을 뜨자, 반짝이는 석류 한 알의 이미지가 손안에 들어 있었다. 그녀는 깊은숨을 신중하게 들이마시며 두 손을 땅으로 향했고, 그러자 썩어가던 과실 조각들이 공중으로 떠올라 뭉쳐지기 시작했다. 잠시 후, 숲에서는 잘 익은 과일의 신선한 향이 났다. 발치에는 붉은 석류 몇 알이 놓여 있었다.

뒤를 돌자, 놀란 표정이 역력한 헤카테가 서 있었다. "정말 잘하셨어요, 소중한 이여."

페르세포네는 미소를 지으려 했지만, 석류를 원 상태로 되돌려놓는 데 성공할 수 있었던 까닭은 절절한 슬픔 때문이라는 걸 깨달았다. 세계가 좀 더 무거워졌고, 몸은 느릿해졌다. 그녀는 눈물을 흘리지 않으려고 빠르게 눈을 깜박였다.

헤카테가 그녀의 혼란스러운 마음을 감지했는지는 알 수 없었지만, 재빨리 주의를 딴 데로 돌렸다.

"이제 약속한 대로 독극물 기술을 알려줄게요."

둘은 다시 오두막으로 돌아왔다. 페르세포네는 헤카테가 여러 식물을 따서 묶는 모습을 옆에 앉아 지켜보았다.

"이게 다 뭐예요?"

"일반적으로 쓰이는 것들이지요. 독미나리, 서향나무, 벨라도나, 독버섯, 천사의 나팔, 큐라레."

마법의 여신은 각 식물의 어떤 부분이 치명적인지, 그리고 표적을 죽이기 위해선 어느 정도의 양이 필요한지 설명해주었다. 식물이 누군가를 죽일 수 있다는 사실 자체를 흡족해하는 듯했다.

"신에게는 독이 어떤 영향을 미치나요?" 페르세포네가 물었다.

희미한 미소가 헤카테의 입가에 걸렸다. "아폴론에게 독을 먹이려고요?"

페르세포네는 순식간에 뺨이 붉어지는 것을 느꼈다. "아, 아뇨!"

헤카테는 나직하게 웃음을 터뜨렸다. "살인을 생각하는 것에 죄책감 느끼지 말아요, 대부분의 신은 그보다 훨씬 더 나쁜 짓을 했으니까."

페르세포네 역시 알고 있는 사실이었다.

"독은 아폴론에게는 아주 미미한 효과만 미칠 거예요. 물론 아주 아프게 만들 순 있고, 그건 즐겁겠지만. 신들에게도 결과는 분명 있는 거죠."

페르세포네는 웃음을 터뜨렸고, 나중을 위해 그 말을 기억해두기로 했다.

둘은 꽤 오랫동안 이파리를 으깨고 즙을 짜내어 강력한 혼합물을 만드는 데 시간을 보냈다. 식물이 뿜는 향에 눈이 매워진 페르세포네가 눈을 비비려 하자 헤카테가 손목을 홱 움켜쥐었다. 페르세포네는 깜짝 놀라 비명을 질렀다. 헤카테가 그렇게까지 빨리 움직일 수 있는지 몰랐다.

"비비지 마세요."

헤카테는 페르세포네를 대야 앞으로 데리고 갔다. 손을 씻은 뒤 그녀는 헤카테가 작업을 마칠 때까지 기다렸고, 그 후 둘은 아스포델 벌판으로 갔다.

"하지 축제에 입을 가운이 완성되었어요." 헤카테가 말했다.

가슴이 철렁 내려앉았다. 마법의 여신이 뭘 하려고 하는지 알 것 같았다. 이미 그날 행사에 쓸 왕관을 주문 제작한 참이었다. 헤카테는 그녀를 여왕으로 만들려는 계획이었다. 하데스와의 격렬한 다툼 이후로 그녀는 그 계획을 떠올리기만 해도 불안해졌다.

페르세포네와 헤카테가 도착하자 영혼들이 몰려들었다. 이유는 알 수 없었지만 오늘따라 유난히 그들의 반가워하는 태도, 친절, 명백히 헌신적인 모습에 계속 눈물이 났다. 헤카테와의 대화 때문이었는지도 모른다. 지하 세계의 영혼들은 자신을 여신으로 대하고 있음을 늘 알고 있었다. 게다가 그들은 그녀를 자신들의 일원으로 곧장 받아들여주었고, 지하 세계의 여왕이 될 거라는 함의를 품은 채 대해주었다. 여태껏 그녀가 해온 모든 행동은 그것을 거부하는 일뿐이었다.

그녀는 두려웠다. 어머니를, 그리고 하데스를 실망시켰던 것처럼 그들마저 실망시킬까 봐 두려웠다. 차오르는 감정을 억누르며 아무렇지 않은 척 깊이 심호흡을 했다. 하지 축제에 필요한 사항을 몇 개 결정했고, 다채로운 음식을 맛보았으며, 장식에 대해 승인을 내렸고, 아이들과 함께 놀다가 지상 세계로 돌아왔다.

집으로 돌아오자마자 무너져 내렸는데, 시빌은 아무것도 묻지 않았다. 아마 높은 확률로 무슨 일이 벌어진 건지 이미 알고 있을 것이다. 오라클은 그저 그녀가 울다 잠들 때까지 가만히 안아주었다.

다음 날 출근하기 전, 페르세포네는 병원에 들렀다. 렉사는 잠들어 있었다.

"잠깐 깨어났었어." 엘리스카가 말했다. "그런데 무척 혼란스러워하더라. 의사가 진정제를 놓았어."

"혼란스러워했다고요?"

불안이 극으로 치달았다. 배 속이 다 엉겨드는 기분이었다.

"일시적인 정신 이상으로 보인대. 중환자실에 입원했던 환자들에겐 이상한 일은 아닌가 봐."

일시적인 정신 이상.

안도감은 잠시뿐이었다. 렉사가 아무 일도 없었던 듯 가뿐히 회복하길 바라는 건 무리였을 것이다. 그래도 페르세포네는 희망을 조금씩 키웠다. 신들의 마법은 전통 의학과는 다르게 작용할 거라는 생각이 들었다. 아폴론이 언급한 기적이란 회복 과정마저 건너뛴 것이리라.

"페르세포네, 괜찮니?" 엘리스카가 물었다.

"네, 저는 괜찮아요. 혹시…… 렉사가 깨어나면 저에게 문자 한 통 주실 수 있나요?"

"물론이지, 얘야." 그녀는 잠시 말을 멈추고는 눈을 맞추었다. 엘리스카가 페르세포네의 표정에서 무엇을 읽어냈는지는 알 수 없었지만 의심스러웠을 게 뻔했다. 이렇게 다시 물었으니까 말이다. "정말 괜찮은 거 맞니?"

아뇨, 내 모든 세계가 다 무너지고 있는걸요.

그녀는 고개를 끄덕였다. "네. 그냥 좀…… 피곤해서요."

그 말을 뱉으며 스스로가 바보같이 느껴졌다. 엘리스카도 당연히 피곤할 텐데.

"이해한다. 렉사가 깨어나면 바로 문자할게." 그녀가 다가와 꼭 안아주었다. "렉사에게 너 같은 친구가 있어서 정말 다행이구나."

페르세포네는 침을 꿀꺽 삼켰다. 다시 눈가가 젖어들었다. 하데스의 말이 다시 떠올랐다.

당신 행동이 렉사를 죽음보다 더한 운명에 처하게 만들었다는 걸 곧 알게 될 겁니다.

그 문장은 피에 굶주린 거머리처럼 찰싹 달라붙었다. 머릿속이, 그리고 가슴이 아팠다. 비명을 지르고 싶었다.

나는 좋은 친구가 아니야. 좋은 연인도, 좋은 여신도 아니야.

일이 손에 잡히지 않았다.

칼 스타브로스와 거래했다는 사실을 알게 된 이후로 디미트리가 줄곧 불편했다. 그녀 역시도 본질적으론 똑같은 짓을 했다는 걸 알고 있었지만, 어쩐지 그가 겪은 상황은 좀 다르게 느껴졌다. 아니, 어쩌면 이 일은 다르다고 계속해서 스스로 합리화하고 있었던 건지도 몰랐다.

설상가상으로 그는 서류 복사, 동료의 작업 확인, 자신에게 필요한 사생활 보호법 관련 자료 찾기 등 하찮은 업무를 내리고 있었다. 그리고 하루 분량의 업무 목록과 마감 기한을 적어 이메일을 보냈는데, 그걸 다 하고 나면 정작 작성해야 할 기사를 쓰기 위한 시간이 나지 않았다.

그녀는 열려 있는 디미트리의 집무실 문을 두드렸다. "잠깐 시간 괜찮으세요?"

"좀 어려운데, 다른 때 보죠."

"업무 관련해서 드릴 말씀이 있어서요."

디미트리는 안경을 벗고 빤히 바라보았다. "세 개뿐이에요, 페르세포네. 그게 그렇게 어렵나요?"

"어렵다는 게 아니고요. 제가 써야 할 기사들이……."

"오늘은 아니에요." 그가 말을 끊었다. "오늘은 5시까지 제가 드린 세 개를 하면 됩니다."

페르세포네는 이를 너무도 꽉 무는 바람에 턱이 부서질지도 모른다고 생각했다.

"문 닫고 나가세요."

그녀는 쾅 소리 나게 문을 닫았다. 최선의 행동은 아니었을지 몰라도, 그에게 내던지고 싶은 가시들이 온몸의 구멍을 찌르도록 두는 것보다는 나았다. 그녀는 숨을 몇 번 들이쉰 다음 디미트리가 할

당한 업무를 완료하는 게 최선이라는 결론에 이르렀다.

일을 마치고 나면 지난 몇 주간 받은 정보를 뒤져보고 다음 기사를 어떻게 쓸지 가늠해볼 수 있을 것이다. 몇 개의 선택지가 있었고, 수백만 개쯤 되는 질문들이 메일함에 들어 있었다. 하지만 마음이 계속해서 이끌리는 건 어머니에 관한 정보였다. 고문을 좋아하는 게 확실한 데다, 인간들을 굶주리게 만들거나 끝없는 허기를 느끼는 고문을 내리는 등 그 방식도 사악했기에 수확의 여신이 아니라 신적 처벌의 여신으로 개명해야 할 지경이었다. 때때로 머리끝까지 화가 나면 그녀는 기근을 일으켜 지역 전체 인구를 말살시키기도 했다.

엄마는 최악이야.

점심시간이 될 즈음, 페르세포네는 데메테르에 관해 뭐라고 쓸지 생각하며 마음이 들떠 있었다. 검은색 굵은 글자로 나온 헤드라인이 머릿속에 그려지는 듯했다.

인간을 보살피는 수확의 여신, 전 인구의 식량을 앗아가다

그러자 바로 나쁜 결과들이 예상되어 몸이 저절로 움츠러들었다.

데메테르는 페르세포네가 상상할 수 있는 유일한 방식으로 복수할 게 뻔했다. 그것은 다름 아닌, 그녀가 자신의 딸이라고 폭로하는 일이었다. 그 생각을 하며 페르세포네는 아크로폴리스를 벗어나 마이다스의 카페로 가서 시빌을 만났다.

머릿속이 산란했다. 생각이 마구잡이로 뻗쳐나갔다. 그 끝에는 렉사의 치유와 하데스의 분노가 자리했다. 오라클이 하는 말에는 집중을 거의 하지 못했는데, 좋은 소식을 이야기하는 중이었기에 내

심 죄책감이 들었다.

"이번 주에 취업 제안을 받았어." 시빌의 말에 퍼뜩 정신이 들었다. "사이프러스 재단에서."

페르세포네의 얼굴이 환해졌다. "오, 시빌! 정말 축하해."

"내가 고맙지. 네 덕에 선택받은 게 분명해."

"아냐, 하데스는 보기만 해도 그 사람의 재능을 알아."

오라클은 그 말을 믿지 못하는 듯 보였다.

페르세포네는 이유를 알 수 없었지만 시빌의 좋은 소식으로 생겨난 기쁨이 빠르게 사라지는 걸 느꼈다. 가슴에 묵직한 무언가가 내려앉으며 몇몇 감정이 뒤엉켰다. 죄책감, 절망감, 그리고 차마 말로 표현할 수 없는 수많은 감정들.

"나 아폴론이랑 시간을 보내게 됐어." 그녀는 불쑥 내뱉었다.

시빌이 빤히 바라보자 페르세포네가 설명했다.

"그게 거래였어. 그냥…… 너도 알아야 할 것 같아서."

"말해줘서 고마워."

페르세포네는 그녀의 반응이 너무도 친절하고, 이해심이 깊다는 생각만 들었다.

"올림피아 갈라 때 생각나? 내 운명의 실과 하데스의 실이…… 얽혀 있다고……."

그녀의 목소리가 떨렸고, 질문은 끝마쳐지지 못한 채 혀를 맴돌았다. 시빌은 뭔가를 찾는 듯한 눈길을 보내며 입술을 꾹 다물었다. 그 행동이 후회할 만한 말을 하지 않으려는 건지, 아니면 미소를 지으려는 건지 페르세포네로서는 알 수 없었다. 어느 쪽이든 이 질문을 해야 했다.

"우리 운명이 아직도…… 얽혀 있니?"

"응." 그녀는 나직하게 말했다. "너도 볼 수 있으면 좋을 텐데. 정말 아름다워. 관능적이고, 혼란스러워 보이기도 해."

페르세포네는 웃음기 없이 웃었다. "혼란스러운 거라면 맞아."

시빌이 미소 지었다. "아주 강력한 두 존재가 만나면 벌어지는 일이야."

"불화와 갈등을 말하는 거야?" 페르세포네가 물었다.

"그와 더불어 열정과 더없는 행복까지도." 시빌의 미소는 이제 뚜렷했다.

페르세포네는 눈길을 피했다. 그녀와 하데스는 그 모든 걸 공유했지만, 이제 와서 되찾는 게 가능할까? 이제껏 그녀가 저질러온 그 모든 일에도?

시빌이 페르세포네의 손 위에 자신의 손을 포갰다.

"넌 언제나 위대함을 상징했어, 페르세포네. 하지만 그리로 향하는 여정엔 전쟁이 있을 거야."

"설마 진짜 전쟁을 뜻하는 건 아니지?"

시빌은 말이 없었다.

식사를 마친 뒤 둘은 반대 방향으로 흩어졌다. 페르세포네는 회사로, 시빌은 렉사를 보러 병원으로 가기로 했다. 엘리스카에게선 아직 연락이 없었기에, 렉사가 아직 깨어나지 않았겠구나 싶었다. 불안감이 스멀스멀 고개를 들었다. 아폴론의 마법이 혹시 통하지 않은 건 아닐까? 그녀는 그 생각들을 옆으로 치워두었다. 아폴론은 고대부터 존재해온 신 아니던가. 마법에는 도가 텄을 것이다.

렉사는 아직 회복하는 중이야, 지친 것뿐이야. 렉사에게도 휴식이 필요해.

그녀는 지름길을 통해 아크로폴리스로 갔다. 대로변이 아닌 좁은 골목길로 다니면서 기자들이며 신들의 광팬들이며 잔뜩 몰려 있는 광경을 피하는 데도 점차 익숙해지고 있었다. 골목길은 근사한 조경을 뽐내는 보도만큼 쾌적하진 않았지만, 목적지까지 가장 빠르게 도달할 수 있는 방편이라는 것을 깨닫게 되었다. 사람도 적었고, 마주치는 이들마저 그녀의 존재를 개의치 않는 듯했다. 그랬기에 오늘, 커다란 녹색 눈을 가진 새하얀 고양이가 따라왔을 때 흠칫 놀랐던 것이다.

이상하게 주의력이 좋은 모습을 보니 고양이로 변한 변신술사임을 알 수 있었다. 변신술사들은 외모를 가리기 위해 글래머를 사용하지 않았다. 모종의 생물학적인 이유로 그들은 형태를 바꿀 수 있었는데, 바로 그 이유로 페르세포네는 저 동물 저변에 누가 있는지 알 턱이 없었다.

어슬렁대며 따라오는 고양이를 눈치채지 못한 척하며 골목길을 얼마간 더 걸었다. 구경꾼들의 시야에서 충분히 벗어났다는 생각이 들자 우뚝 걸음을 멈췄다. 고양이 역시 놀란 듯 멈춰 섰다. 그런 다음, 동물 행세를 해야 한다는 사실을 갑자기 깨달은 것처럼 고양이는 그루밍을 하기 시작했다.

윽, 더러워. 페르세포네는 생각했다. 먼지투성이일 텐데.

"네 모습을 드러내라." 그녀는 명령했다.

만약 저 생물이 자신의 짐작대로 하데스가 보낸 거라면 변신술사는 그 명령에 곧장 따랐어야 했지만 고양이는 도망치려 했다. 페르세포네와 대면하게 되리라곤 전혀 예상하지 못한 게 분명했다.

몇 걸음 뛰어가던 고양이의 몸이 곧게 펴지고 점점 커지기 시작하더니, 늘씬한 여자의 몸으로 변해갔다. 이제 여자는 두 발을 딛고 서 있었다. 큰 키에 황금색 갑옷을 입은 모습이었다. 땋은 검은 머리카락은 어깨 너머 허리까지 내려왔다. 페르세포네는 그녀가 지닌 무기들을 알아보았다. 엉덩이에는 기다란 장검, 등에는 십자형 칼이 두 자루 꽂혀 있었고, 맨 허벅지에는 단검이 자리했다.

전쟁의 신 아레스의 딸, 야만과 전쟁을 위해 길러진 여전사 아이기스였다. 그녀는 한쪽 무릎을 꿇더니 한 손을 가슴 위에 올리곤 말했다. "여신님."

"이러지 마세요." 페르세포네의 목소리는 날카로웠다. 전사는 바로 눈을 맞추며 일어섰다. "하데스가 보냈나요?"

"여신님을 섬길 수 있게 되어 영광입니다."

"나는 요구하지 않았어요." 페르세포네가 말했다.

"하데스 경께서 여신님을 염려하고 계십니다. 제가 안전하게 지켜드리겠습니다."

그 말을 듣자마자 가슴속에 희망이 피어났는데, 한편으로는 그 사실이 싫었다.

"나는 스스로를 지킬 수 있으니 당신이 안전하게 지켜줄 필요 없어요. 수년간 인간 세계에서 살아왔고, 확신하건대 여전사가 날 구하러 오면 사태만 더 악화될 거예요."

전사는 저항하듯 고개를 쳐들었다. "저는 하데스 님께서 명하시는 대로 할 것입니다."

"그럼 내가 하데스와 직접 이야기를 나누겠어요."

"부탁드립니다."

여전사의 떨리는 목소리에 그녀는 발걸음을 멈추고, 고개를 돌려 여자를 바라보았다.

"저 따위 개의치 않으시겠지만, 저는 이 일을 해야만 합니다. 저에게 주어진 의무입니다. 제게는 이 영광이 필요합니다."

"왜요?"

이제는 순수한 호기심이 일었다. 하지만 그 말에 전사의 표정이 변하는 건 마뜩지 않았다. 여자는 시선을 발치로 떨구고 어깨를 축 늘어뜨렸다. 이유는 뭐가 되었든 부담을 짊어진 게 분명했다.

그때, 그녀가 입을 열었다. "제 수치를 드러내고 싶지는 않습니다."

팽팽한 침묵이 얼마간 흐른 후, 페르세포네가 물었다. "이름이 뭔가요?"

여자는 어리둥절해 보이는 얼굴로 말했다. "아이기스라고 부르시면 됩니다, 여신님."

"이름을 직접 부르고 싶어요. 나도 페르세포네라고 불러주면 좋겠고요."

"하데스 님께선……"

"정말이지 하데스의 신하들이 나에게 하데스의 호불호를 그만 말했으면 좋겠어요. 날 위한다면서 그건 고려하지 않은 것 같네요."

그 말을 뱉자마자 바로 후회했다.

"알겠습니다." 여자는 미소를 지으며 말했다. "조피입니다."

"조피." 페르세포네는 그 이름을 말했다. "이 일이 당신에게 그렇게 중요하다면 내치지 않을게요."

하지만 하데스와 이야기를 나누긴 해야 할 것이다. 대면하기로 마음을 먹는다면 언젠가.

"감사합니다…… 페르세포네."

"저 좀 늦어서요." 그녀는 걸음을 옮기려다 문득 여자의 복장을 가리켰다. "그 갑옷에 대해선 나중에 다시 얘기해요."

조피가 다가섰다. "하데스 님께서 여신님을 제 시야 밖에 두지 말라고 하셨습니다."

"사무실로 당신을 데려갈 순 없어요, 조피…… 이렇게 입고서든, 아니면 고양이가 돼서든."

"밖에서 기다리겠습니다." 그녀가 제안했다.

페르세포네는 한숨을 내쉬었다. "알았어요. 이 건에 대해서도 나중에 다시 얘기하기로 해요."

페르세포네는 골목을 빠져나갔고, 그녀를 호위하는 새로운 아이기스가 뒤따랐다. 여자에게 묻고 싶은 게 많았다. 우선 어디에서 왔는지, 이 일이 반드시 해야 할 정도로 중요한 이유는 뭔지 등등. 조피의 눈에서 그 표정을 본 순간 거절할 수 없었다. 그 표정에 담긴 감정은 그녀에게도 있었으니까. 그건 다름 아닌 절망이었다.

그녀는 죽은 자들의 신이 아이기스를 전략적으로 선택한 건지도 궁금했다. 페르세포네라면 조피의 절실함을 내칠 수 없다는 걸 알았을 테니까.

20장
경쟁

페르세포네는 조피의 갑옷을 빨리 처리하기로 마음먹었다. 퇴근하자마자 여전사는 그녀와 함께 하데스의 렉서스에 탑승했다.

"더 펄로 가주세요, 안토니."

아프로디테가 부티크에 있을지 궁금해졌다. 조피는 하데스의 신하인 데다 페르세포네를 경호할 임무로 지상 세계에 파견되었으므로 그에게 옷차림, 신발, 액세서리 비용을 청구해도 상관없을 것이다. 혹여나 뭐라고 한다면, 음, 그녀를 과소평가한 그의 탓이다.

안토니가 룸미러로 그들을 흘끗 보았다. "조피를 만나셨군요."

"설마 벌써 알고 있었던 거예요, 안토니?"

키클로페스는 그녀의 문제 제기를 피하려는 듯 고개를 슬쩍 숙였다. "어쩔 수 없었습니다, 여신님."

페르세포네는 답하지 않았다. 대리석으로 조각된 하얀 건물들, 금욕적으로 보이는 교회들, 형형색색 빌딩들을 지나 아프로디테의 가게 앞에 도착할 때까지 차창 밖을 내다보았다. 페르세포네는 큰 소리로 야옹 하고 우는 조피를 안아 들었다.

"쉿!" 그녀는 주의를 주었다. "누구도 고양이가 마음대로 가게에 들어가게 놔두지 않는다고."

그녀는 리무진에서 내려 가게로 들어갔다.

페르세포네가 고양이를 바닥에 내려놓자마자 아프로디테가 눈앞에 나타나 말했다. "고양이를 좋아하는 줄은 몰랐군요."

평소보다는 옷을 걸친 상태였는데, 꽃무늬가 수놓인 실크 재질의 샴페인 드레스 차림이었다. 가느다란 끈이 종아리 절반 높이까지 내려오는 드레스로, 공공장소에서 입는 옷보다는 잠옷에 가까워 보였지만 페르세포네는 그것이 아프로디테만의 전략적인 수법이라는 것을 깨닫게 되었다.

변신하라는 페르세포네의 명령에 조피가 다시 인간이 되었다.

아프로디테의 눈이 여전사를 향해 가늘어졌다. "아레스의 딸이라, 놀랍지 않군."

페르세포네가 미간을 찌푸렸다. "그게 무슨 뜻이죠?"

"하데스는 당신을 보호하기 위해서라면 최고의 부하만을 임명할 테니까."

조피가 고개를 숙였다. "그렇게 말씀해주시니 영광입니다, 아프로디테 여신님."

사랑의 여신은 다정함과는 거리가 먼 희미한 미소를 머금고 말했다. "물론이지. 여전사들이 잔인하고 공격적인 데다 피에 굶주렸다는 건 모두가 아는 사실이니까. 당신도 아버지를 빼닮았군."

조피의 몸이 굳었다.

어쩜 저렇게 모질게 구는 걸까, 페르세포네는 생각했다.

"아프로디테, 내 아이기스를 위한 옷을 사려고 해요." 페르세포네가 재빨리 화제를 돌렸다. "이 세계에 걸맞은 옷차림이어야 할 것 같아서요. 저를…… 보호하겠다면."

'보호'라는 단어를 말하는 게 힘겨웠다. 그녀는 보호가 필요한 존재이고 싶지 않았다. 스스로를 지키고 싶었지만 이쯤 되면, 그러니까 며칠 전에 있었던 일 이후론 자신이 갈기갈기 찢기는 건 시간문제일 듯싶었다.

"뭐가 문제예요? 전쟁터 같은 시크한 스타일은 당신에겐 너무 화려하다는 건가요?"

페르세포네는 아프로디테를 향해 못 말린다는 표정을 지어 보이곤 옷걸이에 걸린 옷들을 꺼내 직원들에게 건네주었다.

"조피, 좋아하는 색이 뭐예요?" 페르세포네가 물었다.

"모르겠습니다. 한 번도 생각해본 적이 없습니다."

페르세포네는 동작을 멈추고 그녀를 바라보았다. "한 번도 생각해본 적이 없다고요?"

"저희는 전사들입니다, 페르세포네 여신님."

"그렇다고 해서 패션을 즐길 수 없는 건 아니죠."

페르세포네는 속으로 슬며시 웃었다. 그녀는 렉사처럼 말하고 있었다.

직원들의 팔에 옷이 한가득 들렸을 때, 페르세포네는 피팅룸으로 조피를 떠밀곤 자리에 앉았다. 아프로디테는 근처에 놓인 소파에 늘어지듯 앉아 있었다.

"성생활은 어떤가요?" 아프로디테가 물었다.

"왜 항상 그걸 묻는 거예요?"

너무나 속상한 질문이었다. 싸운 뒤로 하데스를 지금껏 한 번도 보지 못했고, 그 이후론 그와의 관계를 떠올리면 괴롭기만 했다.

"당신에게 질문한 적은 없어요. 보통은 그냥 냄새를 맡을 수 있으니까."

페르세포네는 아프로디테의 기이한 능력에 기가 찼다. "그럼 답을 아시겠네요."

페르세포네는 아프로디테 쪽을 쳐다보지 않았다. 조피가 뒤로 자취를 감춘 커튼을 바라보고 있었을 뿐.

"섹스는 안 하고 있어도 여전히 그를 사랑하는군요."

"당연하죠. 나는 하데스를 사랑해요."

그걸 알기 위해 마법 따위는 필요치 않았다.

"그렇게 말한 적 있나요?"

"노력했어요." 그녀가 답했다.

나를 사랑한다고 말하지 마십시오.

아프로디테는 한참을 침묵하더니 말했다. "난 여태껏 내가 사랑한 이들에게 진심으로 그렇게 말해본 적이 없어요."

"헤파이스토스에게도요?"

"그에게도 사랑한다고 말한 적이 없어요."

불편한 침묵이 흘렀다.

페르세포네가 마침내 입을 열었다. "……그건 정말로 그를 사랑해서인가요?"

아프로디테는 답이 없었다. 때마침 조피가 피팅룸에서 나와 모습을 드러냈다. 구릿빛 피부와 근육을 근사하게 강조해주는 푸른색 맞춤 드레스 차림이었다.

"와, 조피! 정말 아름답네요."

여전사는 얼굴이 발그레해져선 거울 앞에 서서 손으로 옷을 쓸어 내렸다.

"싸우는 데 그다지 좋은 옷은 아닌 것 같습니다." 그녀가 발차기를 해보고 쪼그리고 앉은 자세를 취하며 말했다.

"이봐, 이 시대에 드레스와 힐 차림으로도 싸우지 못한다면 어떻게 스스로 전사라고 할 수 있겠어?" 사랑의 여신이 물었다.

페르세포네는 아프로디테가 진지한 건지 아닌 건지 헷갈렸다. 불멸의 신으로서는 충분히 할 수 있는 말이었다. 신들은 사실상 무적이니까.

"나를 지켜주는 동안에는 누구와도 싸울 일이 없기를 바라기로 해요." 페르세포네가 말했다.

조피는 다시 커튼 뒤로 사라졌다. 몇 벌 더 입어보고 나선 스커트나 드레스보다는 바지 정장을 선호한다고 했다. 페르세포네는 아이기스가 되려면 공식 행사에 참석할 일이 있을 거라며 드레스를 한 벌이라도 사라고 겨우 설득했는데, 처음 입어봤던 바닥까지 오는 가운 형태의 푸른색 드레스였다.

쇼핑을 마친 뒤, 페르세포네와 조피는 아프로디테의 매장을 나섰다.

"집은 있어요?" 페르세포네가 물었다.

"제 고향은 테르메입니다." 조피가 답했다.

그곳은 훨씬 더 북쪽인 데다 수백 킬로미터 떨어진 지역이었다.

"여기 뉴 아테네에서 머물 곳을 물어보는 거예요."

조피는 얼굴을 찡그렸다. 혼란스러워 보였다. "여신님이 가시는 곳이라면 어디든 갑니다."

그러자 머릿속에 생각 하나가 떠올랐다. "내가 당신을 발견하지 못했다면 어디서 머물 생각이었어요?"

"바깥입니다." 그녀가 말했다.

"조피!"

"괜찮습니다, 여신님. 저는 체력이 좋습니다."

"체력 좋은 건 잘 알겠어요. 하지만 당신이 밖에서 자도록 놔두진 않을 거예요. 고양이로서든 다른 모습으로든. 당분간 소파에서 자도록 해요."

렉사가 집으로 돌아오게 되면 누가 어디서 잘지 다시 논의해봐야 할 것이다. 시빌은 당분간 렉사의 침대를 쓸 것이고, 페르세포네 역시 앞으로 몇 주 동안은 지하 세계에서 밤을 보낼 일이 없을 테니.

"저는 잘 수 없습니다." 조피가 말했다.

"그게 무슨 뜻이에요?"

"저는 잠이 필요 없습니다. 제가 잠든다면 누가 여신님을 지키겠습니까?"

"조피, 나는 납치당하지 않고 여태껏 잘 살아왔어요. 분명 괜찮을 거예요."

하지만 그 말이 입에서 나간 순간, 낯선 마법의 힘이 그녀를 사로 잡는 게 느껴졌다. 바로 그때, 진공 속으로 빨려 들어가는 듯한 익숙한 힘이 그녀를 끌어당겼다.

누군가 그녀를 강제로 순간 이동시키고 있다.

"조피……."

여전사의 눈이 커졌고, 사라지기 전 마지막으로 본 것은 그녀를 향해 손을 뻗는 조피의 단호한 표정이었다.

잠시 후, 페르세포네는 괴성을 지르는 군중의 한가운데에 내던져졌다. 공기는 희뿌옜고 끈적끈적했다. 담배 냄새와 체취가 나는 것 같았다.

"여기 있다!" 아폴론이 그녀의 목에 팔을 감고 홱 끌어당겼다. 땀에 흠뻑 젖은 그는 캐주얼한 폴로 셔츠와 청바지 차림이었다.

"이게 대체 뭐하는 짓이야, 아폴론?"

페르세포네가 거칠게 밀어내며 소리쳤지만, 아폴론은 그녀를 붙든 채 군중을 지나 방 앞에 놓인 작은 무대 쪽으로 끌고 갔다. 그 와중에 고개를 기울이곤 귓가에 이렇게 속삭였다.

"우리 거래했잖아, 여신님."

피부에 닿는 그의 숨결이 끔찍하게 싫었다. 아폴론이 언제든 납치할 거라고 예상했어야 했다. 그건 그녀가 미처 명확히 해두지 않은 거래 조건이었고, 지금은 뼈저리게 후회되었다.

그녀는 밝은 조명 아래로 끌려 나갔다. 밝은 빛에 눈이 부셨고, 그 바람에 사방은 더욱 어두워 보였다. 그녀 앞에 얼마나 많은 사람들이 있는지 가늠하기 어려웠다.

아폴론은 마이크를 잡고 소리쳤다. "이쪽은 페르세포네 로지! 하데스의 연인으로 알고 있겠지만 오늘 밤만큼은 우리의 배심원, 심판, 그리고 사형 집행인이 되어줄 것이다!"

그러자 군중은 야유인지 환호성인지 모를 함성을 터뜨렸다.

아폴론은 마이크를 거치대에 도로 끼우곤 페르세포네의 팔을 붙잡으려 했다. 그녀는 몸을 움츠리며 피했지만 신은 그녀의 등 위에 손을 대곤 무대 가장자리의 의자로 이끌었다.

"나한테 손대지 마, 아폴론." 그녀는 이를 악물고 말했다.

"날 싫어하는 척하지 마." 신은 답했다.

"싫어하는 거 맞아. 당신을 좋아하는 건 거래에 포함되지 않아." 그녀가 쏘아붙였다.

아폴론의 눈이 번득였다. "나도 거래를 끝낼 생각이 있어, 페르세포네. 친구가 죽어도 상관없다면 말이지."

그녀는 그를 노려보며 자리에 앉았다. 아폴론이 씩 웃었다.

"그래, 착하지. 이제부턴 거기 앉아서 그 예쁜 얼굴에 미소를 띠고 나랑 함께 이 대회에 심판이 되는 거야, 알겠지?"

아폴론이 그녀의 얼굴을 쓰다듬었다. 당장이라도 그의 급소를 걷어차고 싶었지만 의자 모서리를 꽉 붙들고 간신히 참았다. 아폴론이 돌아서자 군중은 그의 이름을 소리쳐 부르기 시작했다. 신은 두 팔을 공중으로 휙휙 들며 찬양을 부추겼다.

"리라의 모든 이여, 우리 중에 도전자가 있다!"

군중은 야유를 퍼부었지만, 페르세포네는 마침내 이곳이 어딘지를 깨닫고 안도했다. 리라는 각종 음악가들이 공연을 여는 뉴 아테네의 공연장으로, 도시 한쪽 예술 지구에 위치한 곳이었다.

"나보다 음악을 더 잘한다고 주장하는 사티로스라고 한다!"

군중은 더 크게 야유했다.

"내가 뭐라고 말할지는 알 테지, 증명해라."

아폴론이 마이크에서 멀어지자 무대 위 조명 빛이 그의 얼굴 위로 쏟아졌다.

웅성대며 소란이 일었고, 페르세포네는 군중이 두 갈래로 흩어지는 모습을 지켜보았다. 건장한 두 남자가 한 사티로스를 질질 끌고 나왔다. 앳된 얼굴에, 짧은 금발 곱슬머리가 머리 위 둥지처럼 자리한 남자였다. 두려움을 보여주듯 가슴은 빠르게 오르내렸지만, 검은 눈동자만큼은 가늘게 뜨고 아폴론을 또렷이 노려보았다. 페르세포네에게도 느껴질 만큼 증오심이 이글거렸다.

"사티로스! 넌 오만한 대가로 벌을 받게 될 것이다."

군중은 환호했고, 아폴론은 그를 앞으로 데려오라고 두 남자에게 손짓했다. 남자들이 무대 위로 떠밀자 그는 휘청거리다 무릎을 꿇고 쓰러졌다. 아폴론이 허공에서 악기를 소환하는 모습이 보였다. 피리처럼 생긴 악기였는데, 사티로스는 그것을 보자마자 눈이 커졌다. 뭔지는 몰라도 그에게 중요한 물건임은 분명했다.

아폴론이 악기를 던지자 그는 가슴으로 받아들었다.

"연주해라." 신이 명령했다. "네 능력을 보여주거라, 마르시아스."

신의 입에서 자신의 이름이 흘러나오자 청년은 더욱 겁에 질린 것 같아 보였지만 그것도 잠시뿐, 결연한 표정으로 일어섰다.

마르시아스는 플루트를 입술에 대고 연주를 시작했다. 군중이 너무도 소란스러웠기에 처음에는 음악 소리가 거의 들리지 않았다. 마법에 걸려 있는 것 같다는 생각을 떨칠 수 없었지만, 사람들은 차츰 조용해졌다. 주먹을 꽉 쥔 채 어깨에도 힘이 들어가 있는 아폴론을 바라보았다. 사티로스의 연주가 훌륭할 거라곤 전혀 예상치 못한 게 분명했다.

음악은 아름다웠다. 감미로운 선율은 공연장을 가득 채웠고, 피부 속으로 스며들어 혈관에 감기는 듯했다. 어쩐지 어두운 감정들과 모든 괴로운 기억을 불러일으키는 연주였고, 음악이 끝날 때쯤 페르세포네는 자신도 모르게 눈물을 흘리고 있었다.

군중은 조용했다. 그들이 감탄해서 침묵하는 것인지, 아니면 아폴론이 마법을 써서 반응을 보이지 못하도록 만들고 있는 것인지는 알 수 없었다. 그래서 연주가 끝났을 때 그녀는 박수를 치기 시작했다. 그러자 다른 이들도 함께 박수를 치기 시작했고, 휘파람을 불며 환호하는 소리가 점차 커지더니 어느새 많은 이가 사티로스의 이름을 외치고 있었다. 아폴론은 붉어진 얼굴로 페르세포네와 청년을 매섭게 노려보다가 자신의 악기인 리라를 소환해 연주하기 시작했다.

리라를 켜자 아름다운 선율이 흘러나왔다. 모든 음절을 직전 연주보다 더 길게 끄는 느낌이었다. 마음을 진정시키기보다는 주의를 끄는, 기묘하면서도 천상의 선율 같은 음악이었다. 어느새 페르세포네는 의자 끄트머리에 앉아 있었는데, 스스로도 이유를 알 수 없었다. 아폴론이 내심 두려운 걸까? 아니면 그 음악이 다른 무언가로 변하길 기다리는 걸까?

연주가 끝나자 관중석에선 우레 같은 박수가 터져 나왔다.

보이지 않는 손이 페르세포네의 심장을 꽉 움켜쥐었다 놓는 것 같았다. 그녀는 의자에 몸을 기대고 깊이 심호흡을 했다.

아폴론은 군중에게 인사를 한 다음 페르세포네를 향해 몸을 돌렸다. "이제 우리의 아리따운 심판관을 모시겠다!"

그는 미소 띤 얼굴이었지만 위협적인 눈길로 페르세포네에게 조명 밑으로 걸어 나오라고 손짓했다. 나란히 섰을 때, 그의 팔이 허리를 휘감자 그녀는 흠칫했다.

"페르세포네, 우리 아름다운 여신님이여, 오늘 밤 대회의 승자는 누구인가? 마르시아스인가." 그는 잠시 말을 멈추고 군중이 보내는 야유를 즐겼다. 좀 전에 연주를 들을 때 걸렸던 최면 따위는 까맣게 잊은 모습이었다. "아니면 나, 음악의 신인가."

관중은 환호성을 질렀고, 아폴론은 마이크를 그녀의 얼굴 앞에 들이댔다. 심장이 세차게 뛰고 있었고, 이마에는 식은땀이 송골송골 맺혔다. 이 조명이 몹시 싫었다. 지나치게 밝고 너무 뜨거웠다.

그녀는 아폴론을, 그다음에는 입에서 어떤 말이 나올지 그녀만큼이나 두려워하고 있는 마르시아스를 번갈아 바라보았다.

마침내 입을 떼고 마이크의 단단한 감촉에 입술을 문지르듯 말했다. "마르시아스."

그러자 지옥문이 열렸다.

군중은 항의하며 소리를 지르기 시작했고, 몇몇은 무대 쪽으로 달려왔다. 그와 동시에, 사티로스를 무대 위로 끌고 온 건장한 남자들이 다시 나타나 그를 붙잡고 강제로 무릎을 꿇렸다.

"안 돼, 안 돼요, 제발!" 청년이 처음으로 말을 뱉은 순간이었다. 애원하는 그의 검은 눈동자에는 절박함이 가득했다. "말씀을 취소해주십시오! 아폴론 님, 아폴론 님의 재능에 반기를 든 제가 잘못했습니다. 우월하신 건 아폴론 님입니다!"

하지만 그 말은 들리지 않았다. 아폴론의 눈길은 페르세포네에게 꽂혀 있었기 때문이다.

"감히 나를 이기려 들어?" 그는 이를 갈며 말했다. 이를 너무 세게 악문 나머지 목의 핏줄이 다 튀어나올 지경이었다.

"이건 거래의 일부가 아니야, 아폴론. 마르시아스가 당신보다 더 잘했어."

그녀가 아폴론의 음악을 사실 한 번도 좋아한 적이 없다는 점은 어쩔 수 없었다.

분노한 그의 얼굴에는 이내 재미있어하는 기색이 드리웠고, 아름다운 얼굴 위로 사악한 미소가 번졌다. 표정 변화가 너무도 갑작스러워 피가 차갑게 식는 것 같았다.

"배심원, 그리고 심판이자 사형 집행인이신, 페르세포네."

그는 군중을 향해 돌아섰다.

"다들 페르세포네의 판결을 들었겠지." 그는 마이크에 대고 고래고래 외쳤다. "승자는, 마르시아스다."

군중은 계속 성을 냈다. 욕설을 퍼붓고 무대 위로 물건들을 던졌다. 페르세포네는 아폴론 뒤로 몸을 숨겼다.

"조심해라." 그가 경고했다. "하데스의 호위를 받고 있으니까."

아폴론이라면 폭력을 휘두르고도 남으리라 생각했기 때문에 그 말이 기묘하게 느껴졌다. 군중은 아폴론의 지시대로 곧 잠잠해졌다.

"마르시아스가 승자이긴 해도 그에겐 오만이라는 죄가 있다. 우리가 어떻게 그를 처벌하면 좋겠는가?"

"교수형에 처하십시오!" 누군가 소리 질렀다.

"배를 가르는 겁니다!" 다른 누군가 말했다.

"가죽을 다 벗겨버립시다!" 몇몇이 외쳤다.

그러자 가장 큰 환호성이 들려왔다.

"그러면 그렇게 하지!" 아폴론은 마이크를 다시 거치대에 고정한 다음, 두 남자에게 붙들린 채 버둥거리고 있는 마르시아스에게 휙 돌아섰다.

"아폴론, 장난하지 마!"

페르세포네가 손을 뻗자마자 그가 그녀를 옆으로 밀쳤다.

"오만은 인류를 타락시키며, 따라서 벌 받아야 마땅해. 내가 처벌자가 되겠다."

"어린애잖아!" 그녀가 외쳤다. "그의 오만이 죄라면 당신에게도 죄가 있어. 그를 살려주기엔 자존심이 허락하지 않는 거야?"

아폴론이 주먹을 꽉 쥐었다. "그의 죽음은 네 손에 달린 거다, 페르세포네."

여신은 달려가 마르시아스 앞을 막아섰다. "손대지 마. 해치지 말라고!"

그녀는 절박했고, 통제력을 잃을까 봐 두려웠다. 마법이 혈관 밑에서 꿈틀대자 살갗이 따끔거리고 머리칼이 쭈뼛 서는 걸 느낄 수 있었다.

아폴론은 소리 내어 웃었다. "무슨 수로 날 막겠다는 건가?"

아폴론의 마법이 그녀를 둘러쌌다. 월계수 냄새에 숨이 막힐 지경이었다.

"이제." 그는 마르시아스에게 다시 돌아섰다. "가죽을 벗겨볼까."

페르세포네는 구역질이 날 것 같았다.

이건 있을 수 없는 일이야.

아폴론이 허공에서 검 한 자루를 소환했다. 벌겋게 타오르는 불빛 아래서 칼날이 번득였다. 벗어나려 애써봤지만 발버둥 칠수록 아폴론의 마법이 더욱 무겁게 휘감았다. 아폴론이 사티로스 앞에 무릎을 꿇은 다음 칼날을 그의 뺨에 가져다 대는 모습을 속수무책으로 지켜보았다. 그의 얼굴에서 피가 뚝뚝 떨어지기 시작하자, 그녀는 통제력을 잃었다.

"그만해!" 그녀는 있는 힘껏 소리를 질렀다.

그 순간 몸 안에서 마법이 뿜어져 나왔다. 기묘한 감각, 마치 피부의 모든 모공과 입과 눈구멍으로 뭔가가 빠져나가는 감각이었다. 피부가 찢어질 듯 불타고, 순수한 빛이 쏟아지듯 눈앞이 번쩍였다.

그 느낌이 사라지자마자 아폴론과 그의 호위병들, 군중들까지, 마르시아스를 제외한 모두가 얼어버렸고, 그녀는 예상치 못한 광경에 충격받았다.

사티로스는 아폴론으로 인해 생긴 상처 때문에 피가 얼룩진 창백한 얼굴로 페르세포네를 멍하니 바라보았다.

"여, 여신님이시군요."

페르세포네는 얼른 달려가 남자들의 팔에서 그를 빼내려고 해봤지만 너무 세게 붙잡혀 있었기에 허사였다. 허둥지둥 다른 방법을 찾았다. 마법이 언제까지 유지될지 확신이 없었다. 심지어는 여기 있는 모두를 어떻게 얼려버릴 수 있었는지 스스로도 알 수 없었다. 그때, 마르시아스의 얼굴에서 몇 센티미터 떨어진 아폴론의 칼 쪽으로 시선이 향했다. 손을 뻗자 번들거리는 칼 손잡이가 아폴론의 손에서 미끄러졌다. 몇 번 심호흡을 한 후 그녀는 칼로 얼어붙은 남자의 손가락들을 잘라냈고, 마르시아스는 무사히 그들의 손아귀에서 빠져나왔다.

"도망쳐." 그녀가 말했다.

"아폴론이 절 찾아낼 거예요!" 그가 팔을 문지르며 외쳤다.

"다시는 널 쫓아가지 않게 할게. 약속해. 어서 가!"

사티로스가 시야에서 사라지자, 그녀는 아폴론에게 돌아서서 급소를 세게 걷어찼다. 공격이 너무 강력했는지 방 전체가 갑자기 다시 깨어났다.

"빌어먹을!"

좀 전에 손가락이 잘린 남자가 손을 감싸 쥐며 울부짖었고 아폴론은 낑낑대며 바닥으로 쓰러졌다. 페르세포네는 그를 내려다보았다.

"다시는 그런 상황으로 날 밀어 넣지 마라." 페르세포네의 목소리가 분노로 떨렸다.

아폴론은 가쁜 숨을 몰아쉬며 고개를 들어 그녀를 노려보았다.

"우리가 합의했을지는 몰라도, 난 이용당하지 않을 거야. 미친놈아."

얼굴에 미소를 띤 채 그녀는 그곳을 떠났다.

21장
배신의 손길

집으로 돌아왔을 때, 시빌과 조피, 안토니는 거실에서 페르세포네를 기다리고 있었다.

"아, 신들이여, 너무 다행이야!" 시빌이 뛰어와 그녀를 꼭 끌어안았다. "괜찮은 거야?"

"난 괜찮아." 페르세포네가 말했다.

사실, 한동안 이렇게까지 괜찮았던 적이 없었다.

"어디 가셨던 겁니까?" 조피가 물었다.

"리라. 아폴론은 오늘이 바로 우리의 거래를 실행에 옮기는 날이라고 했어."

조피의 눈이 휘둥그레졌다. "아폴론과 거래를 하셨습니까?"

페르세포네는 대답 대신 거실 안쪽으로 걸어 들어가 소파에 앉았다. 갑자기 몹시 노곤해졌다. 셋은 그녀를 따라왔다.

"내가 납치됐다고 하데스에게 말했나요?"

안토니는 뒷목을 긁으며 약간 홍조를 띠었다. 답은 필요 없었다. 키클로페스가 말을 전했으리라는 건 불 보듯 뻔했다.

페르세포네는 한숨을 내쉬었다. "누가 그에게 나 괜찮다고 좀 전해줘요. 안 그럼 세계를 다 파괴해버릴 테니까."

안토니와 조피가 시선을 교환했다.

"제가 말씀드리겠습니다." 안토니가 말했다. "괜찮으시다니 정말 다행입니다, 페르세포네 님."

그녀는 키클로페스에게 미소를 지어 보였다. 그가 사라진 뒤, 시빌이 페르세포네 곁에 앉았다.

"아폴론이 뭘 요구했어?"

페르세포네는 시빌과 조피에게 무슨 일이 있었는지 말해주었다. 공연장의 모두를 다 얼려버린 일, 누군가의 손가락을 잘라버린 일은 제외하고 말이다. 그래도 아폴론의 급소를 걷어찼다는 사실만큼은 꼭 말해주고 싶었다. 시빌이 웃음을 터뜨렸고, 조피는 기쁨을 애써 감추었다. 아마도 보복이 두렵기 때문이리라.

"당분간 다른 대회에서 나더러 심판이 되라고 요구하는 일은 없을 거야. 길거리에서 무턱대고 날 납치하는 일도."

한동안 긴 침묵이 흘렀다.

"렉사에게선 무슨 소식 없어?" 페르세포네가 시빌에게 물었다.

오라클은 고개를 저었다. "내가 병문안 갔을 때도 계속 잠들어 있더라."

더 긴 침묵이 흘렀다. 기묘한 피로감이 동시에 그들을 덮쳤고, 페르세포네는 한숨을 쉬었다.

"이만 자러 가야겠어. 다들 내일 보자."

잘 자라는 말을 나눈 뒤 방으로 향한 페르세포네는 문을 열고 잠시 움직임을 멈췄다. 하데스의 향기가 온몸을 휘감았기 때문이었다.

심장이 빠르게 뛰기 시작했고 피부가 뜨거워졌다. 그를 볼 수 있다는 생각, 그에게 말을 걸 수 있다는 생각에 흥분과 불안이 동시에 교차했고, 스스로가 바보처럼 느껴졌다.

그녀는 문을 닫은 다음 허공에 대고 말했다. "언제부터 여기 있었어요?"

"얼마 안 됐습니다." 그의 목소리가 어둠 속에서 들려왔다.

목소리에 뭔가 거친 기색이 느껴졌다. 그가 감정을 억누르고 있다는 게 여실히 느껴졌다. 감정들이 그녀를 에워싸고 요동치고 있었다. 분노, 두려움, 욕망, 그리고 그리움까지. 그와 가까워질 수만 있다면 그 모든 감정을 다 받아들일 수 있었다.

"무슨 일이 일어났는지 알고 있었어요?" 그녀가 물었다.

"네, 들었습니다."

"화났어요?" 그녀는 속삭이듯 물었다.

문득 그의 답을 듣기가 두렵다는 걸 깨달았다.

"네, 하지만 당신에게는 아닙니다."

그때까지 거리를 유지하던 그의 감촉이, 그의 에너지가 훅 끼쳐오는 게 느껴졌다. 그의 손이 그녀의 팔과 어깨, 그다음에는 얼굴에가 닿았다. 그 손길에 그녀는 숨을 들이쉬었다.

"당신을 느낄 수가 없었습니다. 당신을 찾을 수도 없었습니다."

페르세포네는 그의 손 위에 자신의 손을 포갰다. "나 여기 있어요, 하데스. 나 괜찮아요."

그가 키스할지도 모른다고 생각했지만, 대신 그는 손을 떼고 방조명을 켰다. 갑작스러운 빛에 눈이 부셨다.

"이 일이 내게 얼마나 힘겨운 일인지 당신은 모를 겁니다."

"내가 민테와 레우케 때문에 힘들었던 거랑 비슷하지 않을까요. 아폴론은 결코 내 연인이었던 적이 없다는 점이 다르겠죠."

그가 어두운 눈동자로 매섭게 노려보았다. 그 말에 발끈한 게 분명했지만, 그녀는 직접 그 감정을 보고 싶었다. 그가 마음을 쓰고 있다는 걸 알아야 했다.

"당신은 지하 세계에 오지 않았습니다."

페르세포네는 가슴 위에 팔짱을 꼈다.

"바빴어요."

바빴고, 화가 났고, 두려웠다.

하데스가 마침내 입을 뗐다. "영혼들이 당신을 그리워하고 있습니다, 페르세포네."

그녀는 그를 빤히 바라보았다. 그가 무슨 말을 하고 싶은 건지 알 수 없었다. 그도 그녀가 그리웠을까?

"내게 화났다는 이유로 그들마저 저버리진 마십시오."

"훈계할 생각은 말아요, 하데스. 내가 무슨 일을 겪었는지 알지도 못하면서."

"모르는 게 당연합니다. 그러니 당신이 말해줘야 합니다."

그녀가 쏘아보았다. "당신이야말로 나한테 말해줘야 하는 거 아니에요? 소통 문제가 있는 건 나뿐만이 아닐 텐데요, 하데스."

"언쟁하려고 여기 온 게 아닙니다. 훈계하려는 것도 아닙니다. 당신이 괜찮은지 살펴보려고 온 겁니다."

"올 필요까진 없었어요. 안토니가 말해줬을 텐데."

"와야 했습니다." 그가 말한 다음 시선을 피했다. 턱이 단단해졌다. "내가 직접 당신을 보고 싶었습니다."

그가 꺼내지 않은 말을 느낄 수 있었다. 둘 사이에 넘실거리는 감정들은 절박함과 두려움으로 잔뜩 무거웠다. 그런데 왜 말을 못하는 걸까?

"하데스, 나……."

그를 향해 한 발짝 내디뎠다. 스스로도 무슨 말을 하게 될지 몰랐다. 어쩌면, 미안하다는 말? 그것으로는 충분하지 않은 것 같았다. 그런데 그녀가 말을 고르기 전에 하데스가 먼저 입을 열었다.

"가봐야겠습니다. 회의에 늦었습니다."

그러곤 사라져버렸다. 페르세포네는 참았던 숨을 내쉬며 힘없이 문가에 기댔다. 몸이 갑자기 무겁게 느껴졌고, 고통스러운 생각들이 머릿속을 휘저었다.

이렇게 빨리 떠나버리다니. 가슴속에 슬픔이 고였다. 아프고 뜨겁게. 간신히 욕실로 간 그녀는 뜨거운 물세례를 받으며 오래도록 서 있었다. 슬픔이 얼음장처럼 차가워질 때까지. 그런 다음 침대에 누웠다.

하데스가 그리웠다.

그의 편안함.

그와의 대화.

그의 손길.

그의 장난.

그의 열정.

그의 모든 것이 너무나도 그리웠다.

끙, 소리를 내며 그녀는 옆으로 돌아누웠다.

우습게도 렉사의 목소리가 머릿속을 울렸다. 그냥 자고 가라고 했어야지!

그가 내게 그럴 기회를 주지도 않았어. 어차피 바쁘잖아.

막아 세우지도 않은 거야?

응.

둘은 이미 언쟁하고 있었다. 그가 더 머물렀다면 무슨 일이 벌어졌을까?

화해의 섹스를 했겠지, 렉사가 머릿속에서 말했다.

눈물이 가득 차올랐음에도 미소를 띨 수 있었다. 그 순간, 생각들이 소용돌이치기 시작했다. 어쩌다 이렇게까지 된 걸까? 어머니와의 관계를 끊어내고 하데스와의 거래를 끝냈으며 이제는 아폴론과의 또 다른 거래로 뛰어들었다니. 제일 친한 친구는 병실에 누워 있고, 미래는 여전히 불투명하며, 디미트리의 최후통첩 이후로는 일마저도 예전만큼 좋지 않았다. 대체 무슨 짓을 하고 있는 거야, 페르세포네? 그녀는 소리 내어 혼잣말했다.

최선을 다하고 있지, 렉사가 이렇게 답하는 소리가 들리는 듯했다. 이윽고 그녀는 깊은 잠 속으로 빠져들었다.

�֍

엘리스카에게선 렉사의 상태에 관한 연락이 없었고, 페르세포네는 곧장 회사로 갔다. 아크로폴리스 앞에 멈춰 섰을 때, 안토니는 룸미러로 그녀를 바라보았다.

"모셔다드릴까요?"

그녀는 차창 밖을 내다보고 있었는데, 그 질문에 마음속이 공포로 가득 찼다. 키클로페스의 제안 때문이 아니라, 차에서 내려야 한다는 생각 자체 때문이었다. 고래고래 소리 지르는 군중을 이해하기 위해 최선을 다해 노력 중이었는데, 오늘은 솔직한 마음을 숨기고 싶지 않았다.

솔직한 슬픔을.

그녀는 키클로페스를 바라보았다. "괜찮아요. 물어봐줘서 고마워요, 안토니."

게다가 조피가 바깥 어딘가에서 지켜보고 있었다. 상황이 곤란해지면 아이기스가 개입할 것이다. 페르세포네는 렉서스에서 내려 소리 지르는 팬들과 기자들 무리 속으로 들어갔다.

"페르세포네! 페르세포네!"

그녀는 고개를 푹 숙인 채 아크로폴리스를 향해 단호한 발걸음을 내디뎠다.

"페르세포네! 디바인 기사 봤나요?"

"어젯밤 하데스와 함께 있던 여자를 아십니까?"

그 순간 걸음이 휘청댔고, 결국 멈춰 섰다. 그 질문을 한 게 누구인지 보려고 사람들 사이를 눈으로 좇다가, 문득 누군가 들고 있던 신문에 시선이 꽂혔다.

《델피 디바인》1면에 하데스와 레우케가 손을 잡고 있는 사진이 실려 있었다. 기사 제목이 자신을 향해 소리를 지르는 듯했다.

하데스, 신비로운 여인과 함께 외출하다

그녀는 신문을 든 사람에게 걸어가 손에서 신문을 낚아챘다. 주

변의 모든 것이 갑자기 멀게 느껴졌고, 귓가에 꽂히는 모든 소리가
쥐 죽은 듯 고요해졌다.

회의에 늦었습니다. 하데스의 목소리가 머릿속에 울려 퍼졌다.

밀회에 늦었겠지, 나도 참 멍청하네.

그녀에게 너무 화가 난 나머지 레우케에게서 위로를 구해야 했던
걸까? 그것도 저렇게나 공개적으로? 그녀를 고문하고 싶은 것이 분
명했다. 몇 달 전만 해도 어디서든 사진 찍히는 걸 결코 허용하지 않
았는데, 갑자기 《델피 디바인》 1면에 모습을 드러내다니.

하지만 지금 느껴지는 배신감은 하데스를 향한 것만은 아니었다.

레우케에게도 배신감을 느꼈다. 여태껏 발 벗고 나서서 그 님프를
도와줬는데, 이렇게 갚는다고?

페르세포네는 종이를 꽉 쥔 채 안쪽으로 들어갔다. 엘리베이터에
서 내리자 헬렌이 고개를 들었는데, 뉴 아테네 뉴스에 출근하기 시
작한 이래로 괜찮으냐고 물어보지 않은 건 이번이 처음이었다.

페르세포네는 그 종이 뭉치를 비롯한 소지품을 서랍에 넣었다.
왜 그걸 보관하고 싶었는지는 알 수 없었다. 하데스를 다시 보게 되
면 그 얼굴에 냅다 던져주고 싶어서였는지도. 어쩌면 괴로움을 즐기
는 건지도 몰랐다. 그녀는 컴퓨터를 켜고 커피를 내렸다. 너무 많은
감정이 머릿속을 헤집어놓아 도통 집중할 수 없었고, 몸 구석구석
에 열감이 느껴지는 듯했다. 화가 치밀다가도 흘러내리려는 눈물을
참기가 힘겨웠다.

그러던 중 이 상황을 합리적으로 생각해보겠다는 결심이 일었다.

어쩌면 전부 오해일지도 몰라.

언론은 대중을 속일 수 있다는 걸 그녀도 알고 있었다. 사진 한

장뿐이라면 근거가 부족했다. 종이 뭉치를 다시 꺼내 사진을 찬찬히 뜯어보았다. 하데스와 레우케는 단호해 보였고 표정은 진지했다.

하데스가 뭐라고 변명할까? 그녀는 정말 그 핑계를 듣고 싶은 걸까?

배 속에서 뭔가 꼬이는 것 같았고, 목구멍 안쪽이 부어오르는 듯했다. 토하기 직전이었다.

자리에서 일어나자마자 앞쪽에서 웅성거림이 일었고, 뒤를 돌아보니 하데스가 성큼성큼 걸어오는 모습이 보였다. 그는 분노한 듯했고, 단호해 보였으며, 결연한 눈길은 오직 그녀에게 꽂혀 있었다.

"여기 오면 안 돼요." 그녀가 다급하게 말했다.

지금 소란을 일으키고 있지 않은가. 언론사의 모두가 하던 일을 멈추고 그들을 쳐다보고 있었다.

"얘기 좀 합시다." 그가 말했다.

그의 향이 진하게 끼쳐오면서 존재감이 더욱 짙어졌다. 죽음의 집행관인 그는 잘생겼으며 잘 빼입은 데다 음울함의 기운을 풍겼다.

"아뇨."

"그럼 그걸 믿는다는 겁니까? 그 기사 말입니다."

"회의가 있는 줄 알았는데요." 그녀가 말했다.

"있었습니다." 그가 말했다.

"레우케와의 회의라는 건 쏙 빼놓고 말하는군요?"

"레우케와의 만남이 아니었습니다, 페르세포네."

"지금은 이 얘기 듣고 싶지 않아요. 나가줘요."

그녀는 책상에서 한 발짝 물러선 후 엘리베이터를 향해 걷기 시작했다. 그를 바깥으로 배웅할 생각이었다.

"그럼 언제 얘기할 수 있는 겁니까?" 그가 물었다.

"사실 얘기할 게 있나요? 레우케와 함께 있을 때 나한테 솔직하게 말해달라고 얘기했었잖아요. 당신은 그러지 않은 거고."

그녀는 엘리베이터 버튼을 눌렀다.

"레우케를 돌려보내자마자 당신에게 갔지만 깨우고 싶지 않았습니다. 어제 당신은 지쳐 보였으니까요." 그가 말했다.

그녀는 휙 돌아섰다. 눈가에 눈물이 어른거렸다. "나 지친 거 맞아요, 하데스. 당신한테 지쳤고 당신 평계들에도 지쳤어요." 그녀는 막 열리고 있는 엘리베이터 문을 가리켰다. "가세요."

하데스는 그녀를 노려보더니 예고도 없이 그녀의 손목을 휙 낚아채 엘리베이터 안으로 끌어당겼다. 그의 마법이 활활 타올랐고, 엘리베이터에 다른 누구도 타거나 내릴 수 없게 마법을 걸어두었다.

"이거 놔요, 하데스!" 그녀가 버둥거리자 그는 벽으로 더욱 강하게 밀어붙였다. "날 곤란하게 만들고 있잖아요. 대체 왜 지금 이러는 거예요?"

"당신이 성급하게 결론 내릴 걸 알고 있으니까."

그녀는 성난 눈길을 보냈지만 그의 사나운 표정은 그대로였다.

"난 레우케와 자지 않습니다."

"날 속일 다른 방법도 많잖아!"

그녀는 그의 가슴을 밀쳤지만 신은 꿈쩍도 하지 않았다. 돌처럼 단단한, 요지부동으로 갑갑한 산 같으니.

"그 방법인지 뭔지 나는 하나도 행한 적이 없습니다!"

그녀는 그의 가슴을 노려보며 눈물을 흘리지 않으려 애썼다.

"페르세포네." 하데스가 이름을 읊은 순간 절실함이 느껴져 그녀는 눈을 꽉 감았다. "페르세포네, 제발 부탁입니다."

"날 놔줘요, 하데스."

그는 오랫동안 아무 말도 하지 않았다.

"지금 내 말을 들어주지 않을 거라면, 나중에라도 설명할 수 있게 해주겠습니까?"

"모르겠어요." 그녀가 웅얼거렸다.

"제발, 페르세포네. 설명할 기회를 주십시오."

"나중에 알려줄게요." 휘몰아치는 감정으로 울컥한 그녀가 속삭였다.

"페르세포네."

그가 손을 뻗어 뺨을 어루만지려 했지만 그녀는 여전히 그에게 시선을 주지 않은 채 손길을 뿌리쳤다. 그 바람에 그가 사라지던 순간의 표정을 보지 못했다. 그가 자취를 감추자마자 엘리베이터 문이 열렸고, 페르세포네는 문 앞에 언론사의 모두가 모여 있는 걸 발견했다.

"뭘 그렇게들 쳐다봐요?" 그녀가 쏘아붙였다.

"페르세포네." 가장 앞쪽에 서 있던 디미트리가 집무실 쪽을 엄지손가락으로 가리켰다. "잠시 좀 보죠."

그녀는 마지못해 지시를 따랐다. 집무실 문이 닫히자, 상사는 자신의 책상 뒤가 아니라 그녀 옆자리에 앉았다.

"실제로 무슨 일이 일어나고 있는 건지 나한테 말해줄 필요는 없지만, 회사에서 이런 식으로 행동하면 안 됩니다."

"이런 식이라는 게 뭔데요?"

"엘리베이터도 그렇고, 욕설도 그렇고." 그가 말했다.

"엘리베이터는 내가 한 게 아니라……."

사람들이 엘리베이터 사건에 대해 뭐라고 생각할지 상상하기도 싫었다. 보나 마나 식당에서의 밀회처럼 여길 것이다.

디미트리가 고개를 들었다. "잘 들어요, 나도 오늘자 《델피 디바인》 기사 봤어요. 둘 사이에 무슨 일이 있다는 건 알고 있습니다. 오늘 하루 쉬는 게 어때요?"

"아뇨, 저 괜찮아요. 집중할 데가 필요해요." 그녀가 말했다.

"아닙니다, 페르세포네. 당신 문제를 해결할 필요가 있어요. 진지하게 말하는 겁니다. 퇴근하세요."

페르세포네는 디미트리의 지시에 따라 집무실을 나선 뒤 소지품을 챙겼다. 1층으로 내려가는 내내 멍했다. 그러다 바깥에 사람들이 모여 있는 걸 보곤 우뚝 멈춰 섰다. 그들을 직면할 엄두가 나지 않았고, 오늘 신문에 실린 내용을 다시 반복해 설명할 힘도 없었기에 다시 엘리베이터를 타고 지하실로 가자고 마음먹었다.

관리실에는 페이리토스가 있었다. 그는 책상 앞에 앉은 채 무언가에 정신이 팔려 있었다.

"저기." 페르세포네가 말했다.

페이리토스가 그녀를 언뜻 본 다음 고개를 돌렸다가 다시 휘둥그레져서 쳐다보았다. 관리실 문간에서 마주하게 되리라곤 예상하지 못한 게 분명했다. 그는 만들고 있던 무언가를 황급히 가렸고, 페르세포네는 호기심이 일어 뒤꿈치를 들었다.

"뭐하고 있던 거예요?" 그녀가 물었다.

"아, 아무것도 아니에요." 그가 어색하게 일어서며 말했다. "뭐 도와드릴까요?"

그는 긴장한 듯 보였다. 유니폼에 두 손을 연신 문질러 댔으니까.

그녀는 미소 지었다. "도움이 필요해서요. 여기서 나가게 도와주실 수 있어요?"

"다, 당연하죠. 그 도주 차량에 다시 타고 싶으세요?"

"선호하는 탈출 방법은 아니지만 뭐, 그게 유일한 방법이라면."

그는 미소를 지어 보였다. 이제는 조금 더 편안해 보였다. 무엇 때문에 신경이 곤두서 있었던 건지 궁금해졌다.

"더 좋은 방법이 떠올랐어요."

페이리토스는 열쇠를 챙기고 불을 끈 다음 관리실 문을 잠그고 복도 끝에 있는, 아무 표시가 없는 문으로 안내했다. 지하 터널로 들어서는 입구였다.

그녀는 그를 빤히 노려보았다. "이런 방법이 있는데도 나를 쓰레기차에 집어넣었단 말이에요?"

페이리토스가 웃음을 터뜨렸다. "그때는 열쇠가 없었어요."

"아…… 뭐, 그렇다면."

"이리 오세요."

그는 손짓을 해보였고, 그녀가 들어가자마자 문을 닫았다. 시멘트로 만들어진 터널엔 냉기가 감돌았고, 트랙 조명이 밝혀져 있어 주변의 모든 것이 창백한 녹색으로 보였다.

"어디로 이어지는 건데요?"

"모나스티라키 스퀘어에 위치한 올리브 앤 아울 레스토랑 겸 펍으로요."

보행 터널은 뉴 아테네에 흔했지만 페르세포네는 여태껏 한 번도 다녀본 적이 없었다.

"이런 곳들이 공적으로 알려지지 않는 이유라도 있나요?"

"아마도 아크로폴리스의 집행부에서 알리지 않고 싶어서겠죠."

허, 그거 말 되네.

"오늘은 일찍 퇴근하시네요." 페이리토스가 조심스레 말했다.

"정신 건강 좀 챙겨야 해서요." 페르세포네가 말했다.

신문에 실린 내용도, 하데스가 갑자기 회사로 찾아와 소란을 피운 일도 설명하고 싶지 않았다. 다행히 페이리토스는 더 묻지 않았다. 그저 고개를 끄덕이곤 이렇게 말했을 따름이다.

"이해합니다."

잠시 침묵 속에 걷다가 페르세포네가 물었다. "아까 뭐하고 있었던 거예요?"

"목록 좀 작성하고 있었어요. 그냥 좀…… 저한테 필요한 장비들을요."

어떤 장비들인지 물어볼까 싶었지만 그는 그것에 대해 이야기하고 싶어 하는 것 같지 않았다. 사실, 그녀만큼이나 그 역시 정신이 딴 데 팔린 듯했다.

마침내 그들은 터널 끝에 도달했다. 페이리토스가 잠긴 문을 열었다.

"고마워요, 페이리토스. 제가 빚졌네요."

그는 고개를 저었다. "빚진다는 것에 대해선 깨달은 바가 있지 않나요?"

그 말에 뒤통수를 세게 얻어맞은 듯했다. 그녀는 할 말을 잃었지만, 그는 빠르게 화제를 돌렸다.

"조심하세요, 셰프."

그는 문을 닫았고, 곧이어 문 반대편에서 걸쇠를 잠그는 소리가 들려왔다.

페르세포네는 올리브 앤 아울 펍을 가로질러 모나스티라키 스퀘어로 나섰다. 펍과 카페들이 즐비하고 커다란 교회가 서 있는, 돌로 둘러싸인 마당 같은 공간이었다. 터널을 지나오는 동안 날은 흐려져 있었고 이슬비가 흩뿌리며 매끄러운 빗방울이 사방을 뒤덮고 있었다. 그녀는 원피스 주머니에 두 손을 찔러 넣고 집으로 향했다.

집으로 가던 도중, 엘리스카에게서 렉사가 깨어났다는 문자 메시지가 도착했다. 즉시 방향을 바꾸어 병원으로 향했다.

의식이 있는 렉사를 다시 마주하게 되면 어떤 마음일지 상상을 안 해본 건 아니었지만, 가장 친한 친구의 얼굴을 보자마자 그게 지나친 희망이었다는 것을 깨달았다.

렉사는 몹시 지쳐 보였다. 얼굴은 창백했고, 눈 주변에는 다크서클이 짙었다. 입술은 다 부르텄고 검은 머리칼은 헝클어져 있었으며 몇 가닥은 얼굴에 들러붙어 있었다.

그리고 그 눈동자.

몸은 삶을 되찾았지만 눈동자는 그렇지 않았다. 눈이 마주쳤을 때, 페르세포네를 알아보지 못한 듯 그 눈동자 속에는 아무런 빛도 일지 않았다. 마음 한구석에 어두운 무언가가 도사리는 듯한 기분을 느끼면서도 그녀는 희미하게 웃어 보였다.

뭔가가 잘못됐어.

"안녕, 렉사." 페르세포네는 침대로 가까이 다가가며 나직하게 말했다.

렉사는 미간을 찌푸렸고, 입을 열자 낮고도 쉰 목소리가 흘러나왔다. "나, 왜 여기 있는 거야?"

페르세포네는 흠칫하곤 이게 무슨 상황이냐는 듯 엘리스카를 흘 끗 쳐다보았다.

"의식을 되찾고 나선 계속 저 말만 하고 있단다. 의사 말로는 정신 병 증세의 일환이라더구나."

"나, 왜 여기 있는 거냐고?" 렉사가 반복했다.

엘리스카가 침대 끄트머리에 앉아 딸의 손을 잡았다. "우리 딸, 사 고가 났었어. 정말 크게 다쳤었단다."

렉사는 그녀를 바라보았지만 어머니마저도 알아보지 못하는 듯 했다.

"아니, 내가 왜 여기 있는 거냐고?" 렉사의 의문은 더 공격적으로 변했고, 눈동자에는 초점이 사라졌다. "나 여기 있으면 안 된다고!"

페르세포네는 얼굴에서 핏기가 싹 가시는 것 같았다. 렉사가 하 는 말이 뭔지 알고 있었다. 왜 병원에 있는 거냐고 묻는 게 아니었 다. 왜 지상 세계에 있는 거냐고 묻는 거였다.

엘리스카는 페르세포네를 바라보았고, 그 눈길에는 절망이 담겨 있었다. 렉사를 되찾는 것과, 그녀가 겪은 트라우마의 여파를 처리 하는 건 별개의 문제였다.

"간호사를 데려올게." 엘리스카가 말했다. "단둘이 얘기 나눌 시 간을 가지렴."

어머니가 병실을 나가자마자 렉사가 다시 말했다. "난 여기 있으 면 안 돼."

페르세포네는 침대 끄트머리에 앉은 후 그녀의 이름을 불렀다. 잠 깐 시간이 걸렸지만 렉사는 마침내 고개를 들어 페르세포네를 마 주 보았다.

"기억 안 나는구나."

렉사의 눈가에 눈물이 고였다. "난 행복했어."

"그래, 행복했지." 페르세포네의 가슴속에 희망이 부풀었다. 이제 조금씩 기억이 되돌아오고 있는 건지도 몰랐다. "내가 아는 가장 행복한 사람이었어."

그러자 렉사는 움찔하며 침묵했고, 눈살을 찌푸렸다. "아니, 난 지하 세계에서 행복했어."

페르세포네는 까무러칠 것 같았다. 그건 가장 듣고 싶지 않은 말이었다.

"나, 왜 여기 있는 거야?" 렉사는 계속해서 물었다. "나, 왜 여기 있어? 나, 왜 여기 있는 거냐고? 나, 왜 여기 있어?"

목소리는 점점 더 커졌고, 그녀가 몸을 앞뒤로 흔들자 침대가 덜컹거렸다.

"렉사, 진정해."

"나, 왜 여기 있는 거냐니까!" 그녀가 소리를 질렀다.

페르세포네가 일어섰다. "렉사……."

그때, 병실 문이 벌컥 열리더니 엘리스카와 두 명의 간호사가 헐레벌떡 뛰어와 그녀를 제지했다. 렉사는 이제 비명을 지르고 있었다. 가장 친한 친구에게서 한 번도 들어본 적 없는 소리였다. 그녀는 문 쪽으로 뒷걸음질 쳤고, 도망치듯 병실을 빠져나왔다.

엘리베이터를 탈 때까지도 렉사의 오열이 쫓아왔다. 문이 닫히자마자 참았던 눈물이 터졌다.

"결과에 만족하나?"

몸을 홱 돌리자 아폴론이 서 있었다.

회색 양복바지에 흰색 단추가 달린 셔츠 차림으로, 어두운 머리칼은 완벽하게 말려 있었다. 아름답고 또 동시에 냉혹해 보였다.

"당신!" 페르세포네는 그에게 성큼 다가갔다. 아폴론은 눈썹을 바짝 들어 올리며 움찔도 하지 않았다. 그녀를 전혀 두려워하지 않는다는 점이 너무도 싫었다. "렉사를 낫게 해준다고 했잖아!"

"낫게 했어. 명백하게 그렇지. 의식을 회복했잖아."

"저 사람이 누군지 몰라도 내가 알던 렉사는 아니란 말이야!"

아폴론은 어깨를 으쓱해 보일 뿐이었고, 그렇게 묵살해버리는 태도에 페르세포네는 몹시 화가 났다. 그러자 살갗에서 덩굴이 돋아나기 시작했다. 고통조차 느껴지지 않았다.

아폴론은 역겹다는 표정을 지었다. "분노 좀 통제해봐. 여길 엉망으로 만들고 있잖아."

"거래는 끝이야, 아폴론."

"안타깝지만 그럴 순 없다." 그가 허리를 꼿꼿이 세우고 두 팔을 펼치자 갑자기 좀 전보다 훨씬 더 키가 커지고 위풍당당해 보였다. "당신은 그녀를 치유해달라고 부탁했고, 난 그렇게 했어. 당신이 깨닫지 못하는 건, 그녀의 몸뿐만 아니라 영혼도 손상되었다는 사실이지. 그리고 그건, 유감스럽게도 내 것이 아니라 당신 애인의 영역이고."

마치 렉사가 다시금 죽음의 과정을 반복하게 될 거라는 말처럼 들렸다. 그녀는 영혼들에 대해선 아는 바가 많지 않았고, 영혼이 다친다는 게 어떤 건지도 몰랐다. 하지만 짐작할 순 있었다. 그녀가 알던 사고 이전의 렉사를 앞으로 다신 만날 수 없으리라는 의미였다. 그 무엇도 예전과 같을 수 없다는 의미였다.

아폴론과의 거래가 아무런 가치가 없었다는 의미이기도 했다.

이게 바로 하데스가 말하려던 바였다는 생각이 들었다.

당신 행동이 렉사를 죽음보다 더한 운명에 처하게 만들었다는 걸 곧 알게 될 겁니다.

정신을 차리기까지 잠시 시간이 걸렸다. "당신 정말 최악이네."

그녀는 문이 열리자마자 몸을 돌려 엘리베이터를 나섰고, 아폴론 이 바짝 뒤따라왔다.

"당신이 거래의 허점을 인지하지 못했다고 해서 내가 나쁜 존재 가 되는 건 아닐 텐데."

"아니, 다른 모든 짓거리 때문에 당신은 나빠."

"날 알지도 못하는 주제에." 그가 따졌다.

"당신 행동이 아주 많은 걸 명확하게 보여줘, 아폴론. 리라에서 내가 목격한 걸로 차고도 넘쳐."

"모든 것엔 다 양면이 있는 법이야, 귀여운 아가씨."

"그럼 최선을 다해 당신을 변호해보던가." 그녀가 쏘아붙였다.

"나 자신을 당신에게 설명할 필요를 느끼지 못하겠는데."

"그럼 왜 자꾸 나한테 말을 거는 거야?"

"알았어, 말 안 걸게."

"좋아."

병원 로비를 지나 출구로 나서는 동안 둘은 말없이 걸었다. 그러 다 아폴론이 다시 입을 뗐다.

"당신 내 의도를 흩뜨리려 하고 있어!"

"말 안 걸겠다며." 그녀는 투덜대며 물었다. "무슨 의도 말이야?"

"난 당신을 소환하러 왔어." 그가 말했다. "데이트하려고."

"우선 말이지, 누구도 데이트를 위해 소환하려 해선 안 되고. 둘째로는, 당신과 나는 데이트하는 사이가 아니야. 당신은 동행이 필요하다고 했고, 그게 끝이야."

"친구 사이에선 늘 데이트를 하잖아." 그가 따졌다.

"우린 친구가 아니라고."

"6개월 동안은 친구야. 당신도 그에 동의한 거야, 꿀입술."

페르세포네는 그를 쏘아보았다. "별명으로 부르지 마."

"별명으로 부르지 않는걸."

"귀여운 아가씨? 꿀입술? 그게 다 뭔데?"

그가 씩 웃었다. "애칭이지. 딱 맞는 걸 찾고 있다고."

"애칭 따위 바라지 않아. 나는 내 이름으로 불리고 싶어."

헤르메스도 그녀에게 별명을 지어주었는데, 돌이켜보니 그건 꽤 사랑스러웠다는 생각이 들었다.

"아주 아쉽네. 이것도 거래의 일부라서, 자기야."

"아니, 전혀 아니야." 그녀가 말했다.

"놓쳤나 본데, 작은 글자로 적혀 있는걸."

페르세포네는 자신의 눈이 밝은 녹색으로 번득이고 있다는 걸 느꼈다.

"그건 선택사항이 아니야, 아폴론." 그녀는 딱 잘라 말했다. "이름 이외의 다른 호칭으로는 절대 부르지 마. 다르게 불리고 싶으면 내가 얘기하겠어."

아폴론은 다른 이들의 요청을 존중하는 법을 몰랐다. 그의 턱이 움찔거렸고, 그녀는 그가 다음 순간 무슨 짓을 할지 지켜보았다.

"알았어." 그는 이를 악물고 말했다. "하지만 오늘 밤은 나와 함께

해줘야겠어. 일곱 뮤즈. 10시까지 거기로 와."

"오늘 밤은 정말 안 될 것 같아, 아폴론."

그녀는 지하 세계로 가서 레우케와 함께 있었던 이유에 대한 하데스의 해명을 들어야 했고, 내일 밤에 있을 하지 축제 준비도 마무리해야 했다.

"지금 당신 타이밍이 괜찮은지 묻는 게 아냐." 신은 답했다. "채비하라는 거지. 행사가 있으니까."

22장
일곱 뮤즈

페르세포네는 입고 갈 옷을 찾느라 옷장에 들어가 있다시피 했다. 끙 소리가 나왔다. "일곱 뮤즈엔 대체 뭘 입고 가야 하는 거야?"

"내가 도와드리죠." 페르세포네가 얼굴을 묻고 있던 자리로 간 헤르메스는 옷들을 하나하나 살펴보았다. "내가 당신이랑 함께 가면 아폴론이 진짜 화낼 거라는 건 알죠?"

집에 도착하자마자 헤르메스를 소환한 터였다. 이름을 부르자마자 그는 즉시 나타났다.

"누굴 죽여드릴까요, 세피?"

"당신의 형." 그것이 그녀의 답이었다.

"어머나, 다음을 기약해도 될까요?"

그녀는 다른 선택지를 제시했다. 오늘 밤 동행해주기.

"나한테 혼자 와야 한다고 말한 적은 없으니까요."

페르세포네가 거래에서 뭘 놓쳤는지 그가 빨리도 지적했으니 똑같이 갚아줄 것이다. 음악의 신과 단둘이 있는 상황은 조금도 맞이하고 싶지 않았다.

헤르메스는 페르세포네의 옷장에서 빼꼼 고개를 내밀었다.

"당신이 외출한다는 거 하데스도 알아요?"

"대체 왜 자꾸 다들 그걸 묻는 거죠?" 페르세포네가 불평했다. "내 일거수일투족을 그가 알 필요는 없다고요."

헤르메스가 눈썹을 치켜떴다. "꽤 찔렸나 본데? 오늘 밤 그를 우연히 마주칠 수도 있나 물어보려고 한 것뿐이에요."

"내가 뭘 입는지랑 그게 무슨 상관이죠?"

"모든 상관이 있죠." 헤르메스가 다시 옷장 속으로 고개를 들이밀더니 잠시 후 옷 하나를 꺼내며 말했다. "이걸 입는 게 좋겠어요."

그는 꽤나 교묘하게 듬성듬성 배치된 금박 아플리케가 잇대인 드레스를 들고 있었다. 그런 옷은 가지고 있지 않았기에 저절로 질문이 튀어나왔다.

"그런 건 대체 어디서 났어요?"

헤르메스가 씩 웃었다. "알고 싶어요?"

그녀는 눈을 가늘게 떴다. "혹시 훔친 거예요?"

옷장에 들어가서 순간 이동을 한 것이리라.

"그냥 한번 입어봐요." 그는 침대 위에 옷을 내려놓으며 말했다.

"이건 못 입겠어요, 헤르메스."

"왜요?"

"이걸 입으면 내가…… 아무것도 안 입은 것 같잖아요!"

"아니, 그렇지 않아요. 전략적으로 배치된 금빛 나뭇잎을 입은 것 같을 걸요."

그녀는 그를 노려보았다. "내가 아폴론 만나러 간다는 건 혹시 잊은 건가요?"

"당신이야말로 하데스에 대해서 내가 물어본 건 잊은 거예요?"

"당신 때문에 하데스가 화를 내겠어요."

"하데스를 화나게 하고 싶은 건 당신이잖아요. 나한테 거짓말할 생각은 마요, 세피. 서로 화 풀고 아주 화끈한 화해의 섹스를 하게 되길 바라고 있잖아요." 헤르메스는 페르세포네의 손에 드레스를 들려주었다. "자, 입고 와봐요."

그녀는 욕실로 향했다.

하데스가 질투 나게 만들고 싶다는 욕망이 마음 한구석에 자리했다. 특히나 레우케 어쩌고 일 이후로는 더더욱.

드레스 안으로 몸을 집어넣었다. 옷이 너무도 완벽하게 맞아서 조금 놀랐고, 욕실에서 나와 보여주자 헤르메스는 휘파람을 불었다.

"이게 딱이네!"

"이거 하나만 짚고 넘어가죠. 하데스를 마주칠지도 모르니까 오늘 밤 이걸 입고 가라는 거죠?"

헤르메스는 어깨를 으쓱해 보였다. "항상 가능성이란 게 있는 거니까. 설령 마주치지 않더라도 사진 세례를 받을 거란 걸 알고 있잖아요."

"못 입겠어요." 페르세포네가 말했다.

갈아입으려고 발걸음을 떼려 했는데, 돌아서자마자 헤르메스가 욕실 문 앞을 막아 섰다.

"하데스가 뭘 놓치고 있는지 보여줘야 하지 않겠어요?"

"아폴론이 자기를 위해 입고 온 거라고 착각하면 어떡해요?"

헤르메스는 코웃음을 쳤고, 페르세포네는 째려보았다.

"알았어요, 알았어. 아폴론은 문제가 많긴 해도 당신이 하데스의 상대라는 건 알고 있어요. 아무것도 시도하진 않을 거라고요. 당신 생각과 달리 그는 낭심을 다치겠구나, 하고 인식은 한다니까."

"만약 그게 사실이라면 나랑 애초에 거래도 안 했을 거예요."

"세피, 나는 아폴론을 아주 오랫동안 보아왔잖아요. 진짜 골 때리 긴 하죠. 이기적이고, 자기중심적인 데다 무례하기까지. 하지만 외로 운 존재이기도 하답니다."

"글쎄, 그가 그렇게까지 이기적이고 자기중심적이고 무례하지 않 았다면 외롭지 않았을 거예요."

"내 말은, 그는 친구를 사귀고 싶어 한다는 거예요. 물론 맞아요, 친구가 되려고 거래를 해야만 했다는 게 좀 안타깝긴 하죠. 그래도 당신이 눈치 못 챘을지 모르지만 아폴론은 진정한 관계 맺기에 대 해 하나도 몰라요. 연인 관계를 다 망치는 이유가 있다니까요."

"그는 나아지려고 노력하지 않아요."

"그럴 필요가 없어서죠. 신이잖아요."

"그건 핑계가 못 돼요."

"변명이긴 해요."

"당신은 그처럼 행동하지 않잖아요."

"그렇진 않죠. 그런데 내가 소수라는 생각은 안 해봤어요? 신들 은 대부분 아폴론처럼 굴어요. 당신 분노를 사게 된 건 그저 그의 불운일 뿐이라니까요."

"내가 뭘 잘못했다는 것처럼 들리는데요."

"죄책감이 드는 건가요?"

"아니, 당연히 아니죠. 아폴론은 자신의 행동에 대한 대가를 치른 거라고요."

"그래서 당신은 당신의 행동에 대가를 치렀나요?"

아니었다.

"행동의 옳고 그름을 말하려는 게 아니에요. 단지 그렇게 행동하면 아폴론이 당신 말에 귀 기울이게 만들 수 없다는 얘기를 하려는 거죠."

"그럼 내가 어떻게 했으면 좋겠다는 거예요?"

그는 어깨를 으쓱했다. "그냥…… 친구가 되어줘요."

페르세포네는 하마터면 웃음이 터질 뻔했다. 그녀는 아폴론이 싫었다. 그는 사람들을 다치게 하지 않았던가, 특히나 시빌을. 렉사의 영혼이 망가졌다는 사실을 숨기기까지 했다. 어떻게 그런 존재와 친구가 될 수 있을까?

그녀의 생각을 읽기라도 한 듯, 헤르메스는 덧붙였다. "아폴론 같은 사람들은 마음을 다쳤다고요."

"아폴론은 사람이 아니잖아요."

"그렇긴 하지만 그 역시도 우리 모두가 그렇듯이 인간적인 결점을 지니고 있죠." 그러더니 헤르메스는 갑자기 화제를 바꾸려는 듯 박수를 쳤다. "자, 그럼 난 뭘 입어볼까나?"

헤르메스는 올화이트 복장으로 가기로 했다. 실크 재질의 셔츠와 바지, 그리고 반짝이는 구두까지. 집을 나서기 직전, 조피가 방으로 뛰어 들어왔다.

"어딜 가시려는 겁니까?" 그녀가 외쳤다.

"우리가 어딜 가려는지 어떻게 알았어요?" 페르세포네가 물었다. 집에 도착했을 때 조피에게는 잠자리에 든다고 말해둔 터였다.

"문간에서 엿듣고 있었으니까요." 여전사가 말했다.

"음, 아무래도 사생활에 대한 규칙을 마련해야 할 것 같군요."

"그리고 우린 늦게 되겠지요." 헤르메스가 페르세포네의 손을 잡았다. "그럼, 괜찮으시면……."

조피가 칼을 뽑았다. "여신님을 놓아주지 않으면 화를 면치 못하실 겁니다!"

헤르메스가 웃음을 터뜨렸다. "어디서 모셔온 분인가요?"

페르세포네는 한숨을 쉬었다. "조피, 칼 치워줘요."

"당신께서 가시는 곳이라면 저도 가야 합니다, 페르세포네 여신님." 그러더니 헤르메스를 노려보았다. "여신님을 보호하기 위해서 말입니다."

헤르메스는 여전히 웃어젖히고 있었다. "나도 신인 거 이분이 아는 거 맞죠?"

페르세포네는 그의 옆구리를 쿡 찔렀다. "조피가 입을 옷 좀 챙겨줘요, 같이 가게."

✲

그들이 일곱 뮤즈 앞에 나타나자마자, 사람들은 그들의 이름을 외쳐 불렀다. 켄타우로스 두 마리의 호위를 받으며 안쪽으로 떠밀려 들어가면서 페르세포네는 헤르메스를 노려보았다.

"우리가 여기에 왔다는 걸 세상천지에 다 알리고 싶어서 환장했군요?"

그는 씩 웃어 보였다. "그렇지 않으면 하데스가 당신의 드레스를 어떻게 보겠어요?"

그녀는 다시 신의 옆구리를 쿡 찔렀다.

"아야! 오늘 공격적이네요, 세피. 난 그저 돕고 싶을 뿐이라고요."

클럽에 간신히 들어갔을 때 아폴론이 앞을 막아섰다. 신은 헤르메스에게 눈을 부라렸다. "너 여기서 뭐하는 거냐?"

"나도 초대됐는데." 속임수의 신이 말했다.

아폴론의 시선은 조피에게 향했다. "여전사도 데려왔다고?"

조피는 그를 향해 눈을 부릅떴다. 지난번의 납치 사건으로 분이 안 풀린 게 분명했다.

"내 경호원이야. 이름은 조피이고." 페르세포네는 구겨진 아폴론의 얼굴을 바라보며 피식 웃은 다음 말했다. "친구 데려오면 안 된다는 말은 안 했잖아."

그는 한숨을 내쉬었다. "이리 와. 칸막이 자리 맡아놨어."

아폴론은 몸을 돌려 걷기 시작했고 나머지 셋은 뒤따랐다. 페르세포네는 음악의 신의 옷차림을 살펴보았다. 오늘의 클럽 복장은 검은색 가죽바지에 메시 소재의 셔츠였다. 하늘거리는 셔츠 밑으로는 탄탄한 근육질 몸이 어른거렸다. 자연스럽게 하데스와 그를 다시금 비교하게 되었다. 하데스의 몸은 마치 파괴를 위해 빚어진 듯, 드넓은 어깨와 울룩불룩한 근육을 자랑했다.

아폴론이 맡아둔 테이블은 라운지에 가까웠다. 흰 소파가 서로 마주 보고 놓여 있었고, 새하얀 커튼은 약간의 프라이버시를 보장해주었다. 담배 연기와 레이저 불빛으로 공기가 자욱했고, 부스 안쪽도 다르지 않았다.

음악의 신은 소파 하나에 연극적으로 쓰러지듯 앉은 다음 한쪽 팔은 등 뒤로 늘어뜨리고 한쪽 다리는 쿠션 위에 올려놓았다. 페르세포네와 헤르메스, 그리고 조피는 서로 나란히 앉았다. 몸이 너무 드러나는 옷을 입은 게 계속 신경 쓰였기에 그녀는 두 손을 무릎 위에 올려둔 채 등을 곧게 펴고 앉았다.

"그래서, 둘은 얼마나 알고 지낸 거냐?"

아폴론은 옅은 색 눈썹을 치켜뜨며 자신의 남동생과 그녀를 번갈아 쳐다보았다. 약간 서운하다는 듯한 어조였다.

"아, 우리로 말할 것 같으면 평생을 친구였지." 헤르메스는 테이블 위에 있던 술을 하나 골라 쭉 들이켠 다음 말했다. "이야, 이거 한번 마셔봐."

그는 조피에게 술을 건네려 해봤지만 여전사의 사나운 눈길에 순간 멈칫했다. 하지만 신경 쓰지 않고 술을 한 잔 더 따랐다.

"6개월이야." 페르세포네가 말했다. "헤르메스랑 내가 알고 지낸 지는 6개월 됐어."

"7개월이거든요." 속임수의 신이 정정했다. "내가 이 친구를 강에서 끌어내줬는데 내가 뭘 잘못했다고 지하 세계 궁전으로 붙들려 갔다니까." 그러곤 페르세포네를 바라보았다. "아 참, 하데스가 당신과 사랑에 빠졌다는 걸 처음 알아챈 게 그때였죠."

페르세포네는 시선을 피했고, 둘 사이엔 어색한 침묵이 흘렀다. 아니, 어쩌면 페르세포네만 기분이 언짢아진 건지도 몰랐다.

헤르메스가 옆자리에서 킥킥대기 시작했다. "인간들을 섬기던 때 기억나, 아폴론?"

아폴론은 즐거워 보이지 않았다. "판도라에게 호기심을 가르쳐준 게 누군데, 헤르메스?"

속임수의 신은 매섭게 노려보았다. "대체 왜 모두가 맨날 그 얘기를 꺼내는 거야?"

"세상의 모든 악에 대한 책임이 너에게 있다고 말해도 과언이 아니지." 아폴론의 입가에 미소가 떠올랐다. 그 미소는 놀랍게도⋯⋯ 매력적이었다.

"애초에 멍청하게 상자에 악을 담아둔 게 대체 누구죠?" 페르세포네가 물었다.

두 형제는 시선을 교환했다. "우리 아버지."

페르세포네는 시선을 회피했다.

역시 권력이 있다고 해서 지능이 높은 건 아니다.

두어 잔 더 마신 다음 헤르메스는 페르세포네와 조피를 댄스 플로어로 이끌었다. 전자음악의 비트에 온몸이 진동하는 듯했다. 그들은 모두 함께 춤을 추었다. 심지어는 신경이 곤두서 있던 조피조차 약간은 긴장을 풀고 플로어를 꽉 메운 사람들 사이로 섞여들었다.

페르세포네는 계속해서 춤을 추었다. 헤르메스의 움직임에 맞춰 몸을 흔들었는데, 어느 순간 그는 곁에 다가온 한 잘생긴 남자에게 주의를 빼앗겨버렸다.

잘해보라고 손짓해 보이던 페르세포네는 어느새 아폴론과 정면으로 마주하게 되었다. 그는 춤추지 않고 군중 한가운데에서 그녀를 빤히 바라보며 가만히 서 있었다.

"그러니까, 나랑 단둘이 남겨지는 게 두려웠던 거지?" 아폴론이 물었다.

"당신이랑 단둘이 있는 게 두려운 건 아냐. 단둘이 있고 싶지 않았던 거지."

"왜지?"

"왜냐고?" 그 질문에 도리어 어리둥절해진 그녀가 물었다. "얼마 전에 날 어떤 상황으로 몰아넣었는지 기억 안 나? 죽일 뻔했다고, 어린애를!"

"그놈이 날 비방해서……."

"여긴 고대 세계가 아니야, 아폴론. 사람들은 당신에게 반발할 수도 있고, 그에 대처하는 법을 배워야지. 심지어 말이야, 난 당신 음악을 애초에 좋아하지도 않아."

말을 뱉자마자 페르세포네의 눈동자가 커졌다. 방금 그 말을 소리 내서 뱉어버리다니?

아폴론은 입술을 꽉 깨물더니, 잠시 후 다시 입을 열었다. "술 마실래?"

"독이라도 탔어?"

이번에도 그는 비뚤어진 미소를 선사했다. 둘은 댄스 플로어를 벗어나 바 쪽으로 가서 술을 주문했다.

아폴론은 한번에 술을 들이켠 다음 카운터에 잔을 내리치곤 페르세포네를 바라보았다.

"그래서, 당신 애인은 우리 거래에 대해 뭐라고 했지?"

페르세포네는 빈 잔을 바라보았다. "좋아하지 않지. 그걸 탓할 순 없다고 생각해."

사실이 그랬다. 하데스에게 많은 걸 약속하고선 실망시켰으니까.

"하데스는 날 미워하는 것 같아." 작은 소리로 그녀가 말했다.

"하데스는 당신을 미워하지 않아." 아폴론은 비웃다시피 했다. "미워한다는 건 아예 그의 사전에 없어."

"날 보는 눈빛을 당신이 못 봐서 그래."

"다 무너진 것 같은 눈빛 말하는 거지?" 아폴론이 물었다. "난 알 것 같은데, 페르세포네."

그녀는 눈을 깜박였다.

"그냥 상처받고 좌절한 거야. 우리 모두에겐 각자 다 중요한 게 있 잖아. 다른 것들보다 더 가치 있게 여기는 것들. 하데스에게 그건 신 뢰야. 신뢰를 얻는 과정을 아주 중요하게 여긴다고. 스스로 그에 실 패했다고 느끼는 거겠지."

페르세포네는 얼굴을 찌푸렸다. "당신이 그걸 어떻게 알아?"

"올림포스 신들의 역사는 아주 길어. 얼마나 속속들이 서로를 아 는지 알면 까무러칠걸."

페르세포네는 몸을 떨었다.

"하데스는 신뢰가 없으면 가치를 느끼지 못해. 당신이 그를 믿어 주길 바라고 있어. 그에게서 힘을 찾을 수 있기를."

페르세포네는 인상을 찡그렸다. 하데스가 스스로 백성들의 숭배 를 받을 자격이 있는지 오랫동안 번민했다는 건 알고 있었지만, 그 녀의 사랑마저 받을 자격이 있는지 자문할 거라곤 한 번도 생각해 보지 못했다. 그 수많은 세월 동안 그에겐 무슨 일이 있었던 걸까?

"당신에게 무슨 일이 있었던 거야?" 페르세포네는 아폴론에게 물 었다. "아무도 당신이 하는 행동을…… 트라우마 없이는 하지 않아."

아폴론이 입을 떼기까지는 오랜 시간이 걸렸다.

마침내 그가 답했다. "그는 스파르타의 왕자였어. 히아킨토스. 아 름다운 사람이었지. 많은 신들의 사랑과 집착을 한 몸에 받았지만, 그가 택한 건 나였어." 그가 침을 꿀꺽 삼킨 후 말을 이었다. "그는 나를 택했다고."

아폴론은 얼마간 침묵했다가 다시 입을 열었다.

"우린 함께 사냥을 하고 산을 올랐어. 나는 그에게 활과 리라를 쓰는 법을 알려줬지. 하루는 그에게 고리 던지기를 가르쳐주고 있었어."

고리 던지기는 범그리스 대회 기간 동안 펼쳐지는 경기 중 하나였다. 무거운 금속 고리를 던져 승부를 가리는 게임이었다.

"히아킨토스는 내게 도전하는 걸 좋아했고, 경쟁하고 싶어 했어. 내가 그를 거부할 수 없을 거란 걸 알고 있었지, 우승할 기회를 놓치지 않을 거라는 것도. 내가 먼저 던졌어. 던지는 힘의 반동이 얼마나 클지는 고려하지 않았어. 그는 고리를 잡으려 했지만 내 힘이 너무도 강해서 땅에 튕기자마자 그의 머리에 맞고 말았어."

아폴론이 숨을 깊이 들이쉬자 가슴이 부풀었다.

"난 그를 구하려고 했어. 내가 빌어먹을 치유의 신이잖아. 그를 치유할 수 있어야 했지만, 상처를 아물게 하려는 내 마법은 통하지 않았고 상처는 번번이 벌어졌어. 그가 숨을 거둘 때까지 나는 그를 끌어안고 있었지."

그의 목소리는 이제 덜덜 떨렸다.

"그 일 이후 나는 아주 오랫동안 하데스를 미워했어. 운명의 여신들이 히아킨토스를 앗아간 데 그를 탓했지. 히아킨토스를 보게 해달라는 내 요구를 거절한 그를 비난하기도 했어. 나는…… 히아킨토스의 죽음 이후로 용서받을 수 없는 짓을 많이 저질렀어. 그래서 하데스가 날 미워하는 거야. 그리고 솔직히, 난 그를 탓하지 않아."

"아폴론." 페르세포네가 머뭇거리며 그의 팔 위에 손을 얹었다. "그런 상실을 겪었다니 정말 마음이 아프다."

그는 어깨를 으쓱했다. "아주 오래전 일인걸."

"그렇다고 해서 고통스럽지 않은 건 아니잖아."

이 일로 아폴론의 행동을 용서할 수 있는 건 아니었지만, 그래도 그를 좀 더 이해할 수 있게 되었다. 오래전 그는 마음을 많이 다쳤고, 그 이후로 지금까지 온전함을 느끼기 위해 갖은 방법을 찾고 있었던 것이다.

"한 잔 더!"

그가 소리치자 바텐더는 신속하게 응했다. 아폴론은 페르세포네에게 술잔을 건네주었다.

"건배." 그가 말했다.

마지막 잔을 마신 뒤에는 기억이 흐릿했다. 머릿속이 빙글빙글 돌았고, 말이 늘어지기 시작했으며, 모든 것이 다 웃기게 느껴졌다. 발이 아파올 때까지, 조명이 눈을 찌를 때까지, 땀이 송골송골 맺힐 때까지 아폴론과 춤을 추었다. 땀이 식자 갑자기 몸이 좋지 않다고 느낀 그녀는 발을 휘청대며 비틀거리다 무언가에 쿵 부딪혔다.

"오, 헤르메스."

그가 눈살을 찌푸렸다. "괜찮아요?"

그녀는 답 대신 바닥에 토를 했다.

그 이후로 기억나는 순간은 아폴론의 부스 안쪽 소파에 누워 있는 스스로를 발견했을 때였다. 흐릿한 하데스의 형체가 얼굴 위에서 아른거렸다. 그는 무표정이었는데, 그 표정은 예상했던 것보다 큰 상처가 되었다.

"왜 부른 거예요?" 그녀가 헤르메스에게 물었다. "하데스는 날 미워한단 말이에요."

"조피를 탓하세요." 헤르메스가 말했다.

하데스가 그녀 옆에 무릎을 꿇었다. "일어날 수 있겠습니까? 이곳에서 당신을 데리고 나가기엔 좀 무리가 있습니다만."

또 한 번의 타격. 그녀는 일어나 앉았다. 하데스는 물을 건네주려 했지만 그녀는 뿌리쳤다.

"나랑 함께 있는 모습을 보이고 싶지 않다면 순간 이동을 하면 되잖아요?"

"순간 이동을 하면 또 토할지도 모릅니다. 이미 한 번 토했다고 들었습니다."

그의 목소리에 유쾌한 어조라곤 찾아볼 수 없었다.

그녀는 발을 딛고 완전히 일어섰다. 세상이 핑 돌았고, 하데스 쪽으로 휘청대자 그가 재빨리 그녀를 붙잡아 안았다. 살갗에 그의 감촉이 닿자 섹슈얼한 감각이 훅 끼쳐왔다. 온몸의 가장 깊은 곳까지 떨리기 시작했다. 삽시간에 몸이 달아올랐다. 그의 이름을 신음처럼 흘리고 싶어졌다.

진짜 우스워 죽겠네.

그녀는 그를 밀쳐냈다. "가요."

그녀는 하데스의 검은색 렉서스가 대기 중인 곳까지 앞장서 걸었다. 안토니는 그녀를 보자마자 특유의 비뚤어진 미소를 지었다.

"여신님."

"안토니, 안녕하세요."

그러곤 그를 지나쳐 하데스의 차 뒷좌석에 두 손과 무릎을 짚으며 올라탔다. 하데스는 곧장 뒤따라 탔다. 향신료와 재의 향, 죄의 냄새가 훅 끼쳐왔기에 알 수 있었다.

예전에는 죄의 냄새에 대해 생각해본 적이 없었지만, 이제는 그 정체를 알게 되었다. 후덥지근하고 섹슈얼한 냄새. 그 냄새가 폐 속을 가득 채우고 피를 끓게 만들었다.

집으로 향하는 동안 둘은 잠자코 앉아 있었다. 차 안의 공기는 격렬한 감정들로 꽉 차 있었다. 뭘 느끼고 있는지는 몰라도 하데스는 어쩐지 어두운 얼굴이었고, 페르세포네는 그에 저항해 끝없이 마음의 벽을 세웠다. 그 감정이 마치 마법이 뿜어내는 덩굴줄기처럼 그녀를 휘감는 게 느껴졌다.

네버나이트에 도착했을 때 너무도 마음이 놓인 나머지, 안토니가 운전자석에서 일어나기도 전에 그녀는 이미 차에서 내리고 있었다. 하지만 연석을 못 보고 넘어지는 바람에 콘크리트 바닥에 무릎을 찧고 말았다.

"여신님!"

안토니가 손을 뻗었지만 그녀는 손을 내저었다.

"난 괜찮아요."

그녀는 바닥에 앉았다. 무릎은 엉망이었고, 흙덩어리가 피에 들러붙어 있었다. 하데스와 안토니는 나란히 서서 그녀를 내려다보았다.

"괜찮다니까요. 아무 느낌도 안 나요."

그녀는 일어서려 해봤지만 머릿속이 어질어질했고, 혀 꼬부라진 소리를 내고 있다는 것을 스스로도 알고 있었다. 자신이 이런 상태라는 게 너무 싫었다.

그녀는 긴 한숨을 내쉬었다. "저, 잠깐만 여기 앉아 있을게요."

하데스는 아무 말도 하지 않은 채 그녀를 들어 올려 품에 안고 네버나이트로 들어갔다.

그녀는 텅 비어 있는 클럽을 보고 생각보다 더 늦은 시간이라는 걸 깨달았다. 그가 지하 세계로 순간 이동하리라 예상했지만 대신 그녀를 들쳐 업고 계단을 내려가 플로어를 가로질러 바 쪽으로 갔다. 테이블 가장자리에 그녀를 앉히고는 몸을 돌리더니 뭔가를 만들기 시작했다.

"뭐하는 거예요?"

하데스가 물 잔을 건넸다. 이번에는 목이 말라 하데스의 뜻에 따랐다.

그녀가 물을 마실 동안, 하데스는 재킷을 벗고 물을 한 잔 더 따르고는 흙과 피가 엉겨 있는 무릎의 상처를 깨끗이 닦아주었다. 그런 다음 손으로 상처를 덮자, 그의 온기로 인해 상처가 씻은 듯이 나았다.

"고마워요." 그녀가 속삭였다.

하데스는 뒤로 물러나 그녀 맞은편에 있는 카운터에 기대어 섰다. 스스로 인정해야 했다. 이 거리감이 마음에 들지 않는다는 걸. 마치 그가 그녀의 마음을 쥐고 있는데 저만치 움직일 때마다 그 마음이 당겨지는 것 같았다.

"날 벌주려는 겁니까?" 하데스가 물었다.

"뭐라고요?"

"이거 말입니다." 그녀를 가리키며 그가 말했다. "이 옷, 아폴론, 술까지."

그녀는 얼굴을 찌푸리곤 드레스를 내려다보았다. "내 옷이 마음에 안 들어요?"

그는 노려볼 뿐이었고, 무슨 이유에서인지 그녀는 화가 났다. 그녀는 카운터에서 내려와 엉덩이를 흔들며 드레스를 위로 올렸다.

"뭐하는 겁니까?"

하데스의 눈가가 번득였지만, 즐거워서인지 흥분해서인지는 알 수 없었다.

"드레스를 벗고 있는데요."

"그건 나도 알고 있습니다. 왜냐고 묻는 겁니다."

"당신이 드레스를 맘에 안 들어 하니까요."

"맘에 안 든다고 하지 않았습니다."

그럼에도 그녀를 만류하지는 않았다.

드레스가 바닥에 떨어졌다. 그녀는 이제 그의 앞에 알몸으로 서 있었다. 하데스의 눈길이 그녀의 온몸을 훑었다.

신들이여.

마치 온 신경이 몸 밖으로 튀어나온 듯 온몸이 움찔거렸다. 당장이라도 손가락을 움직여 만지고 싶었다. 스스로를, 아니면 그를 만짐으로써 쾌감을 얻고 싶었다. 어느 쪽이든 상관없었다.

"왜 드레스 안에 아무것도 입지 않은 겁니까?"

"입을 수가 없었어요. 못 봤어요?"

하데스가 이를 악물며 나직이 말했다. "아폴론을 죽여버릴 겁니다."

"왜요?"

"재미로."

그의 목소리는 걸걸했고, 페르세포네는 까르르 웃음을 터뜨렸다.

"질투 나는구나."

"날 시험에 들게 하지 마십시오, 페르세포네."

"아폴론도 그건 몰랐을 거예요." 그녀는 하데스가 벽장에서 꺼낸 위스키 병을 통째로 들고 마시는 걸 바라보았다. "헤르메스가 그렇게 하라고 했어요."

병이 와장창 깨졌다. 하데스의 손에 멀쩡히 들려 있던 병은 이제 그의 발밑에 흥건한 술과 유리 조각들로 흩어져 있었다.

"빌어먹을."

페르세포네는 그 욕이 헤르메스 얘기 때문인지, 아니면 버려진 위스키 때문인지 알 수 없었다.

"괜찮아요?"

"조금 날카로워진 상태라 그렇습니다. 강제로 금욕 생활을 하던 중이라."

페르세포네는 눈을 동그랗게 떴다. "아무도 당신이 나랑 섹스할 수 없다고 말하지 않았는데요."

"조심하십시오, 여신이여." 그의 목소리가 깊고도 무시무시하게 웅웅 울려 퍼졌다. 벌을 내릴 때의 목소리였다. "무슨 요청을 하는 건지 스스로도 모르고 있는 것 같으니."

"내가 뭘 요구하고 있는지는 알아요, 하데스. 우리가 섹스를 안 한 것도 아니고."

그가 고개를 기울이자 온몸이 바짝 조여지는 듯했다. 그가 이제 꺼낼 말이 온몸을 떨게 할 것임을 알고 있었다.

"나 때문에 젖었습니까?"

그녀는 젖어 있었고, 그도 알고 있는데 저렇게 억제하는 모습에 신경질이 났다. 그녀도 고개를 옆으로 기울이곤 도발하듯 말했다. "이리 와서 직접 확인해보는 게 어때요?"

하데스의 가슴이 빠르게 오르락내리락했다. 뒤편의 카운터를 꽉 움켜쥔 그녀의 손가락 마디는 새하얗게 변했다. 그가 움직이지 않자,

아폴론을 언급해버리기로 결심했다. 그는 이 얘길 들어도 쌌다.

"히아킨토스가 죽고 나서 왜 아폴론과 못 만나게 한 거예요?"

"발기한 성기를 가라앉히는 법은 확실히 알고 있군요, 달링. 그건 확실히 말할 수 있겠습니다."

죽 늘어선 술병들 쪽으로 다시 고개를 돌린 뒤 그는 또 다른 병 하나를 꺼냈다. 페르세포네는 가슴 위로 팔짱을 꼈다. 이제 술이 조금씩 깨고 있었다. 문득, 더 이상 알몸이고 싶지 않다는 느낌이 들어 하데스의 재킷을 향해 손을 뻗었다. 재킷을 집어 입자 그 커다란 옷에 몸이 집어삼켜진 것 같았다.

"그는 히아킨토스의 죽음을 두고 당신을 원망했다고 했어요."

"그랬습니다." 하데스의 답변은 짧았다. "렉사의 사고를 두고 당신이 나를 원망한 것처럼."

"당신을 원망한다고는 한 번도 말한 적 없어요." 그녀가 따졌다.

"도와주지 않는다며 날 비난했지요. 아폴론도 똑같았습니다."

페르세포네는 입술을 꾹 다물고 숨을 씩씩 내쉬었다. "난…… 당신이랑 싸우려는 게 아니에요. 당신 입장을 듣고 싶은 것뿐이에요."

하데스는 술을 따르며 이 말을 곱씹는 듯했다. 저 액체가 무엇인지는 알 수 없었지만 위스키는 아니었다.

마침내 그가 입을 뗐다. "아폴론은 연인을 보고 싶다고 요청한 게 아니었습니다. 그가 요청한 건 죽음이었습니다."

페르세포네의 눈이 휘둥그레졌다. 그 말이 나올 줄은 예상하지 못했던 터였다.

"물론 그 요청은 내가 응할 수 없는, 응해선 안 되는 요청이었고."

"이해가 안 돼요. 아폴론도 자신이 죽을 수 없다는 건 알고 있잖아요. 불멸의 존재인데. 아무리 상처를 입힌다고 해도……."

"그는 타르타로스에 내던져지기를, 아니면 타이탄족에 의해 갈기 갈기 찢기기를 바랐습니다. 그것이 신이 죽을 수 있는 유일한 방법이니."

페르세포네는 몸을 떨었다.

"당연히 그는 머리끝까지 화가 났고, 할 수 있는 유일한 복수를 감행했습니다. 레우케와 잔 건 바로 그입니다."

이제 퍼즐이 맞춰지고 있었다.

"나한테 왜 얘기 안 했어요?" 페르세포네가 따졌다.

"내 삶에서 그 시절 이야기는 다 잊어버리고 싶습니다."

"하지만 나는, 그걸 알았더라면 난……."

"당신은 이미 스스로 한 약속을 어기지 않았습니까. 내가 겪은 배신에 대해 이야기했다면 당신이 아폴론에게 도움을 구하지 않았을지, 나는 의구심이 듭니다."

그 말에는 뭐라고 대꾸해야 할지 알 수 없었다. 그의 말은 가혹했지만 정당했다. 그녀는 움찔하며 조금 더 단단히 몸을 움츠렸다. 하데스가 그녀의 반응을 알아챘을지, 아니면 이 대화는 끝났다고 여겼는지는 알 수 없었지만 그는 바에서 몸을 떼곤 입을 열었다.

"피곤할 겁니다. 지하 세계로 데려다주거나, 아니면 안토니에게 댁까지 바래다주라고 하겠습니다."

그녀는 그를 오랫동안 빤히 바라본 다음 물었다. "당신이 바라는 건 뭔데요?"

그녀의 진짜 질문은 이거였다. 당신, 날 원해요?

"그건 내가 정할 문제가 아닙니다."

그녀는 눈길을 피했다. 목에 뭔가 걸린 듯 침을 꿀꺽 삼키는데, 하데스의 목소리가 그녀를 돌려세웠다.

"하지만 물어본 김에 답하자면…… 난 항상 당신이 나와 함께하길 원합니다. 설령 내가 화나 있다고 하더라도."

"그럼 당신과 함께 가겠어요."

그는 두 팔로 그녀의 허리를 감싸며 가까이 끌어당겼다. 두 몸이 서로 닿으며 눈이 마주쳤고, 그녀는 이두박근이 도드라진 그의 팔뚝에 기댔다. 그에게 키스하고 싶었다. 어렵지 않은 일이었다. 둘은 이미 너무도 가까웠다. 하지만 그녀는 머뭇거렸다. 아까 전에 토하기도 했고 아직도 속이 메슥거렸다. 게다가 하데스도 더 가까이 다가오지 않았다. 그 몸짓의 의미가 마음을 아프게 했고, 그녀의 몸과 마음은 차갑게 얼어붙었다.

아직 밤은 남아 있었고, 그의 곁에서 자게 될 시간은 길었다.

쉽지 않을 것이다.

23장

하지 축제

잠에서 깨어났을 때 페르세포네는 혼자였다.

침대를 나서서 옷을 갈아입는 동안 가슴이 조여드는 것 같았고, 애써 무시하려 노력했다. 옷을 차려입은 다음 헤카테를 만나 오늘 밤 있을 하지 축제의 준비를 위해 영혼들, 님프들, 다이몬들에게 지시를 내리러 궁전 연회장으로 갔다.

페르세포네가 도착하자, 헤카테는 미소로 맞이해주었다. 몇몇 목소리들이 일제히 외쳤다.

"여신님, 오셨군요!"

연회장 안에 기대감과 활력이 넘실거렸기에 페르세포네는 침울한 표정을 지을 수가 없었다.

"너무 오래 기다리신 게 아니길요." 그녀가 말했다.

"임무 할당을 막 마치던 참이었어요." 헤카테가 말했다.

"좋아요. 저는 뭘 하면 좋을까요?"

페르세포네는 헤카테의 얼굴에 당혹감이 서리는 것을 보았다.

"감독만 하시면 돼요."

"저도 돕고 싶은데요." 페르세포네는 얼굴을 찡그리고는 방 안에 모여선 이들을 바라보았다. "여러분 중엔 일손이 더 필요한 분들이 당연히 계시겠죠?"

말이 끝나자마자 침묵이 흘렀다.

잠시 후 유리가 입을 뗐다. "물론이에요, 여신님. 꽃꽂이를 도와주시면 무척 기쁘겠어요!"

페르세포네는 활짝 웃었다. "고마워요, 유리. 그럼 정말 좋겠어요."

정신을 집중할 수 있는 무언가가 필요하다는 건 두말할 필요도 없었다. 지난 몇 주간의 모든 일들로부터 마음을 돌릴 무언가가.

"이제 일합시다!" 헤카테가 소리쳤고, 군중은 뿔뿔이 흩어졌다.

페르세포네는 연회장에서 몇몇 영혼들과 함께 지하 세계의 정원에서 따온 꽃들로 꽃꽂이를 하고 화환과 화관들을 만들었다.

"평소보다 말수가 적으시네요." 헤카테가 다가와 말했다.

그녀가 줄기에서 잎사귀를 떼어내고 손질하고 나면 페르세포네가 커다란 항아리 안에 집어넣었다.

"그런가요?"

일에 몰두하고 있었기에 주변에서 벌어지는 일에는 그다지 주의를 기울이지 않던 참이었다.

"오늘만은 아니고요." 헤카테가 말했다. "지하 세계에 오시지 않은지 며칠이 되었잖아요."

페르세포네는 잠시 멈칫했다가 작업을 계속했다. 무슨 말을 해야할지 알 수 없었다. 사과를 해야 하는 걸까? 갑자기 눈가에 눈물이 차올랐고, 헤카테는 그녀가 알아채기도 전에 연회장 밖으로 이끌고 있었다. 둘은 복도를 지나 하데스의 도서관으로 들어섰다.

"무슨 일인가요, 소중한 이여?" 헤카테가 페르세포네를 자리에 앉혀주곤 그 옆에 무릎을 꿇고 앉았다.

"내가 완전히 망쳐버렸어요."

"되돌릴 수 있는 일들일 거예요."

"결코 되돌릴 수 없어요." 페르세포네가 말했다. "내가 너무 많은 실수를 했어요, 헤카테. 제일 친한 친구의 삶을 파괴해버렸고, 끔찍한 신과 거래를 했고, 하데스와의 관계도 망쳐버렸어요."

"꽤나 큰일이군요." 헤카테의 말에 페르세포네는 더욱더 비참해졌다. "하지만 그건 사실이 아니랍니다."

"당연히 사실이죠." 혼란스러워진 그녀는 헤카테를 빤히 바라보았다.

"차로 렉사를 친 게 당신이었나요?" 헤카테가 물었다.

페르세포네는 고개를 저었다.

"절친의 삶을 망가뜨린 건 당신이 아니에요. 그 차를 몰던 인간이 그런 거죠."

"하지만 렉사는 더 이상 이전과 같……."

"같지 않겠죠. 아폴론의 마법 없이 스스로의 힘으로 회복했다고 하더라도 그녀는 이전과 같진 않을 거예요. 신과 거래를 한 건, 네, 사실이죠. 하지만 끔찍한 신이라면?" 헤카테가 어깨를 으쓱했다. "아폴론을 조금이나마 누그러뜨릴 수 있는 존재가 있다면, 그건 바로 당신이에요, 페르세포네."

그것에 대해선 확신이 없었다. 하지만 아폴론의 과거를 듣고 나서는 그를 위해 뭔가를 해주고 싶었다. 그녀가 친절을 보이면 그 역시 다른 이들을 위한 친절을 배울 수 있을지도 몰랐다.

"누그러지든 아니든, 하데스가 지금 나를 어떻게 생각하는지는 변하지 않아요. 나를 믿지도 않고, 내가 그를 믿는다고도 생각하지 않아요."

"하데스는 당신을 믿어요." 헤카테가 말했다. "당신에게 마음을 주었잖아요."

"분명히 그 결정을 후회하고 있을 거예요."

"직접 물어보기 전까진 무엇도 확신해선 안 돼요, 페르세포네. 하데스의 마음을 안다고 짐작하는 건 더욱더 불공평하지요."

페르세포네는 곰곰이 생각했다. 어젯밤 묻고 싶은 게 많았지만, 두려움과 수치심 때문에 그러지 못했다.

"게다가 내가 볼 때 우리 어둠의 통치자께서도 당신을 그다지 공평하게 대한 것 같지 않은데요."

페르세포네는 공평함이라는 단어가 알맞은 건지 확신이 들지 않았다.

"최소한 내게 얼마나 화났는지에 대해선 정직하게 말했어요."

"아마도 그렇기에 당신은 그를 피하고 싶은 거겠죠. 나라도 그럴 거예요. 화난 하데스라니, 누가 좋아하겠어요."

페르세포네는 피식 웃음이 났다.

"내가 말하려는 건, 둘 다 이 일로부터 배움이 필요하다는 거예요. 관계를 잘 이어나가려면 당신도 솔직해져야 해요. 설령 당신이 하게 될 말이 쓰라리더라도 말하는 게 중요해요."

그래, 그녀는 하고 싶은 말이 많았다.

"너무 걱정 말아요, 소중한 이여." 헤카테가 일어서더니 페르세포네를 일으켜 세워주었다. "모든 게 다 괜찮아질 거예요."

도서관을 나서기 전, 페르세포네는 잠시 걸음을 멈추었다.

"헤카테, 지하 세계에서 영혼을 찾는 법을 알고 있어요?"

그녀가 웃음 지었다. "아뇨, 하지만 누가 아는지는 알지요."

페르세포네와 헤카테는 연회장으로 돌아가 꽃꽂이를 마무리한 뒤 주방으로 향했다. 다이몬인 밀란과 전생에 셰프였던 몇몇 영혼들이 하지 축제를 위한 음식을 만들고 있었다. 밀란은 잼과 설탕 절임, 포도, 무화과, 석류, 블랙베리, 배, 대추야자 등을 맛보라고 권했다. 그 외에도 절인 고기와 다양한 치즈, 크래커들, 신선한 허브도 있었다.

"페르세포네 여신님, 혹시…… 지난번 만드셨던 달콤한 빵의 레시피를 알고 계신가요?" 밀란이 물었다.

그 말이 무슨 뜻인지 이해하는 데 시간이 좀 걸렸다. "아, 케이크 말하는 거군요!"

"뭔지는 모르지만 맛있었답니다." 헤카테가 말했다. "엄청난 쟁탈전이 벌어졌더랬지요."

페르세포네는 웃음을 터뜨렸다. 케이크를 구워놓고는 하룻밤 식힌 뒤 까맣게 잊어버리고 있었다.

"엄청 쉬워요, 밀란. 내가 가르쳐줄게요."

다이몬의 입이 귀에 걸렸고, 페르세포네는 남은 오후 나절 동안 주방에서 베이킹을 하다 헤카테의 손에 이끌려 축제 준비를 하러 나섰다.

둘은 하데스의 침실에서 시간을 보냈다. 헤카테의 님프인 램패드들이 페르세포네의 머리카락에 부드러운 컬을 넣은 다음 몇 가닥으로 땋아 반올림 스타일로 만들어주었다. 화장도 평소보다 진했다. 반짝이는 검은색 섀도와 두터운 아이라인 덕택에 눈이 더욱 커보였고 눈매는 또렷해졌다. 또 색깔 덕분에 눈동자는 한층 밝아 보였다. 버건디 립스틱이 룩을 완성했다.

거울 속 모습을 바라보자니 렉사와 함께 저녁 외출을 준비하던 숱한 나날이 떠올랐다. 페르세포네는 인간들 사이에서 자라지 않았기에 처음 뉴아테네대학에 입학했을 때 화장이나 패션에 대해 아는 게 전혀 없었다. 그 분야에 빠삭했던 렉사가 요령을 가르쳐주었다.

빠삭한, 페르세포네는 표현을 정정했다. 렉사는 살아 있잖아.

하지만 페르세포네는 렉사가 사라진 것이나 마찬가지라고 느꼈다. 병실에 누워 있는 그 사람은 가장 친한 친구의 모습을 하고 있지만 행동은 완전히 딴판이었다.

페르세포네의 눈가가 다시 젖어들었다. 깊이 심호흡을 하며 천장을 바라보았다. 램패드들은 그녀의 괴로움을 짐작하곤 얼굴과 머리를 쓰다듬어주었다.

"난 괜찮아요." 그녀가 나직이 말했다. "그냥 슬픈 생각을 하던 중이었어요."

"어쩌면 이게 마음을 좀 나아지게 해줄지도 모르겠군요." 헤카테가 하데스의 침실로 들어오며 말했다.

의자에서 몸을 돌리자, 마법의 여신이 길쭉한 흰색 상자를 들고 다가오는 모습이 보였다. 상자 안에는 아름다운 가운이 들어 있었다. 검은색에 금색으로 포인트를 준 가운으로, 기다란 오프숄더 형태의 소매는 몇 개로 갈라져 케이프처럼 보이는 착시 효과를 주었다.

"아, 헤카테. 정말 아름다워요." 옷을 입어본 페르세포네가 거울 앞에서 몸을 이리저리 비추어 보며 말했다.

헤카테의 깜짝 선물은 드레스뿐만이 아니었다. 페르세포네의 등 뒤에 서 있던 그녀는 마치 머리 위에 무언가를 씌워주려는 듯 다가왔다. 그러자 두 손 사이에 왕관이 나타났다. 철 재질의 뾰족한 왕관에는 빛나는 흑요석과 검은 진주, 그리고 다이아몬드가 박혀 환하게 빛났다. 페르세포네의 머리 위에 놓이자 마치 밝은 머리칼 위에서 타오르는 검은 후광처럼 보였다.

"아름답네요." 헤카테가 말했다.

"고마워요." 페르세포네가 경탄 섞인 목소리로 말했다.

거울 속의 스스로가 낯설었다. 무엇이 다른 건지 알 수 없었다. 왕관일까? 드레스일까? 화장? 아니면 다른 것일까? 지난달에는 너무 많은 일이 있었고, 그 모든 일이 어깨를, 가슴속을 짓누르며 무겁게 가라앉았다.

"하데스는 도착했나요?"

"좀 더 있다 올 것 같네요." 헤카테가 말했다.

페르세포네는 거울을 통해 친구와 눈을 마주했다.

그녀는 하데스를 원했다. 대화를 나눌 필요도 없었다. 그저 위안을 느끼고 싶다는 이유로 그의 존재가 필요했다.

"이리 와요, 영혼들도 깜짝 선물을 준비했답니다."

헤카테가 페르세포네의 손을 잡았고, 둘은 하데스의 침실을 떠났다. 램패드들이 두 갈래로 갈라져 야외에 둘이 앉을 곳을 마련하기 위해 뒤를 따랐다.

궁전은 안팎으로 화려하게 장식되어 있었다. 페르세포네와 영혼들이 만든 꽃다발들이 그림자가 진 곳곳에 생기를 불어넣어주었다. 연회 테이블은 음식과 촛불로 가득 찼다. 냄새만 맡아도 군침이 돌았다. 연회장의 유리문은 안뜰을 향해 활짝 열려 있었고, 그곳에는 모닥불이 피워져 있었으며 영혼들은 메이폴(꽃 등으로 장식한 축제 기념 기둥으로, 축제 때 사람들이 이 주위를 돌며 춤을 춘다-옮긴이)을 세워두었다.

페르세포네가 밖으로 걸음을 내딛자마자 영혼들과 다이몬, 님프들이 일제히 환호했다.

유리가 앞으로 달려나와 손을 덥석 잡았다. "페르세포네! 이리 오세요, 아이들이 선물이 있대요!"

돌로 둘러싸인 안뜰에서부터 푸르른 풀밭까지 유리는 그녀를 이끌었다. 그곳엔 램패드들이 원을 그리고 모여 있었다. 영혼들이 뒤를 따랐다.

유리가 원의 한가운데에 놓인 왕좌로 안내했을 때, 페르세포네는 깜짝 놀랐다. 하데스의 것과는 달리 이 왕좌는 황금으로 만들어져 있었다. 꽃 모양으로 조각된 금 의자에, 쿠션은 흰색이었다.

"유리, 나는……."

"여왕이라는 칭호는 없을지 모르지만, 영혼들에게 당신은 여왕이에요."

"그렇다고 해서 내가 왕관을 써야 한다거나 지하 세계의 왕좌에 앉아야 하는 건 아닌걸."

"영혼들을 위해 그렇게 해주세요, 페르세포네." 유리가 간청했다. "이것도 깜짝 선물의 일환이에요."

"그럼 알았어." 페르세포네는 고개를 끄덕이며 말했다. "영혼들을 위해."

그녀가 왕좌에 앉자, 유리는 기쁨의 박수를 쳤다.

잠시 후, 지하 세계의 아이들이 형형색색의 옷을 입은 채 어둠 속에서 나타나 빛의 원 안으로 들어섰다. 일제히 발을 구르고 손뼉을 치면서 공연이 시작되었다. 공연이 이어질수록 점점 더 템포가 빨라졌다. 아이들은 박수와 쿵쿵대는 발걸음에 맞추어 이리저리 움직이며 몸으로 다채로운 선과 모양을 만들어냈다. 공연이 끝나자, 페르세포네는 박수를 치며 너무 크게 웃는 바람에 얼굴 근육이 아플 지경이었다. 아이들은 박수에 인사로 화답하며 환하게 웃었다.

그런 다음 플루트 연주가 시작되었고, 아이들은 노래를 부르기 시작했다. 아이들의 목소리가 잊히지 않는 멜로디가 되어 오르내렸다. 노래는 기억을 잊게 하는 레테 강의 이야기에 관한 것이었는데, 한 여자가 그 강물을 마신 뒤 깊이 사랑한 연인을 잊어버린다는 내용이었다. 노래가 끝났을 때 페르세포네의 목구멍에는 딱딱한 무언가가 탁 걸린 것 같았다. 그녀가 박수를 치며 자리에서 일어나자 아이들이 달려와 다리에 안겼다.

"고마워." 그녀는 아이들에게 말했다. "너희들 모두 정말이지 너무 멋졌어!"

아이들의 공연이 끝난 뒤에는 진짜 축제가 시작되었고, 영혼들은 제각기 흩어졌다. 몇몇은 춤을 추거나 악기를 연주했고, 다른 이들은 놀이를 즐겼다. 달리기 경주, 원반던지기, 멀리뛰기 대회 등이 열렸다. 한 무리의 영혼들은 식사를 하기 위해 연회장으로 향했고, 아이들은 메이폴 주위로 모여들었다.

"페르세포네!" 레우케가 다가와 목에 팔을 둘러 껴안았다. 한 손에는 와인 한 잔이 들려 있었다.

"레우케, 와줘서 정말 기쁘다."

"날 초대해준 게 고맙지. 정말 근사하다. 지하 세계가 이렇게 활기

찬 건 처음 봐. 마셔!" 그녀가 그 말과 함께 페르세포네에게 와인을 건네주었다. "딸기와 여름의 맛이 나는 와인이야."

레우케는 빙그르르 돌아 영혼들 속으로 사라졌다.

"음, 지하 세계의 여왕처럼 보이지 않는군요." 헤르메스가 허공 속에서 모습을 드러내며 말했다.

"헤르메스!" 그녀는 두 팔로 그를 안았다. "와줘서 정말 기뻐요!"

페르세포네는 속임수의 신을 향해 빙그레 웃었다. 그는 황금 갑옷에 가죽 치마 차림으로, 고전적인 신처럼 꾸미고 있었다. 샌들은 탄탄한 장딴지를 두르고 있었고, 머리 위에는 월계수 잎사귀들이 둘려 있었으며 흰색 깃털이 달린 날개는 근사한 망토처럼 몸을 감쌌다.

"무슨 일이 있어도 절대 놓치지 않죠, 세피." 그는 윙크를 해보이면서 동시에 연회장에서 슬쩍해온 와인 병을 쓱 들어 보였다. "와인은 늘 옳지. 그나저나 당신의 음울한 애인은 어디 있어요? 설마 심하게 화난 건 아니겠죠?"

하데스가 언급되자 지하 세계의 신이 아직 이곳에 모습을 드러내지 않았다는 사실이 떠올랐다.

그녀는 인상을 찌푸렸다. "어디 있는지 모르겠어요. 내가 깨기 전에 자리를 떴거든요."

"설마, 세피. 화해의 섹스를 아직도 안 했단 말이에요?"

대체 언제부터 헤르메스와 그녀 사이에 섹스 얘기가 이렇게까지 일상적인 대화 소재가 된 거지?

"안 했어요."

"유감스럽네요, 세피." 헤르메스는 잔에 와인을 더 부었다. "마셔요, 멋쟁이. 도움이 될 겁니다."

하지만 페르세포네는 술을 마실 생각이 없었고, 잠시 후 헤르메스는 정신이 딴 데로 팔렸다.

"네메시스!" 율법과 복수의 여신이 시야에 들어오자 헤르메스가 소리쳤다. "긴히 얘기할 게 있어요!"

페르세포네는 웃지 않으려고 노력했다. 헤르메스가 쓰는 인간들의 표현을 듣는 건 재미있었다. 그녀가 몸을 돌리려던 찰나, 아폴론이 눈에 들어왔다. 막 도착한 듯했는데, 특유의 위협적인 존재감을 방금 전까지는 느끼지 못했기 때문이었다. 그는 전기에 감전된 것처럼 우뚝 멈춰 서 있었다.

금박 잎사귀가 수놓인 장식으로 고정된 새빨간 로브 차림이었다. 그의 뿔을 한 번도 본 적이 없었는데 오늘 밤에는 완연히 자태를 드러내고 있었다. 총 네 개의 뿔이 양쪽에 두 개씩 자리했고, 얼굴을 향해 말려 있었다. 그래서인지 전투용 투구처럼 보였다.

그녀는 미소를 띠고 그에게 다가갔다.

"마지막으로 만났을 땐 내가 소환했었는데." 그가 말했다.

"당신을 소환한 게 아니야." 페르세포네가 말했다. "초대한 거지. 꼭 올 필요는 없었어."

아폴론의 턱이 단단히 조여졌다.

"하지만 와줘서 기뻐." 그녀의 말에 신이 눈썹을 치켜떴다. "이리 와, 만나게 해주고 싶은 사람이 있어."

그녀는 아폴론을 메이폴이 세워진 쪽, 죽은 자들이 춤추고 있는 곳으로 안내했다. 잠깐 시간이 걸렸지만 이내 군중 속에서 그를 찾아냈다. 히아킨토스, 아폴론이 사랑한 사람. 근육질에 아름다운 남자로, 황금빛 머리칼이 풍성했다. 미소를 지으면 치아가 반짝였다. 소리를 내어 웃을 때는 음악 소리가 들리는 것 같았다. 아폴론이 그를 발견했다는 걸 그녀도 알 수 있었다. 옆에 있던 그가 굳어버렸으니까.

"어서 가봐, 아폴론."

그는 머뭇거리며 창백해졌다. "그가 기억을 할까……?"

"그는 여전히 당신을 사랑해. 그리고 당신을 다 용서했어."

아폴론이 심각한 표정으로 바라보며 따졌다. "어째서야?"

그녀는 눈을 깜박였다. "뭐가?"

"왜 이런 걸 해주는 거야? 나는 당신한테 잘못했는데."

"친절은 모두에게 필요한 법이니까, 아폴론."

특히나 다른 존재에게 상처를 입히는 이들에겐 말이야, 그녀는 생각했지만 말로 꺼내진 않았다.

"어서 가." 그녀가 독려했다. "시간이 많지 않으니 최대한 활용해야지."

여전히 그는 이해할 수 없다는 듯 그녀를 멀뚱 바라보았지만, 곧 몸을 돌려 숨을 고르곤 어깨를 펴고 히아킨토스를 향해 걸어갔다. 청년의 영혼은 슬쩍 눈길을 주었다가 깜짝 놀라 다시 시선을 돌렸고, 음악의 신이 그를 향해 걸어오고 있다는 걸 깨닫자마자 표정이 온통 녹아내렸다. 그는 들고 있던 술잔을 내려놓은 다음 아폴론의 목에 팔을 힘껏 두르고 그를 끌어안았다. 두 입술이 만나자, 페르세포네의 가슴은 찡했다. 하데스를 향한 깊은 그리움이 다시금 절절히 느껴졌다.

그녀는 고개를 젓고는 정원까지 털레털레 걸었다. 몇 분 정도 혼자 있고 싶었지만 누군가의 그림자를 발견하곤 화들짝 놀랐다.

"타나토스." 그녀가 가슴을 쓸어내리며 말했다. "놀랐잖아요."

"죄송합니다. 그럴 의도는 아니었습니다."

그녀는 인상을 찌푸렸다. 죽음의 신을 마지막으로 본 건 병원에서 소리를 질렀던 날이었다. 둘 사이의 공기가 이전과는 다르다는 것을 느낄 수 있었다. 한때는 높았던 친밀함의 농도가 옅어진 것이다.

"여기서 뭐해요?"

"축제를 즐기고 있습니다." 그는 말을 하면서도 그녀를 바라보지 않았고, 님프들이 비춘 조명으로 빛을 발하는 메이폴 쪽을 향해 시선을 주었다.

"왜 함께하지 않고요?" 그녀가 물었다.

타나토스는 슬픈 미소를 띠었다. "저는 즐거움과는 거리가 멉니다, 여신님."

그녀는 미간을 찡그리며 말했다. "페르세포네라고 불러주세요, 타나토스."

그는 고개를 숙였다. "그렇네요. 죄송합니다."

"아뇨, 미안한 건 나예요. 당신에게 보였던 내 행동은 어떤 변명도 불가능해요. 나 또한…… 나 자신이 그랬다는 걸 믿기가 힘들 정도니까요."

"괜찮습니다, 페르세포네. 저는 익숙합니다."

그녀는 움찔했다. "그렇게 말하니 마음이 아파요. 그러지 말았어야 했는데. 당신은 더 나은 대우를 받을 자격이 있어요, 특히나 친구에게는."

타나토스가 그녀의 눈을 바라보며 미소를 지었다. "고맙습니다, 페르세포네."

둘은 한동안 함께 서서 지하 세계의 주민들이 축하를 벌이는 모습을 지켜보았다.

어느 정도 시간이 지난 뒤, 페르세포네는 다시 궁전으로 들어가 하데스를 찾아 이 방에서 저 방으로 돌아다녔다. 그가 없는 시간이 흐를수록 점점 더 속상해졌다. 어떻게 자신의 영토에서 열리는 축제에 참석하지 않을 수 있는 거지? 백성들에게도 중요하지만 그녀에게도 중요한 행사 아니던가. 그녀도 축제 기획과 준비를 도왔고, 오늘 밤 행사가 열린다는 걸 그 역시 알고 있는 터였다.

무슨 일에 붙들려 있는 거야?

하데스는 어디에도 보이지 않았고, 파티는 거의 끝나가고 있었다. 가만히 앉아 쉴 수가 없어서 계속 그를 기다렸다.

기다리고, 또 기다렸다.

그가 돌아온 것은 새벽 5시가 다 되어서였다. 익숙한 존재감이 풍겨져 나왔고, 그럼에도 무작정 욕구가 끓어오르던 다른 때와 달리 마음이 한없이 차가웠다.

그녀는 고개를 돌려 방에 들어선 하데스를 마주했다. 그의 어두운 눈동자는 그녀의 머리끝부터 발끝까지 샅샅이 훑어보았다. 이안이 만들어 선물한 왕관도, 헤카테가 만든 드레스도 아직 벗어두지 않은 참이었다. 하데스는 옷차림에 대해선 아무 말도 하지 않았다.

대신 그는 이렇게 말했다. "깨어 있을 거라 생각하지 못했습니다."

"어디 갔던 거예요?"

"처리할 일이 몇 가지 있었습니다."

페르세포네가 주먹을 꽉 쥐었다. "당신의 왕국보다 더 중요한 일이었나요?"

하데스의 눈썹이 처졌다. "당신의 파티에 내가 참석하지 않아 화가 났습니까."

그래, 그는 잊어버린 게 아니었다.

"네, 화났어요. 당신도 그 자리에 있었어야죠."

"죽은 자들에겐 모든 게 다 축하할 일입니다, 페르세포네. 다음번에는 꼭 참석하겠습니다."

"그게 당신 생각이라면, 아예 안 오는 게 낫겠어요."

하데스는 그 말에 놀란 것 같았다. "그럼 내게 뭘 바라는 겁니까?"

"그들이 얼마나 자주 축하를 벌이는지는 전혀 상관없어요. 그들에게 중요한 것들은 당신에게도 중요한 것들이어야죠. 나에게 중요한 것들이 당신에게도 중요한 것들이어야 하고."

"페르세포네……"

"하지 마요." 그녀는 말을 잘랐다. "내가 말하지 않으면 당신이 모른다는 걸 이젠 알지만, 내가 뭘 계획하고 있는지 인지하고 있고 관심을 보여야죠. 날 위해서뿐만 아니라 당신의 백성들을 위해서도요. 당신은 단 한 번도 하지 축제에 대해 물어본 적이 없어요. 안뜰에서 진행해도 좋을지 내가 허락을 구한 뒤에조차도."

"사과하겠습니다."

"안 미안하잖아요." 그녀가 쏘아붙였다. "단지 날 달래기 위해 그렇게 말하는 것뿐이고, 그게 너무 싫어요. 이래서 날 왕비로 앉히고 싶은 건가요? 이런 행사에 참석하지 않아도 되도록?"

"아닙니다, 그저 당신을 원했을 뿐입니다." 그는 좌절감이 배인 목소리로 말했다. "그리고 바로 그 때문에 당신이 내 아내가 되어주길 바랐던 겁니다. 숨은 의도 따윈 없습니다."

그녀는 그가 방금 한 모든 말이 전부 과거 시제라는 점을 놓치지 않았다.

그녀는 눈을 가늘게 떴다. "저기, 하데스. 만약에…… 이 관계를 더 이상 원하지 않는다면, 이야기해주세요."

하데스가 고개를 갸웃거리며 응시했다. "뭐라고 했습니까?"

분명 그녀는 이상한 말을 하고 있었다. "날 원하지 않는다면, 날 용서할 수 없다고 생각한다면, 우린 관계를 이어나가기 어렵다고 생각해요. 운명의 여신들 따윈 저주나 받으라지."

바로 그때, 방에 들어온 이후 처음으로 하데스가 움직였다. 그는 신중한 발걸음을 내디디며 입을 열었다. "당신을 원하지 않는다고 말한 적은 결코 없습니다. 그 점은 어제 분명히 한 것 같습니다만."

"그럼 나랑 섹스가 하고 싶은 거예요? 그건 진정한 관계를 맺고 싶다는 말과는 다르죠. 나를 다시 믿겠다는 의미도 아니고요."

하데스는 그녀 바로 앞에서 멈춘 다음 눈을 가늘게 떴다. "명확하게 말씀드리도록 하지요. 당신과 섹스하고 싶습니다. 그보다 더 중요한 건, 당신을 사랑합니다. 깊이, 끝도 없이. 당신이 오늘 나를 떠나간다고 하더라도 나는 여전히 당신을 사랑할 겁니다. 그리고 영원히 사랑할 겁니다. 그게 운명입니다, 페르세포네. 실타래든 색깔이든 집어치우십시오…… 당신의 확신 없는 마음도 집어치우고."

그는 문장을 뱉을 때마다 더 가까이 몸을 기울여왔고, 이제 그의 얼굴은 그녀와 거의 맞닿아 있었다.

"난 확신이 없는 게 아니에요. 그냥 두려운 것뿐이야, 멍청아!"

"뭐가 두렵습니까, 내가 한 짓이?"

"당신에 대한 게 아니라고요! 신들이여, 하데스. 당신은 다들 이해해줄 거라고 생각하죠." 그러곤 고개를 돌렸다.

잠시 후, 하데스는 재촉하듯 다시 입을 뗐다. "말해주십시오."

"나는 평생 사랑을 찾아 헤맸어요." 페르세포네의 입술이 떨렸다. "받아들여지길 갈망했고요. 우리 엄마는 그게 마치 노력으로 얻어 내야 한다는 듯 눈앞에서 흔들어댔으니까. 기대에 부응해야만 엄마 는 나를 받아들여줬어요. 그렇지 않으면 앗아갔고요. 당신이 바라 는 건 여왕, 왕비, 여신, 연인이죠. 나는 당신이 바라는 누군가가 될 수 없어요. 난 도무지…… 당신이 나한테 가지는 이런…… 기대들에 부응할 수 없다고요!"

이렇게 소리 내어 말하자 알 수 없는 해방감이 차올랐다. 갑자기 마음이 한결 가벼워진 듯했다. 마치 등에 짊어지고 있던 돌을 내려 놓은 것처럼.

"페르세포네." 하데스의 손가락이 그녀의 턱 밑을 지그시 눌렀다. 눈과 눈이 마주했다. "여왕을 떠올리면 당신 머릿속엔 무슨 생각이 듭니까?"

페르세포네는 눈썹을 찡그렸고, 고개를 저으며 체념하듯 말했다. "모르겠어요. 다만 여왕에게서 어떤 면모를 보고 싶은지는 알아요."

"그럼 여왕에게서 어떤 면모를 보고 싶습니까?"

"친절한 사람…… 자비롭고…… 늘 그 자리에 있는 존재요."

하데스가 엄지로 그녀의 입술을 가볍게 문질렀다.

"그럼 당신은 스스로 그 모든 면면을 지니고 있지 않다고 생각합 니까?" 그녀가 답이 없자 하데스가 다시 말했다. "당신에게 여왕이 되어달라고 부탁하는 게 아닙니다. 당신 자신이 되라고 요청드리는 겁니다. 당신에게 나와 결혼해달라고 묻는 겁니다. 호칭은 우리의 결혼과 더불어 찾아오는 거지요. 바뀌는 건 아무것도 없습니다."

페르세포네는 침을 꿀꺽 삼켰다. "나한테 결혼해달라고 다시 묻는 거예요?"

"그래 주시겠습니까?"

숨이 턱 막혔다. 답을 할 수가 없었다. 지난 몇 주 동안 하데스와 딱히 대화를 나누지도 못하지 않았던가. 화해해야 할 것이 너무 많았다. 눈물이 차올라 얼굴 위로 주르륵 흘러내렸다. 하데스가 눈물을 닦아주었다.

"내 사랑, 지금 답하지 않아도 괜찮습니다. 우리에겐 시간이, 영원히 있으니까."

두 입술이 서로 닿았다. 죄악과도 같은, 거칠고 절박한 키스였다. 페르세포네는 후끈대는 열을 느꼈고 광란에 휩싸였다. 아드레날린이 솟구쳐 한층 대담해진 그녀는 그의 바지 안으로 손을 뻗어 그의 성기를 손으로 만지기 시작했다. 하데스는 신음하며 그녀의 아랫입술에서 턱, 목, 가슴까지 핥아 내렸다.

그녀가 갑자기 그를 밀어내자 그는 어안이 벙벙해 보였다. 둘은 거친 숨을 뱉으며 달아오른 몸, 젖어들고 사나워진 몸으로 잠시 떨어져 있었다. 그런 다음 페르세포네는 그의 가슴 위에 손을 얹고 뒷걸음질 치게 했고, 어느새 그의 오금이 침대에 닿았다.

"앉아." 그녀가 왕관을 벗어 옆으로 치워두며 명령했다.

하데스는 순순히 따랐고, 그녀는 그의 앞에 무릎 꿇고 앉는 동안 내내 눈을 맞추었다. 그의 눈동자가 흑요석처럼 빛났다.

"지독하게 섹시한 여왕 같군요." 그가 말했다.

그녀의 한쪽 입꼬리가 올라갔다. "난 당신의 여왕이야."

그녀는 발기한 성기를 손으로 감싼 다음 뿌리부터 끝까지 오르내리며 쓰다듬었다. 엄지로는 귀두 끝을 가볍게 문질렀다.

"페르세포네."

그가 으르렁대듯 이름을 부르자 그녀는 성기를 입으로 가져갔다. 하데스가 신음을 뱉으며 손가락으로 그녀의 머리카락을 휘어잡았다. 그녀는 그를 깊숙이 맛보았다. 목구멍 뒤쪽에 닿을 때까지, 그런 다음에는 뺨 안쪽까지. 잠시 멈추어 핥다가 다시 빨며 한껏 음미했다.

"너무 좋아." 그가 식식댔다.

점점 더 그의 것이 굵어지고 고동치는 게 느껴졌고, 마침내 절정에 이르자 그녀는 뿜어져 나오는 정액을 세상 달콤하다는 듯 받아 삼켰다. 그러자 하데스는 그녀를 일으켜 세웠다. 키스하고, 움켜쥐고, 꼼짝 못하게 만들었다. 드레스를 벗겨 바닥에 내려둔 다음 그녀를 침대 위에 눕혔고, 자신의 옷도 벗어던진 후 그녀의 몸 위에 올라탔다.

따뜻하고 단단했다. 그의 몸은 그녀의 몸 윤곽을 하나하나 따라 만들어진 듯 들어맞았다. 그가 위로 슥 올라왔을 때, 그녀는 손을 뻗어 그의 비단결 같은 머리카락 한 올을 손가락으로 말아 쥐었다.

"왜 결혼하고 싶은 거예요?"

하데스가 눈썹을 치켜떴다. 질문이 흥미로웠던 게 분명했다.

"한 번도 결혼을 생각해본 적이 없습니까?"

"네." 그녀가 말했다.

솔직히 그랬다. 이전까지 한 번도 누군가와의 결혼을 진지하게 고민해보지 않았다. 어머니는 그녀가 열여덟 살이 될 때까지 누구도 만나지 못하게 했고, 자유를 얻게 된 이후에는 대학 생활과 취업에 몰두하느라 진지한 관계에 대해선 그다지 생각해보지 않았던 것이다.

"내 질문에 아직 답하지 않았어요. 당신에게는 왜 결혼이 중요한 가요?"

"모르겠습니다." 그가 솔직하게 답했다. "당신을 만난 이후로 중요해졌습니다."

페르세포네는 그와 계속 눈을 맞추며 다리를 벌린 다음 그의 허리에 둘렀다. 그의 성기 끝부분이 그녀의 입구를 무겁게 누르는 것이 느껴졌다. 하데스는 신음과 함께 그녀 안으로 들어왔다. 그녀는 숨을 헐떡이며 그의 팔을 붙잡았다. 시작은 사랑스러웠다. 하데스가 몸을 굽혀 키스했고, 둘은 이마를 맞댄 채 서로의 숨을 들이마셨다. 그러다 모든 게 바뀌었다. 어느 순간 하데스의 움직임은 다급하고 격렬해졌고, 얼굴을 그녀의 목덜미에 파묻은 채 치아로는 그녀의 살갗을 훑고 깨물었다.

"미쳤어, 너무 달콤해." 하데스는 그녀의 눈을 바라보며 읊조렸다. "더 깊이 데려가줘, 달링."

그게 가능한 건지 싶어 얼떨떨했다. 이미 배 아래쪽에 뭉근하게 그를 느낄 수 있었던 것이다. 하데스가 그녀의 무릎 아래로 팔을 넣어 살짝 들어올렸다. 그러자 쾌감이 온몸을 거칠게 덮쳤고, 그녀는 그의 피부 위를 손톱으로 힘껏 눌렀다.

"더 세게!" 그녀가 명령했다.

그는 엉덩이를 거세게 흔들며 더욱 깊이 밀어 넣었다. 그녀는 그를 꽉 붙잡았다. 절정의 쾌락이 그녀 안에서 점점 몸을 불리며 표면을 찢고 나오려 하고 있었다.

"가줘, 달링."

그의 승인과 함께 그녀는 오르가슴에 이르렀다. 절정의 순간에서 내려오는 그녀와 함께 하데스는 신음 소리를 내며 고개를 뒤로 젖히고 몸을 부르르 떨었다.

이후, 둘은 함께 누웠다. 키스하고 서로를 만지고 숨을 가다듬으면서.

"신들이여, 당신이 얼마나 그리웠는지 몰라요." 페르세포네가 고개를 그의 가슴에 기댄 채 말했다.

하데스는 씨익 웃었고, 둘은 서로를 바라보았다.

잠시 침묵이 흐른 뒤, 페르세포네는 낮은 목소리로 말했다. "레우케에 관해 얘기해주려고 했었죠."

"흐음, 그랬습니다." 그러고는 그녀를 자신의 몸 위로 올렸다. "내가 소유한 레스토랑에서 일리아스와 회의를 했습니다. 레우케가 거기 있을 줄은 몰랐습니다. 레스토랑을 나설 때 그녀가 헐레벌떡 뛰어와 내 손을 잡은 겁니다. 오래된 습관처럼."

페르세포네는 눈을 흘겼고, 하데스는 삐죽 나온 그녀의 입술을 손가락으로 꾹 눌렀다.

"난 움찔하긴 했지만 계속 걸었습니다. 다른 일자리를 달라고 부탁하더군요."

"그게 다예요?"

"유감스럽지만 그렇습니다."

"나 정말 바보가 된 것 같아요."

페르세포네는 그에게 쏟아지듯 몸을 포갰고, 하데스는 그녀를 꼭 끌어안았다.

"우리 모두 질투에 휩싸이곤 하지요. 난 당신이 질투하는 모습이 좋습니다…… 당신이 정말로 날 떠나버릴지도 모른다는 생각이 들 때를 빼면."

그녀는 다시 상체를 일으켜 그의 몸 양쪽으로 다리를 벌리고 앉았다.

"화났던 건 맞지만…… 당신을 떠날 생각은 단 한 번도 해본 적 없어요."

잠시 후, 하데스도 그녀를 마주 보며 일어나 앉았다.

"당신을 사랑합니다. 운명의 여신들이 우리를 떼어놓는다고 해도 나는 당신에게 돌아갈 방법을 찾아낼 겁니다." 하데스가 말했다.

페르세포네는 하데스의 목에 팔을 감았다.

"여신들이 당신 말을 들을 수 있을 거라고 생각해요?"

"만약 듣고 있다면, 내 말을 위협으로 여겨야겠지요."

페르세포네는 웃음을 터뜨렸고, 둘은 다시 몸을 섞었다. 그 후, 그녀는 비몽사몽한 채로 잠에 빠져들면서 운명에 대해 생각했다. 여신들이 하데스와 나의 운명을 떼어놓게 될까?

✲

페르세포네는 하데스의 빈자리를 느끼며 잠에서 깨어났다.

그가 누워 있던 자리의 시트를 가슴에 대고 일어나 앉았다. 벽난로의 불은 타닥타닥 타오르고 있었고, 아직 지하 세계에는 어둠이 내리깔려 있었다.

뭔가 잘못됐어.

침대에서 일어나 로브를 걸쳐 입은 다음 정원으로 나섰다. 하데스는 그저 별들과 등나무 아래 앉아 있고 싶어 밤 산책을 나서는 버릇이 있었다. 그녀는 정원을 따라 거닐다가 꽃들이 만발한 들판으로 이어지는 가장자리에 이르렀다. 이곳에서는 아스포델의 불빛들과 타르타로스의 고요한 불길이 보였다.

어쩌면 저기로 갔을지도 몰라.

들판으로 향했다. 따스한 바람이 재의 냄새를 실어왔고, 주변의 풀들이 바스락거렸다. 그 소리에 하마터면 케르베로스와 티폰, 오르트로스의 발소리를 듣지 못할 뻔했지만 헐떡이는 소리가 들려왔고, 적절한 순간에 뒤를 돌아보았을 때 세 마리 도베르만이 풀밭에서 뛰쳐나왔다.

"아이고, 사랑스러운 녀석들." 그녀는 한 마리씩 머리를 쓰다듬었다. "아빠 못 봤어?"

개들은 낑낑댔다. '보았다'는 뜻이리라.

"아빠한테 데려다줄래?"

세 마리 개는 페르세포네를 들판으로, 이어서 나무들이 얽힌 숲으로 이끌었다. 이곳에는 한 번도 와본 적이 없었는데, 어쩌면 지하세계의 영역이 확장된 건지도 모른다는 생각이 들었다. 하데스의 영토는 계속해서 변화했고, 그건 사람들이 들어서거나 빠져나가길 더욱 어렵게 만들려는 전략일 거라고 추측하고 있었다.

숲은 끝도 없어 보였다. 깊고도 어둑한 곳이 계속해서 이어졌다. 나뭇가지들이 머리 위에서 서로 엇갈리며 아치형 통로를 만들어냈고, 가지에는 나뭇잎이 하나도 달려 있지 않았지만 램패드들이 그 위에 앉아 마치 별이 가득 수놓인 하늘처럼 길을 밝히고 있었다.

땅에 코를 대고 킁킁 냄새를 맡던 개들이 불현듯 길에서 벗어나

저만치 숲 너머로 달려가자 페르세포네는 깜짝 놀랐다.

하데스가 정말 이 숲속에 이렇게까지 깊이 들어왔을까?

님프들이 밝혀주는 길을 따라가다 보니 어느새 케르베로스와 티폰, 오르트로스의 소리는 사라졌고 빛도 사그라졌다. 누군가의 가쁜 숨소리가 그녀를 멈춰 세웠다. 등 뒤에서 들려오는 소리였고, 점점 더 잦아지고 있었다.

페르세포네는 소리가 나는 쪽으로 조심스레 다가갔다. 가슴속에서 심장이 망치로 내리치는 듯 쿵쿵 뛰었고, 공기는 갑자기 무겁고 꽉 찬 것처럼 느껴졌다. 이윽고, 공터에 있는 그들이 보였다. 하데스와 레우케, 머리 위 나뭇가지들처럼 단단히 얽힌 둘의 모습이. 님프들의 불빛은 사랑을 나누는 둘을 환히 비추고 있었다.

3부

"천국으로 가는 길은 지옥에서 시작된다."

_ 단테 알리기에리

24장
광기의 손길

끔찍한 1초 동안, 페르세포네는 움직일 수가 없었다.

온몸이 얼어붙고, 멍해졌다.

다리가 후들거렸다. 한 번도 상상하지 못한 통증이 가슴을 관통했다. 마치 지금 받은 충격이 괴물이 되어 몸속에서 날카로운 발톱을 세우고 할퀴며 바깥으로 빠져나오려는 것 같았다.

바로 다음 순간, 그녀의 입에서 무시무시한 소리가 흘러나왔다.

둘은 동작을 멈추고 그녀를 돌아보았다. 하데스가 레우케에게서 몸을 뗐고, 님프는 갑작스러운 움직임 때문에 땅으로 굴러떨어졌다.

"페르세포네."

귓가에 쩌렁쩌렁 울리는 포효 너머 그가 부르는 소리는 거의 들리지도 않았다. 마법이 몸속을 마구 휘저으며 피를 들끓게 하더니 피부 위로 터져 나왔다.

그 이후로 눈앞에는 온통 붉은색밖에 보이지 않았다.

그를 파괴시킬 것이다. 그녀를 파괴시킬 것이다. 그의 세계를 파괴할 것이다.

페르세포네가 분노에 찬 비명을 지르자 주변의 모든 것이 시들기 시작했다. 눈앞에선 나무들이 썩어 문드러졌고, 잎사귀는 말라 떨어졌으며 풀밭도 누렇게 변해 마침내 발 디딘 땅은 바짝 말라 황량해졌다. 그가 그녀의 행복을 빼앗아간 것처럼, 그녀 역시 그의 세계에서 삶을 앗아갈 것이다.

레우케는 달아났고, 하데스는 페르세포네 쪽으로 걸어왔다. 그가 가까이 오자 그의 배신이 다시 파괴적인 힘으로 그녀를 강타했다.

"페르세포네!"

"내 이름 입에 올리지 마!"

그녀의 목소리는 낮게 으르렁거리는 것처럼 들렸다.

손아귀에 깃든 힘은 뜨거웠고, 그녀가 느끼는 고통으로 인해 더욱 강력해지고 있었다. 발아래 땅이 우르릉 울리기 시작했다.

"페르세포네, 내 말 좀 들어보십시오!"

그녀는 그의 말을 들었다. 그의 말을 듣고 그 말을 믿었다.

당신을 사랑합니다. 깊이, 끝도 없이.

그녀는 더 이상 듣고 있지 않았다.

"하지 마!"

그녀의 외침과 동시에 그들 사이에 놓인 땅이 갈라지며 거대한 구덩이가 모습을 드러냈다.

"페르세포네, 제발!" 하데스는 놀란 눈으로 절박하게 외쳤다.

그녀는 그의 영토를 파괴시켜 나가고 있었다.

비명을 지르는 그녀의 목소리에는 분노와 폭력이 넘실거렸고, 마법은 마치 살갗에 불을 붙이는 것 같았다. 스스로도 무슨 짓을 하고 있는 건지 알 수 없었지만 무언가에 이끌리듯 두 손을 모으자 그곳에 곧바로 힘이 모여들었다. 하데스를 향해 뻗친 힘은 그를 저 만치 황량한 땅으로 나가떨어지게 만들었다.

그는 넘어진 자리에서 일어나 글래머를 떨구었다. 이제 그는 죽음의 현신 그 자체였다. 어둡고 위협적인 존재.

이게 전장에서의 모습이었겠구나, 순간적으로 그녀의 힘을 압도할지도 모른다는 두려움에 심장이 더욱 세게 뛰었다.

그가 그녀를 향해 달려오자 그림자가 몸에서 일어나는 듯했다. 날 제압하려는 거야, 그 생각에 이르자마자 날것의 분노가 안에서 폭발했다. 그녀는 다시 비명을 질렀고, 그러자 마법이 몸속으로부터 찢어지듯 분출되어 모든 어둠을, 마치 리라에서 그러했듯 전부 얼려버렸다.

귀가 멍멍한 침묵이 뒤따랐다. 잠시 둘의 눈이 마주쳤고, 자신의 마법으로 하데스에게서 뻗어 나온 그림자들을 그에게 되쏘았다. 하데스가 팔을 들어 올리자 그림자들은 잿더미로 부서져 내렸다.

"그만!" 그가 명령했다. "페르세포네, 이건 광기입니다."

광기라고? 진짜 광기가 뭔지 보여주지.

"날 위해서라면 온 세상을 다 불태울 수도 있다고 했지?" 그녀는 물었다. 아폴론에 관해 이야기 나눌 때 그가 썼던 표현을 떠올리면서, 그 이름을 다시는 우리 침대에서 언급하지 말라고 엄포를 놓던 모습을 떠올리면서. 우리 침대. 마법의 힘이 손 안쪽으로 모여들었다. "당신을 위해 내가 파괴해주겠어."

하데스의 눈이 경악에 찬 것도 잠시, 끔찍하게 갈라지는 소리가 사위를 뒤흔들었다. 거대한 뿌리가 하늘을 가르며 땅을 향해 돌진했다. 그녀는 지상 세계의 생명력을 지하 세계로 끌어들이고 있었다. 뿌리가 굉음과 함께 땅에 부딪히며 온 지반을 흔들었고 산이 무너져 내리기 시작했다.

"헤카테!"

마법의 여신을 소환하는 하데스의 강렬한 외침이 메아리쳤다. 즉시 나타난 헤카테가 하데스 옆에 나란히 섰다. 둘은 함께 페르세포네의 힘에 맞섰고, 더 많은 뿌리가 지하 세계를 갈갈이 찢어버리기 직전에 공중에서 간신히 멈췄다.

"무슨 일입니까?" 헤카테가 울부짖으며 물었다.

"모르겠습니다. 그녀의 괴로움을 감지했고, 최대한 빨리 달려왔습니다."

하데스의 대답에 그녀는 분개했다. 괴로움을 감지했다고? 나를 봤잖아! 왜 배신자가 아닌 것처럼 구는 거야?

페르세포네의 분노는 그칠 줄 몰랐다. 그녀는 하데스와 헤카테의 힘에 강하게 저항했다. 둘의 힘이 합쳐져 점점 맞서기 불가능한 무게로 짓눌러왔다. 저항할수록 온몸에 힘이 다 빠져나가는 것 같았는데, 몸이 지쳐서만은 아니었다.

내면에서 분노는 절망으로 바뀌어가고 있었다. 마음이 완전히 부서져 내렸다.

"소중한 이여." 헤카테의 목소리가 바로 곁에서 들려오는 것 같았다. 실상 구덩이 맞은편에 서 있었음에도 귓가에 곧장 꽂혀들었다. "말씀해보세요."

페르세포네의 눈가가 눈물로 흐려졌다. 고개를 저었다.

"페르세포네, 무슨 일이 있었는지 말해줘요."

얼굴 위로 눈물이 흘러내렸다. 그와 함께, 그녀의 공포를 불러일으킨 기억도 저절로 흘러나왔다. 만약 할 수만 있다면 평생을 억누르겠지만, 헤카테의 목소리가 들려오자 하데스가 레우케와 몸을 포개던 순간의 공포가 조금은 누그러졌다. 님프의 얼굴에 떠오른 쾌감을 바라본 것만으로도 토할 것 같았다.

이번에는 분노로 힘의 불씨가 당겨지는 대신, 그 기억에 녹초가 되었다. 속이 울렁거렸고 패배감이 느껴졌으며 여기저기 통증이 찾아왔다. 주변을 휘감던 힘이 스러지며, 온몸이 휘청거렸다. 헤카테가 안자마자 그녀는 바닥에 토를 했다. 천천히, 여신은 그녀를 땅 위에 앉게 했고 페르세포네는 품에 안겼다. 헤카테가 얼굴에서 머리카락을 떼어주며 위로했다.

"소중한 이여, 그건 진짜가 아니었어요."

페르세포네는 흐느끼며 헤카테의 가슴에 고개를 파묻었다. "볼 수밖에 없었어요. 그걸 본 이상 살 수 없어요."

"쉬잇, 살게 될 거예요. 이제 쉬어요."

그러자 주변이 순식간에 어두워졌다.

페르세포네는 여왕의 방에서 눈을 떴다. 얼굴이 부은 듯했고 머리가 지끈거렸다. 유약해진 몸 위로 푹신한 담요가 덮여 있었고, 밝은 빛이 창가에서 쏟아져 들어왔다. 어쩌다 여기 오게 된 건지 기억하기까지 시간이 다소 걸렸지만 이내 기억들이 되살아나 생생한 악몽처럼 마음을 가득 채웠다. 눈가에 눈물이 차올라 뺨 위로 뚝뚝 떨어졌다.

"울지 말아요, 소중한 이여." 헤카테가 말했다.

고개를 돌리자 침대 옆에 앉아 있는 그녀가 보였다. 페르세포네는 눈물을 참으려 눈을 비볐지만 오히려 더욱 흐느끼게 되었다.

헤카테가 손을 잡으며 말했다. "천천히 숨 쉬어요, 어제 본 건 진짜가 아니에요."

페르세포네는 몇 번 깊이 심호흡을 한 다음 친구를 바라보았다. "그게 무슨 말이에요?"

"당신이 이른 곳은 절망의 숲이었어요, 페르세포네. 당신이 본 건 당신이 가진 가장 큰 두려움의 환영이랍니다."

페르세포네는 방금 들은 말을 이해하려 잠시 침묵했다. 하지만 기억의 공포는 마음속에 단단히 뿌리박혀 있었다.

헤카테는 한숨을 내쉬었다. "게다가 아직 마법이 채 풀리지 않은 것 같군요."

"마법요?"

"우리 생각에 당신은 그 마법 때문에 그 숲에 가게 된 거였어요."

"누군가 내게 마법을 걸었단 말이에요?" 페르세포네가 얼굴을 찡그렸다. "그게 누구죠?"

여신은 희미한 미소를 지었지만 즐거워서가 아니었다. "하데스가 수색 중이에요."

그녀는 몸을 떨었다. 상상만으로도 소름이 끼쳤다. 어젯밤 그녀가 그 숲에서 생명을 모두 빨아들였을 때 그가 보인 모습이 떠올랐다. 그럼에도 누가 벌인 짓인지 그가 꼭 찾아내길 내심 바랐다. 어젯밤 본 광경은 고문 그 자체였으니까.

페르세포네는 일어나 앉아 침대 머리 판에 기댔다. 머리가 핑 돌왔다. "지하 세계에 왜 그런 끔찍한 장소를 두는 거예요?"

"음, 사실 그곳은 타르타로스에서 뻗어나간 영역이랍니다." 헤카테가 말했다. "당신은 거기에 있어선 안 되었죠."

페르세포네는 시트를 치우고 일어나보려 했지만 몸이 말을 듣지 않았다.

"나가고 싶어요." 그녀가 말했다.

헤카테가 일어설 수 있도록 부축해주었고, 둘은 함께 발코니로 나갔다. 늦은 오후였고, 푸르게 무성한 지하 세계의 풍광을 본 순간 페르세포네는 마음이 놓였다.

갑자기 두려움이 몰려왔다. "세상에, 영혼들! 제가 혹시……."

너무 큰 힘을 쏟아내고 말았다. 상처 입을 이들을 전혀 고려하지 않은 채 땅을 뒤흔들고 하늘을 갈라놓았다.

"모두 무사해요, 페르세포네." 헤카테가 안심시켰다. "하데스가 다 회복시켜두었어요."

페르세포네는 눈을 감고 긴 숨을 내쉬었다.

신들이여, 너무 다행이다.

둘은 정원으로 들어섰고, 보라색 등나무 아래에 자리를 잡고 앉았다.

"숲에서 엄청난 힘을 보여주셨어요." 헤카테가 말했다.

어조를 판별해내긴 어려웠지만 경탄과 두려움이 뒤섞여 있다는 건 느낄 수 있었다.

그녀는 여신을 바라보았다. "제가…… 겁나시나요?"

"당신이 겁나는 건 아니에요. 당신이 다칠까 봐 겁이 나죠."

페르세포네가 미간을 찌푸렸고, 헤카테는 한숨을 쉬며 그녀의 손을 내려다보았다. "당신을 처음 본 순간부터 품어온 두려움이에요. 당신이 너무도…… 끔찍할 만큼 강력해질 것이라는."

페르세포네는 고개를 저으며 말했다. "난…… 이해가 안 돼요. 나는 그렇게……."

"당신은 하데스의 마법을 무력화시켰어요. 그의 마법을 사용해 그에게 맞섰죠, 페르세포네. 하데스는 고대부터 살아온 능수능란한 신이잖아요. 만일 올림포스 신들이 이걸 알게 되면……."

헤카테가 말끝을 흐리자 재촉하듯 물었다. "알게 되면요……?"

이제는 헤카테가 고개를 저을 차례였다. "무슨 일이든 일어날 수 있다고 봐요. 신들이 당신을 올림포스 신으로 인정하거나, 아니면……."

"아니면?"

"당신을 위협으로 여기게 될지도 몰라요."

페르세포네는 참지 못하고 웃음을 터뜨렸지만, 헤카테를 흘끔 보자마자 이 상황을 그녀가 얼마나 심각하게 받아들이고 있는지 깨달았다.

"말도 안 돼요, 헤카테. 난 내 힘을 제대로 통제할 줄도 모르는 데다, 확실히 힘을 유지하지도 못하는걸요."

"당신은 통제를 배우고 있어요. 수련을 하면 힘은 더욱 강해지고요. 내 말을 주의 깊게 들어주세요, 페르세포네. 당신은 우리 시대에 가장 강력한 여신이 될 겁니다."

페르세포네는 웃을 수 없었다.

둘은 잠시 침묵 속에 가만히 앉아 있었고, 잠시 후 헤카테가 자리에서 일어섰다.

"가봐야겠어요. 유리와 함께 차를 마시기로 했거든요. 함께할 의

향은 없으실 거라 여겼습니다."

페르세포네는 미소를 지었다. 여신의 말이 맞았다. 함께하고 싶은 생각이 그다지 들지 않았다. 완전히 지친 상태였던 데다 어젯밤 벌어진 일들로 여전히 마음이 불안했다. 헤카테는 몸을 숙여 페르세포네의 머리칼에 입맞춤한 다음 떠났다.

홀로 남겨지자 하데스 생각이 났다. 렉사를 거의 잃을 뻔했을 때 가장 큰 두려움이 현실이 된 줄 알았는데, 하데스의 배신이 그만큼이나 공포스러울 수 있다는 건 생각해보지 못했다. 절망의 숲에서 그와 레우케가 함께 뒹굴던 모습을 떠올리면, 설명을 들었음에도 여전히 말로 표현할 수 없는 고통이 밀려들었다.

그녀는 한숨을 쉬곤 자리에서 일어나 하데스의 정원을 천천히 거닐었다. 그러다 문득, 반대편에서 신이 걸어오는 모습이 보이자 우뚝 멈춰 섰다. 그는 신적인 형상을 하고 있었다. 강건한 몸에는 로브를 둘러 입었고, 기다란 머리카락은 둥글게 틀어 올렸으나 여러 가닥이 풀려 있었다. 두 개의 뿔은 하늘로 치솟은 날카로운 검 같았다. 그는 몹시 지쳐 보였고 창백했으며 또 아름다웠다.

그 모습에 그녀는 숨을 잠시 멈추었다. 둘 사이에 거대한 바다가 가로놓인 것 같았다.

"괜찮습니까?" 그가 물었다.

이 질문은 언제나 마음을 따뜻하게 해주었지만 이번에는 불길이 당겨진 듯했다. 그를 향한 너무 많은 감정이 동시에 휘몰아쳤고, 하나하나 규명할 수도 없었다. 사랑과 욕망, 그리고 연민까지.

"괜찮아질 거예요." 그녀는 답했다.

하데스는 뭔가를 살피듯 잠시 그녀를 응시했다. "함께 걸어도 괜찮겠습니까?"

"여긴 당신의 영토인걸요."

하데스는 인상을 구겼지만 아무 말도 하지 않았고, 그녀가 앞장 서자 그는 나란히 걷기 시작했다. 손을 잡거나 팔짱을 끼지 않았지 만 이따금 손가락이 서로를 스쳤고 그때마다 짜릿한 감각이 전해져 왔다. 온 피부 위로 신경이 노출된 것 같았다. 정말이지 묘했다. 지난 며칠간 겪은 그 모든 일에도 그녀의 몸은 마치 아무 일도 없었다는 듯 여전히 그에게 반응하고 있었다.

하데스 역시 똑같이 느낄지 궁금해진 순간 주먹을 꽉 쥔 그의 손 이 눈에 들어왔다. 그것으로 답이 된 것 같았다.

둘은 침묵 속에 걷다가 어느덧 정원의 가장자리에 다다랐다. 지난 밤 절망의 숲으로 들어서기 전에 당도했던 곳이었다. 마침내 하데스 가 고개를 돌리고 입을 뗐다.

"페르세포네. 난…… 난 당신이 뭘 봤는지 모르지만, 이것만은 알 아야 합니다. 반드시 알아야만 합니다. 그건 진짜가 아니었습니다."

그는 너무도 절망적으로 보였다. 그녀가 이해해주길 절실하게 바 라는 것처럼.

"내가 뭘 봤는지 말해줄까요?" 그녀는 속삭이듯 말했고, 이제는 화나 있지는 않지만 그녀 역시 그가 이해해주길 바랐다. "당신과 레 우케가 함께 있는 광경을 보았어요. 그녀를 꼭 붙들고, 굶주렸다는 듯 그녀 안에서 움직이는 당신을."

목소리는 떨렸고, 주먹을 꽉 쥐어 손톱이 피부를 파고들었다.

"당신은 쾌감을 얻고 있었어요. 그녀가 당신의 전 애인이었다는 걸 머리로 아는 거랑, 실제로 그 광경을 보는 건…… 마음이 무너져 내리더라고요."

그녀는 악몽을 떨치려 눈을 질끈 감았고, 그 위로 눈물이 흘러내렸다.

"그래서 당신이 사랑하는 모든 것을 파괴하고 싶어졌어요. 내가 당신의 세계를 무너뜨리는 걸 당신이 지켜보길 바랐어요. 당신마저 파괴해버리고 싶었다고요."

"페르세포네." 하데스가 그녀의 이름을 속삭였다. "그게 진짜가 아니라는 걸 반드시 알아야 합니다."

"정말 진짜 같았어요."

하데스의 손끝이 그녀의 피부 위를 미끄러지듯 움직이며 눈물을 걷어냈다.

"할 수만 있다면 그 기억을 당신 마음속에서 지워주고 싶습니다."

"그렇게 해줘요." 페르세포네는 가까이 다가서며 말했다. "키스해주세요."

하데스의 입술이 그녀의 입술에 닿았다. 입술을 간질이다 입속으로 밀고 들어온 혀가 그녀의 혀와 닿아 뒤엉켰다. 멍을 남길 정도로 거친 그의 입술에선 스모키하고도 달콤한 맛이 났고, 그가 여기저기 애무하는 동안 그녀의 손은 아래로 내려가, 단단한 배를 지나 가운 속에 자리한 그의 성기를 거머쥐었다.

기이한 신음이 그에게서 새어나왔고, 그는 한 발짝 물러났다. 그의 눈길이 그녀를 향해 활활 타올랐다.

"숲에서 봤던 걸 잊게 도와주세요." 그녀는 가쁜 숨을 몰아쉬며 말했다. "키스해주세요. 사랑해주세요. 날 망쳐주세요."

둘은 부딪치듯 서로를 끌어안았고 서로의 옷을 찢어 벗겼으며 흐릿한 지하 세계의 하늘 아래 알몸이 되었다. 입술끼리는 부서질 듯 맞부딪쳤고 혀는 서로를 탐닉했으며 호흡은 어지러이 뒤섞였다. 하데스는 한 손으로 그녀의 머리 뒤쪽을 감싸 쥔 다음, 다른 한 손은 점점 내려가 아랫배 밑, 허벅지 사이의 곱슬곱슬한 털 안쪽으로 깊숙이 넣었다. 뜨거운 피부 사이로 그의 손가락이 밀고 들어오자 그녀는 신음을 흘렸다. 잠시 동안 아찔한 쾌감 속에, 그리고 민감한 부위에서 전해지는 아릿한 통증에 정신을 놓았다.

페르세포네가 더는 견딜 수 없을 지경이 되자, 하데스는 그가 입고 있던 로브 위에 그녀를 눕히고는 그녀의 알몸을 지그시 바라보았다. 눈길 안에 타르타로스의 불길이 담겨 있었다.

"아름답습니다. 할 수만 있다면 이 순간 속에 당신과 함께 영원히 머물고 싶군요. 당신이 내 앞에 이렇게 누워 있는 지금 이 순간."

"빨리 감기 해보면 어때요? 당신이 내 안에 들어온 순간으로?"

하데스가 씩 웃었다. "원합니까, 달링?"

"언제나."

그는 그녀의 무릎 안쪽에 키스를 한 다음 입술로 허벅지 안쪽까지 훑으며 내려갔다. 어느 순간 그녀의 움푹 들어간 틈까지 이르렀고, 혀로 장난스러운 애무를 하다가 틈을 벌려 찌르듯 밀고 들어왔다. 그녀는 걷잡을 수 없이 떨며 그를 힘껏 붙잡았고, 하데스는 그녀의 무릎을 아래로 밀며 다리를 더욱 넓게 벌렸다. 자신의 손이 그의 몸을 꽉 쥐어 파고들고 있다는 걸 그녀는 느낄 수 있었고, 음부는 이제 너무 흥분해 아플 지경이었다.

그녀는 헐떡이며 그의 이름을 마구 외쳐 부르다 절정에 이르렀다. 그리고 그의 머리카락을 잡아당겨 키스했다. 입술끼리 다시 부딪친 뒤, 그의 입술은 그녀의 목선을 따라 가슴까지 내려갔다. 혀가 소용돌이치듯 애무하자 유두 끝이 단단해졌다.

"당신의 고통을 느끼는 것보다 내게 더 큰 고문은 없습니다. 어찌됐든 내게 책임이 있다는 것을 알고 있었지만 아무것도 할 수 없었습니다."

그녀는 키스로 얼얼해진 그의 입술에 손가락을 댔다. "아무것도 할 수 없는 건 아니에요."

그녀가 다리 사이로 손을 내렸고, 하데스의 강철처럼 단단한 성기가 그녀의 가장 은밀한 살결을 비집고 들어갔다. 둘은 맹렬하게 움직였다. 그녀 안으로 쿵쿵 움직일 때마다 하데스의 엉덩이도 팽팽히 당겨졌고, 안쪽이 꽉 차고 늘어나면서 느껴지는 통증을 그녀는 질펀하게 즐겼다. 머리는 뒤로 젖혀져 땅을 눌렀고, 아치형으로 등이 휘었으며 입가에서는 낮은 신음이 흘러나왔다.

하데스가 몸을 기울여 그녀의 입술에 키스하면서 그 소리를 막았다. 그녀는 손을 어디에 둬야 할지 몰랐다. 그저 그의 실크 로브, 풀밭의 잔디, 그리고 그의 팔을 움켜쥘 뿐.

"제길!"

그가 너무 좋아서인지, 그녀가 살갗을 쥐어뜯는 바람에 욕을 뇌까린 것인지는 알 수 없었다. 하지만 어느 쪽이든, 그는 손목을 가져가 그녀 머리 위쪽에 두고 단단히 붙잡았다. 눈에는 야성적인 기운이 넘쳐흐르고 초점이 없었으며, 움직임의 템포는 점점 더 빨라지며 오르가슴을 향해 내달렸다. 그 어느 때보다 그는 그녀에게 거세게 밀어 넣고 있었다.

마침내 하데스는 페르세포네 위로 풀썩 쓰러져, 고개를 그녀의 어깨 쪽에 파묻었다. 땀으로 흥건히 젖어 몸은 매끄러웠고, 숨소리는 거칠게 터져 나왔다. 잠시 후, 하데스는 몸을 일으킨 다음 페르세포네의 얼굴에 들러붙은 머리칼을 쓸어 넘겨주었다.

"괜찮습니까?"

"네." 그녀가 속삭였다.

"내가 혹시…… 당신을 다치게 했습니까?"

그 질문에 절로 웃음이 배어나왔다. 너무나도 좋았으니까.

"아뇨."

그녀는 그의 양 눈썹, 코, 키스로 부은 입술까지 손으로 매만지며 속삭였다. "당신을 사랑해요."

하데스의 입가에 희미한 미소가 떠올랐다. "그 말을 다시 듣게 될 줄은 몰랐습니다."

그 말에 마음이 아려왔다.

그녀의 눈에 눈물이 흐르기 시작했다. "당신을 향한 내 사랑은 단 한 번도 멈춘 적 없어요."

"쉿, 내 사랑." 하데스의 눈길은 부드러웠다. "나는 한 번도 믿지 않은 적이 없습니다."

하지만 그녀는 믿지 않았다. 그리고 그 생각에 완전히 무너져 내릴 뻔했다.

하데스는 그녀를 품 안에 꼭 끌어안고 침대로 걸어갔다. 그곳에서 그는 그녀에게 키스하며 어두운 생각들을 물리쳐주었다. 다시금 탐닉하려 무릎으로 그녀의 다리를 살짝 벌리는 순간, 문을 두드리는 소리가 났다.

페르세포네는 흠칫 놀라 얼어붙었지만, 놀랍게도 하데스는 문 뒤에 선 자에게 들어오라고 했다.

"하데스!"

신은 그녀에게서 미끄러지듯 내려와 맨가슴을 드러낸 채 침대 위에 앉았다. 페르세포네도 그 옆에 일어나 앉았다. 시트를 주섬주섬 가슴 쪽으로 가져가자마자 문이 열리고 헤르메스가 들어왔다.

"여어, 세피." 그가 멋쩍은 미소를 건네며 말했다.

"헤르메스." 하데스가 단호하게 그를 호명했다.

"아, 그래." 그가 말했다. "님프를 찾았어."

"데려와라." 하데스가 명령했다.

페르세포네는 하데스를 아리송하게 바라보았다. 곧이어 레우케가 방 한가운데에 나타났다. 님프를 본 지는 꽤 되었는데, 지금 그녀는 잔뜩 지치고 겁에 질려 보였다. 두려움에 찬 눈은 커져 있고 온몸은 덜덜 떨리고 있었다. 하데스와 페르세포네와 눈이 마주치자, 그녀의 목 안쪽에서부터 무시무시한 흐느낌이 터져 나왔다.

"제발."

"입 다물거라." 하데스가 명령하자, 레우케는 마치 소리 내는 능력을 잃어버린 듯 꼼짝없이 침묵했다. "페르세포네 님께 진실을 말하거라. 절망의 숲으로 이끈 것이 너인가?"

고개를 끄덕이는 레우케의 얼굴에 눈물이 줄줄 흘러내렸다.

그 와인, 페르세포네는 문득 깨달았다. 마셔! 딸기와 여름의 맛이 나는 와인이야. 본능적으로는 배신당했다는 느낌이 들어야 했는데 뭔가…… 이상했다.

"대체 왜?" 그녀가 물었다.

"둘을 갈라놓기 위해서였습니다."

그녀의 목소리에는 악의의 흔적이 느껴지지 않았기에 페르세포네는 수상쩍었다. 만약 저 님프가 정말 그걸 원했다면 어째서 저렇게…… 양심의 가책을 느끼고 있는 거지? 그녀는 몸을 움직여 침대 가장자리로 갔다.

"어째서야?" 페르세포네가 물었다.

레우케의 눈이 더욱 커졌고, 고개를 저으며 답을 피했다.

"대답해야 할 것이다." 하데스가 말했다.

레우케가 더 서럽게 우는 게 가능할까 싶었지만 그렇게 되었다. 이제 님프는 바닥에 무릎을 꿇었다. "그분이 절 죽이실 거예요."

"누가?"

"당신 어머니." 하데스가 말했다.

그 폭로에 놀라지 않을 법도 했지만 그럼에도 페르세포네는 충격을 받았다.

"정말이야?" 그녀는 레우케를 돌아보며 물었다.

"제게 생명을 되돌려준 게 누구인지 기억나지 않는다고 말한 건 거짓말이었어요." 그녀가 인정했다. "하지만 저는 두려웠어요. 데메테르는 제가 명령에 따르지 않으면 모든 걸 다시 앗아가겠다며 계속해서 제게 상기시켰어요. 너무 죄송해요, 페르세포네."

레우케가 손에 얼굴을 묻었다. "그렇게 친절을 베풀어주셨는데 제가 그 마음을 저버리고 말았어요."

하데스가 머리부터 발끝까지 알몸이라는 사실은 잊은 채, 페르세포네는 몸으로 시트를 끌어당긴 다음 침대에서 내려섰다. 레우케에게 다가간 그녀는 무릎을 꿇었다.

"우리 엄마를 두려워하는 널 탓하지 않아." 페르세포네의 말에 레우케가 고개를 들어 바라보았다. "아주 오랫동안 나 역시 엄마를 두려워했거든. 엄마가 널 해치지 못하게 할게, 레우케."

님프는 페르세포네에게 와락 안겼다. 여신은 그녀가 다시 마음을 다잡을 때까지 오랫동안 안아주었다.

"헤르메스." 페르세포네가 말했다. "레우케를 내 방으로 데려가줄래요? 거기서 좀 쉬어야 할 것 같아요."

"분부대로 합죠, 여신님." 그는 과장된 동작으로 허리를 굽혀 인사한 다음 씩 웃었다.

둘이 사라진 뒤, 페르세포네는 하데스에게 고개를 돌렸다. 표정이 어딘가 독특했다.

"왜요?"

그는 고개를 절레절레 저으며 점점 더 환하게 미소 지었다.

"당신을 존경하는 중입니다."

페르세포네는 그 말에 잠시 마음이 나른해졌다가 다시 정신을 차린 후 말했다. "엄마를 지하 세계로 소환해야겠어요."

하데스가 눈썹을 치켜떴다. 예상치 못한 말임에 분명했다.

"지금 소환하겠습니까? 아니면 한 번 더 사랑을 나눔으로써 그녀의 계획이 무참히 실패했음을 재확인시키는 것도 좋을 것 같습니다만."

"하데스!" 페르세포네는 나무랐지만 함께 웃었다.

몇 시간 후, 하데스와 페르세포네, 그리고 레우케는 알현실에 모여 있었다. 하데스는 신적인 형상을 하고 있었고 페르세포네도 마찬가지였다. 둘은 나란히 앉았다. 하데스는 흑요석 왕좌에, 페르세포네는 황금과 상아로 만든 왕좌에. 레우케는 그녀 옆에서 사시나무처럼 떨고 있었다.

"진노할 거예요." 레우케가 말했다. "분명해요."

"오, 아무렴." 페르세포네가 답하며 님프를 바라보았다. "우리 엄마인걸."

"헤르메스가 돌아왔습니다." 하데스가 전했다. 수확의 여신을 데려오라며 헤르메스를 보냈던 터였다. 전혀 달가워하지는 않았지만.

"당신은 그녀가 내 얼굴을 망가뜨리길 바라는 것 같은데." 헤르메스가 말했다. "지하 세계로 출두하라며 당신이 날 보냈다는 말을 하자마자 그녀는 내 머리를 물어뜯을 테니까."

"그럼 하데스가 보냈다고 하지 마요." 페르세포네가 제안했다. "내가 지시했다고 해요."

헤르메스는 씩 웃었다. 지금 이 순간의 페르세포네처럼.

이전까지는 한 번도 느끼지 못했던 방식으로 그녀는 힘을 받고 있었고 스스로도 정확한 이유는 설명할 수 없었다. 어쩌면 하지 축제 날 밤 하데스가 한 말 때문인지도 몰랐다. 그저 그녀를 있는 그대로 사랑한다는 말, 그저 그 이유로 그녀를 왕비로 맞이하고 싶다는 말.

뭔가를 희생하지 않으면서도 자기 자신으로 존재할 수 있다는 뜻이었다. 그 첫걸음은 바로 어머니와 대면하는 일이다.

헤르메스가 데메테르를 방으로 안내했다. 시종일관 가혹한 표정을 지으려 애를 쓰고 있었지만, 그녀와 하데스가 어둠의 벼랑 끝 왕족들처럼 나란히 앉아 있는 모습을 본 어머니의 얼굴에 경멸의 빛이 스치는 걸 알아차렸다.

방 한가운데에 우뚝 멈춰 선 그녀의 입술은 비틀렸고, 눈길은 날카로웠다.

"이게 무슨 일인가?" 분노 섞인 목소리로 데메테르가 쏘아붙였다.

"엄마가 내 친구를 위협했다고 들었어요." 페르세포네가 말했다.

데메테르가 예의를 갖추지 않는다면 페르세포네 역시 그러지 않을 작정이었다.

데메테르는 님프를 쏘아보더니 페르세포네에게 고개를 돌렸다. "네 연인의 창부를 나보다 더 믿는다는 것이냐?"

"그렇게 불쾌하게 말씀하시다니." 페르세포네가 꼬집듯 말했다. "사과하세요."

"그런 것 따윈 결코."

"내가 말했죠. 사과하세요."

페르세포네가 명하자 데메테르는 힘에 이끌려 넘어지듯 무릎을 꿇었고, 그 바람에 대리석 바닥이 깨졌다. 페르세포네로서는 그렇게 많은 힘을 가하려 했던 건 아니지만 효과는 흡족했다.

데메테르의 눈이 충격으로 휘둥그레졌다. 자신이 낳은 딸의 힘 때문에 바닥에 몸을 굽히게 될 줄은 전혀 예상치 못했을 테니까. 당혹감도 잠시, 표정은 순식간에 이글거리는 눈빛으로 타올랐다. 분노가 방을 가득 채웠다.

"그럼." 그녀의 목소리가 떨렸다. "이게 그 결과라는 건가?"

페르세포네는 아무 말도 하지 않았다. 인과응보였다.

"이제는 굴욕을 끝낼 수 있어요." 페르세포네가 말했다. "그냥……사과하세요."

그 말은 전쟁 선포와도 같았다.

"절대로 안 해."

데메테르가 분노로 덜덜 떨리는 목소리로 말하며 몸을 일으키는 순간, 그녀의 힘이 알현실 전체를 가득 채웠다. 갑작스러운 힘의 진격을 예상치 못한 페르세포네는 비틀거렸고, 이내 어머니의 힘을 억누르려 자신의 힘을 앞으로 뻗쳤다. 그녀는 하데스를 흘긋 바라보았다. 그의 힘을 도처에서 느낄 수 있었다. 그녀의 힘을 떠받쳐주면서 적절한 때를 기다리고 있었던 것이다.

페르세포네는 자리에서 일어나 몇 계단 내려가 어머니와의 거리를 좁혔다. 그녀가 다가서는 동안 데메테르의 발밑은 갈라지고 무너져 내렸다. 마침내 데메테르의 힘이 약해지며 수그러들었다. 그녀는 매서운 눈초리로 딸을 올려다보았다.

"약간의 통제를 배운 것 같구나, 딸아."

다른 때였다면 미소를 지었겠지만 어머니를 바라보는 눈길에서 스스로 느낀 것은 원망뿐이었다. 마치 저주와도 같은 말이었다. 온몸을 관통하며 모든 것을 어둠으로 뒤덮는 저주.

"단지 미안하다는 말만 하면 되는 거였는데 말이죠." 페르세포네가 맹렬하게 말했다. 렉사에 대한 이야기만은 아니었다. "그럼 서로를 잃지 않았을 텐데."

"넌 저 자에게 달라붙었잖아." 데메테르가 내뱉었다.

페르세포네는 잠시 어머니를 응시한 다음 말했다. "엄마가 가여워요. 두려움을 받아들이기보다 혼자가 되기를 택하는 게."

데메테르는 딸을 노려보았다. "넌 저 자 따위를 위해 모든 걸 포기하고 있어."

"아뇨, 엄마. 하데스는 엄마의 감옥을 떠난 뒤로 내가 얻은 수많은 것 중 하나일 뿐이에요."

그녀는 데메테르를 마법에서 풀어주었다. 하지만 여신은 눈에 띄게 몸을 떨며 일어서지 못했다.

"한 번만 더 나를 감시하려 들었다간, 다시는 나를 못 만나게 될 줄 아세요."

페르세포네는 어머니의 눈동자에서 분노를 보게 될 거라 예상했다. 그런데 웬걸, 어머니의 두 눈은 자부심으로 빛나고 있었고, 입가에는 불안한 미소가 감돌았다.

"나의 꽃…… 네가 생각하는 것보다 넌 나와 많이 닮았어."

페르세포네는 주먹을 꽉 쥐었고, 데메테르는 사라졌다.

잠시 침묵이 흐른 뒤, 레우케가 뛰쳐나와 그녀를 껴안았다.

"고마워요, 페르세포네."

페르세포네는 평정심을 유지하려 미소를 지었지만 마음속은 덜덜 떨렸다. 어머니의 표정, 그 표정은 너무도 잘 아는 종류의 것이었다.

전쟁이 다가오고 있었다.

✲

병원에 다 와가자 페르세포네는 불안해졌다. 렉사를 병문안 간 지 벌써 며칠이 되었다. 가장 큰 이유는 렉사가 의사들이 부르기론 섬망이라는 증상을 앓고 있어서였다. 페르세포네는 그 정신병증의 진실을 알고 있었다. 그녀의 영혼은 왜 자신이 지상 세계에 와 있는 건지 이해하고 싶어 고군분투하고 있는 것이다.

죄책감에 구역질이 날 것 같았다.

그녀는 이기적이었다. 이제는 깨달았다. 하지만 깨달음은 너무 늦게 찾아왔다.

페르세포네는 렉사가 인공호흡기를 떼고 옮겨진 일반 병동인 4층으로 향했고, 막 렉사의 병실을 떠나는 엘리스카와 마주쳤다.

"아, 페르세포네. 와줘서 고맙구나. 커피를 사러 가려던 참이었는데, 마실 것 좀 사다줄까?"

"아뇨, 괜찮아요, 시더리스 아주머니."

"오늘은 상태가 좋아." 엘리스카는 병실 안을 흘끗 보았다. "들어가보렴. 금방 돌아올게."

페르세포네는 병실로 들어갔다. TV가 켜져 있었고, 커튼이 쳐져 있었다. 렉사는 침대에 앉아 있었는데 뼈만 남은 것 같았다. 어깨는 축 늘어지고 고개는 옆으로 처진 상태였다. 잠든 것처럼 보일 정도였지만 눈은 뜬 상태로, 벽 쪽을 멍하니 바라보고 있었다.

"친구야." 페르세포네는 렉사의 침대 근처 의자에 앉아 조용히 말했다. "좀 어때?"

렉사는 그저 바라보았다. 바라보고, 또 바라보았다.

"렉사?"

페르세포네가 손을 잡자 렉사는 움찔했지만, 그 손길에 정신을 차린 듯했다. 하지만 렉사의 시선이 그녀를 향하자 오히려…… 불안했다. 친구의 몸과 얼굴을 하고 있었지만 눈만큼은 딴 곳에 가 있었다.

공허하고 흐리멍덩하며 생명력이 없는 눈.

방금 낯선 사람을 만진 것 같다는 느낌이 들었다.

"여기 타르타로스야?" 렉사가 물었다. 목소리는 한참 쓰지 않아 녹슨 것처럼 쉬어 있었다.

페르세포네가 눈썹을 찡그렸다. "뭐라고?"

"지금 나 벌 받고 있는 거니?"

페르세포네는 이해할 수가 없었다. 어떻게 그녀에게 타르타로스에서 영원한 형벌이 내려질 거라고 생각할 수 있는 걸까?

"렉사, 여기 지상 세계야. 넌, 넌 돌아왔어."

렉사가 눈을 감았다. 다시 눈을 떴을 때, 페르세포네는 절친한 친구가 깨어난 뒤로 처음 마주한 것처럼 느껴졌다.

"넌 지하 세계에서 그토록 많은 시간을 보내지만 죽음에 대해선 아무것도 몰라." 렉사는 잠시 침묵하다가 말을 이었다. "난 거기서…… 평화를 느꼈어."

마치 그 단어가 기쁨을 불어넣어준 듯 렉사는 숨을 내쉬었다.

"내 몸은 죽음의 안락함에 가닿아 있어. 단순해지고 싶어 해. 그런데 대신 나는 이 갑갑하고 복잡한 세상에 또다시 강제로 존재할 수밖에 없게 된 거야. 난 못하겠어. 더 이어가질 못하겠어." 렉사는 페르세포네를 바라보았다. "죽음은 우리 관계를 전혀 변화시키지 못했을 거야, 세프. 여기로 돌아오니까 있지, 모든 게 다 바뀌고 말았어."

❋

렉사의 작별 인사는 병원을 떠나 집으로 오는 길 내내 페르세포네의 마음을 무겁게 짓눌렀다. 두려움이 솟았고 그 말 뒤에 숨은 신적인 의미를 찾아내려 애쓰는 동안 점점 더 혼란스러워졌다. 이 세계로 돌아왔다는 게 렉사와 그녀의 삶에 정확히 어떤 변화를 가져다준 걸까?

이미 답을 알고 있다는 생각이 들었으면서도 그것을 대면하기가 두려웠다. 사실, 렉사는 돌아오고 싶지 않았지만 페르세포네가 강제로 돌아오게 만든 것이다. 이제는 또 다른 질문이 고개를 들었다. 영혼들은 어떻게 그런 고요를 경험하고 나서 그 상태를 기약할 수 없는 세계를 살아가는 걸까?

누군가 문을 두드렸을 때 페르세포네는 와인을 따르는 중이었다. 집에 혼자 있을 때 문을 열어주는 건 무서웠기에 그녀는 소리를 무시했다. 답이 없으면 문 뒤에 누가 있든 가버릴 거라고 생각하면서.

하지만 그러지 않았다.

문 두드리는 소리가 점점 커졌다. 페르세포네는 문가에 다가갔다. 밖을 빼꼼 내다본 그녀는 심장이 튀어나올 것 같아 비명을 질렀다.

"아폴론! 왜 문을 두드린 거야?"

"경계를 존중하는 연습을 하고 있는 건데." 아폴론이 말했다. "이런 거 인간들 관습 아닌가?"

보통 때였다면 웃었겠지만 그녀는 잠시나마 정말로 무서웠다. "차라리 원치 않는 곳에 아무렇게나 나타나던 게 나았던 것 같네."

"말이 씨가 되는 법이야, 세프."

그 별칭에 한마디 해줄까 싶었지만 그냥 넘겼다. 적어도 꿀입술이라고 부르진 않았으니까.

"여기는 어쩐 일이야?"

"이걸 주려고 왔어." 그가 등 뒤에서 뭔가를 꺼냈다. 자그마한 황금 리라였다.

"정말 아름답다." 페르세포네는 악기를 받아들며 그의 보랏빛 눈동자와 마주 보았다. "왜 주는 거야?"

"고마워서."

그녀는 미소를 지었다. "나한테 고마워하는 건 이번이 처음 같네."

"고마워할 만한 일을 해준 게 처음인 건 아니고?" 그러곤 악기 쪽으로 고갯짓을 해보였다. "켜는 법 내가 알려줄 수도 있어…… 원한다면."

"좋아."

잠시 후 그의 얼굴이 다시 진중해졌다. 턱은 단단히 조여지고 눈동자는 단단해졌다.

"렉사 일은 정말 미안하다, 페르세포네. 이런 말을 하는 게 의미가 있을지 모르겠지만, 그냥 알아줬으면 하는 건…… 치유할 때 그녀의 영혼이 망가져 있는 줄은 몰랐어."

페르세포네는 발밑을 내려다보았다. 자신 역시 몰랐다. 렉사에게든 렉사를 아끼는 이들에게든 그것이 어떤 의미가 될지를.

"고마워. 들어와서 와인 좀 마시고 갈래?"

"아냐." 그는 재빨리 말하곤 너털웃음을 지었다. "아랫도리를 잘 간수해야 해서. 고맙다."

하데스가 언제든 경고 없이 나타날 수 있다는 걸 페르세포네도 알고 있었다. 그런데 아폴론은 떠나지 않고 머뭇거렸다.

"얘기할 게 하나 더 있어."

페르세포네는 잠자코 기다렸고, 마침내 신이 말을 꺼냈다.

"계약에서 널 놓아주고 싶어."

페르세포네의 눈이 휘둥그레졌다. "뭐?"

신은 쓸쓸하게 웃었다. "나 좀 변해보려고."

"그런 것 같아 보이네……. 하지만 거래는 거래로 해두고 싶어. 내 계산이 맞는다면 아직 다섯 달하고도 나흘이 남아 있어."

아폴론이 달라지려고 노력한다는 사실은 희소식이었고, 또한 변화에는 시간이 걸린다는 점도 알고 있었다. 앞으로 몇 달 동안은 그를 죽 지켜보면서 안내해주고 싶었다. 그녀와의 관계에 있어서는 달라질 것을 알고 있었지만, 다른 사람들과의 관계는 확신할 수 없었으니까.

아폴론은 눈썹을 치켜뜨며 도발하듯 물었다. "그럼 내일 커피 한 잔 어때? 2시?"

"그거 요구야, 부탁이야?"

"둘 다?"

"좋아. 하지만 장소는 내가 고를 거야."

페르세포네는 아폴론의 눈동자에 잠시 망설임의 빛이 스치는 걸 보았다. 의견 차이나 요구, 통제를 향한 본능적인 반응이었다. 하지만 눈동자는 바로 부드러워졌다.

"좋아. 그때 보자."

그런 뒤 그는 사라졌다.

2주 뒤, 렉사는 퇴원했다. 그녀를 돌보려 여섯 명이나 들어서니 집 안이 한결 더 비좁게 느껴졌다. 엘리스카와 애덤이 이것저것 사 와서 식료품 저장실이 잔뜩 찼다. 제이슨은 자신의 짐을 좀 더 챙겨 다 렉사의 방에 들여놓았고, 퇴원 직후부터 처방약을 책임졌다. 시빌과 페르세포네, 그리고 조피는 무엇을 해야 할지 알 수 없어 한발 물러나 모든 광경을 멀뚱멀뚱 지켜보았다.

무엇이 최악인 걸까. 렉사가 이곳에서 완전히 동떨어진 사람 같다는 사실일까, 아니면 부모님과 제이슨이 그녀의 변화를 애써 무시하고 있다는 사실일까. 렉사는 계속해서 잠을 잤고, 그나마 잠에서 깨어났을 때에는 뚫어져라 벽만 바라보았다. 질문을 들을 때면 상대방이 몇 번이고 반복할 동안 멍하니 쳐다보기만 했고, 이따금은 답조차 하지 않았다.

"렉사가 예전 같지 않아."

어느 날 밤, 렉사에게 〈해진 뒤의 타이탄족〉을 거실에서 함께 보자고 제안한 뒤 페르세포네가 말했다. 페르세포네가 좋아하는 프로

그램은 아니었지만, 가장 친한 친구가 고대 배경 드라마의 세부 디테일 하나하나를 두고 이야기하면서 얼마나 생기 넘쳤는지를 기억하고 있던 터였다.

페르세포네가 같이 보겠느냐고 묻자 렉사는 그녀를 바라보지 않은 채 나직이 말했다. "아니."

주방에서 나누는 대화는 거의 혼잣말에 가까웠다. 슬픔을 감내하는 그녀만의 노력이었다. 렉사는 죽지 않았지만, 그들은 어쨌든 그녀를 잃었다.

"그 빌어먹을 차에 치였기 때문이잖아." 제이슨이 단호하게 말했다. "금방 회복할 수 없는 게 당연하지."

페르세포네는 그의 날 선 어조에 깜짝 놀라 눈을 끔뻑였다. "나도 알아. 그런 뜻이 아니라."

"네가 네 문제에 너무 골머리 앓지만 않았어도 충분히 알 수 있었을 거라고."

그 말을 끝으로 그는 쿵쿵 소리를 내며 렉사의 방으로 들어가버렸다.

"속상해서 저래." 시빌이 말했다. "렉사가 달라졌다는 걸 아니까."

"저 인간이 당신을 괴롭혔습니다." 조피가 말했다. "제가 죽여드릴까요?"

"뭐? 안 돼요, 조피. 속상하게 했다고 해서 다 죽여버리면 안 된다고요."

아이기스는 어깨를 으쓱했다. "제 고향에선 다들 그렇게 합니다."

"모든 무기를 다 숨겨놓았다고 나한테 꼭 알려줘야 해요." 페르세포네가 말했다.

새로운 한 주가 다가올 때까지도 긴장은 내내 이어졌다. 페르세포네는 지하 세계로 도피할 수 있어 다행스럽기도 했지만 렉사의 상태는 매일 확인했다. 친구를 들여다보는 일은 새로운 일상, 새로운 기준이 되었다. 일어난다, 렉사를 확인한다, 일한다, 렉사를 확인한다, 지하 세계로 간다.

그렇게 몇 주가 흘러갔다. 어느 날 아침, 지하 세계에서 돌아온 페르세포네는 무심코 주방으로 들어섰다가 깜짝 놀라 멈춰 섰다.

렉사가 커피를 만들고 있었던 것이다.

파자마 차림에 헝클어진 머리를 느슨하게 올려 묶은 채 서 있던 렉사가 페르세포네를 올려다보았고 그 얼굴에는 미소가 서려 있었다. 렉사는…… 평소의 모습 같았다.

"좋은 아침이야." 그녀가 쾌활하게 말했다.

"조, 좋은 아침이야." 페르세포네는 약간의 의구심을 담아 말했다.

"너도 커피 마시고 싶을 거라고 생각했어."

"맞아." 페르세포네는 안도의 한숨이 섞인 미소를 지었다. "커피 너무 사랑하지."

렉사가 웃음을 터뜨리며 머그잔에 커피를 가득 채워 그녀를 향해 내밀었다. "내가 딱 알지."

페르세포네는 두 손으로 잔을 감싸 들었다. 잠시 동안 몸을 움직일 수가 없었다. 그저 가만히 그 자리에 서서 어색한 표정으로 렉사를 바라볼 뿐.

"나 이제…… 출근할 준비 해야겠다." 그렇게 말하면서도 주방을 나서길 머뭇거렸다. 주방을 나서자마자 이 순간이 꿈이라는 걸 깨달을 것처럼.

렉사는 다시 옅은 미소를 지었다. "운이 좋네. 나도 다시 일하게 되었으면 좋겠다."

"곧 그렇게 될 거야."

페르세포네는 방으로 돌아오면서 렉사가 건네준 커피를 한 모금 홀짝였다가 곧장 다시 컵에 뱉어냈다. 강하고 쓰고 텁텁했다. 사고 전에 렉사가 만들어주던 커피와는 완전히 달랐다.

렉사도 노력하고 있어. 그게 중요한 거야.

렉사가 치유되고 있다는 뜻이라면 이런 커피라도 무한정 마실 수 있었다.

페르세포네는 출근 준비를 했다. 직업을 대하는 태도가 이렇게 달라졌다는 사실이 싫었다. 예전에는 늘 뉴 아테네 뉴스에서 보내는 나날을 고대하곤 했다. 이제는 그곳에서의 시간이 두려움만 자아냈고, 그건 매일 그녀를 보러 모여 있는 군중들과는 아무 관련이 없었다. 문제는 상사였다. 디미트리는 계속해서 바쁜 업무를 주면서 기사 쓸 시간을 내지 못하게 했다. 오늘 또 그러면 따져야겠다고 그녀는 다짐했다.

"안녕하세요, 페르세포네!" 엘리베이터를 나서자마자 헬렌이 반겨 주었다.

"안녕하세요, 헬렌." 페르세포네는 그녀를 향해 웃어 보였다.

이제는 회사에서 기쁨을 주는 존재는 헬렌이 유일했다. 사무실을 가로질러 걸어가 책상에 채 닿기도 전에 디미트리가 집무실에서 튀어나와 서류 더미를 건넸다.

"부고 기사예요." 그가 말했다.

페르세포네가 가져가지 않자 그는 그녀의 책상 위에 종이들을 던졌다.

"뭐하시는 거예요, 디미트리? 나는 **탐사보도** 기자예요."

"그리고 오늘은 부고 기사를 편집하게 될 테고요."

디미트리가 자기 할 말만 내뱉곤 집무실 안으로 들어가버리자, 그녀는 따라 들어갔다.

"칼이 독점 기사를 포기한 이후로 계속 저한테 하찮은 업무만 맡기시는데요." 당신의 그 망할 사랑의 주술 사건에 대해 내가 알게 된 이후로 말이죠, 그녀는 이 말도 덧붙이고 싶었다. "이게 무슨 대가라도 되는 건가요?"

"당신은 이 회사가 부정적 평판을 얻게 만들고, 당신 자신의 평판마저 훼손하는 기사를 썼습니다. 뭘 더 바라는 거죠?"

"그걸 저널리즘이라고 부르는 거예요, 디미트리. 난 당신이 나를 대변할 거라고 예상했는데요."

"이봐요, 페르세포네. 기분 나쁘게 듣지 말아요. 하지만 내 입지를 지키는 것과 당신을 도와주는 것 중에 고르라면, 나는 나를 고를 겁니다."

페르세포네는 고개를 끄덕였다. "후회하게 될 거예요, 디미트리."

"지금 위협하는 겁니까?"

"아뇨. 미래를 미리 알려주는 거죠."

"부탁 하나 합시다, 페르세포네. 당신 문제에 그 신 좀 그만 끌어들여요."

"당신을 해하는 게 하데스일 거라고 생각하나요?"

페르세포네는 인간에게 천천히 다가갔다. 그녀의 표정에서 뭘 봤는지는 몰라도 디미트리는 불안해하며 얼굴 표정이 굳었다.

그녀는 고개를 절레절레 젓고는 덧붙였다. "아뇨, 당신의 운명은 내가 흐트러뜨릴 거예요."

예언을 마친 페르세포네는 몸을 슥 돌려 디미트리의 집무실을 빠져나갔다.

※

다음 날 아침에도 렉사는 주방에서 커피를 내리고 있었다. 어제와 마찬가지로 텁텁하고 탄내 나는 걸쭉한 커피였지만 페르세포네는 개의치 않았다. 그녀는 잔을 받아들고 바 자리에 앉았다.

"너 괜찮아?" 렉사가 물었다.

페르세포네는 그 질문에 놀란 나머지 커피를 마시려다 입을 데고 말았다. "미안, 뭐라고?"

"괜찮냐고?"

"그건 내가 너에게 물어야 할 질문인데." 페르세포네는 머그잔을 내려놓곤 한숨을 쉬었다. "그냥 이제 일하러 가는 게 좋지가 않아."

그녀는 전날 있었던 일을 설명해주었다.

"처음에 일을 시작했을 땐 정말이지…… 황홀했는데. 진실을 찾아낼 의지가 충만했고, 목소리를 지니지 못한 이들을 위한 창구를 마련하고 싶었어. 그런데 복사 돌리고 부고 기사 편집하고 이미 쓰인 기사나 만지고 있네."

"이젠 너만의 언론사를 차릴 때가 되었다고 생각해."

페르세포네는 고개를 저었다. "어떻게?"

그녀는 어깨를 으쓱했다. "모르겠어, 하지만 해봤자 얼마나 어렵겠어? 네가 이미 해온 일을 하는 건데, 억압받는 이들에게 목소리를 주는 거."

페르세포네는 렉사의 제안을 곱씹으며 카운터 끝을 손가락으로 톡톡 두드렸다. 예전에도 농담 삼아 이 얘기를 나눴던 적은 있지만, 이제는 우습게만 들리지 않았다. 실제로 가능한 일처럼 느껴졌다. 저널리즘에 그토록 매혹되었던 모든 이유를 떠올렸다. 진실을 찾고 싶었고, 정의를 구현하고 싶었고, 목소리 없는 이들을 대변해주고 싶었다. 모두 디미트리나 칼 없이 혼자서도 할 수 있는 일이었다.

"고마워, 렉사. 넌 정말 멋진 사람이야. 너도 그걸 알았으면 해."

렉사가 미소 지으며 카운터에 시선을 잠시 던졌다가 입을 열었다. "우리…… 조만간 어디 놀러 가자. 그러니까…… 예전처럼. 그러면 너에게도 환기가 될 거야."

페르세포네가 빙긋 웃었다. "좋은 생각이야."

너무도 오랜만에, 페르세포네는 이 모든 시련에 관해 느꼈던 죄책감을 덜어낼 수 있을 것 같았다.

"미안해, 렉사." 페르세포네가 말했다.

여태껏 벌인 일, 아폴론과 맺은 거래에 관해 한 번도 제대로 사과한 적이 없었다.

"알아. 하지만 널 용서해."

퇴근 후 집에 도착했을 때, 페르세포네는 자신의 방에서 외출 준비를 하는 시빌을 발견했다. 머리에는 컬이 말려 있었고 화장은 끝마친 상태로, 어여쁜 꽃무늬 드레스 차림이었다.

"잠시 실례할게." 시빌이 말했다. "외출 준비해야 하는데 렉사가 샤워 중이어서."

"아, 당연히 괜찮지." 페르세포네가 말했다. "안 그래도 방금 렉사 보러 잠깐 들른 거야. 좀 어때?"

시빌이 고개를 끄덕였다. "나아 보여."

"너…… 어디 가는 거니?"

오라클이 얼굴을 붉혔다. "데이트하러 가."

페르세포네는 기뻐서 씩 웃었다. "누구랑?"

"아로." 그녀는 나직이 말했다.

시빌이 공식적으로 오라클이 되기 전, 세 사람은 떼려야 뗄 수 없는 사이처럼 붙어 다녔다. 페르세포네는 그들이 다시 뭉친 게 다행스러웠다.

"언제부터였던 거야?"

그녀가 어깨를 으쓱해 보였다. "우린 늘 친구였는데, 아폴론이 날 해고하고 나서…… 관계가 더 깊어졌어."

페르세포네가 빙긋 미소 지었다. "이야, 내 친구. 너무 잘됐다."

"고마워, 세프."

페르세포네는 렉사에게 작별 인사를 하지 않은 게 마음에 걸렸지만 다음 날 아침에 오겠다고 문자를 남겨둔 뒤 지하 세계로 순간 이동해 도서관에 도착했다. 벽난로 위에 몸을 웅크리고 앉아 책을 읽을 생각이었다. 그런데 그곳에서 그녀를 기다리는 건 하데스였다.

"뭘 입고 있는 거예요?" 페르세포네가 킥킥 웃었다.

그는 검은색 셔츠에 바지, 그리고 검은색 장화처럼 보이는 무언가를 신고 있었다. 이렇게까지 캐주얼한 옷차림을 봤던 건 쿠키를 구우러 그녀의 집에 왔던 날 한 번뿐이었다.

"깜짝 선물이 있습니다."

"그 바지가 이미 충분히 깜짝 선물인데요."

그는 씩 웃었다. "이리 오십시오."

그녀는 그가 내민 손을 마주 잡았고, 깍지를 끼고 밖으로 나갔다. 궁전 앞에는 두 마리 거대한 검은 말이 서 있었다. 장엄할 정도로 거대하고 털에는 윤기가 흘렀으며 갈기는 땋여 있었다.

"어머!" 페르세포네가 손을 입가에 가져갔다. "정말 아름다워요."

말들은 힝힝대며 발을 굴렀다.

하데스는 피식 웃었다. "고맙다고 전해달라는군요. 한번 타보겠습니까?"

"네." 그녀는 바로 답했다. "하지만…… 난 한 번도……."

"내가 가르쳐주겠습니다." 하데스는 그녀를 말들에게 이끌었다. "이 친구는 알라스토르입니다."

"알라스토르." 그녀는 이름을 속삭이며 말의 주둥이를 쓰다듬었다. "너 무척 근사하구나."

옆의 말이 히이잉 하고 울었다.

"조심하세요, 아이톤이 질투하겠습니다."

페르세포네는 웃음을 터뜨렸다. "아, 너희 둘 다 무척 근사해."

"조심하십시오." 하데스가 말했다. "이젠 내가 질투 날 것 같으니."

하데스는 페르세포네에게 고삐를 건네주곤 등자에 발을 올리는 법을 알려준 다음, 최대한 부드럽게 안장에 앉으라고 일러주었다. 그러곤 계속해서 방법을 알려주었다. 무게중심을 아래에 두십시오, 뒤로 기대듯 앉으십시오, 다리를 단단히 고정하십시오.

"내 말들은 당신의 목소리를 알아들을 겁니다. 멈추라고 말하면 멈출 것이고, 천천히 가라고 하면 속도를 늦출 겁니다."

"당신이 가르친 거예요?" 그녀가 물었다.

"그렇습니다." 그는 아이톤 위에 올라타며 말했다. "그래도 걱정 마십시오. 알라스토르는 당신이 타고 있다는 걸 압니다. 이 친구가 잘 돌봐줄 겁니다."

그들은 무척이나 느린 속도로 말을 타기 시작했다. 둘이 종종 함께 산책을 할 때는 정원과 그녀의 과수원까지만 걷곤 했는데, 말을 타고 바라보는 지하 세계는 또 새로운 구석이 있었다. 알라스토르와 아이톤은 나란히 걸었고, 하데스는 그녀를 새로운 영역으로 데려갔다. 보랏빛, 그리고 분홍빛 층층이부채꽃이 자라는 들판이 어둑한 산에 둘러싸여 있었다.

"당신은 얼마나 자주…… 지하 세계를 변화시키나요?"

페르세포네의 질문에 하데스의 입꼬리 한쪽이 말려 올라갔다.

"그 질문을 언제 할지 궁금했습니다."

"얼마나 자주인데요?"

"내킬 때마다." 그가 말했다.

그녀는 웃음을 터뜨렸다. "내 마법이 좀 덜 무시무시해지면 나도 시도해보겠어요."

"달링, 그보다 더 좋은 건 없습니다."

그들은 층층이부채꽃 들판의 끝에 이르렀고, 산들 사이로 뻗은 좁은 길을 따라 계속 나아갔다. 반대편에는 에메랄드빛 숲이 무성했다. 하데스는 산의 암벽 가까이에 붙어 걸었다. 흐르는 물소리가 들려오자 페르세포네가 관심을 보였다. 바로 그때, 하데스는 말을 멈춰 세우곤 내렸다. 그는 허리를 감싸 그녀가 내릴 수 있게 도와주었다.

"오늘 무척 아름답습니다. 제가 그 말을 했던가요?"

그녀가 싱긋 웃었다. "아직 안 했어요. 다시 말해주세요."

그는 미소 지으며 키스했다. "무척 아름답습니다, 나의 달링."

그는 그녀의 손을 잡고 줄줄이 늘어선 나무들 사이로 이끌었다. 길 끝에는 바위에서부터 반짝이는 호수로 쏟아져 내리는 폭포가 자리했다. 수만 가지 빛깔의 푸른 물은 수정처럼 깨끗했다.

"하데스." 그녀가 속삭였다. "정말 근사해요."

그녀가 그를 바라보자, 그의 눈길은 잿더미가 될 듯 활활 타올랐다. 흥분으로 가득 찬, 강렬한 시선이었다. 그녀는 아찔하게 그에게로 감겨들었다.

둘은 말없이 나무 아래서 사랑을 나누었다.

하데스는 몸 구석구석을 찬찬히 탐색했고, 페르세포네는 매 순간 반응하며 젖어들었다. 모든 것이 천천히 흘러갔다. 키스는 나른했고, 애무는 꿈결 같았다. 그녀 안으로 들어갔을 때, 그는 잠시 동작을 멈추곤 입술을 맞댔다. 가볍지만 오래 이어진 그 키스에는 어딘가 날것의 느낌이 배어 있었다.

그는 그녀를 지그시 바라보았다. 여전히 아래는 단단히 부풀어 오른 채. 그녀는 그의 얼굴을 매만졌다.

"나와 결혼해주십시오." 그가 말했다.

그녀는 미소를 지었다. "좋아요."

그런 다음 그는 그녀 안으로 더욱더 깊숙이 들어갔다. 움직일 때마다 안쪽에서 천천히 마찰이 일었고, 그녀의 호흡은 점점 가빠졌다. 그의 어깨를 꽉 움켜쥔 그녀의 손톱은 그의 피부를 깊이 파고들었다. 몸 전체에 그가 불어넣는 감각에 넋을 잃을 것 같았다.

미친 듯이 좋았다. 그가 미친 듯이 좋았다.

그녀는 고요하게, 그러나 격렬하게 절정에 다다랐다.

"나의 달링, 왜 눈물을 흘립니까?" 하데스가 속삭이며 그녀의 얼굴에 키스하고는 눈물을 닦아주었다.

그녀는 고개를 저었다. "모르겠어요."

이 모든 것이 강렬하게 느껴졌다. 모든 감정이 마음속 창처럼 쿡쿡 찔렀다. 하데스를 향한 사랑은 거의 참을 수 없는 종류의 것이었다. 고통스러울 만큼 행복했다.

하데스는 그녀를 안아 올려 호수 안으로 들어갔고, 둘은 폭포 아래에서 몸을 씻었다.

그런 다음 함께 궁전으로 돌아갔다. 페르세포네의 마음속에선 여전히 감정이 휘몰아치고 있었다. 너무도 강렬하고 고조된 감정들이. 사랑이 너무도 깊어 마음이 아렸다.

새로운 차원의 사랑이었다. 약혼자로서, 그리고 조만간 왕비이자 여왕이 된다는 사실을 받아들이는 사랑.

그 생각에 가슴속이 따뜻했다. 그러나 둘의 귀환을 기다리고 있는 타나토스를 마주친 순간, 그 감각은 삽시간에 사라졌다. 그녀는 하데스를 흘긋 바라보았다. 그의 얼굴은 어느새 돌처럼 단단히 굳었고 입술은 꾹 닫혔으며 눈길은 단호했다.

뭔가 잘못됐어.

성급하게 결론을 내리지 않으려 애썼지만 지난 몇 주 동안의 일들을 돌아보면 어려운 일이었다.

하데스는 말에서 내린 뒤 페르세포네를 내려주었다.

"타나토스." 하데스가 말했다.

"주인님." 그가 고개를 한 번 끄덕였고, 그의 푸른 눈동자는 페르세포네와 마주쳤다. "여신님."

죽음의 신은 입을 열었지만 아무 말도 나오지 않았다.

"……어떻게 말씀드려야 좋을지 모르겠습니다."

페르세포네는 스스로 심장 박동이 느려진 것 같다고 확신했다. 갑자기, 숨을 쉬기가 몹시 힘들어졌다. 예전과 달리 타나토스는 자신의 마법으로 그녀를 진정시키려 하지도 않았다.

"렉사 말입니다." 그가 말했다.

페르세포네는 이미 눈물을 흘리고 있었다. 쓰러지는 걸 막으려는 듯 하데스가 더욱 단단히 붙잡았다.

"생을 마감했습니다."

27장
힘 북돋기

귓가에 이상한 소리가 울렸고, 갑자기 주변의 모든 것이 아득하게 멀어지는 것 같았다. 마치 어항 안에서 세계를 바라보고 있는 것처럼. 아무것도 느껴지지 않았다. 모든 감정이 강렬하게 느껴지던 좀 전과는 끔찍하리만치 달랐다. 심지어 하데스의 손길에조차 감각이 동하지 않았다.

"페르세포네." 하데스가 이름을 불렀지만 그 소리가 아스라이 멀리서 들려오는 것만 같았다. 눈동자는 무엇에도 초점을 맞출 수 없었으므로 그를 바라볼 수도 없었다. "페르세포네."

결국 하데스는 그녀의 얼굴에 두 손을 대고 그와 시선을 맞추게 했다. 검은색 눈동자 한 쌍을 들여다보자마자 눈물이 터졌다.

그녀는 몸을 떨며 흐느꼈고, 하데스는 그녀를 꼭 끌어안았다.

"나의 달링." 하데스가 등을 쓸어주며 달래주었다. "시간이 많지 않습니다."

그 말을 제대로 듣지 못했지만 어느새 그의 마법이 자신을 감싸는 것이 느껴졌다. 둘은 순간 이동해 스틱스 강둑에 이르렀다. 그녀는 뒷걸음질 쳤다. 눈물로 얼룩진 얼굴은 잔뜩 젖어 있었고, 코와 눈 뒤에 쏠린 압력 때문에 머리가 지끈거렸다.

"하데스, 우리 여기서 뭐하는……."

검은 강을 건너오는 카론의 나룻배를 발견한 순간 그녀의 질문은 입술 언저리에서 흐릿해졌다. 다이몬인 카론은 흑백의 풍경 속 횃불처럼 환하게 타올랐다. 그 뒤에는 무릎을 끌어안고 앉아 있는 렉사가 보였다.

그녀는 창백했지만 두려워하는 기색은 없었다. 렉사를 본 순간 페르세포네는 거친 울음을 터뜨렸다. 비명이 터져 나올까 봐 손으로 입을 틀어막았다.

카론은 배를 댄 다음 렉사가 일어서는 걸 도와주었다. 부두에 올라선 렉사가 너무도 격하게 끌어안은 나머지, 페르세포네는 뼈가 부서질 것 같았다.

둘은 함께 울었다.

"미안해, 세프." 렉사가 속삭였다.

페르세포네는 몸을 떼곤 눈을 맞췄다. 지하 세계에서 그녀의 푸른 눈동자를 들여다보고 있자니 마음이 정말 이상했다. 이 회색 하늘 아래서 그 눈동자는 너무도 밝고…… 생생했다.

"이해할 수 없어." 페르세포네가 말했다. "난 네가…… 회복해가고 있는 줄 알았어."

렉사의 눈동자가 고통으로 일렁였다. "나…… 노력했어."

페르세포네는 목구멍에 단단히 걸린 뭔가를 꾹 삼켰다. 무시무시한 생각이 고개를 들었다. 불안과 두려움에 가득 찬 채, 그녀는 하데스를 돌아보았다.

"렉사가 어디로 가는 거예요?"

하데스는 렉사만큼이나 괴로워 보였다.

"세프." 렉사가 속삭이자 그녀는 고개를 돌렸다. "다 괜찮을 거야."

하지만 괜찮지 않을 것이다. 페르세포네는 무슨 일이 일어난 건지 이해했다.

렉사는 스스로 목숨을 끊었다. 자살한 것이다. 그러니 레테 강의 강물을 마셔야 할 테고, 그건 그녀가 생전의 모든 것을 잊게 된다는 걸 뜻했다. 둘의 우정마저도.

"어째서?" 페르세포네의 목소리는 떨리고 있었다. 입술까지도.

렉사는 그저 고개를 저을 뿐이었다. 말로는 설명할 수 없다는 듯.

당신 행동이 렉사를 죽음보다 더한 운명에 처하게 만들었다는 걸 곧 알게 겁니다.

"다 내 탓이야." 페르세포네는 울부짖었다.

렉사를 치유하겠다고 거래에 나선 것도, 망가진 영혼을 지상 세계로 돌려놓아 원치 않는 몸 안에, 이미 끝난 삶 안에 가두어놓은 것도 그녀였다. 그렇게 함으로써 가장 친한 친구가 스스로 삶을 파괴하게 만들었다.

"페르세포네." 렉사가 떨리는 손을 붙잡으며 말했다. "이건 내 선택이야. 이런 선택을 해서 미안해. 하지만 지상 세계에서 내 삶은 끝났어. 난 내가 하려 했던 걸 이뤘어."

"그게 뭔데?"

그녀가 빙긋 웃었다. "너에게 힘을 주는 거."

그 말에 페르세포네는 더욱더 크게 울음을 터뜨렸고, 둘은 다시 얼싸안았다.

둘은 타나토스가 도착해 둘을 갈라놓을 때까지 그대로 끌어안고 있었다.

"준비되었습니까?" 그가 물었다.

그의 마법은 마음을 진정시키고 위안을 주었다. 너무도 오랜만에 페르세포네는 그게 고마웠다.

"내, 내가 어디로 가는 거죠?" 이곳에 도착한 이후 처음으로 렉사는 불안해 보였다.

타나토스가 하데스를 바라보자 그가 설명했다. "레테 강물을 마시게 될 것이다. 그런 다음 타나토스가 엘리시움으로 데려가 치유를 도울 것이다."

얼마나 오랫동안 렉사가 없는 세상을 상상해보려 애썼던가. 이제 페르세포네는 깨달았다. 이제부터가 그 세상이다. 이제부터가 그 시작이다.

"매일 널 보러 갈게." 그녀가 약속했다. "우리가 다시 가장 친한 친구 사이가 될 때까지."

"그럴 거란 걸 알아." 렉사의 목소리가 갈라졌다.

페르세포네는 눈을 감고 가장 친한 친구의 포옹이 어떤 느낌이었는지를, 그녀의 온기를, 등을 토닥이는 친구의 손길을 기억하려 애썼다.

"사랑해." 페르세포네가 속삭였다.

"나도 사랑해."

둘은 헤어졌고, 타나토스는 렉사의 손을 잡았다. 레테 강으로 향하는 돌길을 걸어가는 그들의 뒷모습을 그녀는 오래도록 바라보았다. 얼마 후, 그녀와 하데스는 궁전으로 돌아왔다. 쉬는 게 좋겠다는 제안을 받아들인 그녀는 하데스의 푹신한 침대에 쓰러지듯 누워 휴식을 청했다.

깨어났을 때는 잠들었던 순간도 기억나지 않았다. 그녀는 지친 몸을 일으켜 하데스를 찾으러 길을 나섰다. 그는 자신의 서재 안, 벽난로 앞에 서 있었다. 뒷짐을 지고 선 그의 얼굴에 불빛이 일렁거려 진중하고도 엄격한 인상을 만들어냈다. 생각에 깊이 잠긴 듯했지만 그녀가 방으로 들어서자 그는 흠칫하며 굳었다.

죄책감이 마음을 깊이 강타했다. 그는 그녀의 분노를, 자신을 탓하는 그녀의 말들을 기다리고 있는 것이다.

그가 자신을 향해 몸을 돌리지 않자 그녀가 물었다. "괜찮아요?"

"그렇습니다. 당신은 어떻습니까?"

"괜찮아요."

그건 사실이었다. 렉사가 죽었다는 사실을 받아들였음에도, 레테 강물을 마셨다는 사실을 알고 있음에도 아까보다 마음이 나았다.

페르세포네는 그에게 한 발짝 다가섰다. "하데스, 오늘 일은 고마워요."

그는 희미한 미소를 짓고는 다시 불가를 향해 시선을 돌렸다. "아무것도 아닙니다."

그녀는 가까이 다가가 그의 팔 위에 손을 올렸다. 그의 시선이 처음에는 그곳을 향하더니 곧 그녀와 눈을 맞추었다.

"내게 필요한 전부였는 걸요."

그가 완전히 몸을 돌렸고, 두 입술이 만났다. 한동안 키스를 나눈 뒤, 하데스는 그녀를 바닥에 눕히고 단박에, 부드럽고도 신중한 움직임으로 그녀 안으로 들어갔다.

"당신 말이 맞았어요." 페르세포네가 속삭였다.

렉사의 마지막 선택을 두고 한 말이었다. 숨이 목에 턱 걸렸다. 손가락은 그의 머리칼을 헤집고 있었다.

"내 말이 맞길 바라지 않았습니다."

"당신 말을 들었어야 했는데." 그러곤 이내 파도처럼 덮치는 쾌감으로 신음을 흘렸다.

"쉿." 하데스가 그녀를 달랬다. "당신이 했어야 하는 일들에 대해선 더 이상 말하지 마십시오. 이미 벌어진 일입니다. 앞으로 나아가는 것 외엔 달리 할 수 있는 게 없습니다."

첫 번째 오르가슴이 그녀를 뒤흔든 뒤, 하데스는 그녀의 몸을 움켜잡았다.

"나의 여왕이여." 그가 으르렁댔다.

"하데스." 그녀는 신음하듯 그의 이름을 불렀다.

둘은 서로를 탐닉했다. 하나가 되어 점점 더 깊어지며, 마침내 땀으로 범벅이 된 몸으로 함께 절정에 이르렀다.

얼마 후, 하데스는 페르세포네를 일으켜 벽난로 앞으로 데려갔다. 그녀는 등을 대고 누웠고 하데스는 그녀 쪽을 향해 누웠다.

"뉴 아테네 뉴스를 관두려고요." 그녀가 말했다.

신이 눈썹을 치켜떴다. "그렇습니까?"

"온라인 커뮤니티와 블로그를 시작해보고 싶어요. 사이트 이름은 옹호자라고 부를 거예요. 목소리를 지니지 못한 이들을 위한 공간이 될 거예요."

"오랫동안 고민한 것처럼 들립니다."

그녀는 미소 지었다. 헤카테와 렉사의 조언을 받아들인 셈이었다.

스스로의 삶을 개척하고, 통제권을 쥐는 일.

"맞아요."

그는 그녀의 턱 아래를 손가락으로 받쳤다. "내게 필요한 건 있습니까?"

"당신의 지지." 그녀가 말했다.

"이미 가지고 있습니다."

"그리고 레우케를 비서로 고용하고 싶어요."

"무척 기뻐할 거라 확신합니다."

"그리고…… 당신 허락이 필요해요." 그녀가 수줍게 덧붙였다.

"허락이라?"

"우리 이야기를 첫 번째 글로 쓰려고 해요. 내가 어떻게 당신과 사랑에 빠졌는지, 온 세상에게 말하고 싶어요. 우리의 약혼을 가장 먼저 알리고 싶어요."

칼과 디미트리는 바로 그것을 그녀에게서 취하려 했지만, 이제는 그녀 스스로의 힘으로 선보일 것이다.

"흠." 하데스는 고민하는 척했다. 눈동자를 들여다보면 알 수 있었다. 기쁘기도 하고 반갑기도 한 눈빛. "한 가지 조건을 걸고 허락하겠습니다."

"뭔가요?"

"나 역시 내가 어떻게 당신과 사랑에 빠졌는지 온 세상에 알리고 싶습니다."

그는 천천히 키스했다. 그의 혀가 그녀의 혀에 달콤하게 엉켜들다가, 이윽고 농도가 진해졌다. 둘은 소용돌이치듯 몸을 섞었고, 다시금 서로의 몸 안에서 뜨겁게 녹아내렸다.

렉사의 장례식은 사망 후 사흘 뒤로 예정되었다.

그녀가 지하 세계로 들어선 뒤 페르세포네는 엘리시움에 있는 그녀를 보러 가지 못했으므로, 성유가 발린 창백한 몸, 화환과 동전들 밑에 놓인 그녀의 몸을 보자마자 눈물이 흘렀다.

하데스도 참석해 팔로 단단히 안아주고 있었다. 공적인 장소에 둘이 함께 모습을 드러낸 건 거의 처음 있는 일이었고, 그가 나타나자 군중이 모여든 것은 당연했을뿐더러 장례식장 안에 숱한 추측들을 불러일으켰다. 호기심과 분노와 슬픔이 뒤섞인 숙덕거림이 조롱처럼 오가는 것을 느낄 수 있었다. 인간들은 분명히 하데스가 왜 렉사를 죽게 내버려두었는지, 대체 어떻게 페르세포네가 그와 나란히 서 있을 수 있는지 궁금할 것이다. 한때 그녀도 같은 생각이었다. 그러나 지금은 그 생각에 너무도 마음이 아팠다.

하데스가 그녀를 내려다보며 뺨을 매만졌다. "저들을 결코 이해시킬 수 없을 겁니다."

그녀는 울상을 지었다. "저들이 당신에 대해 나쁘게 생각하는 건 싫어요."

하데스는 엷고도 슬픈 미소를 지었다. "그것에 당신이 마음을 쓰는 게 속상합니다. 내가 귀하게 여기는 유일한 의견은 당신 의견이라는 말을 건네면 좀 낫겠습니까?"

"아뇨."

장례식이 끝난 후 며칠 동안 모두 함께 렉사의 방을 치우고, 부모님이 간직하실 수 있도록 물건들을 박스에 담는 일을 했다. 기묘한 하루를 보낸 뒤 시빌과 조피, 그리고 페르세포네는 자신들의 집인데도 뭔가 불안한 기분으로 모여 앉았다.

"이사 가면 어떨까." 시빌이 말했다.

"좋습니다." 조피가 말했다. "이 집에서는…… 죽음의 냄새가 납니다."

둘의 시선이 여전사에게 향했다.

"페르세포네?" 시빌이 말했다. "네 생각은 어때?"

그녀는 입을 열었다가 다시 다물고는 불쑥 털어놓듯 말해버렸다. "나 사실…… 약혼했어."

시빌과 조피는 환호성을 질렀고, 페르세포네는 웃음이 터졌다.

주말 동안 페르세포네는 레우케를 만나 새로운 사업을 위한 도움을 청했다. 둘은 커피하우스에서 만나 바닐라 라테 두 잔을 시켜두곤 일 얘기를 나누었다.

"건네주신 목록에 있는 모든 언론사에 전화를 걸었어요." 레우케가 말했다. "모두가 여신님 이야기를 실어주기로 했습니다.《델피 디바인》측에선 1면 뉴스가 될 거라고 전해왔고요."

"정말 좋다." 페르세포네가 미소 지었다.

레우케에게 여러 언론사와 잡지사에 전화를 걸어 새로운 벤처 사업을, 더불어 하데스와의 약혼 소식을 알리도록 요청해둔 터였다. 죽은 자들의 신을 만나 사랑에 빠진 이야기를 공유할 블로그의 독자층을 자연스럽게 확보하는 전략적인 움직임이었던 셈이다.

게다가 이 소식은 어머니를 격노하게 만들 게 뻔했다. 신들에 대한 기사를 쓴다며 딸을 꾸짖었던 모든 사건에 관해 계속해서 데메테르가 신경을 쓰고 있음을 페르세포네는 알고 있었다.

"몇몇은 인터뷰를 요청해왔어요." 레우케가 말을 이었다. "앞으로 2주 동안에는 시간이 나지 않으실 거라고 말해두었고요. 스프레드 시트에 정리해놓았습니다. 엄청 오래 걸렸지 뭐예요. 대체 이런…… 키보드를…… 어떻게 그리도 쉽게 사용하는 거예요?"

페르세포네는 깔깔 웃었다. "차차 배우게 될 거야, 레우케."

이후에 시빌도 합류했다. 시빌에게 내준 과제는 단순하면서도 강력한 분위기를 풍기는 웹사이트를 만드는 일이었는데, 결과는 놀라웠다. '옹호자'라는 단어가 웹페이지 상단에 진한 보라색으로 휘갈겨 쓰여 있었다. 또 시빌은 콘텐츠를 추가할 때마다 웹사이트가 진화해갈 방향이 담긴 타임라인도 보여주었다. 심신 건강과 문화예술에 관한 페이지들까지도. 웹사이트를 들여다보자 마음이 더욱 들떴다. 이제 포문을 여는 기사 작성에 집중하는 일만 남았다.

하데스와의 관계를 처음부터 되짚어보자니 기분이 이상했다. 당시 그녀의 사고방식은 지금과는 완전히 달랐으니까. 자신감이 없고 의심은 많았으며, 그 와중에 모험을 원했다. 그 열망이 죽은 자들의 신과 돌이킬 수 없는 계약으로 이어질 줄은, 그리고 그 계약이 사랑으로 변화할 줄은 꿈에도 몰랐다.

힘이란 자신감에서, 스스로의 가치를 믿는 마음에서 나온다는 것을 그는 내게 알려주었다. 나는 여신이다.

그 문장이 진정으로, 영혼 깊이 느껴졌다.

월요일 아침, 페르세포네는 커피하우스에서 레우케와 시빌 사이에 앉아 기사 발행 버튼을 눌렀다. 굵은 글자로 쓰인 웹사이트 첫 페이지의 제목을 읽어보곤 흐뭇한 미소를 지었다.

　　죽은 자들의 신을 사랑하게 되기까지 나의 여정

나머지 둘은 소리를 지르며 페르세포네를 껴안았다.

"이건 시작일 뿐이야." 그녀가 말했다.

뿌듯했고, 힘을 얻은 느낌이 들었으며, 무엇보다 자유로웠다.

페르세포네는 레우케가 할 일을 일러준 다음, 시빌과 함께 짐을 챙겨 각자의 직장으로 향했다. 아크로폴리스로 향하는 발걸음이 이렇게 가벼웠던 적은 무척이나 오랜만이었다. 오늘 이후론 다시는 그곳에 발을 들이지 않을 거니까.

"좋은 아침이에요, 헬렌!"

그녀는 깜짝 놀라서 말을 더듬었다. "좋, 좋은 아침이에요, 페르세포네!"

여신은 곧바로 디미트리의 집무실로 걸어갔다. 그가 고개를 들었다. 태블릿 화면이 안경에 비쳐 얼굴이 번쩍였기 때문에 표정은 제대로 보이지 않았다.

잠시 둘 다 말이 없었다.

"그만두는군요."

"저 그만둡니다."

둘은 동시에 말했다.

디미트리는 빙긋 웃었고, 그러자 그녀는 긴장했다.

"놀랍진 않네요. 발표한 거 봤거든요. 모든 언론사에 연락을 돌렸더군요." 그는 쓴웃음을 지었다. "음, 뉴 아테네 뉴스 빼고."

그는 의자에 등을 깊이 기대앉았다. 이 말을 꺼낼 때는 진심 어린 얼굴이 되었다.

"축하합니다."

"고맙습니다." 그녀가 답했다.

"옹호자라, 적절하네요. 신들에 대해 계속해서 쓸 작정인가요?"

그녀는 턱을 들었다. 디미트리가 하고 싶은 질문이 뭔지 알고 있었다. 내 얘기도 쓸 작정인가요?

"불합리한 일이라면 폭로할 거예요." 그녀가 말했다.

칼과 뉴 아테네 뉴스를 무너뜨리겠다고 경고했고, 신들은 언제나 경고를 현실로 만든다.

그는 고개를 끄덕였다. "그럼 행운을 빕니다."

페르세포네는 디미트리의 집무실을 나선 후 책상으로 돌아와 모든 물건을 상자에 담기 시작했다. 여기를 집처럼 편안하게 여기게 된 지도 얼마 되지 않은 것 같은데 이렇게 떠날 준비를 하다니 이상하게 여겨졌다. 이제 그녀는 떠날 테지만, 더 나은 곳으로 갈 것이다.

"어디 가는 거예요?" 엘리베이터 쪽을 향하는 페르세포네에게 헬렌이 고개를 들고 물었다.

그녀는 금발 머리 아가씨를 향해 미소 지어 보였다. "나 그만뒀어요, 헬렌."

"저도 데려가주세요."

페르세포네의 눈이 휘둥그레졌다. "헬렌."

"월급 안 받고 일할게요. 제발요, 페르세포네. 당신 없이 여기에 있고 싶지 않아요."

엘리베이터 문이 열리자 그녀는 싱긋 웃었다. "이리 와요."

헬렌은 가방을 움켜쥐고는 환호성을 지르며 엘리베이터로 뛰어왔다. 1층에 도착했을 때, 페르세포네는 헬렌에게 상자를 건넸다.

"잠깐 기다려줄래요? 인사할 사람이 있어서요."

"아, 물론이죠." 헬렌이 말했다.

페르세포네는 페이리토스를 찾으러 지하실로 향했다. 관리실은 비어 있었다. 책상 위를 살펴보던 그녀는 작업 지시서들과 도구 더미 사이에서 웬 공책을 발견했다. 또 한 번 건물 탈출을 도와줄 수 있는지 묻는 그녀를 보고 그가 화들짝 놀랐던 날, 공책을 숨기려 애쓰던 모습이 떠올랐다. 그런데 지금은 활짝 펼쳐져 있었고, 페이지 가득 손글씨가 휘갈겨 쓰여 있었다.

자신의 이름을 발견하지 못했더라면 그녀는 공책을 들여다보지 않았을 것이다. 호기심이 차올라 한 줄 한 줄 읽어나가기 시작했다.

7월 2일

머리를 올려 묶은 그녀는 오늘 흰색 셔츠에 검은색과 흰색 줄무늬 스커트를 입었다. 스커트는 많이 파여 있고, 숨을 쉴 때마다 그녀의 가슴이 크게 부푸는 걸 볼 수 있다.

이게 대체 뭐지?

그녀는 한 장을 넘겼다. 그녀의 이튿날 복장에 대한 묘사가 쓰여 있었다. 몸에 꼭 붙는 분홍색 드레스, 그리고 흰색 하이힐. 다리는 늘씬하다. 저 치마를 들어 올려 다리를 넓게 벌린 후 마구 따먹고 싶다. 그녀는 날 허락할 거다.

그 아래에는 이렇게 썼다.

오늘 뉴스에 그녀와 하데스에 대한 또 다른 보도가 났다. 빌어먹을, 날이면 날마다 그녀가 그와 함께라는 사실을 내게 상기시킨다. 오래지 않아 그녀는 그를 사랑하지 않게 될 거다. 그는 신이고, 신들은 자신들이 사랑하는 모든 걸 파괴해버리니까. 반드시 그럴 것이다.

그 아래에는 목록이 있었다.

강력 접착테이프, 밧줄, 수면제, 콘돔.

목 뒤에서 시큼한 것이 차오르는 게 느껴졌다. 페이리토스를 놀라게 한 날, 그가 그토록 긴장한 듯 보였던 이유는 바로 이 목록을 작성하고 있었기 때문이었구나.

"뭐하세요?"

페르세포네는 소스라치며 공책에서 손을 뗐다. 고개를 홱 돌리자 문간에는 페이리토스가 서서 출구를 막고 있었다. 눈동자에는 강철빛이 돌았다. 피가 차갑게 식는 것 같았다.

뭐라도 말하려고 입을 열었지만 아무 말도 나오지 않았다. 심장이 밖으로 튀어나올 듯 뛰고 있었고, 이마에는 가느다란 땀방울이 맺혔다.

"페이리토스." 그녀가 날숨을 토해내며 말했다. "작별 인사를 하러 왔어요."

"정말요? 내 공간을 염탐하고 있는 것 같은데요."

"아니에요." 그녀가 고개를 저으며 숨죽여 말했다.

잠시 동안 둘 다 아무 말이 없었다. 페르세포네는 가장 가까이 놓인 물건, 페이리토스의 책상 위 손전등을 향해 손을 뻗어 그의 머리쪽으로 힘껏 던졌고, 그가 피할 동안 빠져나가보려 했지만 결국 붙들리고 말았다. 손톱이 그녀의 피부를 파고들었다.

"이거 놔!" 그녀는 소리 질렀다.

마법이 들끓기 시작하자 덩굴이 무섭게 그들 주변으로 뻗쳤다.

페르세포네가 충격을 알아차릴 새도 없이 페이리토스가 외쳤다. "잠들어!"

페르세포네는 단숨에 어둠 속으로 빠져들었다.

✲

눈을 떴을 때는 마약을 한 듯한 몽롱한 기분이었다. 시야는 흐릿했고 머리와 목에는 통증이 느껴졌으며 입은 천으로 막혀 있고 테이프가 친친 동여매여 있었다. 두 손은 등 뒤로 묶인 채, 팔을 짓누르는 단단한 나무 의자에 앉아 있었다.

페르세포네는 손목과 다리를 꿈틀거리며 몸부림을 쳤지만 밧줄은 점점 더 팽팽해질 뿐이었다. 신경증에 반응한 마법이 피부 위로 솟구칠 거라 예상했지만 그 힘은 저만치서 잠잠했다. 머릿속만큼이나 뿌옇게 흐릿해진 힘을 느끼자 더욱더 미쳐버릴 것 같았다.

이내 그녀는 의자를 앞뒤로 흔들며 빠져나오려 했다.

그런데 주위를 둘러보곤 몸이 절로 얼어붙었다. 그녀가 나온 사진과 신문 스크랩이 도처에 붙어 있었다. 길을 걷는 그녀, 심부름하는 그녀, 친구들과 점심 식사하는 그녀의 사진들. 집에서 찍힌 그녀, 파자마를 입은 채 잠든 그녀. 일상의 모든 면면을 빼곡하게 담은 사진들이었다. 구역질이 나고 공황 상태에 빠질 것 같았다.

"일어났군."

페이리토스의 모습이 시야에 들어오자 페르세포네는 비명을 질렀다. 하지만 웅웅거리는 소리만 날 뿐이었고, 눈물이 뺨을 타고 흘러내렸다.

"그만, 그만, 그만!" 그는 몸을 앞으로 기울이곤 그녀의 입에서 테이프와 재갈을 떼어냈다. "괜찮아, 자기야. 난 자길 해치지 않아."

"날 그 따위로 부르지 마!" 그녀가 외쳤다.

"그게 뭐가 중요해." 페이리토스가 이를 악물었다. "넌 날 사랑하게 될 텐데."

"꺼져." 페르세포네가 내뱉었다.

그가 달려들어 그녀의 머리카락을 뭉텅이로 홱 잡아 고개를 젖혔다. 눈이 마주치자 그의 눈동자 색이 검은색에서 금색으로 바뀌는 게 보였다.

"당신…… 반신(半神)이야?"

그의 얼굴에 사악한 미소가 스쳤다. "제우스의 아들이지."

"오, 신들이여. 당신이 섬뜩한 놈인 게 당연하네."

그가 머리칼을 더욱더 세게 움켜쥐었고, 통증을 덜기 위해 등을 아치형으로 구부리며 페르세포네는 비명을 질렀다. 다시 마법에 닿아보려 했지만 아까보다는 가깝게 느껴질 뿐, 여전히 소환해낼 순 없었다.

저 새끼가 내게 무슨 짓을 한 거지? 머리가 핑핑 돌았고 속이 메스꺼웠다.

"감사함을 모르는군. 내가 널 지켜주고 있었는데."

"날 해치고 있는 거겠지."

"이게 고통이라고 생각해? 진짜 고통이 뭔지 알아? 사랑하는 여자가 다른 놈에게 넘어가는 걸 지켜봐야 하는 거야."

페르세포네는 마법에 집중했다. 속에서 천천히, 조금씩 힘이 차오르고 있었다.

"페이리토스, 넌 날 몰라. 그러면서 뭘 사랑한다는 거야?"

"난 널 사랑해! 보여주지 않았나? 그 하트들, 메모, 꽃까지?"

"그건 사랑이 아니야. 네가 날 사랑했다면 여기 이렇게 데려오지 않았겠지."

"널 사랑하니까 여기로 데려온 거야. 모르겠어? 우리를 갈라놓으려는 자들이 있다고."

"하데스? 그는 당신을 갈기갈기 찢어버릴 거야."

"그 이름 입에 올리지 마!"

"하데스가 날 찾아낼 거야."

페이리토스는 위협적으로 다가왔고, 그녀는 눈을 질끈 감았다. 하지만 아무 일도 일어나지 않자 눈을 떴고, 그녀를 노려보는 얼굴이 시야에 들어왔다.

"왜 그놈이야?"

페르세포네는 답을 고민했다. 저 광기를 달랠 답을, 물러서게 만들 답을.

"운명의 여신들이 그렇게 명했으니까." 그녀가 답했다.

그의 얼굴에 핏기가 싹 가셨다. 잠시, 작전이 성공했다고 느꼈다. 하지만 바로 다음 순간 그는 이를 갈며 쉭쉭 소리를 냈다.

"거짓말하지 마!" 그는 그녀 앞에 무릎을 꿇었다. "왜 그놈이야? 섹스 때문이냐?"

페이리토스가 의자 양쪽에 손을 얹자 페르세포네는 몸을 굳히곤 다리를 있는 힘껏 오므렸다.

"그놈이 하는 짓거리 중에 좋아하는 걸 말해봐. 내가 더 잘할 수 있으니까."

"나한테 손대지 마!" 페르세포네는 비명을 지르며 그와 멀어지려 했지만 발뒤꿈치가 도무지 바닥에 닿지 않았다. 페이리토스의 손가락이 피부를 파고들며 그녀의 다리를 벌렸다. 그녀는 다시 마법을 소환하려 했다. 거의 다 되었다. 아주 가까이에 있다.

"안 돼!"

"당신도 분명히 좋아할 거야. 내가 장담할게. 다 끝내고 나면 하데스 따위는 생각도 안 날걸."

아니, 그저 죽고 싶어질 것이다.

"안 된다고 했어!"

그녀가 비명을 지르자, 마음을 온통 흐려놓은 기묘한 장벽을 뚫고 마침내 마법이 솟구쳤다. 바닥에서 가시들이 솟아나 일종의 우리를 만들어 페이리토스의 위협으로부터 지켜주었다.

그는 소리를 질렀다. "날 거부할 순 없어!"

그는 맨손으로 나뭇가지를 부러뜨리며 나무 우리를 긁어댔다. 하지만 소용이 없자 잠시 자취를 감추었다가 칼을 들고 다시 나타나 가시 우리에 냅다 꽂았다.

페르세포네가 비명을 지르자 가시들은 점점 두꺼워지다 어느 순간 팡 터졌고, 파편들이 사방으로 튀었다.

페이리토스는 뒤쪽으로 날아갔다. 벽에 쿵 부딪힌 몸은 바닥으로 떨어졌다. 거대한 파편이 가슴팍에 박혀 있었다. 죽은 것이다.

페르세포네는 잠시 쥐 죽은 듯 앉아 천천히 숨을 쉬었다. 자신의 심장 박동 외에는 아무것도 들리지 않았다. 그러다 갑자기 형언할 수 없는 감정에 휩싸였다. 충격과 공포가 뒤섞인 감정.

내가 살인을 했어.

비명을 질렀다.

"도와주세요! 누가 제발 저 좀 도와줘요!" 그녀는 흐느껴 울었다. "하데스!"

묶인 줄을 풀려 끙끙대다 어느 순간 머리 위를 올려다보니 웬 형체가 흐릿하게 나타나고 있었다.

"에리니에스." 미친 듯이 몸을 비틀며 숨이 가빠진 페르세포네가 읊조렸다.

여신들은 공중에 둥둥 떠 있었다. 창백한 몸뚱이들이 어둠 속에서 빛을 발하는 듯했다.

"하데스의 신부여." 그들의 목소리가 허공을 울렸다. "당신은 이제 안전하다."

연기가 허공을 휘감았고, 불현듯 하데스가 신의 형상을 하고 나타났다. 거대하고 위엄이 넘치는 모습으로 아래를 굽어보는 그는 새까만 공허를 닮아 있었다. 다만 눈길만큼은 사납고 맹렬했는데, 눈이 마주치자 그대로 얼어붙었다. 그녀를 바라보는 그의 눈빛에 감도는 기이한 고요를 누구도 알아채지 못할 것이다. 지금도 그랬다. 그 감각이 느껴졌고, 저 로브 밑에 자리한 모든 갈래의 근육이 단단히 경직되고 찢겨 있음을 알아차릴 수 있었다. 뭔가를 망설이는 듯했는데, 마치 그녀에게 다가오는 것과 페이리토스를 처리하는 것 사이에서 뭘 해야 할지 고민 중인 것 같았다.

마침내 그는 납치범에게 돌아섰다.

갑작스럽게 헐떡이는 소리가 났다. 그가 반신을 되살려낸 것이다.

페이리토스는 가쁜 숨을 몰아쉬며 목에서 기묘한 신음 소리를 냈다. 하데스를 발견하고 그의 눈은 말없이 커졌다.

"널 살려주었다. 네 남은 평생 동안 고문하며 재미를 보기 위해." 하데스의 말을 알아들을 만큼 정신을 차린 것 같지 않았지만 신은 어쨌든 말을 이어갔다. "고통을 스스로 계속 되새김질하라고 네놈을 살려두고자 한다."

그가 손가락을 까딱 움직이자 페이리토스의 발밑에 거대한 구덩이가 생겨났다. 지하 세계로 내던져지는 그의 비명이 날카롭게 울려 퍼졌다.

하데스는 페르세포네를 향해 몸을 돌렸다. 손을 한 번 휘젓자 그녀를 묶어둔 줄이 풀렸다.

그녀는 하데스에게 와락 안겼다. 그는 그녀를 꼭 끌어안고는 에리니에스를 향해 몸을 돌렸다.

"알렉토, 메가이라, 티시포네. 페이리토스를 부탁합니다."

그들은 고개를 숙였다.

에리니에스가 사라지자마자 하데스는 지하 세계로 순간 이동했다. 그녀가 완전히 무너진 것은 그의 침실에서였다. 하데스는 그녀의 눈물이 마를 때까지, 안에서 허물어져 내리는 느낌이 가실 때까지 내내 끌어안고 위로의 말을 속삭이며 달래주었다.

마침내 그녀는 몸을 뗐다. "목욕할래요. 그놈의 흔적을 문질러 없애고 싶어요."

하데스가 이를 악물었고, 페르세포네는 그의 마음을 훤히 읽어낼 수 있을 것 같았다. 페이리토스에게 어떤 고문을 가할지 고민하는 마음. 그럼에도 입을 뗐을 때 목소리는 차분했다.

"물론입니다."

하데스의 부축을 받아 욕탕으로 향한 그녀는 옷을 모두 벗고 뜨거운 물속에 들어갔다. 수증기가 몸을 감싸고, 코에는 바닐라와 라벤더 향이 어른거렸다. 살갗이 발갛게 일어날 때까지 피부를 문질렀다. 다 마치고 나서는 물에서 나와 푹신한 흰 가운으로 몸을 감쌌다.

하데스는 욕탕에서 조금 떨어진 곳에 앉아 그녀를 바라보았다. 그녀는 그에게 다가가 무릎 위에 앉고는 그의 목에 팔을 둘렀다. 그의 위로가, 그의 친밀감이 필요했다.

"내가 사라진 걸 어떻게 알았어요?" 그녀가 파고들며 물었다.

"당신 동료인 헬렌이, 당신이 돌아오지 않자 걱정되었나 봅니다. 당신을 찾으러 갔다가 그 공책을 발견한 겁니다."

하데스가 주먹을 꽉 쥐었고, 악물린 이 사이로 말이 새어나왔다.

"누구에게 말해야 할지 몰랐던 그녀는 좋은 건지 나쁜 건지 모르지만 경비원에게 사실을 전했습니다. 조피가 소식을 알게 되었을 때는 바깥을 순찰 중이었는데, 이전에 페이리토스가 당신을 트럭에 태우고 가는 모습을 보았다는 걸 뒤늦게 깨달은 겁니다. 조피가 내게 전해주었고, 나는 에리니에스를 불렀습니다. 이미 당신이 사라진 지 꽤 오랜 시간이 지난 뒤였기에……." 목소리가 아스라이 흩어졌고 그는 침을 삼켰다. "어떤 광경을 보게 될지 나조차 알 수 없었습니다."

"그놈 반신이었어요. 힘을 갖고 있더라고요."

하데스가 고개를 끄덕였다. "반신들은 위험합니다. 어떤 힘을 물려받았을지 알 수 없는 경우가 종종 있어서. 페이리토스가 당신에게 쓰려고 한 힘은 무엇이었습니까?"

"날 잠에 빠지게 했어요. 그리고 일어났을 때는 마법을 쓸 수 없게 만들었고요. 도무지 집중할 수가 없었어요. 머리가…… 마음이 온통 혼란스러웠어요."

"강제성의 힘." 하데스가 인상을 찡그렸다. "그 효과일지도 모르겠습니다."

둘은 한동안 말이 없었다.

그러다 하데스가 입을 뗐다. "무슨 일이 일어났는지 말해주겠습니까?"

목소리엔 그가 아직 마음의 준비가 되지 않았으며, 납치 사건을 들려주면 그의 내면에 자리한 폭력성을 일깨울지도 모른다는 사실이 묻어났다.

"약속 하나 하면 말해줄게요." 그녀가 말했다.

그는 눈썹을 치켜뜨고 다음 말을 기다렸다. 그녀의 눈동자가 그의 입술을 향했다.

"그놈 고문할 때, 나도 함께하겠어요."

"내가 지킬 수 있는 약속이군요."

28장
파멸의 손길

페르세포네의 첫 엘리시움 방문길에는 타나토스가 동행했다.

"오늘은 이야기 나누기 어려우실 겁니다. 엘리시움에 먼저 익숙해져야 하거든요. 그렇지 않으면 감당하기 힘들 겁니다."

페르세포네는 그 의미를 알 것 같았다. 그렇게 되면 렉사는 레테 강물을 다시금 마셔야 할 것이다. 그것만은 결코 원치 않았다.

"언제쯤 준비가 될까요?" 페르세포네가 물었다.

타나토스는 어깨를 으쓱했다. "그건 장담할 수 없습니다."

그가 하지 않은 말을 알고 있었다. 그녀의 영혼이 얼마나 치유되느냐에 따라 다를 수 있습니다.

그 생각에 마음이 아려왔지만 애써 떨쳐냈다. 했어야 하는 일에 대해선 그만 생각해야 했다. 지금 할 수 있는 건 실수를 통해 배우는 일이다.

그들은 엘리시움의 언덕 꼭대기에 이르러 발걸음을 멈추었다. 여기선 하데스의 하늘이 너무도 밝게 빛나 눈이 부실 지경이었다. 그녀와 나란히 선 타나토스가 멀리 보이는 누군가를 가리켰다. 흰 드레스에 마치 타오르는 횃불처럼 대조되는 검은 머리의 여자.

렉사였다.

가장 친한 친구가 허공에 손을 들고 웃자란 풀을 쓸어보며 벌판을 거니는 모습을 보자 눈물이 차올랐다. 표정이 보이진 않았지만 렉사가 여기서 평화롭다는 사실은 알 수 있었다. 몇 주가 흘렀다. 페르세포네는 엘리시움에 매일같이 찾아가 렉사를 멀찍이서 지켜보았다.

그러던 어느 날, 타나토스가 다가와 말했다. "때가 되었습니다."

페르세포네는 이날을 위한 마음의 준비가 되어 있다고 여겼다. 렉사와 다시 조우할 기회를 얻어 뛸 듯이 기쁠 거라고. 하지만 타나토스가 만남을 허락해주자 갑자기 그 어느 때보다 긴장되고 불안해졌다.

"날 좋아하지 않으면 어쩌죠?" 그녀가 물었다.

"렉사는 지상 세계에서 당신이 만난 사람과 같은 영혼입니다. 사려 깊고 사랑이 많고 다정하지요. 친구를 만날 준비가 되었습니다."

페르세포네는 고개를 끄덕이며 심호흡을 했다. 가까이 다가가는 일이 마치 대중 연설을 하러 나서는 것처럼 느껴졌다. 마음속에서 불안감이 요동치며 속을 시끄럽게 했고 가슴을 옥죄었다.

석류 열매가 주렁주렁 매달려 마치 불타는 것처럼 보이는 나무 아래 렉사가 앉아 있었다. 그녀는 그리로 성큼성큼 걸어갔다. 렉사는 하얀 드레스 차림에, 긴 검은 머리카락은 어깨 뒤로 넘겼다. 나무 둥치에 얼굴을 기댄 채 눈을 감은 모습이 마치 잠든 것 같았다.

아름답고도 평온한 얼굴. 페르세포네는 그 휴식을 방해하고 싶지 않았다. 렉사가 눈을 떴을 때 눈앞에 보이는 존재를 알아보지 못할 것이 두려웠다.

그녀는 숨을 깊이 내쉬었다. "안녕."

렉사라고 이름을 부르진 않았다. 타나토스 말로는 어차피 자신의 이름을 기억하지 못할 것이라고 했다.

이미 익숙한, 눈부신 푸른 눈을 뜬 렉사가 페르세포네를 바라보았다. 렉사가 싱긋 웃자 페르세포네는 가슴이 터질 것 같았다.

"안녕하세요."

"잠깐 같이 앉아 있어도 될까?" 페르세포네가 물었다.

"네." 렉사는 옆으로 자리를 약간 비켜주었다.

"당신은 죽지 않았군요." 렉사가 말했다.

그걸 관찰해냈다는 데 내심 놀라며, 페르세포네는 고개를 끄덕였다. "응, 난 죽지 않았어."

"그럼 왜 여기 있는 거예요?"

"나는 하데스의 약혼자야. 엘리시움에 자주 와."

렉사가 장난스레 웃음을 터뜨렸다. "그럴 줄 알았어요."

그 말에 그녀는 또 한 번 놀랐다. "정말?"

"난 항상 타나토스를 눈여겨보거든요." 그녀가 얼굴을 붉히면서 말했다.

페르세포네는 문득, 영혼들도 다른 존재에게 호감을 가질 수 있는지 궁금해졌다.

"하데스 님의 약혼자라면 왕비가 되겠네요."

"그렇게 될 것 같아."

"그럼 왕관도 쓰고 왕좌에도 앉겠다."

그녀의 말에 페르세포네는 웃음을 터뜨렸다. 정말 렉사다운 말이었다.

"이미 왕관이 두 개나 있어."

"보여줄 수 있어요?" 렉사의 눈이 약간 커졌다. "나도 항상 왕관을 쓰고 싶었거든요."

페르세포네가 미간을 찌푸렸다. "언제부터?"

그녀는 어깨를 으쓱했다. "언제부터냐면…… 여기 오고 나서부터. 결혼식도 할 거예요?"

페르세포네는 한숨을 내쉬었다. "응, 그런데 솔직히 말하면 거의 계획 못 세웠어."

렉사의 죽음 이후로 납치되는 일까지 벌어졌으니 정신이 없을 만도 했다.

"정말 아름다운 신부가 될 거예요." 렉사가 말했다. "아름다운 왕비도."

페르세포네의 얼굴이 발그레해졌다. "고마워."

둘의 대화는 오후 늦게까지 이어졌다. 더 오래 있고 싶었지만 헤카테가 데려가겠다고 나타나는 바람에 떠나야 했다.

"이제 가봐야겠어." 페르세포네가 자리에서 일어나며 말했다. "준비를 해야 해."

"뭘 준비하는데요?"

"오늘 밤 지상 세계에서 행사가 있어." 그러곤 빙긋 웃었다. "너도 좋아할 거야. 신들과 여신들이 아름다운 옷을 입고 한데 모이는데 다 함께 춤도 추거든."

렉사도 좋아할 거라 말한 이유는 사고가 나기 전, 그 행사 준비를 담당했던 게 바로 렉사였기 때문이다. 할시온 프로젝트를 위한 격려와 지지 차원의 만찬 자리였고, 헤라의 호텔 체인 중 하나인 올림피

안에서 열렸다. 아름다운 건축물이라 렉사가 늘 경탄했던 바로 그곳. 뉴 아테네를 방문하는 대부분의 신들이 머무는 곳이기도 했다.

"다녀와서 나한테도 꼭 얘기해주세요." 렉사가 말했다.

페르세포네는 미소를 지었다. "당연하지. 내일 또 올게."

궁전으로 돌아가서는 헤카테와 램패드들이 페르세포네의 드레스를 매만져주었다.

헤카테가 고른 건 새빨간 오프숄더 가운이었다. 위쪽은 레이스 재질이었고 스커트 쪽은 튈(실크나 나일론으로 망사처럼 짠 천으로, 드레스나 베일 등을 만드는 데 쓰인다—옮긴이)을 겹겹이 짜 넣은 풍성한 스타일이었다. 그 실루엣이 마음에 쏙 들었다. 여왕처럼 느껴지게 해주는 옷이었다. 램패드들은 그녀의 머리카락에 부드럽고도 매혹적인 컬을 넣어주었고 자연스러운 화장을 해주었다.

"당신의 아름다움이 절로 드러나게 할 거예요." 거울에 비친 페르세포네를 바라보며 헤카테가 말했다. 황금 보석 장신구들을 걸어주고 구두를 신겨주는 중이었다.

그녀는 미소를 지었다. "고마워요, 헤카테."

"물론이에요, 소중한 이여."

하데스가 나타나자 헤카테는 떠났다. 그는 저만치 문 언저리에 서서 그녀에게 경탄을 보냈다. 그는 시그니처 컬러인 검은색 맞춤 정장을 입고 있었다. 머리카락은 매끄럽게 뒤로 넘겼고, 수염은 바짝 밀었다. 잘생기고 위엄 있는 그, 그는 그녀에게 속했다. 그 생각에 온기가 물결처럼 몸을 훑고 지나갔다.

"사랑스럽군요." 그가 말했다.

"고마워요." 그녀가 생긋 미소 지으며 말했다. "당신도요. 그러니까⋯⋯ 근사해 보여요."

그는 나직이 웃곤 손을 뻗었다. "가실까요?"

그는 그녀를 끌어당겨 허리 위에 손을 두른 뒤 지상 세계로 순간 이동했다. 네버나이트 앞에선 안토니가 기다리고 있었다.

하데스의 리무진에 올라타며 그녀는 문득 웃음을 터뜨렸다.

"무엇이 그리 즐겁습니까?"

"우리 그냥 올림피안으로 순간 이동할 수도 있잖아요."

"지상 세계에선 인간들처럼 생활하고 싶어 하는 줄 알았습니다." 하데스가 응수했다.

"어쩌면 난 우리만의 밤을 벌써 시작하고 싶은 건지도 모르죠." 그녀가 속눈썹 사이로 그를 바라보며 말했다.

차내의 공기가 바로 뜨끈해졌다. 하데스의 눈동자가 반짝였다.

"기다릴 게 뭐 있겠습니까?" 그가 물었다.

먼저 움직인 건 그녀였다. 그의 무릎 위에 걸터앉을 수 있도록 겹겹의 옷을 움켜쥐었다.

"이 드레스를 고른 건 누구입니까?" 둘 사이에 산처럼 자리한 튈의 레이어를 옆으로 밀어두며 그가 물었다.

"별로예요?" 그녀가 입술을 뿌루퉁 내밀고 말했다.

"당신 몸에 얼른 닿고 싶은데 말입니다." 하데스가 말했다.

"섹스에 용이한 옷을 입으라는 건가요?"

하데스가 피식 웃었다. "그건 우리만의 비밀로 하지요."

둘은 입을 맞추었다. 페르세포네의 손은 하데스의 가슴을 쓸고 내려가 슬랙스 벨트에 닿았다. 벨트와 단추를 풀자 그의 성기가 드러났고, 그녀는 혀로 입술을 탐하며 손으로는 그것을 쓰다듬었다.

그가 신음을 흘렸다. 페르세포네는 입술을 떼고 그의 턱과 목을 따라 키스를 퍼부었다.

"당신을 원합니다." 그가 으르렁댔다. "지금 당장."

그의 것은 이제 돌처럼 단단해져 있었다. 페르세포네는 잠시 숨을 멈추었다. 그녀의 안에 들어선 그가 어떤 느낌일지 상상했다. 그녀는 몸을 들어올려 그의 것을 자신의 입구로 밀어 넣으며 주저앉았다. 둘은 함께 신음하며 리무진 좌석에서 앞뒤로 몸을 흔들기 시작했다.

"당신은 나를 다 망쳐놨습니다." 하데스가 속삭였다. "내 머릿속에 있는 건 이 생각뿐입니다."

"섹스요?"

그녀는 웃음을 터뜨리며 그를 더욱 가까이 끌어당겼다. 살갗에 와닿는 그의 숨결이 미친 듯이 좋았다.

"당신 말입니다." 그의 손은 어느새 위로 올라와 드레스 밑에서 그녀의 엉덩이를 거머쥐었다. "당신 안에 이렇게 들어서는 것, 당신이 내 것을 손으로 쥘 때의 감촉, 당신이 절정에 이르기 직전에 날 꽉 조일 때의 느낌까지."

그녀는 몸을 떨었다. "방금 설명한 건 섹스잖아요, 하데스."

"당신과의 섹스를 말한 겁니다. 둘은 다릅니다."

그녀는 그에게 녹아내렸다. 입술은 맞부딪쳤고 혀끼리 서로를 휘감았다. 온몸이 쾌감으로 전율했다. 그의 위에서 오르내리는 지금, 스스로가 허물어질 것 같아 하데스를 꽉 붙잡았다. 그녀가 움직일 때마다 그는 욕을 뱉었고, 그들이 나누는 사랑의 소리가 비좁은 공간을 가득 채웠다.

하데스가 엉덩이를 불쑥 들어올린 채 그녀의 움직임에 맹렬한 속도로 응하기 시작했다. 그녀는 떨리는 비명을 내뱉으며 그의 머리칼을 손가락으로 깊이 파고들었다.

"날 위해 끝까지 가줘." 페르세포네는 속삭였다.

역시 손가락으로 그녀의 살갗을 잔뜩 파고들며 하데스가 말했다. "나의 달링."

이윽고 그는 그녀 안에 사정했다. 뜨끈한 온기가 가득 퍼졌다.

페르세포네는 가쁜 숨을 몰아쉬며 그의 위로 털썩 쓰러졌다. 둘의 피부는 땀으로 매끈해졌다. 다리가 덜덜 떨렸고, 마치 어딘가에 둥둥 떠 있는 듯한 느낌이 들었다.

"맙소사." 그는 신음을 흘렸다. "나 자신이 빌어먹을 청소년인 것만 같습니다."

그녀가 웃음을 터뜨렸다. "청소년이 되어본 적이나 있어요?"

"아뇨. 하지만 언제나 흥분해 있고 결코 만족을 모른다고 추측해 보았습니다."

그는 여전히 그녀 안에 들어 있었다. 단단하고, 축축하고, 더 원하는 채로.

"내가 해소해줄까요."

그녀가 몸을 들어올렸다. 아래로 내려가 무릎을 꿇은 채 성기를 입에 넣으려던 찰나, 그가 그녀를 막았다.

"아뇨, 달링."

페르세포네는 울상을 지었다. "하지만……."

"당신이 입으로 해주는 게 그 무엇보다 좋지만, 지금은 우선 신들 어쩌고 만찬에 참석해야 합니다."

"꼭 그래야 하나요?" 그녀가 물었다.

"그렇습니다." 그가 그녀의 턱을 손가락으로 받치며 말했다. "날 믿으세요. 놓치면 후회할 겁니다."

그녀는 확신이 서지 않았지만 그와 시선을 맞춘 채 일어나 옆자리에 앉아 드레스의 매무새를 정돈했다. 하데스가 잔뜩 발기한 성기를 가리려고 애쓰는 모습을 지켜보다가 웃음이 터질 뻔했다. 그가 그녀를 바라볼 때까지, 그리고 목 깊은 곳에서 이 단어가 울컥 튀어나올 때까지.

"여신이여."

경고와도 같은 말이었다. 다시금 온몸이 달아오르는 게 느껴졌다. 그녀는 미소를 지어 보이곤 창밖을 내다보았고, 고개를 돌리자마자 차창 밖에 자리한 수많은 인간을 발견하곤 화들짝 놀랐다. 구경 행렬은 끝이 없어 보였다. 빽빽하게 자리한 사람들이 최대한 차에 가까워지려 애쓰고 있었다.

올림피아 갈라가 있던 날을 떠올리면 크게 놀랄 일은 아니었다. 그때의 그녀는 기자로서 참석한 거였지만 오늘은 하데스의 약혼자다.

숨을 깊이 들이쉬었다. 불안감이 엄습했다. 이 감정에 익숙해지기는 할까, 확신이 서지 않았다.

차가 멈추고 문이 열렸다. 눈앞에 곧장 카메라 플래시들이 번쩍거렸다. 하데스가 차에서 내리자 엄청난 환호성이 공기를 가득 메웠다. 사람들은 그의 이름을 부르고, 지하 세계로 데려가달라며 울부짖고, 신적인 형상을 보여달라며 애원했다.

그는 그 외침들을 무시한 채 몸을 돌려 그녀에게 손을 내밀었다. 그녀는 깊이 심호흡하며 마음을 단단히 먹었다.

"달링?"

그 말은 한결 위안이 되었다. 그녀는 그의 손바닥 위에 손을 올려 놓았다. 단단한 그의 손이 그녀의 손을 감싸자, 리무진에서 내리기 위해 필요한 용기가 솟았다. 하데스의 곁에 나란히 섰을 때 곳곳에서 웅성거림이 들려왔다. 카메라들이 더욱 빠르게 플래시를 터뜨리자 눈앞이 백색광으로 번쩍거렸다.

손깍지를 낀 채 둘은 올림피안, 빛을 반사하는 황금색 벽처럼 보이는 웅장한 호텔 앞에 깔린 레드 카펫 위를 걷기 시작했다. 페르세포네는 조피가 합류하자 깜짝 놀랐다. 오늘 같은 행사가 있을 때를 대비해 일전에 그녀가 구매하게 만든 푸른색 가운 차림이었다.

"조피."

페르세포네가 여전사를 끌어안자 그녀가 흠칫 놀랐다.

"페르세포네, 괜찮으십니까?"

"네." 그녀가 답했다. "그저 당신을 보니 기뻐서요."

여전사는 빙긋 웃었다.

그들은 사진을 찍기 위해 포즈를 취하는 장소로 여기저기 안내되었다. 하데스는 페르세포네를 꼭 끌어당겨 팔을 두르곤 요청에 응했다. 그의 입술이 머리카락에 스쳤다고 확신하는 순간도 있었다. 그런 다음 그들은 불어 만든 유리 꽃들로 천장을 장식한 응접실 홀로 들어섰다. 목을 쭉 뻗어 곳곳에 놓인 물건들을 몇 분이고 바라보다 이윽고 인사하러 다가온 사람들과 마주하게 되었다. 낯선 이들과 죄악의 일원인 고위급 범죄자들 사이로 그녀의 친구도 몇 명 있었다.

"시빌!"

일주일 전 이사 나간 이후로 친구이자 전 룸메이트인 시빌을 만나지 못했던 터였다. 그녀는 오라클을 꽉 안아주었다. 금발 머리 시빌은 반짝거리는 샴페인색 가운을 입고 있었다.

"정말 아름답다!"

"고마워, 너도." 시빌이 말했다. "어떻게 지냈어?"

"잘 지냈어. 무척." 페르세포네는 미소가 계속 새어나왔다. "아로는 어때?"

시빌이 얼굴을 붉혔다. "좋아. 우린…… 잘 지내고 있어."

헤르메스가 나타나 그녀를 번쩍 들어 올리자 페르세포네는 나지막이 비명을 질렀다. 다시 바닥에 발을 디디고 섰을 때는 아폴론이 코앞에 있었다. 눈이 마주치자 그는 피식 웃었다.

"그러니까, 세피." 헤르메스가 눈썹을 위아래로 씰룩이며 말했다. "하데스가 반지를 끼워줬다고 들었는데 말이죠."

그녀가 웃음을 터뜨렸다. "아니, 그러니까…… 물리적인 반지는 아니고요."

속임수의 신이 깜짝 놀라며 숨을 들이쉬었다. "뭐라고요? 반지 없이는 약혼하는 거 아닙니다, 세피."

"전혀 그렇지 않아요, 헤르메스."

"누가 그래요? 나라면 그 돌덩이를 보기 전까진 약혼 안 합니다."

"축하해, 세프." 아폴론의 말에 페르세포네는 웃음으로 답했다.

잠시 후 그들은 식당으로 안내받았는데, 페르세포네는 방 앞쪽에 놓인 테이블에 하데스와 시빌 사이에 앉았다. 설레는 분위기가 가득한 저녁이었고 친구들과 다시 만나 반갑기도 했지만, 마음 한구석에선 렉사가 계속 떠올랐다. 행사 구석구석 그녀의 손길이 느껴졌다. 와인 목록이나 음악, 인테리어 장식 등. 그녀가 좋아하던 방식대로 모든 것이 화려하고 극적이었다. 친구의 부재가 절절히 느껴졌다.

식사가 한참 진행되던 중, 사이프러스 재단의 이사인 카트리나가 일어나 모두에게 환영 인사를 건넸다. 할시온 프로젝트의 개요를 설명한 다음, 나머지 발표는 시빌에게 넘겼다.

"저는 사이프러스 재단에 최근에 입사했습니다. 하지만 무척 특별한 자리를 맡게 되었습니다. 제 친구인 렉사 시더리스가 있던 자리입니다. 렉사는 아름다운 사람이었습니다. 모두를 밝혀주던 환한 영혼이었죠. 렉사는 할시온 프로젝트의 가치를 몸소 실천했기에, 사이프러스 재단의 우리는 그녀를 영원히 기억하기로 했습니다. 여러분께 소개해드립니다…… 렉사 시더리스 메모리얼 정원입니다."

페르세포네는 깜짝 놀라 숨을 멈췄다. 그러자 하데스가 테이블 밑에서 그녀의 손을 꼭 잡아주었다.

시빌 뒤의 화면에는 정원의 조감도가 나타났다. 아름답게 조경된 오아시스 형태였다.

"렉사 시더리스 메모리얼 정원은 할시온 거주자들을 위한 세러피 정원이 될 것입니다." 시빌은 정원의 각 부분이 지니는 의미를 구체적으로 설명하기 시작했다. 가짓과 식물은 렉사가 무척 사랑한 헤카테를 기리는 의미였고, 정원 한가운데 놓인 유리 같은 화려한 조각은 렉사의 영혼을 상징했다. 모두를 앞으로 나아가게 해주는, 환하게 타오르는 횃불.

페르세포네의 마음은 터질 듯 벅차올랐다.

하데스는 몸을 기울여 그녀의 귓가에 속삭였다. "괜찮습니까?"

"네." 그녀는 침을 꿀꺽 삼키며 속삭였다. "완벽해요."

저녁 식사를 마친 뒤에는 모두가 연회장에 모였다. 하데스는 페르세포네를 댄스 플로어로 이끌어 꼭 끌어당겼다. 한 손은 그녀의 등이 움푹 파인 곳에 올리고, 다른 한 손으로는 손을 잡았다. 우아함과 자신감이 가득한 몸짓으로 춤을 이끌었다. 그는 완벽하게 신사적인 태도를 유지했지만, 서로의 몸이 반응하는 움직임에는 어딘가 관능적인 구석이 있었다.

페르세포네는 배 아래쪽에서 뜨끈한 온기가 퍼져나가는 걸 느꼈다. 그에게서 도무지 눈을 뗄 수 없었다.

"그 정원 언제부터 계획한 거예요?" 그녀가 물었다.

"렉사가 세상을 떠난 날부터."

페르세포네는 고개를 절레절레 저으며 입술을 깨물었다.

"무슨 생각을 합니까?" 하데스가 물었다.

"내가 당신을 얼마나 사랑하는지 생각하고 있었어요."

하데스가 빙긋 웃었다. 실로 아름다운 미소였기에 가슴속 깊이 담아두었다.

얼마 후, 음악은 일렉트로닉 계열로 바뀌었고 하데스는 시빌과 잠시 춤추고 있으라며 자리를 떴다. 그녀는 한동안 모두와 함께 웃으며 농담을 주고받았다. 아주 오랜만에 누리는 즐거운 시간이었다. 그러다 하데스를 찾아 나섰고 어느새 뉴 아테네가 훤히 내려다보이는 발코니로 나오게 되었다. 이곳에선 지난 4년 동안 그녀의 삶을 뒤바꾼 장소들이 모두 보였다. 대학, 아크로폴리스, 네버나이트까지.

상념에 잠겨 있기도 잠시, 하데스가 다가왔다.

"여기 있었군요." 그녀의 허리에 팔을 둘러 꼭 끌어당기며 그가 말했다. "여기서 뭐하고 있습니까?"

"숨쉬기요." 그녀가 말했다.

그가 나직하게 웃자, 등줄기에 전율이 흘렀다. 그녀의 뺨 위에 키스한 뒤 그는 더욱 꼭 끌어안았다.

"줄 게 있습니다."

하데스의 말에 페르세포네는 그에게 안긴 채 고개를 돌렸다.

"뭔데요?" 그녀는 입이 귓가에 걸린 채 물었다.

이렇게 행복한 적이 없었다.

하데스는 잠시 그녀를 바라보았고, 그녀는 그가 자신과 똑같은 생각을 하고 있을까 싶었다. 바로 그때, 그가 주머니에 손을 넣고는 그녀 앞에 무릎을 꿇었다.

"하데스⋯⋯." 그녀는 말리고 싶었다.

이미 지나온 순간 아니던가. 둘은 약혼했다. 반지며, 공식적인 프러포즈는 없어도 되었다.

"그냥⋯⋯ 내가 하게 해주십시오." 그러곤 빙긋 미소 지었고, 그녀의 가슴은 행복으로 부풀었다. "부탁드립니다."

하데스가 작은 검은색 상자를 열자 그 안에는 금반지가 들어 있었다. 다이아몬드와 황금과 꽃으로 장식된, 독특하고도 아름다운 반지였다. 이안이 만들어준 왕관과 너무도 잘 어울렸다. 그녀는 잠시 멍하니 바라보다 하데스를 향해 눈길을 돌렸다.

"페르세포네. 나는 천 번도 넘게 당신을 선택했을 겁니다. 운명의 여신들이 뭐라고 하든." 그가 웃음을 터뜨리며 말했다. "부디⋯⋯ 내 아내가 되어주십시오, 그리하여 나와 함께 왕국을 통치하고, 내가 당신을 영원히 사랑할 수 있게 허락해주십시오."

"물론이에요." 눈가에 눈물이 고인 채 그녀는 떨리는 미소를 지었다. "영원히."

치아를 드러낸 하데스의 얼굴이 미소로 환해졌다. 그녀가 가장 좋아하는 미소였다. 오직 그녀에게만 보여주는 거라고 믿고 싶은 바로 그 미소. 그는 그녀의 손가락에 반지를 끼워준 다음 일어서서 영혼 깊이 가닿는 키스를 그녀에게 건넸다.

그가 입술을 떼자 그녀가 물었다. "헤르메스가 돌덩이 어쩌고 하는 얘기를 들은 건 아니죠?"

"나더러 들으라고 크게 말했을 겁니다." 하데스가 웃으며 말했다. "하지만 굳이 말하자면, 그 반지는 준비한 지 꽤 되었습니다."

"얼마나 오래요?" 그녀가 채근했다.

"부끄러울 만큼 오래." 그는 사실을 인정하듯 말을 이었다. "올림피아 갈라가 있던 밤 이후로."

페르세포네는 목구멍에 차오른 뭔가를 꿀꺽 삼켰다.

이렇게까지 운이 좋을 수가 있을까?

"사랑합니다." 그가 이마를 그녀에게 기울이며 말했다.

"나도 사랑해요."

둘은 다시 키스를 나누었다. 그때 주위에서 하얀 무언가가 소용돌이치며 내리는 게 보였다. 저게 뭘까, 잠시 알아보지 못하던 그녀는 깨달았다. 눈이다.

하늘에서 떨어지는 눈송이는 아름다우면서도 왠지 불길한 낌새를 풍겼다. 말할 것도 없이, 지금은 7월 아니던가.

페르세포네는 하데스를 바라보았다. 조금 전까지 그를 환하게 밝히던 기쁨은 갑자기 자취를 감추고, 이제 근심으로 가득해 보였다. 진중한 눈동자 위로 검은색 눈썹이 찌푸려졌다.

"하데스, 왜 눈이 오는 거예요?" 페르세포네가 속삭였다.

하데스가 끝도 없는 공허가 담긴 눈으로 그녀를 내려다보았다. 그리고 엄숙한 어조로 답했다.

"전쟁이 시작되었습니다."

파멸의 손길 : 하데스의 입장

1장
심판의 벌판

페르세포네에게 다가가는 동안 하데스의 글래머는 점차 녹아내렸다. 그녀는 부두 끝에 서 있었는데, 음울한 스틱스 강의 검은 물빛과 대조되어 환하게 밝았다. 아스포델 골짜기의 영혼들이 그녀를 둘러싸고 있었고, 그들 손에는 화환과 대추야자, 초콜릿 등이 들려 있었다. 선물들이겠지, 그는 생각했다. 거대한 검은색 날개를 등 뒤에 망토처럼 걸친 타나토스도 와 있었다.

그들을 불러 모은 건 페르세포네였다. 지하 세계에 새로 도착한 이들을 위해 '환영위원회'라는 것을 만든 터였다. 그녀가 열정을 쏟아부은 야심 찬 프로젝트였으므로 그는 허락했고, 와달라는 그녀의 부탁을 받아들였다. 스틱스 강가에서 영혼들을 환대하는 자리엔 자신이 설 곳이 없다는 느낌이 들었음에도.

몇 가지 이유가 있었다. 죽은 지 얼마 되지 않은 영혼들은 대개 죽지 않으려 발버둥 친다. 그를 보게 되면 지상 세계에 되돌아갈 수 있으리라는 희망이 부풀게 될 뿐이었다. 그중 몇몇은 환대도, 선물도 받을 자격이 없다는 건 당연한 얘기다. 하지만 그가 거기까지 말했을 때 페르세포네는 그저 어깨를 으쓱했다.

"또 다른 형태의 처벌이라고 생각해봐요. 판관들을 마주하게 되면 사라질 희망을 불어넣어주는 셈이잖아요."

그 말에 그는 빙긋 웃었고 눈썹을 치켜떴다. "그건 기만입니다, 내 사랑. 누가 당신에게 그런 걸 가르쳐줬습니까?"

"헤카테요." 그녀가 짓궂게 말했다.

그녀의 주장에는 일리가 있었고, 그렇게 해서 오늘 여기에 자리하게 된 것이다.

그가 다가오고 있다는 걸 페르세포네가 알아차렸다는 사실을 알 수 있었다. 몸이 곧게 펴지고, 떨리는 숨에 어깨가 올라가는 모습을 보았으니 말이다. 그녀가 돌아서자 그녀의 미모가 가슴을 관통해왔다. 스스로 절대 불가능하다고 여겨왔으나 가슴이 아렸다. 깊은 바다를 연상시키는 로브를 입고 있었는데, 그 옷 덕에 밝은 머리카락이 차가운 봄 햇살처럼 돋보였다. 뿔로 인해 실제로도 호리호리한 그녀는 더욱 키 크고 늘씬하게 보였다. 미소를 지을 때면 그는 당장이라도 그녀 앞에 무릎을 꿇고 머리를 조아리며 경배하고 싶었다.

"오셨네요."

그녀의 목소리에 담긴 놀라움을 알아채곤 어두운 감정이 밀려 올라왔지만 애써 무시하며, 그는 미소를 지어 보였다. 예전에 그는 이미 그녀를 실망시킨 적이 있었다.

"당신 곁에 서는 일은 결코 놓치지 않을 겁니다." 그가 말했다.

"오고 있네요!" 유리가 잔뜩 들떠 말했고, 페르세포네는 잠시 그에게서 고개를 돌리곤 거친 파도를 가르며 이쪽을 향하는 작고 녹슨 배를 바라보았다. 창백한 등이 뱃머리에서 무심히 흔들리고 있었다. 흰 예복을 입고 금관을 쓴 카론이 성난 조류를 거슬러 노를 젓는 모습이 보였다.

페르세포네는 하데스를 바라보며 손을 내밀었다. 눈동자가 설렘으로 반짝거렸다. 지금 그녀는 그를 초대하고 있는 것이다. 이 상황이 그를 얼마나 불편하게 할지 알면서도. 그의 백성들이 시간을 중시하고 축제를 즐긴다는 걸 그녀가 몸소 깨닫게 해주고 있었지만, 마음 한구석에선 여전히 그들의 눈빛에서 옛날 그의 모습을 보게 될까 봐 두려웠다. 영혼들의 존재에는 신경도 쓰지 않는 신, 오직 영원한 공허를 선고하는 것에만 몰두하는 신.

하데스가 그녀의 손에 깍지를 끼자 그녀는 그를 군중 앞으로 이끌었다.

"뭐라고 말해야 할지 모르겠습니다." 그가 나란히 서며 조용히 말했다. 그녀가 곤혹스러운 표정을 짓자 그는 사정을 설명했다. "나는 인간들과 그다지…… 좋은 사이가 못 됩니다."

"렉사와는 잘 지냈잖아요."

페르세포네는 자신의 가장 친한 친구였던 이의 이름을 입에 올렸고, 그 순간에는 시선을 피했다. 고통을 숨기고 싶기 때문이리라. 렉사는 아직 엘리시움에 머물고 있었고, 페르세포네는 매일 찾아가 우정을 다시 쌓아보려 노력했지만 관계는 예전과 같지 않았다. 페르세포네는 한때 나누었던 관계를 떠올리며 슬퍼했다.

"저들이 그녀라고 상상해봐요. 어떻게 인사하시겠어요?"

그는 렉사와 처음 만났던 때를 떠올렸다. 렉사는 그를 향해 빙긋 웃고, 그를 껴안았고, 페르세포네를 행복하게 해주지 않으면 죽도록 미워할 거라고 위협하기도 했다. 사람들이 절로 모여드는 등불과도 같은 밝은 존재였다. 그녀의 영혼 역시 그러했다. 가볍고 순수하며 다정하고 선한 존재. 그녀가 얼마나 진실한지 알았기에 하데스는 그녀와 수월하게 대화를 나눌 수 있었다.

그는 진실한 인간들에게 익숙하지 않았다.

카론은 이제 얼굴에 띄운 미소가 보일 만큼 충분히 가까이 왔다. 부두에 배를 대며 그가 외쳤다. "세상에나, 이렇게 환대해주시고 축복해주시다니요. 지하 세계의 군주님과 여신님께서 여기 와주셨습니다!"

하데스는 페르세포네가 자신이 다스리는 영토의 여신으로 불리는 것이 뿌듯했다. 처음에 그녀는 호칭이 싫다는 이유로, 그리고 두려움 때문에 그 사실을 받아들이지 않으려 했었다. 이후에야 진실을 인정했는데, 자꾸만 더 많은 걸 받게 되면 관계에 무슨 일이 생겼을 때 더 많은 걸 잃을지도 모른다고 느꼈던 것이다.

하데스는 그녀의 그런 의심에 화가 났었다. 마법의 여신인 헤카테에게 속상하다고 털어놓았을 때, 그녀는 페르세포네가 당연히 그렇게 느낄 수 있다고 일러주었다.

"트라우마 때문에 그러는 거예요. 그녀의 어머니는 늘 사랑하는 이들이 그녀를 버리게 될 거라고 가르쳤으니까."

하데스는 이를 악물었다. 이후에 혹여나 데메테르가 그녀를 공격하려 든다면, 그건 그를 향한 전쟁 선포나 다름없을 것이다. 수확의 여신은 바보가 아니니 그가 발끈하리라는 걸 당연히 알 것이다.

"어서 와요!"

페르세포네의 매혹적인 목소리에 그는 불현듯 정신을 차렸다. 다양한 연령대의 영혼들이 배에서 내려 목재 부두에 발을 디뎠다. 그들의 표정은 다채로웠다. 몇몇은 두려워 보였고 몇몇은 무덤덤해 보였으며 몇몇은 경탄하는 중이었다. 그러나 표정이 언제나 인간의 진정한 감정을 나타내는 건 아니었다. 하데스는 자신도 모르게 그 가짜 표정 아래 감춰진 무언가를 찾아내려 하고 있었다. 거기에는 공포와 희망과 순수가 자리했다. 그를 사로잡은 건 순수였다. 평화와 닮아 있는, 날것의 순수가 펼쳐내는 아우라에 가슴이 아파왔다.

문득, 하데스는 무리 지어 있는 영혼들 사이에서 기묘한 감정의 연원을 찾고 있는 스스로를 발견했다. 그의 눈길은 한 영혼에게 향했다.

그는 생각 없이 행동하는 법이 거의 없었지만, 직감적으로 그 영혼을 향한 끌림을 느꼈다. 무의식적으로 고개를 숙이는 이들을 지나쳐 무리 쪽으로 걸어갔다. 그를 두려워하지 않는 영혼이 딱 하나 있었다. 영혼 역시 그를 알아보고 이름을 소리쳐 부르며 다른 이들을 헤치고 나왔다.

"하데스!"

다섯 살밖에 안 된, 금발 머리에 커다란 갈색 눈동자를 지니고 얼굴은 눈물범벅이 된 아이가 그에게 달려왔다.

"엘리아스!"

하데스가 그를 번쩍 안아 올렸다. 엘리아스는 그의 목에 얼굴을 묻고 꼭 안겼다.

"엄마 보고 싶어요." 아이가 속삭였다.

"그럴 거야." 그가 중얼거렸다. "괜찮을 거다, 꼬마야."

그는 한참 동안 소년을 안고 서 있었다. 그러다 문득 영혼들(예전부터 존재해온 이들과 새로 온 이들 모두)이 빤히 바라보고 있다는 걸 깨달았다. 타나토스와 카론, 페르세포네까지도.

"너무 놀라지 마십시오." 그는 모두를 향해 말했다. "모두가 날 두려워하는 건 아닙니다."

깜짝 놀란 마음이 스르르 녹은 듯 페르세포네의 눈길이 순해졌다. 잠시 후, 그녀가 목을 가다듬더니 새로 온 영혼들을 향해 돌아섰다.

"여러분, 이 자리에 와줘서 정말 기뻐요. 나는 봄의 여신 페르세포네입니다." 그러곤 그를 향해 손짓했다. "여러분의 왕이십니다. 우리는 여러분을 심판의 벌판으로 안내하러 왔습니다."

심판이 있을 거라는 말을 듣자, 하데스가 아이를 안아주는 모습에 충격을 받은 영혼들도 상황을 인식하곤 몸을 떨기 시작했다.

"너무 긴장하지 않아도 돼요." 페르세포네가 말했다. "산책은 꽤나 즐겁고 아름다울 거예요. 여러분도 알게 될 거랍니다. 타나토스, 우리를 이끌어줄래요?"

날개를 펼친 죽음의 신은 그녀를 향해 미소 지었고, 그의 마법이 영혼들을 진정시키고 있다는 걸 하데스도 느꼈다.

"물론입니다, 여신님."

타나토스의 마법은 많은 이에게 위안을 주고 두려움을 가라앉히는 것처럼 여겨지지만 사실 한편으로는 영혼들을 순종하게 만들고, 심판을 피하기 위해 지하 세계를 달음질쳐 도망가는 걸 막아주는 방편이기도 했다. 페르세포네가 환영위원회를 만들겠다면 거기엔 타나토스도 참석해야 한다고 그가 주장했던 이유 중 하나였다.

다행히도 그는 흔쾌히 동의했다.

타나토스가 앞장섰고, 모두 함께 검은 돌길을 따라 심판관들을 향해 걷기 시작했다. 문득 페르세포네의 시선이 느껴졌다.

"인간들과 대화하는 법을 모른다면서요, 네?" 그녀가 호기심 어린 표정을 감추지 못하며 말했다.

하데스는 옅은 미소를 지었다. "엘리아스와 나는 원래 아는 사이입니다."

"그래 보여요. 나한테도 얘기해주지 않을래요?"

대답하기까지는 다소 시간이 걸렸다. 말하기 싫어서가 아니라 엘리아스가 잠들었는지 확인하고 싶었기 때문이었다. 많은 일을 겪은 아이이기에, 하데스가 그 이야기를 꺼내면 아이는 엄마를 더욱 그리워할 뿐 아니라 자신이 겪은 고통을 다시 느끼게 될 것이다.

"엘리아스와 나는 에피오네 어린이 병원에서 만났습니다. 암 연구에 쓰라고 그 재단에 매년 기부하고 있던 터라, 자금이 어떻게 쓰이고 있는지 확인차 방문하겠다고 청했습니다. 정말 도움이 되는지, 필요한 건 무엇인지 알아보려고 했지요. 엘리아스는 뇌종양 관련 새로운 임상시험을 받고 있던 어린이 중 한 명이었습니다."

"아이가 당신을 무척 좋아하는 것 같아요." 페르세포네가 나직이 말했다.

"나는……." 목이 메여 헛기침을 했다. "이 친구랑 시간을 많이 보냈습니다. 골드피시도 하고."

그는 페르세포네의 얼굴에 떠오른 표정이 어떤 것인지 짐작하기가 어려웠다.

골드피시가 뭔지 모르겠지.

"일종의 카드 게임인데……."

"골드피시가 뭔지는 나도 알아요, 하데스." 그녀가 말을 가로막았다. "나 인간 세계에서 살잖아요, 잊은 거 아니죠?"

"물론입니다." 그는 실소를 터뜨렸다. 그러곤 잠시 말없이 아이의 곱슬거리는 머리카락을 내려다보았다. 엘리아스는 지금 조용히 코를 골고 있었다. "매번 나를 이기더군요."

그들은 남은 길을 침묵 속에 걸었다. 한편 영혼들은 지하 세계에서의 시간을 서로 나누고 집과 시장, 축제들에 대해 수다를 떨었다.

"저렇게 자상한 군주님이 계셔서 참 다행이지." 누군가의 말이 하데스의 귓가에 들려왔다.

"조만간 두 분이 함께하실 거야." 다른 누군가 덧붙였다. "하데스 님과 페르세포네 님이 결혼하실 거거든!"

들떠 있는 그들의 목소리에 하데스는 기쁜 한편 놀랐다. 그의 행복을 빌어주지 않는 영혼들과 괴물들이 이 세계에 있음을 그는 알고 있었다. 그가 그들에게 고통을 주었듯 그들 역시 그가 고통을 겪길 바랐다. 페르세포네가 지하 세계를 산책하다가 길을 잃고 잠들었을 때 그가 심하게 화를 냈던 이유 중 하나가 그것이었다. 그녀를 느낄 수 없었고, 누군가 복수심에 그녀를 데려갔다는 확신이 들었던 것이다. 끊임없이 지하 세계를 변화시키는 이유도 그 때문이었다. 길의 행로를 바꾸고 숲과 언덕, 산을 변형시키는 이유는 영혼들이 경로를 알아내 기억하게 되는 일을 더욱 어렵게 만들기 위해서였던 것이다.

그의 행동은 강박적인 것처럼 보일 테지만, 타르타로스에서 영원한 형벌을 선고받지 않은 영혼들 중에도 그의 불행을 기도하는 이들이 있는 건 사실이었다.

엘리아스가 하데스의 팔 안에서 꼼지락거리자, 신은 아이를 내려다보았다. 아이는 졸려 보였고, 하데스의 어깨에 기댔던 뺨 한쪽이 붉어져 있었다.

"우리 어디 있는 거예요?" 아이가 물었다.

"친구들 만나러 가는 거다." 하데스가 답했다.

심판이라는 단어에 아이의 두려움이 일깨워질까 봐 그 말은 꺼내지 않았다. 그가 말하는 동안 어느새 언덕에 이르렀고, 영혼들은 멈춰 섰다. 몇몇은 말없이 놀랐고 몇몇은 웅성거리며 경탄했다.

"아름다워라."

심판의 벌판에는 금이 깔려 있었다. 세 명의 거인 심판관들, 아이아코스와 미노스, 그리고 라다만티스는 금박을 입힌 왕좌에 앉아 있었다. 영혼들과 심판관들 사이에는 스틱스 강이 놓여 있었고, 강을 가로지르는 다리는 한번에 한 명만 지날 수 있었다.

왼쪽에 자리한 아이아코스는 모자가 달린 진홍색 망토를 입고 있었는데, 그 옷이 거대한 몸을 집어삼켜 눈에 보이는 거라곤 그의 입술뿐이었다. 오른쪽에 앉은 미노스는 형제들 중 가장 젊었고 수염이 없었다. 긴 머리카락은 갈색이었고, 그중 절반은 얼굴 뒤쪽으로 넘긴 모습이었다. 라다만티스가 중앙에 앉아 있었다. 기다란 흰 수염이 무릎까지 내려왔다. 갈색 옷을 입은 그는 두 손을 왕좌의 팔걸이에 올려놓고 있었는데, 세월의 흐름을 보여주듯 왕좌는 군데군데 고동색으로 변해 있었다.

"아쉽지만 여러분과 함께할 수 있는 건 여기까지입니다." 타나토스가 말했다. "그래도 잠시뿐일 겁니다. 머지않아 여러분은 지하 세계에서 어디로 갈지 알게 될 겁니다."

새로 온 영혼들은 타나토스의 지시에 따라 한 줄로 늘어섰고, 다른 이들은 축제를 준비하러 다시금 아스포델로 순간 이동했다.

페르세포네와 하데스는 심판관들이 선고를 내리는 모습을 보기 위해서 남았다. 하데스의 가슴속에 공포가 엄습했다. 판결의 가장 아픈 말들은 듣지 않도록 엘리아스 주변에 장벽을 세웠다. 모여 있는 이들 중 몇몇(살인자와 성범죄자들)은 타르타로스에 떨어지게 되었고 사라지기 직전 기괴하게 울부짖었다. 심지어는 페르세포네도 몸을 떨며 그에게 더욱 가까이 몸을 붙여왔다.

마침내 그들만 남게 되었다. 하데스는 엘리아스를 품에 안은 채, 다리를 건너지 않고 페르세포네 곁에 서 있었다.

"왕이시여."

세 심판관들은 한목소리로 동시에 말하는 법 없이 한 명씩 차례로 그의 이름을 불렀다. 그런 다음 고개를 들어 페르세포네를 바라보며 고개를 끄덕였다.

"여신이시여."

"엘리아스를 데려오셨군요." 라다만티스가 말했다.

"개인적인 호위네요." 아이아코스가 말했다.

"특별한 아이인가 봅니다." 미노스가 말했다.

"내 친구입니다." 하데스가 답했다. "이 아이를 새로운 보금자리로 데려가주고 싶습니다."

하데스는 심판관들을 존중했다. 그래서 그들이 엘리아스를 어디로 보낼지 섣불리 추측하고 싶지 않았다. 트라우마로 인해 먼저 엘리시움으로 가서 치유받은 다음 아스포델로 가게 될지도 몰랐다. 그건 아이가 레테 강물을 마시게 될지 모른다는 뜻이었다.

그 생각에 이르자 가슴이 찢기는 것 같았다. 한편으론 차라리 엄마를 그리워하는 마음의 고통 없이 지하 세계에 살게 되는 게 낫겠다 싶으면서도, 다른 한편으론 아이가 그와의 우정을 잊지 않았으면 싶었다.

긴 침묵이 이어진 후, 라다만티스가 마침내 말했다. "그는 아스포델에 살게 될 것입니다."

하데스가 안도의 한숨을 내쉬며 말했다. "고맙습니다, 심판관들이시여."

하데스는 마법의 힘을 모아 페르세포네와 엘리아스를 데리고 아스포델로 순간 이동했다.

북적이는 거리 한가운데에 그들이 모습을 드러내자 영혼들은 환호성을 질렀고, 새로운 집을 찾은 엘리아스를 환영해주었다. 하데스는 그를 내려놓으려 했지만 소년은 땅에 발 딛길 거부하며 그의 품을 더욱 세게 파고들었다.

"가지 마세요." 아이가 말했다.

하데스는 흠칫 놀라 아이의 눈동자를 들여다보았다. "난 절대 널 떠나지 않아, 꼬마야. 여긴 내 영토란다. 언제든 날 볼 수 있어."

소년은 자그마한 손으로 로브를 붙든 채 고개는 하데스의 가슴에 꼭 묻었다. 아이를 바라보는 페르세포네의 눈길이 느껴졌고, 눈을 마주하자 그녀는 온화하면서도 사랑이 가득한 눈길로 그를 바라보았다. 그는 어깨를 으쓱하며 소년을 팔로 감싸 안았다.

"페르세포네 여신님!"

지하 세계의 아이들이 그녀에게 달려와 치마와 로브에 매달렸다. "우리랑 놀아요!"

그녀는 웃음을 터뜨렸다. 웃음소리는 마치 은종 소리 같았다, 하데스가 몹시 사랑하는.

"알았어. 나도 갈게. 하지만 너희를 보호해주는 어른들한테 잘하겠다고 약속해야 해." 그녀가 말했다. "약속."

아이들 모두 입을 모아 외쳤다. "약속!"

페르세포네는 하데스의 품속에 있는 엘리아스를 돌아보았다. "너도 같이 갈래?"

소년은 고개를 저었다. 하데스로서도 놀라울 게 없었다. 지하 세계에 온 첫날이 아닌가. 아이는 아직 두렵고 슬플 것이고, 엄마가 보고 싶을 것이다.

"돌아오실 때까지 여기 있겠습니다."

페르세포네는 슬며시 미소를 지었고, 하데스는 그녀가 아이들과 어우러지는 모습을 지켜보았다.

"어떤 놀이를 해볼까?" 아스포델의 에메랄드빛 들판을 향해 걸어가면서 그녀가 물었다.

"술래잡기요!"

"숨바꼭질도!"

"사방치기 놀이해요!"

하데스는 자신도 모르게 입가에 만연한 미소를 짓고 있었다. 지하 세계에 생명을 창조하라는 요구를 건넸을 때만 해도 그녀가 이렇게 빠르게 지하 세계에, 그리고 이곳 백성들에게 적응할 줄은 몰랐다. 그녀는 그들의 입장을 대변했고, 그들을 위해 싸웠으며, 그에 대한 보답으로 그들은 그녀를 숭배했다. 둘이 떨어져 지낼 때나 싸웠을 때면 그의 영토는 뭔가 다르게 느껴졌다. 그날들을 떠올리자 가슴이 조여들고 목구멍에 뭔가 걸린 것 같았다. 그녀의 부재로 인한 우울한 공기를, 결코 다시는 겪고 싶지 않았다.

그녀가 더 이상 보이지 않을 때까지 지켜보다가 품에 안은 소년과 함께 흑요석 집들이 늘어선 골목으로 향했다.

"어디 가는 거예요?" 엘리아스가 물었다.

"특별히 만날 사람이 있다." 하데스가 답했다. "내 친구."

소년은 아무 말도 하지 않았고, 하데스는 말없이 계속 걸었다. 마침내 그들은 아스포델 변두리의 집 앞에 도착했다. 지어진 지 몇 달이 채 되지 않은 새집이었다.

하데스가 노크할 새도 없이 안에 있던 영혼이 먼저 밖으로 나왔다. 데님 재질의 작업복 위에 체크무늬 셔츠를 입은 노인이었다. 깊은 주름과 잔주름이 가득한 얼굴은 그 자체로 세월의 흔적을 고스란히 드러내주었다.

"엘리아스?" 노인이 물었다. 치아가 없어 혀짤배기소리가 났다.

이름이 불리자 소년이 고개를 획 들어 돌아보며 하데스의 팔에서 풀려나려 버둥거렸다.

"할아버지!"

신이 풀어주자 아이는 할아버지에게 종종거리며 뛰어갔다. 절뚝거리며 달려온 노인과 소년은 중간에서 만나 서로를 끌어안았다.

하데스는 그 재회를 지켜보았다. 가슴속에서 갑자기 좌절과 질투가 뒤섞인 폭풍과도 같은 아픔이 솟구쳤고, 그 감정이 무럭무럭 자라기 시작하자 헤카테가 언젠가 해주었던 말을 떠올렸다. 죽음에는 좋은 것도 있어요. 엘리아스와 할아버지의 모습을 바라보는 그의 영혼에는 그 말이 진실로 스며들었다.

그는 몸을 돌리려 했다. 이 장면과 거리를 두어야 했다. 그의 내면에 너무 많은 감정을 불러일으켰기 때문이다, 그가 고삐를 풀어줘야 할 어둠을.

"잠깐만요!"

그가 움직이려다 말고 돌아서자 엘리아스가 이쪽으로 뛰어오는 모습이 보였다. 소년은 하데스의 다리에 매달리며 로브에 얼굴을 묻었다.

"가지 마세요." 아이가 웅얼거렸다.

하데스는 아이의 어깨를 잡은 채 무릎을 꿇었다. "멀리 있지 않을 게. 그리고 자주 찾아오마."

"약속하는 거죠?"

"약속해." 하데스는 미소 지었다. "하고 싶을 때마다 골드피시 게임 잔뜩 하자."

지하 세계에 온 이래로 아이가 처음 미소 지었다. 하데스는 내심 놀라선 소년의 곱슬머리를 헝클어뜨렸다. 그러면서 할아버지와 눈길을 마주했다.

"고맙습니다." 노인이 떨리는 목소리로 말했다. "고맙습니다, 나의 왕이시여."

하데스는 고개를 끄덕인 다음, 사라졌다.

2장
고문과도 같은 죄책감

하데스가 순간 이동한 곳은 타르타로스, 그중에서도 살균된 의료 시설처럼 보이는 장소였다. 그곳은 새로 추가된 공간으로, 감각을 박탈하는 여러 방들 외에도 다양한 현대적인 고문 방법을 사용할 수 있는 곳이었다. 불타는 플레게톤 강으로 둘러싸인 산으로 위장된 곳이기도 했다. 하데스가 시도하지 않는 고문 방법은 많지 않았다. 고대의 것이든, 중세의 것이든, 현대의 것이든, 효과가 있다면 얼마나 오래되었는지는 상관없었다.

오늘 여기에 온 것은 내면에 이글거리는 분노를 없애기 위해서다.

돌아올 때까지 기다리겠다는 말이 무색하게 아스포델을 떠나왔기에 페르세포네에게 죄책감이 들었지만, 도무지 그곳에 더 머물 수 없었다. 엘리아스를 지하 세계에 맞이하는 일은 여러 면에서 예상치 못한 일이었고, 내면 깊은 곳에 자리한 감정들의 분출도 그중 하나였다. 분노, 질투, 그리고…… 두려움까지도.

가슴속을 휘젓고 분노를 부채질하는 어두운 감정들.

망했다.

결혼 이야기가 나왔을 때, 그녀에게 말하지 못한 중요한 사실이 하나 있었다.

그는 그녀에게 아이들을 안겨줄 수 없다는 사실.

운명의 여신들이 엮어준 길이었다. 가족이란 영영 이룰 수 없는 무언가로 여겨왔기에 아무런 생각도, 감정도 없이 묵묵히 따랐던 희생이었다.

페르세포네를 만나기 전까지는.

죄책감에 몸서리치자 심장과 폐가 한데 뒤엉키는 느낌이 들었다.

그녀도 알 자격이 있다.

그가 알아듣기 전까지 앞으로도 그녀는 얼마나 더 그 말을 해야 할까? 아니면 더 최악은, 그에게 더는 시간을 할애할 가치가 없다고 마음을 굳히면 어떻게 하는가?

하데스는 애써 숨을 고르며 고문에만 집중하기로 했다. 창문 없는 몇 개의 흰색 문들을 지나 흰 복도를 통과했다. 문과 문 사이는 감방으로, 각 감방에는 색이나 소리, 혹은 냄새가 없는 곳에 영원히 내쳐지는 선고를 받은 영혼들이 갇혀 있었다. 심리적인 효과를 노린 고문이었다. 이 고문을 받는 자들은 잠을 잘 수 없거나 말을 할 수 없게 되었고, 끔찍한 고통을 받았다.

하데스는 왼쪽에 위치한 문을 열었다. 페르세포네에게 집착하고 결국 납치하기까지 한 남자, 페이리토스가 갇힌 방이었다. 그날은 그녀가 두 번째로 사라졌던 날이었는데, 어디서도 감지되지 않았다. 연인이 사라졌다는 걸 알게 된 순간, 그는 즉시 에리니에스를 풀어 찾아 나서게 했다. 마침내 그녀를 발견했을 때, 그녀가 스스로를 보호할 수 있었다는 사실에 안도감이 들었으나 페이리토스의 의중을 듣고는 머리끝까지 차오른 분노를 금치 못했다.

하데스는 그의 영혼을 되살려 상처의 고통을 고스란히 느끼게 한 뒤 지옥의 고문 선고를 내린 이곳, 흰 방에 가두었다. 이후로도 종종 들러 이 반신을 향한 분노를 한껏 표출했는데, 특히 그의 집을 수색했을 때 페르세포네를 스토킹한 흔적을 발견한 뒤로는 더욱 그랬다. 그녀의 사진을 몰래 찍고, 그녀의 일거수일투족을 빼곡히 적어놓은 걸 보고선 격렬하게 분노한 나머지 글래머가 녹아내리기까지 했다.

그날 저녁 그는 지하 세계로 돌아오자마자 타르타로스로 직행해서 그의 얼굴이 짓무를 때까지 가격했다.

페이리토스는 그날 밤 다시 죽었고, 하데스는 여기저기 잘리고 망가진 얼굴 그대로 그를 되살려낸 다음 자신의 피에 질식하도록 내버려두었다. 페이리토스의 몰골을 몇 번이고 그대로 살려낸 다음 다시, 또다시 파괴하는 것을 즐겼다. 그 과정을 반복하다 보니 조금씩 마음이 나아졌다.

방에 들어섰을 때, 흰색 금속 의자에 앉아 있는 반신이 눈에 들어왔다. 팔은 옆으로 묶여 있었고 두 눈은 감겨 있었다. 고개는 가슴 쪽으로 떨군 채였다.

그는 다시 죽었다.

"일어나라."

하데스가 말하자 남자는 복종했다. 하데스와 눈이 마주치자 그는 흐느끼기 시작했다.

"제발⋯⋯."

보통 때였으면 입을 다물라고 했겠지만 이 놈의 애원이 듣고 싶었다. 관대한 처분을 내려달라는 간청에 더욱 화가 끓어올랐고, 그건 결국 더욱 가혹한 처벌로 이어질 것이기 때문이었다.

"내가 왜 너 따위에게 자비를 보여야 하는가?" 하데스가 물었다. "넌 가해자다. 내 연인을 범하려 했다."

"아무 의미가 없었습니다! 맹세합니다, 맹세해요!"

"네놈이 직접 한 말에 어떻게 아무런 의미도 없는가?" 하데스는 페이리토스의 말을 직접 인용했다. 그럼으로써 화를 더욱 돋우려는 거였다. "당신도 분명히 좋아할 거야. 내가 장담할게. 다 끝내고 나면 하데스 따위는 생각도 안 날걸."

"그건 그냥 혼잣말이었어요!"

"그럼 네 행동은 어떠했고? 넌 그녀를 건드렸다. 강제로 다리를 벌리게 했어."

"단 한 번의 잘못으로 영원히 벌을 받을 순 없어요!"

하데스는 어두운 웃음을 흘린 뒤 허공에서 거대한 망치를 소환해내곤, 손잡이 부분을 손으로 비틀었다.

"도전을 받아들인다, 필멸자여."

그런 다음 힘껏 휘둘렀다.

하데스는 집무실로 순간 이동해 곧바로 바 쪽으로 가서 위스키 한 잔을 채웠다. 잔을 입술에 가져다 대자마자 페르세포네의 목소리가 들려왔다.

"어디 갔었어요? 날 기다리겠다고 했잖아요."

그는 동작을 멈추고 몸을 돌렸다. 한 대 맞은 것처럼 얼얼한 모습으로 그녀가 서 있었다. 제길, 너무도 아름다웠다. 궁전으로 돌아온 이후로 옷을 갈아입었는지 지금은 흰색 예복 차림이었다. 직물이 얇아 볼록 솟은 젖꼭지며 부드러운 엉덩이 곡선이 훤히 보였다.

답을 구하는 눈길이었다. 피부에 묻은 피를 보곤 답을 알아차린 듯했는데, 그와 다시 눈을 맞추는 그녀의 눈동자가 가늘어져 있었기 때문이었다.

"타르타로스에 다녀왔군요."

"그렇습니다." 그가 말했다.

"왜요?"

그녀가 묻는 까닭은 그가 그곳에 간다는 게 어떤 의미인지 알고 있기 때문이었다. 걷잡을 수 없는 분노에 휩싸여 있었다는 것. 뭔가가 그를 화나게 했다는 것. 그것이 미덥지 않았다. 화를 참을 수 없을 때면 고문을 하게 되는 이 어두운 욕망 말이다. 하지만 페이리토스 사건 이후 그녀도 어느 정도 이해해주었다. 고문에 동참하게 해달라고 요청하기도 했으니까.

당시의 그녀는 무엇을 겪게 될지 스스로도 몰랐을 것이다.

"아이를 원합니까?" 하데스가 물었다.

페르세포네의 얼굴이 창백해졌고, 입은 떡 벌어졌다. 그녀에겐 그 질문이 너무도 뜬금없게 느껴질 테지만, 하데스로서는 더는 머뭇거릴 여유가 없었다.

"모, 모르겠어요. 아이들을 정말 사랑하지만, 나는……."

"난…… 당신에게 아이를 안겨줄 수 없습니다." 그러곤 위스키를 꿀꺽 마셨다. 유리잔을 한 번 바라본 다음엔 벽을 향해 힘껏 던졌고, 잔은 산산조각 났다. 머리카락을 쥐어뜯는 바람에 느슨하게 묶여 있던 가닥이 다 풀렸다. "난 아이를 가질 수 없습니다. 당신에겐 더 일찍 말했어야 하는데 난 빌어먹을 겁쟁이였고 말하게 되면…… 뭔가 달라져버릴 거라고 생각했습니다."

말하는 내내 그녀를 바라볼 수 없었다. 그녀의 표정이 두려웠고, 그 표정 이면에 자리한 것을 보게 될까 두려웠다.

그는 말을 이었다. "당신에게 결혼해달라고 말해놓고는 이 말을 하지 못했습니다. 정말 미안합니다. 지금이라도 떠나고 싶다면, 이해하겠습니다."

이어지는 침묵 속에서 그는 거부의 말을 기다렸다. 하지만 그녀는 침묵이 무겁게 가라앉도록 놓아두었다. 피부의 모든 모공으로 그 공기가 비집고 들어와 혈관을 파고든 다음 장기에 이르러 그를 질식시키도록. 마침내 그는 포기하고 그녀를 바라보았다.

"이제 다 괴로워했어요?" 그녀가 물었다.

말뜻을 이해하지 못한 그는 미간을 찌푸렸다. 그녀가 그에게 발걸음을 옮기기 시작했다.

"더 일찍 말해줬더라면 좋았을 거예요." 그녀의 말에 하데스는 심장이 고통스럽게 뛰고 있음을 느꼈다. "그랬더라면 당신이 이걸로 괴로워하는 시간도 덜어졌을 텐데."

그의 눈이 휘둥그레졌다.

"내가 아이를 원하는지 아닌지는 잘 모르겠어요. 어쩌면 원하게 될지도 모르죠. 만약 그렇게 되면 같이 방안을 모색해보기로 해요. 지금 확실한 건 내가 당신을 원한다는 사실이에요. 당신과 결혼하기로 마음먹은 건 당신을 사랑하기 때문이고, 다른 이유는 없어요."

하데스는 고개를 저었다. 이제 그녀는 불과 몇 센티미터밖에 떨어져 있지 않았다. 코와 뺨에 난 주근깨가 보였고, 그녀의 마법이 느껴졌다. 혀로 맛볼 수도 있을 것 같았다. 꿀과 바닐라처럼 달콤한 맛. 입안에 침이 고였다.

"마음이 바뀔 수도 있습니다. 만약 당신이 원망이라도……."

"하데스." 그녀가 이름을 불러주자 마음이 진정되었다. 그녀의 손가락이 그의 입술 위에 닿았다. "당신은 당신의 문제를 나의 문제로 만들었어요." 그녀는 잠시 말을 멈추곤 그를 찬찬히 살펴보았는데, 그녀의 눈동자 안에는 슬픔과 비슷한 무언가가 어른거렸다. "내가 보기에 당신은 아버지가 되고 싶은 것 같아요."

눈가가 뜨거워졌다. 좌절과 슬픔이 뒤엉켜 싸우는 듯했다. 그녀의 손을 덥석 잡고 손끝에 키스를 하고선 입을 뗐다.

"난 거래를 했습니다." 그는 낮은 목소리로 고백했다. "그렇게 아버지가 될 권리를 잃었습니다."

페르세포네가 눈썹을 찡그렸다. "그게 무슨 뜻이에요?"

"영혼 하나를 얻으면 하나를 잃지요. 그 영혼이 현재 존재하지 않더라도 그 원칙은 동일합니다. 나는 인간 아이를 살리겠다고 선택했고, 운명의 여신들은 내 아이를 앗아가겠다고 요구했습니다."

기억이 마음의 물밑에서 수면 위로 올라왔다. 흐느껴 우는 엄마의 품에 안긴 아기. 영혼을 들여다보았을 때, 여자의 내면은 슬픔으로 가득했다. 이 아기는 그녀가 잃은 첫 아이가 아니었다. 여자가 아기의 목숨을 구걸했을 때, 하데스는 안 된다고 말할 수 없었다.

"그래서 동의한 거예요?" 속상함이 깃들어 목소리 톤이 높아졌다.

"그때는 거절할 이유가 없었습니다. 당시에는 당신이 존재하지 않았으니까."

"우리가 할 수 있는 다른 방법이 있을지도 모르잖아요."

하데스는 자신도 모르게 슬픈 미소를 띠었다. 문제를 해결하는 건 그녀의 본능이었지만, 이 문제는 그렇게 간단하지 않았다.

"운명의 여신들은 신들보다 강합니다, 페르세포네. 인간들의 운명 뿐 아니라 신들의 운명도 지배하지요."

"그럼 거래를 하면 되잖아요!"

"안 됩니다!" 그가 말을 끊었다. 그녀의 눈이 충격으로 커졌고, 그래서 그는 목소리를 낮추곤 엄지로 그녀의 뺨을 쓰다듬었다. "아닙니다, 페르세포네. 당신 말이 맞습니다. 당신이 준비되었을 때 우리가 함께 방안을 모색하면 됩니다."

그와 그녀의 입술이 부드럽게 포개졌다. 그녀의 것은 따뜻하고 부드러웠으며 위안을 주었고, 그의 몸은 즉각 반응했다. 성기가 단단하게 부풀어 올라 그녀의 아랫배에 닿았다. 당장이라도 바닥으로 끌어내려 섹스하고 싶다는 충동을 억누르며 그는 신음을 흘렸다. 입술을 뗀 그의 눈동자가 그녀의 에메랄드빛 눈동자와 마주했다.

"함께 목욕하겠습니까?"

오늘 하루는 유독 고단했다. 피로 얼룩진 피부와 옷을 모두 벗겨내고, 그녀 안에서 자신을 잃고 싶었다.

그녀가 고개를 끄덕이자, 꽁꽁 여민 가슴의 매듭이 풀리는 것 같았다. 그는 그녀를 꼭 끌어안은 채 욕탕으로 순간 이동했다. 그곳은 빛나는 벽타일과 촛불로 반짝이는, 좀 더 작고 둥글며 물색이 어두운 욕탕이었다.

욕탕에 도착하자마자 그는 다시 키스했고, 두 손은 그녀의 허리에서 어깨로 올렸다. 로브 소매를 팔 아래로 끌어당기자 가슴이 드러났다. 보드라운 가슴을 쥐자 손안에 꼭 들어왔다. 젖꼭지 끝은 손톱 아래 날렵한 부분에 닿았다.

그녀의 두 손이 그의 가슴에 닿자, 그는 키스를 퍼붓기 시작했다. 지금은 안 된다는 말이 나올지도 모른다고 생각했지만, 그녀의 눈동자는 거의 감겨 있었고 욕망으로 시야가 흐려져 있었다.

"나의 여왕님?" 그가 물었다.

"당신 옷." 그녀가 말했다. "벗어버려요."

그는 명령에 응했고, 페르세포네가 풍성한 엉덩이를 흔들어 벗은 로브는 바닥에 웅덩이 모양으로 툭 떨어졌다. 내내 그와 눈을 맞추며 그녀는 그를 지나쳐갔고, 벽 근처에 쌓인 타월 하나를 움켜쥐었다. 망망대해의 사이렌처럼 물속으로 들어간 그녀는 몹시도 매혹적이었다. 욕탕 한가운데로 우아하게 헤엄쳐가며 그를 유혹했다.

하데스는 따뜻한 물속으로 들어갔다. 페르세포네의 머리칼처럼 라벤더 향이 풍겨왔고, 가까이 다가가자 그녀는 다시 한번 명령했다.

"그만." 그녀가 말했다.

그는 우뚝 멈췄다. 물은 이제 종아리께에 닿아 찰랑거렸다. 눈앞에 알몸으로, 단단해진 채 서 있는 그를 그녀는 밝은 눈동자로 구석구석 어루만지듯 바라보았다. 성기는 터질 듯 긴장했고 통증이 느껴졌다. 그녀 안으로 당장 파고들고 싶었다. 밀어 넣고, 움직이고, 그녀가 숨도 쉴 수 없을 만큼 가득 채우고 싶었다. 그는 옆구리 근처에 자리한 두 손에 주먹을 꽉 쥐었다.

"애타게 만들 겁니까?" 그가 물었다.

그녀는 피식 웃을 뿐이었고, 하데스는 눈을 내리깐 채 그녀의 가습 주위로 찰랑거리는 물을 바라보았다. 저 젖꼭지를 번갈아가며 입에 물고 그녀가 신음 속에 부르는 이름을 듣고 싶었다. 그 소리에 그는 더욱 흥분할 테고, 온통 젖어 반짝이는 그녀를 욕탕 가장자리에 앉히곤 다리를 벌려 혀로 애무하고 싶었다. 입술을 열어 그를 부르짖으며 절정에 달할 때까지.

그녀의 낮고도 반쯤 잠긴 목소리에 그는 다시 현실로 돌아왔다.

"아뇨, 그런데 당신을 목욕시켜주고 싶어요."

그는 눈썹을 치켜떴다. 그의 생각을 읽었다면, 그녀는 그를 두고 장난치지는 않을 것이다. 그럼에도 그는 동의의 답을 건넸다.

"구석구석 씻겨준다면야."

그녀가 다가오는 동안 그녀의 눈가에 짙게 내려앉은 어둠이 마음에 들었다. 그녀도 흥분했고, 손끝이라도 닿으면, 그녀 안으로 손가락을 집어넣으면 그녀는 당장 부풀어 올라 미끌거릴 것이다.

빌어먹을.

그녀는 그의 목에서 시작해 쇄골, 어깨에 이르기까지 타월로 닦아 내렸다. 때때로 움직임을 멈추곤 그의 뼈와 근육을 하나하나 살피며 키스했다. 손길이 허리에 닿았을 때, 그녀가 손가락으로 성기를 쓰다듬자마자 그는 신음을 뱉으며 팔로 그녀의 허리를 감싸 안았다. 그 바람에 둘 사이로 물이 찰방거렸다.

"내 탄력성을 시험에 들게 하는군요, 나의 여왕이여."

입술과 입술이 스쳤다.

"꼭 저항해야 하나요?"

그녀의 입술이 그의 입술과 세게 맞부딪치자 그는 으르렁대며 뒤로 물러났다. 욕탕으로 들어서는 계단에 앉은 채 페르세포네를 끌어당겼고, 그러자 그녀의 허벅지가 그의 몸 양옆으로 벌어지며 은밀한 부위끼리 서로 밀착했다. 그는 손으로 그녀의 엉덩이부터 흉곽까지 타고 올라가 가슴에 이르렀다. 가슴을 꽉 움켜쥐고 주무르고 키스하고 빨다 보니 어느새 그녀의 엉덩이가 그를 향해 움찔거리기 시작했다.

그녀가 몸을 살짝 일으키자 그의 성기 끝이 그녀의 그곳에 닿았고, 쑥 밀어 넣자 신음이 흘렀다. 마치 손과 장갑처럼 꼭 맞았다. 안쪽이 따뜻하고 촉촉하게 젖어 있었다. 그녀를 더욱 깊이 느끼고 싶었다. 그녀가 몸을 뒤로 젖히자 가슴이 더욱 드러났고, 그 자세로 그의 몸 위에서 위아래로 움직이기 시작했다. 그녀는 그를 붙잡은 채 계속 젖어들었고, 마침내 그는 그녀 안에서 절정에 이르렀다. 그녀는 그의 가슴 위로 기대듯 쓰러졌고, 그는 꼭 끌어안은 채 욕탕 계단에 기대어 누웠다. 계단참이 등에 닿아 불편했지만 개의치 않았다. 이렇게 영원히, 그녀 안에 파고든 채 껴안고 사랑을 나누며 있고 싶었다.

잠시 후 그녀가 입을 열었다. 고개를 그의 목덜미에 파묻은 채였다. 살결에 닿는 입술의 움직임이 느껴졌다.

"엘리아스와 함께 있는 모습을 보곤 당신을 더 사랑하게 된 것 같아요."

하데스는 웃었다. "충격을 받았군요. 그건 확실합니다."

"정말 충격적이었어요. 당신은 내가 영혼들과 대화할 수 있도록 이끌어주었고, 한 영혼을 다정히 안아주는 모습도 보여주었어요. 이제 난 당신을 언젠가 아버지가 될 존재로 보게 되었어요. 언젠가 당신의 아이를 갖는 걸…… 상상하는…… 아니, 원하는…… 걸 멈출 수가 없어요. 설령 내가 지금은 준비되지 않았더라도."

그는 침을 꿀꺽 삼켰다. 어머니가 된 그녀를 상상하는 건 어렵지 않았다. 이미 그녀는 너무도 배려심이 깊고 자애로우므로.

그는 목을 가다듬었다. "어쩌면 운명의 여신들이 새로운 길을 엮어줄지도 모르지요."

페르세포네는 몸을 살짝 떼곤 그와 눈을 마주했다. 마음이 아릴 만큼 아름다웠다. 살결은 온기로 달아올라 붉은 상태였다.

"그런 일이 전에도 있었어요?" 그녀가 물었다.

"그렇습니다." 그녀의 사랑스러운 표정을 다 머금어 마셔버리기라도 할 듯 지그시 바라보았다. "당신 역시 평생 내 운명에 엮여 있지는 않았으니까."

그녀의 눈동자가 반짝였다. 여러 질문들이 샘솟는 게 분명했지만, 지금은 그에 대해 이야기하고 싶지 않았다. 충분한 시간이 흘렀고, 그의 성기는 그녀의 다리에 밀착해 더 많은 것을 원하고 있었다. 페르세포네의 손이 그것을 쥐고 끝에서 끝까지 쓰다듬자 그는 탄식을 내뱉었고, 그녀는 생긋 웃었다.

"나를 원하나요, 왕이시여?" 그녀가 그의 말투로 속삭였다.

"굶주렸습니다, 여왕이시여."

둘은 코를 비비다 키스를 했고, 몸을 일으켜 함께 침실로 순간 이동했다.

우선, 독자 여러분께 깊은 감사를 드린다. 한 분 한 분께 정말 감사한 마음이다.

『어둠의 손길』을 썼을 때, 나는 그 무엇보다 내게 와닿은 이야기를 썼다.『파멸의 손길』을 쓸 때도 다르지 않았다. 두 번째 이야기를 쓰는 것은 첫 번째 이야기를 쓰는 것만큼이나 어려웠지만, 이 책에서 꼭 다루고 싶은 몇 가지가 있었다. 그중에서도 특히 아폴론과 그의 연인들을 둘러싼 신화는 꼭 쓰고 싶었다.

여러 신화 중에서 아폴론과 다프네, 아폴론과 카산드라, 그리고 아폴론과 히아킨토스의 이야기를 다뤄보자고 결심했다. 가장 잘 알려진 이야기들이고, 그중 앞의 두 일화는 아폴론이 연인에게 가한 끔찍한 행동을 보여주기도 한다. 다프네는 그의 끈질긴 집착을 견디다 못해 나무로 변하게 해달라고 애원하게 되었고, 카산드라는 잠자리를 함께하지 않는다는 이유로 그의 저주를 받아야 했다. 이는 현대에도 계속되는 문제이기 때문에, 페르세포네에게 문제 해결이라는 도전 과제를 안겨주고 싶었다.

내가 쓰고 싶었던 또 다른 신화는 아폴론과 마르시아스(또 다른 잘 알려진 비슷한 신화로는 아폴론과 판의 이야기다)의 일화였다. 마르시아스는 연주 경연에서 아폴론에게 도전한 사티로스였다. 어떤 신화에서는 마르시아스가 이기고, 다른 신화에선 아폴론이 이기게 된다. 그런데 모든 신화에서 결국 사티로스는 죽음을 면치 못한다. 이 지점이 중요하다고 생각했다. 아폴론의 불안정한 상태를 드러내 주기 때문이다. 얼마나 고대의 관습에 매여 있으며, 결국 현대 세계와 충돌을 빚게 되는지 말이다.

이제 페이리토스의 신화를 언급할 차례다.

신화에선 페이리토스와 테세우스가 친구로 등장하는데, 두 사람은 제우스의 딸들과 결혼하겠다고 다짐한다. 테세우스는 트로이의 헬레네를 납치하고(그렇다, 언론사 비서 헬렌은 바로 트로이의 헬레네다), 페이리토스는 페르세포네를 데려오겠다고 마음먹는다. 그녀를 납치하기 위해 지하 세계로 간 그들은 몹시 지쳐 잠시 앉아 쉬었으나 결국 다시 일어나지 못한다. 이후 헤라클레스가 테세우스를 구하러 오지만, 페이리토스는 그대로 지하 세계에 남게 된다. 이 신화에 대해 꼭 다루고 싶었는데, 그 이유는 나에겐 페이리토스라는 인물이 몹시 소름 끼치는 스토커로 여겨지기 때문이었다. 현대 세계에서 또한 그렇게 그려질 수 있다.

어쩌면 내가 너무 많은 범죄물을 봤는지도 모르겠다. 하!

마지막으로, 이 책에서 가장 가슴 아픈, 렉사에 대해 말하고 싶다. 어느 인물에 관해 쓸 때든 나는 '벌어질 수 있는 최악의 일' 목록을 만들어둔다. 여러분도 아시다시피, 페르세포네에게 일어날 수 있는 가장 최악의 일은 렉사를 잃는 일이었다. 하지만 가까운 사람의 죽음을 겪지 않는 한 페르세포네가 인간적인 슬픔을 이해하기란 어려울 거라고 생각했다. 또한 렉사를 잃는 과정도 가능한 한 최악의 방식이어야 했다(예컨대 렉사를 다시 지상 세계로 데려오고, 그녀가 고통받는 모습을 지켜보고, 그런 다음엔 기억을 모두 잃은 채 지하 세계로 되돌아가게 하는 방식). 이를 통해 그녀는 하데스가 모든 이를 구할 수 없는 이유를 이해하게 될 것이었다. 이 경험은 페르세포네의 성장에 큰 획을 긋게 된다. 이 일을 겪은 뒤에야 그녀는 하데스를 있는 그대로 받아들일 수 있게 되니까. 『파멸의 손길』 마지막 부분에 이르면 그녀는 고통스러운 경험도 말할 수 있게 된다.

끝으로, 이 모든 아이디어를 가장 처음으로 만들어준 요소를 강조하고 싶다. 바로 하데스의 클럽, 죄악 말이다. 처음부터 나는 이런 메모를 적어두었다.

현대 사회의 신들, 하데스는 '지하 세계'를 관장한다, 도박 소굴이자 마피아가 득시글거리는 곳.

하데스가 통치하는 지상 세계의 일부만을 슬쩍 보여줬을 따름이지만, 이 지점이 『악의의 손길』에 큰 영향을 미칠 것임을 알고 있다.

사랑을 보내며, 스칼릿

페르세포네 x 하데스 2
파멸의 손길

초판 1쇄 2022년 9월 28일

지은이 | 스칼릿 세인트클레어
옮긴이 | 최현지
펴낸이 | 송영석

주간 | 이혜진
기획편집 | 박신애 · 최미혜 · 최예은 · 조아혜
외서기획편집 | 정혜경 · 송하린
디자인 | 박윤정 · 유보람
마케팅 | 이종우 · 김유종 · 한승민
관리 | 송우석 · 전지연 · 채경민

펴낸곳 | (株)해냄출판사
등록번호 | 제10-229호
등록일자 | 1988년 5월 11일(설립일자 | 1983년 6월 24일)

04042 서울시 마포구 잔다리로 30 해냄빌딩 5 · 6층
대표전화 | 326-1600 **팩스** | 326-1624
홈페이지 | www.hainaim.com

ISBN 979-11-6714-043-2
       979-11-6714-045-6(세트)

파본은 본사나 구입하신 서점에서 교환하여 드립니다.

A Touch of Ruin